HEYNE BÜCHER

Tip des Monats

In derselben Reihe
erschienen außerdem als Heyne-Taschenbücher:

Johanna Lindsey · Band 23/34
Evelyn Sanders · Band 23/66
Mary Westmacott · Band 23/73
Evelyn Sanders · Band 23/84
Dean Koontz · Band 23/85
Ellis Peters · Band 23/92
Utta Danella · Band 23/95
Heinz G. Konsalik · Band 23/96
Marion Zimmer-Bradley · Band 23/98
Dean Koontz · Band 23/101
Johanna Lindsey · Band 23/103
Ellis Peters · Band 23/104
Heinz G. Konsalik · Band 23/108
Ellis Peters · Band 23/110
Utta Danella · Band 23/111
Dean Koontz · Band 23/112
Ellis Peters · Band 23/114
Johanna Lindsey · Band 23/115
Terry Pratchett · Band 23/117
Dean Koontz · Band 23/119
Ellis Peters · Band 23/121
Dean Koontz · Band 23/123
Philippa Carr · Band 23/125
John Saul · Band 23/127
Barbara Cartland · Band 23/128
Terry Pratchett · Band 23/129
Johanna Lindsey · Band 23/130
Ellis Peters · Band 23/131
Mary Higgins Clark · Band 23/132
Catherine Coulter · Band 23/136
Claudia Keller · Band 23/137
Jane Austen · Band 23/138
Anne Perry · Band 23/139
Philipp Vandenberg · Band 23/140
Terry Pratchett · Band 23/141
Ephraim Kishon · Band 23/142
Dean Koontz · Band 23/143
Johanna Lindsey · Band 23/144
Olivia Goldsmith · Band 23/148
John T. Lescroart · Band 23/149
Nora Roberts · Band 23/150
John Grisham · Band 23/151
Utta Danella · Band 23/152
Mary Higgins Clark · Band 23/154

Johanna Lindsey

ZWEI LEIDENSCHAFTLICHE LIEBESROMANE

Lodernde Träume
Rebellion des Herzens

WILHELM HEYNE VERLAG
MÜNCHEN

HEYNE TIP DES MONATS
Nr. 23/156

LODERNDE TRÄUME/*man of my dreams*

Aus dem Amerikanischen von Cornelia Haenchen
(Der Titel erschien bereits in der Allgemeinen Reihe mit der Band-Nr. 01/9145.)

REBELLION DES HERZENS/*angel*

Aus dem Amerikanischen von Michaela Link
(Der Titel erschien bereits in der Allgemeinen Reihe mit der Band-Nr. 01/9589.)

Umwelthinweis
Das Buch wurde auf chlor- und säurefreiem Papier gedruckt

3. Auflage

Printed in Germany 1998
Umschlagillustration: Berni Oliviero/Agentur Schlück
Umschlaggestaltung: Atelier Ingrid Schütz, München
Satz: Buch-Werkstatt GmbH, Bad Aibling
Druck und Bindung: Elsnerdruck, Berlin

ISBN: 3-453-14047-8

LODERNDE TRÄUME

Für Lee Ann und Harry –
denn wahre Liebe dauert ewig

1

England, 1878

»Was erlauben Sie sich, mich so anzustarren, Tyler Whately?«

Megan Penworthys Stimme klang ungebührlich scharf, doch genau das war ihre Absicht. Ihr Blick war hochmütig und voller Verachtung, so als wäre ihr dieser Mann zutiefst zuwider. Dabei war es eigentlich ganz anders. Im Grunde ihres Herzens mochte sie den Ehrenwerten Tyler Whately sogar ausgesprochen gern.

Er war ein gutaussehender Mann, mit hellblondem wirrem Haar, das nur ein paar Tropfen Macassar-Öl gebraucht hätte, um in Form zu kommen. Er trug einen feschen Schnauzer und einen gestutzten Backenbart, der sein kraftvolles Kinn nicht verbergen konnte. Auch seine dunkelgrünen Augen waren sehr hübsch. Er war zwar groß, doch nicht *so* groß, daß sich ein Mädchen den Hals verrenken mußte, wenn es zu ihm aufschaute. Und obwohl er schlank war und keineswegs ein einschüchternder Muskelprotz, strahlte sein Körper Kraft aus. Mit seinen 27 Jahren war er ein junger Mann mit glänzenden Zukunftsaussichten, außerdem hatte er von den Großeltern seiner Mutter ein nicht unbeträchtliches Vermögen geerbt.

Megan war sich völlig im klaren, daß Tyler eine ausgesprochen gute Partie war. Womöglich hätte sie ihn sich sogar geangelt, doch ihre beste Freundin, Tiffany Roberts, hatte ihr, gleich nachdem sie ihn beide zum ersten Mal gesehen hatten, gestanden, daß *sie* ihn unbedingt haben wollte.

Genau so hatte sie es ausgedrückt: »Ich muß ihn haben, Meg.« Die beiden Mädchen hatten sich nie ein Blatt vor den Mund genommen – zumindest wenn sie unter sich waren und nicht fürchten mußten, jemanden, der Zeuge ihres Gesprächs wurde, mit ihrer Unverblümtheit zu schockieren. Doch an jenem Tag war Tiffany dermaßen aufgeregt, daß es ihr völlig egal war, ob jemand zuhörte. »Wirklich, Meg, er ist der Richtige! Ich hatte so ein Gefühl wie noch nie, so …, als er mich anlächelte – mein Gott, ich kann's einfach nicht beschreiben, ich schwör' dir, ich wär' fast in Ohnmacht gefallen.«

»Wahrscheinlich war dein Korsett wieder mal zu eng geschnürt«, grinste Megan mit einem Augenzwinkern. »Du weißt doch, du mußt immer einen Spalt Luft lassen, damit du noch atmen kannst.«

»Ach, hör doch auf«, lachte Tiffany. »Es ist mein voller Ernst. Sag mir, Meg, was kann ich bloß machen, um ihn für mich zu gewinnen?«

Megan war fünf Monate älter, und deshalb meinte Tiffany immer, ihre Freundin müßte in Fragen der Liebe alle Antworten parat haben, doch gerade dieses Thema war für Megan, auch wenn sie es selbst nicht so recht wahrhaben wollte, ein Buch mit sieben Siegeln. Wo immer sie auftauchte, war sie sofort von Männern umschwärmt. Es war ihr oft richtig peinlich, besonders, weil sie von sich aus überhaupt nichts dazu tat. Aber nachdem sie zwei Jahre lang miterlebt hatte, wie fast jeder heiratsfähige Mann aus der näheren Umgebung ihr den Hof machte, war sie zu der Überzeugung gekommen, daß es wohl ihre Augen waren und ihre Art, die Männer anzuschauen, die ihnen den Kopf verdrehte. Dabei hatte sie so ziemlich die unmöglichste Haarfarbe im ganzen Königreich England: ein gräßliches, auffallend helles Kupferrot – leider das einzige, was sie von ihrem Vater geerbt hatte.

Und deshalb hatte Megan an diesem Tag nur ihren gesunden Menschenverstand zu Hilfe genommen und ihrer Freundin geraten: »Sei einfach so, wie du bist, dann hat er überhaupt keine Chance, deinem Charme zu widerstehen.«

Und genauso kam es. Es waren keine zwei Monate seit ihrer ersten Begegnung vergangen, da hielt der Ehrenwerte Tyler um Tiffanys Hand an. In knapp drei Monaten, an ihrem achtzehnten Geburtstag, wollten sie heiraten. Und Tyler, der Sohn eines Vicomtes, hatte nicht vor, dies in aller Stille zu tun. Es sollte ein Fest mit Glanz und Glorie werden, auf dem Höhepunkt der diesjährigen Londoner Saison.

Megan war überglücklich, daß ihre Freundin so einen feinen Menschen wie Tyler heiraten würde, und als sie an diesem herrlichen Sonntagmorgen das verlobte Paar in die Kirche begleitete, wirkte ihre barsche Zurechtweisung wie ein Schlag ins Gesicht. Tyler war völlig vor den Kopf gestoßen. Ihr unhöflicher Ton ihm gegenüber hatte ihn von Anfang an irritiert. Mit der Zeit jedoch wuchs sein Ärger vor allem deshalb, weil er ihr niemals einen Anlaß dazu gegeben hatte. Tiffany dagegen wußte sehr wohl, was hinter Megans eigentümlicher Frostigkeit steckte, und war deshalb keineswegs überrascht.

Am Anfang war sie Megan sogar ungemein dankbar dafür gewesen, daß sie sich Tyler gegenüber wie ein Biest aufführte. Bisher war es nämlich immer so gelaufen, daß die Männer, für die Tiffany auch nur einen Hauch von Interesse zeigte, sich sofort Hals über Kopf in Megan verliebt hatten. Dabei war Tiffany alles andere als häßlich. Im Gegenteil, mit ihren blonden Locken und ihren großen blauen Augen entsprach sie genau dem Schönheitsideal. Doch wenn man nur »hübsch« war, hatte man neben so einer faszinierenden Schönheit wie Megan eben einfach keine Chance. Und so hatte Megan alles getan, um zu verhindern, daß Tyler sich in sie verlieben würde.

Mit dieser ungewöhnlichen Strategie hatte Megan auch durchschlagenden Erfolg gehabt. Doch langsam hatte Tyler diese Art einfach satt. Er hatte keine Lust mehr, wegen irgendwelcher harmloser Bemerkungen, an denen Megan mal wieder Anstoß genommen hatte, zu erröten und verlegen Entschuldigungen zu stammeln. Jetzt schlug er zurück, und das machte er durchaus gekonnt.

Mit einer heftigen Bewegung gab er dem Fuchs die Zügel, als die beiden Mädchen in der offenen Kutsche Platz genommen hatten. Und dann, ohne Megan noch einmal anzuschauen, bemerkte er scharf: »Ich habe niemanden angestarrt, Fräulein Penworthy, absolut niemanden.«

Tiffany erstarrte. In diesem Ton hatte er noch nie zu ihrer Freundin gesprochen. Megan schoß Zornesröte ins Gesicht, und sie wandte sich ab, um zu verbergen, daß sein Hieb sie getroffen hatte.

Tiffany konnte Tyler keinen Vorwurf machen. Bei all den Gemeinheiten, die er hatte schlucken müssen, war es nur zu verständlich, daß auch er irgendwann gemein wurde. Nein, es war *ihre* Schuld, daß sie Megans Treiben nicht schon viel früher ein Ende gesetzt hatte. Aber sie hatte eben immer noch diesen allerletzten Rest von Mißtrauen gehegt, ob nicht Tyler, wenn er Megan jemals so erleben würde, wie sie wirklich war, genauso für sie entflammt wäre wie all die anderen Männer, denen Megan nur ein einziges Lächeln geschenkt hatte.

Aber jetzt mußte ein Ende sein. Sie war inzwischen absolut sicher, daß Tyler sie liebte. Und wenn sie es bis jetzt immer noch nicht geschafft hatte, ihn für sich zu gewinnen, dann verdiente sie ihn eben nicht, oder besser: *Er* verdiente *sie* nicht. Gleich nach der Predigt würde sie mit Megan sprechen, oder vielleicht sogar noch vorher, zumindest rechtzeitig, bevor Megans Verletztheit sich in Wut verwandelt hatte. Dies mußte Tiffany unbedingt verhindern, denn wenn Megan einmal so richtig in Rage geriet, was zum Glück nicht oft vorkam, konnte sie wirklich unberechenbar werden.

Zum Glück bot sich gleich eine günstige Gelegenheit, als sie bei der Pfarrkirche am Dorfrand von Teadale ankamen. Tyler ging ihnen voraus, um Lady Ophelia und ihren drei Töchtern seine Aufwartung zu machen. Als Gräfin von Wedgwood besaß Ophelia Thackeray den höchsten Adelstitel in der ganzen Umgebung, und das ließ sie den niederen Adel deutlich spüren. Auch Megan stand ganz in ihrem Bann. Sie ließ keine Gelegenheit aus, die Aufmerksamkeit der Gräfin zu erregen, denn diese war für ihre rauschenden Feste in der ganzen Gemeinde bekannt, und jeder riß sich darum, zu den ausgewählten Gästen zu gehören. Auch Megan hätte alles darum gegeben, einmal eingeladen zu werden.

Und so wollte sie sich gerade an Tylers Fersen heften, um der Gräfin ihre Ehrerbietung zu erweisen, als Tiffany sie zurückhielt, um mit ihr zu sprechen. Megan blickte sie ungeduldig an, denn in diesem Augenblick kam ihr eine Aussprache äußerst ungelegen, und so versuchte sie schnell, Tiffany das Wort abzuschneiden.

»Ich nehme doch nicht an, daß du vorhast, die peinliche Auseinandersetzung von vorhin noch mit irgendeinem Wort zu erwähnen, Tiffany.«

»Ich muß aber mit dir darüber reden«, beharrte Tiffany. »Ich weiß, was für ein Spiel du spielst, Megan, und ich bin dir sehr dankbar dafür. Es war mir am Anfang auch eine große Hilfe, doch nun ist es Zeit, damit aufzuhören. Das Band der Liebe zwischen mir und Tyler ist inzwischen so stark, daß er dir, wenn du ihm einmal ein Lächeln schenkst, bestimmt nicht gleich zu Füßen sinken wird.«

Megan schaute sie verblüfft an und brach dann in ein spontanes, ganz und gar nicht damenhaftes Lachen aus. Sie umarmte ihre Freundin. »Du hast völlig recht, ich weiß. Ich glaube, es ist mir inzwischen schon richtig zur Gewohnheit geworden, auf deinem netten Bräutigam herumzuhacken.«

»Dann gib diese Gewohnheit auf, noch heute!«

Megan schmunzelte. »Liebend gern. Aber er wird doch nicht

meinen, daß irgend etwas mit mir nicht stimmt, wenn ich plötzlich nett zu ihm bin, oder?«

»Ich denke, er wird zumindest mit den dezenten Anspielungen aufhören, daß du nicht der richtige Umgang für micht wärst.«

Megans nachtblaue Augen blitzten auf. »Was, zum Teufel, höre ich da? Hat er das wirklich gesagt?«

»Mehr als einmal. Aber kannst du es ihm verdenken, wenn du dich ihm die ganze Zeit von deiner schlechtesten Seite zeigst? Er kann es einfach nicht verstehen, daß zwei Menschen, die aus seiner Sicht so unterschiedliche Temperamente haben, miteinander befreundet sein können.«

»Hat der eine Ahnung!« stieß Megan hervor. »Wir sind doch beide aus dem gleichen Holz geschnitzt!« Doch dann verfinsterte sich ihr Gesicht, und sie biß sich auf die Lippe. »Er wird dir doch nicht den Kontakt mit mir verbieten, wenn ihr erst einmal verheiratet seid?«

»Du weißt doch, daß er nicht die geringsten Herrscherallüren hat«, beruhigte sie Tiffany. »Und selbst wenn er es mir verbieten würde, würde mich das keinen Augenblick lang abhalten. Ich glaube, Fräulein Penworthy, diese Freundin werden Sie Ihr Leben lang nicht mehr los.«

Megan strahlte sie an. Es war dieses Lächeln mit den beiden Grübchen, das ihr so einen ganz besonderen Ausdruck von Schönheit verlieh. Es war ein warmes, offenes, einladendes Lächeln, das Tiffany immer wieder zutiefst berührte, auch wenn sie schon oft damit bedacht worden war. Jedes Mal, wenn Megan sie so anlächelte, hatte sie das Gefühl, daß ihr ein unsagbares Glück zuteil wurde und daß sie für diese geliebte Freundin einfach alles tun würde. Doch dieses Lächeln verfehlte auch auf die umstehenden Herren der Schöpfung, die sich im Kirchhof unterhielten und dabei heimlich zu Megan herüberschielten, nicht seine Wirkung. Sie brachen ihre Gespräche mitten im Satz ab und starrten sie jetzt offen an; einige der Gentlemen bezogen das Lächeln auf sich und fühlten sich sofort berufen, erneut ihr Glück zu probieren und dieser Schönsten aller Schönen den Hof zu machen.

Jetzt, wo alles geklärt war, fühlte sich Tiffany erleichtert. Sie hängte sich bei Megan ein und ging mit ihr zum Kirchentor, wo Tyler immer noch in ein angeregtes Gespräch mit den vier Thackerays vertieft war. »Heute haben wir bestimmt Glück«, flüsterte Tiffany aufgeregt, »heute kriegen wir endlich die langersehnte Einladung, ich schwör's dir! Du siehst in deinem neuen blauen Kleid einfach umwerfend aus, das wird mit Sicherheit auch die alte Schachtel beeindrucken!«

»Meinst du wirklich?« fragte Megan gespannt.

Eigentlich wünschte sich Tiffany, daß Megan diese verdammte Einladung nicht so wichtig nähme, aber da war nun einmal nichts zu machen. Die Gräfin hatte einen riesigen Bekanntenkreis in ganz Devonshire; wenn sie eins ihrer Feste gab, kamen die Gäste von weit her angereist, so daß man jede Menge interessanter Leute kennenlernen konnte. Und alle jungen Mädchen, die bisher dem Mann ihrer Träume noch nicht begegnet waren, hofften natürlich, hier endlich die große Liebe zu finden.

Doch für Megan war das nicht der Hauptgrund, warum sie unbedingt von der Gräfin eingeladen werden wollte. In ein paar Monaten würde sie für einige Zeit nach London gehen und dort so viele heiratsfähige junge Männer kennenlernen, wie sie nur wollte. Nein, es war etwas anderes. Eine Einladung bei der Gräfin bedeutete, daß man »dazugehörte«. Wenn man es nicht schaffte, irgendwann auf der Gästeliste zu stehen, konnte man nicht »mithalten«, oder noch schlimmer, es entstand der Eindruck, als ob irgend etwas mit einem nicht in Ordnung war, vielleicht ein Familienskandal, der nur noch nicht publik geworden war, oder etwas Ähnliches. Jeder in der Gemeinde, der Rang und Namen hatte, war schon einmal eingeladen worden, und sei es nur ein einziges Mal, sogar Tiffanys Familie. Ihre Eltern waren hingegangen, doch sie selbst hatte sich entschuldigen lassen, weil sie unpäßlich sei, doch in Wirklichkeit nur aus Mitgefühl gegenüber Megan. Sie hatte es nicht übers Herz gebracht, ihr es jemals zu erzählen, denn es hätte ihre Freundin nur noch untröstlicher gemacht.

Bis jetzt hatten sie beide immer geglaubt, daß die Gräfin mit einer Einladung nur bis zu Megans achtzehntem Geburtstag hatte warten wollen. Doch der lag nun schon zwei Monate zurück, und der Gutsbesitzer und seine Tochter wurden immer noch einfach ignoriert.

Tiffany drückte Megans Arm und betete zu Gott, daß sie mit ihrer Bemerkung bei ihrer Freundin keine Hoffnungen geweckt hatte, die sie um so mehr enttäuschen würden, sollten sie wieder nicht in Erfüllung gehen. Aber dies war die erste Gelegenheit seit einem Monat, daß sie – dank Tyler – mit der Gräfin sprechen konnten. Und vielleicht mußte man Lady Ophelia ja einfach nur dezent daran erinnern, daß Megan Penworthy ihre Nachbarin war …

»Bis zum nächsten Sonnabend dann, Mr. Whately«, flötete Lady Ophelia gerade, als die beiden Mädchen sich dazugesellten. »Nur ein kleiner Kreis, so vierzig Gäste oder so. Und vergessen Sie nicht, Ihre reizende Verlobte mitzubringen!«

Die Gräfin lächelte Tiffany an, starrte einen Augenblick lang auf Megan, drehte sich dann um und trat in die Kirche.

Es war ein gezielter, ein beabsichtigter Schlag. Alice Thackeray, die siebzehnjährige, jüngste Tochter der Gräfin konnte sich ein hämisches Kichern nicht verkneifen, bevor sie ihrer Mutter hinterherhuschte. Die beiden anderen Mädchen, Agnes und Anne, schauten Megan nur an, doch auch in ihren Gesichtern stand unverhüllte Schadenfreude.

Einen Augenblick lang stand Tiffany wie gelähmt, doch dann fühlte sie eine ohnmächtige Wut in sich aufsteigen. Wie konnten sie es nur wagen?! Alle wußten, daß sie und Megan die besten Freundinnen waren und daß Megan sie und Tyler fast überallhin begleitete, weil sie ihre Anstandsdame war. Es war, als hätten die Thackerays es gezielt darauf abgesehen und auch genau den richtigen Zeitpunkt gewählt, Megan in aller Öffentlichkeit bloßzustellen und ihr genüßlich unter die Nase zu reiben, daß ihre langgehegte Hoffnung, einmal eingeladen zu werden, nie und nimmer in Erfüllung gehen würde. Und Tiffany befürchtete, daß Megan auch wußte, warum. Megan war einfach zu schön, als daß man sie einladen könnte, wenn man selber drei Töchter hatte, die man unter die Haube bringen mußte und die leider nicht einmal »hübsch« zu nennen waren.

Tyler räusperte sich dezent, um sie darauf hinzuweisen, daß sie immer noch wie angewurzelt dastanden. Tiffany warf einen verstohlenen Blick auf Megan, um zu sehen, wie sie die Zurücksetzung durch die Thackerays verkraftet hatte. Doch es stand noch schlimmer um sie, als sie befürchtet hatte. Megans Gesicht war kreideweiß wie ihr Hutband, ihre großen blauen Augen waren mit Tränen gefüllt, die ihr jeden Moment über die Wangen zu laufen drohten, obwohl sie sie tapfer zurückzuhalten versuchte. Tiffany brach das Herz, als sie ihre Freundin so leiden sah, und es raubte ihr fast den Verstand, daß sie ihr überhaupt nicht helfen konnte.

Sie schaute ihrer Freundin in die schönen Augen und drückte ihr stumm die Hand. »Warum?« flüsterte Megan.

Tiffany war wütend genug, um sich kein Blatt vor den Mund zu nehmen. »Du bist einfach zu hübsch, verdammt noch mal. Sie hat diese drei dummen Ziegen, die sie an den Mann bringen muß, und sie weiß genau, daß kein Mann sie auch nur eines einzigen Blickes würdigen wird, wenn du in der Nähe bist.«

»Aber das ist so ... so ...«

»Selbstsüchtig? Kleinkariert? Genau das ist es, Meg, doch ...«

»Es ist wirklich nett von dir, Tiff, wirklich – aber ich muß jetzt allein sein ...«

Sie brach ihren Satz abrupt ab, machte auf dem Absatz kehrt und eilte davon. »Megan, warte doch!« rief Tiffany, doch Megan hörte nicht. Sie rannte fast, als sie den Kirchhof verließ, denn sie konnte die Tränen nicht mehr zurückhalten. Mr. Pocock hielt ihr ein Taschentuch hin, als sie an ihm vorbeihastete, doch sie bemerkte ihn gar nicht. Er starrte ihr entgeistert hinterher, als sie völlig aufgelöst die Straße entlanglief.

»Ich fürchte, wir müssen ihr nach – es sind immerhin fast zwei Kilometer bis Sutton Manor«, bemerkte Tyler.

»Das ist nicht der Grund, warum wir ihr hinterherfahren müssen«, murmelte Tiffany geistesabwesend. Sie schaute immer noch Megan nach, wie sie die Straße entlangstolperte, stehenblieb, in ihrem Handtäschchen nach einem Taschentuch suchte und dann weiterhastete, ohne es zu benutzen. »Sie und ich sind diese Strecke oft zusammen gelaufen.« Dann wandte sie ihren Blick zu Tyler, und als sie seinen Gesichtsausdruck wahrnahm, stieg wieder die Wut in ihr auf. »Wage es nicht, dich über sie lustig zu machen, Tyler Whately«, fauchte sie, »sie hat es wirklich nicht verdient, von dieser gräßlichen Frau so gedemütigt zu werden.«

»Gestatte mir, daß ich da anderer Meinung bin.«

»Nein, das gestatte ich dir nicht! Du wirst von heute ab sowieso eine gewaltige Veränderung an ihr bemerken, und deshalb kann ich es dir ja gleich erzählen. Sie hat dich die ganze Zeit einzig und allein deshalb so gemein behandelt, damit du auf keinen Fall Sympathie für sie empfindest! Sie hat das alles nur aus Liebe zu mir getan, weil sie weiß, wie sehr ich dich – was ich für dich empfinde, und sie wollte um jeden Preis verhindern, daß ich leiden muß, weil du dich statt mir womöglich ihr zugewandt hättest.«

»Aber ich kann dieses Mädchen nicht ausstehen!« protestierte er.

»Als du sie zum ersten Mal gesehen hast, da hast du doch wohl andere Gefühle gehabt, oder?« schoß Tiffany zurück.

»Naja, das weiß ich jetzt nicht mehr, aber – also soll das jetzt heißen, daß sie dieses ganze Theater mit Absicht inszeniert hat?«

»Haargenau! Und wenn du dich jetzt ärgern willst, dann ärgere dich über *mich*, denn ich hätte diesem ganzen Spiel schon viel früher ein Ende setzen müssen. Es war nur, weil ich immer noch ein bißchen Angst davor hatte, was passieren würde, wenn du herausfinden würdest, daß sie eigentlich ein unheimlich warmer, liebenswerter Mensch ist.«

»Und verwöhnt, und eigensinnig ...«

»Nur ein ganz klein bißchen verwöhnt, und das ist schließlich kein Wunder bei so einem freundlichen und großzügigen Vater, wie es der Gutsbesitzer ist. Und übrigens bin ich mindestens genauso eigensinnig wie sie, Tyler.«

»Richtig, aber deinen Eigensinn finde ich manchmal sehr liebenswert.«

»Danke. Aber kannst du denn ihr Dilemma nicht verstehen? Sie *weiß*, wie sie auf Männer wirkt, Tyler. Das Verhalten, das sie dir gegenüber an den Tag gelegt hat, ist ihre einzige Möglichkeit, sich und die Männer davor zu bewahren, daß sie sich hoffnungslos in sie verlieben.«

»Aber ich würde doch niemals eine Frau haben wollen, die so aussieht wie sie, Liebling. Um Gottes willen, bloß nicht!« Er schien regelrecht erschrocken bei dem Gedanken. »Dieses Mädchen braucht einen Mann, der einiges aushält, der sanft ist wie ein Lamm und für den ›Eifersucht‹ ein absolutes Fremdwort ist. Es wäre mir eine grauenvolle Vorstellung, daß jeder Mann in meinem Bekanntenkreis in meine Frau verliebt wäre – naja, gegen einen oder zwei hätte ich nichts einzuwenden«, fügte er mit einem Schmunzeln hinzu. »Aber wenn es wirklich alle wären, würde mich das an den Rand der Verzweiflung bringen.«

»Nach deinen Worten sieht es ja ziemlich schlecht aus für sie. Aber ist denn nicht jeder Mann ein bißchen eifersüchtig, wenn es um seine Frau geht?«

»Das bißchen Eifersucht hin und wieder macht einem Mann nichts aus, denke ich, wenn er sich nur der Liebe seiner Frau sicher sein kann. Und deshalb muß sie sich entsprechend anstrengen, ihm diese Sicherheit zu geben.«

Tiffany fand, daß Tyler dieses Problem ziemlich einseitig sah. »Und was ist, wenn *sie* aus irgendwelchen Gründen eifersüchtig ist? Muß *er* dann nicht auch einiges tun, um sie seiner Liebe zu versichern?«

»Wozu denn. Er hat sie ja schließlich geheiratet, oder nicht?«

»Nein, das hat er noch nicht«, bemerkte sie trotzig.

Tyler sah sie fragend von der Seite an, als sie mit einer schwungvollen Gebärde die Schleppe ihres Kleides raffte und hoch erhobenen Hauptes zur Kutsche davonrauschte. Er hatte fast Mühe, sie einzuholen.

»Sind wir nicht gerade ein bißchen vom Thema abgekommen?« fragte er etwas irritiert.

»Meinst du wirklich, Tyler?«

»Nein, eigentlich nicht, wenn ich es recht bedenke«, meinte er dann. »Schau, Tiffany, der Fall deiner Freundin ist ein außergewöhnlicher, weil *sie* eben ganz außergewöhnlich ist. Womit ich nicht sagen will, daß du nicht ebenfalls außergewöhnlich bist; ich hoffe, du verstehst mich. Unsere Situation ist einfach eine ganz andere, die man mit ihrer gar nicht vergleichen kann.«

»Ich weiß, Tyler. Ich verzeihe dir.«

»Danke.«

2

»Ißt du schon *wieder*?« staunte Tiffany, als sie unangemeldet in das Eßzimmer gerauscht kam.

Krebs, der Butler der Penworthys, schloß mit ärgerlichem Gesicht die Türen hinter ihr, denn wieder einmal war er nicht schnell genug gewesen, um Tiffany rechtzeitig die Tür aufzuhalten. Eigentlich hätte er diesen Ehrgeiz schon lange aufgeben sollen; schon nach den ersten Begegnungen zwischen den beiden Freundinnen hätte er erkennen müssen, daß es, was Tiffany betraf, völlig aussichtslos war, auf die Etikette zu achten. Doch er hatte eben auch seinen Stolz.

Es war nämlich Tiffanys ganz privates Spielchen, Krebs damit zu necken, daß sie immer wieder durch eine andere Tür ins Haus kam. Wenn Krebs Glück hatte und sie vorher schon kommen sah – und selbst das verhinderte sie oft genug, indem sie einen großen Bogen um das Gutshaus machte und sich von hinten direkt durch den Stall hereinschlich –, sauste er zum Kücheneingang, um kurz darauf resigniert festzustellen, daß sie diesmal durch die Glastüren im Salon hereingewirbelt kam. Wenn er sie im Salon erwartete, hatte er ebenfalls Pech, denn schon kam sie mit einem unschuldigen »Ist jemand da?« auf den Lippen durch die Hintertür die Treppe hoch. Einmal, als er wußte, daß sie in Kürze kommen würde, ließ er alle drei Türen sperrangelweit offen und wartete unten in der Empfangshalle, die sie auf jeden Fall durchqueren mußte, egal, welchen Eingang sie diesmal wählen würde. Aber an diesem Tag stieg sie doch tatsächlich durch ein Fenster des Eßzimmers ein. Nach dieser Niederlage sprach Krebs zwei Wochen lang kein einziges Wort mehr mit ihr.

Megan hatte gehofft. daß der Butler der Roberts' mit ihr das gleiche Spielchen spielen würde. Doch der war ein souveräner, liebenswürdiger älterer Herr, der sich auf so etwas gar nicht einließ. Wenn sie plötzlich unverhofft bei ihm auftauchte, lächelte er sie nur freundlich an und wünschte ihr einen guten Tag, und das verdarb ihr dann jedesmal den ganzen Spaß.

Megan gähnte und hielt sich die Serviette vor den Mund. »Das hier ist tatsächlich erst mein Frühstück, aber ich bin schon fertig.«

»Nein, laß doch, trink ruhig erst deinen Tee aus«, erwiderte Tiffany und setzte sich zu ihr. »Ich könnte auch eine Tasse vertragen, teilen wir uns also den Rest.« Und nonchalant, als hätte sie Megans Bemerkung gar nicht überrascht, fügte sie hinzu: »Dein Frühstück, sagst du? Weißt du eigentlich, wie spät es ist?«

Megan zuckte die Achseln, goß Tee in ihre Tasse und reichte sie Tiffany hinüber, die sofort Zucker dazugab. Somit war klar, daß von Teilen keine Rede mehr sein konnte, denn Megan nahm ihren Tee stets ohne Zucker, und das wußte Tiffany natürlich. Sie wußten sowieso ziemlich alles voneinander nach elf Jahren Freundschaft. Doch Krebs, der immer noch in der Lage war, wenigstens *ein paar* Dinge vorauszusehen, war inzwischen in die Küche gegangen, um Cora zu sagen, daß sie eine zweite Tasse bringen sollte.

Cora war die Tochter des Kochs, ein hübsches Mädchen, die jedoch einige Probleme hatte, ihre üppigen Kurven in den figurbetonten Kleidern unterzubringen, die jetzt Mode waren, und da sie das Korsett immer ein wenig zu eng schnürte, war sie auch immer ein wenig außer Atem. Ihre Hausmädchen-Tracht war zwar äußerst schlicht, betonte jedoch deutlich ihre stattliche Oberweite und war auch mit einer prächtigen Schleppe geschmückt, die immer noch dazugehörte, auch wenn der Reifrock ja schon seit vielen Jahren aus der Mode gekommen war. Einigen Gutsherrinnen war es ein Dorn im Auge, daß ihre weiblichen Bediensteten die gleichen modischen Kleiderschnitte trugen wie sie selbst, wenn auch natürlich aus einem viel billigeren Stoff. Sogar Putzfrauen gingen mit wallenden Schleppen zur Arbeit, in die sie jedoch mit geschickter Hand kleine Bänder eingenäht hatten, mit denen sie die Röcke rafften, damit sie nicht bei der Arbeit störten. Wenn Feierabend war, lösten sie diese Bänder wieder und rauschten dann majestätisch von dannen.

Megan wartete, bis Cora sich mit einem tiefen Knicks wieder entfernt hatte, und gestand dann: »Ich habe tatsächlich verschlafen.«

Dies war ein echtes Geständnis, denn Megan verschlief sonst nie, und auch das wußten sie natürlich beide. »Und was war der Grund? Es ist erst das zweite Mal in deinem ganzen Leben. Das erste Mal kann ich ja verstehen, da haben wir in diesem verfallenen Schloß die halbe Nacht vergeblich auf den Geist von Lord Beacon gewartet, der da angeblich umging. War das eine Enttäuschung ...« Tiffany unterbrach sich, weil sie jetzt nicht in alten Erinnerungen schwelgen wollte, und fragte Megan einfühlsam: »Hast du schlecht geschlafen?«

»Schlecht ist gar kein Ausdruck«, erwiderte Megan.

»Verdammt, ich hätte dich gestern nacht also doch nicht allein lassen sollen. Aber ich dachte, daß du dich wieder soweit gefangen hättest, um nicht die ganze Nacht weitergrübeln zu müssen. Du warst ganz schön wütend auf die Gräfin, oder?«

Megan grinste. »Meinst du denn, daß Wut ein gutes Schlafmittel ist?«

»Zumindest ein besseres als Herumbrüten.«

»Na, da bin ich aber anderer Meinung, Tiffany«, antwortete Megan.

»Wie dem auch sei«, sagte Tiffany, »es hat dir also weiterhin keine Ruhe gelassen, auch als ich weggegangen bin?«

»Nein.«

Megans Tränen waren schon getrocknet, als Tiffany gestern aus der Kutsche sprang, um Megan zu Fuß auf der Landstraße nach Hause zu begleiten. Tyler folgte ihnen in diskretem Abstand, so daß sie sich ungestört unterhalten konnten. Tiffany stellte überrascht fest, daß Megan jedes Selbstmitleid abgelegt hatte und statt dessen vor Wut kochte. Um sie aufzuheitern, hatte sie ihr zum Spaß vorgeschlagen, doch zurückzugehen und Lady O zu ohrfeigen. Megan hatte daran auch schon allen Ernstes gedacht, den Gedanken jedoch wieder verworfen, weil ihr das eine viel zu geringe Vergeltung schien. Tiffany, die den Vorschlag gar nicht ernst gemeint hatte, stimmte ihr dann aber zu, daß die Gräfin den Skandal einfach nicht wert war, den eine solche Rache nach sich ziehen müßte.

Sie war sehr erleichtert, daß Megan sich nicht mehr selbst bemitleidete, sondern wieder ihre alte Kraft gefunden und eine anständige Wut entwickelt hatte. Eine Wut zu haben, war einfach viel gesünder. Dabei ärgerte sich Megan inzwischen am meisten über sich selbst, daß sie die ganze Zeit so viel unnütze Energie verschwendet hatte für eine Angelegenheit, die von Anfang an ein hoffnungsloses Unterfangen gewesen war. Sie kam sich wie eine totale Idiotin vor. Auch Tiffany fühlte sich so, weil sie dies alles schon viel früher hätte kommen sehen müssen. Doch die alte Schachtel hätte Megan wirklich nicht solch einen Schlag zu versetzen brauchen. Das war einfach hundsgemein.

»Ich *wußte* es ja, ich hätte nicht auf dich hören sollen!« rief Tiffany aus. »Aber du hast gesagt: ›Geh nach Hause, mir geht's schon wieder gut. Es ist ja nicht so, daß mich noch nie jemand beleidigt hätte.‹«

Megan lachte kurz auf. »Ja, das ist nur allzu wahr.«

»Ich weiß wirklich nicht, wie du darüber auch noch lachen kannst.«

Tiffany wurde immer noch wütend, wenn sie daran dachte, daß ihre früheren Freundinnen sich alle von Megan zurückgezogen hatten, als sie anfing, sich vom kleinen Mädchen zu einer jungen Schönheit zu entwickeln. Eine nach der anderen waren sie weggeblieben. Und nur deshalb, weil sie sich neben ihr farblos und unattraktiv vorkamen und das einfach nicht ertragen konnten. Einige von ihnen hatten Megan später sogar in aller Öffentlichkeit beleidigt, und das war wirklich nur die blanke Mißgunst gewesen. Als ob Megan etwas dafür könnte, daß sie derart aufsehenerregende Augen hatte.

Megan verstand genauso wenig, wie sie darüber lachen konnte. Wenn einen Freunde verlassen, hinterläßt das eine Wunde, die nie ganz verheilt. Sie schwärt unter der Oberfläche und bricht immer wieder auf, wenn einem ein ähnliches Erlebnis widerfährt. Und das, was die Gräfin ihr gestern angetan hatte, brachte ihr wieder all die schmerzlichen Erinnerungen zurück.

»Besser, drüber zu lachen als wieder drüber zu weinen, meinst du nicht auch?« Megan starrte düster auf das letzte Würstchen auf ihrem Teller und zog damit kleine Kringel in die Marmeladereste.

Tiffany stutzte. »Natürlich. Das ist auf jeden Fall besser.«

Beiden wurde bewußt, daß sie das Thema gewechsel hatten, und daß es jetzt um die alten Wunden ging, nicht mehr um die gestrige Beleidigung. »Andererseits«, fuhr Megan fort, »wenn ich an all den Spaß denke, den wir beide in den letzten Jahren miteinander hatten, dann tun mir die anderen Mädchen schon fast wieder leid, weil sie nicht dabei waren und sich mit uns freuen konnten.«

»Jetzt, wo du es sagst, empfinde ich es auch so. Sie haben sich alle in so langweilige Ziegen verwandelt, nachdem sie sich von uns abgewandt hatten. Doch wenn ich es recht bedenke, dann tun sie mir eigentlich überhaupt nicht leid.«

Megan schaute kurz auf und grinste. »Mir eigentlich auch nicht, wenn ich ehrlich bin, aber ich dachte, es klingt doch sehr edelmütig, wenn ich so etwas sage, oder?«

Sie lachten beide, obwohl das ganze eigentlich eine sehr traurige Angelegenheit war. Und so wechselte Tiffany schnell das Thema. »Ich nehme an, dieses späte Frühstück bedeutet, daß auch dein Morgenritt heute ausgefallen ist und du deshalb den ganzen Tag schlechter Laune sein wirst, oder?«

Megan frühstückte gewöhnlich in aller Herrgottsfrühe zusammen mit dem Gutsbesitzer und verbrachte den halben Vormittag damit, ihr Pferd, Sir Ambrose, zu reiten, und die restliche Zeit, es zu striegeln und zu versorgen. Sir Ambrose war ihr ganzer Stolz, und so war es dem Stalljungen – sie hatten nur einen einzigen, da sie zur Zeit bloß vier Pferde besaßen – strengstens untersagt, das Pferd auch nur anzurühren. Er durfte es gerade noch füttern, und auch das machte Megan am liebsten selber. Man brauchte nur zu sehen, wie sie sich den ganzen Tag im Reitstall herumtrieb, und man wußte sofort, daß sie Pferde einfach über alles liebte.

»Doch, ich bin heute schon geritten« sagte Megan. Dann senkte sie ihren Blick wieder auf ihr Würstchen und fügte leise hinzu: »Allerdings in stockfinsterer Nacht.«

»Um Gottes willen!«

»Es war ungefähr zwei Uhr morgens.«

»Das darf doch nicht wahr sein! Megan!«

Megan schaute auf. »Ich *mußte* es tun, Tiffany, ich *schwöre* es dir. Ich wäre sonst einfach wahnsinnig geworden.«

»Hat dich wenigstens einer der Diener begleitet?«

»Ich hab es nicht übers Herz gebracht, einen zu wecken.«

»Megan!«

»Es hat mich bestimmt keiner gesehen«, beteuerte Megan. Offensichtlich erinnerte sie sich jetzt erst wieder daran, daß es absolut skandalös für eine junge Dame war, mitten in der Nacht ganz allein das Haus zu verlassen. »Ich bin nur auf der Straße geblieben, schon allein wegen Sir Ambrose, denn es war stockfinstere Nacht. Aber es hat wirklich geholfen! Als ich wieder in meinem Bett war, bin ich sofort eingeschlafen.« Tiffany war immer noch sprachlos, und so fuhr Megan fort: »Dieser Ritt war mehr als nur ein Schlafmittel. Als ich zum dritten Mal von hier zum Dorf geritten war ...«

»Zum *dritten* Mal?!«

»Ich bin die Strecke fünfmal hin- und hergaloppiert. Ich mußte doch die ganze Zeit auf dieser verdammten Straße bleiben, und Sir Ambrose war genauso wild darauf wie ich, sich mal so richtig auszutoben.«

Tiffany rollte die Augen.

»Als ich also zum dritten Mal die Strecke entlangraste, da kam mir plötzlich *die* Idee, wie ich mich an Ophelia Thackeray rächen könnte, und zwar so, daß sie ihres Lebens nicht mehr froh würde. Und genau das werde ich auch machen.«

Tiffany erschrak. »Du hast doch nicht etwa vor, sie doch noch zu ohrfeigen?«

»Nein«, grinste Megan. Und dann fügte sie triumphierend hinzu: »Ich werde in einem Palast wohnen, der doppelt so groß ist wie ihrer, und werde zur umschwärmtesten Gastgeberin der ganzen Umgebung werden! *Das* wird ihr den Schlag versetzen!«

»Ach, und wie gedenkst du das anzustellen?«

»Ganz einfach. Ich werde einen Herzog heiraten.«

»Na klar doch! Mein Gott, daß ich da nicht selbst darauf gekommen bin! Und an welchen Herzog hattest du da gedacht?«

»Wrothston natürlich«, bemerkte Megan. »Er ist der einzige, den wir kennen.«

Tiffany richtete sich auf. Jetzt, wo Megan den Herzog beim Namen genannt hatte, war sie auf einmal nicht mehr sicher, ob das nur mal wieder eine von Megans Schwärmereien war, oder ob sie es tatsächlich ernst meinte. »Megan, wir *kennen* ihn doch überhaupt nicht! Als wir auf Sherring Cross waren, um mit seiner Großmutter Tee zu trinken war er doch gar nicht da, wenn du dich erinnerst. Dein Vater hatte die verwitwete Herzogin wohl einmal flüchtig kennengelernt und hatte sie dann brieflich um Rat gebeten, als er auf der Suche nach einem Pferd war, das er dir zu deinem 12. Geburtstag schenken könnte.«

»Und das Schicksal wollte es, daß sie uns zu sich einlud, damit wir uns aus dem Gestüt des Herzogs eines aussuchen könnten.«

»Schicksal, sagst du? Sie haben Hunderte von Pferden, und so war sie heilfroh, daß sie eins loswerden konnte.«

Megan beugte sich zu Tiffany und flüsterte das Wort, das junge Damen eigentlich gar nicht aussprechen dürften: »Sie *züchten* Pferde auf Sherring Cross, und da war es doch klar, daß sie uns gerne eins verkauft hat.« Dann lehnte sie sich wieder zurück: »Wir haben also schon etwas gemeinsam – wir sind beide Pferdenarren.«

»Was heißt ›wir‹? Meinst du dich und den Herzog? Großer Gott, Meg, das alles ist doch nicht dein Ernst?!«

»Mein absoluter Ernst.« Megans Augen leuchteten triumphierend. »Stell dir doch bloß vor, Tiff, wir fahren in einer herrlichen weißen Kutsche, auf der das Wappen des Herzogs prangt, zur Kirche hinauf, und unter den neugierigen Gästen wartet auch die Gräfin mit ihren immer noch ledigen Töchtern. Dann öffnet sich die Tür, und ich steige majestätisch heraus, und der schönste Mann der Welt hält mir galant seinen Arm hin. Ich werde natürlich großmütig sein und die Gräfin mit meinem charmantesten Lächeln begrüßen und ihr meinen Mann vorstellen, den Herzog. Und ich werde natürlich ebenso charmant darüber hinwegsehen, daß ihr der Mund vor Verblüffung sperrangelweit offensteht.«

»Worauf du Gift nehmen kannst«, kicherte Tiffany, die für einen Moment von dieser wunderbaren Phantasie genauso gefangen war wie Meg. »Ja, das wäre die gerechte Strafe.« Dann seufzte sie schwer. »Wenn dieser Traum doch bloß in Erfüllung gehen könnte!«

»Er *wird* in Erfüllung gehen, ich schwöre es dir«, antwortete Megan seelenruhig.

Tiffany erschrak, als sie sah, daß wieder dieser typische Eigensinn von Megan Besitz ergriffen hatte. »Hör zu, laß uns wieder ein wenig auf den Boden kommen. Wenn du einen Mann mit Titel heiraten willst, dann werden wir schon irgendeinen netten Vicomte für dich finden, vielleicht bringst du es sogar bis zum Grafen. Genau, ein Graf, dann bist du Lady O ebenbürtig! Was schüttelst du denn bloß den Kopf, Megan?«

»Wenn ich mich schon dazu hergebe, einen Mann um seines Titels willen zu heiraten, dann gebe ich mich nicht mit kleinen Fischen ab.«

»Aber es zwingt dich doch niemand dazu. Heirate doch aus Liebe und nicht aus Titelsucht!«

»Ich habe mich bereits entschlossen, aus Titelsucht zu heiraten, wenn du es so nennen willst. Und je länger ich darüber nachdenke, desto mehr gefällt mir die Idee, Herzogin zu sein.«

Tiffany stöhnte. »Muß ich es dir denn erst mit dem Holzhammer beibringen? Also gut, dann schau doch einfach einmal den Tatsachen ins Gesicht: Du magst ja vielleicht irgendwo in deinem Stammbaum auch einen Grafen haben …«

»Vor vier Generationen, plus einen Baron oder zwei.«

»Na schön. Aber trotz allem bist du immer noch die Tochter eines einfachen Gutsbesitzers. Herzöge können Mitglieder des Königshauses heiraten, wenn sie wollen. Sie heiraten *keine* Gutsbesitzerstöchter.«

»Wrothston wird aber nichts anderes übrigbleiben, und was spricht auch dagegen?« Megan blieb eisern. »Er ist jetzt schon unermeßlich reich, er hat Macht und Einfluß, soviel er will. Er braucht keinen Titel mehr, er kann es sich leisten, aus Liebe zu heiraten. Ein Herzog kann machen, was er will, und braucht sich um niemanden zu kümmern. Mein Stammbaum garantiert immerhin, daß ich nicht völlig unannehmbar bin. Natürlich kann er eine bessere Partie als eine Gutsbesitzerstochter machen, aber er wird gar keine Zeit haben, sich darüber Gedanken zu machen, denn er wird sich in mich verlieben, und zwar hoffnungslos, verstehst du? Und zwar wegen meines verwünschten Gesichts. Es hat mir bisher nichts als Kummer gebracht, aber jetzt wird es das alles wiedergutmachen und mir einen Herzog einbringen.«

In den letzten Worten von Megan klang soviel Bitterkeit und Verletztheit mit, daß Tiffany ihre nächste Frage nur sehr vorsichtig andeutete: »Und was ist mit *dir*?«

»Was heißt ›mit mir‹?«

»Was ist, wenn du ihn nicht liebst?«

»Natürlich werde ich ihn lieben.«

»Und was ist, wenn du ihn einfach nicht lieben *kannst*? Wenn er widerlich und gemein und einfach überhaupt nicht liebenswert ist?«

»Er kann gar nicht widerlich sein. Er ist schließlich ein Herzog.«

Tiffany mußte fast lachen über soviel kindliche Naivität. »Aber was ist, wenn du ihn siehst und sofort ganz tief drinnen weißt, daß er einfach nicht der Richtige ist, daß er dich nur unglücklich machen wird, würdest du ihn dann immer noch heiraten wollen?«

Megan schwieg eine Weile. Dann sagte sie leise: »Nein.«

Tiffany stieß einen Seufzer der Erleichterung aus. *Gott sei Dank!* dachte sie. Jetzt wurde sie wieder mutiger. »Er könnte auch häßlich sein, weißt du?«

»Kannst du dich nicht an das Stubenmädchen erinnern. das uns gleich zuflüsterte, wie toll er aussieht?«

»Sie wollte doch nur vor uns angeben.«

»Wir waren an dem Tag schon so voller Bewunderung, da bestand gar kein Grund, uns noch zusätzlich beeindrucken zu wollen.«

»Aber du kannst mir doch nicht erzählen, daß du an so einem Ort leben möchtest!«

»Soll das ein Scherz sein?« Megan schnappte nach Luft. »Sherring Cross ist das wunderbarste Schloß, das ich je gesehen habe!«

»Das ist kein Schloß, das ist ein riesiges Mausoleum, das sich über fast drei Hektar Land hinzieht. Der Stall allein ist schon so groß wie dieses Haus hier, das ja weiß Gott nicht gerade klein geraten ist.«

»Ja. Es war alles so herrlich weitläufig.« Megans Augen bekamen einen verträumten Ausdruck.

»Weitläufig? Wahrscheinlich verlaufen sich in diesem Labyrinth täglich Dutzende von Menschen und werden irgendwann tot in einer der Zimmerfluchten gefunden.«

Sie schauten sich beide überrascht an und brachen dann im gleichen Moment in Gelächter aus.

»Tot, sagst du. Tiff?«

»Jawohl. Da bin ich absolut sicher.« Sie mußten wieder lachen. Schließlich gab sich Tiffany geschlagen. »Also gut, ich gebe ja zu, daß es nicht völlig undenkbar ist, sich einen Herzog zu angeln, zumindest, wenn man so aussieht wie du. Du bist also von deinem Plan fest überzeugt, Meg?«

»Hundertprozentig. Ambrose St. James' Junggesellentage sind von heute an gezählt.«

»Großer Gott«, stieß Tiffany hervor, »ich hatte ja ganz vergessen, daß du dein Pferd nach ihm benannt hast.«

Megan zwinkerte ihr zu. »Genauso ist es.«

Und wieder mußten sie beide kichern. Doch da ging die Tür auf, und Krebs meldete die Ankunft des Ehrwürdigen Tyler Whately. Als er eintrat, schenkte ihm Megan ein strahlendes Lächeln: »Guten Morgen, Tyler. Gott, sehen Sie heute wieder schneidig aus! Wenn Sie mir eine Minute Zeit gönnen, gehe ich nur schnell hoch und hole meinen Hut, dann können wir gleich abfahren.«

Sie rauschte an ihm vorbei, ohne daß er Zeit gehabt hätte, ihren Gruß zu erwidern, denn er stand immer noch wie gebannt von dem Lächeln, das sie ihm geschenkt hatte. Tiffany versteckte sich kichernd hinter ihrer Teetasse und merkte zu ihrer freudigen Überraschung, daß sie auch nicht das kleinste bißchen eifersüchtig war, als sie sah, wie sehr ihre Freundin ihn beeindruckt hatte.

Mit sanfter Stimme schmeichelte sie: »Du mußt ein bißchen netter zu ihr sein, Tyler, sonst fängt sie wieder an, kratzbürstig zu werden.« Er holte tief Luft, vergrub seine Hände in den Hosentaschen und schüttelte den Kopf. »Grosser Gott, *den* Mann beneide ich wirklich nicht, der einst um ihre Hand anhalten wird.«

»Der Glückliche ist schon erwählt, hoffen wir also, daß er nicht nur ihre Hand, sondern auch ihr Herz gewinnt.«

Tyler hob überrascht die Brauen. »Habe ich von gestern auf heute irgend etwas Wichtiges verpaßt?« fragte er.

»Nichts Weltbewegendes – aber hättest du jemals gedacht, daß du einen Herzog bedauern würdest?«

3

»Sie treiben die Vorsichtsmaßnahmen entschieden zu weit, Mr. Browne. Zu Fuß gehen, mein Gott! Wenn Freddy uns so sähe, würde er sich totlachen.«

Mortimer Browne warf dem hochgewachsenen Mann an seiner Seite einen grimmigen Blick zu. Seit sie Kent verlassen hatten, jammerte dieser Kerl ihm die Ohren voll. Aber er war darauf gefaßt gewesen.

»Sie bräuchten nicht zu Fuß zu gehen, wenn Sie ein anderes Pferd genommen hätten, wie ich es Ihnen geraten habe.«

»Hörst du, wie er dich beleidigt, Caesar?« sagte Devlin zu seinem Pferd.

Der Hengst schnaubte, als ob er verstanden hätte, und Mortimer schleuderte ihm einen wütenden Blick zu, doch dann zog er es vor, die harten Fakten sprechen zu lassen. »*Mister* Jefferys, wenn wir nachts unterwegs sind, ist das eine andere Sache, doch am Tage sieht man nicht nur mehr, sondern man *wird* auch mehr gesehen, und die Leute würden sich ganz schön wundern, wenn ein Bauernbursche wie sie auf so einem Pferd dahergeritten käme, oder nicht? Sie sind hier incognito unterwegs und sollten nicht noch zusätzlich Aufmerksamkeit erregen.«

»Und *Sie* werden mich nochmal zum Wahnsinn treiben« stöhnte Devlin. »Darf ich Sie höflich darauf aufmerksam machen, daß das Dorf außer Sichtweite ist und sich sonst auf dieser Straße keine Menschenseele blicken läßt?«

»Dann darf ich Sie ebenso höflich bitten, doch einmal Ihre Augen aufzumachen!«

Devlin hatte die Kutsche nicht gesehen, die gerade eben über einer Kuppe erschienen war und auf sie zurollte. Doch die interessierte ihn gar nicht; er baute sich in seiner ganzen Größe drohend vor Mortimer auf und schaute ihn von oben herab an. Mit seinen ein Meter neunzig verfehlte diese Geste durchaus nicht ihre Wirkung. Doch Mortimer war kein Typ, der sich leicht einschüchtern ließ, im Gegenteil. Das war ja unter anderem der Grund gewesen, warum man gerade ihn ausgewählt hatte, Devlin zu begleiten. Außerdem hatte er direkte Order von einer gewissen Person, der sich auch Devlin nicht widersetzen durfte, und deshalb saß er am längeren Hebel – zumindest bis auf weiteres.

»Man hat uns gesagt, daß es nicht mehr weit ist bis zu den Ländereien des Gutsbesitzers«, entgegnete Mortimer ruhig. »Sobald wir da sind, können sie das edle Tier wieder besteigen. Bis dahin darf ich Sie jedoch daran erinnern, daß Sie *jetzt* nicht mehr als ein einfacher Stallbursche sind …«

»Pferdezüchter, Mr. Browne«, unterbrach ihn Devlin scharf. »Pferdezüchter *und* Trainer. Jawohl, auch Trainer. Das hört sich besser an.«

»Doch sie vergessen das Wichtigste …«

»Sie sind mir zur Seite gestellt worden, weil ich jemanden brauche, der aufpaßt, daß ich nicht aus der Rolle falle.«

»Das ist nicht der Grund …«

»Das ist aber der Grund, warum *ich* mit ihrer höchst unliebsamen Begleitung einverstanden war. Wenn ich nun schon in einem Stall leben muß, dann will ich wenigstens in diesem Stall auch das

Oberkommando haben, sonst ist diese ganze hirnrissige Idee für mich auf der Stelle gestorben, verstanden?«

Mortimer wollte ihm widersprechen, doch dann besann er sich eines Besseren, denn er wußte, daß an diesem Punkt eine weitere Diskussion sinnlos war. So nickte er nur kurz und konzentrierte sich wieder auf seine eigentliche Aufgabe.

»Da kommt uns eine Kutsche entgegen, in der wahrscheinlich Adlige aus der Gegend hier sitzen. Ziehen Sie doch bitte ihren Hut etwas ins Gesicht, damit die Leute Sie nicht erkennen …«

»Browne, hören Sie endlich auf, verdammt noch mal!« brüllte Devlin, der offensichtlich mit seiner Geduld am Ende war. »Wir sind hier am Arsch der Welt, und wenn diese Bauerntölpel mich erkennen, dann freß ich diese verfluchten Stiefel, die Sie irgendwo für mich aus dem Müll gezogen haben.«

»Könnten Sie nicht wenigstens eine etwas weniger hochherrschaftliche Haltung einnehmen?«

»Nein!« Und dieses »Nein« duldete keinen Widerspruch. »Ich gehe zu Fuß, *zu* Fuß, hören Sie?! In einer mottenzerfressenen Jacke, in lausigen Stiefeln, die man nicht einmal mehr der Wohlfahrt anbieten könnte, und ich schwitze, Mr. Browne, *ich schwitze*! Ich bin nicht mehr bereit, Ihnen auch nur noch ein einziges Zugeständnis zu machen. Es reicht mir, und zwar endgültig!«

»Sie schwitzen in einem blütenweißen Batisthemd«, knurrte Mortimer, »nicht gerade die übliche Bekleidung für einen Stalljungen …«

»Sagten Sie noch irgend etwas?!«

»Nichts, Mr. Jefferys, gar nichts«, murmelte Mortimer. »Aber wenn diese ganze Unternehmung hier in die Binsen geht, wissen wir auch, wer daran schuld ist.«

»Jawohl, das wissen wir.«

Das klang alles andere als beruhigend.

Es war nichts Außergewöhnliches, auf der Straße nach Teadale Leuten zu begegnen. Es war auch nichts Außergewöhnliches, wenn sie Pferde am Halfter führten, anstatt sie zu reiten. Doch *was* außergewöhnlich war, war schlicht und einfach dieses Pferd.

Megan hatte den schwarzen Vollblüter als erste entdeckt. Dann sah ihn Tyler. »Mein Gott, habt ihr schon mal so einen atemberaubenden Deckhengst gesehen?« rief er bewundernd aus.

Tiffany und Megan wechselten einen amüsierten Blick. Tyler

mußte von dem Anblick wirklich total überwältigt sein, sonst wäre ihm wohl das Wort »Deckhengst« in Anwesenheit von Damen niemals herausgerutscht. Inzwischen waren sie näher gekommen und konnten die eleganten Linien des schwarzen Hengstes aus allernächster Nähe bestaunen. Wahrhaftig, keiner von ihnen hatte je ein derartig edles Tier gesehen.

Megan, die Pferde über alles liebte, war genauso beeindruckt wie Tyler, wenn nicht mehr. Bisher hatte sie immer gemeint, daß *sie* das prächtigste Pferd in der ganzen Umgebung, vielleicht in ganz Devonshire, besäße, doch gegen diesen Hengst mußte Sir Ambrose verblassen. Aber sie gönnte diesem Tier den ersten Preis, denn es war einfach *zu* schön. Sie stellte sich vor, auf ihm zu reiten, dachte an die Geschwindigkeit, die ein geübter Reiter aus ihm herausholen könnte. Es war unfair, daß man es als unschicklich betrachtete, wenn Damen Hengste ritten. Wie gern hätte Megan diesen hier besessen! Einen Moment dachte sie daran, ihren Vater zu bitten, ihn ihr zu kaufen. Er hatte ihr bisher jeden Wunsch erfüllt – sofern er sich im Rahmen hielt. Doch dann verwarf sie diesen Gedanken wieder. Wer dieses Tier besaß, würde es nicht um alles Geld der Welt hergeben. *Sie* würde es zumindest nicht tun – wenn es ihr gehörte.

Sie hatte gar nicht gemerkt, daß Tyler die Kutsche angehalten hatte. Sie sah nur den Hengst, der jetzt genau vor ihr stand und konnte die Augen nicht von ihm wenden, so sehr bewunderte sie ihn. Sie wollte aufstehen, um ihn aus der Nähe zu betrachten, doch Tiffany kicherte und flüsterte leise: »Benimm dich!« Da fiel ihr wieder ein, daß es für eine Dame natürlich absolut unschicklich ist, einfach aufzustehen, um sich das Pferd eines fremden Mannes anzuschauen, zumindest nicht, ohne ihn vorher um Erlaubnis gefragt zu haben. Deshalb wandte sie sich zu dem Mann um, der das schöne Tier am Zügel hielt – und mit einem Schlag vergaß sie den ganzen Hengst.

Er stand da, staubig und verschwitzt, doch sie dachte nur eins: Das ist der schönste Mann, den ich je gesehen habe! Ohne zu merken, was sie tat, verschlang sie ihn mit den Augen, genauso wie sie es eben noch mit dem Hengst getan hatte. Er war groß, breitschultrig, atemberaubend muskulös. Sein faszinierendes Gesicht war sonnengebräunt, und sein tadellos rasiertes Kinn ließ seine edlen, ein wenig hochmütigen Züge hervortreten. Hingerissen beobachtete sie seine männliche Hand, die unendlich langsam zum Kopf fuhr und den Hut lüftete, unter dem wildes, ungekämmtes, pechschwarzes Haar hervorquoll. Dann fiel ihr Blick auf diese abenteuerlichen, türkisblauen Augen – und in diesem Moment sah sie, daß er sie genauso unverblümt anstarrte wie sie ihn.

Sein Blick durchfuhr sie wie ein elektrischer Schlag. Jetzt erst merkte sie, was sie eigentlich tat, und mit einer heftigen Bewegung wandte sie den Kopf zur Seite. Die Schamröte schoß ihr ins Gesicht, und sie war froh, sich hinter ihrer breiten Hutkrempe verstecken zu können. Sie war völlig fassungslos. Wie hatte sie sich nur so danebenbenehmen können? Die einzige Entschuldigung, die ihr einfiel, war, daß sie so voller Bewunderung für diesen Hengst gewesen war, daß ihr Blick dann wie in Trance auf dieses noch edlere Exemplar gefallen war, auch wenn es einer anderen Gattung angehörte ... Aber das *war* natürlich keine Entschuldigung, das war lächerlich. Es war absolut unmöglich, einen wildfremden Mann so ungeniert anzustarren. Noch nie hatte sie einen Mann so angeschaut, auch wenn sie ihn schon länger kannte.

Sein Bild war ihr wie in die Seele gebrannt. Dabei war er ein Mann von niederem Stande, das bewiesen seine Kleidung, seine langsamen, unbeholfenen Bewegungen. Er trug nicht einmal ein Halstuch, was für jeden Gentleman ein absolutes Muß war. Vielleicht war es ein Glück, daß er nicht von Adel war. Zumindest hoffte sie das, denn so würde in ihren Kreisen niemand von ihrem unmöglichen Benehmen erfahren. Vielleicht würde die Geschichte in irgendwelchen Spelunken die Runde machen, aber damit konnte sie leben. Nein, nicht einmal damit konnte sie leben. Mein Gott, was war bloß in sie gefahren?!

Tiffany hatte von der kurzen Szene Gott sei Dank nichts mitbekommen, und auch Tyler war noch voll und ganz mit dem Hengst beschäftigt, ließ sich genauestens seinen Stammbaum erklären. Doch Megan wollte gar nicht zuhören. Sie wollte bloß weg von hier. Sie wollte diesen Mann nie wieder sehen – diesen Mann, der Zeuge ihrer so peinlichen Entgleisung geworden war.

»... *ich* hab die Moneten nicht, ihn zu bezahlen« hörte sie die tiefe Stimme des Mannes, die irgendwie einen etwas dreisten Unterton hatte.

»Wer dann?« wollte Tyler wissen.

»Der Gutsbesitzer Penworthy ist der stolze Besitzer.«

Megans Kopf fuhr herum. Doch als sie den Mann anschaute, als sie wieder diese Augen sah, verschlug es ihr die Sprache, und einen Augenblick lang war sie so durcheinander, daß sie sich überhaupt nicht mehr erinnern konnte, was er eigentlich gesagt hatte.

Sie brauchte ganze fünf lange Sekunden, bis es ihr wieder einfiel, und dann platzte sie heraus: »Das glaube ich nicht. Mein Vater hätte mir doch davon erzählt.«

»Und wer ist ihr Vater, daß er überhaupt etwas davon wissen kann?«

»Gutsbesitzer Penworthy.«

Diesmal war *er* es, dem es für einen Moment die Sprache verschlug, doch dann schürzte er seine sinnlichen Lippen und bemerkte spitz: »Ach, aber ich nehme doch nicht an, daß Ihr Vater, wenn er sich mit dem Gedanken trägt, einen Deckhengst zu kaufen, um Pferde zu züchten, diesen Plan vorher groß mit Ihnen bespricht, oder?«

Es stimmte, daß ihr Vater sie nicht in alle seine Pläne einweihte. Doch wenn es um die Anschaffung eines neuen Pferdes ging, egal zu welchem Zweck, fragte er sie immer nach ihrer Meinung. Natürlich hätte er sich in diesem Fall etwas dezenter ausgedrückt als dieser Mann hier, dem es offenbar eine diebische Freude bereitete, das Wort »Deckhengst« besonders zu betonen, es sich genüßlich auf der Zunge zergehen zu lassen, was vor den Damen eine absolute Unverschämtheit war. Auch Tyler schien sich an diesem »verbotenen« Wort zu stoßen, obwohl es ihm ja selber gerade eben erst herausgerutscht war.

Der Blick des Mannes ruhte immer noch auf Megan und stürzte sie in maßlose Verwirrung. Jetzt, wo sie ihn angesprochen hatte, ließ er sie mit seinen türkisblauen Augen nicht mehr los und musterte sie genauso ausgiebig von oben bis unten, wie sie es gerade mit ihm getan hatte. Er machte das mit Absicht, das wußte sie. Er zahlte ihr mit gleicher Münze heim. Und sie hatte keine Möglichkeit, sich dagegen zu wehren, denn wenn sie sich seine schamlosen Blicke verbeten hätte, hätte er womöglich süffisant geantwortet, daß er ihr ja nur die gleichen Komplimente mache wie sie ihm – und das mußte sie auf jeden Fall verhindern. Doch was er da tat, war alles andere als ein Kompliment. Es war die schlimmste Beleidigung, die man jemandem antun konnte, eine Beleidigung, zu der sich kein Gentleman hinreißen lassen würde, auch wenn er noch so provoziert worden wäre. Doch dieses ungehobelte Benehmen bewies ja gerade, daß er eben kein Gentleman war. Es sei denn, er tat es in der Annahme, es würde ihr gefallen. Großer Gott, nach dem, was sie gemacht hatte, *mußte* er das ja von ihr denken!

»Dann liefern Sie also nur den Hengst ab und gehen dann wieder, oder?« platzte sie heraus.

Daß sie nichts sehnlicher wünschte als das, war unüberhörbar. Tiffany schaute sie überrascht an. Auch dem Mann, der unter ihr auf der Straße stand, war der Unterton nicht entgangen. Doch nur einen ganz kurzen Moment wirkte er verblüfft, dann grinste er. Es war ein breites, unverschämtes Grinsen, das Megan erstarren ließ.

»Ich bin Pferdezüchter, Fräulein, und ich kann diesen Hengst nicht im Stich lassen, denn ich bin der einzige, der mit ihm fertig wird. Sie glauben doch wohl nicht, daß der ehemalige Eigentümer ein Pferd wie dieses hier einfach so aus der Hand gibt, ohne dafür zu sorgen, daß es die richtige Pflege erhält? Das wäre ja wohl sehr eigenartig. Aber ich richte auch Pferde ab, und auch sonst kann ich noch einiges. Ich bin ein Kerl, der zu einigem zu gebrauchen ist. Sehen Sie, ich habe ein Händchen für Pferde – ich behandle sie wie die Frauen. Meistens mit zarter Hand, hin und wieder auch mit festem Griff, wenn sie es brauchen, und wenn sie zu übermütig werden, gibt es einen anständigen Klaps auf das Hinterteil.«

Warum zum Teufel hatte er das nur gesagt, ärgerte sich Devlin. Nur um zu sehen, wie ihre Wangen genauso rot würden wie ihr Haar? Schamröte stand Rothaarigen eigentlich nicht besonders. Doch verdammt, dieses kleine Biest sah auch mit hochrotem Kopf einfach hinreißend aus.

Tyler war empört, wollte aufspringen, um ihn zur Rede zu stellen, er war schließlich ein Gentleman. Devlin hätte sich auch gewundert, wenn er anders reagiert hätte. Doch er entwaffnete den blonden Mann, indem er ihn mit dem unschuldigsten Lächeln fragend anblickte. Und als Antwort erhielt er einen Blick, der sagte: Was kann man von einem Pferdezüchter schon anderes erwarten als die Manieren eines Stallknechtes?

Doch auch für Megan war *das* zuviel gewesen. Wutschnaubend befahl sie: »Fahren Sie los, Tyler. Ich habe ihn schon entlassen, bevor er überhaupt um Anstellung ersucht hat, das schwöre ich Ihnen!«

Die Zügel knallten, und die Kutsche brauste davon, doch Devlin hörte den jungen Mann noch sagen: »Ich bin sicher, er hat es nicht so gemeint, wie es geklungen hat, zumindest wollte er Sie nicht beleidigen.«

»Natürlich wollte er das!«

»Recht hat sie«, meinte Mortimer, als er neben Devlin trat und wie er der Kutsche hinterherschaute.

»Haben Sie Ihre Sprache wiedergefunden?«

Mortimer schoß das Blut in die Wangen. »Ja, ich gebe zu, es hat mir die Sprache verschlagen. Ich habe tatsächlich noch nie ein so schönes Mädchen gesehen. Doch was haben *Sie* als Entschuldigung vorzubringen? Sie haben nicht Ihre Sprache, sondern schlicht den Verstand verloren! Das war die Tochter genau *des* Gutsbesitzers, der weder weiß, daß wir uns in seinem Stall einquartieren werden, noch daß er diesen außergewöhnlichen Hengst erworben hat. Was ist, wenn sie sich jetzt auf der Stelle heimfahren läßt und ihrem Vater alles erzählt?«

Devlin runzelte die Stirn. Daran hatte er wirklich nicht gedacht. Doch er schob seine Bedenken beiseite: »Dann müßten wir eben ein kleines Rennen veranstalten, um vor ihr da zu sein. Raten Sie mal, wer gewinnen würde?«

»Das ist eine glänzende Idee, das würde das kleine Fräulein nur noch mehr in Rage bringen. Warum mußten Sie sie denn bloß dermaßen beleidigen?«

»Ich dachte, zu meiner Rolle gehört auch ein grober Charakter?«

»Hören Sie, Devlin. Sie sind ein Züchter edler Pferderassen. Sie haben durch Ihre geschäftlichen Kontakte mit adeligen Familien deren Umgangsformen mitbekommen und können sich entsprechend benehmen. Sie sind kein ordinärer Straßenflegel!«

Devlin lachte auf. »Ich glaube, in der Rolle des Straßenflegels fühle ich mich sicherer, zumindest, wenn ich mit diesem kleinen Prachtstück zu tun habe.«

»Sicherer?«

»Ohne jede Frage«, antwortete Devlin. Doch dann beruhigte er Mortimer: »Ich gebe ja zu, Sie haben Recht. Mir sind da wirklich ein wenig die Pferde durchgegangen, und ich hab sie immer noch nicht ganz wieder an der Kandare.«

»Sie war wirklich ein aufregendes Frauenzimmer, finden Sie nicht auch?«

»Naja. Da muß man schon eine besondere Vorliebe für Rothaarige haben.«

Mortimer stutzte. »Haben Sie die etwa nicht?«

»Nein, wirklich nicht. Aber zumindest glaube ich jetzt, Mr. Browne, daß unser Aufenthalt an diesem Ende der Welt vielleicht doch noch ganz amüsant wird.«

»Sie haben doch nicht etwa vor, sich mit diesem kleinen Fräulein zu amüsieren?«

»Amüsieren? Mit Sicherheit. Haben Sie denn nicht gemerkt, daß wir beide uns gerade den Krieg erklärt haben?«

4

Arnold Penworthy warf über den Rand des Briefes hinweg einen weiteren langen Blick auf Devlin, dann wandte er sich wieder seiner Lektüre zu. Seine braunen Augen waren warm und freundlich. Selbst jetzt, da er durch das Ansinnen in dem Brief beunruhigt war, behielt er seinen gutmütigen Ausdruck.

Sie sieht ihrem Vater überhaupt nicht ähnlich, dachte Devlin. Er war sich wie ein Riese vorgekommen, als der Gutsherr sich hinter seinem Schreibtisch erhoben hatte, um den Brief aus seiner Hand entgegenzunehmen. Der Mann war wirklich ein Zwerg, vielleicht sogar noch ein paar Zentimeter kleiner als seine Tochter, dazu war er füllig und rund wie ein Bierfaß. Die Wespentaille von Miss Penworthy hingegen, das wußte Devlin, hatte ihre schlanke Silhouette keinem Korsett zu verdanken. Darin kannte er sich aus, denn er hatte schon das Vergnügen gehabt, so mancher Dame aus dem Korsett zu helfen.

Miss? Er hatte keine Ahnung, ob sie verheiratet war. Sie sah alt genug aus für die Ehe. Vielleicht war der Mann heute in der Kutsche ihr Ehemann? Devlin hatte nicht vor, danach zu fragen.

»Ich kann aus dem Brief hier nicht ersehen, warum er möchte, daß ich Sie in meinem Stall verstecken soll«, sagte der Gutsbesitzer plötzlich.

Devlin überlegte einen Moment, was er sagen sollte. Dann entschied er sich für ein offenes Wort: »Einer meiner Freunde will mir eine Kugel durch den Kopf jagen.«

Überrascht hob der Gutsbesitzer seine buschigen roten Brauen. »Haben Sie gesagt: ›ein Freund‹?«

Devlin nickte. »Sogar mein bester Freund. Das Ganze ist ein Mißverständnis, doch er ist ein solcher Hitzkopf, daß er jetzt einfach noch nicht in der Lage ist, die Sache in Ruhe zu klären. Man war deshalb der Meinung, daß es für alle Beteiligten am besten wäre, wenn ich für eine Weile verschwinden würde.«

»Ich verstehe«, sagte der Gutsherr. Er verstand zwar in Wirklichkeit *überhaupt* nichts, doch er las einfach weiter.

Ihr Haar war vielleicht das einzige, was Vater und Tochter gemeinsam hatten, wenn es auch beim Gutsherrn nicht mehr so strahlend kupferrot leuchtete und vom Alter etwas gebleicht und mit Grau durchsetzt war. Dazu waren Nase und Wangen mit Sommersprossen übersät. Er könnte sich doch einen Bart wachsen lassen, um wenigstens einige darunter zu verbergen, dachte Devlin, doch das hatte der Gutsherr wohl nicht nötig.

Devlin fragte sich, ob *sie* an ihrem Körper auch irgendwo Sommersprossen hatte. Auf dem zarten Elfenbeinteint ihrer Wangen waren jedenfalls keine zu sehen.

Wie sie wohl mit Vornamen hieß?

Er würde sich hüten, danach zu fragen.

Der Gutsherr hatte begonnen, den Brief noch einmal zu lesen, was seine Aufmerksamkeit für einige Zeit in Anspruch nahm. Doch das störte Devlin nicht im geringsten, denn er war sowieso in Gedanken woanders. Er dachte wieder daran, wie er ihr vorhin auf der staubigen Straße begegnet war. Warum hatte er sich bloß derart idiotisch benommen?

Gut, er hatte, als sich die Kutsche näherte, seinen Hut nicht abgenommen, wie Mortimer es verlangte, doch hatte er immerhin den Blick gesenkt. Er hielt das für eine äußerst demutsvolle Geste und war bei dem Gedanken daran sehr mit sich zufrieden. Es wäre jedoch wesentlich besser gewesen, wenn er sie schon von weitem gesehen hätte, denn dann hätte er Zeit gehabt, sich auf ihre strahlende Schönheit einzustellen. So hatte er bis zuletzt zu Boden geschaut und war dann, als er aufblickte, wie vom Schlage getroffen und hatte sie wie ein Idiot mit offenem Munde angestaunt. Zum Glück hatten sie und ihre Begleiter nichts davon gemerkt, denn sie waren alle drei völlig von Caesars Anblick fasziniert. So hatte er Zeit, sich wieder zu fangen. Doch als sie ihn dann etwas fragte, hatte er dies erst gar nicht mitbekommen, so überwältigt war er immer noch.

Es war normal, daß Caesar einiges Aufsehen erregte, doch das gleiche galt auch für Devlin. Es war ihm niemals zuvor passiert, schon gar nicht bei Angehörigen des schönen Geschlechts, daß man ihn völlig übersah und er ganz im Schatten seines Pferdes stand. Und das hatte ihn irgendwie geärgert. Später dann hatte sie ihm allerdings eher *zu* große Aufmerksamkeit gewidmet, als sie ihn musterte, wie wenn *er* der Deckhengst wäre. Sie hatte ihn mit dem gleichen taxierenden Blick durchbohrt wie eben noch Caesar. Einerseits fühlte er sich gedemütigt, wie ein Stück Vieh vor der Versteigerung abgeschätzt zu werden, andererseits hatte ihr Blick ihn wie ein Blitz getroffen und ein heißes Begehren in ihm entfacht.

Und das war für ihn eine völlig neue Erfahrung. Er war zwar ein sehr sinnlicher Mann, doch normalerweise war es für ihn ein Kinderspiel, bei Frauen anzukommen, und so war er nie so ausgehungert, daß ihn der feurige Blick eines Mädchens bereits derart erregte. Solange er sich erinnern konnte, flogen die Frauen auf ihn, und das stumpfte einen Mann einfach ab. Wenn man dauernd das Objekt der Begierde war, stieg einem das irgendwann zu Kopfe.

Dabei hatte er den Blick des Rotschopfs gar nicht einmal als lüstern empfunden. Im Grunde genommen hatte er gar nicht verstanden, was ihr Blick bedeutete, aber es war einfach eine Unverfrorenheit, einen Mann so anzustarren, und das war es, was ihn so beleidigt und wütend gemacht hatte, daß er ihr eine Lektion erteilen wollte. Und so hatte er ihr mit gleicher Münze heimgezahlt und sie genauso abschätzig gemustert wie sie ihn vorher. Doch statt leidenschaftslos ihre schwellenden Brüste und ihre Wespentaille zu taxieren, hatten ihn ihre Formen so aus der Fassung gebracht, daß er das Blut in seinen Lenden pochen fühlte und für einen Moment seinen kühlen Kopf verlor.

Ob sie wohl schon verlobt war?

Devlin rutschte unruhig in dem Sessel hin und her, den man ihm angeboten hatte. Bei jedem Geräusch, das durch die Tür des Arbeitszimmers drang, meinte er, sie nach Hause kommen zu hören. Würde sie wirklich gleich hereinstürzen und von ihrem Vater seine Entlassung fordern, wie sie es angedroht hatte? Er wußte, daß Frauen mit roten Haaren dazu neigten, leidenschaftlich und ohne Überlegung zu handeln …

Devlin unterdrückte einen Seufzer. Er konnte hier auf keinen Fall bleiben. Der Idee, sich für eine Weile hier in der Provinz zu vergraben, hatte er nur deshalb zugestimmt, weil er einen Tapetenwechsel wirklich brauchen konnte. Er wollte seine Alltagssorgen für eine Weile vergessen und sich einfach in aller Ruhe entspannen. Doch das war absolut unmöglich, wenn ein Temperamentbündel wie sie um einen herumwirbelte. Es war ja geradezu grotesk, daß er hier wie ein Schuljunge nervös herumrutschte und wartete, daß sie hereinstürmen würde. Er müßte wohl anderswo für eine Weile untertauchen – und ihr den Triumph lassen, daß sie ihn verjagt hätte? Nein, das ginge auf gar keinen Fall!

Wieder waren die freundlichen braunen Augen des alten Herrn auf Devlin gerichtet. Ihre Augen hingegen waren von dem samtenen Dunkelblau des Mitternachthimmels gewesen, wenn auch alles andere als freundlich.

»Das Pferd, das er als Vorwand für Ihren Aufenthalt hier erwähnt, scheint ja entsetzlich teuer zu sein. Soll ich das wirklich kaufen?« fragte der Gutsherr.

Erleichtert seufzte Devlin, dankbar, auf andere Gedanken gebracht zu werden. »Oh nein, Sir, Caesar ist unverkäuflich. Ihre Rolle ist lediglich, jedem, der danach fragt, zu sagen, Sie hätten ihn gekauft.«

Penworthy runzelte die Stirn. »Solche Geschichten sind nicht gerade meine Stärke. Ich verhaspele mich schon bei der kleinsten Flunkerei.«

Deine Sorgen möchte ich haben, amüsierte sich Devlin insgeheim, doch dann meinte er: »Seien Sie deshalb ganz unbesorgt, es ist alles bestens geregelt. Ich werde Ihnen als Gegenleistung für Ihre Gastfreundschaft Caesar nur für eine gewisse Zeit als Eigentum überlassen, und besagtes Eigentumsrecht wird mit meiner Abreise wieder erlöschen. Sozusagen eine Abmachung unter Ehrenmännern. Wären Sie damit einverstanden?«

»Dann würde mir also das Tier wirklich gehören? Ich würde gar nicht lügen, wenn ich das behaupte?«

»Sie würden nichts als die reine Wahrheit sagen, Sir.«

Ein erleichtertes Lächeln trat auf seine Züge. »Meine Güte, da wird Megan aber staunen.«

»Megan?« hakte Devlin nach.

»Das ist meine Tochter«, gab der Gutsherr zurück. »Sie hat einen ganz ungewöhnlich guten Blick für edle Pferde – ich meine natürlich ungewöhnlich für ein Mädchen. Ihr eigenes Pferd …«

»Sir, ich glaube, ich muß Sie warnen, daß ich Ihrer Tochter bereits in die Quere gekommen bin, und ich kann mir um alles auf der Welt nicht erklären, warum sie eine derartige Abneigung gegen mich gefaßt hat. Gewöhnlich wirke ich auf Frauen ganz anders.«

Der Gutsherr schmunzelte: »Das glaube ich Ihnen gerne, wenn ich Sie so anschaue.«

»Es läßt sich wohl nicht umgehen, ihr klarzumachen, daß ich fest zu Caesar gehöre und man mich deshalb nicht entlassen kann.«

»War sie wirklich so unfreundlich zu Ihnen?«

»Ich hatte jedenfalls den Eindruck.«

»Also, da Sie ja wirklich irgendwie zu dem Pferd gehören und ich dieses ja gerade erworben habe, steht eine Entlassung gar nicht zur Debatte – ganz abgesehen davon, daß Sie ja nicht wirklich bei mir angestellt sind und ich Sie schon deshalb nicht entlassen könnte.« Wieder runzelte der Gutsherr die Stirn, etwas unsicher, ob er die ganze Geschichte auch richtig begriffen hatte. Dann fing er plötzlich von etwas anderem an. »Ich muß gestehen, daß ich sie, nun ja, sagen wir, verwöhnt habe. Ich kann ihr einfach keine Bitte abschlagen. Doch diesmal werde ich hart bleiben. Es kommt schließlich nicht jeden Tag vor, daß ich gebeten werde, *ihm* einen Gefallen zu tun«, schloß er, wobei er auf den Brief deutete.

Devlin hatte nicht den geringsten Zweifel gehegt, daß der Gutsherr seinem Ansinnen entgegenkommen würde, doch aus Höflichkeit fragte er noch einmal nach: »Also akzeptieren Sie unsere Abmachung, Sir?«

»Aber gewiß, Mr. Jefferys,« lächelte der Gutsherr, »es ist mir eine Freude, Ihnen gefällig zu sein.«

»Ich muß wohl nicht ausdrücklich darauf hinweisen, daß diese Angelegenheit streng vertraulich ist? Nicht einmal Ihre Familie darf den wahren Grund für meinen Aufenthalt erfahren.«

»Machen Sie sich darüber keine Sorgen. Meine Familie besteht nur aus Megan und mir.«

»Dann ist sie also gar nicht verheiratet?« platzte er heraus. Eben noch hatte Devlin sich geschworen, daß er gerade danach auf keinen Fall fragen würde! »Äh ... ich meine, haben Sie einen Schwiegersohn, der Sie fragen könnte, warum Sie sich so plötzlich auf die Pferdezucht einlassen?«

»Nein, noch habe ich keinen, doch ich meine, lange wird er nicht mehr auf sich warten lassen. – Haben Sie von einer Pferdezucht, also einem Gestüt, gesprochen? Bedeutet das, ich soll mir noch mehr Pferde zulegen?«

»Ein paar Stuten. – Was meinen Sie, wenn Sie sagen, er würde nicht mehr lange auf sich warten lassen? Ist sie bereits verlobt?«

»Wer?«

»Ihre Tochter.«

Der Gutsherr zog seine Brauen zusammen; er hatte offensichtlich Probleme, die beiden Themen auseinanderzuhalten. »Meine Tochter nicht, soviel ich weiß – nein, nein, ganz bestimmt ist sie es nicht. Das hätte sie mir doch erzählt, meinen Sie nicht?«

Devlin konnte nur hoffen, daß sie gerade über das gleiche sprachen. »Aber gewiß doch, Sir.«

»Aber Sie haben sie doch gesehen. Man muß doch einfach zugeben, daß sie ein hübsches Mädchen ist, oder? Und recht bald wird sie in London debütieren. Nein, ich rechne nicht damit, daß es dann noch lange dauern wird.«

Megan Penworthy in London? Nun war es Devlin, der die Brauen zusammenzog, allerdings ohne sich dessen bewußt zu sein.

»Die Stuten, Sir!« wechselte er hastig wieder das Thema. »Sie werden für die Dauer meines Aufenthalts Ihr Eigentum sein, genau wie Caesar. Doch Sie brauchen sich nicht persönlich darum zu kümmern. Es dauert seine Zeit, um ein Gestüt in Gang zu bringen, alles in allem bestimmt viel länger, als ich vorhabe, bei Ihnen zu bleiben. Wir werden nur so tun, als ob, Sie verstehen? Wir brauchen wohl nicht wirklich mit der Zucht zu beginnen, doch wird das ganze Unternehmen schon entschieden glaubwürdiger, wenn erst einmal die Stuten auf dem Gut sind.«

»Ein Gestüt«, überlegte der Gutsherr, und schüttelte leise lachend den Kopf. »So etwas habe ich mir noch nie überlegt, glauben Sie mir! Megan wird sich ganz schön wundern.«

Sie *hat* sich bereits gewundert, erinnerte sich Devlin; sie hatte es ihm einfach nicht abgenommen. Das war wohl mit ein Grund gewesen, daß sie ihn von Anfang an nicht ausstehen konnte, wobei er allerdings zugeben mußte, daß er am Schluß auch noch seinen Teil dazu beigetragen hatte. Eine Pferdezucht, egal ob an der Sache etwas dran war oder nicht, hätte ohnehin nicht zu ihren Aufgaben gehört. Das hatte er ihr bereits gesagt. Es bestand also für die Tochter des Gutsherrn keinerlei Veranlassung, dem neuen Pferdezüchter ihres Vaters nochmals in die Quere zu kommen. Und auch Devlin würde, ganz gegen seine Gewohnheit, sehr darauf achten, daß das nicht mehr vorkam.

Er erhob sich. »Wenn Sie keine weiteren Fragen mehr haben, werde ich mich nun zurückziehen.«

»Sie können gerne im Haupthaus wohnen.«

»Ich weiß Ihr Angebot zu schätzen, Sir, doch das würde den Zweck meiner Anwesenheit vereiteln. Ich soll für eine Weile verschwinden, doch als Ihr Gast geht das nicht. Genau damit rechnet mein Freund ja, und so würde er mich über kurz oder lang finden.«

»Also gut, sollten Sie noch etwas brauchen, geben Sie Mr. Krebs Bescheid. Er ist der Butler und wird sich darum küm …«

»Vater, ich …«

Sie kam nicht hereingebraust, wie es sich Devlin vorgestellt hatte, sondern war leise und ohne anzuklopfen eingetreten. Offensichtlich hatte sie nicht damit gerechnet, daß Devlin noch da war, denn es verschlug ihr die Stimme, als sie ihn bemerkte. Dann gab sie sich merklich einen Ruck und warf ihm einen kurzen, vernichtenden Blick zu. Irritiert stellte Devlin fest, daß sein Körper schon wieder auf sie reagierte, obwohl ihr Blick ja alles andere als einladend war.

»Du bist aber schnell zurück, mein Liebling«, bemerkte der Gutsherr. »Ich glaube, du hast Devlin Jefferys schon getroffen?«

»Oh ja, das habe ich.« Das Wort »leider« stand unausgesprochen im Raum. »Es tut mir leid, wenn ich störe, Vater, aber ich muß mit dir reden – unter vier Augen.«

Der Gutsherr war einverstanden. »Aber sicher doch, Mr. Jefferys wollte ohnehin gerade aufbrechen.«

»Er wollte aufbrechen?« Sie warf Devlin einen eisigen Blick zu. »Wieder zurück, woher Sie gekommen sind?«

Ihre Stimme hatte wieder diesen hoffnungsvollen Unterton, was ihn ärgerte. »Ganz so weit soll's nicht gehen, Miss Penworthy. Ich hatte eben vor, mich hier auf dem Gut häuslich niederzulassen.«

»Wenn das so ist, seien Sie so nett, und warten Sie eben einmal kurz in der Halle«, erwiderte sie kühl und hielt ihm demonstrativ die Türe auf. »Ganz bestimmt wird mein Vater Ihnen in ein paar Minuten etwas zu sagen haben.«

»Werde ich wirklich?« fragte der Gutsherr.

Devlin lächelte sie ein wenig an, als er auf sie zuging. »Wie Sie meinen.« Als er auf ihrer Höhe war, sagte er mit sanfter Stimme und nur für sie vernehmlich: »Ja, ich werde warten, damit Sie persönlich mir den Weg zum Stall zeigen können.«

Ihr Blick besagte, daß sie ihm zeigen würde, wie er schleunigst vom Hofe käme, und sonst gar nichts. Devlin wollte ihr noch eine hämische Grimasse schneiden, doch sie hatte schon die Türe des Arbeitszimmers hinter ihm geschlossen. Nun stand er in der Halle und hatte Gelegenheit, sich in den Anblick von Penworthys Butler zu vertiefen, der ihm gegenüberstand und ihn seinerseits fragend anschaute.

»Ich soll hier warten«, bemerkte Devlin, woraufhin der Diener fürsorglich auf eine der Bänke wies, die zu beiden Seiten des Eingangs zur Halle standen. Devlin mußte schmunzeln. »Nicht nötig, Mr. Krebs, es dauert garantiert nicht lange.« Er dachte gar nicht daran, sich von der Stelle zu rühren und es womöglich zu versäumen, wenn es hinter der Türe des Arbeitszimmers hoch herginge. Nein, das durfte ihm auf gar keinen Fall entgehen.

5

Kaum hatte Megan die Tür hinter Devlin geschlossen, da stürzte sie schon auf ihren Vater zu und fragte aufgeregt: »Eine Pferdezucht?!«

»Gefällt dir die Idee?«

»Natürlich, Vater! Aber warum hast du mir denn nicht früher schon davon erzählt?«

»Vielleicht sollte es eine Überraschung sein?«

»Die Überraschung ist dir gelungen. Sie ist dir sogar *so* gut gelungen, daß ich mich gottverdammt blamiert habe.«

Der Gutsbesitzer stutzte. Er hatte Megan noch nie wegen ihrer alles andere als damenhaften Ausdrucksweise kritisiert, denn immerhin achtete sie wenigstens in Gegenwart Fremder darauf, daß ihr solche drastischen Wörter nicht entschlüpften. Außerdem mußte er zugeben, daß sie die meisten von *ihm* gelernt hatte. Doch dieser kleine Makel konnte nichts daran ändern, daß er im Grunde seines Herzens unheimlich stolz auf seine Tochter war. Wenn doch seine geliebte Frau noch hätte erleben können, zu welch einem prächtigen jungen Mädchen sich Megan entwickelt hatte! Doch zu seinem großen Unglück war sie gestorben, als die Kleine gerade drei Jahre alt war.

»Dieser Hengst hat doch bestimmt ein Vermögen gekostet!« fuhr Megan fort. »Gehört er dir *wirklich*?«

»Aber sicher!«

»Und du willst ihn tatsächlich als Zuchthengst einsetzen?«

»Genau dafür habe ich ihn gekauft, doch das dauert alles noch eine Weile«, fügte er vorsichtig hinzu.

»Das ist mir klar. Aber du weißt doch hoffentlich auch, daß du nicht irgendeine alte Stute mit einem solchen Hengst decken kannst, oder? Wir müssen die edelsten Tiere für ihn anschaffen.«

»Ist schon erledigt. Sie werden bald geliefert, glaub mir, und ich hab sie noch dazu recht günstig erstanden.«

»Das ist ja wunderbar! Außerdem müssen wir natürlich noch die Stallungen erweitern, aber du hast bestimmt auch daran schon gedacht.«

»Die Stallungen erweitern?« wiederholte er unsicher.

»Und die Pferde müssen auch bewegt werden. Dabei kann ich dir helfen, ganz besonders bei dem Hengst. Ach, ich kann es kaum erwarten, auf ihm zu reiten!«

»Nun, Megan ...«

»Nun, Vater« kam sie seiner Ermahnung zuvor, »du brauchst dir wirklich keine Sorgen zu machen. Ich paß' schon auf, daß mich keiner sieht, wenn ich auf ihm reite.«

Während sie ihn weiter zu beruhigen versuchte, mußte Devlin hinter der Türe lächeln bei dem Gedanken, daß sie Caesar reiten wollte. Dieses Mädchen? Aber wirklich nicht! Doch wann, verdammt, würde sie endlich auf seinen Rauswurf zu sprechen kommen?

Der Gutsherr unterbrach seine Tochter: »Da mußt du erst Jefferys fragen.«

»Wie bitte?!«

»Er kennt den Hengst und weiß, welche Mucken er hat. Es ist doch möglich, daß er sich gar nicht reiten läßt, oder? Und schließlich habe ich ihn ja auch in erster Linie für andere Zwecke angeschafft.«

Megan starrte ihren Vater fassungslos an. Dann brach es unvermittelt aus ihr heraus: »Verdammt noch mal! Was soll das heißen: ›läßt sich nicht reiten‹? Und diesen Kerl würde ich schon gar nicht fragen! Aber da wir gerade von ihm reden: *Der* ist nun wirklich völlig ungeeignet für eine so wichtige Aufgabe, Vater. Da brauchst du jemanden ganz anderen ...«

»Ja, ich weiß. Er hat mir erzählt, daß du ihn von Anfang an nicht gemocht hast. Aber ich verstehe beim besten Willen nicht, warum. Wenn du mich fragst, ist er ein verdammt gutaussehender Bursche.«

»Ein verdammt grober Klotz ist er!«

»Aber er hat die besten Empfehlungen, mein Liebling, wirklich die allerbesten.«

»Selbst wenn ihn die Königin selbst empfohlen hätte, wäre es mir egal ...«

»Damit kommst du der Wahrheit verdammt nahe«, murmelte der Gutsherr vor sich hin.

»...sein arrogantes Betragen ist provozierend. Ich verlange, daß er entlassen wird.«

»Das kann ich nicht.«

»Aber sicher kannst du das. Du schickst ihn einfach zurück, woher er gekommen ist. Es kann doch nicht so schwer sein, für ihn einen Ersatz zu finden. Ich werde mich selbst darum kümmern, wenn du es nicht tun willst.«

»Das wirst du nicht tun, mein Mädchen. Ich werde diesen Mann nicht entlassen, also vergiß es.«

»Ach, Daddy, bitte!« Sie schlug den einschmeichelnden Ton an, mit dem sie sonst gewöhnlich ihren Kopf durchsetzte.

»Nein, nein, kommt gar nicht in Frage. Mr. Jefferys gehört zu dem Pferd, das ist Bedingung des Kaufs gewesen. Wenn er gehen muß, dann geht auch der Hengst.«

»Aber das ist doch absurd!«

Der Gutsbesitzer zuckte die Achseln. »Mir sind die Hände gebunden. Der Verkäufer wollte sichergehen, daß der Hengst die bestmögliche Pflege erhält. Für ihn ist Mr. Jefferys der Mann seines Vertrauens.«

»Großer Gott! Dann ist es natürlich kein Wunder, daß er so verflucht arrogant ist. Er *weiß* einfach, daß er nicht entlassen werden kann.«

»Ich fand ihn eigentlich ausgesprochen liebenswürdig. Er weiß alles, was man über Pferdezucht wissen muß.« Doch dann schaute der Gutsbesitzer seine Tochter plötzlich besorgt an: »Hat er dir irgend etwas getan, was ... sagen wir, völlig unannehmbar ist, Megan?«

»Nein, nein, es ist nichts Besonderes«, unterbrach ihn Megan hastig. »Ich ... ich hab ihn einfach von Anfang an nicht gemocht, es ist genauso, wie er sagt.«

»Er ist kein Gast in dem Sinne«, beruhigte sie ihr Vater. »Es ist nicht so, daß du mit ihm im Salon Konversation treiben mußt. Wahrscheinlich wirst du ihn sowieso kaum zu Gesicht bekommen.«

»Na, das ist ja wenigstens ein kleiner Trost, wenn wir ihn schon nicht loswerden können.«

Sie ging um den Schreibtisch herum und küßte ihren Vater zärtlich auf die Wange, um ihm zu zeigen, daß sie mit allem einverstanden wäre. Doch in Wahrheit war sie maßlos enttäuscht. Schon der bloße Gedanke, von nun an Devlin Jefferys ständig um sich zu haben, genügte inzwischen, sie völlig aus der Fassung zu bringen. Warum bloß war dieser herrliche Hengst nur unter der Bedingung zu haben, daß man diesen Mann als Zugabe nahm? Der Preis war einfach *zu* hoch ...

Als Megan die Türe des Arbeitszimmers geschlossen hatte und sich umdrehte, lief sie ihm direkt in die Arme. Obwohl sie die ganze Zeit an nichts anderes als an ihn gedacht hatte, hatte sie doch tatsächlich völlig vergessen, daß sie ihm bedeutet hatte, er möge in der Halle warten.

Unwillkürlich riß sie die Hände hoch und stemmte die Arme gegen sein weiches, weißes Batisthemd. Sie fühlte seine Muskeln unter ihren Händen schwellen, und diese unschickliche Berührung seines Körpers ließ ihre Wangen erglühen, obwohl sie doch völlig unbeabsichtigt war. Megan machte einen Satz rückwärts, trat in ihrer Hast auf den Rocksaum und hätte dabei fast das Gleichgewicht verloren. Während sie damit beschäftigt war, ihre Absätze aus dem Rocksaum zu angeln, stand Devlin Jefferys breit grinsend daneben.

»Es kommt gelegentlich vor, daß Frauen vor mir zu Boden sinken, doch nicht, um mir zu entkommen!«

»Bestimmt werden sie wegen Ihrer vulgären Anspielungen ohnmächtig«, versetzte Megan, ehe sie wieder zu ihm hochblickte.

Das hätte sie lieber sein lassen. Er stand nun so dicht vor ihr, daß sie seinen Atem spürte, und diese Nähe zu ihm ließ ihr fast die Sinne schwinden. Mein Gott, hatte der Mann schöne Augen! Sie strahlten in einem faszinierenden Türkis und verzauberten sie geradezu, wobei der Kontrast zu seinem glänzenden schwarzen Haar ihre Wirkung noch verstärkte.

Es verging fast eine halbe Minute, bis ihnen beiden im selben Moment bewußt wurde, daß sie nur dastanden und einander anstarrten. Megans Wangen glühten wie noch nie, und sie senkte als erste den Blick. Auf diese Weise entging ihr, daß auch Devlin etwas rot geworden war.

»Ich mache selten Anspielungen, und schon gar nicht vulgäre, und aus diesem Grunde ist vor mir auch noch keine Frau ohnmächtig geworden. Ich bin lieber direkt, Miss Penworthy, und komme ohne Umwege zur Sache. Soll ich es beweisen?«

»Nein!«

»Wirklich schade, denn rosa steht ihnen verdammt gut!«

Der Flegel spielte auf ihr Erröten an, dabei war er selber der Übeltäter, der dies hervorrief. Sie hob den Kopf und warf ihm einen giftigen Blick zu. Sein Gesicht hatte einen süffisanten, beinahe triumphierenden Ausdruck. Wieder wurde sie über und über rot, was ihm ein weiteres hämisches Grinsen entlockte.

»Aha, ich sehe, Sie erinnern sich wieder«, sagte er nun beinahe freundlich. »Sie haben verloren, und nun wird es Zeit, zu bezahlen.«

»Bezahlen wofür?«

»Wollen Sie mir denn nicht Ihren Stall zeigen, Fräulein? Darauf habe ich doch die ganze Zeit gewartet!«

Er sagte das mit einem schmierigen Unterton, wie eine sexuelle Anspielung, als würde er gar nicht über ein Gebäude reden, sondern sich über bestimmte Details ihrer Figur auslassen. Doch sie schlug zurück: »Bei uns ist der Stall nicht irgendwo draußen im Wald versteckt, sondern er liegt gleich hinter dem Haus. Da selbst ein Idiot ihn finden würde, sollte es auch Ihnen möglich sein.«

»Ich hätte wissen müssen, daß Sie Ihre Wette nicht einlösen würden.«

»Ich wüßte nicht, daß wir gewettet hätten«, versetzte sie spitz.

»Sie wüßten nicht? Nichts hätten Sie lieber getan, als mir die Tür zu weisen, wenn Sie Ihren Kopf durchgesetzt hätten. Sie haben mich herausgefordert, ich habe die Wette angenommen – und gewonnen.«

»Dann haben Sie aber getrickst, denn Sie wußten ja von vornherein über diese gewisse Bedingung beim Kauf des Hengstes.«

»Tja, da haben Sie eben Pech gehabt. Aber da Sie mich nun schon mal am Hals haben, sollten Sie Ihre Niederlage mit Würde tragen.«

Der Mann schien überraschend gut Bescheid zu wissen. Plötzlich kam es Megan: »Haben Sie etwa an der Tür gelauscht?«

Er lächelte spöttisch: »So etwas Schönes kann man sich doch unmöglich entgehen lassen!«

»Das hätte ich mir ja denken können«, zischte Megan. »Was kann man schon von jemandem erwarten, der Manieren hat wie ein Schwein!«

Pikiert hob er seine Brauen, doch seine Überraschung war nur gespielt, denn er fuhr grinsend fort: »Ich versuche ja, mich auf ein etwas niedrigeres Niveau herabzulassen, aber ganz so tief bin ich wohl doch noch nicht gesunken.«

Megan versuchte gar nicht erst, sich auf seine Worte einen Reim zu machen, sondern wollte nur an ihm vorbei und den Raum verlassen. Doch mit einem kleinen Schritt zur Seite versperrte ihr Devlin den Fluchtweg.

»Wollen Sie nicht eine kleine Kostprobe meiner Manieren zum Abschluß?« fragte er. Er stemmte seine Arme links und rechts von ihr gegen die Wand, so daß sie in der Falle saß und seinem vor Erregung heiseren Flüstern nicht entrinnen konnte. »Wir sind doch allein. Möchten Sie mich nicht mit Ihren Händen auch so gründlich untersuchen, wie Sie es mit den Augen gemacht haben?«

Megan stieß einen entrüsteten Schrei aus, der ihm eindeutig sagte, was sie von ihm und seinem unverschämten Antrag hielt. Dann tauchte sie unter seinem rechten Arm hindurch und rannte zur Treppe am anderen Ende der Halle.

Sie hörte ihn lachen und ihr spöttisch nachrufen: »Sehen Sie, meine allerliebste Megan, *das* war schweinisches Benehmen! Ist Ihnen der Unterschied aufgefallen?«

Als Megan in sicherer Entfernung war, blieb sie stehen und fauchte zurück: »Zwischen dieser Schweinerei und Ihren früheren Gemeinheiten sollte ich einen Unterschied sehen? Aber wirklich nicht!«

»Na gut, dann reden wir mal über *Ihr* Benehmen, Miss Penworthy: Bei Ihnen kommt es auf das gleiche heraus, ob Sie einen nur mit den Augen oder gleich mit den Händen abtasten. Es wirkt, jedenfalls auf einen Mann, das eine so gut wie das andere.«

»Sie Bastard!«

»Verdorbenes Biest«, hielt er dagegen, warf mit einer arroganten Bewegung seinen Kopf zurück und schlenderte betont lässig hinaus.

Sie hörte noch, wie er draußen vor sich hin pfiff. Er schien wohl höchst zufrieden darüber, daß er diese Runde für sich entschieden hatte. Megan spürte eine derartige Wut in sich aufsteigen, daß sie ihm am liebsten nachgerannt wäre und mit ihren Fäusten auf ihn eingeschlagen hätte. Nur mit Mühe konnte sie sich beherrschen; doch wehe, er wagte es noch einmal, sie auch nur anzusprechen …

6

»Ich möchte dich so gerne reiten; du ahnst nicht, wie sehr ich mich danach sehne. Laß mich, bitte!«

Devlin riß die Augen auf, als er die zärtlich geflüsterten Worte durch die angelehnte Tür hörte. Daß diese verdammte Tür auch nicht zu schließen war! Sie klemmte und hatte nicht einmal ein Schloß. Wenn er sie doch bloß schon gestern repariert hätte, dann könnte er jetzt in Ruhe weiterschlafen. Doch als er gestern hier im Stall eingezogen war, hatte er sich erst einmal um eine neue Schlafstatt gekümmert, denn die Pritsche in der Ecke mit ihren durchgelegenen, stinkenden Matratzen empfand er als eine Zumutung. Die Tür, so hatte er sich gesagt, wollte er erst am nächsten Tag reparieren, ein geruhsamer Schlaf war ihm wichtiger. Jetzt bereute er das.

Das hatte ihm gerade noch gefehlt, daß er von Liebesgeflüster in *seinem* Stall geweckt wurde! Noch dazu wo er gestern nacht vor dem Einschlafen sich selber noch eine heiße Liebesszene ausgemalt hatte, eine leidenschaftliche Liebesszene mit der heißblütigen Miss Penworthy. In seiner Fantasie war sie wild und feurig gewesen. Sie hatte ihm diesmal keine Bosheiten an den Kopf geworfen, im Gegenteil. Sie hatte kein einziges Wort gesagt, hatte ihren Mund nur geöffnet, um sich von ihm küssen zu lassen, hatte ihm bebend ihre samtweiche Zunge entgegengehalten …

Devlin stöhnte, als er wieder die Hitze in seinen Lenden spürte, genauso wie gestern nacht, als er sich vorgestellt hatte, wie sie seinen Körper mit bewundernden Blicken verschlingen würde. Er durfte nicht mehr daran denken, zumindest solange nicht, bis er hier irgendwo eine Frau gefunden hatte, die bereit war, seine Gier zu stillen.

Er überlegte kurz, wer da in Frage käme. Da war einmal die hübsche kleine Tochter des Wirts im hiesigen Gasthof. Sie hatte vorgestern abend erst mit ihm, und dann, als er kein Interesse bekundet hatte, mit Mortimer geflirtet. Der hatte dann auch prompt gestern wieder dort übernachtet. Wenn er bei ihr zum Zuge gekommen war, hatte er zweifellos die älteren Rechte. Zumindest müßte er ihn der Höflichkeit halber vorher fragen.

Dann gab es da noch das Hausmädchen, die ihm gestern die frische Bettwäsche gebracht hatte. Sie hatte üppige Formen, genau wie seine letzte Geliebte, und als sie ihn anschaute, war sie ganz schön ins Stottern gekommen. Es wäre ein leichtes Spiel für ihn, schon gestern hätte er sie haben können. Warum hatte er sie bloß nicht gleich verführt? Aber mit Hausangestellten war das immer so eine Sache. Sie tratschten schnell alles herum, und er mochte lieber diskrete Affären.

Er wußte, daß er über kurz oder lang ein Mädchen finden würde, das ihm gefallen und sich auf eine kurze Sache einlassen würde, doch diese Gewißheit half ihm jetzt auch nicht weiter. Er war inzwischen so erregt, daß er nicht mehr warten konnte. Sein Körper forderte einfach sein Recht. Diese verfluchte Megan Penworthy. Und dann noch dieses Liebesgeturtel hinter der Tür, das gab ihm wirklich den Rest. Bestimmt waren es Bedienstete vom Gut, bei denen es sich noch nicht herumgesprochen hatte, daß dieser Stall inzwischen nicht nur von Pferden bewohnt war. Und dann noch in aller Herrgottsfrühe. Durch das einzige Fenster im Stall fiel gerade das erste Morgenlicht.

»Sir Ambrose wird womöglich eifersüchtig sein, aber das macht nichts, dann reite ich euch eben beide.«

Ein trockenes Lachen drang durch die Tür. Devlin stieß ein verzweifeltes Stöhnen aus. Er versuchte sich zu erinnern, wie es im benachbarten Trakt des Stalls aussah. Da waren zwei Boxen, oder? In einer von ihnen war Caesar untergebracht; Devlin wunderte sich, daß der Hengst nicht ärgerlich schnaubte, wie er es sonst tat, wenn er sich gestört fühlte.

Devlin war nach mehr als nur ärgerlichem Schnauben zumute. Er platzte langsam vor Wut über diese weibliche Stimme nebenan, die ihn aus dem Schlaf geweckt hatte. Sie kam ihm irgendwie bekannt vor, doch er kam nicht darauf, wer es war. Es war wie verhext, diese Stimme machte ihn schier wahnsinnig. Vielleicht gerade, *weil* sie ihm so vertraut war?

»Das kitzelt.« Sie kicherte. »Du magst das, nicht wahr? Ich wußte es. Sir Ambrose ist ganz wild darauf.«

Wie von Furien gejagt sprang Devlin aus dem Bett. Jetzt wußte er es! Aus dem Dunkel seiner Erinnerung war das Gesicht aufgetaucht, das zu dieser weichen, schnurrenden Stimme gehörte. Er stieß die Tür weit auf – und blieb wie angewurzelt stehen. Es war kein Liebespaar, das sich da im Stall tummelte. Kein Mann weit und breit, an dem er seine Wut hätte abreagieren können. Es war Megan, die da im schummrigen Licht einer Laterne stand und Caesar mit Zucker fütterte. Sie hatte ein jadegrünes Reitkleid an, und ihr leuchtendrotes Haar, das sie zu einem dicken Zopf geflochten hatte, züngelte wie eine Flamme über ihren Rücken. Sie hatte Devlin nicht gehört und war ganz auf den Hengst konzentriert, den sie mit lockenden Worten und süßen Naschereien becircte.

Obwohl sie da so harmlos in ihrer ganzen Unschuld vor ihm stand, kochte er immer noch vor Wut. Er konnte sich einfach nicht beruhigen. Er wußte nicht einmal genau, warum. War es Eifersucht? Dieses Gefühl war ihm sonst ausgesprochen fremd. Nein, es war etwas anderes. Dieses Mädchen hatte ihm die ganze Zeit im Kopf herumgespukt, doch er hatte die Finger von ihr gelassen, weil er davon ausgegangen war, daß sie noch Jungfrau war. Dann hatte er dieses Liebesgeflüster gehört, hatte ihre Stimme erkannt, und für den Bruchteil einer Sekunde hatte er gedacht, daß sie also *doch* keine Jungfrau mehr war, sondern sich da mit ihrem Liebhaber im Stroh tummelte, und diese Vorstellung hatte ihn vor Eifersucht fast wahnsinnig gemacht, noch dazu, wo er sich selbst gerade in Gedanken an sie in heißer Erregung in seinem Bett gewälzt hatte.

Jetzt sah er, daß er einem Irrtum erlegen war – zugegebenermaßen einem geradezu lächerlichen Irrtum –, doch das beruhigte ihn nicht im geringsten, im Gegenteil. Er war immer noch auf sie wütend, nur aus einem anderen Grund. Bisher hatte er auf das Vergnügen verzichtet, sie zu verführen, dann hatte er einen Moment lang geglaubt, daß sie also doch zu haben wäre, und jetzt war alles nur ein Irrtum. Er mußte sich also weiterhin beherrschen und die Finger von ihr lassen, und verrückterweise war es genau *das*, was ihn so in Rage brachte.

»Was zum Teufel machst du hier, verdammte Göre?« brüllte er.

Megan zuckte zusammen. Sie richtete sich steif auf, drehte sich aber nicht um. Sie hatte also seine Stimme erkannt. Langsam ließ sie ihre Hand sinken und wischte sich achtlos ein paar Zuckerreste an ihrem Rock ab. Caesar gefiel das ganz und gar nicht, er reckte den Kopf so weit er konnte aus der Box heraus und verlangte nach mehr.

»Ich wäre Ihnen äußerst dankbar, wenn Sie mich etwas höflicher anreden würden ...«

»Das müssen Sie schon mir überlassen, wie ich Sie anrede.«

»...wobei ich von Ihnen andererseits nichts anderes erwartet habe.« Sie drehte sich um, um ihm gehörig die Meinung zu sagen –

doch ihren Lippen entfuhr nur ein stummes »Oh!«, als ihr Blick auf ihn fiel: Devlin hatte nichts an außer seinen Hosen, und auch die hatte er der Bequemlichkeit halber gelockert, so daß sie ihm knapp unter den Hüften hingen und ein breites Stück nackter Haut unterhalb seines Bauchnabels enthüllten. Sie stand wie angewurzelt, unfähig, den Blick von ihm zu wenden. Wie gebannt fuhr sie mit den Augen über seine nackte, goldbraune Haut, glitt über seine breiten Schultern, seine langen, muskulösen Arme, die breite Wölbung seiner majestätischen Brust, die sich abwärts verjüngte zu einem durchtrainierten, flachen Bauch und sehnigen Hüften, die kaum breiter waren als seine schlanke Taille. Schwarzes, dichtes Haar wuchs auf seinen Brustmuskeln, kräuselte sich zart um seine Brustwarzen. Seinen glatten, samtigen Bauch ließ es frei, doch unterhalb des Nabels fing es wieder an, üppig zu wuchern, bis es unter seinem Hosenbund verschwand. Und noch weiter unten – da war eine gewaltige Wölbung, die den Stoff seiner Hose zum Zerreißen spannte.

Hier blieb ihr Blick hängen; fasziniert und verwirrt starrte sie auf diesen höchst intimen Körperteil, und Devlin starrte sie genauso an, atemlos, fühlte, wie sein schwellendes Glied unter ihren stimulierenden Blicken noch weiter wuchs. Er glaubte es kaum, aber es war wieder so, daß sie ihn mit ihren Augen geradezu verschlang. Anders als sonst hatte er diese Nacht vorsichtshalber seine Hosen angelassen; da die Tür nicht abzuschließen war, hätte doch jemand unverhofft hereinplatzen können. Sonst stünde er jetzt hier splitternackt. Und auch in dem Moment, als er aufgesprungen war, um ihren Liebhaber zu verprügeln, hatte er an alles andere als an züchtige Bekleidung gedacht. Ob sie ihn genauso anstarren würde, wenn er hier jetzt tatsächlich nackt vor ihr stünde? Er hätte fast darauf gewettet.

»Wenn meine Tür abzuschließen wäre, hätten Sie jetzt das Vergnügen, noch mehr zu sehen, denn normalerweise schlafe ich im Adamskostüm. Aber ich kann Ihnen den Gefallen gerne tun und die letzten Hüllen auch noch fallen lassen, einverstanden?«

Sie riß entsetzt die Augen auf, als ihr der Sinn seiner Worte langsam klar wurde, doch bevor die Schamröte in ihre Wangen schießen konnte, drehte sie sich um und stürzte davon. Aber sie war nicht schnell genug. Die Wut, die die ganze Zeit schon in Devlin gekocht hatte, war nun von der Leidenschaft, die sie in ihm entfacht hatte, zusätzlich angeheizt, und das war zuviel für ihn. Ein primitiver Trieb brach in ihm durch. Diesmal würde sie ihm nicht entkommen. Er setzte ihr hinterher, hatte sie mit seinen langen Beinen im Nu eingeholt, und bevor sie überhaupt daran denken konnte, um Hilfe zu schreien, packte er sie, riß sie in seine Arme und küßte sie leidenschaftlich.

Im ersten Moment war sie starr vor Schreck, dann fühlte sie eine ohnmächtige Angst in sich aufsteigen. Seine letzten Worte schossen ihr durch den Kopf. Er hatte sie hochgehoben und an den Haaren gepackt, so daß ihre Füße in der Luft hingen und sie seinem wilden, gierigen Mund nicht entrinnen konnte. Verzweifelt strampelte sie, schlug mit ihren kleinen Fäusten auf seine Schultern und Arme ein, versuchte vergeblich, seine Brust zu treffen, doch er hielt sie zu fest an sich gedrückt.

Es widerte sie an, was er mit ihr machte. Es tat ihr weh, sein Mund war wie eine Waffe. Sie meinte, jeden Moment würden seine starken Arme ihr die Rippen brechen. Sie verlor ganze Büschel von Haaren, weil sie sich so wild wehrte, doch sein eisenharter Griff gab keinen Millimeter nach. Die Luft ging ihr aus, so daß sie zu ersticken glaubte. Gerade als sie die ersten Sterne vor ihren Augen flimmern sah, konnte sie mit einem letzten Atemzug noch etwas Luft holen, um nicht in Ohnmacht zu fallen. Doch sie war immer noch gefangen, knuffte und schlug um sich, so gut sie konnte, riß an seinen Haaren, aber er achtete gar nicht darauf, bohrte nur gierig weiter seine Zunge in ihren Mund.

Devlin brauchte eine ganze Weile, bis er merkte, daß die Frau in seinem Armen sich tatsächlich gegen ihn wehrte, ernsthaft gegen ihn kämpfte, nicht nur sich ein wenig zierte, wie es Frauen gerne taten. Das war für ihn eine völlig neue Erfahrung. Doch eine ebenso neue Erfahrung war für ihn, dermaßen die Kontrolle über sich verloren zu haben, daß er nicht einmal wahrnahm, daß seine ungestüme Leidenschaft in keiner Weise erwidert wurde. Langsam kam er wieder zur Besinnung. Er hob den Kopf und schaute auf das Opfer seiner Begierde hinab. Er sah keine Tränen in ihren großen blauen Augen, nur etwas anderes – Angst.

»Sie tun mir weh«, klagte sie mit leiser Stimme.

Großer Gott, hatte er ihr wirklich weh getan? Was war nur in ihn gefahren? Wie hatte ihn diese Frau bloß verhext, daß er sich so vergessen konnte?

»Es tut mir leid«, sagte er. Und das meinte er ernst. Zumindest tat es ihm leid, daß er ihr weh getan hatte. »Als ich gestern abend ins Bett ging, konnte ich schon an nichts anderes denken als an Sie, und heute morgen wurde ich von Ihrer Stimme geweckt, und als Sie mich dann mit Ihren wunderbaren Augen wieder so angesehen und meinen Körper gestreichelt haben, da habe ich für einen Moment einfach den Verstand verloren.«

Für Megan hörte sich das mehr wie ein leiser Vorwurf und nicht wie eine Entschuldigung an, so als wäre *sie* schuld daran, was er ihr angetan hatte. Das ärgerte sie, und je mehr ihre Angst vor ihm schwand, desto mehr kehrte ihre alte Wut auf ihn zurück.

Sie wollte sie ihm gerade um die Ohren hauen, als er fragte: »Wo habe ich Ihnen denn weh getan?«

Megans Augen flammten zornig auf. Sie ärgerte sich über seine dumme Frage, und da er seinen Griff immer noch nicht gelockert hatte, konnte sie ihm leicht auf die Sprünge helfen: »Sie sind gerade dabei, mir das Rückgrat zu brechen! Sie haben mir wahrscheinlich so ziemlich alle Haare ausgerissen und meine Lippen mit Ihren Zähnen total zerbissen!«

Sie zetert wie ein launisches kleines Ding, dachte Devlin. Sie hatte wirklich nicht die geringste Ahnung, was Leidenschaft war. Er war bekannt für seine raffinierten Liebeskünste, und so wäre es ihm lieber gewesen, sie hätte ihm einfach eine schallende Ohrfeige versetzt. So fühlte er sich durch ihre Worte zum primitiven Rüpel herabgesetzt, und das beleidigte ihn. Es war wieder einmal der Beweis, daß es besser war, von Jungfrauen die Finger zu lassen. Sie war eben wirklich noch ein unerfahrenes, unschuldiges junges Mädchen. Dabei bettelte sie mit jeder Geste und jedem ihrer verführerischen Blicke darum, daß er ihr genau diese Unschuld doch bitte rauben möge. Wenn er es recht bedachte, so hatte er nur getan, was sie insgeheim wollte, und so war ihm eigentlich gar nichts vorzuwerfen, und es bestand auch nicht der geringste Anlaß für irgendwelche Wiedergutmachungsleistungen.

Er wäre froh gewesen, wenn er genauso leicht wie seine Schuldgefühle auch seine Lustgefühle loswerden könnte, aber die tobten immer noch in seinen Lenden, und vielleicht war das auch mit ein Grund dafür, daß er sich einfach weigerte, sich bei ihr zu entschuldigen.

»Kein Grund zur Aufregung«, entgegnete er auf ihren Vorwurf. Er stellte sie wieder auf ihre Füße, löste aber immer noch nicht seine Umklammerung. »Das kommt eben davon, wenn Sie mich mit Ihren Augen auffressen!«

»Das habe ich überhaupt nicht!« keuchte sie empört.

»Oh doch, Fräulein! Und wenn Sie das das nächste Mal wieder mit mir machen, werde ich Ihnen die gleiche Lektion erteilen wie eben gerade, und auch das übernächste Mal und so fort. Vielleicht lernen Sie auf diese Weise irgendwann einmal, wie man einen Mann richtig küßt.«

Mit dieser letzten Bemerkung wollte er sie bewußt verletzen, wollte ihr gezielt einen Schmerz zufügen, den gleichen Schmerz, den er in sich brennen fühlte. Er begehrte sie wie verrückt. Er war zwar wieder zur Besinnung gekommen, doch er wußte, daß dieses Begehren weiter in ihm lodern würde, so daß er einfach nichts anderes tun konnte, tun *würde,* als sie immer wieder zu küssen. Vielleicht würde sie dies auch als Warnung verstehen, daß sie sich verdammt noch einmal von ihm fernhalten sollte, denn er war sich nicht sicher, ob er auf die Dauer dieser ständigen Verführung widerstehen könnte.

»Ich hasse Sie!« zischte sie ihm wutentbrannt entgegen.

Devlin antwortete mit einem breiten Grinsen: »Ich bin am Boden zerstört, Gnädigste.« Sein Grinsen strafte seine Worte Lügen. »Darf ich Sie darauf aufmerksam machen, daß Sie mich bisher noch gar nicht gebeten haben, Sie loszulassen. Das hätte ich eigentlich von Ihnen erwartet – wenn Sie mich wirklich hassen.«

»Lassen Sie mich los!«

»Zu spät!«

Er senkte seine Lippen auf ihre herab und küßte sie ein zweites Mal. Doch dieser Kuß war vollkommen anders als der erste. Diesmal verlor er nicht die Kontrolle, dachte daran, daß sie noch unschuldig war. Er ließ seine reichen Erfahrungen spielen, lockte sie zärtlich, umschmeichelte ihre Lippen, bat sie mit seiner Zunge, ihren Mund zu öffnen, und als sie es schließlich tat, fuhr er hinein, um sich seinen Preis zu holen. Oh Gott, sie war so süß, so hinreißend in ihrer Unschuld!

Sie wehrte sich nur kurz, zweimal noch schlug sie ihn mit ihren kleinen Fäusten, dann schlossen sich ihre Arme um seinen Hals. Sie entspannte sich, schmolz in seinen starken Armen dahin. Das war die Reaktion, die er bei Frauen kannte. Er wurde mutiger, wollte seine Zunge tief in ihren Mund bohren, wollte das Feuer ihrer Leidenschaft entzünden. Doch er befürchtete, damit bei einer Jungfrau den gegenteiligen Effekt zu bewirken – mit Jungfrauen hatte er ja nun wirklich keine Erfahrung –, und so behielt er sich in der Gewalt, zwang sich, langsam vorzugehen, vorsichtig. Er war auch darauf gefaßt, sich schnell aus ihr wieder zurückzuziehen, falls sie ihn in die Zunge beißen sollte. Aber das tat sie nicht, selbst dazu war sie offensichtlich zu unerfahren.

Sie erwiderte seinen Kuß nicht, sie ließ alles nur willenlos mit sich geschehen. Doch das war ganz im Sinne Devlins, denn er hatte solche Mühe, seine Begierde im Zaum zu halten, daß er, wenn sie seinen Kuß erwidert hätte, womöglich endgültig die Kontrolle über sich verloren hätte. Sie hatte wirklich nicht die leiseste Ahnung, wie man küßt, doch das störte ihn nicht, im Gegenteil. Ihre Unerfahrenheit kam ihm jetzt gerade recht. Ihre Lippen waren weich, nur ein wenig geschwollen von seiner letzten Attacke. Ihr Atem strömte sanft und süß; noch süßer war die kindliche Ergebenheit, mit der sie in seinen Armen lag, ihr warmer, biegsamer Körper... *Großer Gott, gib mir Kraft.*

Doch Devlin war mit seiner Kraft am Ende. Er wollte sich in sie versenken, nichts hielt ihn mehr. Wieder und wieder packte er ihr Becken und preßte es gegen seine geschwollene Männlichkeit. Ihr keuchender Atem verriet ihm, daß in ihr nie gekannte Gefühle wogten. Sein Körper barst schier vor Erregung, Devlin wollte aufspringen und sie in sein Bett davontragen. Er brauchte jetzt ihre Wut, er brauchte jetzt, daß sie ihn ins Gesicht schlug, damit er endlich zur Besinnung kam.

Er ließ von ihr ab. Zitternd vor Wollust stand er da, rang nach Luft, versuchte verzweifelt, wieder zu sich zu kommen. »Jetzt weißt du, wie es geht«, stieß er keuchend hervor. »Wenn du es irgendwann einmal haben willst ohne diese verdammten Kleider zwischen uns, dann sag es mir.«

Wie betäubt standen sie da und schwiegen. Dann endlich schlug sie ihm ins Gesicht, so wie er es die ganze Zeit schon ersehnt hatte. Doch zu seiner Überraschung hatte die Ohrfeige gerade die gegenteilige Wirkung. Statt zur Besinnung zu kommen, wurde er nur noch wilder, wollte sie erneut an sich reißen und küssen. Nur mit letzter Kraft bezwang er sich. Er mußte eine andere Taktik einschlagen. Er mußte sie offen beleidigen.

»Wenn Sie ein anständiges Mädchen wären, hätten Sie vorhin, als sie mich halbnackt gesehen haben, sofort die Augen geschlossen und sich umgedreht, dann hätte Sie meine Nacktheit auch nicht provoziert. Aber zu diesen anständigen Mädchen scheinen Sie wohl nicht zu gehören, Miss Penworthy.«

Sie schlug ihm ein zweites Mal ins Gesicht. Es war ihm egal ob er es diesmal verdient hatte oder nicht. Er hatte nichts als die blanke Wahrheit gesagt. Dann lief sie um die Ecke und war verschwunden.

7

Megan rannte den ganzen Weg hinüber zum Haus und stürmte sofort hinauf in ihr Zimmer. Sie schlug die Tür hinter sich zu und lehnte sich mit geschlossenen Augen dagegen. Sie zitterte vor Erregung. Dann stieß sie einen tiefen Seufzer aus.

Er hatte ja so recht. Sie hatte sich schon wieder völlig danebenbenommen! In dem Moment, wo sie gesehen hatte, daß er nicht vollständig bekleidet war, hätte sie sofort die Augen schließen und sich umdrehen müssen! Statt dessen hatte sie wieder das Unvorstellbare getan, hatte diesen aufregenden Männerkörper einfach sprachlos bewundert, hatte ihn »mit den Augen verschlungen«, wie er es so rüde ausgedrückt hatte. Dabei konnte sie eigentlich gar nichts dafür, es war einfach so über sie gekommen. Sie hatte gar nicht gemerkt, was sie da tat und daß er sie dabei beobachtete.

Kein Wunder, daß er sie gefragt hatte, ob er für sie auch noch die Hosen herunterlassen sollte. Sie konnte es ihm wirklich nicht übelnehmen, wo sie doch am längsten auf diesen einen, diesen bestimmten Körperteil gestarrt hatte. Er hatte nur ihre Gedanken gelesen. Es war wahr, sie hätte wirklich zu gern gewußt, was sich da unter seiner Hose verbarg.

Sein Glied war ihr so riesig erschienen. Später hatte sie es dann sogar durch ihren dicken Rock hindurch gespürt, als er es hart gegen ihre Scham preßte. Sie hatte Angst bekommen, ja, aber da war auch noch ein anderes Gefühl gewesen, ein aufregendes Gefühl, das in ihrer Scham begonnen und sich von dort in heftigen, heißen Wogen über ihren ganzen Körper ausgebreitet hatte. Hätte sie dieses Gefühl doch niemals erlebt! Und auch dieses andere nicht, dieses Kribbeln im Bauch, als er sie das zweite Mal geküßt hatte!

Megan stöhnte leise bei dem Gedanken. Dann ging sie mit unruhigen Schritten in ihrem Zimmer auf und ab. Das alles hätte nicht passieren dürfen! Sie hatte sich doch nur mit dem Hengst anfreunden wollen, damit sie ihn später vielleicht einmal reiten könnte. Sie hatte überhaupt nicht vorgehabt, Devlin Jefferys über den Weg zu laufen, ganz im Gegenteil. Deshalb war sie ja extra so früh in den Stall gegangen, viel früher als sonst, damit sie mit Sicherheit ganz alleine wäre.

Es wäre alles gut gegangen, wenn nicht diese verflixte Tür angelehnt gewesen wäre – und wenn Devlin nicht so einen leichten Schlaf hätte. Dabei hatte sie wirklich nur im Flüsterton zu dem Hengst gesprochen. Es war einfach unmöglich, daß Devlin davon aufgewacht war, selbst bei offener Tür! Aber er hatte gesagt, daß er von ihrer Stimme geweckt worden war. Er hatte auch gesagt, daß er gestern nacht, als er ins Bett ging, an sie gedacht hatte. Ob das wahr war? Bestimmt nicht. Er hatte ihr so viele anzügliche Sachen gesagt, von denen mit Sicherheit die Hälfte erlogen war, nur um sie zu schockieren. Dieser Mann liebte offensichtlich nichts so sehr, wie sie zu schockieren!

Sie blieb stehen. Sie fühlte sich auf einmal magisch zum Fenster hingezogen. Es ging zum Seitenhof hinaus und gestattete somit auch einen Blick auf den Stall. Er lag etwas versetzt hinter dem Haus, doch sie konnte den Eingang gut einsehen und daher auch beobachten, wer dort aus- und einging. Als sie ein Pferd wiehern hörte, glaubte sie erst, daß es Timmy, der Stallbursche, wäre, der auf seiner alten Mähre wie jeden Morgen zur Arbeit geritten kam. Doch es war nicht Timmy. Plötzlich wurde die Stalltür aufgerissen, und der schwarze Hengst kam mit Devlin auf dem Rücken heraus.

Ja, sollte er doch endlich mitsamt seinem Pferd verschwinden! Aber sie wußte, daß er wiederkommen würde. Der Hengst war ungesattelt, und Devlin hatte keine Stiefel an, nur wieder eines dieser weißen Hemden, das er auch schon gestern getragen hatte. Als nächstes wünschte sie sich, daß er in hohem Bogen vom Pferd fliegen möge, doch auch dieser Wunsch ging nicht in Erfüllung. Dieser Mann und sein Hengst waren eins, sie waren füreinander geschaffen. In Sekundenschnelle waren die beiden verschwunden, doch der Anblick hatte sich tief in Megans Gedächtnis gegraben.

Wenn er doch bloß nicht so verdammt gut aussähe! Dann bräuchte sie sich vor ihm nicht dauernd so lächerlich zu machen! Sie hatte wirklich noch keinen Mann getroffen, der so blendend aussah wie er, der sie so aus der Fassung zu bringen vermochte.

Gut, es war wirklich unanständig von ihr gewesen, ihn so anzustarren. Aber es war noch viel unanständiger von ihm, sie zu fragen, ob er sich für sie ausziehen sollte. Er hatte einfach kein Recht, sich so eine Dreistigkeit zu erlauben. Und er hatte auch kein Recht, dauernd diese Schlüpfrigkeiten von sich zu geben, kaum, daß er den Mund aufmachte. Und er hatte vor allem kein Recht, sie so anzugehen, wie er es getan hatte! Es gab wirklich nicht den geringsten Grund, daß sie da die Schuld bei sich suchen müßte. Oder doch?

Hatte er ihr nicht gesagt, daß ihre Art, ihn so anzustarren, für ihn war, als ob sie ihn mit den Händen streichelte? Nein! Sie weigerte sich, zu glauben, daß sie ihn zu seinem ungeheuerlichen Benehmen provoziert hätte. Und sie weigerte sich ebenso, seine Drohung ernst zu nehmen, daß er sie wieder küssen würde, wenn sie ihn noch einmal so anstarren würde. Das würde er niemals wagen! Oder etwa doch? Ein gemeiner, roher Bursche, wie er einer war? Warum denn nicht? Sie hätte sich auch nicht im Traum vorgestellt, daß er die Frechheit besäße, sie einfach zu küssen, und trotzdem hatte er es getan. Und warum, zum Teufel, mußte sie eigentlich die ganze Zeit daran denken?

Wenn er sie doch bloß nur dieses zweite Mal geküßt hätte. Das war doch ganz anders, hundertmal schöner gewesen als das erste Mal. Ihr waren die Sinne geschwunden, eine Welle von Gefühlen war ihr durch den Bauch gewogt. Sie mußte zu ihrer Schande gestehen, daß sie enttäuscht war, als er aufgehört hatte. Dabei war es ja kein Wunder. Er hatte ihr offen ins Gesicht gesagt, daß sie nicht küssen konnte.

Megan runzelte die Stirn, als sie daran dachte. Es stimmte, sie hatte auf diesem Gebiet nicht die geringsten Erfahrungen. Den einzigen Kuß, an den sie sich erinnern konnte, hatte ihr einmal ein früherer Verehrer gestohlen. Doch das war nur eine flüchtige Berührung der Lippen gewesen, so kurz, daß sie gar keine Zeit hatte, sich zu überlegen, ob es ihr gefallen hatte oder nicht.

Aber sie würde bald heiraten. Sollte sie nicht die eine oder andere Erfahrung sammeln, bevor sie ihren Herzog küßte? Sie wollte nicht, daß er sie genauso als unerfahrenes Ding belächeln würde, wie es Devlin getan hatte. Doch jetzt, wo sie wußte, wen sie heiraten würde, war es ja auch unfair, irgendeinen Verehrer sie küssen zu lassen und somit falsche Hoffnungen in ihm zu erwecken. Sie hatte also keine Gelegenheit mehr, das Küssen zu lernen. Und als Devlin sie geküßt hatte, war sie von diesen ganz neuen Gefühlen derartig überwältigt gewesen, daß sie gar nicht darauf geachtet hatte, was er da eigentlich mit ihr machte, daß sie diese wunderbaren Gefühle bekam. Natürlich würde sie es ihm nie wieder gestatten, sie noch einmal zu küssen. Ein Pferdezüchter! Daß er es überhaupt gewagt hatte …

Sie stand immer noch am Fenster, als er kurz darauf zurückkam. Sein Haar war naß und sein Hemd klebte am Rücken. Hatte er irgendwo gebadet? Doch nicht etwa in *ihrem* Teich! Bei dem bloßen Gedanken, daß er sich in ihrem ganz privaten Badeparadies getummelt hatte, geriet sie in Rage. Es war schon schlimm genug, daß er in ihrem Stall hauste.

Während sie sich immer noch über diese seine neueste Frechheit ärgerte, bemerkte sie, daß er sie gesehen hatte. Er hielt den Hengst direkt unter ihrem Fenster an und schaute zu ihr empor. Trotz seiner Warnung schaute sie zurück, absichtlich. Sie wußte, daß sie in ihrem Zimmer vor ihm und seinen Drohungen sicher war, und umso herausfordernder schaute sie zu ihm hinunter. Es bereitete ihr ein diebisches Vergnügen.

Aber auch er schaute sie unentwegt an. Sogar als er abstieg und sich direkt vor seinem Pferd aufstellte, ließ er sie nicht aus den Augen. War das ein Wettkampf, wer den Blick des anderen am längsten aushielt? Doch plötzlich langte er an seinen Hosenbund und zog sich mit einer einzigen schnellen Bewegung das Hemd über den Kopf.

Megan erstarrte und riß hastig die Gardinen zu. Sie hörte ihn unten heiser lachen. Es klang ihr schlimmer in den Ohren als sein selbstgefälliges Pfeifen gestern. Er hatte also auch diese Runde für sich entschieden! Es war einfach nicht zum Aushalten. *Er* war einfach nicht zum Aushalten. Sie mußte mit ihrem Vater sprechen. Dieser Mann mußte in seine Schranken verwiesen werden!

8

Megan wollte später beim Frühstück mit ihrem Vater darüber reden. Sie legte sich genau zurecht, was sie sagen wollte. Sie würde natürlich nicht die ganze Wahrheit erzählen, doch sie wollte ihrem Vater die Augen öffnen, was Devlin Jefferys für ein unmöglicher Kerl war, ohne andererseits zu riskieren, daß er ihn deshalb gleich entließe, denn das würde sie den Hengst kosten. Sie würde ihrem

Herzen Luft machen, aber eher am Rande des Gesprächs, während sie über ihre bevorstehende Fahrt nach London oder ihre Pläne für heute plauderten. Doch dann verließ sie der Mut. Sie befürchtete, daß Devlin, wenn er von ihrer Beschwerde erfuhr, seinerseits ihrem Vater das eine oder andere über ihr Verhalten erzählen würde, und dann stünde sie genauso schlecht da wie er.

Deshalb entschloß sie sich, einen anderen Weg zu gehen. Sie würde Devlin *androhen,* daß sie sich über ihn beschweren würde, wenn er ihr weiteren Anlaß dazu gäbe. Insgeheim hoffte sie jedoch, daß es dazu gar nicht mehr käme, denn sie hatte nicht vor, mit ihm überhaupt noch ein Wort zu wechseln. Bis jetzt nahm er ja wohl an, daß sie nicht vorhatte, ihrem Vater irgend etwas zu erzählen, denn als sie ihn zum ersten Mal um seine Entlassung gebeten hatte, hatte Devlin ja an der Tür gelauscht und auf diese Weise mitbekommen, daß sie ihrem Vater keine näheren Einzelheiten ihrer ersten Begegnung mitgeteilt hatte. Sie brauchte ihm also nur klar und deutlich zu sagen, daß sie sofort alles ihrem Vater erzählen würde, wenn er sie nicht ab sofort in Ruhe ließe. Dann würde er ja wohl ein für alle Mal die Finger von ihr lassen.

Obwohl sie sicher war, daß sie mit dieser Strategie wieder Herrin der Situation sei, beschlich sie dennoch ein ungutes Gefühl, als sie wie immer kurz nach dem Frühstück den Stall betrat. Sie atmete erleichtert auf, als sie niemanden entdecken konnte, nicht einmal Timmy, der sonst immer schon da war, wenn sie kam. Im hinteren Teil des Stalles war ein Geräusch zu hören, das sich wie Hämmern anhörte. Sie hatte aber keine Lust, sich darüber Gedanken zu machen, und ging geradewegs zu Sir Ambrose' Box.

Normalerweise rieb sie ihr Pferd nur kurz ab, bevor sie ausritt, und widmete sich erst hinterher ausgiebig seiner Pflege. Doch heute wollte sie sogar das Abreiben ausfallen lassen, um möglichst schnell wieder aus dem Stall zu sein, bevor Devlin ihr über den Weg laufen könnte.

»Morgen, Miss Megan!« Sie fuhr zusammen, wenn auch nur für eine Sekunde. »Guten Morgen, Timmy«, antwortete sie aufatmend.

»Er ist wirklich toll, dieser Caesar, nicht wahr?« strahlte Timmy, als er auf das Boxengitter kletterte und sich dort neben ihrem Sattel niederließ.

Es war eine gemeinsame, liebgewordene Gewohnheit von Timmy und ihr. Sie brauchte seine Hilfe nicht, mochte es aber gern, wenn er nur so auf dem Boxengitter saß und ihr Gesellschaft leistete, während sie sich um das Pferd kümmerte. Diese Gewohnheit wirkte irgendwie beruhigend auf sie, und so überlegte sie einen Moment, ob sie nicht doch auch heute wie immer erst ihr Pferd abreiben sollte.

»Ich hab dir gesagt, was du tun sollst, also mach dich an die Arbeit.«

Megan stöhnte innerlich, als sie diese Stimme hörte. Ebenso schien es Timmy zu gehen. Denn der Junge sprang sofort herunter und rannte in den hinteren Teil des Stalles.

»Sie haben kein Recht, hier herumzukommandieren«, sagte Megan scharf und drehte sich um. Devlin stand breit am Eingang der Box. »Timmy hat mir nur Gesellschaft geleistet.«

»Das darf er aber nicht, wenn er eine Arbeit zu erledigen hat. Ich habe ihm eine Aufgabe gegeben. Und er steht jetzt unter *meiner* Leitung.«

Sie wollte gerade anfangen, darüber zu streiten, wer hier der Chef sei, als sie bemerkte, daß sie schon wieder dabei war, ihn fasziniert anzustarren. Deshalb biß sie sich auf die Lippe und drehte sich um.

»Na, heute keine Lust zu streiten?«

»Verschwinden Sie«, murmelte sie leise. Doch er hatte es gehört.

»Ich habe nicht die Absicht, Ihnen diesen Gefallen zu tun«, erwiderte Devlin süffisant. »Ich lebe hier schließlich. Das ist sozusagen mein Zuhause für die nächste Zeit.«

Sein ironischer Ton wirkte ziemlich provozierend auf Megan. Sie hätte ihm gerne erwidert, daß ein Stall für jemanden wie ihn tatsächlich die passende Behausung sei, doch sie verkniff sich die Bemerkung. Sie wollte kein Wort mehr mit ihm reden, ihn einfach ignorieren, bis er endlich wegginge.

Sie machte eine Bewegung, um ihren Damensattel zu nehmen, aber plötzlich war Devlin hinter ihr. Sie spürte seine kräftige Brust an ihrem Rücken, als er ebenfalls nach dem Sattel griff. Megan wirbelte herum, um ihn ihm zu entreißen, was ihr auch gelang, da er mit ihrer Reaktion nicht gerechnet hatte. Doch durch ihre heftige Bewegung und das Gewicht des Sattels verlor sie das Gleichgewicht und fiel, wild mit den Händen fuchtelnd, rückwärts in einen Heuhaufen.

Sie stieß einen wütenden Schrei aus und schlug ihm trotzig auf die Hand, als er ihr hochhelfen wollte. Mein Gott, schon wieder hatte sie sich vor diesem Mann schrecklich lächerlich gemacht. Wie oft mußte ihr das denn *noch* passieren?

»Ich wollte Ihnen doch nur helfen«, sagte er, »Timmy konnte es ja nicht tun, nachdem ich ihn weggeschickt habe.«

Sie vermied es nach wie vor, ihn anzusehen. Doch obwohl sie nicht den geringsten Anflug von Belustigung in seiner Stimme gehört hatte, stellte sie sich vor, wie er von einem Ohr zum andern grinste. Ob das jetzt wohl der richtige Moment war, ihm ihre Drohung mitzuteilen?

Sie stand auf und streifte das Stroh von ihrem Reitkleid, dann griff sie nach dem Sattel. Während sie Sir Ambrose zum Ausritt fertig machte, stand Devlin stumm neben ihr und sagte kein einziges Wort. Sie war nicht einmal sicher, ob er überhaupt noch da war. Doch sie würde sich lieber auf die Zunge beißen als …

»Miss Penworthy«, unterbrach er ihre Gedanken, »seit ich hier stehe, haben sie mich nicht ein einziges Mal angesehen.« Sein Tonfall hatte sich geändert und zeigte einen Anflug von Verärgerung. »Sind mir plötzlich Hörner gewachsen?«

»Die hatten Sie wohl immer schon«, platzte sie heraus. Sie konnte einfach den Mund nicht halten.

»Sehen Sie mich gefälligst an, wenn Sie mich beleidigen!«

Sie tat ihm diesen Gefallen nicht, gab ihm jedoch einen kleinen Tip: »Mr. Jefferys, ich habe nicht die Absicht, Sie durch meine Art, Sie anzusehen, ein weiteres Mal zu provozieren.«

»Das tun Sie aber gerade«, keuchte er und konnte nur mit Mühe seine Erregung beherrschen. »Man kann jemanden auf sehr verschiedene Art anschauen, das wissen Sie ganz genau. Außerdem habe ich das nur so aus meinem Ärger heraus gesagt. Wahrscheinlich wird beim nächsten Mal, wenn Sie mich wieder so anstarren, überhaupt nichts passieren. Wollen Sie's nicht mal versuchen?«

»Nein!«

»Macht auch nichts. Übrigens, der verfluchte Teich war ganz schön kalt.«

Jetzt konnte sie es sich doch nicht verkneifen, ihn anzuschauen, doch ihr Blick war kühl und abweisend: »Dieser ›verfluchte‹ Teich, wie Sie sich auszudrücken belieben, ist zufällig *mein* Teich. Ich wäre Ihnen dankbar, wenn Sie sich in Zukunft davon fernhielten.«

»Dann bringen Sie gefälligst nicht mein Blut derartig in Wallung, daß mir nichts anderes übrig bleibt, als mich auf diese Weise abzukühlen. Sonst schnappe ich Sie mir das nächste Mal und trage Sie höchstpersönlich in mein Bett.«

Megan schoß das Blut in die Wangen. Dann sagte sie mit gepreßter Stimme: »Wenn das *so* ist, dann dürfen Sie sich ab jetzt in meinem Teich abkühlen, wenn Sie es nötig haben!«

»Genau die Antwort hatte ich erwartet!«

Megan drehte sich um und führte betont gelassen ihr Pferd aus dem Stall hinüber zum Sattelplatz, doch innerlich kochte sie vor Wut über den selbstgefälligen Ton in seiner Stimme.

»Eigensinnige Göre«, hörte sie ihn hinter sich murmeln, eindeutig nicht für ihre Ohren bestimmt, denn er fügte laut hinzu: »Kommen Sie, ich helfe Ihnen in den Sattel.«

»Danke, nicht nötig. Ich kümmere mich um mein Pferd selber und kann auch allein in den Sattel steigen.«

»Ist das *Ihr* Pferd?«

Ihre Augen wurden schmaler bei dieser Frage. »Finden Sie irgend etwas daran ungewöhnlich?«

»Ich frage mich nur, wie Sie an so einen Vollblüter gekommen sind.«

»Sir Ambrose war ein Geschenk zu meinem zwölften Geburtstag.«

»*Das* ist Sir Ambrose?« prustete er los.

Megan biß sich die Zähne zusammen. »Was zum Teufel finden Sie daran so lustig?«

»Ich bin ungern derjenige, Miss Penworthy, der Sie darauf hinweist, aber dieses Pferd ist eine Stute.«

»Das ist mir bekannt. Und?«

Er schaute verblüfft. »Warum haben Sie sie dann ›Sir Ambrose‹ genannt?«

»Nach ihrem vorherigen Besitzer, Ambrose St. James.«

»Warum denn *das?*« fragte er und sah sie plötzlich argwöhnisch an. »Haben Sie ihn kennengelernt? Sah er vielleicht aus wie ein Pferd?«

Megan wunderte sich, daß er auf einmal so angespannt wirkte. »Nein, ich habe ihn noch nicht kennengelernt, noch weiß ich, wie er aussieht. Aber was macht das schon. Und im übrigen, was geht es eigentlich Sie an, wie ich mein Pferd nenne?«

»Natürlich nichts«, antwortete er förmlich, doch sein Blick wirkte immer noch beunruhigt. »Doch abgesehen davon, es ist ein verdammt blöder Name für ein Pferd, speziell für eine Stute.«

»Wenn Sie *mich* fragen, ›Devlin‹ ist ein ebenso blöder Name für einen Mann. Erinnert an Teufel oder so. Aber dann paßt er für Sie ja eigentlich hervorragend.«

Statt einer Antwort packte er sie an den Hüften und hob sie hoch, bis ihr Gesicht genau vor seinem war. »Erinnern Sie sich, was ich sagte, wie ich Pferde und Frauen behandle, wenn sie zu frech werden?« Seine Stimme klang leise und bedrohlich. Megan war sprachlos, sie schaute ihn an und nickte nur stumm. »Das ist bei Ihnen bald fällig, Miss Penworthy.«

Sie landete mit einem plötzlichen und unerwarteten Ruck auf ihrem Sattel. Für einen Augenblick hatte sie sich tatsächlich von ihm einschüchtern lassen, doch durch die harte Landung kam sie wieder zur Besinnung. Devlin hatte nicht gewartet, wie sie reagieren würde, und sich wortlos umgedreht. So konnte sie ihm nur noch hinterherstarren, wie er lässig in den Stall zurückschlenderte. Dieser widerliche Kerl! Seine letzte Drohung brachte ihr Inneres zum Kochen.

Er sollte es nur wagen, sie anzurühren! Das würde ihm schlecht bekommen. Sie verspürte den Wunsch, hinter ihm her zu rennen und ihm das noch zu sagen – doch der bedrohliche Ton seiner Worte klang ihr noch in ihren Ohren und ließ sie zögern. Besser, ein anderes Mal. Ja, ein anderes Mal, wenn sie nicht so … erregt wäre.

9

»Rosa?« fragte Devlin entsetzt, als er auf den Vorhang starrte, den Mortimer gerade an dem winzigen Fenster seines neuen Schlafraums befestigt hatte. »Was Besseres konnten Sie wohl nicht finden? Rosa!«

»Ich bin froh, daß ich in diesem Kaff *überhaupt* etwas gefunden habe. Aber außerdem verstehe ich gar nicht, warum Sie sich so aufregen. Ein bißchen Farbe tut diesem öden Raum doch wirklich gut.«

Das einzige, was diesem Raum guttäte, wäre, ihn kurz und klein zu hacken, dachte Devlin. »Haben Sie den Türriegel befestigt?«

»So fest, wie's nur geht. Und ein paar Wolldecken werden heute noch geliefert.«

»Kein Teppich zu bekommen?«

»Nicht hier in Teadale.«

Devlin seufzte gequält. *So* hatte er sich das nicht vorgestellt. *Es wird dir verdammt guttun,* hatte ihm Duchy versichert. *Vielleicht kommst du dann endlich einmal von deinem hohen Roß herunter. Kann dir wirklich nicht schaden.* Aber Duchy hatte eben den Stall des Gutsbesitzers nicht gesehen. Dieser Stall war schon seit Jahren von keinem Menschen mehr bewohnt worden. Selbst Timmy ging abends lieber in die enge Hütte seiner Mutter zurück, als in einem dieser zwei winzigen Zimmer zu schlafen. Früher hatten Stallknechte hier gelebt, seitdem hatten die Räume als Abstellkammern gedient. Devlin fand es befremdlich, daß ein Mann wie der Gutsbesitzer sich nur einen einzigen Stalljungen und lächerliche vier Pferde hielt.

»Diese kahlen Wände könnten auch ein bißchen Farbe vertragen«, sagte Devlin, »aber *nicht* Rosa.«

»Sie werden dann aber mit dem Farbgeruch schlafen müssen«, warnte ihn Mortimer.

»Was macht das schon in diesem verdammten *Stall*!« antwortete Devlin wütend.

»Sie haben recht«, lachte Mortimer, »*ein* Gestank mehr oder weniger macht hier wirklich nichts mehr aus.«

Devlin fand das überhaupt nicht komisch. Einen Augenblick dachte er allen Ernstes daran, auf alle Vorsicht zu verzichten und mit Mortimer in den Gasthof zu ziehen. Aber Duchys Warnung, sich besser nicht in der Öffentlichkeit zu zeigen, hielt ihn davon ab. Wann, zum Teufel, würde er bloß lernen, zu Duchy einmal nein zu sagen?

»Ich brauche auch noch mehr Hemden«, sagte Devlin und sah angewidert auf seinen vor Dreck starrenden Hemdsärmel. »Mindestens ein Dutzend.«

»Habe ich Ihnen nicht gesagt, daß Weiß nicht in einen Stall gehört?«

»Ist mir egal. Schauen Sie, ob Sie welche auftreiben können, Mr. Browne, und wenn Sie schon im Ort sind, können Sie sich auch gleich mal umhören, ob hier mit Frauen irgendwas geht.«

»Was soll denn gehen?« fragte Mortimer in aller Unschuld, aber als er Devlins gewissen Blick bemerkte, fuhr er irritiert fort: »Wollen Sie wirklich …«

»Sparen Sie sich die Moralpredigten, Mr. Browne, sonst muß ich …«

»...die gleichen Entbehrungen teilen wie alle Männer hier«, vollendete Mortimer den Satz.

Devlin zog eine Augenbraue hoch. »Ehrlich, haben Sie sich schon erkundigt?«

»Mr. Jefferys, dies ist eine *wohlanständige* Gegend. Wenn es einen Kerl irgendwo drückt, muß er heiraten, um zu bekommen, was er braucht.«

»Nicht einmal irgendein Wirtshausmädchen?« fragte Devlin ungläubig.

»Dafür müßte es erst einmal ein Wirtshaus geben, und das werden Sie auch vergeblich suchen, wenn man einmal vom Zapfraum des Gasthofs absieht«, erwiderte Mortimer.

»Was soll ich denn dann machen? Nach London fahren?«

»Um Gottes willen! Auf keinen Fall, es sei denn Sie wollen sich doch noch diesem Duell stellen.« Als er Devlin's wütenden Blick bemerkte, konnte sich Mortimer ein Grinsen nicht verkneifen. Doch dann meinte er ernsthaft: »Ich habe gehört, es gäbe hier einen hübschen, kleinen kühlen Teich ganz in der Nähe.«

»Den kenne ich schon, Ihren verdammten Teich«, stieß Devlin hervor.

Bei diesen Worten mußte er plötzlich an Megan denken, wie sie hoch zu Roß auf Sir Ambrose vor ihm stand. Sir *Ambrose,* um Himmels willen!

Er hatte einen inneren Drang verspürt, ihr nachzureiten, um sicherzugehen, daß dieses temperamentvolle Tier ihr nicht durchging. Doch dann hatte ihm sein Verstand gesagt, daß sie wohl gut genug reiten konnte, wenn ihr das Pferd schon so lange gehörte. Trotzdem, Verstand hatte wenig zu tun mit diesem Drang, dieser Begierde, ihr zu folgen.

»Besorgen Sie mir auch eine Kiste Brandy«, wandte sich Devlin an Mortimer. Dann brummte er unwirsch: »Keine einzige Dirne in der ganzen Gegend?«

»Keine einzige!«

»Dann bringen Sie mir gleich *zwei* Kisten.«

Megan war so schlechter Laune, daß sie nicht einmal Lust hatte, auf ihrem Morgenritt bei der Wiese vorbeizuschauen, wo sie sich sonst oft mit Tiffany traf, um ein Stück gemeinsam zu reiten. Die Mädchen trafen sich hier nicht regelmäßig, denn obwohl Tiffany eine gute Reiterin war, war sie längst nicht so pferdenärrisch wie

Megan; deshalb gab es auch Tage, wo sie ihr Pferd überhaupt nicht bewegte.

Es war daher immer ein bißchen dem Zufall überlassen, ob man sich sah oder nicht. Auch heute waren die Mädchen nicht verabredet. Da man aber bei ihrer Freundin nie wissen konnte, ob sie nicht vielleicht doch aufkreuzte, entschloß sich Megan, auf jeden Fall an ihrem Treffpunkt vorbeizuschauen.

Erstaunlicherweise war Tiffany schon da. Megan war überrascht, denn in ihrem Bemühen, den Stall schnellstens zu verlassen, um Devlin aus dem Weg zu gehen, war sie selbst heute viel früher dran als sonst. Sie ritt auf ihre Freundin zu und fragte scherzhaft: »Habt ihr heute Großreinemachen, daß du schon so früh unterwegs bist? Oder ist deine Mutter wieder mal dabei, das ganze Haus zu renovieren?«

»Weder noch, aber ich habe Neuigkeiten und kann es kaum abwarten, sie loszuwerden. Außerdem mußt *du* mir unbedingt erzählen, wie sich bei dir die Dinge entwickelt haben. Ich sterbe fast vor Neugier.«

»Na, dann muß ich wohl erst einmal deine Neugier befriedigen, oder?«

»Absolut richtig«, grinste Tiffany, »vor allem, weil du gestern nicht mit der Kutsche zurückkamst. Ich wollte gestern noch zu euch hinüberkommen, doch dummerweise hatte ich meiner Mutter schon versprochen, an ihrem Literaturkreis teilzunehmen. Abends hatten wir dann Tyler und seine Eltern zu Gast.«

»Und, wie ist es gelaufen?«

»Sehr gut. Aber ich war vielleicht nervös vorher! Nun erzähl doch aber erst mal. Hat dein Vater *wirklich* dieses unglaublich tolle Pferd gekauft?«

Megan lächelte stolz. »Er *hat* es gekauft und zusätzlich einige Stuten, die kommen aber erst noch.«

»Das ist ja alles wahnsinnig aufregend! Tyler war genauso aus dem Häuschen. Den ganzen Abend lang hat er nur von dem Hengst gesprochen; auch seinem Vater hat er jedes kleinste Detail erzählt. Die beiden haben eine Wette abgeschlossen, ob der Hengst nicht ein ehemaliges Rennpferd ist. Tyler schwört darauf. Würde mich nicht wundern, wenn beide diese Woche noch zu euch rüberkämen, um sich das Prachtstück näher anzuschauen. Bist du schon auf ihm geritten?«

»Du weißt doch, Damen reiten keine Hengste!«

»Als wenn *du* dich davon abhalten ließest!« lachte Tiffany, die ihre Freundin gut kannte. »Dann hattest du also noch keine Gelegenheit?«

»Noch nicht«, seufzte Megan.

»Und was war mit diesem gutaussehenden Trainer? Hast du es geschafft, ihn rauszuschmeißen?«

»Glaubst du wirklich, daß er gut aussieht?«

»Mehr als gut! Der Kerl sieht doch aus wie ein junger Gott, findest du nicht?«

Megan zuckte die Achseln. »Eine gewisse Anziehungskraft kann ich ihm nicht absprechen, wenn man über seine Rüpeleien hinwegsehen kann, was mir allerdings nicht gelingt. Aber, um deine Frage zu beantworten, ich hab es leider nicht geschafft, ihn loszuwerden. Als Devlin Jefferys sagte, er gehöre zu dem Pferd, meinte er das wörtlich. In dem verdammten Kaufvertrag ist festgehalten, daß er nicht entlassen werden kann.«

»Eigenartig!«

»Es ist grotesk, aber so ist es nun mal«, antwortete Megan und merkte, wie in ihr der Ärger wieder hochkam, wenn sie nur daran dachte. »Auf diese Weise kann er sich natürlich herausnehmen, was er will. Du glaubst ja gar nicht, wie arrogant, grob und unverschämt er ist!«

»Hm. Gibt's sonst noch was Neues?«

»Nein, aber was *der* Kerl sich alles schon geleistet hat, reicht mir auch völlig!«

»Seltsam«, grübelte Tiffany, »Männer in deiner Nähe benehmen sich doch sonst nicht so.«

Megan schaute ihre Freundin einen Moment lang nachdenklich an, dann meinte sie: »Nein, tatsächlich, normalerweise nicht.«

»Naja, Mr. Jefferys sieht wirklich *etwas* besser aus als die meisten anderen«, überlegte Tiffany. »Vielleicht hat er das gleiche Problem wie du, daß jede Frau, der er begegnet, sich sofort in ihn verliebt?«

»Also, es ist wirklich nicht so, daß jede Frau, der ich begegne, sich sofort in mich verliebt!« erwiderte Megan mit todernstem Gesicht.

Tiffany brach in schallendes Gelächter aus. »Du weißt doch genau, was ich meine.«

»Natürlich. Aber es ist einfach wirklich so, Mr. Jefferys ist ein absolutes Ekel.«

»Genau so ein Ekel, wie du zu Tyler warst.«

Stimmt eigentlich, dachte Megan, doch es fiel ihr schwer, sich vorzustellen, daß ein Mann den gleichen Trick anwenden würde wie sie. War also alles nur gespielt? All diese Beleidigungen, sogar der Kuß?

Bei der Erinnerung an den Kuß kam Megan auf etwas anderes zu sprechen. »Ich will nicht länger über diesen Pferdezüchter reden«, meinte sie. »Aber mir ist da etwas eingefallen, wobei du mir vielleicht helfen kannst: Ich habe nicht die leiseste Ahnung, wie man richtig küßt.«

»Wie man richtig küßt?« fragte Tiffany erstaunt.

»Ja, wie das eigentlich geht. Ich denke, ich sollte das wissen, bevor ich meinen Herzog kennenlerne. Meinst du nicht?«

»Also, das weiß ich nicht unbedingt – aber Moment mal. Du erwartest doch nicht etwa von *mir*, daß ich es dir beibringe?«

»Sei nicht albern. Aber du weißt doch nun einmal viel mehr als ich darüber. Hat Tyler dir beigebracht, wie man küßt, oder kam es bei dir ganz von selbst? Muß man es üben?«

»Ja, ein bißchen üben muß man schon. Ich habe mir nichts anmerken lassen, aber ich habe es wirklich erst von Tyler gelernt. Ich glaube nicht, daß es von selbst kommt. Bei den ersten Malen war ich auch viel zu aufgeregt, um es richtig zu genießen. Heute hab ich das Gefühl, als hätte ich es schon immer gekonnt. Andererseits – nun ja, Meg, wir küssen uns natürlich noch nicht *richtig*, verstehst du. Nur diese kurzen Küsse beim Hallo- und Auf-Wiedersehen-Sagen, und auch das nur, wenn gerade keiner zusieht, du weißt schon.«

Megan hatte als Tiffanys Anstandsdame mehr als einmal dezent den Kopf zur Seite gedreht, damit Tyler und sie sich ungestört küssen konnten. Sie mußte lächeln, als sie daran dachte. Dann fragte sie plötzlich: »Ist er schon einmal mit seiner Zunge in deinen Mund eingedrungen?«

»Megan! Wo hast du denn *das* her?!«

»Ach, das war so eher zufällig«, antwortete Megan ausweichend. »Ist er denn nun schon mal oder nicht?«

»Nein, aber Tyler hat es mir gegenüber schon einmal erwähnt. Er hat es gesagt, um mich zu warnen, damit ich nicht erschreckt wäre, falls er einmal die Kontrolle über sich verlieren würde. Er sagte auch, wenn wir erst verheiratet wären … nun, daß diese Art zu küssen Teil von …«

»Davon?« flüsterte Megan.

»Ja, *davon.* Aber es klingt irgendwie abstoßend, wenn du *mich* fragst.«

»Ist es aber eigentlich nicht.«

Tiffany bekam große, runde Augen. »Megan Penworthy! *Wer* hat seine Zunge in deinen Mund gesteckt?«

»Hab ich denn gesagt, daß...?«

»Das brauchst du mir doch gar nicht extra sagen!«

»Also gut«, murmelte Megan, »ich geb's zu. Es war Devlin Jefferys. Ich habe es dir deshalb noch nicht erzählt, weil ich jedesmal, wenn ich daran denke, wieder wütend werde.«

»Der Pferdezüchter?« Tiffany konnte es nicht fassen.

»Ich *sagte* dir doch, sein Benehmen ist einfach empörend! Und dann hat er auch noch *mir* vorgeworfen, daran schuld zu sein, weil ich ihn angestarrt hätte.«

»Hast du ihn denn angestarrt?«

»Hm. Laß mich dir erst eine Frage stellen. Wenn plötzlich ein halbnackter Mann vor dir stünde, was würdest du dann machen? Würdest du dich *sofort* umdrehen?«

»Machst du Witze?« kicherte Tiffany. »Ich würde vielleicht ganz kurz hingucken, bevor ich mich umdrehe.«

»Naja, und ich habe eben leider total vergessen, mich *überhaupt* umzudrehen.«

»Dann hast du ihn also *nackt* gesehen!?«

»Halbnackt, aber ich sehe schon, ich muß dir das alles ausführlich erzählen.« Und so schilderte sie ihrer Freundin ihr Erlebnis und endete mit den Worten: »Ich glaube, du hast wirklich recht, sein Verhalten ist gespielt. Meinst du nicht, ich sollte ihm sagen, er könne sich seine Bemühungen sparen, weil mein Herz schon vergeben wäre?«

»Ich denke, du solltest lieber mit deinem Vater reden.«

»Wenn ich das tue, verlieren wir den Hengst! Vater schmeißt den Kerl auf der Stelle raus.«

»Du bist in einer verdammten Zwickmühle«, grübelte Tiffany, doch dann empörte sie sich: »Es muß uns doch aber irgend etwas einfallen, wie wir ihn zur Räson bringen können!«

»Wir?« grinste Megan skeptisch.

»Naja, vielleicht hast du recht. Er ist ja wirklich ein unmöglicher Typ, aber ...«

»Mach dir keine Sorgen. Ich hab mir schon überlegt, was ich

mache. Ich werde ihn ab jetzt einfach nicht mehr zur Kenntnis nehmen, und wenn das nicht funktioniert, werde ich ihm sagen, daß ich in Kürze St. James heiraten werde. Dieser Jefferys mag ja ein gewissenloser Rüpel sein, aber er wird sich nicht den Zorn eines allmächtigen Herzogs zuziehen wollen. Was auch immer der Grund für seine Beleidigungen war, er wird auf der Stelle damit aufhören, ich schwör's dir!«

»Eine glänzende Idee! Er wird wie ein Wurm im Staube kriechen, um sich bei der zukünftigen Herzogin von Wrothston zu entschuldigen.«

»Im Staube braucht er gar nicht zu kriechen. Worauf ich mich freue, ist, seinen und Lady Os betroffenen Gesichtsausdruck zu sehen an dem Tag, an dem ich in der herzöglichen Kutsche vorfahre.«

In diesem Moment fiel Tiffany plötzlich etwas ein: »Du lieber Gott! Da hätte ich doch beinahe *meine* Neuigkeiten ganz vergessen! Und ich glaube sogar, daß sie dich näher an dein Ziel bringen werden! Meine Mutter hat eine Einladung ihrer alten Freundin Elisabeth Leighton für einen Maskenball erhalten. In der ›Times‹ von gestern hat mein Vater auch darüber gelesen. Sie haben darin die Gästeliste abgedruckt, die viele bekannte Persönlichkeiten enthält, unter anderem auch ...«

»Ihn?« jauchzte Megan begeistert. »Und ich zerbreche mir den Kopf, wie ich es anstellen könnte, mit ihm in Kontakt zu kommen! Deine Mutter wird die Einladung doch annehmen, nicht wahr?«

»Ich glaube schon, wenn ich ein bißchen nachhelfe.«

»Und ich kann mit euch kommen?«

»Meinst du, daß ich *ohne* dich gehen würde?«

»Ach, Tiffany! Ist es nicht seltsam? Das Schicksal lenkt mich in die richtige Richtung! Mir ist, als ob nicht *ich* irgend etwas entscheiden würde, sondern als ob alles vorherbestimmt sei. Wo findet der Ball statt und wann?« Megan wurde immer aufgeregter.

»Die Leightons leben in Hampshire, und das Fest wird nächste Woche stattfinden – schau nicht zu erschrocken, Meg! Da ist noch genügend Zeit für Vorbereitungen ...«

»Aber nicht genug für ein neues Ballkleid.«

»Du hast doch genügend tolle Kleider ...«

»Aber diesmal muß es etwas ganz Besonderes sein. Ich will mir einen Herzog angeln, Tiff, einen *Herzog*!«

»Du hast ja recht«, schmunzelte Tiffany und fügte spöttisch hinzu, »auch bei der Vorsehung sollte man kein Risiko eingehen. Laß uns nach …«

»Wir sehen uns«, rief ihr Megan über die Schulter zu und gab Sir Ambrose die Sporen. »Ich bin ja so aufgeregt …«

Den Rest ihrer Worte konnte Tiffany nicht mehr verstehen, aber sie wußte auch so, daß sie Megan im Laden von Miss Whipple, der Dorfschneiderin, finden würde. Wenn man eine wirkliche Freundin hat, dann kann man eben auch ihre Gedanken lesen.

10

Megan war bester Laune, als sie am späten Nachmittag zum Gut ihres Vaters zurückkehrte. Sie hatte herrlichen grünen Seidenstoff und weißen Tüll in Miss Whipples Laden erstanden. Es würde ein hinreißendes Ballkleid werden, dessen war sie sicher. Sie verspürte keinerlei Lust, sich ihre gute Stimmung durch eine Begegnung im Stall verderben zu lassen. Andererseits wollte sie es sich auch nicht nehmen lassen, ihr Pferd wie jeden Tag ausgiebig zu pflegen. So schickte sie zum ersten Mal einen Bediensteten ihres Vaters in den Stall, um Striegel, Bürste und alles weitere, was sie benötigte, zu holen. Megan band Sir Ambrose vor dem Haus im Schatten eines Nußbaumes an und machte sich an die Arbeit.

Es dauerte keine zehn Minuten, da tauchte Devlin Jefferys auf. »Sind Sie sich eigentlich im klaren, was Sie hier machen?« fragte er ohne große Umschweife.

Megan wunderte sich selbst, daß ihre gute Stimmung durch sein Auftauchen in keiner Weise getrübt wurde. *Seine* Laune dagegen schien durch ihre Anwesenheit deutlich gedämpft, oder hatte er vielleicht schon den ganzen Tag lang vor sich hin gebrütet? Im Moment sah er auf jeden Fall etwas verwirrt aus, was Megan mit Genugtuung zur Kenntnis nahm, und so konnte sie sich ein kleines Lächeln nicht verkneifen.

»Na, was meinen denn *Sie*, Mr. Jefferys? Ich denke, es ist ziemlich offensichtlich, was ich hier mache, oder?«

Ihr gönnerhafter Tonfall ließ ihn die Zähne zusammenbeißen. »Diese Arbeit kann doch wohl Timmy erledigen.«

»Natürlich könnte Timmy das, aber mir macht die Pflege meines Pferdes einfach Spaß. Das sagte ich Ihnen doch heute morgen bereits.«

»Warum machen Sie es aber dann nicht dort, wo es sich gehört, statt hier so ein Theater zu veranstalten?«

»Theater? Ich sehe gar kein Publikum! Nun übertreiben Sie mal nicht. Und warum ich mein Pferd nicht im Stall striegele, dürfte Ihnen ebenfalls klar sein. Ich wollte einfach Ihre unangenehme Gesellschaft vermeiden. Deshalb frage ich mich, was Sie hier zu suchen haben und meine Absicht zunichte machen.«

Er sah sie einem Moment lang verdutzt an, dann steckte er beide Hände in die Hosentaschen und murmelte: »Wenn das *so* ist. Ich habe überhaupt nichts dagegen, wenn ich im Stall meine Ruhe habe.«

Dies war eine infame Lüge, hatte doch Devlin sich den gesamten Nachmittag zu Tode gelangweilt und nur auf Megans Rückkehr gewartet. Er hatte nicht damit gerechnet, daß sie ihm so deutlich aus dem Wege gehen würde. Er hatte vielmehr auf ihre Verbissenheit und Kampfeslust gesetzt – schließlich war sie rothaarig! Darauf hatte er sich schon gefreut. Und jetzt? »Ich glaube, es ist Zeit für eine Entschuldigung meinerseits«, sagte er mit kaum hörbarer Stimme. Der Satz ging ihm verdammt schwer über die Lippen.

»Eine? Unzählige!«

Verdammt noch mal, wenn man ihr den kleinen Finger gibt, nimmt sie sofort die ganze Hand, schoß es ihm durch den Kopf.

»Okay, meinethalben auch mehrere.«

Megan hatte Mühe, sich ihr Erstaunen über seinen Sinneswandel nicht anmerken zu lassen. Er meinte seine Entschuldigung gewiß nicht ernst, das wußte sie, es klang eher so, als hätte er sie sich mühsam abgerungen, weil sie das kleinere Übel für ihn war. Aber was war dann das *größere* Übel?

Doch für den Fall, daß er tatsächlich sein Verhalten bedauern würde, sagte sie: »Ich bin nicht sicher, ob eine einfache Entschuldigung ausreicht für das, was Sie …« Sie zögerte einen Moment und sah mit Befriedigung, wie sein Körper sich anspannte und sich seine schwarzen Brauen zusammenzogen. *Diese Runde geht an mich, Mr. Jefferys,* dachte sie selbstzufrieden, ehe sie mit ihrem strahlendsten Lächeln fortfuhr: »Auf der anderen Seite bin ich aber heute derart guter Laune, daß ich keinerlei Groll mehr gegen Sie hege. Ich nehme Ihre Entschuldigung an – auch mehrfach!«

Devlin nahm ihre Worte kaum wahr. Er war vielmehr völlig damit beschäftigt, sich von dem umwerfenden Eindruck ihres Lächelns zu erholen. Wieso konnten zwei Grübchen einem Mann wie ihm alle Waffen aus der Hand schlagen? Er fühlte sich gänzlich durcheinander, die Gedanken schossen ihm wirr durch den Kopf, er brachte kein Wort hervor. Es hatte ihn einfach total umgehauen.

Das Mädchen müßte wenigstens Sommersprossen haben, dachte er hilflos. Zum Teufel, warum hat sie keine. Irgendwas mußte doch an ihr zu finden sein, was die Wirkung dieses umwerfenden Lächelns etwas abschwächte. Bei diesem Lächeln mußte man als Mann doch einfach seine Arme um sie legen und sie für den Rest seines Lebens beschützen!

Dann kam er wieder zur Besinnung. Sie schaute ihn erwartungsvoll an, woraufhin er nur unbestimmt nickte. Er ärgerte sich, daß er so in Gedanken gewesen war, daß er gar nicht mitbekommen hatte, ob sie nun seine Entschuldigung angenommen hatte oder nicht. Doch er hatte keine Lust, sie zu bitten, ihren letzten Satz zu wiederholen. Und so lehnte er sich an den Stamm des Nußbaums und schaute sie einfach nur an. Wenn sie seine Entschuldigung abgelehnt hatte, würde sie ja wohl noch irgend etwas sagen, oder? Zumindest würde sie ihn auffordern zu gehen. Das tat sie aber nicht; sie nahm einfach seine Gegenwart nicht zur Kenntnis.

Zum Teufel auch. Da hatte er also den Waffenstillstand, den er eigentlich gar nicht gewollt hatte – *wenn* er ihn denn überhaupt hatte! Und was sollte er jetzt mit dem Mädchen reden? *Die* Gespräche, die er mit jemandem ihrer Herkunft normalerweise führen könnte, würden albern aus dem Munde eines Pferdezüchters klingen. Dabei gefiel ihm diese Rolle inzwischen wider Erwarten gut. Sie gab ihm eine Freiheit im Reden, die er sonst nicht hatte. Welch ein seltenes Vergnügen, weder Zunge noch Temperament zügeln zu müssen!

»Ich werde nächste Woche auf einen Ball nach Hampshire gehen, einen Maskenball«, platzte sie plötzlich heraus.

Devlin zog überrascht die Augenbrauen hoch. »Und warum erzählen Sie das gerade mir?«

Megan zuckte die Achseln. »Weiß ich nicht, ich freue mich so darauf. Ich hatte einfach das Bedürfnis, es Ihnen zu erzählen.«

»Sie meinen, Sie wollten mich mal wieder mit der Nase darauf stoßen, daß *ich* zu solchen Festen *nicht* eingeladen werde.«

»Das vielleicht auch«, gab sie zu und blickte frech aus den Augenwinkeln zu ihm herüber. »Haben Sie auf diesem Gebiet etwa ein empfindliches Näschen?«

Devlin hatte Mühe, ein Lachen zu unterdrücken. »Nicht unbedingt, ich war nämlich auch schon auf dem einen oder anderen Ball.«

»Oh«, spottete sie, »vielleicht auf einem dieser öffentlichen Bälle in Covent Garden?«

»Wie haben Sie das nur erraten?« gab er trocken zur Antwort.

»Da tanzt man aber wohl kaum mit Herzögen oder Grafen, oder?«

»Ich werd's dir schon zeigen, freche Göre – 'tschuldigung, Miss Penworthy. Kommen Sie, regen Sie sich nicht auf. Ist mir nur so rausgerutscht.«

Sie gab keine Antwort, sondern widmete sich mit verstärktem Eifer der Pflege ihrer Stute. Devlin schmunzelte in sich hinein und beobachtete mit Vergnügen, wie sie sich bemühte, ihn wie Luft zu behandeln. Sie bürstete wie eine Wilde, sie war ganz aufgeregt, ihre Wangen röteten sich, ihre Augen glänzten. Er stellte sich vor, daß sie wohl genauso erregt aussehen würde, wenn ... doch eine deutliche Regung in seinen Lenden ließ ihn diesen Gedanken schnell zur Seite schieben.

»Was ist an dem Ball in Hampshire so außergewöhnlich?« nahm Devlin das Gespräch wieder auf. »Ich denke, daß die bevorstehende Ballsaison in London für Sie doch viel interessanter sein dürfte.«

Megan drehte sich zu ihm um. »Woher wissen Sie denn überhaupt, daß ich nach London gehen werde?«

»Macht das nicht jedes Mädchen Ihres Alters, wenn es auf der Suche nach einem passenden Ehemann ist?«

»Nein, nicht jedes. Ich werde, wenn in Hampshire alles gutgeht, nicht mehr auf die Feste in London gehen – oh, abgesehen von Tiffanys Hochzeit natürlich. Da muß ich unbedingt hin, aber ...«

»Wenn *was* in Hampshire gutgeht?« fragte Devlin schroffer, als er wollte. »Erwarten Sie einen Heiratsantrag?«

»Du lieber Himmel, nein! Ich treffe ihn ja zum ersten Mal. Meine Erwartungen sind zwar hoch, aber so hoch nun auch wieder nicht!«

»Mit anderen Worten, Sie haben sich schon jemanden ausgesucht, der aber von seinem Glück noch gar nichts weiß. Wer ist denn der arme Hund?«

»Ich wäre Ihnen dankbar, wenn Sie von meinem zukünftigen Gatten in einem etwas respektvolleren Ton reden würden!«

Devlin schnappte nach Luft: »Ist ja gut. Aber sie wollen mir doch nicht allen Ernstes erzählen, daß Sie jemanden heiraten wollen, den Sie noch gar nicht kennen?«

»Genau so ist es«, erwiderte sie eigensinnig. »Und deshalb brauchen *Sie,* Mr. Jefferys, sich auch keine weiteren Gedanken mehr um mich zu machen. Mein Herz ist bereits vergeben.«

»Ach, verlieben wollen Sie sich auch noch in dieses Phantom. Wissen Sie denn schon, wie er aussieht?«

»Nun ja, nein, aber ...«

»Aha. Sie sind also nur hinter einem verdammten Titel her, stimmt's?«

»Und wenn schon! Da bin ich ja wohl nicht die erste, die so etwas macht, oder?«

»Das ist schon richtig, aber Sie vergessen dabei, daß der adlige Herr aus dem Geschäft auch etwas herausschlagen will. Was haben *Sie* denn so anzubieten?«

Sein höhnischer Ton hatte sie beleidigt. Sie richtete sich auf und zischte: »Ich glaube, das war ein kurzer Waffenstillstand!« Dann machte sie auf dem Absatz kehrt, um Sir Ambrose zum Stall zu führen.

Doch Devlin ließ sich nicht abwimmeln. Er ging neben ihr her und versuchte, sie zu beruhigen: »Tut mir leid, das wollte ich nicht.«

»Was macht das schon aus, eine Beleidigung mehr oder weniger? Wahrscheinlich hat Tiffany ganz recht. Sie wollen mit Ihrem unmöglichen Benehmen Frauen davon abhalten, Ihnen zu Füßen zu fallen. Aber wie ich schon sagte, Mr. Jefferys, was *mich* betrifft, brauchen Sie sich da keine Sorgen zu machen. Ich werde Ihnen schon nicht zu Füßen fallen. Eine geradezu lächerliche Vorstellung, falls Sie das wirklich angenommen haben. Ich finde Sie nämlich alles andere als anziehend!«

»Diese Behauptung läßt sich leicht widerlegen. Soll ich Ihnen zeigen, wie?«

»Wollen Sie hier direkt vor meinem Haus einen Skandal provozieren?«

»Wir haben bereits den Seitenflügel erreicht, falls Sie das noch nicht bemerkt haben sollten, und außerdem habe ich nicht die geringste Angst vor Skandalen!« knurrte er.

»Das sollten Sie aber. Mein Vater wird mich nämlich schreien hören und dürfte darüber alles andere als begeistert sein. Genausowenig wie mein künftiger Ehemann, und der Herzog von Wrothston ist keiner, mit dem man …«

»Wer?«

Megan mußte sich umdrehen, denn Devlin war plötzlich stehengeblieben. Sie freute sich königlich über seinen verblüfften Gesichtsausdruck. »Ich hatte mir *gedacht,* daß Ihnen das die Sprache verschlagen würde!« sagte sie selbstgefällig.

»Habe ich richtig gehört?«

»Jawohl, ich werde Ambrose St. James, den Herzog von Wrothston, heiraten. Und Sie, Mr. Jefferys, werden zu der Hochzeit *nicht* eingeladen!«

»Warum denn ausgerechnet – *ihn*?«

»Warum nicht? Ich mag zufällig seine Pferdezucht.«

»Sie mögen seine…?«

Er geriet völlig ins Stottern. Megan zuckte die Achseln und ließ ihn einfach stehen. Der kleine Mann, mit dem Devlin zusammen angekommen war, stand im vorderen Teil des Stalles, als sie Sir Ambrose zu seiner Box führte.

»Einen schönen Guten Tag, Miss«, sagte er höflich und lüftete seinen Hut.

»Guten Tag, Mr. … Browne, so war doch Ihr Name?«

»Ja, Miss.«

»Und wie geht es unserem herrlichen Hengst heute?«

»Caesar geht es hervorragend, geradezu blendend.«

Sie drehte sich zu Devlin um. Sie hatte gespürt, daß er hinter ihr den Stall betreten hatte. Nachdem er nun wußte, was für einen mächtigen Mann sie in Kürze heiraten würde, glaubte sie, die Oberhand zu haben. Er hatte jetzt sicher starke Schuldgefühle ihr gegenüber. Daraus mußte sie Kapital schlagen.

»Ich will den Hengst reiten.«

»Nein!«

»Habe ich richtig gehört? Nein?«

»Sie haben *absolut* richtig gehört.«

Diese Arroganz war zuviel für sie. »Sie sind wirklich unmöglich!« fauchte sie ihn an, bevor sie hoch erhobenen Hauptes aus dem Stall rauschte.

»*Ich,* unmöglich?« Devlin warf Mortimer einen Blick zu. »Stellen Sie sich vor, Mr. Browne! Sie hat sich bereits einen Ehemann ausgesucht. Sie kennt ihn zwar noch nicht, aber sie hat ihn sich fest in den Kopf gesetzt. Raten Sie mal, wer es ist!«

»Jemand, den Sie kennen?«

»Den ich sogar sehr gut kenne. Sie will den Herzog von Wrothston heiraten.«

Mortimer bekam große Augen: »Ja aber, das sind doch *Sie*!«

»So ist es.«

11

Ambrose Devlin St. James, vierter Herzog von Wrothston und Träger noch einer ganzen Reihe anderer hoher Titel, war im Augenblick gerade mit äußerst niederer körperlicher Arbeit beschäftigt. Wie ein Berserker stieß er mit der Gabel auf den Heuhaufen ein. Er war wie betäubt vor Wut und merkte gar nicht, wie seine Hände wund wurden und er sein feines Batisthemd durchschwitzte.

Er versuchte sich abzureagieren mit dieser harten Arbeit. Am liebsten hätte er mit der Faust durch die Wand geschlagen. Denn das, was ihm Megan Penworthy gerade eröffnet hatte, war einfach der Gipfel. Doch selbst diese Plackerei konnte ihn nicht auf andere Gedanken bringen. Ganz im Gegenteil, sein Ärger wuchs mit jeder Gabel Heu, die er stemmte.

Sie hatte sich doch tatsächlich in den Kopf gesetzt, ausgerechnet ihn zu heiraten! Nur über seine Leiche! Nerven hatte diese Göre! Eine verdammte Frechheit, sich ihn angeln zu wollen, ohne ihn überhaupt zu kennen. All die anderen Frauen, die auf seinen Titel aus waren – und es waren wirklich eine ganze Menge –, hatten ihn wenigstens als Mann mindestens genauso sehr begehrt. Doch Megan war wirklich eine ganz besondere Marke: Es war ihr egal, ob er ein Wüstling oder ein Heiliger war; er als Mann war uninteressant, es ging ihr nur um den verdammten Titel! Großer Gott, und sie hatte diesen eiskalten Plan sogar ohne die kleinste Verlegenheit zugegeben.

Gut, er hielt sie für verwöhnt, eigensinnig und jähzornig. Doch daß sie derart berechnend war, hätte er nie geglaubt. Wenn er nicht wegen Freddys impulsiver Art für eine Weile hätte verschwinden müssen, wäre er womöglich wirklich in diese Falle getappt. Er durfte gar nicht daran denken …

Devlin konnte sich zwar nicht an die Einladung auf einen Ball in Hampshire erinnern, doch er hatte ja immer eine ganze Menge Einladungen erhalten und sofort wieder vergessen, bis sein Sekretär ihn daran erinnerte. Es war also durchaus möglich, daß er diesen Ball besucht hätte, wenn er zu Hause geblieben wäre, statt sich auf Duchys Wunsch hier zu verkriechen. Womöglich wäre er, wenn er Megan dort unter völlig anderen Umständen begegnet wäre, auf ihr unwiderstehliches Lächeln hereingefallen. Wie hätte er auch darauf kommen sollen, daß diese hinterhältige kleine Abenteurerin nur auf seinen Titel scharf war.

Schon diese Vorstellung jagte ihm einen kalten Schauer über den Rücken – und gleichzeitig rief sie in ihm auch eine Riesenwut hervor. Er sollte wirklich auf diesen verdammten Ball gehen und es Megan besorgen, wie sie es verdiente: Wie ein gemeiner, mit allen Wassern gewaschener Weiberheld sollte er ihr an die Wäsche gehen, sie wie ein Flittchen behandeln. Doch es gab da ein Problem: Sie rechnete offensichtlich damit, daß er auf diesem Ball auftauchen würde; es war also davon auszugehen, daß dies auch Freddy zu Ohren käme. Der würde sich womöglich wundern, daß er, Devlin, erst in der Versenkung verschwindet und sich ihm dann auf einem Ball sozusagen öffentlich zum Abschuß präsentiert. Aber Freddy würde sich diese Chance trotzdem nicht entgehen lassen und für alle Fälle mit schußbereiten Pistolen dort aufkreuzen. Über diese Geschichte war für seinen Freund noch kein Gras gewachsen, darüber durfte er sich keine Illusionen machen.

Doch wie lange sollte das denn *noch* dauern? Wenn Duchy recht hatte, noch ungefähr zwei Monate. Er erinnerte sich an ihre Worte:

»Die Göre wird mit der Zeit weich werden, wenn sie wirklich schwanger sein sollte. Sie wird mit dem Namen des wirklichen Vaters herausrücken, um nicht den nächstbesten Kerl als Bräutigam akzeptieren zu müssen, den ihr Bruder ihr anschleppt. Ich kann mir zwar bei Sabrina Richardson, eigensinnig und eitel, wie sie ist, kaum vorstellen, daß sie sich gerne auf eine solche Heirat einlassen wird, doch Freddy wird darauf bestehen. Gerade weil *du* verschwunden bist, bleibt ihm ja gar nichts anderes übrig, als hart zu bleiben. Er wird sie einfach verheiraten *müssen,* und schon hast du nur noch ein Problem am Hals statt zwei.«

Sie hatte recht. Das Problem, von Freddys raffinierter kleiner Schwester vor den Traualtar gezerrt zu werden, hätte er dann tatsächlich vom Hals. Ungelöst blieb jedoch das Problem, daß er in

Gefahr war, von seinem besten Freund abgeknallt zu werden. Trotzdem, zwei Monate waren eine verdammt lange Zeit, wenn man sich in der Provinz vergraben mußte. Devlin hoffte darauf, daß Freddy schon vorher wieder zur Vernunft kommen und sich daran erinnern würde, daß Devlin seine verdammte kleine Schwester doch überhaupt nicht ausstehen konnte. Wie wäre er also dazu gekommen, sie zu verführen und zu schwängern, wie sie behauptet hatte?

Schlagartig wurde ihm die ganze Ironie seiner Lage bewußt: Er hielt sich hier auf, um der Heirat mit dem einen durchtriebenen Luder aus dem Weg zu gehen, und lief dabei schnurstracks dem nächsten in die Arme. Die erste bediente sich einer Lüge, um ihn in den Hafen der Ehe zu lotsen, die andere würde wohl ihr unwiderstehliches Lächeln zum Einsatz bringen. Doch was würde sich Megan Penworthy *noch* alles einfallen lassen? Wie weit würde sie gehen, um an ihn und sein Gestüt heranzukommen? Mein Gott, sein verdammtes *Gestüt* mußte es sein! Am meisten ärgerte und kränkte ihn, daß sie sich ihn nur schnappen wollte, weil sie es auf sein verdammtes Gestüt abgesehen hatte. Oh, fast hätte er vergessen, daß er als Devlin Jefferys ja gar nicht zur Hochzeit eingeladen würde. Er mußte lachen. Wie würde sie es wohl anstellen, ihn in seiner Abwesenheit zu heiraten?

»Hat das eigentlich irgend einen Sinn, was Sie da machen?« hörte er plötzlich eine Stimme.

Devlin drehte sich zu Mortimer um, der lässig an einer der Pferdeboxen lehnte und ihn bei seinem merkwürdigen Tun beobachtete. Erst jetzt bemerkte Devlin, daß er das Heu wie wild umhergeworfen und auf die Pferde, die Tränke und auch auf sich selbst verteilt hatte. Er hob die Brauen, versuchte möglichst arrogant zu schauen und sich den stechenden Schmerz in seinen Händen nicht anmerken zu lassen.

»Es hat immer seinen Sinn, wenn ich etwas mache, Mr. Browne, es fällt mir nur im Moment gerade keiner ein.«

Mortimer prustete los. »Sie hat es Ihnen ja ganz schön angetan, was?«

»So ein Quatsch!« widersprach Devlin. »Es ist nur dieses ewige Nichtstun, das mir auf die Nerven geht. Irgend etwas muß ich einfach anpacken, Mr. Browne.«

»Haben Sie denn sonst noch etwas vor?« fragte Mortimer vorsichtig.

»Wir könnten zum Beispiel damit anfangen, diesen Stall auszubauen.«

»Wir selbst?!«

»Besorgen Sie einen Schreinermeister, dem wir zur Hand gehen können.«

»Mit der Heugabel haben Sie nicht sehr viel ausgerichtet. Wie kommen Sie darauf, daß Sie mit einem Hammer besser umgehen könnten?«

Devlin würdigte ihn keiner Antwort. »Geben Sie meinem Sekretär Order, mir die Korrespondenz hierher nachzusenden. Noch besser, Mr. Pike soll gleich selbst kommen. Ich wüßte nicht, warum ich meine Geschäfte nicht ebensogut von hier aus ...«

»Das würde aber Ihrer Großmutter gar nicht gefallen«, warnte Mortimer.

»Duchy meint es zwar gut, doch nicht in jedem Fall weiß sie, was für mich am besten ist. Sie war der Meinung, ein bißchen Urlaub auf dem Lande könnte mir nicht schaden. Ich habe mich damals damit einverstanden erklärt, doch verdammt, heute sehe ich das ganz anders. Dieser Urlaub hier bringt mich noch um den Verstand.«

»Es dürfte wohl weniger der Urlaub sein, der Sie verrückt macht, als ...«

»Hören Sie auf, mir zu widersprechen, Mr. Browne, und führen Sie meine Anordnungen aus!«

»Und wie wollen Sie die Anwesenheit von Mr. Pike erklären? Außerdem ist der nach der langen Zeit in Ihren Diensten so hochnäsig geworden, daß er wohl kaum bereit wäre, in einem Stall unterzukommen.«

Damit hatte Mortimer den Nagel auf den Kopf getroffen. Devlins Sekretär benahm sich wirklich, als ob er selbst ein Lord wäre, und es wäre für ihn mit Sicherheit nicht in Frage gekommen, das Theater auf diesem Gut hier mitzuspielen.

»Na gut, vielleicht haben Sie recht, dann muß ich mich also einstweilen mit der Korrespondenz begnügen – aber vergessen Sie den Schreiner nicht! Wir fangen morgen mit der Arbeit an.«

»Meinen Sie nicht, Sie sollten vorher den Gutsherrn um Erlaubnis bitten?«

Devlin seufzte. Er war es nicht gewohnt, erst um Erlaubnis zu bitten, wenn er etwas vorhatte. Einen Moment lang hatte er tatsächlich vergessen, welche Rolle er hier spielte.

»Ich werde mit dem Gutsherrn sprechen, doch ich rechne da mit keinen Schwierigkeiten, da ich ja für sämtliche Erweiterungsbauten selbst aufkommen werde.«

»Das ist doch alles völlig überflüssig«, brummte Mortimer. »Bis die Pferde alle da sind, ist es doch lang schon wieder Zeit, unsere Zelte hier abzubrechen.«

»Das ist doch Nebensache, Mr. Browne, ich brauche dieses Projekt. Ich muß einfach etwas tun, also kümmern Sie sich darum!«

12

Megan war soeben die Treppe herabgekommen, als die Tür des Arbeitszimmers aufging. Sie wollte ihrem Vater gerade »Guten Morgen« zurufen, als sie bemerkte, daß es Devlin war, der in die Halle trat. Sie befand sich auf dem Weg zum Stall, um auszureiten, und war auf eine neuerliche Begegnung mit diesem Mann absolut nicht vorbereitet.

Wieder trug er ein tadellos weißes Hemd, wie ein Gentleman – ihr Vater bezahlte ihn einfach zu gut –, und die enge Hose saß verdammt gut und betonte seine Figur. Hatte er denn keine Ahnung, daß enge Hosen schon seit dem Tod des berühmten Schönlings Brummell völlig aus der Mode waren? Das einzige, was ihm zum Gentleman noch fehlte, war ein Halstuch. Sein Auftreten und seine Haltung waren bereits arrogant genug.

»Guten Morgen, Miss Penworthy.«

Sollte er tatsächlich anfangen, sich zu benehmen? *Vorsicht, Megan, bloß nicht schwach werden!*

»Guten Morgen, Mr. Jefferys.«

»Heute im Laufe des Tages dürften die Stuten eintreffen«, bemerkte er beiläufig.

»Ich nehme an, daß ich auf ihnen ebenfalls nicht reiten darf?« fragte sie mit nur mühsam unterdrücktem Ärger.

»Ich wüßte nicht, warum.«

Sie horchte auf. Dann fragte sie etwas weniger förmlich: »Und weshalb kann ich dann Caesar nicht reiten?«

»Der ist kein Pferd für Damen. Wenn Sie ihn reiten wollen, dann nur zusammen mit mir.«

»Das wäre doch völlig unmö … also gut, abgemacht.«

Dieser Meinungsumschwung mitten im Satz brachte nun Devlin aus dem Konzept. »Sie überraschen mich wirklich, Megan. Ist Ihnen klar, daß *zu zweit mit mir reiten* bedeuten würde, Sie müßten Ihre Arme um mich schlingen?«

Sie wollte nicht zugeben, daß sie daran wirklich nicht gedacht hatte. »Natürlich weiß ich das.«

»Sind Sie auch sicher, daß Sie es ertragen können, mich so anzufassen?»

»Sie brauchen mir nur zu zeigen, was in diesem Pferd steckt, und ich werde nicht einmal bemerken, daß ich Sie berühre.«

»Aber *ich* werde es merken, verdammt!«

Da war er wieder, dieser bissige Unterton in seiner Stimme, den sie von ihm kannte. Prompt ging Megan darauf ein: »Wenn Sie sich nicht trauen, warum haben Sie es dann angeboten?«

»Ich habe doch nicht gewußt, daß Sie annehmen würden!«

Er schmollte wie ein kleiner Junge, so daß sie lächeln mußte. Kokett bemerkte sie: »Ihre Unschuld werden Sie dabei schon nicht verlieren, oder? Sie haben das Angebot gemacht, ich habe es angenommen, und jetzt will ich diesen Ritt haben, oder stehen Sie nicht zu Ihrem Wort?«

Er schaute ihr düster nach, als sie Richtung Stall hinausspazierte. Nein, es war ihm absolut nicht recht. Aber sie sollte ihren Ritt trotzdem haben. Caesar würde das seine dazu tun, daß es der Ritt ihres Lebens würde. Und wenn das ganze überstanden war, würde er in Zukunft seine Zunge verdammt im Zaume halten.

Caesar war prima in Form und begierig darauf, es zu beweisen. In rasendem Tempo galoppierte er dahin; wie ein bunter Teppich flog die Landschaft mit ihren Grün- und Brauntönen und den eingestreuten Farbtupfern der Wiesenblumen an ihnen vorbei. Megan jauchzte. Sie geriet in einen wahren Freudentaumel. Sie war ganz hingerissen vom Rausch der Geschwindigkeit und dem aufregenden Gefühl, das sie bei den eleganten Bewegungen des kraftstrotzenden Hengstes verspürte.

Devlin hatte damit gerechnet, daß der Ritt die reinste Hölle für ihn werden würde, und so war es denn auch. Es war schon hart genug, daß sie ihre Arme so eng um ihn schlang, doch das konnte er gerade noch ertragen. Schlimmer war schon, wie sie ihre Brüste gegen seinen Rücken preßte. Aber auch damit wurde er noch fertig. Er versuchte sich eben, so gut es ging, zusammenzureißen. Was ihn aber schließlich völlig aus der Fassung brachte, war ihr Lachen. Ihre

Begeisterung wirkte unglaublich erotisch auf ihn. Von Megan ging ein sinnliches Beben aus, das er direkt in den Lenden spürte.

Inzwischen war er in einem Bogen zurückgeritten und zu dem abgelegenen Teich gekommen, von dem Megan behauptet hatte, daß er ihr gehöre. Wieder befand sich Devlin in der gleichen, nicht gerade angenehmen Verfassung wie am vergangenen Morgen, als er sich hierher gerettet hatte, um sich eine kalte Dusche zu verpassen. Er hielt an, stieg vom Pferd und wandte sich abrupt ab, ohne Megan herunterzuhelfen. Was er im Augenblick brauchte, war Abstand von ihr, und den verschaffte er sich, indem er um den kleinen Teich herumging bis ans gegenüberliegende Ufer. Dort stand er nun mit den Händen in den Taschen und wandte sein Gesicht den Eichen und Ulmen zu, die am Ufer standen. Mit geschlossenen Augen versuchte er zu vergessen, daß er nicht allein war. Doch seine Begleiterin ließ ihm keine Ruhe.

»Sie haben ja ganz schön Mut, mich hier einfach allein auf diesem Pferd sitzen zu lassen«, rief Megan ihm zu.

Er verstand sofort, was sie meinte. »Es ist kein Damensattel, auf dem Sie sitzen, Megan.«

Megan ärgerte sich darüber, daß er sie nun schon zweimal ohne ihre Erlaubnis mit Vornamen angeredet hatte, doch sie entschloß sich, es ihm noch einmal durchgehen zu lassen. Weit mehr aber ärgerte sie die Unverschämtheit, mit der er sie einfach ignorierte, und das wollte sie ihm nicht durchgehen lassen.

»Das macht mir gar nichts aus. Es würde mich nicht im mindesten daran hindern, wenn ich Lust darauf hätte, ohne Sie weiterzureiten.«

Er fuhr herum. Sie weidete sich an dem Zorn, der ihm ins Gesicht geschrieben stand. Doch dann sagte er plötzlich: »Ich wette, daß Ihnen Ihr Vater noch nie so richtig den Hintern versohlt hat, habe ich recht?«

Nun verstand *sie* sofort, was er meinte. »Das sollten Sie wagen! Sie würden augenblicklich gefeuert.«

»Ich glaube, Sie wissen ganz genau, daß ich es tun würde. Wollen Sie es darauf ankommen lassen?«

Megan reckte trotzig das Kinn; immerhin lag der Teich zwischen ihnen, und sie saß auf dem Pferd. Doch sie hatte nicht vor, weiter mit ihm über dieses Thema zu reden.

»Müssen Sie sich eigentlich sehr anstrengen, so unausstehlich zu sein, Mr. Jefferys, oder sind Sie von Natur aus so ein Ekel?«

»Das einzige, was mich im Augenblick anstrengt, Sie freches Biest, ist, Sie mir nicht vorzunehmen. Also hören Sie besser auf, mich zu provozieren.«

Erst dachte Megan, daß er damit meinte, sie übers Knie zu legen, doch dann bemerkte sie den Ausdruck in seinen Augen: Wieder begehrte er sie. Eigentlich hätte sie das beleidigen müssen, doch nein, diesmal fühlte sie ein warmes Kribbeln; eine Art Verwegenheit erfaßte sie, die ihr völlig neu war.

»Vielleicht sollten Sie wieder ein bißchen schwimmen«, erwiderte sie keck, wobei sie an den gestrigen Morgen dachte.

»Ja, vielleicht sollte ich das wirklich.« Nach einer langen Pause fragte er: »Werden Sie mir dabei zuschauen?«

»Werden Sie mich wieder küssen, wenn ich es tue?«

»Wenn Sie so frech sind, werde ich es nicht beim Küssen belassen«, versprach er.

Megan war dabei, auf unbekanntes Terrain vorzustoßen. Ihr Instinkt riet ihr dringend zum Rückzug. Doch als er sich lässig rekelte und sein Hemd über den Kopf zog, schaute sie ihm wie gebannt dabei zu. Würde er sich tatsächlich hier vor ihren Augen ganz nackt ausziehen? Seine Schamlosigkeit war ein Skandal. *Der ganze Mann war ein Skandal* – doch er war schön wie ein Kunstwerk. Wenn er eine Statue gewesen wäre, hätte sie ihn stundenlang anstaunen können. Doch er war aus Fleisch und Blut und auch noch dreist dazu, und Megan wußte instinktiv, daß es immer ein Spiel mit dem Feuer sein würde, wenn sie in seine Nähe kam.

Sie mußte verrückt geworden sein, gerade mit ihm ihre ersten Flirterfahrungen sammeln zu wollten. Einem Gentleman waren seine Schranken bewußt, Devlin Jefferys jedoch wußte gar nicht, was Schranken waren. Warum konnte sie nicht einfach ihre Neugier befriedigen, ohne immer unannehmbare Konsequenzen befürchten zu müssen? Sie hatte echt Lust darauf, Devlin weiter zuzuschauen. Wenn sie ehrlich war, wollte sie auch wissen, was er mit »mehr als ein Kuß« eigentlich meinte. Aber schließlich traute sie sich doch nicht ganz. Als er mit seinen sehnigen langen Fingern ansetzte, die Hose aufzuknöpfen, drehte Megan sich ruckartig um.

»Feigling«, hörte Megan ihn leise sagen.

»Ich bin nur vorsichtig«, gab sie zurück. »Haben Sie denn nicht den leisesten Funken Anstand, Mr. Jefferys? Ziehen Sie sich auf der Stelle wieder an!«

»Ich habe nur Ihren Vorschlag angenommen, mein vorsichtiges Fräulein«, erinnerte er sie.

»Ich meinte doch nicht, daß Sie *nackt* schwimmen sollen.«

»Ich stehe aber nun einmal nicht auf nasse Wäsche«, war seine Antwort.

»Dann schwimmen Sie eben nicht!«

»Heißt das, daß Sie lieber das andere wollen, Megan? Sie haben mich schon wieder mit den Augen verschlungen und mich soweit gebracht, daß entweder das eine oder das andere fällig ist.«

Diese sexuellen Anspielungen waren zwar aufregend, sie gingen jedoch weit über Megans beschränkte Erfahrung auf diesem Gebiet hinaus. Zum Glück konnte er nicht sehen, wie ihr die Röte ins Gesicht stieg. Es ärgerte sie, daß er sie immer so leicht aus der Fassung bringen konnte.

»Dann schwimmen Sie eben, wenn es nicht anders geht, aber beeilen Sie sich«, gab sie schließlich nach.

Sie hörte, wie er ins Wasser stieg und fröstelnd prustete. Sie lächelte. Früh am Morgen war das Wasser immer eiskalt, deshalb schwamm sie gewöhnlich erst nachmittags, wenn es sich deutlich erwärmt hatte.

»Ich hätte Ihnen gleich sagen können, daß das Wasser eisig ist«, sagte sie.

»Da brauchen Sie gar nicht so schadenfroh sein, Sie Biest. Ich kann mir leider nicht aussuchen, wann ich ins Wasser gehe, denn im Moment *brauche* ich einfach eine kleine Abkühlung, haben Sie das schon wieder vergessen?«

»Muß bei Ihnen *jedes* Wort eine schlüpfrige Anspielung sein?«

»Irgendwann werden Sie in der gleichen Lage sein wie ich jetzt, und ich verspreche Ihnen, Sie werden dann auch keine Lust haben, sich über das Wetter zu unterhalten.«

»Ich glaube nicht, daß ich so dumm bin, mich in eine derartige Lage bringen zu lassen«, erwiderte sie trocken.

Devlin lachte. »Wollten Sie damit sagen, daß ich nicht ganz bei Trost bin?«

»Oh, bin ich so deutlich geworden?«

»Ich will Ihnen mal etwas sagen, mein unschuldiges Fräulein: Sexuelles Verlangen überkommt einen einfach und nimmt dabei keine Rücksicht auf Zeit und Ort. Wenn Sie sich einbilden, daß ich es mag, gerade auf Sie scharf zu sein, dann sind Sie im Irrtum. Wenn Sie einmal in meiner Lage sind, und irgendwann wird es so weit sein, dann werden Sie kein bißchen mehr Beherrschung haben als ich. Dann gibt es nur noch eins: entweder lieben oder leiden.«

Megan war über seine Offenheit schockiert und wollte ihn zur Ordnung rufen, doch ihre Neugier, über dieses Thema mehr zu erfahren, gewann die Oberhand. »Heißt das, daß ich dann auch ein eiskaltes Bad nehmen müßte?«

»Wenn ich ehrlich bin, weiß ich gar nicht genau, ob das bei Frauen ebenfalls funktioniert. Ich habe mich noch nie danach erkundigt. Wollen wir vielleicht ein kleines Experiment machen, um es herauszufinden?«

»Und wie soll das aussehen?«

»Ich mache Sie scharf auf mich, dann können Sie ja ausprobieren, ob Ihnen dieser Tümpel Erleichterung verschafft.«

»Ich nehme nicht an, daß gerade Sie mein Begehren erwecken könnten, doch selbst, wenn es so wäre: Ich bin doch nicht so dumm und schwimme mit Ihnen in diesem Teich herum!«

»Kluges Kind.«

Lautes Plätschern ließ darauf schließen, daß er wieder aus dem Wasser stieg. Es fiel Megan schwer, sich nicht umzudrehen und ihn dabei zu beobachten.

Als das Plätschern vorüber war, fragte sie: »Sie haben sich doch gerade einen Scherz mit mir erlaubt, Mr. Jefferys, oder?«

»Ich fürchte, ich muß Sie enttäuschen.«

Sie glaubte ihm kein Wort. Doch sie hatte keine Lust nachzufragen. Ihr war die Neugier vergangen. Ihr Bedarf an Schlüpfrigkeiten war mehr als gedeckt.

Nach einer Weile fragte sie schließlich ungeduldig: »Sind Sie jetzt endlich angezogen?«

»Tun Sie doch nicht so, als ob Sie es nicht wüßten. Oder wollen Sie mir allen Ernstes erzählen, daß sie kein bißchen nach mir geschielt haben?«

Sie drehte sich um und sah zu ihrer Überraschung, daß er gar nicht bis zum Hals ins Wasser gegangen war. Nur unterhalb der Taille waren seine Kleider naß. Doch es genügte schon ein kurzer Blick auf die tieferen Partien seines eindrucksvollen Körpers, um zu sehen, daß die Schwellung in seiner Hose nur wenig zurückgegangen war.

Wie immer bemerkte er auch diesmal sofort, wo sie hinschaute.

»Es hat nicht geholfen«, gab er zu. »Aber wie sollte es auch anders sein, wenn alles, worüber Sie reden können, Sex ist?«

Megan schnappte nach Luft bei diesem Vorwurf. »Ich? *Sie* haben doch dauernd Schlüpfrigkeiten von sich gegeben!«

»Das zeigt nur, was ich für ein verdammter Idiot bin«, knurrte er, als er sich wieder vor sie aufs Pferd schwang und in ruhigem Schritt losritt, damit sie sich nur nicht zu eng an ihm festhalten müßte.

Megan verstand nicht, weshalb sie überhaupt versucht hatte, mit diesem Mann ins Gespräch zu kommen. Sie hatten doch wirklich keinerlei Gemeinsamkeiten – abgesehen von Pferden. Vielleicht sollten sie sich besser darüber unterhalten. Pferde waren wirklich ein weit unverfänglicheres Thema.

»Auch wenn Sie wieder in ihrer typischen Art unverschämt waren, möchte ich mich trotzdem bei Ihnen für den Ritt bedanken. Caesar ist wirklich phantastisch, er ist so schön und so schnell … woher stammt er eigentlich?«

»Sherring Cross.«

Megan staunte. »Wirklich?« Dann fügte sie hinzu: »Eigentlich hätte ich mir das ja denken können. Im ganzen Land gibt es kein besseres Gestüt.«

»Ich bin zufällig auf diesem Gut aufgewachsen, für das Sie solche Lobeshymnen übrig haben.«

»Das glaube ich Ihnen nie im Leben!« fauchte sie.

»Also gut, dann eben nicht.«

Es verstrichen volle fünf Minuten, bis sie es nicht mehr länger aushielt und ihn fragte: »Sie kennen ihn also?«

»Wen denn?«

»Sie wissen ganz genau, wen ich meine«, herrschte sie ihn ungeduldig an. »Den Herzog natürlich!«

»Ja, ich habe ihn mal gekannt, glaube ich.«

»Was zum Teufel soll denn das nun wieder heißen?«

»Daß es diesen Mann nicht mehr gibt, Megan. Er hat sich in einen lüsternen Schurken verwandelt, einen miesen Schuft, der unschuldige kleine Mädchen verführt.«

Sie rückte entrüstet von ihm ab. »Sie lügen, Mr. Jefferys! Und reden Sie gefälligst mit mehr Respekt über den Herzog!«

»Wenn Sie meinen.«

13

Devlin stand gerade vor dem Stall, als ein gutgekleideter junger Herr angeritten kam, abstieg und ihm die Zügel hinhielt.

»Neu hier, hm?« fragter er.

»Leider«, murmelte Devlin, dann sagte er laut: »Wenn Sie hier sind, um den Gutsherrn zu sprechen ...«

»Ich will Miss Penworthy sehen, aber was geht *Sie* das eigentlich an«, erwiderte der Herr von oben herab und ging aus dem Stall.

Devlin hielt immer noch die Zügel in der Hand und starrte ihm wütend nach. Daß der Kerl ihn wirklich für einen gemeinen Stallburschen gehalten hatte! »Timmy!« brüllte er.

Sie hatte also Verehrer! Aber das ging ihn ja wirklich nichts an. Doch warum, zum Teufel, ließ sie sich auf Männerbesuche ein, wo sie doch entschlossen war, ihn, den Herzog, zu heiraten? Devlin hätte gute Lust gehabt, zum Haupthaus hinüberzugehen und es dem Burschen zu stecken, daß sie bereits verlobt war ... insgeheim zumindest war sie es doch.

Er stand am Stalltor und blickte zu ihrem offenen Fenster empor, als ein zweiter Mann auf den Hof geritten kam. Er war älter, etwas rundlich, hatte sich in seine besten Sonntagskleider geworfen und sein Haar mit Macassar-Öl nach hinten geklatscht. Wieder wurden Devlin die Zügel in die Hand gedrückt.

»Der Gutsherr ist nicht zu Hause«, platzte er patzig heraus.

»Bin nicht da, um den Gutsherrn zu besuchen«, antwortete der Mann wider Erwarten freundlich.

»Sie müssen wohl trotzdem ein andermal wiederkommen, denn Miss Megan hat bereits einen Verehrer oben.«

»Wundert mich überhaupt nicht«, sagte er. »Das kenn ich schon von ihr. Dann komme ich ja gerade recht. Hatte schon mal dazwischenzugehen, als sich zwei ihrer Freier vor Eifersucht in die Haare gerieten. Mußte auch den kleinen Aldrich rauschmeißen, weil er zu heulen anfing, als sie ihn abblitzen ließ. Machte ein schreckliches Spektakel, der Kerl. Hat das arme Mädchen monatelang mitgenommen.«

»Da Sie noch immer zu ihren Verehrern gehören, nehme ich an, daß Sie selbst noch keinen Antrag gemacht haben?«

»Und ob ich den gemacht habe! Bin aber nicht so leicht abzuwimmeln. Jeden Monat schaue ich mal vorbei und frage sie wieder. Wäre ja möglich, daß ihr Nein nur eine Laune war, verstehen Sie? Müßte bei ihr nur mal den richtigen Moment erwischen, und schon könnte es klappen.«

Den Burschen muß man einfach mögen, dachte Devlin. Trotzdem gefiel Devlin die Situation ganz und gar nicht. Was sollte das heißen: »nur eine Laune«? Trieb sie denn mit *allen* ihre Spielchen? Brauchte sie das zu ihrer Bestätigung?

Er dachte zurück an die aufregend erotische Unterhaltung heute morgen am Teich und hatte plötzlich den bösen Verdacht, daß sie mit all ihren Verehrern derart provozierend umsprang. War vielleicht sogar ihre Unschuld nur Getue? *»Ich glaube nicht, daß ich so dumm bin, mich in eine derartige Lage bringen zu lassen«*, hatte sie gesagt. Nein, solch lächerlichen Unsinn konnte nur jemand verzapfen, der wirklich unschuldig war. Und um ehrlich zu sein, ihn hatte heute morgen ja nur deshalb so der Teufel geritten, weil sie nicht genauso auf ihn geflogen war wie er auf sie. Sie hatte sich nur über den Ritt gefreut, während er am Ende nicht mehr wußte, wohin mit seiner Erregung. Womöglich hatte er selbst die ganze delikate Situation heraufbeschworen. Vor welcher anderen jungen Dame wäre es ihm denn sonst eingefallen, sich nackt auszuziehen, in der Hoffnung, sie würde hinüberschielen, damit er einen Vorwand hätte, um noch skandalösere Dinge mit ihr anzustellen?

Mein Gott, wie war es nur möglich, daß es so weit mit ihm gekommen war? Er war nun neunundzwanzig Jahre alt, und in seinem ganzen Leben hatte er sich noch nie so unverantwortlich danebenbenommen. Was hatte dieses Mädchen bloß an sich, daß er seine gute Kinderstube so vergaß? Er hatte sie gewarnt, daß der Herzog ein lüsterner Schurke, ein gemeiner Verführer unschuldiger Mädchen sei, und nun hatte er sich tatsächlich genauso verhalten! Dabei hatte sie ihn sogar noch in Schutz genommen. Na ja, das mußte sie ja auch, wenn sie schon vorhatte, ihn zu heiraten, oder etwa nicht? Sie hatte es nur aus Prinzip getan, nicht etwa aus persönlicher Sympathie. Wie sollte sie auch, wo sie ihn doch noch gar nicht kannte!

»Hallo, Sie da!«

Devlin drehte sich um und sah noch einen Mann in den Stall kommen, der sein Pferd am Zügel führte. Er erkannte in ihm den blonden Mann wieder, der am Tag seiner Ankunft neben Megan in der Kutsche gesessen war. Schon wieder ein neuer Verehrer, jetzt reichte es ihm aber wirklich. »Wenn Sie mir jetzt auch noch die Zügel in die Hand drücken wollen, dann schlage ich um mich!« knurrte er.

Tyler fuhr erschrocken zurück, dann sagte er zögernd: »Na, wenn das so ist, dann behalte ich sie lieber. Ich habe Sie wohl gerade bei irgendwelchen Überlegungen gestört, kann das sein?«

»Was meinen Sie?«

»Als ich eben hereinkam, sahen Sie aus, als wären Sie in Gedanken ganz woanders.«

Das stimmte, er hatte die Ankunft dieses Herrn nicht bemerkt, weil er tatsächlich an etwas anderes gedacht hatte. Doch das war kein Grund, dermaßen wütend auf ihn zu sein. Noch immer hätte er diesem Mann am liebsten eine verpaßt, er lauerte geradezu auf einen Anlaß dafür. Bestimmt trieb dieser Kerl nicht nur Konversation mit Megan. Sie ritten ja sogar gemeinsam aus. Nur zu gern hätte er gewußt, was sie sonst noch miteinander trieben.

»Vermutlich sind Sie gekommen, um die Tochter des Hauses zu sehen?«

»Na ja, nicht unbedingt. In letzter Zeit hab ich dieses Mädchen wirklich genug am Hals.«

Devlin machte einen Schritt auf ihn zu und ballte unwillkürlich die Fäuste. »Was soll das heißen?«

»Sie ist meine Anstandsdame.« Devlin schaute ihn verständnislos an, woraufhin Tyler erklärte: »Ich werde Tiffany Roberts heiraten, Megans beste Freundin. Deswegen hängt Megan andauernd wie eine Klette an uns dran, was mir nicht eben Spaß macht, glauben Sie mir! Doch Tiffanys Vater war so altmodisch, darauf zu bestehen, also blieb mir nichts anderes übrig. Ich hatte die Wahl zwischen Megan und Tiffanys Mutter als Anstandsdame und meinte, mit Megan besser zu fahren, doch ich hätte mich lieber für die Mutter entscheiden sollen, wirklich! Wenn ich gewußt hätte, was dieses Mädchen für eine Kratzbürste sein kann!«

»Dann bin ich also nicht der einzige, den sie mit ihren Attacken verfolgt?«

Tyler lachte: »Sind Sie auch ein Opfer? Na, nehmen Sie es nicht so schwer. Sie hat mir auch die Hölle heiß gemacht, und ich habe mich die ganze Zeit gefragt, was ich ihr denn bloß getan hätte. Ich habe ihr nicht den geringsten Anlaß gegeben, doch sie hat mich behandelt, als ob sie mich haßte wie die Pest. Und jetzt hat sich herausgestellt, daß alles nur gespielt war.« Tyler schüttelte nachdenklich den Kopf.

Devlin hielt den Atem an, versessen darauf, den Rest der Geschichte zu hören.«Gespielt, sagten Sie?« fragte er ungläubig.

»Jede kleinste Kleinigkeit, jede bissige Bemerkung, jede Beleidigung. Das Mädchen hat es heraus, einen Mann so fertig zu machen, daß er sich vorkommt wie ein Zwerg. Ich verstand einfach nicht, was das sollte, doch Tiffany hat mir schließlich gestanden, daß es eine reine Vorsichtsmaßnahme von Megan war, um zu verhindern, daß ich mich wie die anderen Männer in sie verliebe. Und das tun sie ja in Hülle und Fülle, wie Sie vielleicht wissen. Ich habe es immer wieder miterleben können. In meinem Fall hat sie es für Tiffany getan, obwohl dies gar nicht nötig gewesen wäre. Schließlich hat sie das eingesehen und die Feindseligkeiten eingestellt. Mir ist das Ganze zwar immer noch nicht geheuer, doch ich muß wirklich sagen, daß sie ein ausgesprochen nettes Mädchen ist.«

Devlin war da deutlich anderer Meinung. Aber zumindest hatte er jetzt kein Bedürfnis mehr, diesen Mann zu verprügeln. Er wunderte sich nur, daß er ihm so höchst private Dinge erzählte, wo er ihn doch gar nicht kannte. Tyler ging in diesem Augenblick haargenau das gleiche durch den Kopf; er hatte wohl vergessen, mit wem er da sprach! Es war der Pferdezüchter der Penworthys! Und doch war da irgend etwas, das Tyler das Gefühl gab, es eher mit seinesgleichen als mit einem Angestellten zu tun zu haben. Es war wirklich nicht üblich, daß Bedienstete einen Lord bedrohten, und das hatte sich dieser Kerl ja tatsächlich herausgenommen, als er in den Stall gekommen war. Und Bedienstete trugen auch gewöhnlich keine blütenweißen Batisthemden. Er zeigte darüberhinaus für einen Knecht absolut nicht den gehörigen Respekt, im Gegenteil, er war eher herablassend. Sein Benehmen war insgesamt merkwürdig, doch vielleicht war es auf sein, Tylers, eigenes verworrenes Geschwätz zurückzuführen.

»Der Gutsherr ist nicht zu Hause, wenn er es sein sollte, den Sie sehen wollen«, sagte Devlin.

»Nein, eigentlich bin ich nur vorbeigekommen, um einen Blick auf seinen neuen Hengst zu werfen.«

»Auf Caesar?« Devlin strahlte auf einmal richtig, klopfte Tyler auf die Schulter und führte ihn in den hinteren Teil des Stalls. »Das hätten Sie gleich sagen sollen. Er steht hier hinten.«

»Das ist ein Rennpferd, stimmt's? Oder er war wenigstens eines.«

»Wie kommen Sie darauf?«

»Ich war ein- oder zweimal auf der Rennbahn, und der Hengst schaut verdammt danach aus.«

»St. James hat ihn wohl ein paar Rennen laufen lassen.«

»Der Herzog von Wrothston? Mein Gott, ist das *der* Caesar? Das Pferd ist ja wirklich berühmt! Es ist noch nie geschlagen worden! Wie, um Himmels willen, kommt denn Penworthy zu ihm?«

»Ich glaube, St. James hat ihm einen Gefallen geschuldet.«

»Dann haben Sie also für St. James gearbeitet?«

»So könnte man es ausdrücken.«

Da hatte Tyler also die Erklärung für die Hochnäsigkeit dieses Mannes! Je arroganter der Herr, desto arroganter die Dienerschaft.

»Ich wußte gar nicht, daß der Gutsherr sogar den Herzog kennt.« Devlin zuckte gleichgültig die Schultern, doch Tyler bemerkte es nicht. Er stand an Caesars Box und stieß einen bewundernden Pfiff aus. »Das ist ein Pferdchen, da fehlen einem die Worte. Ich hoffe, daß es gut bewacht wird.«

»Ich passe schon auf die Sachen auf, die mir ...« Devlin hatte »mir gehören« sagen wollen, bog es aber gerade noch ab und sagte: »...mir anvertraut sind.«

»Das sollten Sie auch, denn ich habe zufällig gehört, daß sich in der Gegend ein Dieb herumtreibt.«

»Ein Pferdedieb?«

Tyler schüttelte den Kopf: »Ein Straßenräuber. Zwei Kutschen sind schon überfallen worden, gerade in *der* Nacht ...« Er stockte und schaute Devlin auf einmal mißtrauisch an. »Gerade in der Nacht, in der Sie hier eingetroffen sind.«

Devlin mußte grinsen. »Wollen Sie damit andeuten ...«

»Nein, nein, überhaupt nicht, wirklich nicht!« versicherte Tyler schnell. »Ganz offensichtlich ist es nur ein zufälliges zeitliches Zusammentreffen. Es werden die wildesten Spekulationen angestellt, Sie werden sicherlich noch davon hören. Es ist schon Jahre her, daß wir in unserem Bezirk einen Straßenräuber hatten. Deshalb können Sie sicher sein, daß er für einige Zeit das Gesprächsthema Nummer eins bei jedem Tee und auf jeder Versammlung sein wird.«

Nachdem Tyler sich verabschiedet hatte, sprach Devlin mit Mortimer über die Gefahr, daß ein Pferdedieb einbrechen könnte. Auf Sherring Cross gab es dieses Problem nicht, da dort fast auf jedes Pferd ein Stallbursche kam. Hier aber waren sie in der Provinz, hier gab es keine Stallburschen, und der Stall des Gutsherrn ließ an Sicherheit einiges zu wünschen übrig. Devlin hatte keine Lust, vor Caesars Box Wache zu halten, deshalb wies er Mortimer an, wenigstens ein Riegelschloß am Stalltor anzubringen. Man durfte kein Risiko eingehen, solange ein Dieb die Gegend unsicher machte.

Ein Glück, daß Tyler Whately – der Kerl hatte sich schließlich dazu durchgerungen, sich vorzustellen – ihm von dem Dieb erzählt hatte, sonst hätte er an so etwas niemals gedacht. Über alles andere, das der Kerl erzählt hatte, zumindest die Geschichte mit Megan, konnte Devlin allerdings nur lachen. Sich vorzustellen, dieses Mädchen sei absichtlich so kratzbürstig, damit ein Mann sich nicht in sie verlieben würde! Sie hatte ihm ja das gleiche Motiv unterstellt – etwa, weil ihr dieser Trick vertraut war? Sie war ihm zwar vom ersten Augenblick an mit Feindseligkeit begegnet, doch er hatte keinen Moment lang das Gefühl gehabt, daß sie ihm dabei etwas vormachte. Er selbst hatte sie ja auch ganz schön geärgert, da mußte ihre Abneigung einfach echt sein.

Aber Devlin hätte zu gerne gewußt, wie sie sich wohl benehmen würde, wenn sie einmal jemanden *nicht* abweisen wollte. Was würde sie zum Beispiel tun, wenn sie sich einen Mann angeln wollte?

14

»Man sagt, er sei ein fürchterlicher Hitzkopf.«

»Woher hast du denn nur den ganzen Klatsch, Tiff?« fragte Megan, während sie zu dem Mann auf der anderen Seite des Ballsaals hinüberschaute, über den sich Tiffany gerade ausgelassen hatte. »Wir sind doch erst heute angekommen!«

»Richtig, aber während du dein Mittagsschläfchen gehalten hast, hat mir Lady Leightons Tochter die Ohren vollgequatscht.«

»Aber woher weißt du bloß, wer die einzelnen Leute sind?«

»Jane hat mich in ihr Schlafzimmer mitgeschleift, und von dort aus kann man den ganzen Eingangsbereich überblicken. Ich schwöre dir, es kam kein einziger durch das Tor, über den sie nichts zu erzählen wußte.«

»Es treffen aber immer noch Leute ein.«

»Ich habe auch nicht behauptet, daß ich über *alle* informiert bin, nur die ersten ...«

»War *er* schon dabei?«

»Tut mir leid, Megan, aber man weiß noch nicht einmal, ob er *überhaupt* kommen wird.«

Megan verlor schlagartig ihr Interesse an all den Gästen und wandte sich ganz Tiffany zu. Selbst die Maske, die sie trug, konnte ihre Verzweiflung nicht verbergen.

»Aber er *muß* kommen!« rief sie beschwörend. »Es stand doch in der *Times*, daß er kommt, und worauf soll man sich denn noch verlassen, wenn man selbst der *Times* nicht mehr trauen kann?«

»Ich verstehe dich ja. Er hat schließlich die Einladung angenommen, aber... Anscheinend ist dein Herzog etwas zerstreut, wenn es um Termine für gesellschaftliche Verpflichtungen geht. Kaum hat er versprochen, auf ein Fest zu kommen, schon hat er es wieder vergessen. Dann nimmt er die nächste Einladung für den gleichen Tag an, vergißt auch die, nimmt deshalb noch eine an usw. Kannst du dir das ungefähr vorstellen?«

»Zu viele Hochzeiten, um auf allen zu tanzen?«

»Genau! Und um nicht irgendwelche Eifersüchteleien zwischen den Gastgeberinnen aufkommen zu lassen, schwänzt er schließlich sämtliche Feste und bleibt einfach zu Hause.«

»Und wie will Jane das erfahren haben?«

»Weil ihre Mutter ihn dauernd eingeladen hat, sie wissen schon gar nicht mehr wie oft. und er sich nur zweimal blicken ließ. Sie behauptet, die Leute machen schon den Witz, daß man sich auf St. James' Erscheinen nur dann verlassen kann, wenn zur gleichen Zeit absolut niemand sonst damit rechnet.«

»Ich glaube, ich mag es nicht, wenn man über meinen künftigen Gatten Witze reißt«, schmollte Megan.

Tiffany korrigierte sich schnell: »Habe ich ›Witz‹ gesagt? Das ist wirklich nicht der richtige Ausdruck. Es ist einfach eine bekannte Tatsache, Meg, und selbst St. James hat Humor genug, das anzuerkennen.«

»Dann kommt er also nicht«, jammerte Megan enttäuscht.

»Woher willst du das wissen? Schließlich ist jetzt noch nicht Hauptsaison. So viele Einladungen dürften wohl noch nicht herumschwirren.«

»Du hast schon recht, Tiffany, aber du brauchst nicht weiter zu versuchen, mich aufzumuntern. Ich habe nur noch wenig Hoffnung.«

Tiffany schaute ihre Freundin an, die ein Gesicht wie auf einer Beerdigung machte. »Darf ich es nicht wenigstens ein ganz klein bißchen versuchen?« fragte sie mitfühlend. »Jetzt hast du wahrscheinlich gar keine Lust mehr, dich zu amüsieren, habe ich recht?«

»Aber sicher doch.«

»Das glaube ich nicht, ich kenne dich doch. Ich wette, daß du dir bereits ein paar Entschuldigungen dafür zurechtlegst zu verschwinden, bevor wir uns überhaupt richtig haben sehen lassen.«

Womit sie völlig recht hatte. Sie waren gerade die Treppe heruntergekommen, stiegen aber gleich zur Galerie hinauf, die einen Blick über den ganzen Ballsaal erlaubte. Hier blieben sie einige Zeit stehen und konnten alle Leute im Saal beobachten, ohne selbst gesehen zu werden. Es war noch früh. Das Orchester, das den Abend musikalisch gestalten sollte, hatte seinen Platz in der Mitte der Galerie eingenommen und begann gerade, das zweite Stück zu spielen. Im Saal unten hielt sich erst etwa die Hälfte der erwarteten Gäste auf.

Megan lächelte schuldbewußt. »Du kennst mich zu gut, wirklich! Aber ich kann mir einfach nicht helfen. Tiff, die Enttäuschung macht mich fix und fertig.«

»Aber warum denn?« Tiffany war echt verwundert. »Wenn du ihm hier nicht begegnest, wird sich bestimmt eine andere Gelegenheit finden, wenn du die Saison in London verbringst.«

»Das ist es doch gerade«, gab Megan zurück. »Ich hatte gehofft, mir das ganze Theater zu ersparen.«

»Dir das Theater zu ersparen?« wiederholte Tiffany ungläubig. »Du hast dich doch so darauf gefreut!«

»Ich habe mich darauf gefreut, auch einen Bräutigam zu haben, so wie du deinen Tyler, und wir waren beide der Meinung, daß das nur in London klappen würde, das stimmt. Aber auf London selbst habe ich mich wirklich nicht gefreut, das kannst du mir glauben.«

»Warum denn nicht?«

»Machen wir uns nichts vor, Tiff, wir sind Mädchen vom Lande und auf dem glatten Londoner Parkett kein bißchen zu Hause. Ganz bestimmt würde ich mich dort nur blamieren. Schon beim bloßen Gedanken an London bekomme ich Lampenfieber. Deshalb hatte ich seit meiner Entscheidung für den Herzog gehofft, daß ich alldem entgehen könnte. Ich wollte ihm hier begegnen, dann sollte er mir zu Hause in Devonshire den Hof machen.«

»Das ist doch reine Phantasterei! Wo meinst du denn bitte, daß ein Mann seines Standes in unserer kleinen Gemeinde Quartier nehmen sollte? Vielleicht bei Lady Ophelia?«

»Das sollte er sich unterstehen!« stieß Megan heftig hervor.

»Aber das wäre nun mal die *einzige* angemessene Bleibe für ihn«, antwortete Tiffany seelenruhig.

»Es gibt doch noch das Gasthaus!«

»Du möchtest den Herzog von Wrothston in Teadales winzigem Gasthaus unterbringen?«

»Er wird verliebt sein!« versetzte Megan stur. »Und deshalb wird es ihm ganz egal sein, wo er wohnt.«

»Darauf würde ich mich nicht verlassen, Megan. Er ist an schrecklichen Luxus gewöhnt. Vergiß nicht, daß er in einem verdammten Mausoleum wohnt. Wahrscheinlich ist allein sein Schlafzimmer schon so groß wie der ganze Ballsaal da unten.«

»Übertreib doch nicht so!«

»Ich übertreibe überhaupt nicht.«

»Doch, Tiff. Wahrscheinlich ist sein Schlafzimmer nur halb so groß wie dieser Ballsaal.«

»Du weißt genau, was ich meine, Meg. Wenn er dir schon nach Hause nachreist, wird er keine Lust haben, sich lange im Gasthaus oder überhaupt in Devonshire aufzuhalten. Du kannst von ihm nicht erwarten, daß er seine täglichen Pflichten vernachlässigt, nur um dir wochenlang den Hof zu machen. Er hat sich schließlich um ein Herzogtum zu kümmern, vergiß das nicht! Eine Woche ginge vielleicht, wenn er *überhaupt* kommt, aber das ist zu kurz ...«

»Das ist lang genug!«

»Megan, du kannst von einem Mann, den du erst eine Woche lang kennst, unmöglich einen Heiratsantrag annehmen.«

»Und ob ich das kann«, sagte Megan verstockt.

»Du weißt, daß das ein Riesenskandal wäre. Außerdem wird *er* nicht so stürmisch sein. Vielleicht verliebt er sich ja tatsächlich Hals über Kopf in dich ... ja, das kann sehr leicht sein. Womöglich passiert es sogar schon heute abend. Aber deshalb wird er dich noch lange nicht auf der Stelle heiraten. Es bedeutet lediglich, daß er dich alle paar Wochen besuchen und dir den Hof machen wird. Das kann sich ewig hinziehen, glaub mir. Die andere Möglichkeit ist: Du gehst wie geplant nach London. Dort kann er dich viel öfter sehen und wird sich deshalb schneller entscheiden. Es ist also auf jeden Fall besser, wenn du nach London gehst.«

»Verdammt!« Megan war verärgert. »Und ich hatte schon geglaubt, ich könnte mir das alles ersparen.«

Tiffany fragte zögernd: »Was ist es denn eigentlich genau, wovor du Angst hast in London?«

Megan seufzte. »Daß mir da das gleiche passiert wie mit den Thackerays.«

Tiffany runzelte die Stirn.«Ja, das hätte ich mir eigentlich denken können. Du hast diese Sorgen ja erst, seitdem die alte Schachtel dich so gedemütigt hat. Vorher dagegen konntest du es gar nicht erwarten, endlich nach London zu kommen! Aber das ist doch eine ganz spezielle Geschichte, Meg, das muß doch in London nicht wieder passieren.«

Megan lächelte traurig. »In London gibt es auch Mütter, die mich auf ihren Parties nicht brauchen können, weil sie erst mal ihre eigenen heiratsfähigen Töchter unter die Haube bringen wollen.«

»Das wird sich schlagartig ändern, wenn sich herumgesprochen hat, wer dir den Hof macht«, sagte Tiffany voller Zuversicht.

»Ich weiß nicht, was das damit zu tun haben soll.« Megans Stimme klang resigniert.

»Verstehst du denn nicht? *Er* wird es sein, der dafür sorgt, daß man dich überall einlädt, wo er hingeht, denn er hat die Macht und den Einfluß, dir jede Tür in London zu öffnen. Du wirst Einladungen bekommen, von denen du vorher nie geträumt hättest.«

»Ich versteh' nicht, wieso.«

»Weil deine Liaison mit dem Herzog die Sensation der ganzen Saison sein wird, das ist doch klar! Jeder, der etwas auf sich hält, wird sich darum reißen, eure Romanze zu einem glücklichen Ende zu bringen.«

»Das ist doch lächerlich.«

»Genauso wird es laufen. Du wirst der Star der Londoner Gesellschaft sein, weil du es geschafft hast, dir ihren begehrtesten Junggesellen zu angeln.«

»Vorher muß ich ihn aber erst einmal kennenlernen.«

Tiffany mußte lächeln. »Sei doch nicht so ungeduldig! Wenn er heute abend aufkreuzt, dann beginnt eine Liebesromanze, oder auch nicht, je nachdem, was er für einen Eindruck auf dich macht … Und vergiß nicht, was du mir versprochen hast!«

»Ich weiß: Nur wenn ich glaube, daß ich ihn auch wirklich lieben könnte.«

»Also gut. Sollte er nicht auftauchen, dann betrachte diesen Abend einfach als Übung für die vielen Bälle, auf die du später gehen wirst. Dies ist schließlich unser erster Ball, oder hast du das ganz vergessen, weil du immer an deinen ›Ambrose‹ denken mußt?«

Megan lachte. Tiffany hatte den Vornamen ihres Angebeteten wirklich *zu* komisch ausgesprochen. »Ich weiß, es ist ein furchtbarer Name für einen Mann, besonders weil ich dabei immer an mein Pferd denken muß. Aber damit werde ich einfach leben müssen.«

»*Er* muß damit leben! Du kannst ihn doch nennen, wie du willst. Am Anfang noch ›Euer Gnaden‹, wenn es dann soweit ist, nur noch ›Liebling‹. Geht's dir jetzt besser?«

»Absolut. Übrigens, was hast du über den Mann gesagt, der angeblich so ein Hitzkopf ist?«

15

»Er heißt Frederick Soundso.«

»*Wie* heißt er?«

Tiffany rollte die Augen. »Wie stellst du dir das denn vor? Meinst du, ich habe mir die Unmenge Namen merken können, die ich heute gehört habe? Jedenfalls ist er ein Marquis. Ich erinnere mich nur deshalb so genau daran, weil Jane erwähnt hat, daß er ein guter Freund ist von … rat mal, von wem?«

Megan spitzte die Ohren. »Ehrlich? Aber dann stehen die Chancen ja gar nicht so schlecht, daß Ambrose doch noch auftaucht, oder?«

»Nicht unbedingt, denn der Marquis hat zufällig ein Landgut hier ganz in der Nähe und kommt gerade von dort. Kent und London liegen schließlich viel weiter weg.«

»Ambrose könnte doch auch einen Landsitz in der Nähe haben!«

»Das ist nicht ausgeschlossen, aber ich würde mich nicht darauf verlassen«, sagte Tiffany. Sie wären doch bestimmt zusammen gekommen, wenn sie beide in der Gegend gewesen wären, meinst du nicht?«

»Das stimmt … aber vielleicht ist Ambrose irgendwie aufgehalten worden? Ich könnte ja dem ganzen Rätselraten ein Ende machen, indem ich einfach hinuntergehe und Lord Frederick direkt frage, ob der Herzog auch kommen wird. Wenn die Gastgeberin es schon nicht weiß, dann sollte er es doch eigentlich wissen.«

»Ich halte das für keine besonders gute Idee.«

»Warum nicht?«

»Also, du mußt das einfach mal aus der Sicht des Herzogs sehen. Nehmen wir einmal an, daß *er* sich in dich verliebt.«

Megan nickte selbstbewußt. »Ja, davon können wir ausgehen.«

»Dann wird sich doch Frederick ganz bestimmt genauso in dich verlieben!«

»Aber warum sollte er denn?«

»Na, aus dem gleichen Grund, aus dem sich dein Herzog in dich verknallen wird. Und vergiß nicht, daß sie dicke Freunde sind. Wenn der Marquis dich zuerst kennenlernt und ihm erzählt, daß er sich in dich verliebt hat, wird sich da nicht der Herzog seine eigenen Gefühle versagen, um seine Freundschaft zu ihm nicht zu gefährden?«

Megan lachte. »Jetzt wird's aber langsam kompliziert. Ich würde dem Marquis natürlich nicht die geringsten Hoffnungen machen. Und ein wenig Konversation kann doch wirklich nicht so gefährlich sein, oder? Außerdem würde er an der Frage nach seinem Freund doch klar merken, an wem ich eigentlich interessiert bin.«

»Eben, und genau da ist der Haken. Meinst du wirklich, es wäre gut, wenn St. James erfährt, daß du bereits hinter ihm her bist, bevor du ihn überhaupt kennengelernt hast? Wahre Freunde haben keine Geheimnisse voreinander, deshalb kannst du sicher sein, daß Lord Frederick ihm alles erzählen wird. Und Männer mögen es nun einmal nicht, wenn Frauen ihnen regelrecht nachstellen. Das halten sie schließlich für ihre eigene Domäne.«

»Das sehe ich ein. Es macht vielleicht einen schlechten Eindruck, wenn ich mein Interesse an Ambrose so offen zeige. Man muß ja nicht gleich mit der Tür ins Haus fallen, das stimmt. Aber irgendwann werde ich es ihm natürlich gestehen.«

»Aber erst *nach* der Hochzeit, klar?«

»Natürlich.« Megan runzelte besorgt die Stirn. »Aber wird er mich dann nicht für zu berechnend halten?«

Tiffany mußte lächeln. »Jetzt auf einmal hältst du dich für berechnend?«

»Bin ich das etwa nicht? Dieses ganze Getue, einer Frau den Hof zu machen, das ist doch reine Zeitverschwendung. Davon haben doch nur die Männer etwas! Wenn es nach mir ginge, dann würde ich ihm gleich offen ins Gesicht sagen, daß ich ihn heiraten will.«

»Aber das geht doch nicht!«

»Ich weiß. Aber ist es nicht irgendwie verlogen, immer um den heißen Brei herumzureden?«

»Es wäre ja schön, wenn wir Frauen so ehrlich sein könnten. Doch dann würden wir mit Sicherheit genau *die* Männer verschrecken, die noch wirklich an die Ehe glauben. Im übrigen hat die Zeit der Werbung ja auch ihre guten Seiten. Es ist die einzige Gelegenheit, einen Mann wirklich kennenzulernen und sich zu prüfen, ob man ihn wahrhaft wird lieben können. Ich hoffe doch, du rechnest nicht damit, daß das für dich genauso schnell klar ist wie für ihn.«

»Und warum sollte das nicht gehen?«

»Weil es einfach unmöglich ist, Meg! Es wird so ablaufen, daß er sich in erster Linie in dein faszinierendes Gesicht verlieben wird und erst in zweiter Linie in dein gewinnendes Wesen. Schließlich bist du das hübscheste Mädchen in ganz England. Und es kann gut sein, daß *er* womöglich nicht besonders gut aussieht, hm?« Dann schnaubte Tiffany verächtlich. »Es schaut ja nicht jeder Herzog wie dein Pferdezüchter aus.«

Kaum hatte Tiffany ihn erwähnt, da stand er schon vor Megans Augen. Wenn Devlin sie jetzt sehen könnte in ihrem wunderbaren neuen Ballkleid! Die grüne Seide umschmeichelte ihre Figur, die enganliegenden langen Ärmel kontrastierten reizvoll mit dem großzügig geschnitteten Dekolleté, und der weißen Tüllunterrock gab dem Ganzen eine äußerst extravagante Note. Sie hatte die Haare kunstvoll hochgesteckt und trug um den Hals eine kostbare Perlenkette, ein Erbstück ihrer Mutter. Und die Maske auf ihrem hübschen Gesicht verlieh ihr so einen geheimnisvollen Zauber! Wie geblendet würde Devlin vor ihrer Schönheit stehen, kein Wort mehr würde er herausbringen, vor allem keine seiner unverschämten Beleidigungen!

»Mein Herzog *wird* aber gut aussehen, Tiff«, beharrte Megan.

»Aber natürlich«, pflichtete Tiffany ihr bei, »nur vielleicht nicht gerade *sagenhaft* gut, verstehst du? Davon mußt du einfach ausgehen, sonst kannst du nur noch enttäuscht werden!«

»Ja, mag sein«, seufzte Megan. »Nachdem wir uns jetzt geeinigt haben, daß ich Frederick Soundso die kalte Schulter zeigen soll, müssen wir uns als nächstes überlegen, woran ich Ambrose eigentlich erkennen soll, falls er denn überhaupt auftaucht. Hat Jane dir irgendwie beschrieben, wie er aussieht, als sie dir den ganzen Klatsch erzählt hat?«

»Sie meinte, er wäre sehr groß. Da *sie* allerdings ziemlich klein ist, ist ›groß‹ natürlich relativ.«

»Na gut. Was noch?«

»Er hat schwarze Haare – oder dunkelbraune, das wußte sie nicht mehr genau. Und seine Augen sollen so blaugrün, auf jeden Fall ganz eigenartig sein. Übrigens meinte sie, daß er wirklich sagenhaft gut aussähe. Doch sie findet Lord Fred da unten auch sagenhaft attraktiv, also ist ihre Einschätzung vielleicht ein wenig mit Vorsicht zu genießen.«

Megan schaute zu ihm hinunter. Er war wirklich ziemlich groß und hatte ebenfalls schwarze Haare. Viel mehr konnte sie aus der Entfernung nicht sagen, vor allem über sein Gesicht, da er ja auch eine Maske trug, aber er hatte durchaus eine stattliche Figur. Auch seine Abendgarderobe war tadellos, und daß so viele junge Frauen ihn umschwärmten, war ja wohl sicher kein Zufall.

»Ich weiß nicht«, grinste Megan. »Ich finde, er schaut wirklich nicht schlecht aus.«

Tiffany erriet ihre Gedanken. »Er ist übrigens der höchstrangige Lord hier in der Gegend, und außerdem Junggeselle!«

»Armer Mann«. entgegnete Megan trocken. »Dann muß er sich wohl überall mit diesem Heer von Verehrerinnen herumschlagen.«

»Genauso wie dein Herzog, liebe Freundin«, gab Tiffany zurück. »Meinst du eigentlich, daß du das auf die Dauer aushalten kannst?«

»Aber nach unserer Hochzeit wird ihn doch keine Frau mehr anschauen, oder?«

»Er ist ein Herzog, Meg. Es wird immer Frauen geben, die das eine oder andere von ihm wollen – und womöglich auch Dinge, die nur seiner Ehefrau zustehen.«

»Das finde ich überhaupt nicht komisch.«

Tiffany grinste. »Ehrlich nicht? Schade. Ach komm Megan, nimm's nicht so tragisch, ich hab mir doch bloß einen Witz erlaubt – na ja, vielleicht auch nicht. Megan, du mußt einfach der

Tatsache ins Auge blicken, *daß* es Frauen geben wird, die versuchen werden, ihn dir abspenstig zu machen, nur weil er eben ein Herzog ist.«

»Aber wenn er mich wirklich liebt, dann kann ich ihm doch vertrauen, oder was meinst du? Gib mir eine ehrliche Antwort, anstatt nur wieder meinen Herzog mieszumachen.«

Tiffany kicherte. »Also gut. Wenn er dich tatsächlich liebt, brauchst du dir wirklich keine Sorgen zu machen. Außerdem wird *er* ja wohl derjenige sein, der die Qualen der Eifersucht erleiden wird, nicht du!« Nach einer Weile fragte sie ein wenig schüchtern: »Hab ich wirklich deinen Herzog so miesgemacht?«

»Andauernd.«

»Tut mir leid, Megan. Aber ich finde es sehr schwer, über jemanden lobend zu sprechen, den man noch gar nicht kennt. Ich kann einfach nicht sagen, daß der Herzog von Wrothston ein wunderbarer Mensch und der ideale Ehemann für dich ist, wenn wir noch gar nicht wissen, ob er wirklich so ist. Das einzige, was er im Moment vorzuweisen hat, ist sein Titel, und das ist für dich natürlich das wichtigste, für mich aber noch lange kein Grund, ihn dir zu empfehlen. Ich möchte einfach, daß du einen Mann findest, der wirklich zu dir paßt, und ich habe Angst, daß du, bloß weil du Lady O übertrumpfen willst, gar nicht genau hinschaust, ob er wirklich der Richtige für dich ist. Und die Chance, daß er es *nicht* ist ist, halte ich für ziemlich groß.«

Megan ging auf Tiffany zu und umarmte sie. »Ich finde es wirklich sehr lieb von dir, daß du so besorgt um mich bist. Und wenn es dich glücklich macht, dann spiel eben weiter die Skeptikerin. Vielleicht ist es ja wirklich so, daß ich mich überhaupt nicht zu ihm hingezogen fühle.« *Genauso wie es dir mit Devlin ergeht?* Verdammt, wieso spukte ihr der schon wieder im Kopf herum! »Und das wird sich schon bei unserer ersten Begegnung herausstellen.«

»Und dann ist auch wirklich sofort Schluß?«

Megan nickte. »Sofort, das schwöre ich dir. Andererseits ...«

»Und *ich* schwöre dir, daß ich die erste sein werde, die sich lobend über ihn ausläßt, sobald wir die Möglichkeit hatten, uns von seinen Qualitäten zu überzeugen!«

»Das lasse ich mir gefallen!«

16

»Würden Sie es erlauben, daß ich bei Ihrem Vater um Ihre Hand anhalte?«

Megan kam für einen Moment aus dem Takt, doch ihr Tanzpartner schien es nicht gemerkt zu haben.

Er war ein exzellenter Tänzer, was man von dem halben Dutzend anderer, mit denen sie vorher getanzt hatte, nicht unbedingt sagen konnte. Er hatte ein gutgeschnittenes Gesicht und schaute sie jetzt, in Erwartung der Antwort, mit ernsten Augen an. Sie vermutete, daß er knapp über dreissig war.

Wäre er jünger gewesen, hätte sie mit einem Lachen oder irgendeiner albernen Bemerkung reagiert. So aber mußte er es wohl wirklich ernst gemeint haben. Doch sie hatte jetzt eigentlich nicht die geringste Lust, über ernste Dinge zu reden, sie wollte einfach nur ihren Spaß haben. Den ganzen Abend schon hatte sie sich so herrlich amüsiert, wie Tiffany es ihr vorhergesagt hatte.

Jeder Tanz war vergeben, bis auf die beiden, die sie sich für den Herzog aufbewahrt hatte. Bis jetzt war er allerdings noch gar nicht erschienen, aber nicht einmal *das* machte ihr jetzt noch großes Kopfzerbrechen. Warum sollte sie die ganze Zeit immer nur auf ihren Herzog warten? Es würden sich ja noch genügend Gelegenheiten ergeben, St. James kennenzulernen. Denn die Leute auf dem Ball – die meisten von ihnen kamen aus London – waren ihr so symphatisch, daß sie auf einmal gar keine Angst mehr vor dem glatten Parkett der Londoner Saison hatte.

»Genauso toll wird es in London sein!« hatte ihr Tiffany noch zugeflüstert, kurz bevor ihr jetziger Tanzpartner den Ring ihrer Bewunderer durchbrochen hatte, um sie um diesen Tanz zu bitten. Dann hatte sie ihr zugezwinkert: »Willst du dir das mit deinem komischen alten Herzog nicht noch mal überlegen?«

Nein, Megan wollte auch weiterhin an ihrem Plan festhalten, zumindest solange, bis sie ihn kennengelernt hatte. Aber in der Zwischenzeit sah sie keinen Grund, ihren »Erfolg« am heutigen Abend nicht in vollen Zügen zu genießen. Und man konnte es wirklich nicht anders bezeichnen, denn sie war vom ersten Augenblick an von unzähligen Verehrern umschwärmt. Und so war ein ernstgemeinter Heiratsantrag eines Fremden in diesem Augenblick alles andere als das, wonach ihr der Sinn stand. Sie wollte Spaß. Und außerdem war es sowieso reichlich absurd, ihr nach einem einzigen Tanz einen Antrag zu machen. Deshalb dachte sie sich, daß sie ihm ruhig eine genauso absurde Antwort geben konnte.

»Natürlich können Sie bei meinem Vater um meine Hand anhalten«, sagte sie mit einem leisen Lächeln, »doch dann könnte es sein, daß mein Vater sie erschießt.«

Jetzt kam *er* aus dem Takt, was Megan sehr wohl bemerkte.

»Bitte?« fragte er zögernd,«sagten Sie ›erschießen‹?«

»Ganz genau.«

»Aber … aber …«

»Oh, das klingt vielleicht schlimmer, als es gemeint ist. Es ist einfach nur das Wort ›Heirat‹. Mein Vater kann es nicht mehr hören, weil er in letzter Zeit mit Heiratsanträgen nur so überhäuft wurde; die Frauen lassen ihn einfach nicht in Ruhe.«

Wieder stolperte ihr Tanzpartner; Megan konnte ihr Lachen kaum noch unterdrücken.

»Die Frauen? Ja aber, ich meinte …«

»Tut mir leid, aber er hat tatsächlich geschworen, auf jeden zu schießen, von dem er in den nächsten drei Monaten dieses Wort noch einmal hört. Ich weiß zwar nicht, ob er ihn wirklich töten oder nur ein bißchen verletzen will, aber ich glaube, ich sollte sie warnen.«

»Ich weiß es zu schätzen, wirklich!«

Den Eindruck hatte sie auch. Viel wußte er bis zum Ende des Tanzes nicht mehr zu sagen und ließ sie, kaum daß die Musik verklungen war, ziemlich abrupt stehen. Megan atmete auf. Zum ersten Mal an diesem Abend hatte sie eine kleine Verschnaufpause. Doch die sollte nicht lange dauern.

»Na, dann gehört der nächste Tanz wohl mir!« sagte eine Stimme direkt hinter ihr.

Sie zuckte zusammen. Diese Aufforderung kam ihr äußerst ungelegen, hatte sie sich doch gerade auf ein paar Minuten der Ruhe gefreut. Sie überlegte kurz, ob sie die Worte einfach überhören und weggehen sollte. Nein, das wäre zu unhöflich. Aber weggehen mit einer guten Entschuldigung, das könnte sie wohl. Und nach einer Entschuldigung brauchte sie nicht lange zu suchen. Denn die Art, wie er sie aufgefordert hatte, war einfach unverschämt.

Sie wollte sich erst gar nicht in ein Gespräch verwickeln lassen und sagte deshalb nur frostig über die Schulter: »Ich habe zwar keinen Partner für den nächsten Tanz, doch ich möchte es gerne dabei belassen. Und nun entschuldigen Sie mich bitte, ich wollte gerade ein wenig frische Luft schöpfen.«

»Das hatte ich auch gerade vor. Dann darf ich Sie begleiten, wenn Sie nichts dagegen haben?«

»Ich kann Ihnen zwar nicht verbieten, ebenfalls an die frische Luft zu gehen, doch auf Ihre Begleitung würde ich gerne verzichten.«

»Wie unromantisch von Ihnen, Miss Penworthy.«

Jetzt mußte sie sich *doch* umdrehen, schon aus Neugier. Er war groß, sehr groß sogar, und trug eine Maske. »Sind wir einander vorgestellt worden?«

»Nein, dieses Vergnügen hatte ich bisher leider noch nicht.«

»Und woher wissen Sie dann...?«

»Ich habe mich umgehört. Wenn ich mich dann vorstellen darf.« Er machte eine kaum wahrnehmbare Verbeugung. »Ambrose St. James, zu Ihren Diensten. Wollen Sie's sich nicht noch mal überlegen?«

Sie konnte es nicht fassen! Erst hatte sie sich schon damit abgefunden, ihn an diesem Abend nicht mehr kennenzulernen, und jetzt war er einfach da, bat *sie* um einen Tanz! Seine Erscheinung übertraf ihre kühnsten Erwartungen. Soweit sie sein Gesicht hinter der Maske erkennen konnte, war es ausgesprochen markant, und sein kräftiger Körper war genauso stattlich wie Devlins – *geh mir aus dem Kopf, Pferdezüchter!* –, obwohl sie sich *ihn* in einem derart gutsitzenden Abendanzug überhaupt nicht vorstellen konnte. Seine Augen lagen zu sehr im Schatten der Maske, als daß sie ihre Farbe hätte erkennen können, dafür war sie um so mehr von seinem dichten schwarzen Haar beeindruckt, das er sorgfältig nach hinten gekämmt trug. Was für ein Mann, dachte sie hingerissen. Nicht auszudenken, wenn er sich von ihrer frostigen Art hätte abschrecken lassen!

Sie wollte schon herausplatzen: »Ja natürlich, gerne!« Doch dann fiel ihr im letzten Moment ein, daß das nach ihrer anfänglichen Sprödigkeit sehr eigenartig aussehen würde. Sie durfte sich nicht anmerken lassen, wie attraktiv sie ihn fand. Und so schenkte sie ihm ein reserviertes Lächeln und sagte möglichst gelangweilt: »Sie sind ja ganz schön hartnäckig.«

»Wenn's drauf ankommt, immer«, lächelte er.

Sein Lächeln war ungemein sinnlich. Megan stellte sich vor, daß Devlin lächeln würde, wenn – *schon wieder dieser Devlin, Meg!*

»Wie soll ich das versteh …«

Er unterbrach sie ungeduldig. »Hören wir auf mit dem Geplänkel. Sie *haben* es sich längst überlegt, mein Fräulein, also gehen wir.«

Woher wußte er das, fragte sie sich, als er sie ziemlich hastig hinaus auf die Terrasse zog. Und warum hatte er es auf einmal so eilig? Sein charmantes Lächeln war ziemlich abrupt verschwunden, und er hatte sich so eigenartig umgeschaut, als er sie hinausführte, so als hätte er Angst, dabei gesehen zu werden. Doch sie hatte jetzt nicht vor, sich darüber den Kopf zu zerbrechen. Ambrose St. James wollte sie gleich die paar Stufen hinab in den Garten drängen, doch Megan blieb an der Terrassenbrüstung stehen.

»Lassen Sie uns hierbleiben. Die Luft ist herrlich, finden Sie nicht?« sagte sie und zog ihren Arm aus seiner Hand.

»Keine Lust, ein wenig durch den Mondschein zu spazieren? *Sehr* unromantisch, Miss Penworthy.«

»Sachte, sachte«, murmelte sie halblaut.

Er grinste. Sie ärgerte sich ein wenig über seine forsche Art, doch selbst dieses Grinsen hatte einen unwiderstehlichen Charme, war genauso entwaffnend wie sein Lächeln.

»Nicht böse sein, meine Liebe, aber auf diesem Fest sind einige, denen ich im Augenblick nicht so gern begegnen möchte. Und einer von ihnen steuerte vorhin geradewegs auf uns zu. Wir haben also nur wenig Zeit füreinander. Der Gedanke daran läßt mich verzweifeln, ich bin geradezu untröstlich, aber vielleicht erklärt Ihnen das wenigstens mein wirklich unmögliches Benehmen gerade eben.«

Die Erklärung klang plausibel, Megan hatte schon so etwas vermutet. Seine letzte Bemerkung aber entschuldigte alles. Sie errötete verschämt bei dem Gedanken, ihn derartig durcheinanderzubringen. Dieser Mann war *wirklich* an ihr interessiert, und war es nicht genau das, was sie erhofft hatte?

Sie war geradezu berauscht von dieser Entdeckung, und so sagte sie ein wenig verlegen, doch mit deutlichem Bedauern in der Stimme: »Der nächste Tanz ist bereits versprochen, Sie haben also wirklich nicht viel Zeit.«

»Dann will ich die verbleibende Zeit nutzen«, antwortete er keck, zog sie in seine Arme und begann zu den Walzerklängen der Musik zu tanzen.

Megan fühlte sich total überrumpelt. Es dauerte einen kurzen

Moment, bis sie überhaupt merkte, wie unanständig eng er sie umschlungen hielt. Sie wehrte sich ein wenig gegen seine Nähe, doch er zeigte sich unbeeindruckt. Sein heißer Atem strich an ihrem Ohr entlang, als er sie noch enger an sich zog. Was für ein prickelndes Gefühl! Wonnige Schauer der Erregung liefen ihr über Nacken und Arme.

»Der Drang, Sie in meine Arme zu nehmen, war zu überwältigend für mich. Und dann diese Begierde, Sie zu küssen! Aber Sie sehen, ich versuche mich zu beherrschen.«

Seine starken Arme, die sie an eine andere, ebenso erregende Umarmung erinnerten, und seine verführerischen Worte ließen ihren Widerstand dahinschmelzen. Sie zitterte vor Erregung. »Dann küssen Sie mich!« wollte sie sagen, doch da fiel ihr voller Schrekken ein, daß sie ja nicht die geringste Ahnung hatte, wie man richtig küßt. Nein, sie wollte es nicht riskieren, sich zu blamieren. Diese erste Begegnung sollte für ihn genauso unvergeßlich bleiben wie für sie. Und so schwieg sie.

Megan mußte an Tiffanys Befürchtungen denken. Sie hatten sich nicht bewahrheitet. In diesen Ambrose St. James würde sie sich leicht verlieben können! Sie seufzte glücklich und schmiegte sich in seine Arme. Alles verlief so, wie sie es geplant hatte.

Er spürte, wie sie sich entspannte, sich ihm sehnsüchtig hingab. In ihm hingegen wuchs die Spannung, denn nichts, rein gar nichts verlief so, wie er es geplant hatte. Aber er hatte auch nicht damit gerechnet, daß sie heute abend derart hinreißend und verführerisch sein würde! Sie ließ ihn vergessen, was er sich vorgenommen hatte. Was er ihr gesagt hatte, war wirklich wahr. Er spürte keinen sehnlicheren Wunsch, als sie zu küssen. Und er wußte, daß sie es ihm nicht verwehren würde. Denn heute abend war sie nicht die Megan, die er kannte, sondern ein kleines, hinterlistiges Fräulein, das einen Herzog in die Falle locken wollte. Aber den Spaß würde er ihr verderben, an den heutigen Abend sollte sie noch lange denken.

Und so ging er zum Angriff über und drehte sich mit ihr zurück zur Terrassenbrüstung, wo er den Tanz abrupt beendete. Doch in dem Moment, in dem ihr träumerischer Blick der Überraschung wich, fühlte er ein schmerzliches Bedauern. Wie gern hätte er sie jetzt wieder einfach nur geküßt! Es fiel ihm schwer, sein Verlangen zu unterdrücken. Aber er brauchte sich keine Schwäche vorzuwerfen. *Kein* anderer Mann hätte dieser Versuchung widerstehen können, und *ihm* gelang es nur deshalb, weil er ihr Spiel durchschaute. Nein, er mußte jetzt hart bleiben. Sie brauchte die Lektion, die er ihr verpassen würde. Eine Lektion, für die er das Risiko einging, Freddy zu begegnen. Vielleicht wäre sie danach vorsichtiger, was die Auswahl ihrer Opfer anging!

Megan fühlte sich unbehaglich, wie er sie so ansah. Sie wünschte, ihm jetzt in die Augen schauen zu können, doch das Dämmerlicht auf der Terrasse ließ es nicht zu.

»Haben Sie keine Lust mehr, zu tanzen, Euer Gnaden?« fragte sie in das gespannte Schweigen hinein. Es fiel ihr beim besten Willen nichts Besseres ein.

»Ach, *das* wissen Sie also«, antwortet er, als er ihr »Euer Gnaden« hörte.

Sie zuckte die Achseln, ärgerte sich aber im stillen, ihr Wissen preisgegeben zu haben. »Das weiß doch jeder.«

»In London, ja, aber hier auf dem Lande?« Er seufzte. »Schade, dann macht alles nur noch halb soviel Spaß.«

»Warum?«

»Die Menschen verhalten sich nach meinen Erfahrungen sofort ganz anders, sobald sie wissen, *wer* ich bin. Sie sehen dann nur noch den Titel, nicht den Menschen, der ihn trägt.«

Der bittere Unterton in seinen Worten war nicht zu überhören. War sie nicht auch gemeint? Hatte sie nicht auch nur den Titel im Kopf? Nein, ganz so war es nicht. Der Titel war ihre erste Überlegung gewesen, ja, aber alles andere hing von dem Charakter des Mannes ab, das wußte sie nun. Was würde ihr der Titel nützen, wenn es zwischen dem Mann und ihr keine Liebe geben konnte.

»Das tut mir leid«, sagte sie aus tiefster Überzeugung. »Es muß nicht leicht sein, mit solchen Erfahrungen zu leben.«

Er zuckte die Achsel. »Was soll's. Einer der kleinen Nachteile, ein Herzog zu sein.«

»Ich hoffe aber doch, daß es auch Vorteile hat.«

Er grinste. »Den einen oder anderen schon!«

Waren es seine Worte, oder war es das Grinsen, das sie Böses ahnen ließ?

»Einer der Vorteile dürfte wohl sein, sich erlauben zu können, ein bißchen selbstherrlicher zu sein, ist es nicht so?«

Sie wollte ihn damit necken, er aber antwortete in ernstem Ton: »Ein bißchen? Ich habe Sie vorhin fast aus dem Tanzsaal *gezerrt*. Das war wirklich ziemlich selbstherrlich von mir.«

»Das stimmt, und jetzt, wo Sie es erwähnen, fällt mir auf, daß Sie sich dafür noch gar nicht entschuldigt haben.«

»Ein weiterer Vorteil. Ich entschuldige mich selten. Wer würde es schließlich wagen, mich für mein Verhalten zur Rechenschaft zu ziehen?«

Der Ton gefiel ihr überhaupt nicht. Wenn Tiffany ihn so hören könnte, würde sie sagen, daß sie bisher kaum gute Seiten an diesem Mann gefunden hätte, und sie, Megan, müßte ihr leider zustimmen. Was zum Teufel war nur plötzlich in diesen so anziehenden Mann gefahren? Vor ein paar Minuten noch hatte er ihr erst gestanden, daß er nichts sehnlicher wünschte, als sie zu küssen.

»Ich glaube, ich hätte da keine Schwierigkeiten, Euer Gnaden.«

Er lehnte mit verschränkten Armen an der Brüstung. Ihre Bemerkung schien ihn zu amüsieren.

»Tatsächlich? Sind Sie so unfehlbar, daß Sie den ersten Stein werfen können?«

Weder das gedämpfte Licht auf der Terrasse noch ihre Halbmaske konnten ihr Erröten verbergen. »Nn ... nein, ich behaupte ja nicht, fehlerfrei zu sein, aber ich trage schließlich auch keinen so hohen Titel.«

»Und würden Sie einen tragen, würde Sie das weniger verzogen oder eigensinnig machen?«

Megan erstarrte. »Was, wenn ich fragen darf, läßt Sie Derartiges von mir denken?«

»Ich hab den Nagel auf den Kopf getroffen, stimmt's?«

Eine maßlose Enttäuschung stieg in ihr auf, bitterer als die, die sie vorhin verspürt hatte, als sie befürchtete, der Herzog würde gar nicht auf den Ball kommen. Diese Enttäuschung schnürte ihr die Kehle zu, so daß sie meinte, daran ersticken zu müssen, und das machte sie wütend. Irgend etwas war danebengegangen, wenn sie auch nicht genau wußte, was. Sie mußte jetzt sofort gehen. Wenn sie ihn jetzt nicht stehen ließe, würde sie irgend etwas Unüberlegtes sagen, was jede weitere Begegnung ein für allemal unmöglich machen würde, *falls* sie nach diesem Auftritt überhaupt noch Lust haben sollte, ihn je wiederzusehen.

»Ich glaube, ich habe genug frische Luft geschöpft. Gute Nacht, Euer Gnaden.«

»Nicht so schnell, meine Liebe.«

Nicht nur seine Worte hielten sie zurück. Als sie sich umdrehte, griff er mit seiner Hand blitzschnell zu und zog sie zwischen seine Beine.

»Ich habe Sie erneut verärgert, nicht wahr?« fragte er mit einem hämischen Grinsen.

Megan war fassungslos; nur ein Idiot konnte so etwas noch fragen. »Allerdings, und diesmal um so schlimmer. Lassen Sie m ...«

»Das war nicht meine Absicht.«

Es schien ihr wie ein Hoffnungsschimmer. Vielleicht war er heute abend nicht er selbst, vielleicht hielt er sie auch für raffinierter, als sie war, und sie hatte einfach manches falsch verstanden. Ja, vielleicht hatte er sie gar nicht beleidigt, vielleicht war alles nur ein Mißverständnis. »Was *war* dann Ihre Absicht?«

»Ich hätte gern mehr von Ihnen gesehen.«

Das war genau das, was sie von ihm gerne gehört hätte – doch vorhin, *vor* seinem eigenartigen Stimmungswandel. Nun aber war sie sich gar nicht mehr sicher, ob sie ihn *überhaupt* noch einmal sehen sollte.

»Warum?« fragte sie ein wenig keck.

»Meine jetzige Geliebte langweilt mich zunehmend. Hätten Sie nicht Lust, ihren Platz einzunehmen?«

»Ihre *Geliebte*?«

Er fuhr fort, als hätte er ihre Empörung nicht bemerkt: »Ich denke, Sie wären ein guter Ersatz. Kann ich natürlich erst dann genau sagen, wenn ich Sie ausprobiert habe. Vielleicht finden wir hier ein verstecktes Plätzchen, um ...«

Mit einem lauten Knall landete ihre Hand auf seiner Wange. Dann riß sie sich von ihm los. Diesmal versuchte er nicht, sie aufzuhalten. Doch dann blieb sie stehen – sie war noch nicht fertig mit ihm. Sie wollte mehr als ihn nur ohrfeigen. Sie wollte ihn als genau das beschimpfen, was Devlin gesagt hatte, daß er wäre: ein Lump, ein mieser Schuft, ein Verführer unschuldiger Mädchen. Doch sie brachte kein Wort heraus. Ihre Wut verschnürte ihr die Kehle.

Sie war drauf und dran, ihm die Maske herunterzureißen. Sie wollte sichergehen, diesen Wüstling wiederzuerkennen, wenn sie ihm jemals wieder begegnen sollte, was sie jedoch nicht hoffte. Unfaßbar! Den ganzen Abend *hatte* sie gehofft, daß sie ihm begegnen würde, noch vor wenigen Minuten hatte sie sich nach seiner Umarmung gesehnt!

»Da sind Sie ja, Miss Penworthy! Ich glaube, der nächste Tanz gehört mir.«

Sie fuhr herum. Sie schämte sich fast, alleine mit diesem so durch und durch verdorbenen Mann angetroffen zu werden. Jetzt wußte sie, *wer* Ambrose St. James wirklich war. Aber Lord Frederick, dem sie den nächsten Tanz versprochen hatte, war doch der Freund des Herzogs. War er womöglich genauso? Das war mehr als wahrscheinlich! Sie mußte sich vor ihm hüten, vor ihm wie vor seinem Freund.

»Sir, Sie haben verabscheuungswürdige Freunde, vor allem der da«, sagte sie in eiskaltem Ton zu dem Marquis und wies mit dem Daumen hinter sich. »Der da?« fragte Lord Frederick verdutzt. Megan runzelte die Stirn. Hatte er sie nicht richtig verstanden? Sie drehte sich um – und erstarrte. Der Platz an der Brüstung war leer.

Der Herzog von Wrothston, dieser widerwärtige Kerl, war nicht mehr da, so, als hätte er sich in Luft aufgelöst. Nicht einmal ein Zweig der Sträucher hinter der Brüstung bewegte sich noch. Es wäre besser gewesen, er wäre schon früher, viel früher, verschwunden, bevor sie ihm jemals begegnet wäre. Doch nein, vielleicht war es so besser. Jetzt *kannte* sie ihn, jetzt wußte sie, wer er wirklich war. Zum Teufel mit dir, Ambrose St. James, samt all deinen Titeln!

17

»Warum, um alles in der Welt, war ich nur so dumm!«

Sie befanden sich auf dem letzten Stück der Rückreise. Die Kutsche der Roberts' schaukelte in einem einlullenden Tempo dahin. Tiffanys Mutter war bereits auf ihrem Sitz eingeschlafen.

Tiffany selbst war auch schon fast eingenickt, aber bei Megans Worten war sie sofort wieder hellwach. »Ich dachte, du hättest endlich aufgehört, darüber nachzugrübeln.«

Doch Megan konnte einfach über nichts anderes nachdenken. Was hatte sie bloß für eine kolossale Dummheit begangen! Sie hatte ihrer Freundin die ganze erniedrigende Szene erzählt, die sie mit Ambrose St. James erlebt hatte.

»Mein Gott, wie konnte ich bloß so dumm sein. Aber vielleicht geschieht es mir ganz recht so. Vielleicht habe ich es genauso verdient.«

»Nein, das hast du nicht«, erwiderte Tiffany treuherzig. »Du brauchst dir wirklich keine Vorwürfe zu machen. Ich habe genauso wie du gehofft, daß alles gutgehen würde, und ich bin jetzt genauso enttäuscht wie du.«

»Ich bin eigentlich gar nicht enttäuscht«, sagte Megan nachdenklich, »zumindest jetzt nicht mehr. Ich bin vielmehr wütend auf mich selbst, daß ich alle meine Hoffnungen auf einen Mann gesetzt habe, den ich überhaupt nicht kannte. *Du* hast mich ja immer schon gewarnt! Ich kann es einfach nicht verstehen, wie ich tatsächlich so idiotisch sein konnte. Aber ich bin auch wütend auf *ihn*. Ich kann mir nicht helfen, aber als Herzog müßte er doch wenigstens ein Mindestmaß an Anstand haben, findest du nicht auch?«

»Allerdings. Aber wahrscheinlich hat ihn der Titel einfach verdorben. Das kommt öfter vor.«

»Man sollte so etwas gesetzlich verbieten«, murmelte Megan.

Tiffany stutzte, sagte aber nichts dazu.

Dannn brach Megan in lautes Lachen aus. »Das letzte war natürlich absoluter Blödsinn«, kicherte sie.

»Das stimmt.« Jetzt mußte auch Tiffany lachen. »Aber im Grunde hast du völlig recht.«

Megan prustete wieder los. »Hör auf, Tiff, sonst wecke ich noch deine Mutter auf.«

Tiffany wurde wieder ernst. »Es ist wirklich wahr. Macht und Reichtum verderben eben den Menschen, und St. James hat beides im Überfluß. Wirklich schade. Wäre er ein verarmter Herzog, hätte er sich zumindest wie ein Ehrenmann verhalten.«

»Und verzweifelt nach einer reichen Erbin Ausschau gehalten, womit ich nicht hätte dienen können.«

Tiffany seufzte. »Mag sein, doch das ist jetzt Schnee von gestern. Aber ich hoffe doch wenigstens, daß du jetzt weißt, wie die Reihenfolge geht?«

»Du meinst, daß man den Mann erst kennenlernen muß?«

»Das auch, aber noch wichtiger ist, daß man ihn lieben muß. *Das* ist heutzutage die Art zu heiraten, verstehst du?«

»Ich weiß«, antwortete Megan, »aber das sichert mir noch nicht den Titel.«

Tiffany stöhnte. Manchmal war Megan wirklich unbelehrbar, einfach stur und eigensinnig. Um ehrlich zu sein, nicht nur manchmal, sondern eigentlich dauernd.

»Du willst also immer noch den Titel?«

Megan zuckte die Achseln. Sie wirkte plötzlich entmutigt.

»Ich weiß nicht ... nein, eigentlich nicht. Ich würde natürlich nach wie vor gerne Lady O eins auswischen, und das geht nun einmal nicht ohne Ehemann mit Titel. Ja, ein Mann mit Titel, das wäre schon was! Aber es *muß* nicht unbedingt sein.«

Tiffany schnalzte mit der Zunge. »Hört sich an, als ob du das Spiel aufgeben wolltest, bevor es überhaupt begonnen hat.«

»Nein, ich will nur von jetzt an einfach etwas realistischer sein.«

»Realistischer? Du hast doch eigentlich genau das erreicht, was du wolltest – oder, sagen wir einmal, zumindest die Hälfte?«

Megan runzelte die Stirn. »Das verstehe ich nicht.«

»Der erste Teil deines Plans war doch, das amouröse Interesse des Herzogs von Wrothston zu erregen, stimmt's? Na, und das ist dir doch voll und ganz gelungen! Es ist ja nicht *deine* Schuld, daß er sich als widerwärtiger Wüstling entpuppte, der dich mit unanständigen Anträgen beleidigt. Immerhin, sein Interesse hast du geweckt, Meg.«

»Na gut, aber was heißt das?«

»Daß du jeden Titel haben kannst, den du willst! Du wirst aus Dutzenden auswählen können, wenn du erst einmal in London bist. Doch diesmal wirst du deine Kandidaten *zuerst* einmal kennenlernen, *dann* entscheiden, in wen du dich verlieben willst, und es dann einfach geschehen lassen – es sei denn, es *passiert* einfach: Du verliebst dich, ohne etwas dagegen machen zu können, und damit ist die Wahl dann getroffen. Diese Möglichkeit besteht immer, und um ehrlich zu sein, ich empfehle sie dir wärmstens.«

»Ich weiß, aber es gibt nicht viele Männer, die so wunderbar sind wie dein Tyler.«

»Das ist wahr, aber vergiß nicht, ich habe mich an dem Tag, als wir uns zum ersten Mal sahen, einfach in Tyler verliebt, noch *bevor* ich wußte, wie wunderbar dieser Mann ist. Es ist einfach passiert. Ich hatte Glück, aber ich glaube nicht, daß es viel ausgemacht hätte, wenn ich an ihm auch einige schlechte Seiten entdeckt hätte. Wir müssen das Gute zusammen mit dem Schlechten nehmen, wenn das Herz entscheidet.«

»Das klingt *nicht* sehr ermutigend, Tiff. Es unterstützt eigentlich meine Behauptung, daß ich besser fahre, wenn ich zuerst den Mann aussuche und dann der Liebe ihren Lauf lasse.«

»Mach, was du für richtig hältst, solange du ihn erst einmal kennenlernst und damit sicherstellst, daß du deine Zeit nicht erneut mit einem Lumpen verschwendest. Und vor allem achte darauf, daß du ihn wirklich liebst, bevor du dich entschließt, ihn zu heiraten. Bist du denn wenigstens *darin* meiner Meinung?«

»Ja, sicher, aber … wie lange, denkst du, wird es denn wohl dauern, bis ich mich *auf meine Weise* verliebe?«

Tiffany rollte verzweifelt die Augen. »Du stellst vielleicht Fragen! *Ich* habe mich *sofort* verliebt! Aber das ist bei jedem anders. Wie soll ich wissen, wie lange es bei *dir* dauert?«

18

Megan fragte sich schon die ganze Rückfahrt über, warum sie so nervös war, wenn sie an zu Hause dachte. Als sie dann endlich ankam, wäre sie am liebsten gleich in den Stall gelaufen. Sie mußte sich wirklich über ich selbst wundern. War es, weil sie ihr Pferd so sehr vermißt hatte? Ja, die morgendlichen Ausritte hatten ihr wirklich gefehlt. Aber das war doch noch keine Erklärung dafür, daß es sie wie magisch in den Stall zog. Sie war doch bloß ganze vier Tage fortgewesen.

Es war auch nicht das erste Mal, daß sie von zu Hause weg war. Da war die Reise nach Kent, um das Geschenk für ihren zwölften Geburtstag abzuholen – warum hatte sie nicht schon damals gemerkt, was der Herzog für ein Lump war? –, und verschiedene Einkaufsfahrten in Städte, die eine größere Auswahl boten als Teadale. Auf all diesen Fahrten hatte sie allerdings immer ihr Vater begleitet, ja, vielleicht war *das* der Grund! Doch ihre innere Stimme belehrte sie eines Besseren.

Warum bist du nicht ehrlich? Du willst doch nur den Pferdezüchter wiedersehen!

So ein Quatsch! Der ist wirklich der letzte, dem ich jetzt begegnen möchte.

Natürlich willst du ihn sehen.

Das ist doch nicht wahr! Schließlich kennt er St. James recht gut. Wahrscheinlich hat er genau gewußt, was auf dem Ball passieren würde, oder hat es zumindest geahnt, während ich arrogant genug war, ihm zu erzählen, daß ich diesen Mann in Kürze heiraten würde. Mein Gott, wenn ich daran denke! Wie kann ich ihm denn nach all dem noch unter die Augen treten?

Mit deinem üblichen Charme – und deiner Arroganz.

Mach keine Witze. Und was ist, wenn er mich fragt, wie alles gelaufen ist? Und ich schwöre, er wird mich danach fragen.

Dann lügst du eben.

Und wenn ich St. James nicht innerhalb eines Jahres heirate, was dann? Dann wird sich Devlin schadenfroh die Hände reiben.

Aber es ist nun einmal nicht zu vermeiden, daß du ihm irgendwann wieder über den Weg läufst. Also bring es jetzt gleich hinter dich. Und wenn du ehrlich bist, weißt du, daß du es sowieso kaum erwarten kannst!

Du meinst also, ich könnte es nicht erwarten, mich endlich wieder von ihm demütigen zu lassen? Glaubst du denn, ich liebe es zu leiden?

Vielleicht ein bißchen, seit du gemerkt hast, wie sehr du dich von ihm angezogen fühlst.

Sehr witzig!

Irgendwie gelang es Megan, an diesem ersten Abend ins Bett zu gehen, ohne vorher den Stall aufzusuchen und nach ... ihrem Pferd zu schauen. Aber schon im ersten Morgengrauen, noch bevor die Sonne über dem Horizont erschien, war sie auf dem Weg zum Stall. Sie bebte vor Erwartung, auch wenn sie es sich nicht eingestand. Deshalb fiel sie aus allen Wolken, als sie an die Stalltür kam und diese verschlossen fand. Verschlossen? Seit wann denn das? Und warum?

Mehrere Minuten lang stand Megan enttäuscht und hilflos vor der zugesperrten Tür. Was sollte sie jetzt machen? Mit der Faust gegen die Tür hämmern? Das würde wohl einen ganz schönen Lärm machen. Zwar waren im vorderen Teil des Stalles nur die Pferde untergebracht, doch womöglich würde sie trotzdem das ganze Haus aufwecken.

Sie entschied sich, wieder in ihr Bett zu gehen und noch ein bißchen zu warten, bis die Stalltüren offen waren. Doch dann auf einmal hielt sie es nicht mehr aus und schlich um den Stall herum. An einem der Fenster war ein Vorhang, da mußte es also sein! Sie klopfte erst leise, und als sie nicht gleich Antwort bekam, etwas lauter an die Scheibe. Zuerst geschah gar nichts, doch dann, als sie sich gerade darüber amüsierte, daß der Vorhang rosa war, wurde plötzlich das Fenster weit aufgerissen.

Sie war froh – *oder auch nicht,* warf ihre innere Stimme ein –, daß es noch nicht hell genug war, um alles in dem abgedunkelten Raum erkennen zu können, denn zumindest in groben Umrissen konnte sie erahnen, daß Devlin Jefferys ziemlich nackt vor dem

Fenster stand. Draußen war es jedoch heller, so daß *er* sofort sah, wer seinen Schlaf gestört hatte.

»Was, zum Teufel, treiben Sie sich hier zu dieser nachtschlafenen Zeit herum, freche Göre?« fragte er sie schlaftrunken, bevor sie auch nur den Mund öffnen konnte.

Megan ärgerte sich, daß er sie schon wieder »Göre« genannt hatte, sagte aber nichts. Ihre Augen hatten sich inzwischen an die Dunkelheit im Raum gewöhnt, und so konnte sie seine Gestalt jetzt deutlicher erkennen. Doch sie mußte sofort daran denken, was er ihr angedroht hatte, falls sie ihn noch einmal so anstarren sollte, so daß sie schnell ihren Kopf zur Seite drehte und auf einen der Balken des halbfertigen Stallanbaus schaute. Plötzlich kam ihr der Gedanke, daß es vielleicht noch einen anderen Weg in den Stall gab und sie Devlin gar nicht hätte wecken müssen.

Verlegen entschuldigte sie sich. »Ich fand die Stalltüren verriegelt vor, hatte aber an den rückwärtigen Eingang nicht gedacht. Gehen Sie wieder zu Bett, Mr. …«

»Welchen Eingang?«

»Na, den am Anbau. Da ist doch bestimmt eine Tür.«

»Warum schauen Sie sich nicht erst einmal genau um, bevor Sie hier irgendwelche Vermutungen anstellen, Megan? Erst mal muß doch wohl der Anbau fertig sein, bevor man eine Tür einläßt, oder? Was hätte es denn für einen Sinn, vorne die Stalltüren zu verriegeln, wenn man hinten ein Loch offenläßt?«

Sie ärgerte sich über seinen amüsierten Unterton. »Dann ist der Stall also vollständig verschlossen?«

»So ist es, Gnädigste.«

Jetzt platzte Megan der Kragen. »Wie können Sie es wagen, mich aus meinem Stall auszusperren? Wer gibt Ihnen das Recht dazu? Hat Ihnen das mein Vater aufgetragen?«

»Ich brauche für die Sicherung der Pferde nicht die Erlaubnis Ihres Vaters«, sagte er herablassend. »Das geschieht auf meine eigene Verantwortung.«

»Wovor denn sichern?« spottete sie. »Und jetzt machen Sie endlich die Türen auf, Jefferys.«

»Gehen Sie wieder zu Bett, Megan, die Türen öffne ich zu einer vernünftigen Tageszeit.«

»Ich gedenke nicht, auf Ihre *vernünftige Tageszeit* zu warten! Ich möchte jetzt ausreiten, also öffnen Sie gefälligst den Stall.«

»Sie bestehen darauf?«

»So ist es, Gnädigster!« äffte sie ihn nach.

»Also gut! Sie haben es so gewollt!«

Sie warf einen ängstlichen Blick durch das Fenster, als er den Raum verließ, und biß sich auf die Lippe. Was führte er im Schilde? Sein letzter Satz verhieß nichts Gutes.

Er würde es doch wohl nicht wagen ... Aber um sicher zu sein, rief sie ihm durch das Fenster nach: »Unterstehen Sie sich, mir halbnackt die Türen zu öffnen, Devlin Jefferys. Sonst schreie ich, und Sie werden sich den Bediensteten *und* meinem Vater gegenüber erklären müssen.«

Nach dieser Warnung stolzierte sie zurück zur Vorderseite des Stalls. Sie war sich sicher, daß er jetzt nicht mehr wagen würde, was er womöglich vorgehabt hatte. Dies schien sich auch zu bestätigen, denn sie mußte geschlagene fünf Minuten warten, bis endlich die Stalltüren aufgingen. Doch ihre Drohung hatte offenbar nur geringen Eindruck auf ihn gemacht, denn er trug lediglich Hose und Stiefel. Es hatte deshalb so lange gedauert, weil er eine Laterne anzünden mußte, um Licht in dem stockfinsteren Stall zu machen.

Die Zornesröte schoß ihr ins Gesicht, als sie sah, daß er sich um ihre Anweisung überhaupt nicht gekümmert hatte, und so stürmte sie wütend an ihm vorbei direkt auf Sir Ambrose' Box zu. Doch wenn sie geglaubt hatte, daß er jetzt wieder ins Bett gehen und sie in Ruhe lassen würde, so hatte sie sich getäuscht.

»Irgend jemand müßte Ihnen wirklich einmal ein bißchen Anstand, Höflichkeit und vor allem *Vernunft* beibringen.«

Das mußte gerade *er* sagen! Unglaublich, was sich der Kerl herausnahm!

»Was hat denn das mit Vernunft zu tun?« fragte sie ihn gereizt, ohne ihn anzuschauen. Es mochte ja sein, daß es ein wenig unhöflich von ihr gewesen war, ihn so früh zu wecken. Aber was war daran unvernünftig? »Ich wollte reiten. Und Sie haben kein Recht, mich davon abzuhalten.«

»Vielleicht sollte ich das wirklich«, knurrte er hinter ihrem Rükken. Doch dann klärte er sie auf: »Erst wecken Sie mich aus dem Schlaf und dann beschimpfen Sie mich auch noch, weil ich meinen Job ordentlich mache. Da müßte Ihnen doch Ihr gesunder Menschenverstand sagen, daß Sie da nicht ungeschoren davon kommen.«

Megan erstarrte. Ihr Herz raste wie wild.

»Bleiben Sie mir vom Leibe, Devlin!« stieß sie hervor. Im gleichen Moment merkten sie beide, daß sie ihn zum ersten Mal bei seinem Vornamen genannt hatte. »Ich meine, Mr. Jefferys«, verbesserte sie sich sofort.

»Förmlichkeiten sind im Augenblick doch wohl fehl am Platze, meinen Sie nicht?« fragte er amüsiert.

Megan widmete sich wieder ihrem Pferd. »Nein, das meine ich nicht«, gab sie patzig zurück.

Für einen Moment schwiegen beide. »Auch wenn man bedenkt«, knüpfte er an seine Frage an, »daß ich eben gerade nackt vor Ihnen gestanden bin?«

Megan stockte der Atem, dann fuhr sie herum, starrte ihn mit wilden Augen an.

»Ich habe aber nicht hingesehen!«

»Sie wollten aber!«

Sie gab ihm keine Antwort, drehte sich wieder um und kümmerte sich noch ausgiebiger um Sir Ambrose. Er lachte leise, als er sah, wie sie errötete.

»Es tut mir leid, daß ich Sie stören mußte, aber Sie können jetzt wieder zu Bett gehen.«

Die förmliche Art ärgerte ihn. »Das sollten Sie selber tun! Ich meine – in ihr eigenes Bett gehen. Es gibt wirklich keinen vernünftigen Grund, derart früh auszureiten.«

»Ich glaube, es geht Sie doch wohl *überhaupt* nichts an, zu welcher Tageszeit ich ausreite, Mr. Jefferys«, zischte sie.

»Es geht mich sehr wohl etwas an, wenn Sie mich deshalb aus dem Schlaf reißen!« Dann seufzte er. »Also gut, wenn es denn sein muß, dann werde ich Sie eben begleiten.«

Sie schaute ihn mit hochgezogenen Brauen an. »Und weshalb, wenn ich fragen darf?«

»Hier treibt ein Räuber sein Unwesen, oder wissen Sie das noch nicht?«

»Ich habe kein Geld dabei!«

Er grinste über ihre Naivität. »Meinen Sie nicht, daß er Ihnen vielleicht etwas anderes rauben könnte? Ich wüßte schon, was.«

Wie sie seine schlüpfrigen Anspielungen haßte!

»Es ist zwar noch etwas früh, aber bis ich losreite, ist die Sonne schon aufgegangen.«

»Gerade eben, vielleicht.«

Sie überhörte seine Antwort und fuhr fort: »Wenn ich wieder

einen meiner mitternächtlichen Ausritte machen wollte, könnte ich Ihre Bedenken ...«

»Sie reiten um Mitternacht aus?« rief er ungläubig. »Großer Gott, haben Sie denn total den Verstand verloren? Sie riskieren Kopf und Kragen – und Ihre verdammte Unschuld.«

Megan war fest entschlossen, jetzt nicht die Beherrschung zu verlieren, und erwiderte deshalb betont gelassen: »Dies ist eine ausgesprochen friedliche Gegend.«

»Ja, das kann man wohl sagen«, seufzte er gequält.

»Und eine absolut sichere Gegend dazu. Zumindest war sie das, bevor dieser Räuber hier auftauchte. Aber seitdem bin ich auch nicht mehr um diese Zeit ausgeritten, denn ich bin durchaus nicht so dumm, wie Sie annehmen. Aber warum erzähle ich Ihnen das alles eigentlich. Sie sind doch nicht mein Kindermädchen, Mr. Jefferys.«

»Dafür danke ich Gott.«

Sie zog die Augenbrauen zusammen. Bei diesem Kerl mußte man ja einfach die Beherrschung verlieren. »Wenn ich's mir recht überlege«, erwiderte sie argwöhnisch, »könnten *Sie* eigentlich gut der Räuber sein. Er ist zur gleichen Zeit hier aufgetaucht wie Sie.«

»Auf diese Beschuldigung habe ich schon lange gewartet.«

»Ja, und?«

»Und was?« Plötzlich mußte er lachen. »Soll ich es etwa abstreiten?«

»Wenn Sie unschuldig sind, natürlich.«

»Wenn ich schuldig wäre, würde ich es doch genauso abstreiten, also was soll das Ganze. Oder erwarten Sie ein Geständnis?«

Er hatte offenbar Spaß an diesem Wortgeplänkel, und das brachte sie immer mehr in Rage.

»Ich hatte eigentlich gehofft, daß Sie sich wieder zurückziehen würden, Mr. Jefferys, aber da Sie das offensichtlich nicht vorhaben, werde *ich* es tun, und zwar auf meinem Pferd. Und ich habe dabei nicht das geringste Bedürfnis, von Ihnen begleitet zu werden, da ich keine Lust habe, mir weiterhin von Ihnen meine Laune verderben zu lassen. *Ich brauche kein Kindermädchen!*«

»Ist das Ihr letztes Wort?«

»Jawohl!«

»Tja, dann muß ich wohl andere Saiten aufziehen«, sagte er in unerbittlichem Ton. »Ich kann da leider keine Rücksicht auf Sie nehmen. Eine verzogene Göre wie Sie braucht einfach jemanden, der auf sie aufpaßt. Warten Sie also hier, Megan, bis ich mit Caesar zurückkomme. Andernfalls reite ich Ihnen hinterher, und was ich dann mit Ihnen mache, wenn ich Sie eingeholt habe, wird Ihnen mit Sicherheit nicht gefallen. Das verspreche ich Ihnen!«

Bei seinen letzten Worten hatte er einen kurzen, aber unzweideutigen Blick auf ihren Po geworfen, so daß sie sofort wußte, was er meinte. Das letzte Mal, als er ihr das gleiche angedroht hatte, hatte sie Angst bekommen. Doch diesmal ließ sie sich nicht von ihm einschüchtern. Nein, jetzt entbrannte ihr Zorn erst richtig. Sie war derartig wütend, daß sie kein Wort herausbrachte.

Er bluffte, das war klar. Er war schließlich Bediensteter ihres Vaters, selbst wenn er sich ganz und gar nicht so benahm. Er sollte es wagen, Hand an die Tochter seines Dienstherrn zu legen! Er sollte es nur versuchen! Sie würde ihn auf der Stelle einsperren lassen. Eine tolle Idee, schoß es ihr durch den Kopf.

Voller Wut schnallte sie Sir Ambrose schnell den Sattel um und stieg auf, nahm dann die Zügel und ritt aus dem Stall. Vorsichtshalber blieb sie aber mit ihrem Pferd gleich hinter dem rechten Torflügel stehen, so daß sie vom Stallinneren aus nicht zu sehen war. Als wenige Minuten später Devlin auf Caesars Rücken aus dem Stall gerast kam, um die Verfolgung aufzunehmen, mußte sie hell auflachen. Devlin parierte hart, woraufhin Caesar scheute und hochging, so daß Devlin fast aus dem Sattel flog.

Was für ein Erlebnis! Sie grinste schadenfroh und ritt auf Sir Ambrose voraus. Devlin folgte ihr laut fluchend, er wünschte ihr offenbar Tod und Teufel an den Hals. Doch das störte sie nicht im geringsten, ganz im Gegenteil.

19

Megan wäre liebend gerne auf Sir Ambrose in wildem Ritt über die Wiesen galoppiert, doch sie mußte befürchten, daß Devlin dies als Herausforderung ansehen und daraus ein Wettrennen machen würde, und sie würde es nicht ertragen, wenn ihr geliebter Sir Ambrose von Caesar geschlagen würde. Deshalb trabte sie in gemächlichem Tempo dahin. Sie nahm sich vor, falls Devlin sie einholen und neben ihr reiten sollte, entweder ein Stück voraus zu reiten oder demonstrativ zurückzubleiben, um ihm so zu bedeuten, daß sie auf seine Gesellschaft gut verzichten konnte.

Sie hatte keine Chance, ihn loszuwerden, und so versuchte sie es gar nicht erst. Außerdem war sie durchaus in guter Stimmung, denn der kleine Streich, den sie ihm gespielt hatte, war ihr voll gelungen. Sie mußte immer noch lachen, wenn sie daran dachte, wie Caesar gescheut und ausgeschlagen und dabei Devlin fast aus dem Sattel geworfen hätte. Schade, daß er nicht wirklich vom Pferd geflogen war. Aber wahrscheinlich hätte dieser Mann selbst nach so einer demütigenden Erfahrung sich ihr gegenüber kaum weniger arrogant benommen.

Was seine neuerliche Drohung anbetraf, so brauchte sie nichts zu befürchten. Es schien ihm wohl einfach nur Spaß zu machen, ihr Angst einzujagen. Langsam hatte sie wirklich die Nase voll von seinen laufenden Einschüchterungsversuchen. Sie hatte ihm das mit ihrem kleinen Streich indirekt sagen wollen. Megan seufzte leise. Wie kindisch von ihr! Dieser Mann war viel zu sehr von sich selbst eingenommen, als daß er diese dezenten Hinweise überhaupt mitbekommen würde.

Er führt doch aber auch irgend etwas im Schilde, Megan, sonst würde er dir doch nicht so an den Fersen kleben. Inzwischen ist es heller Tag, und somit existiert überhaupt kein Grund mehr, dich wie ein kleines Kind zu beaufsichtigen.

Das habe ich mir auch schon gedacht.

Du weißt doch ganz genau, was er dich fragen wird. Also versuch, ihn loszuwerden, bevor es zu spät ist.

»Aber wie soll ich das denn machen?«

Sie wußte keine Antwort, aber auf einen kleinen Versuch wollte sie es dennoch ankommen lassen. Deshalb steuerte sie auf die Wiese zu, wo sie sich sonst immer mit Tiffany traf. Sie hoffte insgeheim, daß ihre Freundin schon da wäre, dann hätte sie einen guten Grund, Devlin wieder zurückzuschicken. Doch normalerweise ritt Tiffany nicht so früh aus, wahrscheinlich lag sie sogar immer noch in ihrem Bett. Megan glaubte nicht, daß sie Glück haben würde, und als sie an ihren Treffpunkt kam, war weit und breit niemand zu sehen.

Sie drehte enttäuscht um und ritt wieder zurück nach Hause. Sie wollte nur noch heim und gab Sir Ambrose schließlich doch die Sporen. Wenn Timmy schon da wäre, würde sie ihm einfach nur das Pferd übergeben und schnell ins Haus rennen – dann würde Devlin auf seinen schadenfrohen Bemerkungen sitzenbleiben.

Natürlich wußte sie, daß Devlin sie nicht so ohne weiteres davonreiten lassen würde, doch sie ließ es darauf ankommen. Er rief ihr auch prompt irgend etwas zu, was sie jedoch nicht genau verstand, wahrscheinlich, daß sie anhalten sollte. Sie dachte nicht daran, sondern versuchte nun erst recht, das letzte aus ihrer Stute herauszuholen. Da setzte er ihr in rasendem Galopp hinterher und hatte sie im Nu eingeholt. Sie hatte ja gewußt, daß es keinen Zweck hatte, sich auf ein Rennen einzulassen. Womit sie jedoch nicht gerechnet hatte, war, daß er sie trotz des wilden Ritts einfach von ihrem Pferd hob und zu sich herüber auf seine Knie riß.

»Haben Sie mich nicht rufen gehört?« brüllte er sie an, während er Caesar wieder zu bremsen versuchte. Schließlich brachte er den Hengst zum Stehen.

Megan war sprachlos. Die halsbrecherische Landung auf seinem Pferd hatte ihr wehgetan und sie zu Tode erschreckt. Daß er zu solch gefährlichen Mitteln greifen würde, um ihre Aufmerksamkeit zu erzwingen, hätte sie nie im Leben für möglich gehalten. Was wäre, wenn sie zu Boden gestürzt wäre?

»Ich hätte mir das Genick brechen können, Sie Wahnsinniger!«

»Unsinn!« bellte er genauso wütend zurück. »Und jetzt antworten Sie mir gefälligst!«

Sie warf einen schnellen Blick in sein Gesicht, um abzuschätzen, wie wütend er wirklich war, und entschloß sich dann, zu lügen. »Nein.«

»Bedeutet das Nein, daß Sie nicht antworten wollen oder ...«

»Nein, ich habe Sie wirklich nicht rufen gehört.«

»Sie lügen.«

»Beweisen Sie es mir doch«, entgegnete sie schnippisch.

»Jawohl, das werde ich«, explodierte er. »Sie sind nämlich das widerspenstigste, eigensinnigste, verzogenste, dümmste ...«

Sie unterbach ihn aufgebracht. »Wenn Sie schon schmutzige Wäsche waschen wollen, dann lassen Sie uns doch auch mal *Ihre* Hemden anschauen: arrogant, anmaßend, unverschämt, grob, rücksichtslos, beleidigend – na, ist das Waschwasser schon schwarz?«

Devlin schaute sie geschlagene fünf Sekunden völlig ungläubig an, dann brach er in schallendes Gelächter aus. Megan gefiel diese Reaktion verständlicherweise ganz und gar nicht.

»Ich habe das nicht gesagt, um Sie zu amüsieren; und jetzt lassen Sie mich endlich gefälligst wieder hinunter«, forderte sie.

»Leider zu spät. Ihr Pferd ist schon ohne Sie nach Hause gelaufen – oder wollen Sie lieber zu Fuß gehen?«

»Ich möchte so ziemlich alles lieber, als Ihre körperliche Nähe hier weiter ertragen zu müssen.«

»Ich glaube, ich habe noch ›dickköpfig‹ vergessen!« gab er kopfschüttelnd zurück.

»Sie sagten bereits ›widerspenstig‹, wenn ich mich recht erinnere«, erwiderte sie gereizt. »Aber *ich* habe, glaube ich, *›unausstehlich‹* vergessen zu erwähnen. Und nun lassen Sie mich endlich hinunter, Jefferys.«

»Ich denke nicht daran.«

»Wie bitte?«

»Geben Sie auf, Megan. Es sind fast zwei Kilometer bis nach Hause. Außerdem lieben Sie es doch, auf Caesar zu reiten.«

»Im Augenblick liebe ich es überhaupt nicht. Wenn Sie nicht sofort tun, was ich sage, dann … dann …«

Er ließ ihr Zeit, Atem zu holen, doch es fiel ihr offenbar nichts ein, womit sie ihn beeindrucken konnte, deshalb fragte er: »Na was? Dann werden Sie schreien, hm?«

Er schüttelte belustigt den Kopf. »Ich befürchte, Gnädigste, daß das hier draußen wenig bewirken wird. Oder nein! Es wird sehr wohl etwas bewirken, nämlich, daß ich sehr ärgerlich werde und Sie deshalb küssen muß, um Sie zum Schweigen zu bringen oder …«

Er setzte den Satz nicht fort und überließ den Rest ihrer Fantasie. Und Fantasie hatte Megan zur Genüge. Aber es war nicht das Wort »oder«, das sie beunruhigte. Da würde sie ihn schon zur Räson bringen. Es war das »Küssen«, wogegen sie sich wehren mußte.

Feigling.

Wieso?

Es hat dir doch gefallen, als er dich geküßt hat.

Der erste Kuß hat mir überhaupt nicht gefallen!

Ich meine den zweiten Kuß, das weißt du ganz genau. Oder hast du vergessen, wie wunderbar es war?

Das tut hier nichts zur Sache, das weißt du ebensogut wie ich. Er ist schließlich ein verdammter Pferdezüchter.

Ein verdammt gutaussehender Pferdezüchter, der dir immerhin einiges beibringen könnte, wenn du ihn nur ließest. Du solltest seine Erfahrungen nutzen, zumindest, was Küssen anbetrifft. Du darfst dir diese Gelegenheit nicht entgehen lassen. Du brauchst doch nur ein ganz klein bißchen zu schreien.

In Wirklichkeit würde er mir doch am liebsten den Po versohlen. Dazu darf ich ihn auf keinen Fall provozieren. Wo ist denn bloß Tiffany? Wenn ich wirklich einmal ihre Hilfe brauche, ist sie einfach nicht da!

In diesem Moment ärgerte sich Megan regelrecht über Tiffany, und diesen Ärger schlug sie Devlin um die Ohren. »Worauf warten Sie eigentlich noch, Jefferys?« fauchte sie ihn an. »Bringen Sie mich endlich nach Hause – oder wollen Sie hier den ganzen Tag lang stehenbleiben und mich mit ihren unverschämten Reden beleidigen?«

Sie war über ihren zänkischen Ton selbst ein wenig erschrocken. Dabei wußte sie doch genau, daß er sie, wenn sie sich so benahm, niemals gehen lassen würde, ohne sich voher noch durch irgendeine gemeine Bemerkung an ihr zu rächen. Und genau das tat er jetzt.

»Man müßte Ihnen die Hosen strammziehen«, sagte er mit einem unverschämten Grinsen, während er Caesar langsam auf Trab brachte. »Hat das Ihr Herzog vielleicht mit Ihnen gemacht?«

Sein höhnischer Ton brachte sie in Rage, doch bei dem Gedanken an ihr Erlebnis mit dem Herzog stieß sie einen unhörbaren Seufzer aus. Sie wollte den Herzog verteidigen, wie sie es immer getan hatte, doch dann fiel ihr wieder alles ein. Nein, für diesen elenden Halunken brauchte sie wirklich keine Lanze mehr zu brechen.

Sie hatte gewußt, daß diese Frage kommen würde. Es war eigentlich überraschend, daß Devlin nicht schon viel früher auf den Herzog von Wrothston zu sprechen gekommen war.

Einen Augenblick überlegte sie, ob sie das Thema mit einem kurzen und bündigen »Nein, das hat er nicht« vom Tisch fegen könnte. Sie versuchte es. Doch sie hätte wissen müssen, daß sich Devlin so leicht nicht abspeisen ließ.

»Könnte es sein, daß Sie ihm gegenüber genauso arrogant und anmaßend waren wie zu mir?«

Megan erschrak. Hatte er wirklich diesen Eindruck von ihr? Es stimmte, als Ambrose St. James sie angesprochen hatte, war sie zu ihm erst etwas schnippisch gewesen. Vielleicht war sein unmögliches Benehmen später nur die Rache dafür, daß sie ihm anfänglich die kalte Schulter gezeigt hatte? Diese Reaktion hatte sie ja bei Devlin mehr als einmal erlebt. Aber das konnte ihr nun egal sein; der Herzog hatte sie dermaßen beleidigt, daß sie ihre Träume, Herzogin zu werden, ein für allemal begraben hatte.

»Das geht Sie doch alles überhaupt nichts an!« bemerkte sie giftig.

»Ach, meinen Sie wirklich? Wo Sie mir die ganze Zeit von Ihrem tollen Herzog vorgeschwärmt haben? Sie haben ihn gar nicht getroffen, oder?«

»Doch.«

»Dann hat er sich nicht für Sie interessiert, stimmt's? Kein Wunder bei Ihren grauenhaften Haaren.«

Megan erstarrte. »Was erlauben Sie sich! Ich wüßte nicht, was an meinen Haaren grauenhaft wäre.«

»Die Farbe, mein Fräulein.«

»Ich hatte bisher nicht den Eindruck, daß meine Haarfarbe Sie davon abgehalten hat, mir hinterherzusteigen«, gab sie gehässig zurück.

»Ich bin ja auch nur ein einfacher Pferdezüchter. Sie dürfen nicht von mir auf andere schließen. Haben Sie wirklich angenommen, daß ein Herzog, der ständig im Blickpunkt der Öffentlichkeit steht, eine Frau mit einer so unmöglichen Haarfarbe heiraten würde? Das würden allein seine Freunde gar nicht zulassen, dummes Kind.«

Megan erwiderte nichts darauf. Sie sagte überhaupt nichts mehr. Sie saß vor ihm auf dem Pferd, steif aufgerichtet, und kein Wort kam mehr über ihre Lippen.

Nach fast fünf Minuten brach Devlin schließlich das Schweigen und fragte leise: »Habe ich Ihre Gefühle verletzt?«

»Würde es Ihnen denn überhaupt etwas ausmachen, wenn es so wäre?«

»Vielleicht.« Sie schnaubte nur verächtlich, und so fügte er hinzu: »Ich hatte nicht die Absicht, Sie zum Weinen zu bringen.«

»Den Gefallen hätte ich Ihnen auch nie getan.«

»Kommen Sie, Megan, was ist in Sie gefahren? Sie waren doch eben noch guter Laune. Naja, vielleicht waren Sie auch ein wenig verärgert. Aber Sie werden doch wegen Ihrer dummen Haarfarbe nicht so empfindlich sein! Oder hat auch Ihr Herzog da irgendeine Bemerkung gemacht? Sind Sie deshalb so gekränkt?«

»Ich bin überhaupt nicht gekränkt, und er hat auch kein einziges Wort über meine Haarfarbe verloren. Der einzige, der zu solch einer Taktlosigkeit imstande ist, sind *Sie* mit ihrem ungehobelten Benehmen.«

»Sie sind *offensichtlich* gekränkt. Und was mein Benehmen anbelangt, so wüßte ich nicht, was ich mir vorzuwerfen hätte.«

»Ihr Benehmen ist einfach ungeheuerlich.«

»Mein Benehmen ist tadellos. Ich habe die ganze Zeit meine Finger von Ihnen gelassen, oder?« begehrte er auf.

»Heißt das, daß Sie Ihre Finger *nicht* von mir lassen würden, wenn Sie *kein* tadelloses Benehmen hätten?«

»Genauso ist es.«

»Dann darf ich Sie einmal an all die Gelegenheiten erinnern, wo Ihr Benehmen alles andere als tadellos war.«

»Ich warne Sie. Sonst könnte ich dieses eine Mal wirklich mein tadelloses Benehmen vergessen. Doch ich hätte da noch eine Frage zu Ihrem Herzog ...«

»Mein Gott, Sie lassen nicht locker, bis Sie kriegen, was Sie wollen, oder? Also gut, Devlin, wenn Sie es unbedingt wissen wollen: Ambrose St. James war genauso, wie Sie ihn mir beschrieben haben, und ich hoffe, daß ich ihn nie mehr wiedersehe. Sind Sie jetzt zufrieden?«

»Nie mehr wiedersehen?« stotterte er verblüfft. »Nur weil er ein bißchen unhöflich zu Ihnen war? Das kann Ihnen doch egal sein. Sie waren doch nicht auf den Mann, sondern auf den Titel aus, oder? Und vergessen Sie nicht sein Gestüt. Sie waren doch geradezu verrückt nach seinem Gestüt!«

Megan drehte sich abrupt um und musterte ihn irritiert. Wieso klang seine Stimme auf einmal so wütend?

»Der Titel wäre wirklich sehr reizvoll gewesen«, sagte sie betont gelassen. »Aber er war mir nicht ganz so wichtig, wie Sie vielleicht angenommen haben. Nicht um jeden Preis. Ich will den Mann, den ich heirate, auch lieben oder zumindest mögen, und ich möchte die Gewißheit haben, daß die Liebe wachsen wird mit der Zeit.«

»Das sind ja ganz neue Töne«, antwortete er fast vorwurfsvoll.

»Na und?« erwiderte sie und zuckte die Achseln. »Die Töne, die Sie von mir hören, sind sowieso nur die, die Sie provozieren, Jefferys. Aber wie dem auch sei, St. James ist für mich gestorben. Ich habe noch nie einen Menschen getroffen, der dermaßen beleidigend sein kann – abgesehen von Ihnen natürlich.«

Sein mißmutiger Gesichtsausdruck wich einem herausfordernden Grinsen. Megan wandte sich sofort wieder ab, um sich den Anblick zu ersparen. Dieser verdammte Kerl, sie sollte ihn einfach ignorieren. Jetzt fehlte nur noch, daß er hämisch sagte: »Das hab ich Ihnen ja gleich gesagt!«

Statt dessen ließ er nicht locker: »Sie meinen also nicht, daß Sie ihn lieben könnten?«

Warum konnte er dieses unangenehme Thema nicht endlich auf sich beruhen lassen?

»Niemals«, zischte sie.

»Und auf wen haben Sie es als nächstes abgesehen?«

»Auf niemanden.«

Nach einigem Stillschweigen meinte er: »Das ärgerte Sie ganz schön, nicht wahr?«

Megan riß die Augen auf und fuhr herum: »Wie kommen Sie denn bloß *darauf?*«

»Sie hatten doch alle Ihre Hoffnungen auf St. James gesetzt. Sie sahen sich schon als seine Frau, als die Herzogin von Wrothston. Und jetzt haben Sie nicht gekriegt, was Sie wollten. Da müssen Sie doch ganz schön wütend sein.«

»Weil ich eine eigensinnige Göre bin, nicht wahr?«

»Haargenau.«

»Scheren Sie sich doch zum Teufel, Devlin, und kümmern Sie sich gefälligst um Ihren eigenen Dreck!«

»Warum fällt es Ihnen bloß so schwer zuzugeben, daß Sie enttäuscht waren«, konterte er.

»Damit Sie sich darüber lustig machen können, was?«

»Das würde ich niemals wagen.«

»Daß ich nicht lache. Was glauben Sie denn, was Sie *bisher* die ganze Zeit gemacht haben? Außerdem war ich kein bißchen enttäuscht. Vielleicht hätte ich es sein sollen, aber ich war so in Rage, daß ich gar keine Zeit hatte, enttäuscht zu sein.«

»Na, das freut mich aber.«

»Wieso?« fragte sie verwirrt.

Er zuckte mit den Achseln. »Weil ich schwermütige Mädchen nicht ausstehen kann. Sie brechen bei jeder Gelegenheit ohne jeden Grund in Tränen aus. Hat Ihnen denn die Begegnung mit dem Herzog den ganzen Abend verdorben?«

»Überhaupt nicht, im Gegenteil. Es war ein rauschendes Fest. Ich habe mich herrlich amüsiert – abgesehen von der kurzen Episode mit St. James. Ich habe sogar schon wieder zwei neue Heiratsanträge bekommen.«

»Wie viele sind es denn jetzt insgesamt, oder haben Sie den Überblick verloren?« fragte er spöttisch.

»Eine ganze Menge. Aber ich kann Ihnen keine genaue Zahl

nennen, weil ich mir niemals die Mühe gemacht habe, sie zu zählen. Auf jeden Fall scheint es doch den einen oder anderen Herrn zu geben, der meine Haarfarbe attraktiv findet, meinen Sie nicht?«

»Es ist Ihr hübscher kleiner Körper, den sie attraktiv finden, nicht Ihr Haar, Kindchen.«

»Werden Sie schon wieder gemein?«

»Warum nicht? Wenn Sie den Mund gar so voll nehmen.«

»Wenn ich nur Ihre verdammte Frage beantworte, bin ich also gleich ein Aufschneider, ja?«

»Ihr Vater hat Ihnen wohl noch nie Ihr loses Mundwerk gestopft, was?«

»Weil er nicht so ein aufgeblasener Heuchler ist wie Sie. Und wenn Sie noch irgendein Wort sagen, dann schreie ich diesmal wirklich!«

Diesmal mußte er ihre Drohung wohl ernst genommen haben, denn er sagt eine ganze Zeitlang nichts mehr. Er gab Caesar die Sporen, und so waren sie im Handumdrehen wieder auf dem Gut. Sir Ambrose war allein zurückgekommen, was Megan auch keinen Augenblick bezweifelt hatte. Die Stute kannte jeden Grashalm in der näheren Umgebung, und am besten kannte sie den Weg nach Hause.

Megan wartete nicht darauf, daß ihr Devlin aus dem Sattel helfen würde, sondern sprang von sich aus vom Pferd. Timmy hatte Sir Ambrose bereits den Sattel abgenommen und sich um alles weitere gekümmert. Megan war heilfroh darüber, denn sie wollte nur noch hinauf in ihr Zimmer und ihre Wunden lecken. Sie hätte es so gerne fertiggebracht, sich gegen Devlins dauernde Beleidigungen besser zur Wehr zu setzen, aber es war aussichtslos.

Doch einen letzten Schlag wollte sie ihm zum Abschied noch versetzen. »Wenn Sie das nächste Mal meinen, Sie müßten mich vor Straßenräubern beschützen, so lassen Sie das besser. Ich ziehe es vor, unter die Räuber zu fallen, statt dauernd Ihren schändlichen Gemeinheiten ausgesetzt zu sein.«

»Ich dachte, Sie beten mich an, Gnädigste!« antwortete Devlin sarkastisch.

»So wie ich Schlangen anbete!« erwiderte sie schlagfertig und wandte sich zur Tür. Doch ihre Neugier ließ sie innehalten. Was hatte er da mit seiner letzten bissigen Bemerkung eigentlich gemeint? Und so fragte sie ihn herausfordernd: »Warum, zum Teufel, haben Sie mich vorhin eigentlich von meinem Pferd gerissen?«

Devlin zuckte die Achseln, während er vom Pferd stieg und Caesar zum Stall führte. »Sie sind auf einmal wie eine Wahnsinnige losgejagt, da dachte ich, daß Ihr Pferd durchgegangen sei.«

»Wollen Sie damit sagen, Sie wollten mich *retten*?«

»Ja, vielleicht so etwas Ähnliches.«

Er schaute so verlegen drein, als er ihr dieses Geständnis machte, daß sie lachen mußte. »Wenn das wahr ist, dann soll mich auf der Stelle der Blitz treffen!« rief sie aus.

Wie wenn der Teufel im Spiel wäre, krachte in genau diesem Moment von ferne ein lauter Donner und kündigte ein Gewitter an, das von Osten heranzog. Megan blieb ihr Lachen im Halse stecken, so erschrocken war sie. Devlin wandte sich um und ging schweigend zur Tür hinaus.

20

Devlin verbrachte den Rest des Tages damit, den neu errichteten Anbau zum Pferdestall zu ruinieren, sehr zum Verdruß des Schreinermeisters, doch ebenso zur unverhohlenen Freude von Mortimer. Devlin hatte zunächst die Post durchschauen wollen, die Mr. Pike ihm geschickt hatte, doch er hatte sich einfach nicht konzentrieren können. Und da er sonst nichts zu tun hatte, hatte er sich daran gemacht, an dem Erweiterungsbau herumzubasteln; dabei war dann eben so einiges schiefgegangen. Doch Devlin machte das nichts aus. Der Zweck dieses Projektes war ja nur gewesen, überhaupt irgend etwas zu unternehmen, anstatt den ganzen Tag untätig herumzusitzen. Und solange dieser Zweck erfüllt war, war es ihm egal, was letztlich dabei herauskam.

Zumindest zu einem gewissen Teil erfüllte dieses Projekt tatsächlich seinen Zweck. Er kam einfach auf andere Gedanken. Monotone Tätigkeiten wie die Arbeit im Heu forderten ihn nicht genug; seine Gedanken hatten dann freien Lauf und liefen meistens natürlich – zu Megan.

Er hatte ein bißchen Schuldgefühle ihr gegenüber. Um ehrlich zu sein, sogar ziemlich große Schuldgefühle.

Vielleicht hatte er ihr Unrecht getan. Vielleicht war sie gar nicht so gierig und herzlos, wie sie ihm im ersten Moment erschienen war. Vielleicht sollte er sich wirklich bei ihr entschuldigen für das gemeine Spiel, das er mit ihr auf dem Ball bei Leightons gespielt hatte. Vielleicht sollte er ihr einfach sagen, wer er wirklich war? Unmöglich, dann würde sie ihn nur noch mehr hassen. Nein, sie brauchte das wirklich nicht zu wissen. Er würde sowieso bald von hier verschwinden. Genauso wie sie, wenn sie nach London ginge. Warum, zum Teufel, nur beschäftigte ihn das alles so?

Was war bloß an diesem Mädchen, daß er dauernd so schroff zu ihr war? Sie hatte ja ganz recht, wenn sie ihm vorwarf, daß er sie beleidigte. Versuchte er durch seine rüde Art unbewußt, sich zu schützen, damit er nicht dem Zauber ihrer ungewöhnlichen Schönheit verfiel?

Es war einfach absurd. Er, der Herzog von Wrothston. Er müßte wirklich ein bißchen mehr Kontrolle über sich haben. Natürlich begehrte er sie, er war schließlich ein Mann. Doch er brauchte sich nur daran zu erinnern, was für unmögliche Eigenschaften sie hatte, um zu wissen, daß er, sobald er an das Ziel seiner Wünsche angekommen war, schleunigst das Weite suchen würde. Denn er war sich sicher, sobald er bekommen hatte, was er wollte, würde sie ihm nur noch auf die Nerven gehen – so wie sie es jetzt schon tat.

Noch war er jedoch nicht soweit. Noch übte sie eine unwiderstehliche Anziehungskraft auf ihn aus. Und so hatte er dafür gesorgt, daß sie keinen Anlaß dazu hätte, ihn mit ihrem strahlenden Lächeln zu verhexen, das sie ihm auf dem Ball bei Leightons geschenkt hatte. Mein Gott, wie hinreißend hatte sie an diesem Abend ausgesehen in ihrem grünen Ballkleid und ihrer faszinierenden Maske, die ihr so einen geheimnisvollen Zauber verlieh. Er hatte sich zwingen müssen, sich daran zu erinnern, daß er ja gekommen war, ihr eine Lektion zu erteilen. Denn am liebsten hätte er sie einfach nur in die Arme genommen und geküßt. Wenn doch bloß nicht dieser verfluchte Freddy aufgetaucht wäre, dann hätte er Zeit gehabt, ihr wenigstens noch *einen* Kuß zu rauben, bevor sie entweder vor Wut explodiert wäre oder ihn geohrfeigt hätte.

Er hatte wirklich Glück gehabt, daß gerade Freddy an diesem Abend ihr nächster Tanzpartner war. Ob sie wohl wirklich miteinander getanzt hatten, nachdem er Hals über Kopf davongestürzt war? Oder war sie viel zu wütend gewesen, um noch tanzen zu wollen? Freddy hatte genügend Charme, um den Groll einer Lady zu vertreiben. Und er war bekannt dafür, daß er nicht die geringsten Skrupel hatte, irgendein unschuldiges Mädchen zu verführen, wenn sie nur hübsch war. Er war ein gemeiner Heuchler, sich so aufzuführen, bloß weil seine kleine Schwester, diese Lügnerin, behauptete, von ihm, Devlin, schwanger zu sein!

Er erinnerte sich noch haargenau an diesen grauenhaften Tag, als ob es gestern gewesen wäre. Er hatte wie immer bei Freddy vorbeigeschaut, um ihn zum Abendessen im Club abzuholen. Natürlich war Freddy wieder einmal noch nicht fertig, und so wartete er im Arbeitszimmer auf ihn. Da kam auf einmal Sabrina Richardson hereinspaziert. Sie war gerade erst achtzehn Jahre geworden und wollte offensichtlich an ihm ihre Wirkung auf Männer testen; zumindest hatte er diesen Eindruck, als sie sogleich anfing, schamlos mit ihm zu flirten.

Erst hatte er nur geschmunzelt. Seit zehn Jahren schon war er mit Freddy befreundet, und er kannte seine Schwester schon, als sie noch ein kleines Mädchen mit Zöpfen war. Sie und ihre Spielkameraden waren ihm damals ganz schön auf die Nerven gegangen, denn mehr als einmal hatten sie ihm üble Streiche gespielt. Er hatte deshalb alles andere als freundliche Gefühle für sie entwickelt, im Gegenteil. Er konnte diese Göre einfach nicht ausstehen.

Aber er war ein Gentleman. Sie war inzwischen erwachsen geworden, hatte sich zu einer jungen Dame gemausert, einer hübschen jungen Dame, ohne Frage. Er hatte ihr einen gewissen Vertrauensvorschuß gegeben, hatte gedacht, daß sich ihre Unarten ausgewachsen hätten, so daß er sich vor ihr nicht mehr zu hüten brauchte. Die ganzen letzten Jahre, in denen sie auf der Schule gewesen war, hatte er sie vollkommen aus den Augen verloren.

Sie hatte sich seit damals ziemlich verändert, sowohl in ihrem Äußeren als auch in ihrem Benehmen. Sie war ruhiger geworden, nicht mehr so polternd laut, sie lächelte ihm kokett zu, anstatt ihm wie früher bei jeder Gelegenheit frech die Zunge herauszustrecken. Nur ihr Kichern hatte sie beibehalten. Es war wohl hoffnungslos zu glauben, daß ein Mädchen, wenn es einmal damit angefangen hatte, diese Unart je aufgeben würde.

Doch an diesem Tage hatte sie nur einmal kurz gekichert, und das hatte er einfach überhört. Er hatte sich nur gewundert, was sie eigentlich mit ihrem heftigen Flirten bezweckte.

Als sie vierzehn Jahre alt war, hatte sie ihm einmal gesagt, daß sie ihn später heiraten würde. Er hatte diese Ankündigung natürlich nicht ernst genommen und nur lachend erwidert, daß er bis dahin wahrscheinlich schon längst verheiratet wäre. Und so wäre es auch gekommen, wenn er nicht seine Verlobte mit ihrem Kutscher erwischt hätte. Sie hatten es sogar in *seiner* Kutsche getrieben! Aber das war eine andere Geschichte.

Wahrscheinlich würde sich Sabrina nicht einmal mehr an ihren kindlichen Heiratsantrag erinnern. Aber an diesem Tag in Freddys Arbeitszimmer kam sie erst ganz harmlos auf ihn zugeschlendert, um ihn dann plötzlich und unerwartet zu umarmen und zu küssen. Es war eine regelrechte Attacke. Später dann, als er über diese Szene nachgedacht hatte, war ihm klargeworden, daß sie das Ganze von langer Hand vorbereitet haben mußte. Sie hatte gewartet, bis sie Freddys Schritte in der Halle hörte, und sich ihm dann an den Hals geworfen.

Als Freddy ins Zimmer kam, konnte er gerade noch sehen, wie sie sich aus seiner Umarmung löste. Sabrina tat verlegen, als wäre es ihr peinlich, von ihrem Bruder bei einem Kuß »erwischt« worden zu sein – doch nur ein paar Sekunden lang. Dann brach sie auf einmal in lautes Schluchzen aus.

Freddy, der auf Tränen genauso allergisch reagierte wie Devlin, versuchte sie zu beruhigen. Was bedeutete schon ein kleiner Kuß? Er war nur etwas irritiert darüber, *wen* seine Schwester gerade geküßt hatte.

Doch in diesem Augenblick eröffnete sie den wahren Grund für ihre Tränen und heulte: »Er will mich nicht heiraten!«

Freddy reagierte genauso verdutzt wie Devlin. »Aber warum sollte er denn auch? Vielleicht bist du ihm einfach noch ein bißchen zu jung, hm?«

»Du hast gut reden«, jammerte sie. »Als er mich geschwängert hat, hat ihn das nicht sonderlich gestört, aber zum Heiraten bin ich ihm auf einmal zu jung, willst du *das* sagen?«

»Geschwängert!« war alles, was Freddy herausbringen konnte.

Devlin fand als erster die Sprache wieder. »Soll das ein Witz sein?! Sabrina, die Zeit der Kinderstreiche ist vorbei! Das ist wirklich geschmacklos, was du dir da leistest!«

Sie schaute ihm geradewegs in die Augen und widersprach ihm mit fester Stimme: »Du weißt ganz genau, daß das kein Witz ist. Du hast mich verführt. Du hast mir versprochen, mich zu heiraten. Und jetzt läßt du mich einfach sitzen. Freddy, tu doch etwas!«

Und Freddy tat etwas. Er hechtete zu Devlin hinüber und schlug ihn mit der Faust zu Boden. Als Devlin mühsam wieder auf die Beine kam, brüllte ihn Freddy an: »Wie konntest du das nur tun? Meine eigene Schwester!«

»Ich habe deine Schwester nie angerührt!«

»Du hast sie doch gerade geküßt!«

»*Sie* hat mich geküßt, du Idiot, nicht ich sie! Ich mag dieses Mädchen doch überhaupt nicht!«

»Du mochtest sie genug, um sie zu verführen. Dann kannst du sie gefälligst auch heiraten!«

»Niemals!«

»Das wirst du sehr wohl, oder ich schicke dir meine Sekundanten! Eigentlich müßte ich dich in jedem Fall zum Duell fordern, schon allein aus Prinzip, um die Ehre meiner Familie wiederherzustellen.«

»Großer Gott!« stöhnte Devlin. »Dieses Mädchen lügt! Wenn sie wirklich schwanger ist, was ich bezweifle, dann auf jeden Fall nicht von mir.«

»Ist das dein letztes Wort?«

»Jawohl, das ist es!« brüllte Devlin wütend.

»Dann mach dich bereit, meine Sekundanten zu empfangen. Du läßt mir keine andere Wahl, als dich zu töten!«

Devlin hätte am liebsten laut aufgelacht, doch er wußte, daß Freddy in diesem Moment viel zu aufgebracht war, um die Ironie dieser Aussage zu begreifen. Sie wußten beide, daß Freddy ein verdammt schlechter Schütze war, im Gegensatz zu ihm. Doch Devlin nahm an, daß sich Freddy schon wieder beruhigen würde, daß er einsehen würde, wie absurd Sabrinas Vorwürfe waren, und daß er sich bei ihm entschuldigen würde. Er verließ das Haus und ging heim.

Doch Freddy beruhigte sich nicht, im Gegenteil. Sabrina hatte sich noch einige andere Details ausgedacht, um die Glaubwürdigkeit ihrer Geschichte zu untermauern, und hitzköpfig, wie Freddy war, schickte er schon am nächsten Tag seine Sekundanten. Devlin ließ sich verleugnen, denn er hatte wirklich keine Lust, sich mit seinem besten Freund zu duellieren. Und so machte er sich auf nach Sherring Cross, um Freddy mehr Zeit zu geben, zur Vernunft zu kommen. Doch diese verdammten Sekundanten verfolgten ihn sogar bis dorthin. Als er sie wieder nicht vorließ, schafften sie es, bis zu seiner Großmutter vorzudringen, und zwangen ihn so, ihr die ganze lächerliche Affäre zu beichten.

Die Herzogin-Witwe von Wrothston fand die Geschichte alles

andere als lächerlich. »Du darfst den Jungen wirklich nicht erschießen«, entschied sie in ihrer Art, die keinen Widerspruch duldete. »Ich mag ihn doch selbst so gern.«

»Das weiß ich, Duchy. Aber soll ich tatenlos dabei zusehen, wie herumerzählt wird, daß ich ein verdammter Feigling sei, der sich vor einem Duell drückt? Und dieses Gerücht wird die Runde machen, das schwöre ich dir, wenn diese verfluchten Sekundanten herausbekommen, daß ich tatsächlich hier bin.«

»Dann darfst du eben nicht hierbleiben. Vielleicht erinnerst du dich, daß ich immer schon gemeint habe, es wäre gut für dich nach der Geschichte mit Marianne, wenn du eine Zeitlang ausspanntest, um dich von dem Schock zu erholen. Aber du hast ja immer behauptet, die Trennung hätte dir gar nichts ausgemacht, und du sähest keinen Grund, deine Arbeit aufzugeben, nur weil sie dich hintergangen hat.«

»Der Meinung bin ich immer noch …«

»Das mag ja sein«, unterbrach sie ihn mit einer entschiedenen Handbewegung, »aber ich habe zufällig erfahren, daß sie jetzt überall herumerzählt, du hättest sie sitzengelassen.«

»Ich nehme an, sie ist der Meinung, daß ein Seitensprung eben nur eine Kleinigkeit und kein Grund ist, die Hochzeit abzusagen.«

»Es ist mir egal, was sie meint. Aber es ist einfach nicht korrekt, daß sie über die ganze Angelegenheit nicht geschwiegen hat. Und es ist deinerseits nicht korrekt, daß du die Sache nicht klargestellt hast.«

»Dann hätte ich ja ihren Ruf ruiniert!«

»Das hat sie doch bereits selber gemacht! Und sie wird mit Sicherheit aufhören, *deinen* Ruf zu ruinieren, wenn du einfach nicht mehr da bist und sie somit keine Möglichkeit mehr hat, sich auf diese Weise an dir zu rächen. Und wenn jetzt auch noch der liebe Freddy vorhat, dir ein Loch in den Kopf zu schießen, dann solltest du wirklich endlich auf meinen Rat hören und eine Weile von hier verschwinden. Das Oberhaus kann auch eine Zeitlang ohne dich auskommen. Ohne deinen Kopf kannst *du* aber nicht auskommen. Du verschwindest von hier, mein Junge. Darauf bestehe ich, und da dulde ich keinen Widerspruch.«

»Ich werde England nicht verlassen, Duchy, um keinen Preis der Welt. Ich habe keine Lust, mich wieder mit dieser Seekrankheit herumzuschlagen. Das macht mich so fertig, daß ich nur noch sterben möchte. Dann kann ich auch gleich von Freddys Hand sterben. Und das werde ich vermeiden, indem ich *ihn* erschieße, bevor er …«

»Das wirst du nicht tun, mein Lieber. Und es redet auch keiner davon, daß du England verlassen sollst. Das einzige, was du brauchst, ist ein Platz, wo dich keiner kennt, eine neue Identität und eine Arbeit, die keine Aufmerksamkeit erregt. Gib mir ein Stündchen Zeit, dann denke ich darüber nach.«

Als sie ihm später beim Abendessen erzählte, wohin sie vorhatte, ihn zu schicken, brach er in schallendes Gelächter aus. »Ich hatte gedacht, ich sollte nur verschwinden. Ich wußte nicht, daß ich mich begraben lassen soll.«

»Es wird dir kein Stein aus der Krone brechen, wenn du mal eine Weile aufs Land gehst, im Gegenteil. Es wird dir guttun, du hast ein bißchen Entspannung bitter nötig.«

»Tja, da kann man durchaus geteilter Meinung sein.«

»Dann geht es eben nach *meiner* Meinung, einverstanden?« lächelte sie. »Es ist ja nur für ein paar Monate. Bis dahin wird Marianne hoffentlich ihren Groll gegen dich verwunden haben, und Freddy wird seine kleine Schwester unter die Haube gebracht haben. Oder er wird bis dahin herausgefunden haben, daß sie gelogen hat, nicht nur was dich, sondern was ihre ganze angebliche Schwangerschaft anbetrifft, wenn du *mich* fragst.«

»Aber ein *Stallbursche,* Duchy?!«

»Sei mal ehrlich, wann hast du zum letzten Mal überhaupt einen Stallburschen gesehen? Sie sind unsichtbar, ihre tägliche Arbeit wird einfach für selbstverständlich genommen.«

Devlin konnte sich ja mit allem anfreunden, nur das mit der Arbeit, das paßte ihm nicht. Ställe auszumisten, war einfach unter seiner Würde. Nur um seine Freundschaft zu Freddy zu retten! Das war zuviel verlangt. Schließlich erklärte er sich bereit, eine Arbeit zu übernehmen, bei der er mit Pferden zu tun hatte. Es mußte aber eine Stellung sein, wo er immer noch ein gewisses Maß an Autorität hatte.

Er hätte wirklich nicht im Traum daran gedacht, daß sein Aufenthalt auf dem Lande dermaßen fürchterlich sein würde. Und er hätte auch nicht im Traum daran gedacht, daß er hier einem Mädchen wie Megan begegnen würde.

21

Megan war für den Rest des Tages in gräßlicher Stimmung. Sie hatte sich so auf ihren Morgenritt gefreut, doch die Gegenwart von Devlin hatte ihn ihr total vermiest. In ihrem verbalen Schlagabtausch hatte sie den kürzeren gezogen, sie war einfach nicht so gut im Austeilen. Und nicht einmal geküßt hatte er sie. Es war kein Zweifel, diese Runde hatte Devlin wieder einmal für sich entschieden.

Du hättest es also gerne gehabt, wenn er dich geküßt hätte?

Na was denn sonst?

Warum hast du dann alles daran gesetzt, es zu verhindern? Du hättest doch bloß ein bißchen schreien müssen.

Wenn er mich küßt, dann soll er es von sich aus tun und nicht den Eindruck haben, ich hätte ihn dazu provoziert.

Beim allerersten Mal hast du ihn doch auch provoziert.

Das war etwas anderes. Damals wußte ich das nicht. Aber wenn ich heute morgen geschrien hätte, nachdem er mich vorher gewarnt hatte, daß er mich in diesem Fall küssen würde, dann hätte das doch verdammt so ausgesehen, als ob ich es darauf angelegt hätte, oder? Ich will einfach nicht, daß er weiß, wie gerne ich mich von ihm küssen lasse.

Was wäre denn daran so schlimm? Dann wüßte er, daß du es willst, und dann bekämst du genau das, was du wolltest.

Damit er neue Munition gegen mich bekommt? Der Mann überlegt sich doch wahrscheinlich die ganze Nacht, wie er mich am nächsten Tag wieder fertig machen kann, da wäre ihm dieses Wissen doch ein gefundenes Fressen! Er darf auf keinen Fall wissen, daß ich seine Küsse mag.

Was heißt hier »mag«, du bist doch ganz wild darauf!

Na gut, vielleicht sollte ich mir die ganze Sache noch einmal überlegen.

Wie so oft in letzter Zeit brachten Megan ihre Zwiegespräche mit sich selbst nur noch mehr in Rage. Seit Devlin mit seinen ewigen sexuellen Anspielungen ihre Neugier geweckt hatte, war sie nicht mehr Herrin ihrer Gefühle. Ihre innere Stimme, die sie sonst immer vor Gefahren gewarnt hatte, tat jetzt das Gegenteil, und sie war so aufgeregt, daß sie drauf und dran war, sich auf das gefährliche Abenteuer einzulassen – zumindest ein ganz klein bißchen.

Sie wollte einfach wieder dieses kribbelnde Gefühl haben, das sie empfunden hatte, als Devlin sie geküßt hatte. Ja, das wollte sie haben, das und noch viel mehr. Dieses »Mehr« war irgendwie vage, in den geheimnisvollen Schleier des Unbekannten gehüllt, und Megan verspürte Lust, dieses Geheimnis zu ergründen. Trotz allem mußte sie natürlich ihren kühlen Kopf bewahren. Sie wußte wohl, wohin diese Küsse führen konnten. Sie konnte ihre Unschuld verlieren und ihr Leben ruinieren. Es war so schrecklich, den Anfang und das Ende einer Sache zu kennen, aber die Sache selbst eigentlich überhaupt nicht. Und um ehrlich zu sein, von dem Ende hatte sie eigentlich auch nicht die geringste Ahnung. Sie mußte sich absolut klar darüber sein, was sie von Devlin lernen wollte und was nicht. Dann könnte sie ihn stoppen, wenn er ihr *zuviel* beibringen wollte.

Dieses »Zuviel« hat einen Namen, wenn auch keinen sehr schönen.

Kann sein, ich jedenfalls weiß nicht, wie man das nennt.

Lüg doch nicht. Du bist nur zu feige, dich daran zu erinnern.

Jetzt fang nicht zu später Stunde wieder in diesem Ton an.

Tu ich ja gar nicht. Aber du mußt auch an Devlins Gefühle denken. Laß dich doch einfach einmal von ihm an der Hand nehmen; laß dir all die Dinge zeigen, die er weiß. Statt dessen überlegst du dauernd, wie und wo du ihn bremsen mußt.

Das muß ich aber auch! Ich will mit diesen Dingen bis zur Ehe warten. Dann hab ich immer noch genug Zeit, das alles kennenzulernen. Und das ist mein letztes Wort, verstanden?

Megan war in totalem Zwiespalt, was sie tun sollte. Trotzdem ging sie an diesem Abend hinaus zum Stall.. In ihr kämpfte es. Einerseits zweifelte sie daran, ob es wirklich klug wäre, Devlin darum zu bitten, ihr mehr vom Küssen – und womöglich noch mehr – beizubringen. Andererseits konnte sie es kaum erwarten, daß es endlich soweit wäre. Die eine Stimme in ihr lähmte ihre Füße. Sie brauchte ja nur ein bißchen langsamer zu gehen, dann war es vielleicht schon so spät, daß Devlin die Stalltür abgeschlossen hatte und zu Bett gegangen war. Dann war die Sache zumindest für heute gestorben und sie konnte es sich noch einmal überlegen. Die andere Stimme mahnte sie zur Eile. Bloß schnell, damit es ja nicht zu spät ist! Doch dann kam alles ganz anders. In dem Moment, als sie im Dunkeln aus dem Haus trat, sah sie Devlin auf seinem Hengst aus dem Stall reiten.

Sie starrte ihm nach. Wo, zum Teufel, wollte der denn jetzt noch hin? Er schien in Gedanken, war an ihr vorbeigeritten, ohne sie überhaupt bemerkt zu haben. Nachdem sie so mit sich gekämpft hatte, bis sie sich dazu durchgerungen hatte, ihn in seinem Stall zu besuchen, war sie nun maßlos enttäuscht, das Ziel ihrer Wünsche einfach so in die Nacht verschwinden zu sehen. Wo wollte er denn bloß hin?

Gleich mehrere Antworten jagten ihr gleichzeitig durch den Kopf. Er hatte eine Verabredung mit einer Frau! Sie hatte ihn heute so geärgert, daß er seine Sachen gepackt hatte und sie jetzt für immer verließ! Er war der Straßenräuber, der jetzt auf seine Tour ging, um ahnungslose Reisende zu überfallen, die zu später Stunde noch unterwegs waren!

Megan entschied sich für die letzte Antwort, denn die ersten beiden gefielen ihr ganz und gar nicht. Natürlich war er der Straßenräuber! Das mit den Überfällen hatte erst angefangen, als er hier aufgetaucht war! Die Zeit paßte auch genau. Jetzt, im Schutze der Dunkelheit konnte er am besten seinen Opfern auflauern. Und zum ersten Mal hatte er auch keines dieser blütenweißen Hemden an, die er sonst so gerne trug und die er sich bei seinem Gehalt auch unmöglich leisten konnte – es sei denn, er hatte noch andere, illegale Nebeneinkünfte. Ein weißes Hemd würde man jetzt in der Nacht auch sehen; so könnte er leicht gefaßt werden. Kein Wunder, daß er jetzt ganz in Schwarz gekleidet war!

In Sekundenschnelle war ihr klar, daß sie ihm hinterherreiten mußte. Genauso schnell war ihr aber auch klar, daß sie keine Zeit mehr hatte, Sir Ambrose zu satteln, wenn sie ihn noch einholen wollte. Bei dem Gedanken, ohne Sattel zu reiten, bekam sie es mit der Angst zu tun, und einen Moment lang überlegte sie, ob sie statt dessen lieber hierbleiben und Devlin zur Rede stellen sollte, wenn er zurückkam. Doch dann hätte sie keinerlei Beweise für sein verbrecherisches Tun; er würde seine Beute ja mit Sicherheit irgendwo verstecken, bevor er wieder heimkam. Es blieb ihr also nichts übrig, sie mußte ihm hinterherreiten, und sei es ohne Sattel. Das wäre doch ein Triumph, wenn sie ihn auf frischer Tat ertappen würde! Der Gedanke war einfach zu verführerisch. Dann hätte sie ihn in der Hand. Sie könnte alles von ihm verlangen, was sie wollte, und sie könnte ihn in seine Schranken verweisen. Er würde sich winden vor ihr wie ein Wurm. Nie mehr würde er es wagen, sie zu beleidigen!

Sie durfte keine Zeit verlieren. Sie rannte zum Stall und holte ihr Pferd, schnappte sich hastig wenigstens das Zaumzeug. Denn immerhin war Sir Ambrose ein Vollblüter, und auch wenn Megan ohne Sattel ritt, brauchte sie doch irgend etwas, um die Stute unter Kontrolle zu halten. Doch bereits diese kleine Zeitverzögerung war schon zuviel gewesen. Als Megan zur Straße kam, war von Devlin weit und breit nichts mehr zu sehen.

Dunkel und unheilverkündend lag das Land vor ihren Augen, nur spärlich beleuchtet von einer schmalen Mondsichel. Doch sollte sie jetzt wieder umkehren? Niemals! Sie ritt in die Richtung, wo das Landgut der Thackerays lag, denn in dieser Gegend waren die meisten Überfälle passiert. Jetzt fiel es Megan wieder ein. Es hatte sich immer um Gäste der Thackerays gehandelt, die ausgeraubt worden waren. Und es war immer auf der Heimfahrt von einer ihrer Parties passiert.

Sie lachte schadenfroh, als sie daran dachte, was für eine Wut die alte Schachtel wohl auf den Räuber haben mußte. Lady O hatte seinetwegen mit Sicherheit schon so manche Absagen für ihre Festivitäten bekommen, und das würde auch in Zukunft so bleiben, zumindest solange, bis der Dieb gefaßt war. Megan grinste. Daß sie daran nicht schon viel früher gedacht hatte!

Plötzlich schreckte sie auf. Sie hatte eine Bewegung gesehen, einen Schatten, der vorübergehuscht und hinter der nächsten Wegbiegung wieder verschwunden war. Doch sie beschleunigte nicht ihren Trab, um sich Gewißheit zu verschaffen. Sie kannte die Gegend gut, und deshalb ritt sie von der Straße herunter ins offene Gelände hinein und machte einen großen Bogen, bis sie zu einem kleinen Wäldchen kam, wo sie wieder auf die Straße traf.

Dieses Fleckchen war geradezu ideal für einen Räuber. Es gab viele Verstecke für ihn und sein Pferd, wo er Reisenden auflauern konnte, sowie zahlreiche Waldwege, auf denen er mit seiner Beute entkommen und keine Kutsche ihm folgen konnte – falls die Opfer an Verfolgung überhaupt noch dachten.

Megan hatte sich diesem Wäldchen von hinten genähert und war von der Straße noch weit genug entfernt, um von Devlin und seinen Opfern nicht gesehen zu werden, jedoch nah genug, um zu hören, wenn eine Kutsche herannahte. Sie hatte nicht die Illusion, daß genau hier vor ihrer Nase der nächste Überfall stattfinden würde, wenn sie sich auch ziemlich genau in der Mitte des Wäldchens versteckt hielt, um einen möglichst guten Überblick zu haben. Sie hatte vor, falls eine Kutsche auftauchte, ihr in sicherem Abstand zu folgen, um im Ernstfall Zeugin des Geschehens zu werden.

Heute war ein ganz normaler Wochentag, und Lady O gab ihre großen Gesellschaften in der Regel immer nur am Wochenende, es sei denn, sie hatte Gäste von auswärts, die für längere Zeit bei ihr logierten. Dann gab es auch unter der Woche immer wieder größere Parties. Sie liebte nun einmal nichts so sehr wie rauschende Feste, und so konnte es auch durchaus vorkommen, daß sie, auch wenn sie gerade keinen Logierbesuch hatte, an einem ganz gewöhnlichen Wochentag einen Grund zum Feiern fand, wenn auch dann eher im kleineren Kreise. Doch dem Räuber konnte es ja egal sein, wie viele Gäste auf ihrem Fest waren. Um einen guten Fang zu machen, reichte es ja völlig, wenn ihm pro Nacht nur ein oder zwei Opfer ins Netz gingen.

Sie band Sir Ambrose an einen Baum und pirschte sich etwas näher an die Straße heran, die im schwachen Mondlicht glänzte, ganz im Gegensatz zu dem stockfinsteren Wald, der Megan umgab.

Es verging eine geraume Zeit, bestimmt mehr als eine Stunde, in der überhaupt nichts passierte. Doch Megan langweilte sich nicht im geringsten. Sie malte sich in buntesten Farben aus, wie sie Devlin erwischen würde, und wie herrlich es für sie wäre, wenn sie dann endlich etwas gegen ihn in der Hand hätte.

Doch dann hörte sie plötzlich ein Geräusch. Sie schlich sich noch näher an die Straße heran, um mehr sehen zu können, und erblickte von ferne das flackernde Licht einer Kutsche, die langsam herangezuckelt kam. Der Kutscher wirkte alles andere als aufmerksam, wahrscheinlich hatte auch er einiges getrunken, während sein Herr sich auf dem Fest amüsiert hatte. Es erschien Megan wie eine Ewigkeit, bis die Kutsche herangekommen und langsam an ihr vorbeigerollt war. Doch das langsame Tempo hatte auch den Vorteil, daß Megan der Kutsche nun bequem zu Fuß im Schutze des Waldes folgen konnte.

Sie merkte sich genau den Weg, um hinterher ihr Pferd wieder zu finden. Doch früher, als sie erwartet hatte, lichtete sich der Wald, und die Straße führte ins offene Gelände hinaus. Verdammt! Jetzt war die letzte Chance für Devlin zuzuschlagen, denn ohne die Sicherheit des schützenden Waldes wäre es viel zu gefährlich, einen Überfall zu riskieren. Wenn er sich diese Gelegenheit entgehen ließe, dann …

»Geld oder Leben!«

Megan erschrak zu Tode. Er war auf ihrer Straßenseite aus dem

Wald getreten und hatte sich der Kutsche in den Weg gestellt. Noch ein paar Schritte weiter, und sie wäre ihm direkt in die Arme gelaufen! Und wenn ihre Augen sie nicht täuschten, dann hielt er tatsächlich eine Pistole auf seine Opfer gerichtet, um seiner Forderung mehr Nachdruck zu verleihen.

Die Leute in der Kutsche brauchten einige Zeit, ihr Geld zusammenzupacken, um es ihm ins Dunkel der Nacht hinauszuwerfen. Doch noch mehr Zeit brauchte Megan, sich wieder von ihrem Schock zu erholen. Der schrille Schrei war ihr allzusehr in die Glieder gefahren. Schrill?

Also verstellte er seine Stimme, der Schurke! Doch selbst, wenn sie ihn an der Stimme erkannt hätte, wäre das noch kein hinreichender Beweis. Sie mußte ihn direkt nach dem Überfall stellen. Aber wie? Sie konnte ihn doch nicht direkt vor seinen Opfern demaskieren. Dann wäre es ja nicht mehr ihr kleines Geheimnis, mit dem sie ihn erpressen konnte. Es würde nur dazu führen, daß er verhaftet würde. Und die Vorstellung, daß er ins Gefängnis käme, war ihr seltsamerweise alles andere als angenehm. Sie mußte sich über sich selbst wundern

Natürlich, sie wollte ja, daß er ihr noch einiges beibrächte, und das konnte er ja nicht, wenn er hinter Gittern saß. Aber war das der einzige Grund, warum sie ihm die Freiheit bewahren wollte? Doch jetzt war keine Zeit, sich über solche Fragen Gedanken zu machen. Sie mußte sich vielmehr darum kümmern, daß sie ihn noch rechtzeitig erwischte, bevor er sich mitsamt seiner Beute auf Caesar geschwungen und im Dunkel der Nacht verschwunden war. Also schlich sie noch näher heran, um für den richtigen Moment gewappnet zu sein.

Das hatte auch den Vorteil, daß sie jetzt genauer hören konnte, was da vorne vor sich ging. Doch es war eher ein leises Gemurmel, das aus der Kutsche drang. Devlin lachte teuflisch, es schien ihm ein besonderes Vergnügen zu bereiten, so viel Macht über unschuldige Menschen zu besitzen.

Doch nach einer Weile wurde er ungeduldig. »Werfen Sie Ihr Geld und Ihre Wertsachen heraus, dann können Sie weiterfahren. Aber beeilen Sie sich gefälligst, oder soll ich mit der Knarre ein bißchen nachhelfen?!«

»Sie werden nicht weit kommen mit ihrer Beute!«

»Ha! Meinen Sie vielleicht, Sie könnten mich aufhalten?«

Megan war empört. Wie er sie noch verhöhnte, dieser Kerl! Es war ja schon schlimm genug, sie auszurauben, aber sich auch noch über sie lustig zu machen!

Sie würde ihn deshalb sofort zur Rede stellen, sobald sie beide allein waren. Und da er seinen Opfern befohlen hatte, das Geld auf die Straße zu werfen, mußte Devlin ja hinterher von seinem Pferd steigen, um es aufzusammeln. So schnell konnte er ihr also nicht entkommen. Sie würde also genug Zeit haben, um ihn zu stellen, nachdem die Kutsche weitergefahren war.

Die Reisenden hatten inzwischen ihr Geld und ihre Wertsachen auf die Straße geworfen, und die Kutsche setzte sich wieder in Bewegung. Megan wollte gerade den ersten Schritt tun und aus dem Wald heraustreten, als sie sah, daß auf der anderen Straßenseite ebenfalls jemand hinter den Bäumen hervorkam.

Sie sprang sofort ins schützende Dunkel der Büsche zurück. Ihr klopfte das Herz bis zum Halse. Waren es also zwei? Hatte Devlin den netten Mr. Browne auch noch in seine kriminellen Machenschaften mit hineingezogen? Doch der Mann konnte nicht Mr. Browne sein, dazu war er viel zu groß. Der Räuber war genauso erschrocken wie Megan, als er diesen offensichtlich ungebetenen Gast erblickte.

»Großer Gott, haben *Sie* mich vielleicht erschreckt!«

»Ich werde noch einiges mehr tun, als Sie nur zu erschrecken, Sanderson, wenn Sie mir nicht auf der Stelle erklären, was Sie hier treiben!«

Megan glaubte ihren Ohren nicht zu trauen. Das war ja *Devlins* Stimme! Daran gab es überhaupt keinen Zweifel. Dann war Devlin also gar nicht der Räuber! Sie schaute nun dessen Pferd genauer an. Natürlich, das war ja gar nicht Caesar! Zu dumm, daß sie das nicht schon viel früher bemerkt hatte. Andererseits hätte sie dann aber sofort wieder den Rückzug angetreten, und dann wäre ihr auf diese Weise entgangen, daß Devlin den Räuber offensichtlich kannte, wenn er auch nicht selber der Übeltäter war.

Die beiden schienen sich wirklich zu kennen. »Devlin, sind Sie es?« fragte Sanderson. »Was, um Himmels willen, machen *Sie* denn hier?«

»Ich mache hier überhaupt nichts, denn ich bin überhaupt nicht hier«, erwiderte Devlin scharf. »Ich war hier noch nie, und Sie haben mich hier noch nie gesehen. Ist das klar?!«

»Aber natürlich, aber natürlich!« stammelte Sanderson hastig, während er sich das Taschentuch vom Gesicht zog, mit dem er sich maskiert hatte. »Dann kann ich ja nur hoffen, daß Sie mich auch nicht gesehen haben.«

»O nein, mein lieber Freund. Das gilt nicht für Sie. So leicht kommen Sie mir nicht davon. Erklären Sie mir jetzt gefälligst, was Sie hier machen.«

Sanderson wand sich verlegen. Er versuchte, das Ganze herunterzuspielen. »Nun ja, wissen Sie, es ist so eine Art Sport von mir, Euer Eh …«

»Straßenraub ist kein Sport«, unterbrach ihn Devlin mit schneidender Stimme. »Also, was machen Sie hier?«

»Em, ja, also ich hatte in der letzten Zeit eine gemeine Pechsträhne. Ich brauchte einfach dringend Zaster.«

»Warum haben Sie dann nicht Ihren Vater um Geld gebeten? Ich wußte gar nicht, daß der Earl knauserig wäre.«

»Das hab' ich ja. Aber es ist eben ein weiter Weg von hier bis nach Hause. Und ich hänge hier fest, weil ich einer der Thackeray-Töchter den Hof mache. Mein Vater war es ja selbst, der mich hierhergeschickt hat. Er meinte, es wäre langsam Zeit, daß ich heirate und eine Familie gründe. Was sollte ich denn machen? Ich habe ihm einen Brief geschrieben, aber er hat bis heute nicht geantwortet. Ich bin bei den Thackerays zu Gast, und meine Gastgeberin meint, sie müßte mich jeden Abend mit ›Londoner Amüsement‹ unterhalten, und Sie wissen ja, was das heißt. Das bißchen Geld, das ich hatte, habe ich schon am ersten Wochenende verloren. Und ich kann ihr doch jetzt nicht erzählen, daß ich völlig abgebrannt bin, wenn ich um ihre Tochter werbe.«

Sie sollten sich auf andere Arten von ›Amüsement‹ spezialisieren, als Ihr Geld beim Spielen auf den Kopf zu hauen. Das lege ich Ihnen wärmstens ans Herz, denn Ihre Karriere als Straßenräuber hat heute nacht ihr Ende gefunden.«

»Och! Wo ich gerade begonnen hatte, daran Gefallen zu finden!«

»Wollen Sie mit mir hier jetzt zu diskutieren anfangen, mein Freund?«

In Devlins Stimme lag eine eiskalte Drohung. Megan konnte gut verstehen, daß Sanderson sofort versicherte: »Aber nicht doch, aber nicht doch!«

»Sie werden diesen ehrbaren Leuten alles zurückgeben, was Sie ihnen gestohlen haben.«

Sanderson zuckte zusammen. »Aber das kann ich nicht. Unmöglich!«

»Sie werden es sehr wohl können!«

»Aber ich habe doch nichts mehr von all dem Geld. Nur noch die Schmuckstücke. Gestern nacht haben sie schon wieder um Geld gespielt, und ich hatte verdammt noch mal wieder kein Glück.«

»Wieviel?«

»Achtzig Pfund.«

Devlin schnaubte verächtlich und langte in seine Hosentasche. Er zog ein Bündel Geldscheine heraus, das er Sanderson vor die Füße warf. Der verbeugte sich unterwürfig und hob es hastig auf, während Megan vor Verblüffung den Mund nicht mehr zubekam. Wieso hatte ein Pferdezüchter soviel Geld zu verschenken?

»Sie bringen das Geld und die Schmuckstücke noch heute nacht zur Polizei. Sie werfen das Ganze in einem Bündel vor die Tür mit einer schriftlichen Nachricht, daß Sie die Überfälle bedauern und eingesehen haben, daß Sie Unrecht getan haben. Ist das klar?«

»Jawohl! Noch heute nacht!«

»Das würde ich Ihnen auch raten. Denn wenn ich nicht höre, daß alles zurückgegeben wurde – und ich betone: alles! –, dann sähe ich mich gezwungen, Ihrem Vater einen kleinen Besuch abzustatten. Ich wäre nicht sehr erbaut darüber, zu diesem Mittel greifen zu müssen. Ihr Vater wäre wohl auch nicht sehr erbaut, über seinen Sohn solche Sachen zu erfahren. Und *Sie* wären, nehme ich an, nicht sehr erbaut über die Konsequenzen, die sich daraus ergäben. Haben wir uns also verstanden?«

»Hundertprozentig. Es tut mir leid, Ihnen Ärger gemacht zu haben. Ich werde es garantiert nicht wieder tun, das schwöre ich Ihnen …«

Seine letzten Worte verhallten ungehört, denn Devlin war genauso schnell wieder im Wald verschwunden, wie er aufgetaucht war. Auch Megan hatte keine Zeit mehr zu verlieren. Sie eilte zurück zu ihrem Pferd. Doch das, was sie gesehen und gehört hatte, ließ ihr keine Ruhe. Wie konnte der Sohn eines Earl einem Pferdezüchter gegenüber nur so unterwürfig sein?

22

Die Begegnung zwischen Devlin und dem jungen Lord, der sich als Gelegenheitsstraßenräuber betätigte, beschäftigte Megan den ganzen Heimweg über. Woher kannten sich die beiden bloß? Es gab verschiedene Möglichkeiten; die naheliegendste war die, daß sie sich auf dem Gestüt von Sherring Cross kennengelernt hatten, denn da war Devlin ja aufgewachsen. Aber die simple Tatsache, daß Devlin für den Herzog von Wrothston gearbeitet hatte, war keine Erklärung dafür, daß der Sohn eines Earl einem Pferdezüchter mit so viel Ehrerbietung begegnete. Sanderson hätte *Devlin* in seine Schranken weisen müssen, nicht umgekehrt.

Natürlich hatte Devlins Drohung, zum Vater des jungen Mannes zu gehen, seine Wirkung nicht verfehlt. Aber das war ja erst am Schluß des Gesprächs gewesen. Vielleicht hatte Sanderson angenommen, daß Devlin immer noch auf Sherring Cross arbeiten würde und dem Herzog die Geschichte erzählen könnte.

Für diese Vermutung sprach die Tatsache, daß er ja so überrascht gewesen war, ihn hier in Devonshire anzutreffen. Zu guter Letzt mußte Megan zugeben, daß Devlin, obwohl er nur ein einfacher Pferdezüchter war, tatsächlich eine imposante und irgendwie furchteinflößende Ausstrahlung hatte und diese auch entsprechend zum Einsatz bringen konnte, wenn er es darauf anlegte. Damit hatte sie ja auch schon ihre Erfahrungen gemacht.

Trotzdem, irgend etwas blieb übrig, was einfach nicht ins Bild paßte. Sanderson war von Anfang an so eigenartig unterwürfig gewesen, und Devlin war genauso von Anfang an der Überlegene gewesen, als ob *er* der Lord und Sanderson der Bedienstete wäre. Das machte einfach keinen Sinn. Sie konnte verstehen, daß man, wenn man eine Zeitlang für einen Herzog gearbeitet hatte, vielleicht die Nase ein wenig hoch trug, aber das gab einem noch kein Recht, sich wie der Herzog selbst aufzuführen. Ein Knecht war ein Knecht und hatte sich entsprechend zu benehmen, zumindest wenn er einem Angehörigen des Adels gegenüberstand.

Du bist ja wieder einmal ganz schön anmaßend.

Aber es stimmt doch, was ich sage, oder?

Mag sein. Aber was dich wirklich ärgert, ist doch etwas ganz anderes: Du bist einfach enttäuscht, daß Devlin doch nicht der Straßenräuber war.

Nun gut, da war etwas dran. Sie hatte sich wirklich sehr darauf gefreut, jetzt endlich etwas gegen ihn in der Hand zu haben. Statt dessen mußte sie nun damit rechnen, daß er sie zur Rede stellen würde, was sie sich zu dieser nachtschlafenen Zeit draußen herumtrieb. Dieser verfluchte Kerl, warum konnte er sich nicht wie die anderen Dienstboten unterordnen, anstatt sich zum Richter über seine Herrin aufzuschwingen?

Kannst du nicht endlich mit deinem Dünkel aufhören?

Ich versuche doch bloß, mich seelisch darauf einzustellen, jetzt gleich wieder gegen einen Tyrannen kämpfen zu müssen.

Er ist kein Tyrann, das weißt du ganz genau. Vielleicht nimmt er dich deshalb so in die Pflicht, weil er ganz einfach um dich besorgt ist und möchte, daß es dir gutgeht.

Daß ich nicht lache!

Wie dem auch sei. Du solltest dir auf jeden Fall eine gute Entschuldigung ausdenken, warum du dich nachts draußen herumtreibst. Oder hast du vor, ihm die Wahrheit zu sagen?

Natürlich nicht! Aber vielleicht ist er ja noch gar nicht zurück. Dann bringe ich Sir Ambrose in den Stall und laufe schnell ins Haus, bevor er mich erwischt.

Na, dann viel Glück!

Sie hatte *kein* Glück. Er war schon zurück. Er stand breitbeinig im Stall, hatte die Hände in die Hüften gestemmt und schaute sie so finster an, wie er es noch nie getan hatte. Megan mußte ihm schnell zuvorkommen, sie mußte in die Offensive gehen.

»Na, sind Sie schon zurück?« fragte sie forsch. »Ich hatte etwas zu erledigen und wollte Sie bitten, mich zu begleiten, aber Sie waren ja spurlos verschwunden.«

»Begleiten wohin?«

»Einer der Pächter meines Vaters ist krank geworden. Ich wollte heute nachmittag schon bei seiner Familie vorbeischauen, ob er irgend etwas braucht, aber ich hatte so viel zu tun und habe es schlicht vergessen. Heute abend fiel es mir dann wieder ein, und ich dachte, besser spät als überhaupt nicht …«

»Erzählen Sie mir doch keine Geschichten!« unterbrach er sie unwirsch, als er sie vom Pferd herunterzog. »Und dann noch ohne Sattel!« fügte er hinzu, als er den nackten Pferderücken sah. Er schaute sie durchdringend an. »Sie haben dieses Pferd also wahrhaftig ohne Sattel geritten?«

Megan stöhnte leise. Verdammt, das hatte sie ja ganz und gar vergessen. Doch sie war schnell mit einer Erklärung bei der Hand. Sie mußte vorpreschen, nur so konnte sie die Situation retten. Und es schien zu funktionieren, immerhin schaute er schon um einiges weniger finster drein.

»Meinen Sie, daß ich zum ersten Mal ohne Sattel geritten bin?« schoß sie zurück. »Das ist doch ein Kinderspiel. Ich verstehe gar nicht, warum Sie sich so aufregen. Warum mischen Sie sich überhaupt dauernd in meine Angelegenheiten? Außerdem habe ich Ihre Begleitung überhaupt nicht benötigt, da ich mich sowieso nur innerhalb der Grenzen unseres Landguts bewegt habe. Aber wenn dies hier schon die Stunde der Wahrheit ist, darf ich *Sie* vielleicht fragen, wo *Sie* gesteckt sind?«

»Ich war unterwegs, um einen Dieb zu fangen.«

Sie hatte nicht erwartet, daß er ihr die Wahrheit sagen würde. »Und, hatten Sie Glück?«

»Nein«, log er.

Sie wußte natürlich, daß das eine Lüge war. Doch sie konnte sie ihm nicht vorhalten, denn sonst hätte sie zugeben müssen, daß sie ihm gefolgt war. »Wie schade für Sie. Wenn er endlich gefaßt ist, werden Sie ja hoffentlich aufhören, mir laufend hinterherzuspionieren.«

»Da muß ich Sie enttäuschen, zumindest was ihre nächtlichen Unternehmungen anbetrifft. Irgend jemand muß Sie zur Vernunft bringen, und ich glaube, da ist der Zeitpunkt jetzt gerade richtig.«

Er packte ihre Hand und zog sie mit Gewalt zu sich herüber. Megan riß die Augen auf und starrte ihn fassungslos an. Sie war vor Schreck wie gelähmt, denn sie wußte genau, was er mit ihr vorhatte.

»Moment mal, Devlin«, stieß sie hervor. »Das können Sie nicht machen. Ich lasse Sie einsperren, ich lasse Sie ...«

Sie landete hart auf seinen Schenkeln, als er sie übers Knie legte. Sie wollte schreien, doch er sagte nur: »Du kannst schreien, soviel du willst. verzogene Göre. Das einzige, was du damit erreichst, ist, daß du eine Menge Zuschauer bekommst.«

Er hatte recht. Sie durfte auf keinen Fall schreien. Also biß sie die Zähne zusammen. Kein Laut sollte über ihre Lippen kommen, und wenn sie sterben müßte. Aber bei Gott, das würde er noch bereuen; sie würde schon Wege finden, sich zu rächen ...

Der erste Schlag war ein Witz. Es klatschte zwar ziemlich laut, als seine Hand auf ihr Hinterteil niederging, doch es tat überhaupt nicht weh. Fast mußte sie lachen. Sie hatte ganz vergessen, daß sie ja einen ihrer dicksten Reitröcke angezogen hatte. Da hatte er sich aber ganz schön verrechnet, der gute Mann. Sie würde sich natürlich hüten, es ihm zu sagen.

Doch das war nur der allererste Schlag gewesen. Als er aufhörte, und das war leider erst nach einer ganzen Weile, glaubte sie, keinen dicken Wollrock mehr, sondern einen hauchdünnen Seidenrock anzuhaben, und ihr war gar nicht mehr nach Lachen zumute. Sie tobte vor Wut und fragte sich, wie er es überhaupt nur wagen konnte, ihr das anzutun.

Als er sie wieder auf die Füße stellte, wartete sie nicht lange. Sie fuhr herum und wollte ihm einen Fausthieb ins Gesicht versetzen – doch sie schlug daneben. Das war schon demütigend genug, doch zu allem Überfluß grinste er sie daraufhin noch schadenfroh an. Dieser Kerl weidete sich offenbar an ihrer hilflosen Wut.

»Sie sind der verabscheuungswürdigste Bastard, dem ich je begegnet bin!« schrie sie ihn an.

»Wie vielen sind Sie denn schon begegnet?«

Seine kaltschnäuzige Antwort verschlug ihr die Sprache. Dann fragte sie ihn mit leiser, vibrierender Stimme: »Gibt es eigentlich irgendeine Beleidigung auf dieser Welt, die Sie *nicht* an sich abprallen lassen?«

»Wer hat mich denn beleidigt?« entgegnete er ruhig. »Sie sind doch nur eine kleine Kratzbürste, die lauter heiße Luft pustet – außer in meinen Armen. Da sind Sie dann nur noch heiß.«

Sie traute ihren Ohren nicht. »Sie sind entlassen! Gefeuert! Raus!«

Er zog nur leicht eine Augenbraue hoch. »Das hätten Sie wohl gerne, was?«

»Sie haben mich genau verstanden!«

»Natürlich, Gnädigste. Wollen *Sie* es Ihrem Vater sagen, oder soll ich es ihm selbst beibringen?«

Einen Moment lang überlegte sie, was sie jetzt noch sagen sollte, und dann wußte sie – er hatte wieder gewonnen. Sie würde weder ihrem Vater noch sonst jemandem von dieser demütigenden Szene je erzählen.

»Warum verschwinden Sie nicht endlich aus meinem Leben?« flüsterte sie tonlos.

»Was? Die Waffen strecken? Desertieren? Niemals, mein Mädchen.«

Sie schaute sich suchend um, wollte irgend etwas ergreifen und ihm an den Kopf schleudern.

Doch er sah rechtzeitig, was sie vorhatte und sprang auf, um ihr die Hände festzuhalten.

»Ich habe Sie heute morgen gewarnt, auf Ihr loses Mundwerk zu achten. Aber Sie wollten ja nicht hören«, sagte er eindringlich und schaute sie dabei ernst an. »Nach dieser Züchtigung hoffe ich, daß Sie sich diese Warnung in Zukunft etwas mehr zu Herzen nehmen. Aber ich glaube, Sie sollten auch noch etwas anderes erfahren. Sie sollten erfahren, was mit sorglosen kleinen Mädchen passiert, die sich zu solch unmöglichen Zeiten nachts herumtreiben.«

Sie wußte sofort, was er meinte, und wich zurück. Daß er sie jetzt, nach allem, was er ihr angetan hatte, küssen wollte, verschlug ihr schier den Atem. Doch er hielt sie an den Händen gepackt, so daß sie ihm nicht entkam. Bevor sie etwas sagen konnte, zog er sie an sich, beugte sich über sie und senkte seine Lippen auf ihren zusammengebissenen Mund.

Jetzt meinte er wohl, ihr eine weitere Lektion zu erteilen. Dabei war es doch genau die Lektion, auf die sie schon so lange gewartet hatte! Der Zeitpunkt war vielleicht etwas ungünstig gewählt, aber was machte das schon. Und so ließ sie sich entspannt in seine Arme sinken und überließ sich ganz den wilden, aufregenden Gefühlen, die sein Kuß in ihr hervorrief. Er zog sie noch dichter heran und preßte sie an seinen Körper. Ihre Erregung wuchs, ihr Puls raste, sie rang nach Atem. Sie hätte nie geglaubt, daß es so wunderbar sein würde, seinen starken Körper so nah zu spüren. Wenn doch diese Lektion niemals aufhören würde!

Als er sich von ihren Lippen löste, dachte sie enttäuscht, jetzt wäre schon alles wieder vorbei. Doch nein, er hielt nur kurz inne, dann fuhr er mit seinen Lippen ihre Wange entlang hinauf zu ihrem Ohrläppchen. Was für ein neues Gefühl! Heiße Schauer liefen ihr über den Rücken.

»Bring es mir bei«, flüsterte sie, als sein Mund ihren Nacken liebkoste.

»Was denn?«

»Wie man richtig küßt.«

Devlin seufzte und lehnte seinen Kopf gegen ihre Schulter. »Ich glaube nicht, daß das gut für dich wäre.«

Oh, wie gemein von ihm, dachte sie enttäuscht. »Warum denn nicht?«

»Ich kann mich ja schon jetzt kaum mehr beherrschen.«

»Dann laß mich gehen.«

Er hob den Kopf und schaute sie so durchbohrend an, daß sie erzitterte. »Noch nicht! Die Lektion ist noch nicht zu Ende. Du sollst wissen, was vorwitzigen kleinen Mädchen passiert, wenn sie nachts alleine ausreiten.«

»Ich habe verstanden.«

»Nein, das hast du, glaube ich, noch nicht.« Und er griff ihr mit seiner Hand an ihre Brust.

Megan stöhnte auf. Sie hätte nie gedacht, daß so eine einfache Berührung eine solche Welle von Gefühlen in ihr auslösen würde. Sie wußte natürlich, daß es eine unmögliche Dreistigkeit war, ihr einfach an die Brust zu greifen, aber vielleicht war das eben Teil der Lektion. Und vielleicht war es auch ein Teil von dem »Mehr«, was sie unbedingt lernen wollte.

Wahrscheinlich dachte er jetzt, daß sie schockiert wäre, oder erwartete es sogar, und sie hatte auch vor, ihn in diesem Glauben zu belassen. Denn sonst wäre er womöglich seinerseits über ihre Schamlosigkeit so empört gewesen, daß er die Lektion abgebrochen hätte. Deshalb schloß sie schnell die Augen, damit er ihr nicht ansehen konnte, wie sehr sie seine Berührungen genoß. Sie war alles andere als schockiert. Seine Hand knetete sanft ihre Brust, und jede dieser Bewegungen jagte ihr wilde Schauer der Erregung durch den Körper. Sie zitterte, spürte wie sich ihre Brustwarze unter seiner Hand aufrichtete.

Sie verspürte ein Verlangen, das sie sich nicht erklären konnte. Sie sehnte sich nach seinen Lippen, fieberte danach, ihn genauso zu streicheln, wie er es tat. Wenn er dies alles doch bloß tun würde, weil er sie wirklich begehrte, und nicht bloß, weil er meinte, ihr irgendeine verdammte Lektion erteilen zu müssen!

Und dann endlich senkten sich seine Lippen wieder auf ihren Mund, doch diesmal noch leidenschaftlicher als zuvor. Er packte sie an den Hüften und preßte sie wild gegen sein Becken. Sie wimmerte vor Lust, als sie die heiße Woge spürte, die durch ihren Unterleib schoß, und sie wimmerte vor Schmerz, denn sein harter Griff tat ihr weh. Als er hörte, wie sie leise aufschrie, ließ er sie abrupt los, doch sie war wie benommen und brauchte einen Augenblick, bis sie es merkte. Die Lektion war vorbei.

»Megan, ich halt' es nicht mehr aus, ich verbrenne!« stieß er keuchend hervor. Sein Gesicht war schmerzverzerrt. »Lauf weg, schnell, bevor es zu spät ist!«

Sie wollte nicht. Sie war wie in Trance, wollte wieder seine Arme um sich fühlen, seine Lippen ..., doch das »bevor es zu spät ist« brachte sie wieder mit einem Schlag in die Realität zurück. Sie warf ihm noch einen tiefen Blick zu, einen Blick voll solcher Sehnsucht, daß er aufstöhnte und wieder nach ihr greifen wollte. Doch Megan riß sich los und rannte um ihr Leben.

23

Megan kämpfte einen ganzen langen Tag mit sich, bis sie sich endlich eingestehen konnte, daß sie gestern abend vielleicht doch etwas unvorsichtig gewesen war. Eine Standpauke hatte sie tatsächlich verdient – aber keine Tracht Prügel! Sie war aus einem spontanen Entschluß heraus Devlin gefolgt, weil sie um alles in der Welt wissen wollte, wohin er zu dieser nächtlichen Stunde gehen mochte. Wenn er nicht zufällig auch hinter dem Räuber hergewesen wäre, dann wäre er ihr nicht zuvorgekommen, als sie gerade aus dem Wald treten und den Räuber zur Rede stellen wollte, wäre vielleicht überhaupt nicht am Ort des Überfalls gewesen. Dann wäre sie plötzlich vor einem Fremden gestanden, der sich von ihr mit Sicherheit nicht so hätte einschüchtern lassen wie von Devlin. Sie wäre ganz allein mit ihm gewesen, an einer dunklen Straße, in einem noch dunkleren Wald.

Es hätte gut passieren können, daß das, wovor Devlin sie gewarnt hatte, tatsächlich eingetreten wäre. Daß der Räuber der Sohn eines Earl, d. h. ein Gentleman war, hätte ihr dann auch nicht viel genützt. Wenn ein Lord sich dazu hinreißen ließ, unschuldige Reisende zu überfallen, dann konnte es mit seinem Anstand ja nicht weit her sein, oder? Auch wenn sie ihm gesagt hätte, wer sie ist, hätte ihr das wenig geholfen. Eine Gutsbesitzertochter trieb sich nicht in stockfinsterer Nacht mutterseelenallein herum. Warum also hätte er ihr glauben sollen?

Es fiel ihr schwer, aber sie mußte Devlin Recht geben. Sie war unvorsichtig, unvorstellbar leichtsinnig gewesen, hatte sich gar nicht klargemacht, in was für eine Gefahr sie sich begeben hatte! Wenn der Fremde das gleiche mit ihr gemacht hätte wie Devlin! Ein kalter Schauer jagte ihr über den Rücken. Großer Gott, er hätte ihr ja auch noch viel mehr antun können ...

Vielleicht solltest du zu ihm hingehen, dich entschuldigen und ihm sagen, daß es nicht wieder vorkommen wird.

Damit er endgültig größenwahnsinnig wird? Außerdem hat er kein Recht gehabt, mir eine Tracht Prügel zu verpassen. Er hätte das Ganze meinem Vater erzählen und sich nicht einfach selber zu meinem Erzieher aufschwingen sollen. Das hätte mir natürlich auch nicht sonderlich gefallen, aber es wäre das einzige, wozu er berechtigt gewesen wäre.

Dann sag ihm das.

Ja, das werde ich.

Als sie heute morgen ausgeritten war – zu einer absolut korrekten Tageszeit –, war von Devlin keine Spur zu sehen gewesen. Als sie zurückkam, hatte sie sich sogar absichtlich viel Zeit beim Striegeln von Sir Ambrose gelassen, aber er war immer noch nicht aufgetaucht. Der einzige, dem sie begegnet war, als sie den Stall verließ, war Mortimer gewesen. Sie hatte ihn gefragt, wo Devlin steckte, und er hatte ihr geantwortet, daß Devlin »fürchterliche Kopfschmerzen« hätte und deshalb noch im Bett wäre. Vielleicht war das nur alles halb so schlimm, doch sie ertappte sich dabei, daß sie sich große Sorgen um ihn machte.

Sie konnte ihn ja immer noch nach seinen Kopfschmerzen fragen, nachdem sie ihm wegen seines gestrigen Benehmens die Leviten gelesen hatte. Doch als sie sich ein Herz gefaßt hatte und zum zweiten Mal an diesem Tage den Stall betrat, war wieder außer Mortimer niemand da. Er wollte gerade eine der neuen Stuten aus dem Stall führen, um sie zu bewegen.

Megan blieb stehen, um das neue Pferd gebührend zu bewundern, und fragte dann in möglichst beiläufigem Ton: »Ach, übrigens, wie geht es denn Mr. Jefferys' Kopfschmerzen?« Sie wollte vermeiden, daß Mortimer merkte, daß sie sich um Devlin sorgte.

Der kleine Mann kicherte. »Er macht sich gerade neue«.

Megan runzelte die Stirn. »Wie kann man sich denn Kopfschmerzen ›machen‹?«

»Indem man eine neue Flasche entkorkt, Miss. Zwei oder drei hat er schon intus.«

Sie wußte nicht recht, was sie von dieser Enthüllung halten sollte. Devlin *betrank* sich? Und er mußte schon gestern nacht damit begonnen haben, sonst hätte er ja heute morgen keine Kopfschmerzen gehabt. Dazu meinte sie Mortimers amüsiertem Grinsen entnehmen zu können, daß das Ganze vielleicht mit *ihr* zu tun hatte. Mit ihr? Es war eine aufregende Vorstellung, daß *sie* Devlin dazu bringen konnte, sich haltlos zu betrinken! Hatte sie wirklich eine solche faszinierende Wirkung auf ihn?

Sei nicht so eingebildet! Vielleicht betrinkt er sich aus einem ganz anderen Grund.

Kann ja sein, aber die Vorstellung hat mir so gut gefallen, zumindest einen Augenblick lang.

Na gut. Aber du hast doch nicht allen Ernstes vor, diesen Mann aufzusuchen, wenn er betrunken ist, oder?

Um Gottes willen. Er ist ja schon in nüchternem Zustand ekelhaft genug.

Das auch. Aber darüber hinaus: Betrunkene haben keine Kontrolle mehr über sich und ihre Gefühle. Und seine Gefühle gehen gewöhnlich in eine ziemlich eindeutige Richtung, wenn du in seiner Nähe bist.

»Ja, ich weiß schon«, murmelte Megan.

»Haben Sie etwas gesagt, Miss?«

»Nichts, Mr. Browne.« Megan seufzte. »Ich habe mir nur gerade gedacht, daß ich Lust hätte, meine Freundin Tiffany zu besuchen. Ich nehme die Stute gleich, wenn es Ihnen nichts ausmacht.«

»Aber gerne. Das trifft sich gut, dann brauche *ich* sie nicht zu bewegen. Und ich versichere Ihnen, sie ist sanft wie ein Lamm. Ich hole nur noch den richtigen Sattel für Sie.«

Megan nickte. Doch während sie auf Mortimer wartete, wurden ihre Augen wie magisch zum hinteren Teil des Stalles gezogen.

Untersteh dich!

Megan senkte schuldbewußt die Augen. *Interessiert es dich denn nicht, wie er aussieht, wenn er betrunken ist?*

Wahrscheinlich sieht er so aus, wie alle Betrunkenen aussehen.

Vielleicht sieht er aber auch ganz besonders lächerlich aus, und den Anblick möchte ich mir auf keinen Fall entgehen lassen.

Du wirst nur Schwierigkeiten mit ihm bekommen.

Ach, jetzt bist du auf einmal ganz schön ängstlich. Wahrscheinlich, weil ich jetzt zu Tiffany gehe. Sie hat einen mäßigenden Einfluß auf dich.

Und auf dich! Sie wird dir ebenfalls raten, um betrunkene Männer einen großen Bogen zu machen.

Du lieber Gott, meinst du denn, daß ich Tiffany von alledem auch nur ein Wörtchen erzählen werde?

Das wirst du mit Sicherheit.

Megan hatte eigentlich nicht vor, Tiffany in ihre Abenteuer einzuweihen, zumindest solange nicht, wie sie noch so verwirrt und voller Schuldgefühle war. Doch sie war noch keine zehn Minuten mit Tiffany zusammen, da platzte es schon aus ihr heraus: »Was würdest du sagen, Tiffany, wenn ich unter meinem Stande heiraten würde?«

Tiffany stutzte, dann ging sie pragmatisch vor. »Wie weit unter deinem Stande hast du denn vor zu heiraten?«

Megan überlegt, was sie antworten sollte. »Ich meine das nur so ganz allgemein; du glaubst doch nicht, daß ich im Ernst vorhabe, so etwas Lächerliches wirklich zu machen.«

»Wie weit?«

»Na ja, also sagen wir einmal, wenn er ein ganz einfacher Mann wäre. Würde dich das schockieren? Meinst du, daß das einen großen Skandal verursachen würde?«

Tiffany starrte sie lange an. Dann brach es aus ihr heraus: »Megan Penworthy! Du hast dich doch nicht etwa in deinen Pferdezüchter verliebt?«

»Ach Quatsch!« widersprach Megan energisch. Doch sie spürte, wie ihre Wangen rot wurden. »Das einzige, was mich mit *dem* verbindet, sind unsere laufenden Streitereien. Wir können uns nämlich einfach nicht ausstehen.«

»Na, da bin ich ja erleichtert.«

Megan überhörte diese Bemerkung, als sie sich in einen der Sessel in Tiffanys neu eingerichtetem Zimmer fallen ließ. Dann stieß sie einen tiefen Seufzer aus. »Aber ich muß dir etwas gestehen – ich finde ihn einfach wahnsinnig aufregend, Tiff. Wenn ich in seiner Nähe bin, dann fühle ich mich so … so …, ach, ich weiß nicht, es ist wie Ameisen im Bauch. Ich glaube, das kommt, weil mich unsere Streitereien immer so aufregen, und das tun sie wirklich. Manchmal schreie ich ihn richtig an.«

Tiffany fing an zu grinsen. »Das darf doch nicht wahr sein.«

»Doch, wirklich«, versicherte Megan. »Und er regt sich über mich genauso auf.«

»Hat er denn einen Grund dafür?«

»Na ja, hin und wieder schon. Manchmal frage ich mich, ob es mir regelrecht Spaß macht, mit ihm zu streiten. Auch wenn es von außen überhaupt nicht so aussieht.«

»Wahrscheinlich langweilst du dich nur und brauchst etwas Abwechslung. Und er ist ja wirklich ein gutaussehender Mann, ein unglaublich gutaussehender Mann. Ich kann das total verstehen. Hat er denn auch irgendwelche guten Seiten?«

»Nicht eine einzige – na ja, doch, also er ist sehr besorgt um mich, daß mir nichts passiert. Er wird fuchsteufelswild, wenn ich irgend etwas mache, was auch nur ein bißchen gefährlich sein könnte.«

Tiffany riß die Augen auf. »Megan, *was* hast du gemacht, seit wir uns das letzte Mal gesehen haben?!«

Megan zuckte die Achseln und bemerkte betont beiläufig: »Ich hab zwischendurch einmal den Verdacht gehabt, Devlin könnte der Straßenräuber sein.«

»Aber hast du denn noch nicht gehört, daß sich alles aufgeklärt hat? Der Räuber hat anonym bei der Polizei alle gestohlenen Sachen zurückgegeben mit einem Zettel, auf dem stand, daß er sein Tun bereuen und nie wieder so etwas machen würde.«

»Dann hat er es also tatsächlich getan.«

Tiffany kniff die Augen zusammen. »Was meinst du damit? Das hört sich ja an, als ob du ...«

»So ist es.«

»Megan!«

»Ich war ganz zufällig dabei, als er erwischt wurde und man ihm befahl, alle Sachen wieder zurückzugeben. Ich sagte dir doch, ich dachte, daß Devlin der Räuber wäre.«

»Meinst du wirklich, daß er es war?« fragte Tiffany ungläubig.

»Nein, es war alles ganz anders«, brummte Megan. »Devlin ist nachts ausgeritten, um dem Dieb aufzulauern, und hat ihn auch erwischt. Und ich bin ihm heimlich hinterhergeritten.«

»Um ihn auf frischer Tat zu ertappen?«

»Ja, so ähnlich.« Megan erzählte ihrer Freundin ihr nächtliches Abenteuer und endete mit den Worten: »Er war total in Rage, als ich zurückkam. Ich hab ihm natürlich nicht gesagt, wo ich wirklich war. Stell dir vor, wie er dann erst reagiert hätte!«

»Megan, du mußt auf der Stelle aufhören, dich zu solch waghalsigen Abenteuern hinreißen zu lassen! Mein Gott, was hätte da alles passieren können!«

Sie wußte es wohl, und obwohl Tiffany ihre beste Freundin war, brachte sie es nicht über die Lippen, ihr den ganzen Rest der Geschichte zu erzählen. »Ich weiß, Tiff. Ich habe mir vorgenommen, ein neues Leben anzufangen. Ich werde heute abend, wenn ich zurückreite, mich von einem eurer Leute begleiten lassen, schon allein, um mir Scherereien mit Devlin zu ersparen. Das bringt ihn nämlich besonders auf die Palme, wenn ich mich ohne Begleitung draußen herumtreibe.«

»Du solltest dich auch aus einem anderen Grunde langsam daran gewöhnen. In London gehen wir *nirgendwo* hin ohne korrekte Begleitung. Ach, übrigens. Tylers Mutter hat gesagt, daß sie bereit wäre, uns in London einzuführen. Wir können auch bei ihr wohnen.«

»Oh, das ist ja wunderbar!« rief Megan aus. »Der Major und seine Frau sind zwar fürchterlich nett, und sie kennen meinen Vater auch schon seit ewigen Zeiten, sonst hätten sie uns ja auch nicht angeboten, bei ihnen zu wohnen. Aber um ehrlich zu sein, sie haben überhaupt keine gesellschaftlichen Kontakte, ganz im Gegensatz zu Lady Whately. Die kennt doch Gott und die Welt, nicht wahr?«

»So ungefähr. Megan, ich glaube, du wirst noch vor Jahresende vor dem Traualtar stehen!«

»Das will ich doch schwer hoffen. Ich bin in letzter Zeit ganz verrückt danach, endlich zu erfahren, wie das ist mit der Liebe. Ich kann gar nicht erwarten, bis es soweit ist.«

»Na, dann paß aber auf, daß du alles schön der Reihe nach machst. Erst die Hochzeit, dann die Liebe.«

»Natürlich. Ich denke nur in letzter Zeit sehr viel daran.« Das war eine sanfte Untertreibung. »Sonst tu' ich ja gar nichts.«

»Vielleicht solltest du dich von deinem Pferdezüchter ein wenig fernhalten«, warnte Tiffany argwöhnisch.

Megan lachte. »Vielen Dank für den Rat. Aber da brauchst du dir wirklich keine Sorgen zu machen. Ich werde doch meine exzellenten Chancen nicht verspielen, indem ich mich auf so einen heruntergekommenen Kerl von niederem Stande einlasse, auch wenn er noch so attraktiv ist.«

»Und aufregend.«

»Auch wenn er noch so aufregend ist.«

»Und erotisch.«

»Du sagst es, Tiffany. Aber keine Angst, ich verspreche dir, ich werde einen riesengroßen Bogen um ihn machen.«

24

Megan hatte etwas versprochen, was sie nie und nimmer halten konnte. Es war ihr einfach unmöglich, sich von Devlin fernzuhalten. Natürlich wäre es ein leichtes gewesen, ihm aus dem Weg zu gehen, sie brauchte ja nur den Stall zu meiden. Wenn sie reiten wollte, könnte sie sich ihr Pferd von jemandem bringen und es hinterher von ihm auch wieder in den Stall führen lassen. Daß sie sich Sir Ambrose immer selbst holte und es sich nicht nehmen ließ, die Stute hinterher eigenhändig zu striegeln, war sowieso eine Marotte von ihr, die sie jederzeit ablegen konnte.

Aber sie *wollte* sich einfach nicht von Devlin fernhalten.

Hat ja ganz schön lange gedauert, bis du es gemerkt hast.

Aber warum?

Vielleicht bist du gerade dabei, dich in ihn zu verlieben.

Red keinen Unsinn. Es gibt doch nichts an ihm, was überhaupt liebenswert wäre.

Und daß er sich so um dich kümmert?

Das reicht nicht.

Und seine Küsse? Du mußt doch zugeben, daß du ganz verrückt danach bist.

Es wird ja wohl noch andere Männer geben, die genausogut küssen können.

Aber er hat doch einen ganz besonderen Charme, findest du nicht?

Charme, sagst du? Er hat keinen Funken von Charme, er ist ein verdammter Klotz, sonst gar nichts.

Mag ja sein. Aber vielleicht ist er einfach nur unglücklich. Vielleicht braucht er eine Frau, die ihn tröstet.

Ich bin nicht der Engel der Barmherzigkeit.

Und wenn du an all die Gefühle denkst, die er dir schon gemacht hat?

Vergiß es. Ich habe nicht vor, mich in diesen Mann zu verlieben. Ich habe doch keine Lust, den Rest meines Lebens in einem Stall zu verbringen!

Auch nicht, wenn du ihn mit jemandem wie ihm teilen kannst? Pferde sind doch sowieso deine einzige Leidenschaft – abgesehen von seinen Küssen.

Das heißt noch lange nicht, daß ich deshalb in einem Pferdestall leben will. Großer Gott, bist du dir eigentlich klar darüber, was du mir da gerade vorschlägst?

Absolut.

Megan schaute sich verlegen um. Hatte sie laut mit sich selbst gesprochen? Doch ihr Begleiter war selbst ganz in Gedanken versunken. Er achtete gar nicht auf sie und schien nicht die geringste Ahnung zu haben, daß sie mit sich selbst einen heftigen Disput ausfocht.

Ich weiß wirklich nicht, warum ich mich überhaupt noch mit dir unterhalte. Tiffany hat mich so aufgeheitert, und du ziehst mich jetzt wieder in diese trübsinnige Stimmung hinunter. Bloß weil ich mir von Devlin das Küssen beibringen lasse …

Ist dir eigentlich klar, daß ganz allein du auf diese Idee gekommen bist?

Deshalb muß ich ihn doch noch lange nicht heiraten. Ich denke gar nicht daran. Ich werde mindestens einen Earl heiraten.

Aha, du wirst also schon genügsamer.

Einfach nur ein wenig realistischer. So viele heiratsfähige Herzöge gibt es nun auch wieder nicht, zumindest keine jungen.

Ist dir der große Palast, mit dem du Lady O übertrumpfen wolltest, auf einmal nicht mehr so wichtig?

Doch.

Alter Sturkopf. Er hat es dir auf den Kopf zugesagt. Du bist so stur, daß du lieber gegen eine Wand rennst, als einmal nachzugeben.

Ach so, jetzt bist du auch schon auf seiner Seite? Denn bist du ja sicher auch der Meinung, daß ich verzogen bin, oder?

Bist du das nicht?

Als sie das Gut erreichte, bedankte sie sich bei ihrem Begleiter und winkte ihm zum Abschied hinterher, bevor sie vom Pferd stieg und es zum Stall führte. Sie war noch so in Gedanken bei dem Gespräch, das sie gerade mit sich selbst geführt hatte, daß sie in dem Moment, als sie den Stall betrat, gar nicht an Devlin dachte.

Aber diesmal war er da. Und er war nicht allein.

»…meine Mammi hat sich Sorgen gemacht, daß Sie gar nicht zum Essen gekommen sind«, sagte Cora gerade. »Deshalb bringe ich Ihnen hier einen Korb mit dem Abendessen. Ein starker Mann wie Sie braucht doch was in den Magen, oder?«

»Wirklich sehr nett von Ihnen, aber eigentlich brauche ich im Moment etwas ganz anderes.« Cora kicherte bei diesen Worten. Prompt stöhnte Devlin: »Oh, Mann, das hat mir noch gefehlt!«

»Was denn?«

»Ist egal. Komm her!«

Megan blieb wie angewurzelt stehen. Sie konnte die beiden nicht sehen, aber sie kannte ihre beiden Stimmen gut genug. Wenn sie vorher schon leicht verärgert war, so gab ihr jetzt die Vorstellung, daß Devlin gerade dabei war, das Küchenmädchen zu küssen, endgültig den Rest.

»Cora Lamb!« rief sie mit schneidender Strenge. »Darf ich höflich fragen, was Sie hier machen?!«

Sie hörte einen erstickten Schrei, dann kam Cora hinter dem Heuhaufen hervorgestolpert, hastig dabei, ihre Kleidung und ihr Haar zu richten.

»Oh, Sie sind es, Miss«, keuchte sie atemlos. »Ich dachte, es wäre meine Mammi.«

»Vielleicht sollte ich Ihrer Mammi mal erzählen, was Sie hier so treiben.«

»Nein, bitte, das brauchen Sie wirklich nicht, Miss. Ich habe nur Mr. Jefferys was zu essen gebracht. Ich wollte gerade wieder ins Haus gehen.«

»Das ist auch gut so. Und das nächste Mal erinnern Sie sich bitte daran, daß Ihr Tätigkeitsfeld sich auf die Küche beschränkt, ist das klar? Wenn Mr. Jefferys Hunger hat, wird er schon allein den Weg dorthin finden. Wehe, wenn ich Sie hier noch einmal erwische, Cora.«

»Jawohl, Miss«, stammelte Cora, verbeugte sich hastig und rannte, so schnell sie konnte, aus dem Stall.

»Sie hatten kein Recht, das zu tun«, hörte sie Devlin hinter sich sagen.

Sie fuhr herum und starrte ihn an. »Ach, wirklich? Ich soll also beide Augen zudrücken, während Sie hier die Dienstmädchen verführen? Ich denke nicht daran!«

»Wenn sie gerne verführt werden wollen, geht Sie das doch überhaupt nichts an!«

Sie merkte, daß er ein wenig lallte. Er sah verheerend aus. Überall in seinen Kleidern und in seinem Haar hing Heu. Sein weißes Hemd war bis zur Taille aufgeknöpft und hing lose aus dem Hosenbund heraus. Barfuß und schwankend stand er vor ihr.

»Mein Gott, Sie sehen erbärmlich aus«, warf sie ihm voller Verachtung entgegen.

»Ich habe geschlafen, als mich das Mädchen mit einem lauten ›Juu-huu!‹ geweckt hat. Ich dachte, es wären Sie.«

»Ich mache nicht ›Juu-huu!‹, Sie Witzbold.«

»Ja, das stimmt. Und Sie kichern auch nicht, zum Glück. Sie machen nur eins. Sie bringen einen Mann dazu, sich haltlos zu betrinken.«

Dann bemerkte er die Stute, die Megan hereingeführt hatte. »Was machen Sie denn mit diesem Pferd?«

Sie hob eigensinnig das Kinn. »Ich habe es bewegt – und zwar mit der ausdrücklichen Erlaubnis von Mr. Browne.«

Er schaute zur offenen Tür, hinter der die dunkle Nacht stand. Megan wußte sofort, was er dachte, besonders als sie sah, wie seine blaugrünen Augen schmal wurden und er sie zornig anschaute.

Sie kam ihm zuvor. Mit eisiger Stimme sagte sie: »Ich war fast den ganzen Tag bei Tiffany, und einer ihrer Leute hat mich nach Hause begleitet, also fangen Sie jetzt nicht schon wieder an. *Sie* sind hier auf der Anklagebank. Was zum Teufel tummeln Sie sich hier mit der falschen Frau im Heu herum?«

Es war wohl ihr verächtlicher Ton, der ihn auf einmal in Rage brachte. »Was heißt hier ›falsche Frau‹? Ich will Ihnen mal was sagen. Ich bin Ihretwegen inzwischen in einem Zustand, wo mir *jede* Frau recht ist!«

»Sie wollen also *mir* die Schuld für ihr unmögliches Benehmen zuschieben?« rief sie empört.

»Genauso ist es!«

Als er dies gesagt – oder besser: geknurrt – hatte, wandte er sich plötzlich von Megan ab. Die Drehung war wohl etwas zu abrupt gewesen, denn er schwankte einen Moment, bis er sich wieder gefangen hatte. Dann taumelte er in Schlangenlinien zur Stalltür.

Er ist immer noch stockbetrunken, dachte Megan voller Verachtung. Sie mußte amüsiert grinsen, als sie ihn durch den Stall torkeln sah. Sollte sie ihn diskret darauf aufmerksam machen, daß er in die falsche Richtung lief? Doch plötzlich blieb er stehen, und ihre Augen weiteten sich vor Entsetzen, als sie sah, daß er die Stalltür schloß und den Riegel vorschob.

Jetzt war ihr auf einmal alles andere als nach Grinsen zumute. Voller Angst erinnerte sie sich an den gestrigen Abend, als er genauso wütend gewesen war wie jetzt. Heute morgen beim Aufstehen hatte sie zwar nichts mehr gespürt, doch als sie gestern abend ins Bett gegangen war, hatte ihr Po ganz schön weh getan. Und in seinem jetzigen Zustand war Devlin unberechenbar. Er hatte fast den ganzen Tag lang Brandy getrunken, wenn es stimmte, was Mortimer gesagt hatte, und er war offensichtlich ganz schön benebelt, wenn er sie und Cora nicht auseinanderhalten konnte. Großer Gott, wenn Devlin wirklich vorhatte, sie dafür, daß sie ihn bei seinem Schäferstündchen gestört hatte, zu züchtigen, dann – würde sie ihn erschießen.

»Was machen Sie da?« fragte sie ihn streng, als er wieder zurück auf sie zu torkelte.

»Sie hätten sich da raushalten und wieder zurück ins Haus gehen sollen; Sie hätten sich besser heute ganz und gar von mir fernhalten sollen. Andererseits ist es vielleicht ganz gut, daß Sie hereingeplatzt sind, denn eigentlich hab ich das Mädchen ja gar nicht gewollt. Aber wenn Sie sie schon weggeschickt haben, dann können Sie jetzt gefälligst auch für sie einspringen.«

Megan wich zurück und drückte sich gegen die aufgeschichteten Heuballen. Doch dadurch verlor sie ein wenig das Gleichgewicht, und schon hatte sich Devlin über sie gebeugt und in seine Arme geschlossen. Sie schüttelte nur heftig den Kopf, ohne ein einziges Wort zu sagen. Er lächelte.

»Was, du willst keinen Unterricht mehr im Küssen?« fragte er mit schwerer Zunge. »Hab ich das nur geträumt, daß du mich gebeten hast, dir das Küssen beizubringen?«

War das alles, was er mit ihr vorhatte? Megan atmete auf. Mit einem Mal sah die Lage ganz anders aus, und der bloße Gedanke an eine neue Lektion im Küssen jagte ihr wohlige Schauer durch den Körper.

»Wollen Sie mir wieder Unterricht geben?«

»Wenn du mir sagst, weshalb du es lernen willst.«

»Ich möchte nicht, daß mein künftiger Ehemann von mir enttäuscht ist«, sagte sie wahrheitsgemäß.

Einen Augenblick lang befürchtete sie, daß er sie auslachen würde. Doch nichts dergleichen geschah. Statt dessen beugte er sein Gesicht noch tiefer über sie, bis seine Lippen fast die ihren berührten. Sie nahm den starken Geruch von Brandy wahr, doch er duftete auch nach Heu und nach Moschus, alles andere als unangenehm.

»Mach deinen Mund auf, freche Göre.«

Diesmal machte es ihr nichts aus, daß er sie wieder »Göre« nannte, wie er es immer tat. Es klang zärtlich, fast wie ein Kosewort.

»Soll ich sanft anfangen, oder willst du wissen, wie sich ein richtiger Kuß anfühlt?«

Er erlaubte sich wohl einen Scherz mit ihr. Waren das etwa keine richtigen Küsse gewesen, die er ihr die beiden anderen Male gegeben hatte?

»Ich möchte einfach alles wissen, was es da zu lernen gibt«, versicherte sie.

»Du hast es also gewollt. Nicht, daß du hinterher schockiert bist«, warnte er sie, bevor er seine Zunge in ihren Mund versenkte.

Megan hielt den Atem an. Aber nicht, weil sie schockiert war, sondern weil eine Welle nie geahnter Gefühle sie überrollte und in ihr zu explodieren schien. Ihr Blut rauschte, ihre Beine gaben nach, und sie glaubte zu zerspringen. Da war es wieder, dieses atemberaubende Gefühl wie beim letzten Mal, nur noch hundertmal aufregender. Es war fast zuviel für sie. Aber da war noch etwas.

Als er sein Becken zwischen ihre Schenkel preßte, schoß eine heiße, feuchte Woge in ihre Scham. Devlin stieß ein dumpfes Stöhnen aus, und ihre Brustwarzen stellten sich steif auf. Schon kam seine Hand auf ihre Brust, um die brennende Lust an ihren Nippeln zu stillen. Rasend schlug ihr Herz.

»Versteck dich nicht, Megan«, murmelte er zwischen den Lippen, »gib mir deine Zunge, gib sie mir!«

Willenlos gehorchte sie ihm. Sie würde jetzt alles tun, was er sagte. Auf einmal war sie so begierig darauf, seine Zunge zu fühlen, ihn zu schmecken. Erst jetzt, wo er es ihr befohlen hatte, traute sie sich. Durfte sie nun, da sie mit ihrer Zunge das gleiche machte wie er, ihn auch genauso anfassen? Sie sehnte sich so unbeschreiblich danach, daß sie diesmal nicht darauf wartete, bis er sie dazu aufforderte.

Als sie ihre Hand zwischen ihre Körper schob, so, wie er es getan hatte, bog er sich leicht zur Seite, um ihr Platz zu machen. Doch auch er nutzte die Gelegenheit. Plötzlich war seine Hand auf ihrer nackten Brust. Irgendwie hatte er ihre Bluse aufgeknöpft und war unter ihr Hemdchen gefahren. Seine Berührung brannte wie Feuer. Wie heiß seine Hand war! Und seine Brust unter *ihrer* Hand erst! Gestern nacht hatte er davon gesprochen, daß er verbrennen würde. Oh Gott, jetzt erst verstand sie seine Worte.

Wenn sie jetzt verbrennen würde, was bedeutete das schon? Sie hatte das Gefühl, daß sie fallen würde, tief, tief fallen … Großer Gott, sie waren ja tatsächlich drauf und dran umzufallen! Devlin löste sich von ihren Lippen und rief: »Verdammt noch mal, wir …« Sie landeten beide im Heu, Megan auf ihm »… fallen!« vollendete er den Satz, als das Unvermeidliche geschehen war.

Er mußte lachen. Es war ein tiefes, glucksendes Lachen, das sie noch nie von ihm gehört hatte. Es wirkte unheimlich ansteckend, vor allem, weil die Situation wirklich sehr komisch war. Zum Glück waren sie ja weich gefallen, in ein Bett aus Heu. Sie hätte allerdings nicht geglaubt, daß ihre Unterrichtsstunde auf diese Weise enden würde.

Sie mußte genauso lachen wie er, dann sogar noch mehr, als sie durch das Schütteln seines Brustkorbs regelrecht abgeworfen wurde. Sie rollte auf den Rücken und hielt sich den Bauch vor Lachen, konnte sich kaum beruhigen. Sie suchte vergeblich nach einem Taschentuch, um sich die Lachtränen zu trocknen, als sie bemerkte, daß eines genau vor ihrer Nase baumelte. Wie aufmerksam von ihm!

Devlin hatte sich auf die Seite gerollt, auf seinen Ellbogen gestützt und grinste sie an.

»Das letzte Ereignis war kein offizieller Teil des Kußunterrichts.«

Sie grinste zurück. »Gut, daß du es mir sagst. Ich war mir nicht sicher.«

Er lachte, doch dann fiel sein Blick auf ihre offene Bluse, und sofort sah sie wieder die Erregung in seinen Augen. »Um ehrlich zu sein«, sagte er mit einem genüßlichen Lächeln, »ist diese Lage ja für das Küssen wesentlich geeigneter. Willst du noch mehr lernen?«

»Gibt es da denn noch mehr?« fragte sie verwundert.

»Aber sicher doch.«

»Dann zeig es mir.«

Er beugte sich zu ihr hinüber – doch plötzlich hielt er inne und schüttelte den Kopf, wie wenn er zur Besinnung kommen wollte. Er runzelte die Stirn. »Nein, ich … großer Gott, ich muß verrückt sein! Geh nach Haus, Megan, und zwar sofort. Die Unterrichtsstunde ist vorbei.«

Sie konnte ihre Enttäuschung nicht verbergen. »Warum denn?« flüsterte sie leise.

»Weil ich bei unserem letzten Kuß die Beherrschung verloren habe. Ich hab für einen Augenblick vergessen, daß du ein unschuldiges Mädchen bist, das einfach viel zu neugierig ist.«

»Willst du damit sagen, du hättest beinah mit mir geschlafen?« fragte sie zögernd.

»Ja, zum Teufel.«

Wenn das seine einzige Sorge war! »Aber ich hätte dich doch gar nicht gelassen! Ich hätte dich doch gebremst. Du *würdest* doch aufhören, wenn ich es sagen würde, oder?«

»Aber sicher doch«, beteuerte er.

»Dann gibt es doch überhaupt kein Problem.«

»Meinst du? Nun, ich bin immerhin nicht ganz nüchtern«, bemerkte er. Als ob sie das noch nicht gemerkt hätte!

»Das macht doch nichts.« Sie kuschelte sich an ihn und sagte flehentlich: »Zeig mir noch mehr. Bitte!«

Er stöhnte und zog sie an sich. »Gib mir deine Zunge wieder!« Sie tat es, doch diesmal ließ er ihre Zunge keine eigenen Wege gehen, sondern hielt sie mit seinen Lippen fest und saugte sanft an ihr.« Dann hielt er inne und sagte: »Es gibt noch andere Stellen, wo man das auch machen kann!«

»Wo denn?«

Er nahm ihr Ohrläppchen zwischen seine Lippen und knabberte zärtlich daran. Sie zitterte, atemlos vor Erregung. »Wo noch?«

Sie folgte der Spur, die seine Lippen über ihren Körper zogen, versuchte zu ahnen, wohin sie als nächstes gehen würden. Wie sie genoß, was er mit ihr machte! Dann war er an ihrer Brust angelangt, sog einen ihrer Nippel tief in die heiße Höhle seines Mundes. Sie wollte es nicht glauben. Hatte das noch mit Küssen zu tun? Doch sie ließ ihn gewähren. Nein, noch wollte sie ihn nicht bremsen. Noch nicht!

Dann fühlte sie einen kühlen Lufthauch an ihren Beinen, merkte nicht, daß er ihren Rock hochhob. Er nestelte an ihrer Unterwäsche, und sie fragte sich, was das sollte. »Was machst du denn da?«

Sein Mund kam wieder auf ihre Lippen. Er küßte sie leidenschaftlich. Dann sagte er: »Ich zeige dir jetzt alles! Das wolltest du doch. Oder hast du Angst?«

»Ein bißchen.«

»Das solltest du auch.«

Vielleicht hätte er das nicht sagen sollen, vielleicht war es aber auch gerade gut so. Er forderte ihren Eigensinn und ihre Neugier gleichzeitig heraus. »Hör noch nicht auf, Devlin, noch nicht.«

Er küßte sie noch einmal so wild, daß sie gar nicht merkte, wie er ihr den Schlüpfer auszog. Doch dann spürte sie seine warmen Finger zwischen ihren Schenkeln. Sie stieß einen leisen Schrei aus, den er mit seinen weichen Lippen erstickte. Dann stöhnte sie nur noch, krallte ihre Finger in seinen Rücken. Eine neue Welle von unbekannten, erregenden Gefühlen brach in ihr auf. Wie von selbst spreizte sie ihre Beine, ihr Körper öffnete sich ihm, sie wußte nicht mehr, was sie tat, doch es war ihr egal …

»Ist das ... gehört das noch zum Küssen?« stieß sie keuchend hervor, als er sich von ihren Lippen löste, um ihren Nacken, dann ihre Brüste zu liebkosen.

»Ja«, log er.

»Soll ich das dann auch bei dir machen?«

»Nein«, ächzte er. Er wußte, es würde ihn zerreißen.

»Ich möchte es aber so gerne.«

»Ich würde sterben, wenn du es tätest.«

Sie dachte *auch*, sie müßte sterben, als er sich auf sie wälzte, sein Becken zwischen ihre Schenkel zwängte. Und dann preßte er sein hartes Glied an die Stelle, die er vorher mit seinen Fingern so erregt hatte. Wieder zitterte sie vor Wollust.

Doch dann durchfuhr sie ein stechender Schmerz, der alles andere als Wollust war. Sie riß entsetzt die Augen auf. Was war das? War das ... Oder waren das seine Finger, die sie da in sich fühlte und die ihr diesen Schmerz bereiteten? Aber sie fühlte seine Hände, beide Hände, doch auf ihrem Rücken? Sie erstarrte vor Schreck. Das hätte nicht passieren dürfen.

»Wehe, du schläfst jetzt mit mir!« rief sie, atemlos vor Angst.

Er hielt abrupt inne. Auch er schien erschrocken. »Ich glaube, es ist schon zu spät.«

»Das ist nicht wahr!«

»Es tut mir wirklich leid, Megan, aber es ist schon passiert.«

Panik und Wut machten sich in ihr breit. Wie ein Trommelfeuer schossen tausend Gedanken durch ihren Kopf. »Ich werde dich auf keinen Fall heiraten!« schrie sie.

Das war vielleicht nicht die Frage, die einen Mann am meisten beschäftigte, der gerade merkte, daß er die Kontrolle über sich verloren hatte. »Ich kann mich, verdammt nochmal, auch nicht erinnern, daß ich dich darum gebeten hätte ...«

»Gut so!«

»...aber jetzt werde ich es ja wohl müssen.«

»Dann hast du das große Glück, schon jetzt meine Antwort zu wissen!« gab sie beißend zurück. »Und jetzt geh endlich weg von mir!«

Seufzend lehnte er seinen Kopf an ihre Schulter. »Ich kann nicht, Megan.«

Sie verstand ihn nicht. »Natürlich kannst du. Du hast es doch gesagt.«

»Das war vorhin, da konnte ich noch zurück. Jetzt ... o Gott!« Er bewegte sich noch ein-, zweimal in ihr, dann blieb er entspannt auf ihr liegen.

Es hatte ihr kaum wehgetan, aber das war jetzt egal, sie war nur noch in Rage. »Devlin, ich werde wahnsinnig. Wenn du nicht willst, daß ich gleich schreie, heule, tobe, dann ...«

»Aber Megan. Ich schulde dir einen Höhepunkt. Du bist bis hierher gekommen, und jetzt solltest du doch auch ...«

»Ich hatte aber nicht die geringste Absicht, bis hierher zu kommen, und das wußtest du auch ganz genau!« zischte sie.

Er richtete sich auf, so daß sie ihm ins Gesicht sehen konnte. Er sah schuldbewußt drein. Die Vorwürfe, die er sich machte, waren schlimmer als ihre wilden Beschimpfungen, und so betrunken wie er war, wußte er überhaupt nicht mehr, was er jetzt machen sollte.

»Du hättest eben weggehen sollen, als ich dich vorhin gewarnt habe!«

»Ja, das paßt wieder!« bellte sie. »Wasch dich nur von jeglicher Schuld rein!«

»Wenn ich das täte, dann hätte ich dir ja wohl nicht angeboten, dich zu heiraten, oder?«

»Du weiß ganz genau, daß ich keinen Pferdezüchter heiraten kann. Das würde schon mein Vater gar nicht erlauben!«

»Ganz im Gegenteil«, widersprach er im Brustton der Überzeugung, »wenn ich deinem Vater erst einmal die ganzen Umstände erklärt habe, dann wird er voll und ganz damit einverstanden sein, das schwöre ich dir. Das ist also überhaupt kein Grund, meinen Antrag abzulehnen.«

»Untersteh dich, meinem Vater zu sagen, was du mir angetan hast. Untersteh dich, überhaupt irgend jemandem davon zu erzählen. Das, was heute abend hier passiert ist, ist niemals geschehen, klar?«

»Megan, du kannst doch nicht ...«

»Ich kann machen, was ich will. Und ich will mein Leben weiterleben, als ob dies hier niemals geschehen wäre, und das werde ich auch!«

»Wunderbar! Dann tu das!«

Er stand auf, ohne zu schwanken. Megan krabbelte ebenfalls auf die Füße, so schnell sie konnte. Einen Augenblick lang schaute sie atemlos auf ihren Körper, versuchte die Spuren dessen, was er ihr angetan hatte, zu suchen – und zu erfühlen. Er hatte tatsächlich mit ihr geschlafen, und sie war vollständig bekleidet – zumindest *fast* vollständig! Sie griff nach ihrem Schlüpfer, stürmte wütend zur Stalltür und riß den Riegel zurück, ohne Devlin noch eines weiteren Blickes zu würdigen. Der verfolgte sie mit traurigen Augen.

»Wenn du wieder zur Vernunft gekommen bist, dann weißt du ja, wo du mich finden kannst,« sagte er leise.

»Du wirst mich niemals wiedersehen. Fahr zur Hölle!« zischte sie zurück, bevor sie, ohne ihn anzuschauen, endgültig die Tür hinter sich zuknallte.

Devlin drehte sich um und schlug mit einem wütenden Brüllen seine Faust gegen die nächste Wand. Dann ging er in seinen Schlafraum und zertrümmerte alle Brandy-Flaschen, die noch übrig waren.

25

Volle drei Tage blieb Megan auf ihrem Zimmer, doch niemand wunderte sich groß darüber. Man nahm an, daß sie lediglich ein wenig unter dem Wetterumschwung zu leiden hatte. Aber dann raffte Megan sich wieder auf. So leicht war sie nicht unterzukriegen! Gut, sie hatte also einen Fehltritt begangen. Doch deshalb würde die Welt nicht untergehen, zumindest nicht sofort. Und das Schicksal konnte doch nicht so grausam sein, sie gleich mit Fruchtbarkeit zu segnen, nur weil sie ein einziges Mal vom rechten Weg abgekommen war! Megan hoffte es zumindest inbrünstig, aber zunächst einmal mußte sie warten, bis sie absolut sicher sein konnte.

Inzwischen verbrachte sie ihre Tage wieder wie gewohnt, allerdings mit einer großen Ausnahme: Sie ritt bis auf weiteres morgens nicht aus und machte auch sonst nichts, was sie irgendwie in die Nähe des Pferdezüchters geführt hätte. Dadurch war sie zwar ans Haus gefesselt, aber sie wurde auch nicht dauernd daran erinnert, was dort im Stall geschehen war.

Schließlich packte Megan ihre Koffer und brach zu einem längeren Besuch bei Tiffany auf. Ihrem Vater erklärte sie, daß sie noch so viele Dinge für ihren bevorstehenden Londonaufenthalt vorzubereiten hätten und daß es besser wäre, wenn sie gleich bei Tiffany bliebe. Das war durchaus nichts Ungewöhnliches, denn die beiden Freundinnen hatten einander im Laufe der Jahre schon häufig über mehrere Wochen besucht. Es deutete also nichts darauf hin, daß Megan womöglich vor irgend etwas auf der Flucht sein könnte. Höchstens ein eingebildeter Pferdezüchter käme vielleicht auf diese Idee, doch was in dessen Kopf vorging, war Megan im Moment ziemlich egal.

Zumindest eine Zeitlang. Doch dann kreuzte er plötzlich zwei Tage später bei Tiffany auf und wollte mit Megan reden. Eigenartig, die ganze Zeit hatte es ihm offenbar nichts ausgemacht, daß sie ihn nicht mehr im Stall besuchte. Jetzt aber, da sie abgereist war, hatte er es plötzlich eilig, mit ihr zu sprechen.

Natürlich weigerte sie sich, ihn zu empfangen. Und er ritt weg ... was hätte er auch sonst machen sollen? Er hinterließ auch keine Nachricht. Dann konnte es ja wohl nichts Wichtiges gewesen sein. Doch Megan hatte sich getäuscht. Er kam wieder, am nächsten Tag und auch am übernächsten. Dieser Mann *dachte* gar nicht daran aufzugeben, wenn er sich einmal etwas in den Kopf gesetzt hatte. Doch Megan war mindestens genauso stur. Nie und nimmer würde sie ihn anhören!

Die Schwierigkeit bei diesem »Krieg ohne Worte« war nur, daß er nicht heimlich zu führen war. Erst begann das Personal zu tuscheln, dann wurde Tiffany immer neugieriger, und schließlich fing sogar der Butler an, für Devlin Partei zu ergreifen und Megan mit vorwurfsvollen Blicken zu traktieren.

Doch das alles konnte Megan nicht aus der Ruhe bringen; Sturheit war nun einmal eine ihrer hervorstechendsten Eigenschaften. Was ihr wirklich zu schaffen machte, war – ihre Sehnsucht nach Devlin! Nach allem, was geschehen war, kam es ihr geradezu lächerlich vor, aber es war nun einmal so. Sie sehnte sich nach den Streitereien mit ihm. Und ganz besonders sehnte sie sich danach, ihn einfach nur zu sehen, denn so erbost sie auch über ihn war, der schlichte Anblick seines aufregenden Körpers war für sie jedesmal die reine Augenweide.

Doch hier bei Tiffany würde sie ihn auf keinen Fall empfangen. Sie hatte auch noch nicht die Absicht, wieder nach Hause zu fahren, wo er sie jederzeit aufsuchen konnte. Das kam gar nicht in Frage. Sie wollte erst dann wieder mit ihm reden, wenn sie ihm mit absoluter Sicherheit sagen konnte, daß ihr gemeinsamer Fehltritt keine unerwünschten Folgen gehabt hatte.

Megan hatte ihm inzwischen sogar fast verziehen. Nicht *er* war schuld daran, was im Stall passiert war, sondern ihre Neugier. Ihr eigener Körper, sie selbst hatte sich so sehr nach dem gesehnt, was Devlin dann schließlich mit ihr gemacht hatte. Schuld war ihre innere Stimme, die sie dazu verführt hatte, sich von ihm das Küssen beizubringen zu lassen, obwohl ihre Vernunft sie von Anfang an davor gewarnt hatte.

»Willst du mir nicht endlich erzählen, warum du so zornig auf ihn bist?« fragte Tiffany sie schließlich eines Tages beim Mittagessen. Megan hatte gerade wieder einmal ausrichten lassen, daß sie für Devlin nicht zu sprechen sei.

»Sehe ich denn so aus, als ob ich zornig wäre?«

»Nicht direkt ... aber das muß es doch sein. Warum sonst weigerst du dich denn, mit ihm zu reden?«

Megan versuchte das Thema mit einem Schulterzucken abzutun. »Erinnerst du dich nicht? Du hast mir doch selbst gesagt, ich sollte mich von ihm fernhalten.«

»Als ob du dich jemals um meinen Rat gekümmert hättest!« versetzte Tiffany. »Also sag schon, weshalb verkriechst du dich hier bei mir?«

»Ich verkrieche mich doch gar nicht!«

»Megan, du sprichst mit deiner besten Freundin!«

Megan seufzte. Sie hatte sich ohnehin schon gewundert, wie lange Tiffany ihre Neugier im Zaum gehalten hatte. Jetzt war also ein Geständnis fällig. Allerdings hatte sie die bittere Wahl zwischen *zwei* peinlichen Vorfällen, von denen der erste bei weitem weniger schockierend war als der zweite.

»Dieser Mann bildet sich ein, er müsse meinen Vater spielen.«

»Ach, erzähl mir doch keinen Quatsch!« lächelte Tiffany spöttisch. »Sein Interesse an dir ist doch nie und nimmer väterlicher Natur!«

»In einer Beziehung aber schon«, beharrte Megan. »Er besteht einfach darauf, daß ich einen Aufpasser brauche. Er maßt sich diese Rolle einfach an, bis hin zu disziplinarischen Maßnahmen. Er hat ... er hat ...«

»Ja, was hat er denn?« fragte Tiffany gespannt. Megan schlug die Augen zu Boden und wurde rot. Dann sagte sie leise: »Er hat mich verhauen.«

»Er hat *was*?!«

»Er hat mich übers Knie gelegt und ...«

»Du brauchst mir nicht zu erklären, wie das geht«, unterbrach sie Tiffany. »Aber er ist ein … er ist doch nur ein verdammter … Wie konnte der Kerl so etwas wagen?!«

»Das macht der ohne mit der Wimper zu zucken. Devlin benimmt sich nun einmal nicht so, wie es sich für einen Bediensteten gehört. Er hat sich noch nie so benommen. Ergebenheit und Respekt sind für ihn Fremdwörter. Wahrscheinlich ist das einer der Gründe für die Faszination, die von ihm ausgeht. Er paßt einfach nicht in das übliche Muster. Hast du jemals einen Bediensteten erlebt, der sich weigert, Befehle entgegenzunehmen, den man nicht entlassen kann und der darüberhinaus auch noch arroganter ist als zehn aufgeblasene Lords zusammen?«

»Merkst du eigentlich, daß du ihn auch noch entschuldigst?«

Tiffany war völlig entsetzt. Megan versuchte sie zu beruhigen: »Überhaupt nicht! Aber du wolltest doch wissen, wie er so etwas wagen konnte!«

»Dann wird er ganz schön geschaut haben, als er gefeuert wurde, trotz dieser lächerlichen Klausel in dem Kaufvertrag«, sagte Tiffany voller Genugtuung. »Will er *deshalb* dauernd mit dir reden? Will er, daß du ihm verzeihst, damit er wieder eingestellt wird?«

Die Vorstellung war für Megan so absurd, daß sie laut losprustete. »Devlin und um etwas bitten? Der weiß doch gar nicht, wie das geht!«

»Versucht er, dich richtig unter Druck zu setzen, damit er seine Stellung wiederbekommt?«

Megan wand sich verlegen. Es blieb ihr offenbar nichts anderes übrig, als mit der Wahrheit herauszurücken: »Er ist gar nicht entlas …«

In diesem Moment klopfte es zum Glück an der Tür, und der Butler meldete mit leisem Vorwurf in der Stimme: »Er ist wieder da, Miss Megan. Er sagt, daß er diesmal nicht eher weggehen wird, bis er Sie gesehen hat.«

Mit einem Satz sprang Tiffany auf. »Das darf doch wohl nicht wahr sein! Ich werde mich persönlich darum kümmern!«

Megan wollte sie zurückhalten: »Nein, Tiff …«

Doch schon war ihre Freundin aus der Tür, und Megan hörte, wie sie Devlin draußen in der Halle anfuhr: »Ihre Frechheit kennt ja wirklich keine Grenzen, Mr. Jefferys! Wie können Sie es überhaupt wagen, nach dem, was Sie sich geleistet haben, sich hier noch blicken zu lassen? Selbst wenn Megan bereit wäre, Sie zu empfangen, würde allein *ich* es schon nicht zulassen. Verlassen Sie auf der Stelle dieses Haus und kommen Sie nie wied ... Moment mal ... Sie können doch nicht einfach ...«

Megan wappnete sich innerlich. Jetzt war es also passiert, gleich würde Devlin hereingestürmt kommen und sich vor ihr aufbauen. Und genauso war es. Es war genau die Situation, die sie um jeden Preis hatte vermeiden wollen. Trotzdem, wie er da so vor ihr stand, zitternd vor Wut – sie konnte nicht anders, sie schmolz einfach dahin.

»Hast du es ihr gesagt?«

Sie wußte, was er meinte. »Nein, *das* nicht«, zischte sie leise. »Das andere!«

»*Was* denn?«

»Daß du mich übers Knie gelegt hast.«

»Oh!« entfuhr es Devlin, und mit einem Schlag wich sein ganzer Zorn aus dem Gesicht, und er fragte richtig besorgt: »Tut dir irgend etwas weh, Megan?«

»Überhaupt nichts«, erwiderte sie frostig.

»Wir müssen miteinander reden.«

»Nein!«

»Auf die Dauer kannst du mir nicht entkommen!«

Die Selbstsicherheit, mit der er das sagte, weckte in Megan ihren alten Widerspruchsgeist. »Das kann ich sehr wohl! Zumindest bis ich verheiratet bin ... und zwar mit jemand anderem!«

Diese Idee gefiel ihm offensichtlich überhaupt nicht. Er geriet darüber in solche Wut, daß Megan richtig Angst vor ihm bekam. Doch er drehte sich nur wortlos um und verließ den Raum. Als er an Tiffany vorüberging, die wie erstarrt in der Tür stand, knurrte er: »Sie hat es verdient gehabt.«

Tiffany knallte die Tür hinter ihm zu. »Ist der Kerl immer so unverschämt?« fragte sie Megan entrüstet.

»Immer.«

»Dann hätte man ihn schon viel früher feuern sollen, und zwar ohne Rücksicht auf irgendwelche Vertragsklauseln!«

Megan fiel in ihren Sessel. Eine totale Verzweiflung kam über sie; sie war den Tränen nahe. Tonlos sagte sie: »Er ist ja gar nicht entlassen.«

»*Wie bitte?* Das kann doch nicht dein Ernst sein! Und was sagt dein Vater dazu?«

»Mein Vater hat keine Ahnung von allem. Ich habe ihm nichts davon erzählt.«

»Aber Megan! Warum denn bloß? Also, wenn *das* kein Grund für eine Entlassung ist ...«

»Aber wenn ich es vielleicht verdient hatte?«

»Selbst dann! Er hat doch nicht das mindeste Recht, dich in irgendeiner Form zurechtzuweisen ... Aber *hattest* du es denn verdient?«

»Irgendwie schon. Ich habe dir doch schon erzählt, daß er sich übertriebene Sorgen um mich macht. Deshalb war er ja auch so in Rage, weil ich mich in dieser besagten Nacht in Gefahr begeben hatte.«

»In welcher Nacht? Meinst du die, in der du ihn verfolgt hast?«

»Ja, genau.«

»Aber als du mir das damals erzählt hast, hast du mir von *dieser* Geschichte gar nichts gesagt!« Tiffanys Stimme klang vorwurfsvoll.

Megan fühlte sich immer elender und konnte schließlich ihre Tränen nicht mehr zurückhalten. »Ich wollte einfach nicht mehr daran denken müssen, glaub mir«, stieß sie schluchzend hervor. »Ich bin wirklich nicht sehr stolz darauf, daß er mich wie ein kleines Kind behandelt hat!«

»O Meg, wein doch nicht«, sagte Tiffany zerknirscht. »Es tut mir wirklich leid. Ich hätte da nicht meine Nase reinstecken sollen!«

»So ein Quatsch«, entgegnete Megan. »Wozu sind denn schließlich Freundinnen da, wenn nicht, um ihre Nase reinzustecken!«

Sie hielten beide einen Augenblick inne, dann mußten sie über diese etwas ulkige Formulierung lachen. Megan wischte sich die Tränen aus den Augen und meinte dann entschuldigend: »Devlin hat doch nur versucht, mir klarzumachen, wie gefährlich es ist, so leichtsinnig und sorglos durch die Welt zu marschieren!«

Warum habe ich dann bloß nicht auf ihn gehört? Megan machte sich bittere Vorwürfe.

Eine Woche später war es dann soweit. Megan mußte der Wahrheit ins Auge blicken: Das Schicksal *war* grausam gewesen. Sie trug ein Kind unter ihrem Herzen.

26

Devlin schwamm unter Wasser bis ans andere Ufer des Teiches und wieder zurück, ehe er wieder auftauchte, um Luft zu holen. Er hatte es sich angewöhnt, jeden Tag in der Frühe hierherzukommen und zu schwimmen. Denn seit Megan nicht mehr zu ihrem Morgenritt in den Stall kam, hielt er es zu dieser Tageszeit dort einfach nicht mehr aus. Ihm war nicht wohl bei dem Gedanken, daß *er* es letztlich war, der sie nicht nur aus dem Stall, sondern schließlich auch vom Hof vertrieben hatte. Auch die Schuldgefühle, die sie ihm machte, gefielen ihm ganz und gar nicht. Denn *so* schuldig fühlte er sich nun auch wieder nicht für das. was passiert war. Am meisten ärgerte es ihn jedoch, daß er sich kaum noch richtig erinnern konnte, wie es überhaupt zu diesem Vorfall gekommen war. Wenn sie letzte Woche, als er es endlich geschafft hatte, bis zu ihr vorzudringen, nicht wieder davon geredet hätte, hätte er womöglich gedacht, daß alles nur ein Traum gewesen war.

Doch er hatte nicht geträumt. Er hatte mit Megan Penworthy geschlafen. Und es war unbeschreiblich schön gewesen … bis zu dem Augenblick, wo er in sie eingedrungen war und ihm plötzlich – genauso wie ihr – bewußt wurde, was er da eigentlich tat. Der Schock darüber hatte für sie beide alles zunichte gemacht. Sogar sein Höhepunkt, der einfach über ihn gekommen war, obwohl er dies eigentlich gar nicht gewollt hatte, war ziemlich enttäuschend gewesen. Und trotz allem sagte ihm sein Instinkt, daß er mit Megan Penworthy unvergeßliche Stunden der Liebe erleben könnte …

Aber es hätte eben überhaupt nicht passieren dürfen! Hatte er nicht, seit er sie zum ersten Mal gesehen hatte, mit bewundernswertem Erfolg gegen seine Gefühle angekämpft? Wenn er an diesem bewußten Tag doch nicht so fürchterlich betrunken gewesen wäre! Dann hätte er einfach darauf bestanden, daß sie aus dem Stall verschwindet, und hätte ihr nicht diesen verrückten Vorschlag gemacht. Allerdings hätte er sich auch nicht so sinnlos betrunken, wenn *sie* ihn in der Nacht zuvor nicht so wahnsinnig erregt hätte.

Und nun wollte sie ihm nicht einmal erlauben, sich als Ehrenmann zu erweisen. Er riß sich weiß Gott nicht darum, einen launischen und verzogenen Rotschopf zu heiraten, wirklich nicht. Aber warum machte es ihn dann so wütend, daß sie ihn abwies? War es nur verletzte Eitelkeit, weil sie lieber einen anderen heiraten wollte? Schon möglich.

Devlin tauchte wieder. Er wollte die Strecke diesmal unbedingt dreimal durchschwimmen, ohne Luft zu holen, schaffte es aber nicht ganz. Mitten im Teich mußte er hochkommen und nach Luft schnappen. Mit einer heftigen Kopfbewegung warf er sein Haar zurück und wischte sich das Wasser aus den Augen. Trotzdem traute er seinen Augen kaum bei dem Anblick, der sich ihm bot: Megan stieg gerade von Sir Ambrose' Rücken und ging auf das Ufer zu ... ging weiter und stieg nun in voller Kleidung in den Teich. Wie mechanisch watete sie, ohne stehenzubleiben, auf ihn zu, und als sie schließlich vor ihm stand, schlug sie ihn zuerst mit der flachen Hand ins Gesicht und trommelte dann mit beiden Fäusten gegen seinen entblößten Brustkorb.

Devlin ließ sie eine Weile auf ihn einschlagen, bevor er sie in einem angesichts der Umstände recht ruhigen Ton fragte: »Was, zum Teufel, soll das bedeuten?«

Megan schrie ihre Antwort geradezu heraus: »Du verdammter elender Bastard, wenn du nicht so groß wärst, würde ich dich ertränken!«

»Aber warum denn?«

»Weil ich dich umbringen will!« Zur Bekräftigung schlug sie nochmals auf ihn ein, dann sagte sie: »Warum konntest du mich nicht einfach nur küssen, wie ich dich gebeten hatte?«

»Wovon sprichst du?«

»Das weißt du ganz genau! Warum nur hast du mit mir geschlafen und damit alles kaputt gemacht?«

Beinahe mußte Devlin lachen bei dieser absurden Frage. All die anderen Frauen, die er genauso wie Megan geküßt hatte, wären ziemlich enttäuscht gewesen, wenn er das Spiel gerade dann abgebrochen und *nicht* mit ihnen geschlafen hätte! Allerdings war auch keine einzige von ihnen noch Jungfrau.

»Solche Küsse, wie wir sie in dieser Nacht getauscht haben, führen nun mal in der Regel dazu, daß man miteinander schläft, du Dummchen«, erklärte er ihr. »Aber woher jetzt plötzlich die ganze Aufregung? *So* furchtbar böse warst du doch gar nicht, als es passiert ist!«

»Doch, das war ich schon! Aber ich stand damals noch unter Schock.«

»Und du hast volle drei Wochen gebraucht, um dich von diesem Schock zu erholen?« fragte er ungläubig.

Megan schlug wieder auf ihn ein. »Nein, aber es hat drei Wochen gedauert, bis ich sicher war, daß du mein Leben verpfuscht hast! Was für eine Schande!« heulte sie. »Es wird einen riesigen Skandal geben!«

Jetzt begriff Devlin plötzlich, warum sie so ein Theater machte. Er hatte ja – ganz im Gegenteil zu ihr offenbar – durchaus mit dieser Möglichkeit gerechnet.

»Ist das also deine Art, mir freundlich mitzuteilen, daß du schwanger bist?«

»Ja, du Idiot.«

»Und woher soll ich wissen, daß du mich nicht anlügst?«

Megan erstarrte. Einen Augenblick lang schaute sie ihn fassungslos an, dann drehte sie sich wortlos um und ging hoch erhobenen Hauptes zurück zum Ufer. Doch im Wasser ging das nicht so schnell, und Devlin brauchte nur den Arm auszustrecken, um sie wieder zurückzuholen.

»Tut mir leid, Megan, aber es ist mir nun einmal schon öfter passiert, daß Frauen einfach behauptet haben, daß ich der Vater ihres Babys wäre, obwohl es überhaupt nicht stimmte.«

Sie schaute ihn mit schmalen Augen an. »Willst du allen Ernstes behaupten, daß ich *von dir* unmöglich schwanger sein könnte?«

»Nein, aber nicht doch! Wenn du wirklich ein Kind bekommst, dann ist es ganz bestimmt von mir, und ich übernehme auch die volle Verantwortung dafür. Aber bist du denn ganz sicher, daß du schwanger bist?«

»Nein, das bin ich natürlich nicht!« Megan begann wieder, ihn anzuschreien: »Wie sollte ich es denn auch nach so kurzer Zeit schon genau wissen? Aber schon seit einer Woche warte ich auf ... Ich bin überfällig, und sonst kommt es immer pünktlich!«

»Aber deshalb mußt du doch nicht gleich hysterisch werden! Ich habe dir doch angeboten, dich zu heiraten, egal ob du nun ein Baby kriegst oder nicht, erinnerst du dich nicht?« Devlin schaute sie fragend an: »Das habe ich doch, oder?«

Megan starrte ihn aus großen Augen an: »Kannst du dich etwa nicht mehr daran erinnern?«

»Bevor ich dich bei den Roberts' traf, war ich nicht einmal ganz sicher, ob ich die Geschichte vielleicht nur geträumt hatte. Aber es war offenbar kein Traum, obwohl mir bis heute nicht klar ist, wie das alles passieren konnte.«

»Erwarte bitte nicht, daß *ich* es dir noch mal erzähle. Ich würde es nämlich selbst am liebsten aus meinem Gedächtnis streichen.«

Devlin faßte sie mit beiden Händen an den Schultern und schüttelte sie leicht: »Eins weiß ich noch ganz genau: Nämlich daß du dich geweigert hast zu verschwinden, als ich dich wegschicken wollte. Es hat dir nämlich selber viel zuviel Spaß gemacht, verdammt nochmal! Das einzige, was ich am liebsten genauso wie du aus meinem Gedächtnis streichen würde, ist das, was am Schluß geschah. Aber es ist nun einmal passiert, und deshalb sollten wir nicht weiter darüber jammern.«

»Ich *werde* aber weiter darüber jammern, wenn …«

Devlin schüttelte sie wieder. »Megan, bring mich nicht zur Weißglut! Meinst du wirklich, ich reiße mich darum, eine verwöhnte Göre zu heiraten, der ich verdammt egal bin? Aber ich habe nun einmal keine andere Wahl, und du auch nicht!«

»Aber das ist einfach ungerecht!« schrie ihn Megan an. »Du kannst mir niemals den gesellschaftlichen Rahmen bieten, den ich brauche, um Eindruck auf Lady O zu machen. Alles, was du zu bieten hast, ist mein eigener Stall. Und lieben tust du mich auch nicht! Wahrscheinlich willst du mich nur deshalb heiraten, weil du dir Hoffnungen machst, dadurch gesellschaftlich aufzusteigen. Aber das wird dir nicht gelingen! Du wirst niemals ein Gentleman. Dazu müßtest du …«

»Jetzt reicht's aber langsam, du kleines Biest!« Seine Stimme klang eisig. »Mir wird ja ganz schlecht von deinem wehleidigen Gewäsch! Ist dir eigentlich nie der Gedanke gekommen, daß ich vielleicht *auch* Pläne für mein weiteres Leben gehabt habe, in denen *du keine* Rolle spieltest? Denkst du eigentlich jemals an etwas anderes als nur an *dich* und *deine* Wünsche?«

Das letzte, was er gesagt hatte, war ungerecht, und Devlin wußte das auch. Denn nach dem, was Tyler ihm von ihr erzählt hatte, dachte Megan sehr wohl gelegentlich auch an die Gefühle der anderen. Doch es hatte seine Eitelkeit zu sehr verletzt, daß schon der bloße Gedanke, ihn zu heiraten, sie fast zum Wahnsinn trieb. Dabei war er, von ihrem Standpunkt aus gesehen, ja wirklich ein Mann ohne Zukunft; er war nicht einmal von niederem Adel und kam schon deshalb als Ehemann überhaupt nicht in Frage. Wenn er wirklich der Mann gewesen wäre, für den sie ihn halten mußte, war ihre Verzweiflung durchaus verständlich.

Eigentlich sollte er ihr jetzt reinen Wein einschenken. Dann würden sich mit einem Schlag all ihre Sorgen in Luft auflösen, und sie könnte sich endlich wieder ihres Lebens freuen. Aber verdammt, er dachte ja gar nicht daran! Sie sollte ruhig weiterschmoren! Schließlich war sie mit ihrer ganzen sexuellen Neugier zu ihm als dem Pferdezüchter gekommen. Dann sollte sie eben auch den Pferdezüchter heiraten, verdammt noch mal!

Auf seine letzte Frage hin hatte sie ihn giftig angeschaut. Sie war vor Zorn ganz rot geworden, denn er hatte es schon wieder gewagt, sie zu kritisieren! Eiskalt erwiderte sie deshalb: »Wer sagt denn eigentlich, daß ich dich überhaupt heiraten werde? Du hast ja gar keine Ahnung, wie viele *wirkliche* Gentlemen in diesem Bezirk schon um meine Hand angehalten haben!«

»Und du hast dir alles vermasselt, weil du sie hast abblitzen lassen.«

»Das bedeutet doch noch lange nicht, daß ich meine Meinung nicht mehr ändern könnte, oder? Und dann kannst *du* endlich deine großartigen Lebenspläne verwirklichen. *Ich* jedenfalls habe nicht vor, dir dabei im Wege zu stehen.«

Sie machte den Eindruck, als ob es ihr ernst wäre mit dem, was sie sagte. Wieder schüttelte Devlin sie, so sehr ärgerte er sich über sie. »Selbstlosigkeit paßt kein bißchen zu dir, du kleines Biest. Und es kommt auch überhaupt nicht in Frage, daß du einen anderen heiratest, weil es nämlich *mein* Kind ist, das du austrägst. Wir fahren einfach nach Gretna Green!«

»Was?«

»Dein Vater wird seine Einwilligung geben, wenn ich erst mit ihm gesprochen habe.«

»Das wird er niemals! Du mußt ja völlig verrückt geworden sein!«

»Wir fahren nach Gretna Green! Es wird unserer Heirat etwas Romantisches verleihen. Andernfalls werden die Tratschweiber die Tage bis zu deiner Niederkunft zählen und dich dann in Stükke reißen.«

»Sie werden mich ohnehin in Stücke reißen, weil ich einen Pferdezüchter geheiratet habe.«

»Dann bist du also einverstanden?«

»Das habe ich überhaupt nicht gesagt!« knurrte sie. »Ich habe nämlich keine Lust, mein Leben lang in einem Stall zu hausen.«

»Dein Platz wird an meiner Seite sein.«

»Vielleicht könnten wir uns mein Zimmer teilen.«

»Ich werde auf keinen Fall in das Haus deines Vaters ziehen!« sagte Devlin entschieden.

Sie fuhr fort, als hätte sie kein einziges seiner Worte gehört. »Es wird zwar eine Menge Geld verschlingen, aber wir müßten dir erst einmal eine anständige Garderobe verpassen. Dann könnten wir ... aber was soll das Ganze? Aus dir wird sowieso nie ein Gentleman. Du bist eben nun mal ein verdammter Rüpel. Hast du eigentlich *jemals* darauf geachtet, wie du redest?«

»Hast du eigentlich *gerade eben* darauf geachtet, *was* ich rede?« versetzte er trocken.

»Ich bemühe mich hier, einen Kompromiß zu finden, und du versuchst mich dauernd zu stören.«

»Oh nein! Was du hier machst, ist überhaupt kein Kompromiß. Du meinst nur wieder einmal, daß alles so laufen muß, wie du es dir in den Kopf gesetzt hast. Es tut mir wirklich leid, Megan, aber ich muß dir wohl erst mal anständiges Benehmen beibringen.« Seine Stimme klang eigentlich alles andere als gequält. »Die Frau hat zu tun, was der *Mann* ihr sagt, und nicht umgekehrt.«

»Ein weiterer Grund, dich auf keinen Fall zu heiraten! Wenn du mich nämlich lieben würdest, dann würdest du versuchen, mich glücklich zu machen. Aber du liebst mich eben nicht, und deshalb wirst du mich unglücklich machen!«

»Ich will dich nicht unglücklich machen«, stieß er zwischen den Zähnen hervor. »Ich will dich zu meiner Frau machen, und das sind zwei ganz verschiedene Sachen.«

»In deinem Fall kommt es auf das gleiche heraus«, erwiderte Megan mit nervtötender Sturheit.

Devlin ließ sie los, um sie nicht *wirklich* durchrütteln zu müssen. »Reit nach Hause, Megan, und pack deine Sachen. Wir brechen sofort auf, nachdem ich mit deinem Vater gesprochen habe.«

»Ist das wirklich dein Ernst?« fragte Megan fassungslos. »Meinst du tatsächlich, daß mein Vater dir die Erlaubnis geben wird, mich zu heiraten? Mein Gott, was bist du nur für ein Träumer, Devlin! Mein Vater würde nur dann zustimmen, wenn ich ihm sagen würde, daß es *mein* ehrlicher Wunsch ist, dich zu heiraten. Und dann würde das Baby dabei überhaupt keine Rolle spielen, wenn es *das* sein sollte, worauf du spekulierst. Du kannst deine Hoffnungen aufgeben, Devlin. Er wird einen anderen als Ehemann für mich finden.«

»Dann schlage ich vor, daß wir *ihm* die Entscheidung überlassen. Wenn er einwilligt, wirst du dann damit aufhören, dich zu zieren?«

Sie schaute ihm mißtrauisch in die Augen. »Du hast doch nicht etwa vor, ihn genauso unter Druck zu setzen wie mich, oder?«

»Ich *setze* dich nicht unter Druck, verdammt noch mal! Und deshalb werde ich auch deinen Vater nicht unter Druck setzen. Gilt unsere Abmachung?«

»Na gut«, sagte sie verdrießlich. Dann bemerkte sie von oben herab: »Doch es gibt für mich noch lange keinen Grund, schon gleich zu packen. Ohne meine Hilfe wirst du seine Einwilligung nämlich nicht bekommen, und ich denke gar nicht daran, dich zu heiraten!«

»Aber wenn er zustimmt, wirst du es tun?« Devlin bestand auf einer klaren Antwort.

»Das habe ich doch schon gesagt.«

»Gut. Dann betrachte dich hiermit als verlobt.« Er hob sie hoch und gab ihr einen kurzen, energischen Kuß. Dann ließ er sie wieder ins Wasser gleiten, drehte sie um und schickte sie mit einem kleinen Klaps zurück zum Ufer.

Megan stapfte los, drehte sich auf halbem Wege jedoch noch einmal um, um irgend etwas zu sagen – doch in diesem Moment fiel ihr erst auf, daß er gar nichts an hatte. »Mein Gott, Devlin, du bist ja ganz nackt!«

Ihr verblüffter Ausdruck war umwerfend komisch. Sonst hatte sie seinen nackten Körper doch immer so faszinierend gefunden, doch jetzt hatte sie sich offenbar dermaßen über ihn geärgert, daß sie gar nichts davon gemerkt hatte … Devlin begann zu lachen und konnte sich gar nicht mehr beruhigen. »Und *du* watest mit all deinen Kleidern einfach so in den Teich hinein!«

Doch ihr war in diesem Moment alles andere als nach Lachen zumute.

27

Es war kaum zu glauben. Aber sie waren tatsächlich unterwegs nach Schottland, um zu heiraten! Sie konnte es noch immer kaum fassen. Die Reise führte sie durch eine reizvolle Landschaft. Kilometer um Kilometer legten sie zurück auf ihrem Weg nach Norden, nach Schottland … um sich trauen zu lassen!

Sie hatten einen Bediensteten mitgenommen, der Megans Kutsche zurückbringen sollte, denn Devlin wollte für sie beide eine eigene mieten, sobald er etwas Anständiges gefunden hätte. In Somerset wurde er schließlich fündig. Er hatte Megan in einer Gastwirtschaft warten lassen und kam dann mit der luxuriösen Privatkutsche des Grafen von Sedgemeer zurück, einem Wagen mit allem Drum und Dran, mit dem Familienwappen an den Türen, und sogar der Leibkutscher des Grafen saß auf dem Bock.

Megan warf einen derartig mißtrauischen Blick auf das Gefährt, daß Devlin sich zu einer Erklärung veranlaßt sah. »Ich habe dem Grafen erzählt, daß wir unter die Räuber gefallen wären und man uns unser Geld, unsere Kleider und sogar die Kutsche gestohlen hätte.«

»Und aus reiner Menschenfreundlichkeit hat er dir seine eigene Kutsche überlassen?« fragte sie ironisch.

»Ich habe ihm auch noch erzählt, daß ich der Herzog von Wrothston wäre. Daraufhin hat er sich vor Unterwürfigkeit fast überschlagen, sogar seinen Kutscher hat er mir aufgedrängt. Weißt du, ich sehe nämlich St. James ein wenig ähnlich.«

»Du siehst ihm kein bißchen ähnlich! Ich habe ihn doch selbst getroffen, erinnerst du dich nicht?« Devlin seufzte. Selbst wenn er sagen würde, daß der Himmel blau sei, würde sie behaupten, er sei grün.

Die komfortable Kutsche machte die Fahrt zumindest erträglicher, wenn auch Devlin selbst alles andere als ein angenehmer Reisegefährte war. Zum Glück hatte er jedoch Caesar dabei; auf diese Weise verbrachte er viel Zeit außerhalb der Kutsche, und sie war dann endlich allein und konnte ein bißchen ihren Gedanken nachhängen.

Megan hatte ihren Sir Ambrose auch mitnehmen wollen, doch Devlin hatte ihre Bitte schlichtweg abgelehnt. Nun kommandierte er sie schon herum, bevor sie überhaupt verheiratet waren! Es zeigte sich immer deutlicher, daß sie mit diesem Mann nicht leben konnte. Mit ihm zu reisen, war schon schlimm genug. Und es war eine sehr weite Reise: fast fünfhundert Kilometer bis nach Schottland, bis nach Gretna Green, diesem berühmten Ort, wohin schon seit Jahrzehnten Paare durchbrannten, die unbedingt heiraten wollten. Paare, die zu ungeduldig waren, um die drei Wochen des öffentlichen Aufgebotes abzuwarten, oder solche, die den Segen ihrer Eltern zur Heirat nicht bekommen hatten ... Megan *hatte* immerhin den Segen ihres Vaters.

Wie es dazu gekommen war, war ihr allerdings noch immer ein absolutes Rätsel. Megan wunderte sich dabei weniger darüber, *daß* ihr Vater zugestimmt hatte, als darüber, daß er so eigenartig *glücklich* schien, als er zusammen mit Devlin aus dem Arbeitszimmer trat. Er hatte ihr gratuliert und sich unheimlich gefreut, daß sie sich so einen *»feinen Mann«* ausgesucht hätte. Er hatte noch viel mehr gesagt, lauter dem Anlaß angemessene schöne Worte, doch Megan spukte immer noch dieser Ausdruck »feiner Mann« im Kopfe herum. Sie schaute Devlin an. Er war wirklich ein Teufel, der die Menschen mit einem geheimnisvollen Zauberspruch verhexte und damit schlagartig ihre Sympathie gewann. Wenn er doch bloß auch *sie* ein wenig verhext hätte ...

Megan konnte sich über diese einschneidende Veränderung in ihrem Leben nicht recht freuen. Es kam alles so plötzlich, es war einfach zuviel für sie. Sie hatte sich oft ausgemalt, wie ihre Hochzeit sein würde, doch sie hatte nie daran gedacht, daß sie einmal heiraten *müßte,* und ausgerechnet auch noch Devlin. Nein, das hätte sie sich wirklich nicht träumen lassen. Doch sie entschloß sich, ihre Enttäuschung für sich zu behalten. Die Stimmung war schon schlecht genug, und außerdem war ja nun einmal sowieso nichts daran zu ändern.

Das Problem bei diesem Entschluß war nur, daß sie ihn nicht länger als zwei Tage durchhielt; am dritten Tag konnte sie es schließlich nicht mehr aushalten. Devlin wollte gerade sein Mittagschläfchen halten, da platzte sie heraus: »Ich kann es einfach nicht verstehen. Was hast du meinem Vater bloß erzählt, daß er sich über unsere Heirat so gefreut hat?«

Devlin murmelte mit geschlossenen Augen: »Ich habe ihm natürlich gesagt, daß ich dich liebe, und daß es mein einziger Wunsch ist, dich wahnsinnig glücklich zu machen.«

Sie spürte einen Stich im Herzen, denn sie wußte, daß er nicht die Wahrheit sagte. »Ich finde es überhaupt nicht komisch, daß du darüber auch noch Witze reißt!«

»Eine weitere Schwäche von dir, meine Liebe. Du hast einfach keinen Sinn für Humor.«

»Na gut, du hast also deinen kleinen Spaß gehabt ... Nebenbei gesagt, er war ganz schön geschmacklos. Aber jetzt möchte ich eine Antwort auf meine Frage!«

»Ich habe ihm einfach die Wahrheit gesagt, Megan.«

»Daß du mich verführt hast?«

»Ich dich verführt? Ich glaube, es war doch eher umgekehrt.«

»Das ist nicht wahr!« begehrte sie auf.

Devlin öffnete ein Auge und sagte: »Also habe *ich* dich um Unterricht im Küssen gebeten, ja?«

»Genau das ist es, was ich meine«, fauchte sie. »Unterricht im Küssen wollte ich, sonst gar nichts. Und nicht das, was du dann mit mir gemacht hast.«

Er seufzte: »Ich habe ja auch die Verantwortung für meinen Beitrag an der Geschichte übernommen. Offensichtlich bist *du* aber nicht dazu bereit.«

»Weshalb sollte ich auch? Du bist ja ganz allein schuld daran!«

»Na, wie du meinst, Liebling«, sagte er schläfrig und schloß wieder die Augen.

Megan brütete schweigend einige Minuten vor sich hin, ehe sie sagte: »Du hast mir immer noch keine Antwort auf meine Frage gegeben.«

»Das liegt vielleicht daran, daß man sich mit dir eben nicht eine einzige Minute unterhalten kann, ohne daß du einen zur Weißglut bringst!«

Als sie nichts mehr sagte, schaute er zu ihr hinüber. Sie starrte voller Verzweiflung aus dem Fenster. »Verdammt noch mal«, beschwor er sie. »Was, zum Teufel, meinst du denn, daß ich ihm gesagt habe? Ich habe ihm gestanden, daß ich dich geschwängert habe. Und er gehört nun einmal zufällig zu den Menschen, die der festen Überzeugung sind, daß ein Kind beide Eltern braucht – und zwar seine *leiblichen* Eltern –, also hat er mein Angebot, dich zu heiraten, bereitwillig akzeptiert. Natürlich wäre es ihm lieber gewesen, wenn wir zuerst geheiratet hätten, wie es sich gehört, aber er hat eben Verständnis dafür, daß so etwas mal passieren kann.«

»Mußtest du ihm wirklich das mit dem Kind erzählen?«

»Du selbst hast doch gesagt, daß es keinen Einfluß auf seine Entscheidung haben würde, und daß er ganz unabhängig davon für dich in jedem Fall einen anderen Mann suchen würde. Na, und da hast du dich eben offenbar ein bißchen getäuscht, Megan. Er will lieber, daß du den Vater deines Kindes heiratest. Ach ja, und dann mußte ich das Baby natürlich auch noch erwähnen, um unseren eiligen Aufbruch zu begründen.«

»Aber das ist doch immer noch keine Erklärung dafür, daß er derartig *glücklich* über diese Ehe war«, murrte sie.

Devlin zuckte die Achseln. »Im Gegensatz zu gewissen Leuten, deren Namen ich jetzt nicht nennen möchte, *mag* mich dein Vater ganz einfach! Und deshalb hat er gegen deine Wahl überhaupt nichts einzuwenden.«

»*Ich* habe dich nicht gewählt!«

»Ich glaube, daß er das in Anbetracht der Umstände, in denen du dich befindest, etwas anders sieht.«

Megan sagte nichts mehr. Sie schaute ihn nur finster an, was Devlin aber nicht weiter störte, so daß er kurz darauf wieder eingenickt war. Megan jedoch fing wieder an, dumpf vor sich hin zu brüten.

So hatte sie sich ihre Hochzeit wirklich nicht vorgestellt! Zugegeben, es war ein Traummann, der ihr da gegenübersaß, der bestaussehende Mann, der ihr je begegnet war. Soweit wäre alles in bester Ordnung, besser sogar, als sie es sich jemals vorgestellt hatte, ohne Zweifel. Und er war fest entschlossen, sie zu heiraten. Auch das stimmte also. Warum fühlte sie sich dann aber so hundeelend, anstatt vor Freude zu tanzen?

Weil er mich nicht liebt.

Fandest du dich denn in letzter Zeit besonders liebenswert?

Ergreifst du schon wieder seine Partei?

Du willst doch nicht etwa abstreiten, daß du dich vom ersten Moment an, als ihr euch begegnet seid, wie ein echtes Miststück benommen hast?

Schon möglich, aber doch nur, weil er mich immer dazu provoziert hat. Hast du vergessen, wie oft er mich beleidigt, verletzt oder sonstwie gereizt hat, bis ich dann schließlich die Beherrschung verlor? Doch abgesehen davon, das Ganze ist schließlich eine Muß-Heirat! Soll ich darüber jetzt auch noch begeistert sein?

Es ist mir nicht aufgefallen, daß er sich darüber beklagt hätte, bevor du angefangen hast, ihm die Schuld an allem in die Schuhe zu schieben. Das war wirklich zuviel des Guten.

Das hätte ich ja nicht getan, wenn es nur um mein *Leben ginge, das ruiniert wird. Aber ich will nicht auch noch die ganze Verantwortung dafür übernehmen müssen, daß* sein *Leben verpfuscht wird.*

Meinst du wirklich, er hat das Gefühl, daß du ihm sein Leben verpfuschst? Dann müßte er doch eigentlich viel wütender sein.

Stimmt eigentlich. Der Mann ist eben unberechenbar.

Du warst in letzter Zeit auch nicht gerade sehr berechenbar. Du willst dir ja noch nicht einmal eingestehen, daß du eigentlich genau das bekommst, was du dir wünschst … ihn nämlich!

Ohne es zu merken, hatte Megan wütend geschnaubt. Devlin

öffnete die Augen und schaute mit hochgezogenen Brauen zu ihr hinüber. »Ist irgend etwas?« fragte sie streitsüchtig. »Hast du nichts Besseres zu tun, als mich anzustarren?«

Irgendwie schien ihn ihre Streitlust zu amüsieren. »Eigentlich wollte ich ja schlafen, aber du scheinst fest entschlossen, dafür zu sorgen, daß nichts daraus wird. Langweilst du dich vielleicht ein bißchen, Megan?«

»Keine Spur! Ich hatte gerade eine unheimlich anregende Unterhaltung mit mir selbst.«

»Sehr witzig.«

»Das ist kein Witz. Ja, vielleicht sollte ich es dir wirklich sagen. Du bist drauf und dran, eine Frau zu heiraten, die immer wieder Selbstgespräche führt. Doch noch ist es nicht zu spät, deine Meinung zu ändern und mich wieder nach Hause zu bringen.«

»Dann würde ich ja meine einmalige Chance verspielen, gesellschaftlich aufzusteigen!«

Megan runzelte die Stirn. Sie fühlte seinen aufwallenden Zorn beinahe körperlich, obwohl sich sein Gesichtsausdruck kaum veränderte. Er schloß wieder die Augen, doch diesmal wagte sie es nicht, dagegen zu protestieren, denn sein Ärger hatte sie diesmal ein wenig eingeschüchtert.

Doch schon war sie wieder beleidigt. *Der Kerl ist einfach wirklich unberechenbar! Da eröffne ich ihm den idealen Fluchtweg, indem ich so tue, als ob ich ein bißchen verrückt wäre, und was tut er? Er wird einfach nur wütend!*

Erwarte diesmal bloß keine Erklärung von mir. Ich stehe genauso vor einem Rätsel.

28

In ihrer letzten Nacht vor der Hochzeit, der letzten im seligen Zustand der Ungebundenheit, logierten sie in der Stadt Carlisle auf der englischen Seite der Grenze. Am nächsten Morgen sagte Devlin, daß sie schon in wenigen Stunden verheiratet sein würden, denn Gretna Green läge direkt hinter der Grenze. Megan hatte zwar leise Zweifel, ob Devlins Rechnung aufgehen würde, denn der Kutscher des Grafen Somerset hatte es schon zweimal geschafft, sich zu verfahren, doch sie erwiderte nichts.

Sie fühlte sich im Moment keinem Streit gewachsen. Jetzt, wo das schreckliche Ereignis so zum Greifen nahe war, hatte sie einfach keine Kraft mehr; sie fühlte sich hundeelend. Megan hoffte, daß sich diese Stimmung wieder legen würde, doch statt dessen wurde es immer schlimmer. Es war nicht nur die Nervosität am Vorabend der Trauung, obwohl auch das sicher eine Rolle spielte. Etwas anderes machte ihr viel mehr zu schaffen: In den letzten Tagen ging ihr dauernd der Gedanke im Kopf herum, daß von morgen an Devlin über ihr Leben bestimmen würde. Bei irgend einem anderen Mann wäre das nicht so schlimm gewesen, aber bei Devlin … Er liebte sie ja nicht einmal! Er wollte sie ja gar nicht heiraten, und deshalb würde er ihr das Leben zur Hölle machen.

»Du wirst doch nicht etwa gleich weinen, oder?«

Sie schaute zu ihm hinüber und bemerkte, daß er sie mit seinen türkisblauen Augen prüfend ansah. Wie lange er sie wohl schon so beobachtet hatte? »Ganz bestimmt nicht, wieso sollte ich denn?« widersprach sie ihm.

»Ich hatte den Eindruck, als ginge es gleich los.«

»Wirklich nicht, wenn ich es doch sage!« Megans Unterlippe zitterte.

»Ist dir der bloße Gedanke, mit mir verheiratet zu sein, ein solches Greuel, Megan?« fragte er leise.

»Ja!« rief sie und brach in Tränen aus. Sie verbarg ihr Gesicht in den Händen und konnte so nicht sehen, wie gequält er dreinschaute. Doch dann wurde sein Blick finster und entschlossen, und er sagte mit schneidender Stimme in ihr Schluchzen hinein: »Ich versteh' gar nicht, wieso du hier herumheulst. Unsere Ehe wird nur auf dem Papier stehen.«

Verwundert hob sie den Kopf und fragte: »Was willst du damit sagen?«

»Ich will damit sagen, daß ich unser sexuelles Erlebnis genauso unbefriedigend gefunden habe wie du und daß wir diesen Fehler deshalb nicht wiederholen sollten.«

Megan richtete sich steif auf, die Schamröte schoß ihr ins Gesicht. Er begehrte sie also nicht einmal mehr! Was für eine Demütigung!

»Das ist ganz in meinem Sinne!«

»Das dachte ich mir.«

Doch in diesem Moment rollte die Kutsche plötzlich über ein Hindernis, so daß sie beinahe von den Sitzbänken geschleudert wurden. Als nächstes hörten sie den Kutscher fluchen, und dann geriet die Kutsche ins Schlingern.

»Was zum Teu ...?« wollte Devlin sagen, doch dann unterbrach er sich und rief Megan zu: »Geh in Deckung!«

»Wo soll ich denn in Deckung gehen?«

»Auf dem Boden!«

»So ein Blöd...«

Er ließ sie gar nicht ausreden, sondern zog sie einfach auf den Boden, um sich schützend über sie zu werfen. Megan war so verblüfft, daß es ihr schier die Sprache verschlug. Doch Devlin konnte sich nicht in dieser Position halten. Die Kutsche schlingerte wie verrückt und wurde dabei immer schneller. Plötzlich neigte sie sich in einem unglaublichen Winkel, Devlin wurde zur Seite geworfen und knallte hart gegen die hölzerne Verkleidung der Sitzbank. Gleich darauf flog Megan zunächst gegen Devlin, dann gegen die Sitzbank, ehe sie kopfüber gegen die Seitenverkleidung rutschte. Nun erst kam die Kutsche zum Stehen. Einen Moment lang herrschte atemlose Stille.

»Bist du verletzt, Megan?«

Sie war sich nicht ganz sicher. Es dauerte eine Weile, bis sie ihren Rock geordnet hatte und sich aufrichten konnte. Dann erst stellte sie erleichtert fest, daß sie lediglich ihren Hut verloren hatte.

»Ich glaube nicht«, antwortete sie. »Und du? War das dein Kopf, der da so geknackt hat?«

»Sehr lustig!« knurrte Devlin, während er sich hochrappelte. »Ich glaube, daß ein Rad gebrochen ist. Bleib hier, ich schau mal nach, was los ist.« Die Kutsche lag fast ganz auf der Seite. Als Devlin die untere Türe aufmachte, stieß sie sofort gegen den Boden. Nur ein fußbreiter Spalt öffnete sich, durch den sich ein großer Mann wie er unmöglich hindurchzwängen konnte. Er mußte die obere Türe aufwuchten und sich hinaufziehen, um hinauszuklettern, was ihm jedoch nicht die geringsten Probleme machte. Megan hatte da schon mehr Schwierigkeiten, allein nur den Kopf aus der oberen Türe zu strecken, um zu sehen, was los war. Sie war nicht groß genug, um im Stehen hinausschauen zu können, und mußte sich deshalb zur Türöffnung hochziehen.

Die Kutsche lag im Straßengraben. Die Straße war an dieser Stelle ziemlich abschüssig, und vielleicht war das Gefälle der Grund dafür, daß die Kutsche ins Schleudern gekommen war. Doch *so* steil war der Berg nun auch wieder nicht. Als Megan zur

Kuppe hochschaute, bemerkte sie, daß die Straßenoberfläche irgendwie naß glänzte. Devlin und der Kutscher waren gerade dabei, die Stelle zu untersuchen.

Megan sah sich weiter um. Den Pferden fehlte nichts, sogar Caesar stand unversehrt auf der Straße. Zum Glück war seine Führungsleine so lang gewesen, daß sie ihn nicht zusammen mit der Kutsche in den Graben gerissen hatte. Und es kam ihnen auch schon jemand zu Hilfe, denn von weitem sah sie drei Männer den Berg herunter auf sie zureiten.

Die Arme versagten ihr den Dienst, sie rutschte ab und saß nun wieder eingezwängt in der unteren Wagenecke. Ihre Helfer waren inzwischen herangekommen, und sie hörte sie reden. Sie hatten einen starken Akzent, es mußten wohl Schotten sein. Eigenartig. Megan war gar nicht aufgefallen, daß sie die Grenze bereits passiert hatten.

Langsam wurde sie ungeduldig. Devlin war immer noch nicht zurückgekommen, um sie aus ihrer Lage zu befreien. So öffnete sie die untere Kutschentüre und stellte fest, daß der Spalt zwar für ihn zu eng war, nicht jedoch für sie. So quetschte sie sich hinaus und landete im Straßengraben unter der Kutsche. Das nächste Problem war nun, die Böschung zur Straße hinaufzukriechen, obwohl ihre Röcke sie behinderten.

»Was, Schweinefett?« hörte Megan jemanden lachend sagen. »Kannst du dir so was vorstellen, Gilleonan?«

»Da hat bestimmt irgendein Bauer nicht aufgepaßt, als er sein Fett zum Markt gefahren hat! Was meinst du, Lachlan?«

»Klar, so was muß es gewesen sein. Allerdings soll's hier in der Gegend auch Strolche geben, die so frech sind, daß sie ahnungslosen Leuten am hellichten Tag Fallen stellen.«

»Strolche?« Das war die Stimme des Kutschers.

Der andere erwiderte amüsiert: »Räuber, Mann! Wo kommst denn du her, daß du noch nie was von schottischen Räubern gehört hast? Das ist hierzulande Volkssport, beliebt bei Herr und Knecht. Allerdings frönt man diesem Vergnügen in der Regel erst spät nachts.«

Die Männer konnten sich jetzt vor Lachen kaum mehr halten. Megan runzelte verwundert die Stirn. Schottischer Humor war wirklich nicht ihre Sache, doch sie blieb ja nicht lange in diesem Land, so daß es gar nicht nötig war, das seltsame Völkchen zu verstehen.

»Riechst du etwa eine Falle, Lachlan?«

»Immer mit der Ruhe, Ranald, verdammt noch mal! Ich sag' dir schon, wenn ich eine Falle rieche. Hilf den Herren lieber erst mal!«

»Das ist nicht nötig«, hörte Megan Devlin antworten, als sie sich gerade zur Straße hochgekämpft hatte und sich die Hände an ihrem Rock abwischte.

Sie stand nun hinter den Schotten, die immer noch auf ihren Pferden saßen und ihr ihre breiten Rücken zuwandten, so daß sie sie gar nicht bemerkten. Devlin, der ihnen gegenüberstand und von dem sie hinter den Pferden nur sein Gesicht sehen konnte, schaute eigenartig ernst drein ... Megan konnte sich nicht erklären, weshalb er die Hilfe der Schotten ablehnte.

»Und warum soll das nicht nötig sein?« Auf Megans Frage hin schaute nicht nur Devlin zu ihr herüber, sondern auch die drei Männer rissen fast gleichzeitig ihre Pferde herum.

»Verdammt, Megan, kannst du nicht *einmal* das tun, was man dir sagt?« fluchte Devlin, während er sich zwischen den Pferden durchzwängte und sich vor ihr aufbaute.

Sie kniff die Augen zusammen, als sie merkte, wie wütend er war. »Anscheinend nicht«, gab sie schnippisch zurück.

»Dann versuch es wenigstens jetzt einmal und verschwinde wieder in der Kutsche!« zischte er nur für Megan hörbar.

»Nachdem ich mich gerade mit Ach und Krach herausgequält habe? Nein, danke!«

»Megan ...«

»Nein«, fiel sie ihm ins Wort. »Das ist doch wieder einmal völliger Unsinn! Die Kutsche muß doch wieder flott gemacht werden, oder? Meinst du, ich setze mich da rein und lasse mich herumstoßen, während ihr sie aus dem Graben zieht?«

»Megan! Tu, was ich dir sage!«

»Von wegen! Noch sind wir nicht verheiratet, Devlin Jefferys. Spar dir deine Befehle!«

»Oh, das klingt nicht schlecht! Du bist also noch ledig, Liebling?«

Der Mann, der die Frage gestellt hatte, trieb überraschend sein Pferd zwischen Megan und Devlin, wodurch Devlin sanft, aber energisch zur Seite gedrängt wurde. Megan blickte auf und sah, wie sich ein wahrer Riese von Mann aus dem Sattel schwang und direkt vor ihr auf die Beine kam. Noch im gleichen Augenblick griff er nach ihrer Hand, beugte sich ergeben über sie und berührte sie mit seinen Lippen. Sie wollte empört aufbegehren und ihre Hand zurückreißen, doch er hielt sie einfach fest. Er war wirklich imponierend groß, und das schüchterte sie ein wenig ein. Und er sah überraschend gut aus.

Er hatte helle, grüne Augen und dunkelbraune Haare, die im Sonnenlicht rötlich schimmerten. Sein marineblaues Jacket mußte von einem guten Schneider gefertigt sein, denn es saß wie angegossen um seine Schultern, die bestimmt mehr als doppelt so breit waren wie die ihren. Sein Brustkorb war breit und ausladend, doch er war nicht fett, sondern strotzte nur so vor Muskeln. Auch die Beine glichen eher zwei Baumstämmen und steckten in Lederhosen und kniehohen Reitstiefeln. Unter seinem Kinn bauschte sich eine altmodische, rüschenbesetzte Halskrause. Mit Sicherheit war er von den Männern, denen Megan jemals begegnet war, der am *zweitbesten* aussehende, und dieser Mann stand nun einfach da und schien von ihrem Anblick geradezu überwältigt.

»Großer Gott, das gibt's doch nicht! So eine herrliche, rotglühende Pracht ... und ein Gesicht wie ein Engel dazu!« rief er und verschlang erst ihr Haar und dann jeden Zoll ihres Gesichts mit den Augen.

Megan fuhr automatisch mit den Händen hoch, um ihren Hut zurechtzurücken, doch sie fand ihn nicht, sie hatte ihn ja in der Kutsche verloren. Sie war verlegen, doch auf eine durchaus angenehme Art. Dieser Mann war wirklich unverschämt frech, aber er fand sie offensichtlich attraktiv ... *und auch ihr rotes Haar!* Megan verspürte große Lust, triumphierend zu Devlin hinüberzuschauen und zu rufen: »Na, hast du das gehört? *Herrliche rotglühende Pracht ... ha!!*«

Doch sie beherrschte sich mit Mühe.

»Gestatten, Lachlan MacDuell, ich stehe zu Diensten«, sagte der Schotte. »Darf ich dir einen Ritt anbieten – vielleicht nach Gretna Green, würde dir das passen?«

»Wieso, ja ... ich meine, da genau wollten wir hin.«

Er lächelte. Es war ein breites, gewinnendes Lächeln. »Ich will dir mal was erzählen, Kleine: Viele Paare, die nach Gretna Green durchbrennen wollen, kommen da nie an. Denn die haben noch nie soviel Zeit miteinander verbracht wie auf der Reise dorthin, und noch bevor sie angekommen sind, haben sie sich so zerstritten, daß aus der Hochzeit nichts mehr wird. Darf ich hoffen, daß das auch bei dir der Fall ist, Liebling?«

Er schien einen guten Blick für Menschen zu haben, doch Megan dachte nicht daran, einem Fremden ihr Herz auszuschütten. »Da täuschen Sie sich! Außerdem wäre ich Ihnen dankbar …«

»Riechst du noch immer nichts von einer Falle, Lachlan?« rief einer seiner Begleiter dazwischen.

»*Noch* nicht, Gilleonan«, antwortete Lachlan sichtlich ungehalten. »Merkst du denn nicht, daß ich gerade dabei bin, der jungen Lady den Hof zu machen?«

Megan blinzelte verwirrt. »Nee«, erwiderte Gilleonan gereizt. »Schaut für mich nicht sehr überzeugend aus!«

Lachlan ging daraufhin vor Megan auf die Knie. »Und *jetzt*? Bist du jetzt zufrieden?«

»Ja, schaut schon besser aus. Aber dauert's denn noch lange?«

»So lange, bis …«

»Keinen Moment länger!« fuhr Devlin dazwischen und kam um die Pferde der Schotten herum.

Lachlan seufzte, doch er tat einfach so, als ob Devlin Luft wäre, und blickte weiter wie gebannt nur auf Megan. Die wiederum war zwar einerseits verlegen, doch irgendwie fühlte sie auch eine merkwürdige Erregung.

»Stehen sie auf, Mr. MacDuell«, flehte sie.

»Das geht nicht, jedenfalls nicht, bevor du mich erhört hast, Liebling!«

»Ach, hören Sie doch endlich auf!«

Er lächelte sie an: »Klar, ich weiß, du kannst nichts dafür. Aber so ist es nun mal, mein Herz liegt dir zu Füßen. Ich mach dir hiermit einen ganz offiziellen Antrag, und ich bin sicher, du bist davon so beeindruckt, daß du mir auch die Antwort gibst, die ich hören will.«

Megan konnte nicht anders, sie mußte lachen über den unverschämten Kerl. »So, werde ich das?«

»Das ist doch ganz klar! Schau doch mal, was hast du denn für eine Wahl, Liebling: Auf der einen Seite einen steifen, humorlosen Engländer, auf der anderen einen Prachtkerl von Schotten, mit dem du garantiert eine ganze Menge Spaß haben wirst und keinen einzigen langweiligen Augenblick.«

Wieder lachte Megan: »Es kann doch nicht Ihr Ernst sein, daß Sie mich heiraten wollen!«

»Und ob es mir ernst ist«, versicherte Lachlan. »Bist du denn nicht hierhergekommen, um zu heiraten?«

»Das stimmt, aber ...«

»Heirate mich, ich schwöre dir, du wirst es nicht bereuen!«

Es tat Megan irgendwie leid, den charmanten Burschen zu enttäuschen, doch es ließ sich nicht vermeiden. »Ich ...«

»Jetzt reicht's aber mit diesem absurden Spiel!« fuhr Devlin schroff dazwischen: »Diese Dame wird *mich* heiraten, Mr. MacDuell, und zwar mit der Zustimmung ihres Vaters. Haben Sie verstanden?«

Langsam kam Lachlan wieder auf die Beine. Devlin war schon groß, doch der Schotte überragte ihn noch um gut einen halben Kopf und war auch viel muskulöser. Offensichtlich setzte er darauf, daß schon seine gewaltige Größe Devlin zu einem Rückzieher veranlassen würde. Doch Devlin dachte gar nicht daran, sich einschüchtern zu lassen.

»Gestatten, Lord MacDuell! Und was sagt das Mädchen selbst dazu?«

Noch ehe Devlin für sie antworten konnte, sagte Megan schnell: »Er hat recht, Lord MacDuell. Ich habe mit ihm eine Art Vertrag, und den muß ich einhalten.«

»Aber liebst du ihn denn?«

»Das, mein Herr, geht Sie doch wohl überhaupt nichts an«, erwiderte Megan ungehalten.

Lachlan lachte herzlich: »Nun, ich glaube doch, daß mich das sehr wohl was angeht, Liebling, und deshalb lege ich deine Antwort so aus, wie ich meine, daß es für uns zwei am besten ist: Ich glaube, du brauchst einfach noch ein bißchen Zeit, um dir die ganze Geschichte noch mal durch den Kopf gehen zu lassen. Und ich kann dir diese Zeit verschaffen.«

Megan hob fragend die Brauen: »Entschuldigen Sie?«

»O nein, zweifellos muß *ich* mich entschuldigen. Ich muß dich nämlich leider entführen. *Jetzt,* Gilleonan!«

29

Megan sprühte Gift und Galle vor Wut. Diese Kerle waren also Diebe, Wegelagerer – schottische Strolche, wie sie sich selbst genannt hatten! Es hatte sich zwar nach und nach angekündigt, doch erst nach Lachlan MacDuells überraschendem Zuruf an Gilleonan gab es keinen Zweifel mehr: Plötzlich hatten sie Pistolen in den Händen und forderten Devlin auf, seine Geldtasche herauszurücken.

Doch dann hatte Lachlan seine Spießgesellen verblüfft. »Laßt alles übrige stehen und liegen«, befahl er, während er Megan, die sich verzweifelt wehrte, zu sich aufs Pferd zog. »Dieses Schmuckstück reicht mir für heute.«

»Und was ist mit dem Pferd?« protestierte Gilleonan. »Für so ein Tier kriegt man ein Vermögen, wenn man es verkauft!«

Lachlan schaute Caesar eine Weile prüfend an, dann lachte er kurz auf und sagte: »Laß ihn hier. Ich habe heute meinen großzügigen Tag. Aber vergiß nicht, Sand über das Fett auf der Straße zu streuen, Ranald! Ich möchte doch keine Kutsche in Schwierigkeiten bringen, solange ich nicht da bin und sie ausplündern kann.«

Devlin hatte von Anfang an gewußt, was kommen würde. Lange bevor die Räuber damit herausrückten, was sie wirklich vorhatten, hatte er versucht, Megan vor den Männern zu verstecken. Doch dann stand sie plötzlich auf der Straße und stritt solange mit ihm herum, bis sie endlich die Aufmerksamkeit des Anführers erregte, der sich daraufhin natürlich prompt in sie verknallen mußte.

Sie hatten sie also schließlich entführt! Devlin und den Kutscher hatten sie an Händen und Füßen gefesselt im Straßengraben zurückgelassen.

Devlin hatte etwas Widerstand geleistet und dem jungen Gilleonan seine Faust ins Gesicht geschlagen, wofür er sich zwar Gott sei Dank keine Kugel einfing, sondern nur ein gewaltiges Schädelbrummen, denn Ranald hatte ihm dafür sofort den Knauf seiner Pistole über den Kopf gezogen. Sein Schädel mußte ziemlich hart sein, denn der Schlag hatte ihn nicht ohnmächtig, sondern nur etwas benommen gemacht. Als die Räuber sich entfernten, hörten sie, wie er hinter ihnen herfluchte und drohte, es ihnen heimzuzahlen. Aber das war leicht gesagt, denn er war genausowenig in der Lage, die Verfolgung aufzunehmen, wie Megan sich aus dem Griff von Lachlans mächtigen Armen befreien konnte, die sich wie eine Zange um ihre Taille schlossen.

Sie tobte vor Wut. Eine Entführung! Darauf hätte sie wirklich verzichten können! Sie konnte daran weiß Gott nichts Romantisches oder Aufregendes finden. Der wilde Querfeldeinritt durch unwegsames Gelände wurde schnell zur Qual, um so mehr als Megan sich eisern dagegen sträubte, sich an ihren Entführer zu lehnen und deshalb völlig verkrampft abgewinkelt vor ihm im Sattel saß. Jedesmal, wenn sie eine enge Kehre ritten, glaubte sie, er würde sie zerquetschen – der verdammte Schotte merkte gar nicht, wie brutal er sie gepackt hatte. Doch keine Klage kam über ihre Lippen, sie wollte sich ihre Beschwerden aufheben, bis sich diese beiden schrecklichen Zangenarme gelöst hätten – wenn sie das überhaupt noch erleben würde.

Als die Sonne untergegangen war, wurde es Megan ziemlich kalt. Die Pferde trabten inzwischen gemütlich dahin, kein Wunder nach dem Tempo, das sie den ganzen Nachmittag über gehalten hatten. Megan fragte sich schon, ob die Schotten ihre Tiere zu Tode reiten wollten, als sie endlich am Ufer eines kleinen Flusses anhielten und aus den Sätteln stiegen. Im Nu hatten die Männer ein Feuer angezündet, etwas zu Essen aus den Satteltaschen geholt und ihre Decken auf dem Boden ausgebreitet: *Das* sollte ein Quartier sein! Sie hatten doch tatsächlich vor, hier zu schlafen ... *unter freiem Himmel*!

Megan ächzte, als MacDuell sie vom Pferd hob. Ihre Gelenke waren ganz steif geworden und knackten vernehmlich. Doch obwohl sie sich kaum mehr auf den Beinen halten konnte, schlug sie ihm auf die Finger, als er ihr helfen wollte. Lachlan fand das nur lustig und kicherte ein wenig. Megan wich einen Schritt zurück, um besser zu ihm hochschauen zu können, und sagte dann finster:

»Sie sind ein Verbrecher! Und Sie werden nicht weit kommen!«

»Bin ich doch schon«, gab er vergnügt zurück.

»Wohin wollen Sie mich eigentlich verschleppen?«

»Nach Hause!«

Diese kurze Bemerkung ließ bei Megan die Alarmglocken läuten, und deshalb versuchte sie es schnell mit einer anderen Taktik, indem sie ihn warnte: »Ich werde nicht dort bleiben, wo immer das auch sein mag!«

»Du verstehst anscheinend gar nicht, worum es mir geht«, meinte er beleidigt. »Ich tu dir doch nur einen Gefallen. Du hast jetzt die einmalige Chance, dir noch einmal zu überlegen, wen du eigentlich heiraten willst.«

»Sie erreichen damit nur das Gegenteil von dem, was Sie wahrscheinlich wollen: Mir wird nämlich klar, daß ich einen Engländer, der im übrigen kein bißchen langweilig ist, einem ruppigen Schotten deutlich vorziehe.«

Er schnalzte mit der Zunge: »Bist ein bißchen sauer auf mich, hm?«

»Und ob!«

»Das solltest du aber nicht, Liebling. Wie solltest du denn die richtige Wahl treffen, wenn du mich noch gar nicht richtig kennengelernt hast?« Megan starrte ihn nur ängstlich an. Doch er beruhigte sie: »Keine Angst, Mädchen, dir wird kein Haar gekrümmt, ich schwör's dir!«

»Ich fühle mich doch jetzt schon wie durch die Mangel gedreht! Reitet ihr Schotten eure Pferde *immer* so zuschanden?«

Er lächelte. »Das sind kräftige Tiere, die auf Ausdauer gezüchtet sind, ganz anders als eure fetten englischen Viecher. Es tut mir leid, daß dir jetzt ein bißchen die Knochen weh tun, aber das Tempo mußte sein.«

»Sie glauben doch sowieso nicht, daß irgend jemand sie verfolgen könnte, oder?« fragte sie spöttisch.

»Oh doch, Liebling, es geht schließlich um dich. Er *wird* kommen oder es wenigstens versuchen, dich wiederzufinden. Kein Mann, der noch ganz richtig ist im Kopf, würde dich kampflos aufgeben. Aber er wird kein Glück dabei haben, das verspreche ich dir. Wenn ich nicht will, dann findet mich kein Schotte und erst recht kein Engländer.«

Seine Worte hatten zur Folge, daß Megan sich am lieb. sten auf den Boden gesetzt und geweint hätte. Sie könnten jetzt schon verheiratet sein! Zugegeben, dadurch hätte sich wahrscheinlich zwischen ihr und Devlin nicht viel geändert – er bestand ja darauf, daß sie nur pro forma heiraten würden –, aber das Baby war unterwegs, und da durfte es einfach nicht sein, daß sie jetzt plötzlich doch nicht heirateten!

Lachlan breitete auf dem Boden eine Decke für sie aus. Seine beiden Kumpane – keiner von beiden war so groß und so gut gekleidet wie er – schimpften vor sich hin, weil sie Caesar nicht mitgenommen hatten. Doch Lachlan ignorierte sie einfach. Er wollte Megan die Hand reichen, um ihr beim Hinsetzen behilflich zu sein. Doch sie lehnte seine Hilfe ab und sank mit steifen Gliedern auf die Decke.

»Sie sind doch nur ein ganz gewöhnlicher Dieb!« beschimpfte sie ihn, als er sich neben sie setzen wollte.

Einen Moment lang schwieg er, dann brach er in ein solches Gelächter aus, daß er vor ihr auf die Knie ging. »Ein *ganz gewöhnlicher*

Dieb? Aber nicht doch, meine Liebe! Meine Vorfahren sind schon seit Generationen berühmte Räuber! Und da muß ich doch dieses ehrwürdige Familienunternehmen weiterführen!«

Bei dieser Antwort prusteten Lachlans Kumpane dermassen los, daß sie vor Lachen fast keine Luft mehr bekamen. Ihr Chef schaute nur kurz mit finsterem Blick hinüber, dann wandte er sich gleich wieder Megan zu und setzte erneut sein gewinnendes Lächeln auf.

»Schämen Sie sich denn gar nicht, ahnungslose Menschen auszuplündern?« fragte Megan vorwurfsvoll.

»Nein, eigentlich überhaupt nicht. Es ist doch so, daß sich Schotten und Engländer schon seit Jahrhunderten einen Spaß daraus machen, einander zu überfallen. Ich habe nur einen uralten Brauch wieder zum Leben erweckt.

»Sie behaupten also, daß Sie nur Engländer ausrauben?« Megan war entrüstet, denn immerhin ging es um ihre Landsleute.

Er zuckte mit den Schultern und meinte: »Wir werden nicht vor morgen nachmittag bei mir zu Hause sein. Daran siehst du, daß ich jedesmal eine ganz schöne Entfernung zurücklegen muß, um ganz sicherzugehen, daß es ausschließlich Engländer sind, denen ich die Taschen leere.«

»Wie patriotisch von Ihnen«, höhnte Megan. »Und dort, wo Sie zu Hause sind, gibt es keine Engländer in greifbarer Nähe?«

»Ein paar schon. Aber stell dir einmal vor, was ich da für Probleme bei der Arbeit hätte. Ich müßte jede Kutsche erst mal stoppen und aus den Leuten herausquetschen, ob sie Engländer oder Schotten sind. Und Schotten können es nun mal nicht leiden, wenn man sie aufhält und ihnen so dumme Fragen stellt, verstehst du? Deshalb ist es viel einfacher, gleich dorthin zu reiten, wo sich garantiert eine ganze Menge Engländer herumtreiben, und das ist eben in der Nähe der Grenze.«

»Wie ich zu meinem Unglück am eigenen Leib erfahren habe.«

»Ach, sag doch nicht so was, Liebling! Ich verstehe ja, daß du ein bißchen sauer bist. Ich bin ja selbst noch ganz verwirrt über die Gefühle, die du bei mir ausgelöst hast. Du brauchst nämlich nicht zu glauben, daß ich immer so mir nichts, dir nichts hübsche Mädchen entführe. Du bist die erste.«

»Hab' ich ein Glück!«

Er mußte über ihren Sarkasmus lachen. »Nein, *ich* bin der Glückspilz! Du kannst dir gar nicht vorstellen, wie lange ich schon nach einer Frau wie dir gesucht habe!«

Recht lange konnte das wohl nicht gewesen sein, denn er sah noch gar nicht so alt aus, nicht älter als etwa Mitte Zwanzig, doch Megan erwiderte nur: »Sie haben aber leider auch diesmal kein Glück, MacDuell, denn ich bin bereits verlobt.«

Er ließ sich durch ihren Einwand nicht im geringsten entmutigen. »Das gibt's doch gar nicht, daß du diesen englischen Sauertopf wirklich heiraten willst!« beharrte er im Brustton der Überzeugung.

»Ganz bestimmt will ich das!«

»Aber du liebst ihn doch gar nicht«, hielt er voll Zuversicht dagegen. »Das war doch ganz offensichtlich, als ...«

»Ich liebe ihn wirklich. Ich liebe ihn so sehr, daß ich sogar ein Kind von ihm bekommen werde!«

Er lächelte. »Klar, es ist eine schöne Aufgabe für eine Frau, ihrem Mann ein Kind zu schenken.«

»Sie mißverstehen mich«, sagte Megan. »Es geht dabei nicht um irgendwelche Zukunftspläne – das natürlich auch –, sondern es handelt sich bereits um eine vollendete Tatsache.«

Sie wunderte sich, daß sie gar nicht verlegen wurde, als es endlich heraus war. Der Ausdruck maßloser Verblüffung, der auf sein Gesicht trat, wog alle Strapazen auf, die sie bei dem Gewaltritt durch die wilde schottische Landschaft erlitten hatte. Seine erstaunte Miene hielt sich jedoch nur kurz, dann brach urplötzlich ein dröhnendes Gelächter aus ihm heraus. Es dauerte einen Moment, bis Megan begriff, daß er ihr nicht glaubte.

Was soll ich jetzt tun?

Woher zum Teufel soll ich das wissen? Nebenbei bemerkt: Ich *habe dich sehr überzeugend gefunden!*

Und wieso hat er *mir dann nicht geglaubt?*

Vielleicht, weil er es einfach nicht wahrhaben will.

Eine schöne Bescherung, was meinst du? Er hat mir aber auch kein Wort geglaubt, als ich gelogen habe.

Wann hast du denn gelogen?

Daß ich nicht lache! Das weißt du doch ganz genau.

Lachlan sah, daß Megan die Stirn gerunzelt hatte und bezog diese Unmutsäußerung auf sich. »Tut mir leid, Liebling, aber findest du denn nicht auch, daß es für eine feine junge Dame wie dich absolut unmöglich ist, ein uneheliches Kind zu kriegen, noch dazu von einem Mann, den du nicht einmal liebst?« Doch plötzlich verflog sein amüsierter Unterton, und seine Miene wurde finster, als ein böser Verdacht in ihm erwachte. »Hat er dich etwa …«

Megan begriff blitzschnell, in welche Richtung sein Verdacht ging und unterbrach ihn, noch ehe er diesen Gedanken zu Ende denken konnte. »Das hat er nicht, und ich verbiete Ihnen, an so etwas auch nur zu denken!«

»Ach, da brauchst du nicht gleich so zornig werden«, erwiderte er ein wenig verlegen.

»Zornig? Heute früh war ich zornig, Sie Blödmann. Sie hatten kein Recht, mich meinem Verlobten zu entreißen, denn eigentlich hätte ich heute heiraten sollen!«

Lachlan wand sich etwas betreten, denn er befürchtete, sie würde gleich weinen, und schon die bloße Vorstellung war ihm unangenehm. »Beruhige dich! Du kannst ja immer noch heiraten. Ich bin sicher, daß wir hier irgendwo eine Kirche finden werden.«

»*Sie* werde ich auf keinen Fall heiraten! Bringen Sie mich gefälligst auf der Stelle zurück!«

»Es läuft wohl nicht besonders mit deinem Flirt, Lachlan?« Gilleonan hatte die Frage mit unbewegter Miene gestellt, doch man merkte deutlich, daß er sich das Lachen nur mühsam verkneifen konnte.

»Ich hätte dir gleich sagen können, daß entführte Bräute nichts als Ärger machen«, setzte Ranald noch einen drauf.

Megan wie Lachlan warfen seinen Freunden finstere Blicke zu. Als die jedoch ihre Gesichter wieder dem Feuer zuwandten, versuchte Lachlan es bei ihr wieder mit einem Lächeln, doch sie konnte es einfach nicht mehr ertragen.

»Es gibt sicher Gelegenheiten, zu denen Ihre charmanten Spielereien passen, aber hier sind sie völlig fehl am Platz«, sagte sie kurz angebunden. »Sie sind ja für einen Räuber bestimmt ein ganz netter Kerl. Wenn Sie mit der Räuberei Schluß machen würden, könnten Sie womöglich sogar für so manches Mädchen noch einen brauchbaren Ehemann abgeben, aber ganz gewiß nicht für mich!«

»Warum schlafen wir jetzt nicht einfach ein wenig?« fragte er.

»Warum bringen Sie mich statt dessen nicht lieber sofort zurück?«

»Sei nicht so herzlos, Mädchen! Die Pferde würden es nicht schaffen, selbst wenn *ich* Lust hätte, dich schon so bald wieder laufen zu lassen.«

»So bald? Wie lange wird es denn *noch* dauern, bis Sie begreifen, daß ich wirklich meine, was ich sage?«

Diesmal grinste er: »Bis du mir endlich zugibst, daß ich einen flotten Ehemann abgebe, Räuberei hin, Räuberei her.«

»Ich habe Ihnen gerade gesagt, was ich davon halte, und das war mein letztes Wort, das gilt absolut unwiderruflich.« Ihre Stimme klang ganz verzweifelt. Und leise für sich murmelte sie: »Und ich habe immer gemeint, daß Devlin stur ist.«

»Was hast du da gesagt?«

»Mit Ihnen rede ich nicht mehr. Lassen Sie mich also in Ruhe!«

»Dann laß mich dir wenigstens etwas zu essen anbieten und ...«

»Von Ihnen will ich keinen einzigen Bissen haben!«

»Jetzt reicht es aber, Liebling, ich kann doch nicht zusehen, wie du mir unter den Händen wegstirbst«, sagte er ziemlich energisch.

Megan schaute ihn mit zusammengekniffenen Augen an. Er sollte es bloß nicht wagen, sie zum Essen zu zwingen, auch wenn er es noch so gut meinte. »Lord MacDuell, ich warne Sie!«

»Guter Gott, für ein Mädchen bist du ganz schön stur!« Nun war er seinerseits der Verzweiflung nahe und fügte seufzend hinzu: »Also gut, aber wenn du Hunger kriegst, brauchst du's nur zu sagen.«

Megan schnaubte verächtlich und wandte ihm den Rücken zu, als sie sich hinlegte. Wütend schlug sie auf die Decke ein, als ob diese eine gefederte Matratze wäre, und bereute diesen Temperamentsausbruch sofort, denn nun schmerzte ihre Hand. Verdammt noch mal! Wahrscheinlich war auch an dieser ganzen Misere allein *Devlin* schuld. Sie brauchte nur länger darüber nachzudenken, dann würde ihr ganz bestimmt etwas einfallen, um *ihm* ihre traurige Lage anlasten zu können. Anderenfalls würde sie ihm wenigstens vorwerfen, daß er sie nicht gerettet hatte. Dabei spielte es auch überhaupt keine Rolle, daß er an Händen und Füßen gefesselt war. Er hätte ja bloß einen Weg finden müssen, sich zu befreien und ihr hinterherzujagen.

Wieso denkst du eigentlich gar nicht daran, dich selbst aus dieser Lage zu befreien?

Aber wie denn bloß?

Du bist doch nicht an Händen und Füßen gefesselt. Irgendwann werden sie einschlafen, und dann kannst du einfach verschwinden.

Aber ich habe doch nicht die geringste Ahnung, wo, zum Teufel, ich hier überhaupt bin! Das weißt du doch ganz genau. Wenn ich einfach weglaufe, könnte ich mich heillos verirren und auf diese Weise wirklich sterben.

Oder du könntest vielleicht an der nächsten Ecke Hilfe finden.

An welcher nächsten Ecke, bitte? Ich befinde mich hier draußen mitten in einem Niemandsland, wenn du das noch nicht bemerkt haben solltest.

Willst du es dir nicht wenigstens einmal durch den Kopf gehen lassen?

Na gut. Wenn ich warte, bis Devlin mich hier rausholt, werde ich wahrscheinlich sowieso für immer hier in Schottland festsitzen. Aber wenn die Sache schief geht, ich mich verirre und sterbe, dann wirst du schuld daran sein.

In Ordnung. Dann würde ich als erstes einmal aufhören, das Essen zurückzuweisen, wenn mir der Magen knurrt.

Nein, da geht es schließlich ums Prinzip.

Wenn du eine Flucht planst, dann solltest du vielleicht auf das eine oder andere Prinzip einmal verzichten.

»MacDuell, ich habe Hunger!«

30

»Schläfst du, Mädchen?«

»Was geht Sie das an?« knurrte Megan. Sie hatte Lachlan noch immer den Rücken zugekehrt und war jetzt etwas beunruhigt, weil seine Stimme so nahe klang.

Eigentlich hätte er längst schlafen sollen, seine beiden Kumpane nebenan schnarchten bereits. Lachlan hingegen war die ganze Zeit so verdächtig ruhig gewesen, daß Megan sich nicht getraut hatte, leise aufzustehen und zu entwischen. Und jetzt fing er auch noch an, mit ihr zu reden!

»Ich hab' gerade überlegt ...«

»Das ist eine Ihrer schlechten Angewohnheiten, MacDuell«, unterbrach sie ihn trocken. »Sie sollten es endlich aufgeben!«

»Und eine *deiner* schlechten Angewohnheiten ist es, einen Mann dauernd zur Weißglut zu bringen.«

»Wirklich?«

Er schwieg einen Augenblick. Megan war versucht, sich umzudrehen und nach ihm zu sehen, beherrschte sich jedoch. Dann merkte sie, daß er leise lachte. Gab es denn überhaupt nichts, worüber sich dieser Mann nicht lustig machte? Er war genauso schlimm wie Devlin, nichts nahm er ernst, und was noch schlimmer war, er machte einen rasend mit seiner dauernden guten Laune. Es war fast unmöglich, nicht wahnsinnig zu werden an der Seite dieses Kerls, der dauernd grinste und lachte.

»Mir ist eingefallen, du könntest vielleicht meinen, daß ich dich gar nicht *wirklich* heiraten will.«

»Ganz im Gegenteil! Sie haben mich auf Ihr Pferd gerissen, das ließ an Deutlichkeit nichts zu wünschen übrig.«

»Gerissen hab' ich dich doch gar nicht!« protestierte er.

»Mein Po beweist mir das Gegenteil.«

Nach einer längeren Pause sagte er: »Es wäre mir eine Freude, wenn ich die Stelle ein wenig massieren ...«

»Unterstehen Sie sich! Wie können Sie es nur wagen, mir derartige Angebote zu machen?«

Wieder kicherte er, und Megan mußte die Zähne zusammenbeißen, um nicht laut loszuschreien.

Er gab einfach nicht auf: »Also gut, aber du kannst sicher sein, daß ich dieses Angebot bestimmt keiner anderen gemacht hätte.«

»Oh, das ist also *Ihre* Art, mich Ihrer besonderen Zuneigung zu versichern?« fauchte sie. »Wir kennen uns erst ein paar Stunden, und schon empfinden Sie eine besondere Zuneigung für mich?«

»Schon nach ein paar Sekunden! Ich hab' dich doch gewarnt. Du hast mir den Kopf verdreht.«

Du solltest ihn möglichst schnell auf andere Gedanken bringen! Wenn er so weiterredet, verdreht er *dir noch den Kopf!*

Mir verdreht keiner den Kopf, halt du dich da bloß raus!

»Ich glaube zufällig nicht an die Liebe auf den ersten Blick, MacDuell.« Das war gelogen, denn Tiffany war der Beweis dafür, daß es so etwas gab. »Das kann dann ja nur eine rein körperliche Leidenschaft sein, also ...«

»Du tust mir weh, Liebling.«

»Das war aber auch höchste Zeit!«

Er lachte laut auf: »Ach, ich glaube, daß wir wirklich herrlich zueinander passen. Wenn du das doch bloß endlich einsehen würdest! Aber da muß, glaube ich, erst einmal deine Wut verraucht sein.«

»Wie kommen Sie darauf, daß ich wütend bin? Sie täuschen sich, wirklich! Ich bin immer so unerträglich widerspenstig. Das kommt daher, daß ich so verzogen und verwöhnt bin, jawohl! Sie brauchen nur Devlin zu fragen – gut, dafür ist es nun zu spät, aber er hätte es Ihnen mit Sicherheit bestätigt. Er nennt mich immer ›freche Göre‹.«

»Kein Wunder also, daß du den Mann nicht ausstehen kannst«, erwiderte Lachlan triumphierend, als wollte er sagen: Ich hab's doch gleich gewußt!

»Ach Quatsch! Ich hab' das alles *nur so gesagt*«, zischte Megan und drehte sich verärgert zu ihm um, »ich liebe nämlich ...«

In dem Moment, als sie auf dem Rücken lag, kam er über sie und preßte seinen Mund auf ihre Lippen. Sie hatte gar nicht mehr darauf geachtet, wie nahe seine Stimme klang. Er hingegen hatte nur auf den Augenblick gelauert, daß sie sich vor Ärger umdrehen würde. Sobald sie ihm das Gesicht zuwandte, war sie in der idealen Position, geküßt zu werden.

Megan war schockiert. Es war nicht so sehr deshalb, weil er sie küßte – dieser verdammte Räuber war ihr ziemlich gleichgültig –, es war viel eher, weil es ihr so gefiel. Es war fast so, wie wenn ... ach Unsinn, *so toll* war es lange nicht. Sie fühlte sich jetzt nicht von dieser Woge der Erregung hinweggetragen, wie wenn Devlin sie geküßt hatte. Das hieß aber auch wieder nicht, daß es sie kalt ließ, nein, es war nur nicht so überwältigend.

»Das dürfte reichen, MacDuell«, sagte sie und stieß den Schotten zurück.

Er grinste noch immer auf sie herunter. Ihre Abwehr war ja reichlich spät gekommen. »Es hat dir gefallen, stimmt's?«

»Das könnte Ihnen so passen!« zischte Megan. »Aber das ist im Augenblick auch völlig belanglos. Oder haben Sie etwa vergessen, daß ich das Kind eines anderen Mannes erwarte?«

»Daß du es behauptet hast, hab ich nicht vergessen, aber vielleicht hast *du* vergessen, daß ich es dir nicht ganz abgenommen habe? Gib's doch zu, Kindchen, du bist doch noch so unschuldig wie ein Neugeborenes!«

»Unschuldig ja, aber nicht mehr unberührt«, beharrte Megan standhaft. »Natürlich gibt es Männer, die darüber hinwegsehen und mich heiraten würden, trotz des Kindes, aber ich habe nicht das Gefühl, daß Sie zu dieser Sorte Männer gehören. Geben Sie es also auf, MacDuell! Mein Zustand geht nicht einfach vorbei, sondern er wird langsam zum Skandal ... und zwar immer deutlicher.«

»Deutlicher wird er schon werden, aber nicht zum Skandal, du kleines Biest!«

Megan hielt die Luft an, als sie die vertraute Stimme vernahm. Lachlan reagierte mit ziemlich derben Flüchen. Es war verblüffend, wie schnell dieser Riese auf den Füßen stand. Aber er konnte Devlins Position genauso wenig ausmachen, wie Megan, die etwas langsamer hochgekommen war. Es war einfach zu finster, um außerhalb des Feuerscheins mehr als dunkle Schatten erkennen zu können.

Lachlan sagte in die Dunkelheit hinein: »Wenn Sie damit rechnen, daß wir Sie zu uns ans Feuer einladen, Mann, haben Sie sich getäuscht! Ich kann nämlich nicht behaupten, daß ich mich vor Freude über Ihre Ankunft überschlage!«

»Wie schade«, gab Devlin zurück. »Und ich hatte so fest damit gerechnet, daß Sie mich erwarten.«

Sie fuhren herum und sahen, wie er langsam aus der Dunkelheit trat. Megan konnte sich gar nicht satt an ihm sehen. Sie war so glücklich, daß er endlich gekommen war, um sie zu retten! Sie wollte zu ihm laufen, ihre Arme um ihn schlingen und ihn abküssen, doch der kurze, warnende Blick, mit dem er sie streifte, riet ihr, besser zu bleiben, wo sie war.

Lachlans Interesse galt in erster Linie der Pistole, die Devlin auf ihn gerichtet hielt, als er meinte: »Sie haben also nicht die Absicht, das Ganze lediglich als einen bedauerlichen Irrtum abzutun? Hab' ich recht?«

»Würden Sie das an meiner Stelle tun?«

Lachlan besaß die Frechheit zu grinsen: »Nee, ich wär nicht so blöd!«

»Na sehen Sie, und das bin ich eben auch nicht.« Bei diesen Worten blieb Devlin kurz bei Ranald stehen und stieß mit dem Fuß das Gewehr weg, das der Schotte griffbereit neben sich liegen hatte. Anschließend stieß er auch Gilleonans Waffe außer Reichweite.

»Sind Sie da ganz sicher, Mann?« Lachlan war frech genug, sogar in dieser heiklen Lage noch zu sticheln. »Ich seh' nämlich, daß Sie allein gekommen sind.«

Devlin zuckte die Schultern: »Es ließ sich nicht vermeiden, da mit Caesar keiner mithalten konnte.«

»Ah, der Hengst! Hab' ich also doch einen Fehler gemacht, als ich ihn nicht mitnahm.«

»Ja, Ihre Großzügigkeit scheint sich zu rächen!«

»Sieht so aus.«

Nun hatte Megan aber genug: »Könnt ihr zwei nicht endlich aufhören mit diesem überflüssigen Gequatsche? Ich bin hungrig und friere, und ich hätte gerne ein richtiges Bett, damit ich endlich schlafen kann.«

»Und ich war der Meinung, daß ich dir den Rücken so schön gewärmt hätte, Liebling.«

»Ach, *so* nennt man das also, was Sie gemacht haben?« zischte sie ironisch. »Darauf wäre ich nie gekommen!«

Dieser Kerl hatte wirklich nicht den leisesten Funken von Anstand. Zu Devlin gewandt sagte er: »Sie behauptet, Sie würden sie immer ›freche Göre‹ nennen. Langsam verstehe ich, weshalb. Aber wenn ein Mann sie erst mal gesehen hat, spielt das überhaupt keine Rolle mehr«, schloß Lachlan mit einem sehnsüchtigen Seufzer.

Megan wollte gerade wieder in Wut geraten, als ihr Devlin einen warnenden Blick zuwarf. Sie bemerkte, daß Gilleonan und Ranald von dem Gerede aufgewacht waren und nun beide Devlin anstarrten. In ihren Blicken lag allerdings nicht eine Spur von Lachlans Unbekümmertheit. Es war wirklich dumm von ihr, aber sie hatte ganz vergessen, wie brenzlig die Situation noch immer war und daß sie und Devlin noch lange nicht außer Gefahr waren.

»Ich habe keine Lust, einen Mann nur deshalb zu töten, weil er dumm genug war, auf ein hübsches Gesicht hereinzufallen«, sagte Devlin.

»Das hört man gern!«

»Aber wenn einer sich untersteht, etwas mitzunehmen, was mir gehört, bekommt er dafür gehörig eins auf die Nase.«

Megan glaubte, wohl nicht richtig gehört zu haben. Das war doch einfach nicht möglich!

Doch Lachlan hatte sehr wohl verstanden; er warf den Kopf zurück und lachte dröhnend. Auch Gilleonan und Ranald konnten auf einmal wieder grinsen. War sie hier eigentlich die einzige, die nicht verrückt war?

»Devlin, auf so etwas wirst du dich doch nicht einlassen«, sagte sie in nachdrücklichem Ton und hoffte, ihn damit zur Räson zu bringen.

»Ganz im Gegenteil, meine Liebe! Im Moment kann ich mir *nichts* vorstellen, worauf ich größere Lust hätte.«

»Aber ...«

»Kannst du mit einer Pistole umgehen?«

Erstaunt über den unerwarteten Themenwechsel kniff sie die

Augen zusammen und wollte gerade »Aber selbstverständlich!« antworten. Doch dann gestand sie schnell: »Nein!« Alles andere wäre reine Angabe gewesen, und dafür war das dies hier wohl eine denkbar schlechte Gelegenheit.

»Gut«, sagte er daraufhin zu ihrer Überraschung und drückte ihr seine Pistole in die Hand. Er legte ihren Finger an den Abzug und richtete den Lauf auf die beiden Kumpane Lachlans. »Du schießt sofort, wenn sie auch nur mit den Wimpern zucken, verstanden? Und paß auf *sie* auf, Megan, kümmere dich nicht um den Kampf. Traust du dir das zu?«

Sie war in diesem Moment so aufgeregt, daß sie nur nicken konnte. Es war das erste Mal, daß sie eine Waffe in der Hand hielt; noch nie hatte sie auf einen Menschen geschossen. Aber es war auch das erste Mal, daß sie erleben müßte, wie ein wahrer Gigant von Kerl ihren Verlobten in Grund und Boden dreschen würde. Er hatte ihr eingeschärft, die Zuschauer im Auge zu behalten und nicht den Kampf anzuschauen. Das würde ihr wirklich nicht schwerfallen, sie würde wahrscheinlich ohnmächtig werden, wenn sie mitansehen müßte, wie man Devlin weh tat. Was konnte sie nur unternehmen, um die beiden von dieser kindischen Idee abzubringen?

Als der erste Schlag krachte, zuckte Megan zusammen. Trotz Devlins Ermahnung und gegen ihren eigenen Vorsatz warf sie einen raschen Blick zu den Kämpfenden hinüber, wandte sich aber sofort wieder den beiden Männern zu, die sie daran hindern sollte, sich einzumischen. Die machten allerdings nicht den Eindruck, als ob sie auch nur die geringste Lust dazu verspürten; sie hatten es gerade der Mühe wert gefunden, sich aufzusetzen. Megan hatte bei ihrem schnellen Blick nicht feststellen können, wer den Schlag abbekommen hatte, aber vermutlich hatte es Devlin erwischt.

Erneut ein harter Schlag, wieder fuhr Megan zusammen und schaute schnell hinüber. Aber auch diesmal hätte sie nicht sagen können, wer von den beiden zugeschlagen hatte und wer getroffen wurde. Alles, was sie erkennen konnte, waren die zwei Männer, die einander lauernd umkreisten und eine Lücke in der Deckung des anderen suchten. Es wunderte sie nicht, daß Lachlan auch jetzt noch grinste. Devlins Gesicht hingegen war ernst. Doch was Megan überraschte, war Devlins Körperhaltung; er tänzelte mit erhobenen Fäusten, einen Arm leicht vorgereckt, und wirkte dabei gespannt wie ein Bogen.

Megan hatte in ihrem Leben erst zweimal Männer kämpfen gesehen, bei denen allerdings keiner den anderen wirklich verletzen wollte. Das erste Mal war auf einem Jahrmarkt gewesen; es war ein Schaukampf zwischen dem Hufschmied aus dem Ort und einem umherziehenden Schläger, der öffentlich auftrat und zur Belustigung des Publikums jeden Gegner annahm, der genug Mut aufbrachte, sich mit ihm einzulassen. Das andere Mal war es eine Auseinandersetzung zwischen zweien ihrer Verehrer, die als Angehörige des niederen Landadels auf dem College ein paar Anfangsgründe der Boxkunst gelernt hatten, wie ein Gentleman sie zu beherrschen hatte. Megan war überrascht, daß nicht Devlin wie der Hufschmied kämpfte, sondern Lachlan. Devlins Kampfstil war der eines Gentleman. Wo, zum Teufel, hatte er das nur gelernt?

Wieder krachten drei Schläge, daß es ihr durch Mark und Bein ging. Megan widerstand der Versuchung hinüberzuschauen, doch die Gesichter der beiden Männer, die sie bewachte, sprachen Bände: Gilleonan saß da und zuckte dauernd zusammen, während Ranald vor Staunen den Mund offenstehen ließ.

Nun hielt es Megan nicht mehr aus. Sie drehte sich um und wollte den Kampf richtig beobachten. Sie hatte sich nicht getäuscht. Devlin schlug sich wirklich wie ein Gentleman; er landete wuchtige Haken und blitzschnelle Gerade. Sie konnte es kaum fassen, aber es waren Devlins Schläge, die trafen. Dabei duckte er so schnell ab und pendelte so geschickt hin und her, daß Lachlan einfach nicht mitkam. Ein einziger Schlag von diesem Riesen würde Devlin wahrscheinlich von den Beinen holen, doch der Schotte bekam keine Chance, dies zu demonstrieren.

Andererseits schien Devlins überraschende Überlegenheit diesem auch nicht den entscheidenden Vorteil zu bringen. Lachlan grinste noch immer und schien die fürchterlichen Prügel gar nicht zu spüren, die Devlin ihm verpaßte. Dabei war er inzwischen unübersehbar gezeichnet: An einem Auge würde er bis morgen ein gewaltiges Veilchen haben, es war ganz rot und schloß sich bereits. Auch die Unterlippe war schon dick, und sein Kinn begann bereits anzuschwellen.

Megan schaute zwischendurch schnell prüfend auf Gilleonan und Ranald hinab, dann verfolgte sie wieder mit einer Mischung aus Besorgnis und Faszination den Kampf. Eigentlich müßte sie jetzt dem Ganzen ein Ende setzen. Devlin hatte doch längst erreicht, was er gewollt hatte, warum hörten sie also nicht auf? Und da passierte es plötzlich, was sie die ganze Zeit befürchtet hatte: Lachlan täuschte einen linken Schwinger an, schlug aber rechts und erwischte Devlin voll am Kinn. Megan erstarrte. Aber Devlin taumelte nur kurz zwei Schritte zurück und hatte sich gleich wieder gefangen. Sofort nahm er wieder seine Fäuste hoch und ging in Angriffsstellung. Zweifellos war er bereit, noch mehr Unheil anzurichten. Megan konnte das alles nicht mehr mitansehen.

»Jetzt reicht's aber!«

Lachlan hielt inne und schaute enttäuscht zu ihr herüber. »Sei nicht gemein, Liebling! Ich hab ihn doch erst einmal getroffen!«

Megan starrte den Schotten ungläubig an: Er stand da wie ein kleiner Junge, dem man gerade sein liebstes Spielzeug weggenommen hat. Auch Devlin schien alles andere als begeistert. Die beiden wollten mit ihrer schönen Schlägerei einfach noch nicht aufhören.

»Auch wenn euch das offensichtlich einen Mordsspaß macht, *mir* jedenfalls macht es überhaupt keinen. Und ich verspreche euch, ich werde langsam hysterisch. Ich kann wirklich nicht mehr dafür garantieren, daß ich hier nicht aus Versehen jemanden erschieße.«

Devlin erwiderte nur erbost: »Kannst du denn niemals das tun, was man dir sagt?«

Das war nun schon das zweite Mal an diesem Tag, daß sie sich nicht an seine Anordnungen gehalten hatte. Dem ersten Mal hatte sie das Schlamassel zu verdanken, in dem sie nun saß. Deshalb wand sie sich etwas verlegen. »Wenn du einmal mein Ehemann bist, Devlin Jefferys, kannst du mir befehlen, soviel dein Herz begehrt. Doch solange das nur Zukunftsmusik ist, erwarte bitte nicht, daß ich dir gehorche, außer du hast einen verdammt guten Grund dafür.

»Ich *hatte* einen guten Grund, du freches Biest, und die Lage, in die du uns beide gebracht hast, ist der beste Beweis dafür. Aber habe ich da eigentlich recht gehört? Hast du mir gerade versprochen, daß du mir immer gehorchen wirst, wenn wir erst einmal verheiratet sind?«

»Das habe ich gerade eben gesagt, als ich einen hysterischen Anfall hatte«, rief sie empört. »Dafür war ich also nicht verantwortlich, und deshalb kannst du mich jetzt auch nicht darauf festnageln.«

Devlin schnaubte verächtlich. »Das seh ich aber ganz anders!«

Lachlan hatte sich schon die ganze Zeit köstlich amüsiert: »Ich glaube langsam, daß du wirklich nicht zu beneiden bist, Jefferys. Ein oder zwei Wochen könnte ich ihr Geplapper vielleicht aushalten, aber viel länger nicht. Hast du Lust, dein Pferd gegen sie einzutauschen?«

»Wie schnell Ihre Liebesschwüre verflogen sind, MacDuell«, höhnte Megan. »Außerdem gehört ihm Caesar gar nicht, sondern er hat ihn nur von meinem Vater geliehen.«

»Das ist mir doch so egal, wem er gehört, Lieb ...«

»Nennen Sie mich noch *einmal* Liebling, und ich erschieße Sie!«

Da sie bei diesen Worten die Pistole auf ihn richtete, hielt sich Lachlan mit weiteren Bemerkungen lieber zurück, und sogar das Grinsen gefror auf seinem Gesicht. Doch Devlin kam ruhig zu ihr herüber und nahm ihr die Waffe aus der Hand.

Er sagte: »Ganz ruhig, Megan, laß dich nicht provozieren! Und wenn du ihn wirklich erschießen willst, meine Liebe, dann mußt du die Pistole erst entsichern.« Er tat dies und gab ihr die Waffe lächelnd zurück. »Nun kannst du ihn niederstrecken.«

Megan schaute den Mann an, den sie vermutlich heiraten würde und dachte einen Augenblick lang sogar daran, jetzt auf der Stelle *ihn* statt Lachlan zu erschießen. Doch sie ließ es sein, schaute ihn nur voller Verachtung an und warf ihm die Pistole vor die Füße. Dann drehte sie sich um und ging einfach weg.

»Ach, komm, Megan«, rief er ihr nach, »du hättest es doch sowieso nicht übers Herz gebracht, auf einen Menschen zu schießen!«

»Darum geht es nicht«, schrie sie zurück. »Und das war das letzte Mal, daß ich dich beschützt habe!«

Alle drei Schotten kugelten sich vor Lachen, sie konnten sich gar nicht mehr beruhigen. Doch das ließ Megan kalt. Sie war in der Dunkelheit hinter dem Lagerplatz verschwunden und suchte Caesar. Sobald sie ihn gefunden hätte, wollte sie allein wegreiten, dazu war sie fest entschlossen.

31

Als Devlin Megan auf Caesars Rücken setzte und sich hinter ihr in den Sattel schwang, war sie so aufgebracht, daß sie kein einziges Wort mit ihm sprach und jede Berührung mit ihm zu vermeiden suchte. Aber sie hielt diesen Vorsatz nur ganze zwei Minuten durch, dann sank sie erschöpft gegen seine Brust und schlief sofort ein. Devlin trug es mit Fassung. Sie war also mal wieder beleidigt, doch an diese Stimmungsschwankungen war er ja inzwischen schon gewöhnt; das war nichts Neues für ihn.

Wahrscheinlich hatte sich Megan deshalb so geärgert, weil ihre Befreiung nicht ganz so romantisch verlaufen war, wie sie es sich es vielleicht gewünscht hätte. Dabei hätte sie eigentlich froh sein müssen, daß er sie *überhaupt* noch gefunden hatte, denn nach Sonnenuntergang war es ihm schwergefallen, die Spur der Schotten zu verfolgen. Es war reiner Zufall, daß er am Schluß noch auf sie gestoßen war. Die Gegend war hier zum Glück so offen, daß das Lagerfeuer kilometerweit zu sehen war.

Devlin rieb sich sein schmerzendes Kinn. Eigentlich hatte *er* ja allen Grund, Megan dankbar zu sein, denn sie hatte den Kampf schließlich beendet. Es war der reine Wahnsinn gewesen, daß er sich überhaupt darauf eingelassen hatte. Er hätte sie einfach nur auf sein Pferd setzen und so schnell wie möglich mit ihr davonreiten sollen. Statt dessen hatte er sich um jeden Preis revanchieren wollen, nur weil es seinen Stolz verletzt hatte, daß Megan ihm bereits bei der ersten Gelegenheit abhanden gekommen war. Er hatte sich eingebildet, er würde diesen Kerl trotz seiner Größe schaffen, doch von diesem Irrtum hatte MacDuell ihn schnell genug kuriert. Der verdammt Schotte hatte wirklich ein Kinn wie aus Eisen.

Und dann hatte dieser Bursche auch noch die Frechheit besessen, einfach so dazustehen und ihn anzugrinsen, während Devlin ihn mit der Pistole bedrohte. Er mußte diesen Kerl fast bewundern.

Als er sich schließlich mit Megan davonmachte, hatte MacDuell ihn noch gefragt: »Kommen Sie und das Mädchen eigentlich jemals miteinander klar, oder streitet ihr den ganzen Tag herum?«

Devlin hatte nur die Schultern gezuckt: »Es gibt doch nichts, was ihr mehr Spaß macht, als zu streiten. Haben Sie das nicht gemerkt?«

»Klar hab ich das gemerkt. Aber macht es *Ihnen* denn Spaß?

»Nicht besonders.«

»Und wieso wollen Sie das Mädchen denn heiraten?«

Eine gute Frage. Devlin hatte keine Antwort gegeben, sondern nur gelächelt, denn das ging den Kerl nun wirklich nichts an. Er trieb die Pferde der Schotten zusammen, um sie mitzunehmen, damit die Räuber keine Chance hätten, sie zu verfolgen. Er hatte wirklich keine Lust, diesen Herren noch einmal zu begegnen. Dann machte er sich auf die Suche nach Megan. Aber diese letzte Frage, die ihm MacDuell gestellt hatte, ließ ihn nicht mehr los; sie ging ihm noch im Kopfe herum, als er das Mädchen schließlich gefunden hatte. Nach ein paar Kilometern ließ er die Pferde wieder laufen, doch da war Megan schon lange eingeschlafen.

Lachlans Frage ließ ihm keine Ruhe. Weshalb wollte er sie eigentlich heiraten – wenn er einmal davon absah, daß es bei ihrem Zustand für ihn einfach Ehrensache war? Und er wollte sie wirklich heiraten! Das konnte er nicht mehr länger leugnen. Was hatte er für eine Angst um sie gehabt und was für eine Wut, als sie ihm entrissen wurde! Ja, er wünschte sich sehnlichst, daß sie seine Frau würde. Er wollte sie um sich haben. Sie sollte in seinem Haus leben und immer in seiner Nähe sein. Er wollte in jeder Minute des Tages wissen, wo sie war. Er wollte sie natürlich auch in seinem Bett haben, doch was das betraf, würde er sie nicht bedrängen, sondern Geduld haben, bis sie selbst es auch wollte.

Er sehnte sich nach ihrer Liebe.

Mein Gott, er hatte sich tatsächlich in Megan Penworthy verliebt!

Wie, zum Teufel, war das nur passiert? Kein Wunder, daß er so verdammt niedergeschlagen war, denn ein Mädchen wie Megan zu lieben, bedeutete, durch die Hölle gehen zu müssen. Vielleicht würde er eines Tages sogar noch den Verstand verlieren. Gewiß, sie war schön, das stand außer Frage. Aber ihr unberechenbares Temperament war einfach zuviel für einen Mann. Das einzig Gute an ihr war vielleicht, daß sie nicht nachtragend war. Auch wenn sie oft fast vor Wut platzte, so waren diese Ausbrüche doch immer gleich wieder vorbei. Aber wie sollte sie auch nachtragend sein, wenn sie im nächsten Moment ja sowieso schon wieder etwas Neues gefunden hatte, über das sie sich aufregen konnte?

Er mußte einfach verrückt sein, dieses Mädchen zu lieben! Aber es war eben passiert. Er hatte keine andere Wahl mehr, er mußte einfach versuchen, seine Leidenschaft für Megan mit Fassung zu tragen, nur darum ging es. Und er begehrte sie wirklich mit beinahe unerträglicher Leidenschaft. Dann kam ihm plötzlich eine Idee. Vielleicht sollte er seiner Geliebten einen kleinen Besuch abstatten? Dann könnte er hinterher mit Megan ein wenig entspannter umgehen. Zumindest könnte er dann besser seinen kühlen Kopf bewahren, würde sich von ihren Launen nicht mehr so mitreißen lassen, würde aufhören, ständig an sie zu denken ... würde sich nicht mehr so gräßlich nach ihr sehnen!

Ja! Er würde nach London fahren und seine Geliebte aufsuchen, warum eigentlich nicht? Schließlich versauerte er schon seit fast zwei Monaten hier auf dem Land. Freddys Schwester mußte mittlerweile schon unter der Haube sein; zumindest dürfte das kleine Luder sich inzwischen als Lügnerin entpuppt haben. Doch dieses Problem würde sich ja wohl in Luft auflösen, wenn er selbst mit einer Ehefrau am Arm zurückkam. Vielleicht würde ihm Freddy zwar auch dann noch eine Kugel durch den Kopf jagen wollen, aber irgendwie würde er seinen Freund schon zur Räson bringen, wenn es denn überhaupt noch nötig sein sollte.

Der Morgen dämmerte bereits, als Devlin endlich das Dorf fand, das er auf seiner Verfolgungsjagd Richtung Norden schon einmal gesehen hatte. Es war zwar nicht Gretna Green, hatte aber eine schottische Kirche, und die würde es auch tun.

Eigentlich wäre es nun vernünftiger gewesen, erst einmal ein Zimmer in einem Gasthaus zu nehmen und anständig auszuschlafen, um dann am nächsten Tag, zu einer vernünftigen Tageszeit, zu heiraten. Doch Devlin hatte jetzt überhaupt keine Lust zu überlegen, was vernünftig war. Er wollte die Angelegenheit nur so schnell wie möglich hinter sich bringen, bevor noch mal etwas dazwischenkommen konnte.

Dem schottischen Pfarrer war diese Eile natürlich gar nicht recht. Auch Megan war nicht eben begeistert. Doch beim Pfarrer half er mit einer großzügigen Spende, bei Megan mit einigen guten Worten nach, und schon hatte Ambrose Devlin St. James, vierter Herzog von Wrothston, eine Gemahlin und Herzogin.

Megan erwachte vom vergnügten Geschrei spielender Kinder. Es dauerte eine Weile, bis sie bemerkte, daß der Lärm unten von der Straße kam und durch das offene Fenster in ihr Zimmer drang.

Sie hätte gerne noch weitergeschlafen. Einen Augenblick lang dachte sie sogar daran, ans Fenster zu gehen und ärgerlich um Ruhe zu bitten. Manche Menschen waren ja wirklich rücksichtslos. Doch als sie sah, daß es heller Tag war, wußte sie, daß sie solche Rücksichtnahme wohl nicht mehr erwarten konnte.

Wie lang hatte sie wohl geschlafen? Sie hatte keine Ahnung, jedenfalls fühlte sie sich immer noch hundemüde. Sie war zu oft aufgewacht … immer, wenn Caesar vom Trab in den Schritt zurückfiel, dann als Devlin sie in diese Kirche geschleppt hatte …

Um Gottes willen, sie war ja jetzt verheiratet! Und ihr Mann hatte die Hochzeitsnacht nicht mit ihr verbracht!

Megan schaute neben sich – tatsächlich. Der Platz war leer, das Laken unbenutzt! Und dann fiel ihr alles siedendheiß wieder ein: der Zweikampf, der miese Trick mit der Pistole und der noch gemeinere Trick, als er sie, während sie im Halbschlaf vor sich hin dämmerte, in diese Kirche gezerrt und einfach geheiratet hatte.

Heute früh hatte er in dem Gasthaus zwei Zimmer verlangt, hatte sie bis zu ihrer Tür begleitet und ihr höflich eine gute Nacht gewünscht. Dann hatte er sie noch daran erinnert, ja die Tür gut zu verschließen, aber sie war zu erschöpft gewesen, um daran irgend etwas merkwürdig zu finden. Jetzt wurde es ihr klar. Es war überhaupt nichts merkwürdig daran, im Gegenteil. Er meinte es also tatsächlich ernst – es war wirklich nur eine Ehe auf dem Papier.

Hast du denn gemeint, daß er nur Spaß macht?

Ja.

Also ich *kann es ihm nicht einmal übelnehmen. Du läßt ihn ja wirklich niemals in Ruhe.*

Der Mann verdient es einfach nicht, daß man ihn in Ruhe läßt.

Und warum bist du dann so gekränkt, daß er dich abweist?

Das bin ich doch gar nicht!

Bist du schon!

Miststück!

Sprichst du von dir?

Megan drehte sich um und schlug wütend auf ihr Kopfkissen ein.

32

Megan war so übermüdet gewesen, daß sie es nicht einmal mehr geschafft hatte, sich ganz auszuziehen, bevor sie auf dem Bett eingeschlafen war. Aber nicht nur deshalb waren ihre Kleider zerknittert; nach dem langen Ritt von gestern war ihre gesamte Garderobe in einem wirklich beklagenswerten Zustand. Sie hatte keine Ahnung, wann sie endlich dazu kommen würde, die Wäsche zu wechseln. Es war nicht einmal sicher, ob die Kutsche, in der sich ihr Koffer befand, noch immer im Straßengraben lag, oder ob es der Kutscher inzwischen geschafft hatte, das Gefährt wieder flottzumachen. Zumindest hoffte sie, daß er im Verlauf des Tages irgendwann aufkreuzen würde.

Erst jetzt, wo sie ganz wach war. fiel ihr auf, wie elegant ihr Zimmer ausgestattet war. Schottlands Gasthäuser schienen wirklich um einige Kategorien besser zu sein als die englischen, von denen sie in der letzten Woche ja genug kennengelernt hatte. Oder hatte Devlin extra so eine teure Unterkunft gewählt, weil es schließlich ihre Hochzeitsnacht war? Aber er hatte sie ja nicht einmal mit ihr verbracht! Oder gab es in dieser Stadt keine andere Übernachtungsmöglichkeit? Wahrscheinlich war das die Erklärung. Aber es war ihr schon öfter aufgefallen, daß er auch bei anderen Gelegenheiten das Geld mit vollen Händen ausgab. Woher hatte er bloß so viel Geld? Merkwürdig.

Auf dem Frisiertisch standen jede Menge Parfümfläschchen und Kosmetika bereit, dazu auch alles Nötige, um ihr Haar wieder in Ordnung zu bringen. Doch Megan war überhaupt nicht in der Stimmung, jetzt große Toilette zu machen, denn ihre Kleider sahen wirklich verheerend aus. Überhaupt fühlte sie sich in diesem luxuriösen Zimmer ein bißchen fehl am Platze, denn sie wußte, daß nur sehr reiche Leute sich so eine elegante Unterkunft leisten konnten.

Ihre Stimmung wurde auch keine Spur besser, als sie auf dem Flur stand und keine Ahnung hatte, hinter welcher der vielen Türen in dem langen Korridor Devlin untergebracht sein mochte. Sie konnte doch jetzt nicht einfach der Reihe nach an jeder Tür klopfen, bis sie ihn zufällig erwischen würde. Die übrigen Gäste wären davon sicher nicht eben begeistert.

Sie mußte also jemanden auftreiben, der ihr Devlins Zimmer zeigen konnte. Als sie in dem ausladenden Treppenhaus nach unten ging, blieb sie, von Bewunderung überwältigt, auf halbem Wege stehen: Was für ein Prunk! Das konnte doch kein einfaches Gasthaus sein, das war ganz sicher ein Hotel! Bei ihrer Ankunft im frühen Morgengrauen hatte sie gar nicht bemerkt, wie riesengroß es war, sicher deshalb, weil der untere Teil des Foyers noch im Dunkeln lag und oben auch nur eine einzige Lampe gebrannt hatte.

Megan wurde immer unsicherer, als sie ihre Umgebung genauer betrachtete. Es sah eigentlich nicht einmal aus wie in einem Hotel, sondern eher wie in einem Privathaus. Tatsächlich, der Portier, der sie hereingebeten hatte, hätte auch gut ein Butler sein können. Eigenartig.

»Guten Tag, Euer Gnaden. Darf ich Ihnen das Eßzimmer zeigen?«

Es war der gleiche Mann, der sie heute früh hereingelassen hatte. Jetzt aber war er korrekt gekleidet und benahm sich eindeutig wie ein Butler. Euer Gnaden? Megan unterdrückte ein Stöhnen. Bestimmt hatte Devlin wieder gelogen, als er sich vorstellte.

»Seien Sie so nett und bringen Sie mich zu meinem Gatten«, antwortete sie.

»Sehr gern. Wenn Sie mir bitte folgen würden?«

Sie rechnete damit, daß er sie wieder die Treppe hochführen würde; statt dessen geleitete er sie zu einer großen Flügeltür am Ende des Foyers. Als sie aufging, schaute Megan in einen riesigen Saal, offenbar das Eßzimmer, und hier fand sie Devlin. Er saß an der Stirnseite einer langen Tafel und nahm sein Mittagessen ein. Gleich drei Mädchen auf einmal in Häubchen und Schürze schwirrten kichernd um ihn herum und bedienten ihn. Sie konnten kein Auge von ihm lassen, sie rissen sich geradezu darum, ihm seine Wünsche zu erfüllen.

Der Anblick versetzte Megan einen Stich, wie damals, als sie Devlin dabei ertappt hatte, wie er mit Cora im Heu herumpoussiert hatte. Sie wartete eine Weile, und als er noch immer keine Notiz von ihr nahm, geriet sie in Wut.

»Raus hier! Alle raus!« rief sie und schaute die Mädchen böse an. »Es steht wirklich genug zu essen auf dem Tisch, und außerdem ist dieser Mann daran gewöhnt, sich selbst zu bedienen!«

Die Mädchen schauten überrascht auf. Sie wußten nicht, wer diese Fremde war, und sehr hochherrschaftlich sah sie in ihren ramponierten Kleidern weiß Gott auch nicht aus. Doch ein Blick vom Butler genügte, und schon waren sie verschwunden.«

»Was steht zu Diensten, Euer Gnaden?« fragte er Megan.

Wieder diese verdammte Anrede, die sie zusammenzucken ließ. »Ich möchte nur, daß sie uns ein wenig alleine lassen, vielen Dank.« Als er zwar nickte, aber weiter dienstbereit stehen blieb, fügte sie hinzu: »Ich kann mich schon alleine hinsetzen.«

Die Bemerkung schien den armen Mann völlig aus der Fassung zu bringen, so daß sich Devlin genötigt sah aufzustehen: »Ich werde ihr behilflich sein, Mr. Mears. Sie können inzwischen eine Tasse für sie bringen.«

»Sehr wohl, Euer Gnaden.«

Megan wartete ab, bis der Butler draußen war, dann ging sie ans andere Ende der Tafel, setzte sich und sagte: »Wie du siehst, kann ich mich auch ohne Hilfe setzen!«

Auch Devlin nahm wieder Platz. »Na, du bist heute wohl mit dem linken Fuß zuerst aufgestanden.«

Sie lächelte ihn mürrisch an. »Oh, meinst du dieses Luxusbett, das eigentlich in einem verdammten Palast stehen müßte?«

Devlin seufzte: »Ganz recht, Kleines, aber vergiß es! Und jetzt sag schon, welche Laus ist dir denn über die Leber gelaufen?«

»Du hast wieder dieses Lügenmärchen erzählt, stimmt's?«

Er wollte etwas sagen, doch dann hielt er inne, zuckte nur mit den Schultern und meinte beiläufig: »Ach, es hat sich so ergeben.«

Sie runzelte die Stirn, während sie nach dem Körbchen mit Teegebäck griff. Sie hätte schwören können, daß er eigentlich etwas anderes hatte sagen wollen.

Wie nebenbei, doch mit einem unverkennbar boshaften Unterton, fragte sie: »Kann man nicht auch ins Gefängnis kommen, wenn man sich einfach für einen Herzog ausgibt?«

»Das will ich doch sehr hoffen!«

Nun war sie völlig verwirrt. Aus dem verflixten Kerl konnte sie heute morgen überhaupt nicht schlau werden.

»Und weshalb gehst du dann dieses Risiko laufend ein?«

Er hob ein wenig die Augenbrauen: »Haben Euer Gnaden etwa vor, mich anzuzeigen?«

»Hör auf, mich so zu nennen! Sonst zeige ich dich *wirklich* noch an!«

Er schob ihr eine Platte mit Schinken und heißen Würstchen hinüber und meinte dann: »Vergiß nicht, daß du in der Sache selbst mit drinhängst! Du bist schließlich meine Frau, und die Leute halten dich ebenfalls für eine Herzogin!«

Megan war so überrascht, daß sie ihn einen Moment lang mit offenem Mund anstarrte, ehe sie entrüstet erwiderte: »So eine Gemeinheit! Daran hättest du ja wirklich denken können, bevor du mich in deine krummen Touren mit hineinziehst!«

»Du hast recht, daran hätte ich denken sollen, aber ich war so hundemüde, daß ich mir keine langen Gedanken mehr gemacht habe auf der Suche nach einer Unterkunft. Das einzige Gasthaus in diesem Kuhdorf ist nämlich letzte Woche abgebrannt.«

»Oh, wenn das so ist, dann danke ich dir jedenfalls für das bequeme Bett.«

Devlin legte die Gabel hin und schaute sie verblüfft an. Hatte er richtig gehört? Hatte sie ihm eben ausnahmsweise einmal *nicht* widersprochen? Hatte sie sich bei ihm sogar für etwas *bedankt*?

»Hast du lang genug geschlafen?«

»Ja.«

»Und du hast auch kein Fieber?«

Sie blickte verwirrt auf. »Wie kommst du denn *darauf*?

Sag mal, was soll der ganze Unsinn? Für wen hältst du mich eigentlich?«

»Also, ich würde sagen, für eine streitsüchtige kleine Meckerliese und nicht zu vergessen für – eine freche Göre!«

Sie warf ihm einen wütenden Blick zu: »Du bist wirklich der ...« Sie unterbrach sich, da der Butler mit einer Tasse für sie zurückkam. Ungeduldig trommelte sie mit den Fingern auf dem Tisch, während der Mann umständlich Kaffee eingoß und ihr Zukker und Sahne anbot. Aber sobald er wieder draußen war, fuhr sie fort: »Ich habe langsam den Verdacht, daß du noch ein schlimmerer Lump bist, Devlin Jefferys, als der Halunke, dessen Rolle du spielst.«

»Oh Gott, dann gibt's also überhaupt keine Hoffnung mehr für mich«, rief er.

Er lächelte sie an. Megan hingegen wurde von Minute zu Minute zorniger.

»Kannst du nicht wenigstens zwei Sekunden lang ernst sein?« forderte sie.

»Wenn auch du ernst bist, ja.«

Der Mann war heute morgen einfach unmöglich. Es fehlte nicht viel, und sie wäre aufgestanden und einfach hinausgelaufen, doch ihre Neugier hielt sie zurück. »Wem gehört eigentlich dieses Haus?«

»Einer gewissen Margaret MacGregor. Sie ist Engländerin und eine geborene Gräfin.«

»Und sie lebt in Schottland?«

»Sie hat in ihrer Jugend einen Schotten geheiratet. Als er starb, entschied sie sich zu bleiben.«

Ihre dunkelblauen Augen verengten sich: »Du hast mit der Dienerschaft getratscht, stimmt's?«

»Diener tratschen nicht mit Herzögen«, erwiderte er von oben herab, wobei er gekonnt die blasierte Art eines Lords imitierte, dann fügte er grinsend hinzu: »Pfaffen allerdings lassen sich mit jedem auf ein Schwätzchen ein. Der Pfarrer, der uns getraut hat, hat uns doch erzählt, daß Lady MacGregor solange, bis das Gasthaus wieder aufgebaut ist, Reisende beherbergt.«

Aber nicht in ihren besten Zimmern und nicht mit einem ganzen Schwarm von Bediensteten, dachte Megan argwöhnisch. Andererseits wiegte er ja die Gräfin in dem Glauben, sie seien der Herzog und die Herzogin von Wrothston.

»Erinnerst du dich denn gar nicht mehr an gestern nacht?« fragte Devlin. Vielleicht sollte sie besser nicht auf dieses heikle Thema einsteigen, dachte Megan, aber sie konnte ihre Enttäuschung nicht für sich behalten.

»Nein, ich kann mich weiß Gott nicht mehr erinnern«, klagte sie. »Alles, was mir von meiner ersten und letzten Hochzeit in Erinnerung bleibt, ist das verschwommene Bild von einer kurzen Zeremonie in einer düsteren Kirche. Wenn ich darüber nicht so wütend wäre, würde ich wahrscheinlich losheulen.«

»Deine erste und letzte Hochzeit, Megan?«

Sie war zu erregt, um zu bemerken, wie sanft seine Stimme klang. »Adelige lassen sich nicht scheiden, Devlin Jefferys«, zischte sie. »Wenn es das war, worauf du gehofft hast, so kannst du es dir gleich aus dem Kopf schlagen. Du hast mich am Hals, *bis daß der Tod uns scheidet*, und ich habe keineswegs die Absicht, das Zeitliche zu segnen und dich munter deiner Wege ziehen zu lassen.«

Devlin mußte über diese Bemerkung lachen. »Mein Gott, was du manchmal für Ideen hast! Aber nur zu deiner Information: Scheidung kommt auch für meine Familie nicht in Frage. Aber warum sollte sich eine Frau, die frisch verheiratet ist, auch gerade darüber den Kopf …«

»Ich fühle mich überhaupt nicht verheiratet«, unterbrach sie ihn bitter.

Devlin wurde plötzlich sehr still und wagte nicht einmal, sie anzuschauen. Er blickte auf seinen Teller, dann fragte er leise: »Möchtest du dich denn wie verheiratet fühlen?«

Ihr Kopf fuhr hoch, doch er schaute wieder so gleichgültig drein wie eh und je. Was hatte sie auch erwartet? Er hatte ja gesagt, daß es ihm genausowenig gefallen hatte, mit ihr zu schlafen, wie ihr. So redete kein Mann, der sich danach sehnte, sie zu lieben, obwohl er doch jetzt sogar das Recht dazu hatte. Aber wenn er sich einbildete, daß sie ihn darum bitten würde, nachdem er sie so demütigend abgewiesen hatte, dann hatte er sich wirklich getäuscht!

»Nein«, erwiderte sie. »Wie kommst du denn *darauf*?«

Er ließ mit lautem Klirren seine Gabel auf den Teller fallen und stand abrupt auf. »War wirklich eine außergewöhnlich dumme Frage von mir!« stieß er zwischen den Zähnen hervor, als er mit schnellen Schritten zur Tür ging.

»Warte doch!« rief sie. »Reisen wir schon ab?«

»Ja, das auch«, antwortete er lakonisch, ohne sich noch einmal nach ihr umzudrehen.

33

Megan stand auf und wickelte den Rest des Frühstücks noch schnell in eine Serviette, falls sie unterwegs Hunger bekämen. Dieser verdammte Kerl. Warum war er so plötzlich aufgesprungen? Hatte er etwa gehofft, daß sie seine Frage bejahen würde? Und das, nachdem er sie so gedemütigt hatte? Aber wirklich nicht! Sie hatte, weiß Gott, keine Lust, von ihm nochmals so verletzt zu werden. Wenn er sie wirklich begehrte, war es seine Sache, das deutlich zu sagen.

Als der Butler mit einem Picknickkorb hereinkam, der randvoll mit Proviant gefüllt war, wurde sie furchtbar rot. Doch wie jeder gute Diener sah er geflissentlich darüber hinweg. »Ich wünsche Ihnen eine angenehme Reise, Euer Gnaden!« sagte er höflich und verbeugte sich.

Sie errötete noch mehr. Langsam fing sie wirklich an, diesen Titel zu hassen, den sie früher so heiß begehrt hatte.

Megan steckte die Serviette mit dem eingepackten Frühstück zu den anderen Sachen im Korb, als ob dies das Natürlichste der Welt wäre, und ging ins Foyer hinaus, wo Devlin bereits auf sie wartete. Wie üblich kam er ihr gerade recht, um ihren Ärger über die peinliche Situation von soeben an ihm auszulassen.

»Du willst mich offenbar von hier wegschleppen, bevor ich mich bei unserer Gastgeberin bedanken konnte?« fragte sie gereizt.

»Lady Margaret ist in Edinburgh und wird nicht vor morgen

zurückerwartet«, sagte er kurz angebunden. »Hattest du vor, auf sie zu warten?«

»Und dabei zu riskieren, daß sie vielleicht den echten Herzog kennt?« zischte sie ihm leise zu, damit der Butler es nicht hören konnte. »Ganz bestimmt nicht! Du kannst also getrost nach Caesar schicken lassen.«

»Das habe ich schon. Und auch nach einer Kutsche für dich, wenn es dir recht ist.«

»Du hast eine Mietkutsche aufgetrieben?«

»Ich habe mir eine von Lady Margaret geborgt.«

Megan stöhnte auf. »Auch das noch!« Dann wurde sie ernst: »Devlin, jetzt reicht's aber langsam! Wie du diese Lady ausnützt, geht wirklich zu weit!«

Devlin schaute sie dermaßen herablassend an, daß sie ihm in diesem Moment den Herzog gut und gerne abgenommen hätte. »Darf ich fragen, inwiefern ich die Lady ausnutze?«

Megan kam noch näher heran und flüsterte: »Dir ist doch wohl klar, daß sie glauben wird, daß sich der ... – na, du weißt schon wer – ihre Kutsche ausgeliehen hat. Und du rechnest doch damit, daß sie darüber nicht im mindesten verärgert ist, sondern daß sie sich im Gegenteil geschmeichelt fühlen wird, einer so hochgestellten Persönlichkeit einen Gefallen tun zu können. Dabei stimmt die ganze Geschichte gar nicht!«

»Aber warum soll ich ihr diese Freude dann nicht machen, noch dazu, wo sie gar nicht hier ist und ihre Kutsche demnach nicht braucht?«

Dem Argument konnte sie nichts entgegenhalten. »Trotzdem, es bleibt Unrecht!« beharrte Megan.

»Die Verantwortung nehme ich voll und ganz auf meine schwachen Schultern. Und du hast dafür den Vorteil, daß du nicht mit mir auf Caesar sitzen und auch noch die ganze Zeit diesen sperrigen Korb auf dem Schoß halten mußt.«

Noch ein guter Grund, an den sie nicht gedacht hatte. Megan schwieg also, versuchte aber trotzdem, ihm ein schlechtes Gewissen zu machen, indem sie möglichst mißbilligend dreinschaute.

Nachdem ihre Kutsche immer noch nicht vorgefahren war, stellte Megan den Korb am Boden ab. »Das ist das erste Mal, daß du von deiner Familie gesprochen hast«, sagte sie plötzlich.

Sie schaute gedankenverloren zum Butler hinüber, so daß sie

seinen mißtrauischen Blick von der Seite nicht bemerkte. »Wann soll ich denn von meiner Familie gesprochen haben?«

»Vorhin beim Frühstück, als wir über Scheidung geredet haben, erinnerst du dich nicht?«

Devlin war erleichtert. »Ach so«, sagte er in möglichst harmlosem Ton.

»Hast du also auch eine Familie, Brüder, Schwestern und so weiter?«

Ihre Frage klang eher beiläufig, als hätte sie im Grunde kein großes Interesse an diesem Thema. Doch er kannte sie besser. Ihre Neugier war wesentlich stärker entwickelt als bei allen anderen Menschen, die er kannte. Unter anderem hatte er dieser Eigenschaft ja auch die Ehe mit ihr zu verdanken. Und Devlin wußte: Wenn ihre Neugier einmal geweckt war, ruhte sie nicht eher, bis sie die Antwort wußte, so daß es keinen Zweck hatte, ihrer Frage auszuweichen.

Er hätte sich das schon viel früher klarmachen müssen. Vielleicht hätte er dann sogar Wege gefunden, aus ihrer Neugier den einen oder anderen Vorteil zu ziehen. Darüber müßte er wirklich einmal in Ruhe nachdenken. Jetzt aber bemerkte er lediglich: »Eine Großmutter, eine Großtante und zahlreiche entferntere Cousins.«

»Keine näheren Verwandten?«

»Bis jetzt noch nicht.«

»Woher stammt denn deine Familie?« fragte sie als nächstes.

»Aus Kent.«

»In der Nähe von Sherring Cross?«

»Ja, sogar ganz in der Nähe«, bemerkte er trocken.

»Wahrscheinlich hast du deshalb auch Arbeit auf dem Gestüt vom Herzog gefunden, stimmt's?«

»Könnte man so sagen. Aber warum bist du denn auf einmal so an meiner Vergangenheit interessiert?«

»Darüber muß ich doch Bescheid wissen, jetzt, wo ich mit dir verheiratet bin, oder etwa nicht?«

»Wieso denn? Eine Frau braucht überhaupt nichts über die Vergangenheit ihres Mannes zu wissen; im Gegenteil, es ist sogar äußerst schlecht, wenn sie auch nur irgend etwas davon weiß.«

Megan starrte ihn mit offenem Munde an. »Wer sagt denn so einen Quatsch?« stammelte sie fast. »Etwa die Männer?«

Er zuckte die Achseln. »Ja, sicherlich, die Männer.«

»Und du glaubst diesen Unsinn?«

Er hatte Mühe, sich sein Grinsen zu verkneifen. Es war wirklich süß, wie sie aus der Fassung geriet.

»Ich bin schließlich ein Mann – oder war es zumindest das letzte Mal, als ich nachgeschaut habe.«

Megan kniff die Augen zusammen. »Sag mal, nimmst du mich gerade auf den Arm?«

»Hat ja lange gedauert, bis du es gemerkt hast.«

Jetzt war *er* an der Reihe, die Fassung zu verlieren, denn wider Erwarten fuhr sie nicht im mindesten aus der Haut, sondern schenkte ihm ein strahlendes Lächeln, so daß er sie nur noch an sich ziehen und küssen wollte. »In Ordnung«, meinte sie, »ich hab' nichts dagegen, wenn du mich auf den Arm nimmst!« Nachdem er immer noch völlig sprachlos war. setzte sie das Gespräch fort. »Wo waren wir stehengeblieben? Ach ja, bei deiner Vergangenheit.«

»Nein«, unterbrach er sie, »ich denke, jetzt ist einmal *deine* Vergangenheit an der Reihe. Oder glaubst du, unsere Unterhaltung ist eine Einbahnstraße?«

»Aber mein Leben war doch bisher alles andere als sonderlich interessant«, protestierte sie, doch dann seufzte sie ergeben. »Also gut, was willst du denn wissen?«

»Im Moment eigentlich gar nichts.«

Jetzt hatte er sie aber wirklich wieder erwischt, ihre Augen verengten sich zu gefährlich schmalen Schlitzen. »Devlin, ich glaube, ich werde mir jetzt eine neue Angewohnheit zulegen: Schreikrämpfe. Paß also auf, du Ekel, ich habe dich gewarnt.«

Devlin brach in schallendes Gelächter aus, woraufhin Megan ihren Mund aufmachte, um eine erste Probe ihrer »neuen Angewohnheit« zu geben. Doch in diesem Moment öffnete Mr. Mears die Pforte; die Kutsche war vorgefahren. Als sie hinaustraten, stellten sie jedoch fest, daß es nicht die ihre war. Zwei Bedienstete halfen einer älteren Dame aus dem Wagen und verschwanden sofort wieder. In diesem Moment bemerkte die Lady Devlin und riß überrascht ihre türkisblauen Augen auf.

»Das ist doch nicht zu glauben«, rief sie, »nach so vielen Jahren! Was, zum Teufel, hat denn dich hierher verschlagen. Devlin? Ich habe erst letzte Woche einen Brief von deiner Großmutter bekommen, aber sie hat mit keinem einzigen Wort erwähnt, daß du zu Besuch kommen würdest!«

»Weil sie es selbst noch nicht wußte. Und ich bin hier auch nicht auf Besuch gekommen, sondern nur, um zu heiraten. Und wenn du dir meine Braut anschaust, dann kannst du vielleicht auch verstehen, warum ich es so verdammt eilig hatte. Sie hatte nämlich allen Ernstes vor, in London zu debütieren, und ich mußte sie noch vorher vor den Traualtar schleppen, bevor die heiratslustigen Gentlemen in London sie zu Gesicht bekommen würden.«

»Oh, wie romantisch, Dev!« lächelte Margaret. »Obwohl es ja eigentlich gar nicht so richtig zu dir paßt.«

Megan war bei Devlins Phantasiegeschichte über und über rot geworden, so daß eigentlich auch der letzte begreifen mußte, was der wahre Grund für diese hastige Eheschließung war. Die reizende Dame schien ihm dennoch seine Geschichte abzunehmen, zumindest ihrer Antwort nach zu urteilen. Allerdings war die Lady offenbar nahezu blind, denn sie schien ihn wirklich mit einem anderen Mann zu verwechseln, den sie kannte. Allerdings hieß auch dieser andere Mann Devlin, wirklich ein sehr eigenartiger Zufall. Oder war sie vielleicht doch nicht blind und kannte Devlin von irgendwoher?

Als Devlin Megan vorstellte, wurde sie von der alten Dame mit solcher Wärme und Herzlichkeit in die »Familie« aufgenommen, daß Megan vor Verlegenheit fast im Boden versunken wäre, als sie sah, wie schamlos Devlin diese freundliche Lady offenbar an der Nase herumführte. Aber führte er sie denn wirklich an der Nase herum? Die Hälfte von dem, was Margaret McGregor erzählte, machte nicht den geringsten Sinn. Dann wieder sprach sie mit Devlin von Leuten, von denen sie annahm, daß sie sie beide kannten, und auf alle Fragen, die sie Devlin stellte, hatte er eigenartigerweise eine passende Antwort parat.

Das Ganze konnte wirklich kein Zufall mehr sein. Irgend etwas stimmte hier nicht! Und die nervösen Blicke, die Devlin Megan zuwarf, verstärkten nur noch ihren Verdacht. Doch Lady McGregor war so voller Freude, Devlin zu sehen, daß Megan es einfach nicht übers Herz brachte, ihr ihre »Wiedersehensfreude« zu verderben. Und so wartete sie nur darauf, daß sie endlich wieder alleine wären, dann hätte sie ihrem Ehemann die eine oder andere Frage zu stellen!

»Was ist denn das?« fragte Margaret verwundert, als sie die Kutsche und den gesattelten Caesar erblickte, die beide bereitstanden. »Du willst mir doch nicht erzählen, daß du schon wieder abreist?«

»Doch, ich muß leider.«

»Aber das gibt es doch gar nicht!«

»Wirklich, Tante.«

»Nein, das erlaube ich nicht«, beharrte Margaret stur. »Jahrelang hast du mir versprochen, daß du mich besuchen willst, und jetzt bist du endlich einmal hier und willst schon wieder abreisen. Wo gibt's denn so etwas!«

»Ich bin aber nicht allein, Margaret«, erinnerte er sie dezent. »Und ich habe schließlich Verpflichtungen. Duchy weiß noch nicht einmal etwas davon, daß ich geheiratet habe!«

»Oh!« hauchte sie überrascht, dann überlegte sie einen Moment und lachte laut. »Das heißt also, daß ich zum ersten Mal etwas über dich weiß, was meine Schwester noch *nicht* weiß! Hm, da wird sie ja fuchsteufelswild werden!« Sie mußte wieder lachen, die Vorstellung gefiel ihr wohl besonders gut. Doch dann seufzte sie. »Na gut, es sieht also so aus, als ob wieder einmal *ich* diejenige sein werde, die *dich* besucht. Und das werde ich auch auf der Stelle tun, das schwöre ich dir! Daß du aber auch wirklich nie Zeit hast! Ich frage mich bloß, woher du überhaupt die Zeit genommen hast, deine Braut kennenzulernen, geschweige denn, sie auch noch zu heiraten. Aber das werde ich ja mit Sicherheit in aller Ausführlichkeit erfahren, wenn ich nach Sherring Cross komme!«

»Sherring Cross?« fragte Megan verblüfft, doch die Lady hatte sie nicht gehört.

»Jetzt, wo du so eine reizende junge Frau hast, mein Lieber, kannst du nicht mehr all deine Zeit im Oberhaus verbringen, hörst du? Ich erwarte, daß ich viele, viele kleine Neffen und Nichten bekomme, die die St.-James-Tradition weiterführen …«

Margaret unterbrach sich, denn Devlin stöhnte plötzlich laut auf. Und noch bevor sie ihn nach dem Grund dafür fragen konnte, sah sie voller Überraschung, wie seine hübsche junge Frau ihm ein unartiges Schimpfwort zuflüsterte und ihn anschließend mit einem koketten Augenaufschlag gegen das Schienbein trat.

Er schrie laut auf vor Schmerz, hüpfte auf einem Fuß herum und rieb sich stöhnend sein wehes Schienbein. Einen Moment lang war er so mit sich beschäftigt, daß er gar nicht merkte, wie Megan sich davonmachte.

»Sag mal, Devlin, meinst du wirklich, daß sie dieses Pferd reiten sollte?« fragte Margaret irritiert.

»Welches Pferd?« Er fuhr herum und sah gerade noch, wie Megan auf Caesars Rücken davongaloppierte. »Verdammt noch mal, Megan, komm sofort zurück!«

Sie machte natürlich nicht die geringsten Anstalten, ihm zu gehorchen. Doch das hatte er auch nicht anders erwartet.

34

Megan ritt einfach in die Landschaft hinein, ohne darauf zu achten, wo sie war. Plötzlich erreichte sie ein kleines Städtchen, eigentlich eher ein Dorf; es war kaum größer als Teadale. Als sie das einzige Gasthaus des Ortes sah, fiel ihr ein, daß sie ja ihre Geldbörse nicht dabei hatte und auch sonst nichts besaß, womit sie sich eine Mahlzeit hätte leisten können. Wie ihr Hut war ja auch das bißchen Geld, das sie auf die Reise mitgenommen hatte, gestern in der Kutsche liegengeblieben.

Also kein Geld, weder für Essen, noch für eine Unterkunft. Wie sollte sie da bis nach Hause kommen? Denn an eine Rückkehr zu ihrem Mann war überhaupt nicht zu denken. Lieber würde sie hungern. Immerhin hatte sie ja Caesar. Mit ihm kam sie doppelt so schnell voran und konnte es in drei Tagen bis nach Hause schaffen. Und in drei Tagen würde sie doch nicht verhungern, oder?

Aber was sollte das Ganze? Ein paar Tage später würde er ja dann doch bei ihr zu Hause aufkreuzen, und dann hätte sie völlig umsonst gehungert. Aber dann würde sie eben *wieder* durchbrennen, allerdings diesmal mit genügend Proviant.

Der Haken an der Sache war nur, daß er das Recht hatte, sie wieder zu sich nach Hause zu schleifen, so oft er Lust dazu hatte. Er konnte sie sogar einsperren, wenn er es satt bekam, ihr im ganzen Land hinterherzujagen. Mit ihrem Ja-Wort hatte sie sich ihm ausgeliefert!

Aber sie hatte doch nicht *ihn,* sondern Devlin, den Pferdezüchter geheiratet ... Vielleicht hatte er die Heiratspapiere nicht mit seinem richtigen Namen unterschrieben, so daß sie mit ihm gar nicht verheiratet war? Doch das war reines Wunschdenken, darauf durfte sie sich nicht verlassen. Schließlich hatte er sie aus Anstand und Verantwortungsgefühl geheiratet; deshalb hatte er bestimmt dafür gesorgt, daß alles in Ordnung war.

Nur, sie wollte einfach nicht mehr mit ihm verheiratet sein. Sie haßte ihn, und diesmal war es ihr ernst damit. Er hatte sie belogen, hinters Licht geführt, ihr eine falsche Identität vorgespiegelt und weiß Gott was sonst noch alles angetan.

Solltest du ihm das alles nicht selbst sagen?

Bei Gott, ja!

Also wendete Megan und ritt zurück nach Norden. Wieder war sie zu sehr mit ihrem Ärger beschäftigt, um darauf zu achten, wohin sie ritt, doch Caesar folgte der Straße, auf der sie gekommen waren. Es dauerte nicht sehr lange, als ihr die Kutsche entgegenkam. Megan bemerkte sie erst, als sie schon fast auf gleicher Höhe waren.

Sie hielt an. Devlin stoppte ebenfalls. Megan stieg nicht ab, sondern blieb trotzig auf Caesars Rücken sitzen. Er sprang vom Kutschbock und riß sie mit einem einzigen Schwung aus dem Sattel. Sie sollte keine Möglichkeit mehr haben, noch einmal ausgerechnet mit dem Pferd durchzubrennen, das so schnell war, daß man sie nicht mehr einholen konnte. Megan aber war noch immer viel zu sehr in Rage, um seine Vorsichtsmaßnahme überhaupt zu begreifen.

»Ich habe dir eine Menge zu sagen, *Euer Gnaden*«, fauchte sie ihn an; als er sie auf seinen Armen in die Kutsche trug. Dabei sprach sie seinen Titel mit aller Verachtung aus, die sie aufbieten konnte.

»Das kannst du mir gleich alles in der Kutsche erzählen«, entgegnete er ruhig, doch dann brach auch bei ihm sein ganzer Ärger durch, und er schnauzte Megan wütend an: »Untersteh dich, jemals wieder ohne mich auf mein Pferd zu steigen, hast du mich verstanden?«

»*Dein* Pferd? Das ist doch wohl zufällig ...«

»*Mein* Pferd.«

»Aha!« erwiderte sie brüsk. »Also eine weitere Lüge, und noch dazu eine, in die du meinen Vater mit hineingezogen hast!«

»Dein Vater ist eine so ehrliche Haut, daß es ihm schwergefallen ist, bei meinem kleinen Täuschungsmanöver mitzuspielen. Deshalb haben wir abgemacht, daß er für die Dauer meines Aufenthalts wirklich Eigentümer Caesars werden sollte, sozusagen durch einen befristeten unentgeltlichen Kauf. Bei meiner Abreise sollte der Vertrag seine Gültigkeit verlieren. Und das hat er denn ja auch, da ich, wie du weißt, abgereist bin.«

»Es ist mir egal, wie raffiniert du es ausgeklügelt hast, um meinem Vater, diesem Ehrenmann, seine Skrupel auszureden. Es ist und bleibt eine verdammte Lüge, *Ambrose St. James*!«

»Ambrose *Devlin* St. James«, korrigierte er sie und ließ sie ziemlich unsanft in die Kutsche plumpsen. »Kein Mensch nennt mich Ambrose, freche Göre, also fang du jetzt nicht damit an!«

Er hatte sich umgewandt, um Caesar an der Rückseite der Kutsche anzubinden, deshalb mußte sie ihre Stimme heben. Wütend schrie sie ihm hinterher: »Es ist mir völlig egal, wie die anderen dich nennen! Ich wüßte sogar noch ein paar andere Namen für dich, die viel besser passen. Willst du sie hören?«

»Nein!«

Einen Moment lang wußte sie nichts mehr zu sagen. Als er zurückkam, um sich in die Kutsche zu schwingen, fiel ihr auf, daß er humpelte. Sie schaute auf sein Bein und sagte: »Wenn du humpelst, damit ich mich für den Tritt entschuldige, hast du dich getäuscht. Ich werde dir bei Gelegenheit noch einen verpassen ... auf die gleiche Stelle ... nur noch fester.«

»Vielen Dank für die freundliche Vorwarnung, doch auch ich möchte dich warnen: Tritt mich noch einmal mit deinen spitzen, kleinen Schühchen, und du läufst barfuß quer durch England!«

»Das würdest du nicht wagen!«

Er hob eine Braue, als er sie ansah. »Ich glaube, ich habe doch wohl schon öfter Dinge mit dir gemacht, von denen du nicht gedacht hättest, daß ich es wagen würde, oder?«

Sie schnaubte verächtlich. »Weißt du was? Du bist genau das, was du selbst einmal von dir behauptet hast: nämlich ein mieser Halunke, ein gemeiner Schuft! Vielleicht war das überhaupt das einzige Mal, daß du wirklich die Wahrheit gesagt hast. Und ich werde mit dir in meinem ganzen Leben kein Wort mehr reden.«

»Ist das ein Versprechen?«

Offensichtlich war es das nicht, denn sie war noch nicht fertig mit ihrer Schimpftirade. »Du bist der ekelhafteste Kerl, der je gelebt hat. In ganz England – ach, was sag ich, auf der ganzen Welt – gibt es keinen so widerwärtigen Schurken wie dich! Und wahrscheinlich bist du auch als Herzog ein verabscheuungswürdiges Miststück!«

»Vielleicht solltest du dich mit einem vorschnellen Urteil zurückhalten, bis du ihn kennengelernt hast.«

»Seine Gnaden, den Herzog von Wrothston.«

Megans Augen sprühten: »Willst du etwa behaupten, daß ich mich verhört habe und daß Margaret MacGregor gar nicht deine Großtante ist, und daß sie nicht etwa gesagt hat, sie hofft, viele, viele Neffen und Nichten mit dem Namen St. James von …«

»Ja, ja, du hast alles richtig verstanden«, unterbrach er sie ungeduldig. »Ich *bin* der vierte Herzog von Wrothston. Aber seit dem ersten Tag, wo wir uns begegnet sind, war ich gezwungen, eine Rolle zu spielen, die Rolle eines anderen Menschen. Ich verstehe ja, daß du eine Wut auf mich hast. Aber mein Benehmen mußte eben zu der Rolle passen, und deshalb habe ich mich so benommen, wie ich es für glaubwürdig hielt. Ich will damit folgendes sagen, Megan: Wie ich mit dir umgegangen bin, das ist normalerweise überhaupt nicht meine Art. Ich bin gewöhnlich ausgesprochen zuvorkommend, höflich und durch und durch ein Gentleman. Man sagt mir sogar nach, daß ich ein steifer Langweiler wäre; allerdings kann ich mir überhaupt nicht vorstellen, wie die Leute zu dieser Ansicht kommen.«

Aber das war doch gar nicht der Mann, in den sie sich verliebt hatte …

Was hast du da gesagt?!

Tut mir leid, ist mir so rausgerutscht.

Aber du hast es gesagt!

Ach komm, laß mich in Ruhe.

»Willst du damit sagen, daß du kein bißchen herrisch und arrogant bist?« fragte sie.

Er wurde ein wenig rot. »Man nennt das Führungsfähigkeit, das hat mit Arroganz nichts zu tun. Aber ich gebe zu, daß ein paar von meinen wirklichen Charaktereigenschaften in die Rolle mit eingeflossen sind. Ich will nicht behaupten, daß ich den Pferdezüchter perfekt gespielt hätte.«

»Ja, das kann man wohl sagen. Pferdezüchter sind zum Beispiel normalerweise nicht so streitsüchtig!«

»Weißt du, wenn ich ehrlich bin, haben mir unsere Streitereien richtig Spaß gemacht, zumindest manchmal. Du mußt verstehen, ich kann mir in meiner Position ja so etwas sonst gar nicht leisten. Und dir hat es doch auch ein Mordsvergnügen gemacht, stimmt's?«

Sie würde lügen, wenn sie jetzt nein sagen würde. »Darum geht es doch überhaupt nicht«, wich sie seiner Frage aus. »Tatsache bleibt, daß du dich vom ersten Tag an als einen anderen ausgegeben hast, als der du in Wirklichkeit bist. Mir war *überhaupt* nicht klar daß ich einen Herzog geheiratet habe.«

»Aber das wolltest du doch«, erinnerte er sie mit einem süffisanten Grinsen.

Megan schoß die Schamröte ins Gesicht, und sie wäre am liebsten im Boden versunken, als sie an den Tag zurückdachte, als sie ihm gesagt hatte, daß sie den Herzog von Wrothston heiraten wolle. Wie mußte er sich über sie amüsiert haben, daß sie so eingebildet und so anmaßend war …

»Mein Gott«, sagte sie entsetzt, als sie sich an alles erinnerte. »Du bist den ganzen Weg nach Hampshire geritten, nur um mich mit deinem widerlichen Antrag zu erniedrigen und mich auf diese Weise von der Idee abzubringen, dich heiraten zu wollen. Ich hätte nie gedacht, daß du mich dermaßen verachtest.«

Nun war es nicht mehr Zorn, sondern tiefe Verletzung, die aus ihr sprach. Devlin erschrak. Das hatte er nicht gewollt! »Verdammt, das war *nicht* der Grund, weshalb ich nach Hampshire gekommen bin. Ich habe mich nur geärgert, wie rücksichtslos du zu dieser Heirat entschlossen warst. Ich habe gedacht, daß du eiskalt und berechnend wärst, weil du dir durch diese Ehe einen Titel verschaffen wolltest, ganz egal, wie widerwärtig der Inhaber dieses Titels auch sein mochte. Es sollte in gewisser Weise eine Lektion sein. Ich habe wirklich nicht damit gerechnet, daß ich dich dadurch ganz von deinem Plan abbringen würde.«

»Was für eine Freude muß es dann für dich gewesen sein, als du gemerkt hast, daß die Lektion so erfolgreich war«, versetzte Megan bitter. »Und dann das Entsetzen, als du begriffen hast, daß du am Ende trotzdem in der Falle sitzt. Vermutlich glaubst du jetzt, daß ich es extra darauf angelegt habe, mich von dir schwängern zu lassen.«

»Mach dich nicht lächerlich«, sagte er schnell. »Zu so etwas gehören immer noch zwei.«

»Aber vielleicht hab ich dich reingelegt damals? Du warst schließlich betrunken, und ich habe natürlich, eiskalt und berechnend, wie ich nun einmal bin, sofort die Gelegenheit beim Schopf ergriffen.«

»Verdammt, hörst du mir eigentlich zu? Ich habe gesagt, daß ich das *damals* von dir gedacht habe. Heute glaube ich das nicht mehr.«

»Und Sie sind ein hervorragender Lügner, Euer Gnaden, wie Sie soeben wieder unter Beweis gestellt haben.«

»Du glaubst mir also nicht?« fragte er verzweifelt.

»Nein, ich glaube dir nicht. Oder willst du etwa behaupten, daß du um meine Hand angehalten hättest, wenn ich *nicht* schwanger gewesen wäre?«

Dieses Mädchen machte ihn rasend! »Woher, zum Teufel, soll ich wissen, was ich getan hätte, wenn alles anders gelaufen wäre? Das spielt doch jetzt überhaupt keine Rolle mehr. Du *bist* schwanger, und wir *sind* verheiratet. Es ist einfach unlogisch, was du sagst.«

»Es überrascht mich überhaupt nicht, daß *du* die Dinge so siehst. Immer, wenn *ich* im Recht bin, bin ich angeblich unlogisch!«

»Du bist aber nicht im Recht, verdammt noch mal!«

Sie reckte ihr Kinn empor und wandte sich von ihm ab. »Ich habe keine Lust mehr, weiter darüber zu diskutieren.«

»Da habe ich ja noch mal verdammtes Glück gehabt!«

35

Megan hatte gar nicht gemerkt, daß ihre Kutsche, die in Schottland repariert worden war, auf der Heimfahrt plötzlich eine andere Richtung eingeschlagen hatte. Sie hatte gedacht, sie würden nach Sutton Manor zurückfahren. Nach einiger Zeit kam ihr die Gegend auch wieder bekannt vor, doch es war nicht dieselbe, die sie vor über einer Woche verlassen, sondern eine andere, die sie vor Jahren einmal besucht hatte. Langsam ahnte sie, wo sie waren, und es dauerte nicht lange, da tauchte fern am Horizont in all seiner Pracht Gut Sherring Cross auf.

Schon beim ersten Mal, als sie das herzögliche Landgut gesehen hatte, war sie wie verzaubert gewesen. Das Hauptgebäude war ein riesiger Palast, majestätisch wie ein königliches Schloß. Und so wäre sie auch diesmal wieder wie berauscht gewesen, wenn es da nicht ein kleines Problem gegeben hätte: Dieses Schloß gehörte ihrem Mann, doch sie war es nicht wert, seine Frau zu sein.

Devlin saß ihr gegenüber, an die Wand der Kutsche gelehnt, und hielt ein Nickerchen. Oder tat er womöglich nur so? In den letzten Tagen saß er oft einfach nur so mit geschlossenen Augen da, wahrscheinlich, um ihren mißmutigen Blicken auszuweichen. Er hatte ihr die ganze Geschichte erzählt, warum er in die Rolle des »Pferdezüchters« geschlüpft war. Doch »Freddy« und »Sabrina« waren nur Namen, die Megan wenig sagten, so daß sie eigentlich immer noch nicht ganz verstehen konnte, warum er ihr dieses Theater vorgespielt hatte.

Und so hörte sie nicht auf, weiter zu bohren: »Du hast meinem Vater sehr wohl gesagt, daß du ein Herzog bist, stimmt's? Deshalb war er auch so begeistert, daß ich dich heiraten würde, nicht wahr?«

»Ich habe es ihm nur gesagt, um die ganze Angelegenheit zu beschleunigen.«

»Aber warum hast du es dann *mir* nicht gesagt?«

»Du hast dich doch so gefreut, daß du einen Pferdezüchter heiraten würdest. Hätte ich dir da den ganzen Spaß verderben sollen?«

Das war wieder so eine absolut typische Antwort von ihm, und diese Art von Antworten war es auch, warum sie in den letzten Tagen überhaupt keine Lust mehr gehabt hatte, sich mit ihm zu unterhalten. Doch Megan hatte schon so lange ihr Unglück in sich hineingefressen, daß sie jetzt einfach ihrem Herzen Luft machen mußte. Sie lehnte sich vor und wollte Devlin endgültig aufwecken, um mit ihm zu reden.

Das ist jetzt, wo du so niedergeschlagen bist, der denkbar schlechteste Zeitpunkt! Oder willst du jetzt, wo wir gleich da sind, wo dich all seine Bediensteten empfangen werden, noch einen Streit vom Zaun brechen?

Das würde keinen guten Eindruck machen, nicht?

Ganz gewiß nicht. Es ist schon schlimm genug, daß du dich dafür schämen mußt, daß er dich geheiratet hat. Laß doch wenigstens seine Bediensteten sich über seine glückliche Wahl freuen – bis sie dich näher kennengelernt haben.

Sei nicht gemein zu mir! Sollte ich mich etwa nicht schämen, daß er mich geheiratet hat? Ich habe schließlich sein Leben zerstört!

Und was ist mit deinem Leben? Es ist genauso zerstört.

Aber das ist doch meine eigene Schuld …

Aha! Wurde ja langsam Zeit, daß du das einsiehst.

Das habe ich ja nie geleugnet. Aber vorher habe ich nur Devlins *Leben zerstört, und da habe ich nicht so viel Schaden angerichtet. Immerhin wäre die Heirat mit mir für einen Pferdezüchter ja auch ein ganz schöner Aufstieg gewesen. Aber jetzt habe ich das Leben eines Herzogs ruiniert, das ist doch ganz etwas anderes. Ich kann gut verstehen, daß er mich haßt.*

Weißt du, du solltest dir nicht die ganze Zeit die Haare raufen. Schau doch einmal, ob du diesem Schlamassel nicht auch ein paar positive Seiten abgewinnen kannst.

Ich wüßte nicht, welche.

Na, denk doch mal daran, daß du jetzt genau das bekommen hast, was du von Anfang an wolltest – einen Herzog!

Bei meinem ursprünglichen Plan war ich davon ausgegangen, daß er mich auch lieben würde.

Na gut, vergessen wir das. Aber jetzt hast du die Chance, auf Sherring Cross zu leben. Ist das nichts?

Das ist mir jetzt völlig egal.

Lüg doch nicht, du hast dich in dieses Haus schon beim ersten Mal verliebt!

Es ist ein verdammtes Mausoleum, Tiffany hatte ganz recht.

Aber immerhin besser als ein Pferdestall.

Ja, da ist was dran.

»Du bist ja ganz und gar verstummt«, hörte sie Devlin leise sagen. »Lampenfieber?«

Sie sah ihn nur kurz an, bevor sie wieder aus dem Fenster schaute. »Das paßt ja wieder mal hervorragend. Du wachst genau in dem Augenblick auf, wenn wir ankommen.«

»Tja, ich habe eben eine hervorragende innere Uhr.«

Megan schnaubte verächtlich. »Außerdem habe ich kein bißchen Lampenfieber. Und ich bin auch nicht verstummt. Ich habe dir doch gesagt, daß ich mit mir selbst rede.«

»Ja, richtig, das hatte ich ja ganz vergessen. Wenn man mit sich selbst redet, hat man immer Gesellschaft, nicht wahr? Ich würde gerne irgendwann einmal bei deinen Selbstgesprächen zuhören. Die müssen ja wahnsinnig interessant sein.«

Sie merkte, daß er sich einen Witz erlaubte, aber das war immerhin noch besser als die Wut, die er bekommen hatte, als sie ihm das erste Mal von ihren inneren Dialogen erzählt hatte.

»Sie würden für dich sicher sehr interessant sein, denn in der Regel drehen sie sich nur um dich. Aber ich befürchte, daß ich dir deinen Wunsch abschlagen muß. Meine Unterhaltungen sind höchst privat – und außerdem absolut lautlos.«

»Heißt das, daß du niemals laut mit dir sprichst?«

»Natürlich nicht.«

Er runzelte die Stirn. »Hab ich aber die ganze Zeit gedacht, Megan.«

Sie zuckte die Achseln. Sie hatte ihn in der Tat in dem Glauben gelassen, sie würde laut mit sich reden. Sie hatte gedacht, daß er sie deshalb für ein bißchen irre halten und deshalb die Hochzeit absagen würde – was er aber nicht tat, sondern im Gegenteil fuchsteufelswild wurde, als sie es ihm vorschlug. »Ist doch nicht meine Schuld, wenn du mich mißverstanden hast.«

»Wirklich nicht?«

Die Kutsche hielt an, so daß Megan die Frage nicht mehr beantworten mußte. Normalerweise hielt Devlin ihr immer die Tür auf, aber diesmal war er nicht schnell genug, denn eine ganze Schar von Bediensteten war ihm bereits zuvorgekommen und umringte die Kutsche. Kaum hatte sich herumgesprochen, daß es kein Gast, sondern der Herzog persönlich war, der da angekommen war, strömten von allen Seiten Scharen von Dienern und Hausmädchen herbei, um Devlin zu begrüßen. Auf dem Weg von der Kutsche bis zum Eingang des Palastes hörte Megan mehr »Euer Gnaden«, als es ihr recht war. Doch das war noch gar nichts gegen das Getümmel, das in der riesigen Empfangshalle herrschte. Es schien, als wären sämtliche Dienstboten des gesamten Anwesens herbeigeeilt, um ihren Herrn willkommen zu heißen. Irgendwann in dem allgemeinen Aufruhr kam Devlin dazu, Megan als seine Frau vorzustellen, und schon ging das »Euer Gnaden« von neuem los.

Megan wußte selbst nicht ganz, wie sie mit der Situation fertig werden sollte, aber John, der Butler, und Mrs. Britten, die Haushälterin, stellten ihr jeden der Anwesenden mit Namen vor, und da alle so nett und freundlich zu ihr waren, fiel bald ihre ganze Nervosität von ihr ab.

Devlin fand Gelegenheit, ein paar Schritte zurückzutreten und Megan dabei zu beobachten, wie sie mit dem Personal umging. Er war völlig sprachlos. Er sah eine Megan vor sich, die er noch nie gesehen hatte. Es herrschte helle Aufregung, daß er mit seiner reizenden Braut gekommen war, ohne den Haushalt vorher zu benachrichtigen, denn so war natürlich überhaupt nichts für sie vorbereitet. Doch Megan schaffte es sofort mit ihrem ganzen Charme, die Gemüter zu beruhigen. Sie beteuerte, daß sie sowieso erst einmal das ganze Anwesen besichtigen wollte – was auch der Wahrheit entsprach, denn sie war ganz erpicht darauf, die Ställe zu sehen. Das gab dem Personal genügend Zeit, die für sie vorgesehenen Räume zu richten.

Als sie Margaret besucht hatten, war er viel zu nervös gewesen, um darauf zu achten, wie sich Megan benahm oder was sie zu seiner Tante sagte. Doch diesmal hörte Devlin jedes Wort, das aus Megans Mund kam. Und sie war so charmant und souverän, wie eine perfekte Lady, daß sie sofort alle für sich einnahm. Er war so überrascht, daß er gar nicht merkte, wie es aus ihm herausplatzte: »Ja, du lieber Gott, was ist denn auf einmal mit meiner kleinen Göre los?«

Noch im gleichen Moment wußte er, daß er einen riesengroßen Fehler gemacht hatte. Er sah, wie sich Megans Rücken versteifte, wie sie herumfuhr, und schon fühlte er einen stechenden Schmerz an seinem Schienbein. Megan schaute ihn an, dann erst bemerkte sie fassungslos, wozu sie sich vor den Augen des gesamten Personals hatte hinreißen lassen. Sie brach in Tränen aus und stürzte aus der Halle hinaus. Er hätte am liebsten das gleiche getan.

Er wußte, daß es der erste Eindruck ist, der zählt, und daß er durch seine dumme Bemerkung Megans Einführung in seinen Haushalt verpatzt, womöglich ihre Autorität für immer untergraben hatte. Die einzige Entschuldigung für sein Verhalten, die ihm einfiel, war, daß er genau wie sie die ganze letzte Woche einfach unter einem unerträglichen Druck gestanden hatte – abgesehen davon, daß er seit ihrer ersten Begegnung sowieso manchmal nicht mehr wußte, was er tat.

Die Bediensteten waren genauso fassungslos wie er, viele waren deutlich empört, manche einfach nur peinlich berührt. Das einfachste wäre gewesen, das gesamte Personal auf der Stelle zu entlassen. Doch dann besann er sich und versuchte, die Situation zu retten, indem er erklärte: »Wir sind seit zwei Wochen ununterbrochen auf der Reise gewesen, und meine Frau ist verständlicherweise erschöpft und deshalb ein wenig mit den Nerven am Ende.«

»Sie selbst dürften wohl auch etwas erschöpft sein«, sagte John neben ihm. Und da er schon seit über dreißig Jahren in diesem Hause diente, nahm er es sich heraus hinzuzufügen: »Denn ich habe Sie noch nie etwas dermaßen Dummes sagen hören – Euer Ehren.«

Devlin sah, daß viele bestätigend nickten und offensichtlich ihm die Schuld für die peinliche Situation gaben. Er mußte ihnen recht geben. Er lachte etwas verlegen und meinte dann in ernstem Ton: »John, Sie haben absolut recht. Um die Wahrheit zu sagen, weiß ich manchmal selbst nicht mehr, wer ich bin, seit ich diese junge Dame getroffen habe.«

»Das nennt man eben Liebe, Sir, wenn ich mir diese Bemerkung erlauben darf«, meinte Mrs. Britten lächelnd.

»Wirklich? Tja, da muß ich mich wohl erst daran gewöhnen«, erwiderte Devlin.

Bei diesen Worten machte ein allgemeines Schmunzeln die Runde, und Devlin nutzte die Gelegenheit, sich diskret zurückzuziehen und auf die Suche nach seiner Frau zu machen. Diesmal mußte er sich wirklich aus ehrlichem Herzen bei ihr entschuldigen. Er hoffte nur, daß er dazu noch käme, bevor sie ihm ein weiteres Mal gegen sein wundes Schienbein treten würde. Kein Zweifel, das nächste, was er tun mußte, war, seiner Frau ein paar weichere Schuhe zu kaufen.

36

Megan war spurlos verschwunden. Devlin hatte als erstes in den Pferdeställen nach ihr gesucht, denn er wußte, daß sie nichts mehr liebte als Pferde. Er hatte gehofft, daß der Anblick der prachtvollen Sherring Cross-Vollblüter sie so begeistern würde, daß ihr Ärger verraucht oder zumindest gedämpft wäre.

Einer der Gärtner erzählte ihm schließlich, er hätte die junge Lady zum See hinunterlaufen sehen. Devlin brach für einen Augenblick in Panik aus, denn er befürchtete angesichts ihres Zustands das Schlimmste, und so hatte der Gärtner die seltene Gelegenheit, seinen Herrn, den Herzog von Wrothston, wie von Furien gejagt zum See hinunterstürzen zu sehen.

Devlin sah sie schon von weitem. Sie saß am Ufer, etwas abseits vom Bootssteg. Sie sah wie ein richtiger kleiner Wildfang aus, hatte ihren Hut achtlos weggeworfen und ihr Haar gelöst, so daß es wie eine feuerrote Mähne über ihrem grauen Reisemantel lag. Den Rock hatte sie bis zu den Knien hochgezogen, und einer ihrer Füße baumelte im eisigen Wasser.

Man hätte denken können, daß die Eiseskälte des Wassers sie womöglich davon abgehalten hatte, sich hineinzustürzen, doch als Devlin sie da sitzen sah, wurde es ihm sofort klar, wie lächerlich es gewesen war, an eine Kurzschlußreaktion zu denken. Dazu war sie einfach nicht der Typ, dazu war sie viel zu verzogen. Denn dann hätte sie ja keine Chance mehr gehabt, sich an dem, auf den sie wütend war, zu rächen. Aber vielleicht tat er ihr da auch Unrecht, vielleicht war das gar kein Ausdruck ihrer Verwöhntheit, sondern eine ganz normale, menschliche Reaktion.

Vorsichtig trat er an sie heran. Sie hörte ihn kommen und richtete sich steif auf, drehte sich jedoch nicht um. Weinte sie noch? Großer Gott, bloß das nicht! Mit ihren Wutausbrüchen konnte er umgehen, vor ihren Tränen stand er, wie die meisten Männer, hilflos wie ein kleines Kind.

Und so sagte er natürlich prompt das Falsche: »Na, hast du dir den Zeh angestoßen?«

Devlin stöhnte innerlich, als sie nur lapidar bemerkte: »Ja!«

Er sank hinter ihr auf die Knie, in den weichen Ufersand. Er hob die Arme, wollte sie an sich ziehen, doch er befürchtete, sie könnte sich ihm in trotziger Abwehr hastig entziehen und dabei ins Wasser fallen.

»Es tut mir leid, Megan.«

»Was denn?«

»Daß mein Schienbein dummerweise genau da war, wo du hingetreten hast.«

Er mußte lange auf eine Antwort warten, so lange, bis sie sich den Strumpf und den Schuh wieder angezogen hatte. Schließlich erwiderte sie: »Nein, *das* verzeihe ich dir nicht.«

»Was? Meine gedankenlosen Worte?«

»Die auch nicht.«

»Dann, daß ich über dein tadelloses Benehmen so überrascht war?«

»Das vielleicht schon.«

Obwohl sie ihn nicht sehen konnte, versuchte er, seinen Seufzer der Erleichterung zu unterdrücken. »Alle waren von deinem Auftreten ganz begeistert, und niemand nimmt es dir übel, daß du mir gegen das Schienbein getreten hast. Alle haben gemeint, daß *ich* schuld an der ganzen Situation gewesen wäre, was ja auch stimmt. Mein Butler hat sogar gesagt, daß ich mich noch nie so danebenbenommen hätte.«

»Da bin ich aber ganz anderer Ansicht. Ich kann mich da an verschiedene Situationen ...«

»Reicht es dir nicht, wenn ich mich für *dieses* Mal entschuldige, kleines Biest?«

Bei diesen Worten stand sie so abrupt auf, daß ihr Rücken ihm einen regelrechten Kinnhaken verpaßte. Sie fuhr mit einem erschrockenen »Oh!« herum, konnte es sich dann aber nicht verkneifen, schadenfroh zu bemerken: »Tja, selber schuld, wenn du mir zu nahe kommst.«

»Da wäre ich an deiner Stelle aber nicht so kess. In kaltem Wasser kann man nämlich nicht nur seine Sinnlichkeit, sondern auch seinen Ärger abkühlen.«

Sie lachte laut. »Du würdest es doch niemals wagen, mich da reinzuwerfen!«

»Richtig. Aber nur deshalb, weil ich dir mit deiner Riesenschleppe ja hinterherspringen müßte, um dich vor dem Ertrinken zu retten. Und dazu hätte ich kaum Lust, denn mein See ist noch um einiges kälter als dein Teich.«

»Ich hab mich gar nicht erinnert, daß es hier auch einen See gibt.«

»Du hast dich bei deinem ersten Besuch wahrscheinlich für nichts anderes interessiert als für das Gestüt, hm?«

»Nein. Ich kenne schon einen großen Teil des Hauses. Eines deiner Hausmädchen hat Tiffany und mich damals herumgeführt und war unheimlich stolz, als sie sah, daß unsere Bewunderung keine Grenzen kannte. Sie zeigte uns sogar deine Privatgemächer, naja, zumindest ein *paar* deiner Räume.«

»Und? Warst du beeindruckt?«

»Und wie! Warum glaubst du wohl, daß ich den Herzog von Wrothston heiraten wollte?«

Der Hieb hatte gesessen. Er hätte wissen müssen, daß sie die peinliche Szene von vorhin nicht auf sich beruhen lassen und sich dafür irgendwie an ihm rächen würde. Und sie hatte genau die richtige Wunde getroffen.

»Ach, ich dachte, du hättest mir einmal gesagt, daß du hauptsächlich von dem *Gestüt* so beeindruckt warst«, entgegnete er, ohne sich anmerken zu lassen, wie sehr ihn ihre letzte Bemerkung verletzt hatte.

»Ja, vielleicht«, sagte sie mit einem kleinen Lächeln, bevor sie davonschlenderte. Sie ahnte nicht, in was für einer trübsinnigen Stimmung sie ihn zurückließ.

Er versuchte erst gar nicht, ihr zu folgen; er war so verletzt, daß er nicht sicher war, ob er seine Zunge im Zaume halten könnte. Eine geschlagene Stunde blieb er noch dort sitzen und grübelte vor sich hin. Er war so unglücklich. Er dachte gar nicht daran, daß Megan womöglich sich nur einen Scherz mit ihm erlaubt hatte. Das Thema ging ihm zu nah, es war für ihn zu schmerzlich, das mußte sie doch wissen!

»Ich hab' gehört, daß du dich bei deiner Ankunft ja ganz schön danebenbenommen hast«, platzte die Herzogin-Witwe von Wrothston ohne große Umschweife heraus, als sie ohne anzuklopfen Devlins Arbeitszimmer betrat. »Schade, daß ich es nicht selbst miterlebt habe, aber ... mein Gott, Devlin, wie siehst *du* denn aus?! Das ist ja fürchterlich ... der Kammerdiener muß dir sofort diese langen Haare abschneiden!«

Devlin lehnte sich hinter seinem Schreibtisch zurück und wickelte sich eine seiner langen Locken um den Finger. »Gefällt's dir nicht? So etwas passiert einem eben, wenn man eine Zeit auf dem Lande verbringt. Soll ich dir erzählen, was einem sonst noch so alles passieren kann?«

»Bist du mir böse, mein Junge?«

»Schon möglich.«

»Na gut, dann schieß mal los.« Sie setzte sich ihm gegenüber in einen Sessel und schaute ihn herausfordernd an. »Erzähl mir, was einem sonst noch alles passieren kann.«

»Man kann zum Beispiel wahnsinnig werden.«

»Das ist mir zwar noch nicht passiert, aber ich will nicht ausschließen, daß das möglich ist. Was noch?«

»Man kann heiraten.«

»Dann stimmt es also, was John mir erzählt hat? Du hast tatsächlich eine Braut mitgebracht?«

»Es gibt sicher viele Ausdrücke für sie. Aber ob ›Braut‹ so ganz der passende ist, weiß ich wirklich nicht.«

Lucinda St. James warf ihm einen einfühlsamen Blick zu.

»Habt ihr schon euren ersten Krach?«

Devlin schnaubte verächtlich. »Schon? Ich wüßte nicht, wann wir jemals *keinen* Krach miteinander gehabt hätten.«

»Na, ich glaube, ich muß mir da selbst mein Urteil bilden. Du bist ja nicht gerade in bester Laune. Wo ist denn das Mädchen?«

Devlin zuckte die Achseln. »Womöglich im Stall, sie kann aber genausogut überall sonst sein.«

Duchy hob die Brauen. Es war immerhin schon zehn Uhr abends. »*So* spät?«

»Die Tages- oder Nachtzeit spielt für diese junge Dame nicht die geringste Rolle, wenn sie gerade einmal Lust verspürt, in die Ställe zu gehen.«

Sie wollte Devlin etwas entgegnen, besann sich dann jedoch eines Besseren. »Naja, das soll mich nichts angehen.«

»Du könntest sowieso nichts dagegen machen«, erwiderte Devlin trocken.

»Na gut. Aber jetzt hast du mich ja lange genug auf die Folter gespannt. Wer ist denn das Mädchen?«

»Die Tochter des Gutsherrn Penworthy.«

»Ja, zum Teufel mit mir!« entfuhr es Duchy. Sie konnte ein Grinsen nicht verbergen, so daß Devlin einen leisen Verdacht schöpfte.

»Das kannst du wohl laut sagen! Du hast es also von Anfang an gewußt. Und wie bist du darauf gekommen, daß ich an diesem Rotschopf Gefallen finden würde?«

»Wie hätte ich denn *darauf* kommen sollen?« fragte sie mit ihrem unschuldigsten Lächeln.

»Aber du hast es dir gewünscht.«

»Vielleicht.«

»Und warum?«

»Ach, ich habe sie vor etlichen Jahren einmal gesehen …«

»Ja, leider, das hat sie mir schon erzählt«, unterbrach er sie.

Sie schaute ihn vorwurfsvoll an. »Dann weißt du also auch, daß ihr Vater mit ihr hierherkam, um einen unserer Vollblüter für sie zu kaufen.«

»Rate mal, wie sie das Pferd getauft hat.«

»Wahrscheinlich hat sie sich einen blödsinnigen Namen einfallen lassen. Sie war damals noch ein Kind.«

»Es ist ein Name, den ich selbst für außergewöhnlich blödsinnig halte, weshalb ich ihn auch nie benutze.«

Beide Brauen der Herzogin-Witwe schossen in die Höhe. »Du meinst doch nicht etwa – Ambrose?«

»*Sir* Ambrose, um genau zu sein«, antwortete er, woraufhin seine Großmutter in schallendes Gelächter ausbrach.

»Ich weiß wirklich nicht, was daran so lustig ist.«

»Was nur einmal wieder bezeugt, daß du jetzt schon so humorlos bist wie dein Großvater, als er siebzig war. Das kommt davon, daß du einfach zuviel arbeitest und dir keine Zeit für andere Dinge gönnst. Ich hab versucht und versucht, dir diese Unart auszutreiben. Aber du warst eben zu lange unter seinem Einfluß, das ist dein großes Problem. Als ich ihn geheiratet habe, war er *überhaupt* nicht so; er ist erst mit der Zeit so geworden. Und du bist verdammt noch mal viel zu jung, um jetzt schon so zu sein wie er im Alter.«

»Ich glaube ganz und gar nicht, daß ich humorlos bin. Das meint nicht einmal Megan.«

»Das freut mich zu hören. Und das ist auch einer der Gründe, warum ich mir gewünscht habe, daß ihr ein Paar werden würdet. Das Mädchen hat auf mich damals einen tiefen Eindruck gemacht. Ich habe oft in den letzten Jahren an sie denken müssen.«

»Was hat denn die Rotzgöre damals angestellt? Hat sie mit ihrem feurigen Temperament die Möbel angezündet?«

Duchy kicherte. »Ich hatte nicht den Eindruck, daß sie eine Rotzgöre war. Im Gegenteil, ich fand sie einfach entzückend. Sie hatte so einen hinreißenden jugendlichen Charme und so eine ungeschminkte Offenheit. Einfach ein ganz süßes Ding, die Kleine. Außerdem konnte man ihr damals schon ansehen, daß sie einmal eine richtige Schönheit werden würde. Ist sie das?«

»Eine unvergleichliche Schönheit«, knurrte Devlin.

»Ja, wo ist denn dann bitte das Problem? Ich hatte mir gedacht, daß es doch nicht übel wäre, wenn du in ihrer Nähe wärst und ein bißchen von ihrer Lebensfreude annehmen könntest.«

»Die Rolle des Cupido steht dir schlecht, Duchy«, brummte er unwirsch. »Du hast Megan Penworthy vor sechs Jahren kennengelernt, als sie noch ein Kind war. Und nur weil sie dich bei diesem einen Mal so beeindruckt hat, wirfst du deinen Enkel dieser Wölfin zum Fraß vor.«

»Hm. Ist sie wirklich eine Wölfin, Devlin?«

»Dann eben eine Füchsin, wenn dir das lieber ist.«

»Ich denke, du willst damit sagen, daß sie ganz anders ist, als ich sie damals erlebt habe.«

»Überhaupt nicht. Ich bin sicher, daß sie immer noch dieses Kind von damals ist. Und es gibt auch jede Menge Leute, die von ihr begeistert sind und ihre Nähe suchen. Nur gehöre ich leider nicht zu diesen Leuten.«

Duchy stöhnte verzweifelt. »Ich darf dich freundlich daran erinnern, daß nicht ich schuld daran war, daß du für eine Weile verschwinden mußtest. Ich habe nur versucht, das Beste daraus zu machen. Du hast eben die längste Zeit deines Erwachsenenlebens gedacht, daß du Marianne heiraten würdest, und hast deshalb anständigerweise auch nicht nach anderen Mädchen geschaut. Doch als diese Hochzeit dann ins Wasser fiel, hättest du dich sofort nach einer neuen Braut umsehen müssen. Hast du das getan? Nein! Du warst einfach viel zu sehr mit dir selbst beschäftigt und hast dich viel zu sehr in deine Arbeit gestürzt. Obwohl du wußtest, daß es deine Pflicht ist, zu heiraten und dem Geschlecht der Wrothstons einen Erben zu verschaffen.«

»Als ob ich das nicht wüßte«, versetzte er mürrisch.

»Aber du scheinst dich nicht sonderlich darum zu kümmern. Es ist meine Pflicht, dich daran zu erinnern. Und *ich* weiß zumindest, was meine Pflicht ist.«

»Hab ich mich um *meine* Pflichten etwa *nicht* gekümmert?«

Duchy verlor die Geduld. »Muß ich dir denn alles aus der Nase ziehen? Wenn du das Mädchen nicht magst, warum hast du es dann verdammt nochmal geheiratet?«

»Wer sagt denn, daß ich sie nicht mag? Oder, na gut, im Augenblick mag ich sie wirklich nicht sonderlich. Aber was hat das denn damit zu tun? Ich begehre sie, ja. Jedesmal, wenn sie in meine Nähe kommt, sogar dann, wenn sie nicht in meiner Nähe ist. Verdammt noch mal, es gibt keinen Moment, wo ich sie *nicht* begehre, wenn du es ganz genau wissen willst!«

Seine Großmutter schnappte nach Luft. »Also das letzte möchte ich überhört haben.«

»Dann sollte ich mich wohl entschuldigen.«

»Ja, das solltest du wirklich!« gab sie entrüstet zurück.

»Aber bevor ich hier endgültig aus der Haut fahre, möchte ich wirklich wissen: Was zum Teufel ist eigentlich das Problem, Devlin?«

»Sie liebt mich nicht.«

37

»Er liebt mich nicht.«

Lucinda St. James traute ihren Ohren nicht, als sie von Megan exakt die gleiche Antwort bekam wie gestern abend noch von ihrem Enkel. Sie war gespannt gewesen, was aus Megan geworden war. War sie wirklich der aufbrausende, kleine Trotzkopf, als den Devlin sie ihr beschrieben hatte? Oder war sie arrogant und herablassend, weil ihr ihre Schönheit zu Kopf gestiegen war? Das Mädchen war wirklich über die Maßen schön, viel schöner noch, als sie es sich vorgestellt hatte. Statt dessen saß Lucinda jetzt einem Häufchen Elend gegenüber, und das überraschte sie völlig.

Sie und die neue Herzogin von Wrothston hatten sich heute morgen in dem offiziellen Empfangssalon getroffen, einem großen Raum, in dem Devlin normalerweise seine privaten Geschäfte erledigte und der genau in der Mitte zwischen seiner Suite und der seiner Frau lag.

Megan war am Anfang der Unterhaltung aus verständlichen Gründen etwas zurückhaltend, doch dann kamen sie auf ihre erste Begegnung vor sechs Jahren zu sprechen. Bei diesem Thema taute Megan ein wenig auf und zeigte etwas von der ihr ureigenen Quirligkeit, an die sich die ältere Dame so gut erinnern konnte. Doch sie sah auch sofort die große Traurigkeit, die das Mädchen nur mühsam verbergen konnte. Und so hatte sie ihr die gleiche Frage gestellt wie gestern abend ihrem Enkel. Daß sie haargenau die gleiche Antwort bekäme, hatte sie wirklich nicht erwartet.

Herzensangelegenheiten erforderten äußerste Behutsamkeit, und daher fragte Lucinda so einfühlsam wie möglich: »Und warum glauben Sie das?«

»Wenn ein Mann eine Frau liebt, dann würde er ihr das doch sagen, oder?« antwortete Megan.

»Ja, das müßte er natürlich wirklich tun.«

»Nun ja, und Devlin hat mir lediglich gesagt, daß ich sein Leben ruiniert hätte. Wissen Sie, er wollte mich ja erst gar nicht heiraten. Er hat alles in Bewegung gesetzt, um mich von dieser Idee abzubringen.«

»Welcher Idee?« fragte Lucinda. »Dann hatten Sie sich also schon entschieden, daß sie ihn heiraten wollten?«

»Nicht ihn, sondern den Herzog.«

»Aber er *ist* doch der Herzog, mein Kind!«

»Heute weiß ich das natürlich, aber damals, als ich ihn heiratete, wußte ich das noch nicht.«

»Wen dachten Sie denn sonst, daß Sie heiraten würden?«

»Einen Pferdezüchter. Wußten Sie nicht, daß er sich als Pferdezüchter ausgegeben hat?«

»Ursprünglich sollte er ein Stalljunge sein, aber das tut ja jetzt nichts mehr zur Sache. Aber hat es Ihnen denn nicht auch ein ganz klein bißchen gefallen, daß Sie am Schluß nicht einen Pferdezüchter, sondern einen Herzog geheiratet hatten?«

»Gefallen?« rief Megan aus. »Er hat mich hintergangen, verdammt noch mal. Ich habe getobt... Oh, entschuldigen Sie vielmals, Euer Gnaden.«

»Ach, das macht doch nichts, Kleine, wir sind doch jetzt eine Familie. Nennen Sie mich einfach ›Duchy‹ und sprechen Sie frei von der Leber weg!« Dann beugte sie sich ein wenig vor und flüsterte: »Es passiert mir auch immer wieder mal, daß ich fluche. Natürlich nicht in der Öffentlichkeit. Sie verstehen, da könnte mich ja mein penibler Enkel hören. Er denkt, daß ich unfehlbar bin, und das ist auch gut so. Ich kann ihn ja schlecht für seine Flüche rügen, wenn er weiß, daß ich das gleiche tue, oder?«

Megan schüttelte den Kopf und grinste. Und in diesem Moment wurden sie Freundinnen. »Wenn ich das nur vorher gewußt hätte! Aber andererseits tut Devlin nichts lieber, als sich über mein schlechtes Benehmen zu beschweren, und da würde ich ihm ja den ganzen Spaß verderben, wenn ich mich wirklich bessern würde.«

Lucinda lachte schallend. »Sie sind genau die Richtige für diesen Jungen«, sagte sie im Brustton der Überzeugung. »Irgend jemand muß diesen Langeweiler ja mal ein bißchen aus der Reserve locken.«

»Da ist er aber, glaube ich, ganz anderer Meinung«, entgegnete Megan, und mit einem Mal kam wieder diese verlorene Traurigkeit in ihre Augen.

»Sind Sie ihm immer noch böse, daß er ein Herzog und kein Pferdezüchter ist?«

»Ja ... nein ... ach, ich weiß nicht«, seufzte Megan.

»Er meint, daß Ihnen der Titel gefällt – ganz abgesehen von seinen Ställen.«

Megan verzog das Gesicht. »Da sieht man wieder, daß er mich einfach nicht versteht. Ich habe ihm doch nur deshalb gesagt, daß ich Ambrose St. James heiraten würde, weil ich damit bei ihm Eindruck schinden wollte. Ich dachte, daß er dann endlich ein wenig Respekt vor mir hätte und mit diesen verletzenden Beleidigungen aufhören würde, die ich seit dem ersten Tag unserer Begegnung von ihm zu hören bekommen habe. Es hat natürlich nicht den geringsten Eindruck auf ihn gemacht. Als er wissen wollte, warum ich es gerade auf den Herzog von Wrothston abgesehen hatte, habe ich ihm natürlich nicht den wahren Grund gesagt – das ging ihn ja nichts an –, sondern geantwortet, daß mir das Gestüt des Herzogs so gut gefiele, einfach nur so, um ihn von dem Thema abzubringen.« An dieser Stelle weiteten sich Megans Augen mit Erschrecken. »Jetzt sehe ich natürlich, daß ihn das damals unheimlich verletzt haben muß, denn er *war* ja der besagte Herzog.«

»Ach, der Grund ist doch ein ganz anderer, Kindchen«, sagte Lucinda kichernd. »Seit ich mich erinnern kann, haben die Frauen dem Buben schöne Augen gemacht. Genauso erging es seinem Vater und meinem Mann. Die verdammten St. James-Jungs sind nun einmal außergewöhnlich schöne Männer. Es muß für den armen Kerl ja ein ganz schöner Schock gewesen sein, eine Frau zu treffen, die sich nicht auf der Stelle Hals über Kopf in ihn verliebt, sondern mehr auf sein Gestüt scharf ist als auf ihn selbst. Großer Gott, ich hätte doch zu gerne seinen Gesichtsausdruck gesehen, als er das gehört hat! Dabei waren Sie sich ja noch nicht einmal bewußt, daß Sie ihn damit massiv in seiner Eitelkeit verletzt haben.«

»Wirklich zu schade, denn das gehört eigentlich zu den Dingen, die ich am liebsten mache«, gestand Megan offenherzig.

»Das habe ich mir schon gedacht«, grinste Lucinda. »Aber was war dann der wirkliche Grund, warum Sie einen Herzog heiraten wollten, wenn ich fragen darf?«

Megan zuckte die Achseln. »Es war ein guter Grund, ein hervorragender Grund, auch wenn er Ihnen wahrscheinlich ziemlich kindisch vorkommen wird. Ich habe von Lady Ophelia Thackeray eine schwere Kränkung, eine beschämende Zurückweisung einstecken müssen. Sie ist in unserer Gegend für ihre rauschenden Feste bekannt, und jeder reißt sich darum, von ihr eingeladen zu werden. Auch ich habe über zwei Jahre sehnlichst darauf gewartet, doch dann hat sie mir einmal in aller Öffentlichkeit deutlich zu verstehen gegeben, daß ich mir das aus dem Kopf schlagen könnte. Tiffany meint, daß das an meinem verdammt hübschen Gesicht läge – Sie kennen doch Tiffany? Das ist meine beste Freundin, sie war damals mit dabei, als wir Sir Ambrose gekauft haben.«

»Ja, aber ...«

»Devlin ist übrigens fürchterlich eingeschnappt, daß ich mein Pferd nach ihm benannt habe. Dabei wollte ich nur dem Herzog auf diese Weise meine Ehrerbietung erweisen, denn ich war der Meinung, daß mein Pferd das schönste von allen sei. Aber Devlin hat das überhaupt nicht so gesehen.«

»Ja, das kann ich mir denken«, bemerkte Lucinda trocken.

»Na ja, auf jeden Fall meinte Tiffany, daß Lady O mich nur deshalb nicht auf ihre Feste einladen wollte, weil sie drei Töchter hat, die sie unter die Haube bringen muß. Das mag ja sein, aber daß sie mich deshalb gleich dermaßen schneidet, wo es doch in der ganzen Gemeinde niemanden gibt, der noch nie auf der Gästeliste gestanden hat, fand ich so gemein. Sie hat mich wie eine Aussätzige behandelt, als ob irgend etwas mit mir nicht in Ordnung wäre. Ja, und da habe ich mich eben entschlossen, jemanden zu heiraten, der einen noch höheren Titel hat als sie – sie ist Gräfin von Wedgewood –, um sie auf diese Weise auszustechen. Das hört sich kleinlich und rachsüchtig an, nicht wahr? Ist es ja auch. Aber ich war nun einmal so wütend und so gekränkt damals.«

»Aber warum denn gerade Devlin?«

»Er war der bedeutendste Lord, den ich kannte, und ich mag auch wirklich sein Gestüt. Aber das war natürlich nur so ein Vorsatz. Ich mußte ihn ja erst einmal kennenlernen und mich in ihn verlieben – das war für Tiffany und mich absolute Notwendigkeit. Denn ich hatte ja nicht vor, mein Leben zu ruinieren, nur um Lady O eins auszuwischen. Ich würde niemals einen Mann heiraten, den ich nicht liebe oder von dem ich nicht wenigstens annehmen könnte, daß ich mich mit der Zeit in ihn verlieben könnte, ganz egal, was für einen tollen Titel er hat. Es bestand für mich natürlich nicht der geringste Anlaß, das alles Devlin zu erzählen. Und da hat er eben alles drangesetzt, mich von dieser Idee abzubringen.«

»Wie hat er denn das angestellt, ohne vor Ihnen seine wahre Identität zu lüften?«

»Er hat mir gesagt, daß der Herzog ein gemeiner Schurke, ein Ganove, ein Verführer unschuldiger Mädchen sei.«

»Was natürlich überhaupt nicht stimmt«, entgegnete Lucinda mit unüberhörbarer Empörung.

»Das hab ich ja auch gesagt. Obwohl ich den Herzog ja noch gar nicht kennengelernt hatte. Ich mußte also die Ehre eines Mannes verteidigen, den ich gar nicht kannte. Aber Devlin hat einen Trick gefunden, es mir zu beweisen. Er ist auf einem Maskenball aufgetaucht, hat sich mir als der Herzog vorgestellt und sich eine unverschämte Dreistigkeit erlaubt. Er hat mich aufgefordert, seine Geliebte zu werden.«

»Das darf doch nicht wahr sein!«

»Ist es aber.«

»Aber das paßt doch gar nicht zu ihm!«

»Es tut mir leid, wenn ich da anderer Meinung bin. Das war nur eine von vielen Beleidigungen, die ich mir von diesem Mann habe anhören müssen. Er besaß sogar noch die Frechheit, höchst überrascht zu tun, als ich ihm – dem ›Pferdezüchter‹ – nach meiner Rückkehr eröffnete, daß ich den Herzog nie wiedersehen wollte.«

Lucinda lehnte sich zurück. Sie war sprachlos. »Wie habt ihr zwei das eigentlich bloß geschafft, nach all diesem Tohuwabohu noch glücklich vor dem Traualtar zu enden?«

»Da bin einzig und allein *ich* daran schuld. Die Wahrheit ist, daß ich, allerdings völlig unbewußt und ohne Absicht, ihn dazu verleitet habe, mich zu verführen. Ich war einfach so verdammt neugierig. Und es war so wunderbar, zumindest das Küssen, doch das, was danach kam, hat mir überhaupt nichts bedeutet. Er hat das von sich selbst auch behauptet. Er meinte, es hätte ihm so wenig gefallen, daß er nicht die Absicht hätte, je wieder mit mir ... die Ehe zu vollziehen. Es wäre für ihn nur eine Ehe auf dem Papier.«

Lucinda war bei diesem Thema zunächst etwas verlegen geworden, bei Megans letzter Bemerkung fand sie jedoch schnell ihre Sprache wieder. »Das kommt gar nicht in Frage!« platzte sie ärgerlich heraus. »Er hat die verdammte Pflicht, den nächsten Herzog zu zeugen! Und er kann dieser Pflicht nicht nachkommen, wenn er nicht ... äh, wenn er nicht ...«

»Doch, das kann er wohl, wenn sich herausstellen sollte, daß das Kind, das ich erwarte, ein Junge ist. Hat er Ihnen denn nicht gesagt, daß wir nur deshalb geheiratet haben, weil ein Baby unterwegs ist?«

Lucinda war sprachlos. »Nein, dieses kleine Detail muß der Junge wohl ganz vergessen haben.«

38

Als Megan zwei Tage zuvor in den Stall gegangen war, hatte sie zu ihrer großen Freude entdeckt, daß Devlin ihr Pferd, Sir Ambrose, nach Sherring Cross hatte bringen lassen. Sie war überglücklich, ihre Stute wiederzusehen, doch noch glücklicher war sie, daß sie jetzt einen guten Grund hatte, Devlin aufzusuchen und sich bei ihm für seine Aufmerksamkeit zu bedanken. Eigentlich hätte sie natürlich zu jeder Zeit mit ihm sprechen können, er war ja schließlich ihr Ehemann, aber irgendwie hatte sie das Gefühl, daß sie dazu einen Vorwand brauchte, und den hatte sie jetzt.

Seit ihrer Ankunft hatte sie ihn nur selten gesehen, geschweige denn mit ihm gesprochen. Gestern abend hatte sie mit ihm im offiziellen Speisesalon zu Abend gegessen. Duchy war merkwürdigerweise verschwunden, so daß sie ganz allein waren. Sie hatten sich an beiden Enden des sechs Meter langen Eßtisches gegenübergesessen – aber es war einfach kein Gespräch aufgekommen.

Devlin war wie verwandelt. Er saß elegant gekleidet mit exzellenten Tischmanieren beim Abendessen und benahm sich überkorrekt, jeder Zentimeter ein Herzog. Das einzige, was nicht ins Bild paßte, waren seine langen Haare, die er immer noch nicht abgeschnitten hatte. Duchy hatte sich heute morgen beim Frühstück beschwert, daß er sie nicht abschnitt, nur um sie zu ärgern. Megan gefielen seine langen Locken, denn sie waren das einzige, was sie an den Mann erinnerte, den sie geheiratet hatte.

Nur eine einzige Bemerkung hatte sie sich nach dem Essen nicht verkneifen können. Zwei Stunden bleiernen Schweigens an einem endlos langen Tisch waren ihr einfach zuviel geworden, und irgendeinen Kommentar über seine neue Rolle mußte sie einfach noch loswerden.

Als sie aufstanden und jeder in sein eigenes Schlafzimmer davonging, meinte sie: »Jetzt wird mir erst klar, warum du die Rolle des Pferdezüchters so verdammt schlecht gespielt hast. Das nächste Mal, wenn du meinst, in die Haut eines Arbeiters schlüpfen zu müssen, solltest du deine weißen Batisthemden genauso zu Hause lassen wie deine Arroganz.«

Kurz danach, als sie zu Bett ging, bereute sie ihre bissige Bemerkung. Devlin hatte sowieso nicht die geringste Reaktion gezeigt, außer daß er seine Brauen leicht indigniert gehoben hatte. Er wollte sie einfach auflaufen lassen, fand es wohl unter seiner Würde, mit ihr zu streiten. Dann hatte Duchy also doch recht! Sie hatte ihn als absoluten Gentleman gepriesen und war aus allen Wolken gefallen, als Megan ihr geschildert hatte, wie Devlin zu *ihr* gewesen war, nämlich streitsüchtig, unverschämt und respektlos. Dann *war* er in Wirklichkeit also gar nicht so, sondern es war nur die Rolle, die er gespielt hatte!

Megan ertappte sich dabei, daß sie darüber richtig enttäuscht war, denn diesen untadeligen, überkorrekten Devlin, mit dem sie gestern abend gespeist hatte, fand sie einfach zum Gähnen langweilig. Doch jetzt wollte sie einen neuen Versuch wagen; es mußte einen Weg geben, der sie zueinanderführte. Deshalb war sie so froh, daß sie jetzt einen Grund hatte, ihn anzusprechen. Sie würde so freundlich wie möglich zu ihm sein. Es sollte ein Friedensangebot werden. Er war schließlich ihr Mann, in guten wie in schlechten Tagen. Und von den schlechten hatte sie langsam die Nase voll.

Megan betrat das Haus durch einen Seiteneingang und ging durch das Labyrinth von Korridoren, die schließlich alle in den Haupttrakt mündeten, wo auch Devlins Arbeitszimmer lag. Da hörte sie plötzlich von weitem eine erregte Stimme, die ihr irgendwie bekannt vorkam.

»... Sie wollen mir doch nicht allen Ernstes erzählen, er wäre nicht da, wenn ich verdammt noch mal ganz genau weiß, daß er hier ist. Meine Informanten haben dieses Haus Tag und Nacht beobachtet und mir sofort Bescheid gegeben, als er wieder zurückgekommen ist. Also bitte, gehen Sie mir aus dem Weg, John!«

Megan kam gerade um die Ecke, als die Tür von Devlins Arbeitszimmer aufging und er persönlich herauskam, um freundlich zu fragen: »Suchst du *mich*, Freddy?«

»Aha, kommst du endlich heraus aus deinem Loch!« bellte Frederick wütend zurück. »Wo, zum Teufel, hast du bloß gesteckt, verflucht noch mal, daß dich eine ganze Hundertschaft meiner Leute nicht ausfindig machen konnte. Hast du dich nac.h Amerika eingeschifft?«

»Du solltest mich wirklich besser kennen, Freddy. Ich würde mich um nichts auf dieser Welt noch einmal mit dieser Seekrankheit herumschlagen – auch nicht aus Freundschaft zu dir, um deine verdammte Haut zu retten.«

»*Meine* Haut?« rief der Marquis von Hampden empört. »Ich glaube, du hast wohl vergessen, wer hier wen erschießen will.«

»Ach, dann hast du wohl deine Pistole gleich mitgebracht?«

Devlin war immer noch die Ruhe selbst und nahm Freddys Drohung offensichtlich nicht im mindesten ernst, was Megan in helle Panik versetzte.

»Allerdings, bei Gott! Ich hab sie hier irgendwo!« erwiderte Freddy wütend und suchte hektisch in seinen Taschen, doch Devlin kam ihm zuvor, hechtete zu ihm hinüber und schlug den absolut arglosen Marquis mit der Faust zu Boden. »Ich glaube, das hab ich dir noch geschuldet!« keuchte Devlin und zeigte zum ersten Male wieder eine Andeutung von Gefühlsbewegung. Dieser Schlag schien ihm eine echte Genugtuung gewesen zu sein.

»Von wegen, verflucht!«

»Doch, mein lieber Freund! Und ich meine nicht den unüberlegten Faustschlag, den du mir damals verpaßt hast. Ich meine etwas anderes. Du hast nämlich offenbar nicht die geringste Ahnung, wie die infame Verleumdung deiner Schwester und deine verdammte Verbohrtheit mir in der letzten Zeit das Leben zur Hölle gemacht haben! Ich hätte mich niemals in dieser verfluchten Provinz vergraben, wenn du nicht so ein elender Hitzkopf wärest, der ewig braucht, bis er wieder zur Besinnung kommt. Es ist einzig und allein deine Schuld, daß es mir jetzt so dreckig geht. Dafür wollte ich mich bei dir bedanken!« Und mit wutentbrannter Miene stürmte Devlin in sein Arbeitszimmer zurück, nicht ohne lautstark die Tür hinter sich zuzuknallen.

»Was, zum Teufel, will er denn bloß *damit* sagen?« knurrte Freddy, während er langsam wieder auf die Füße kam.

»Ich weiß nicht, Sir«, antwortete John höflich, wohl nur, um die peinliche Situation zu überspielen. »Vielleicht meint er damit die Schwierigkeiten, die er im Augenblick hat, sich an das Leben im Ehestand zu gewöhnen.«

»Ehestand?« rief Freddy fassungslos. »Hat er geheiratet? Das darf doch nicht wahr sein!«

»Doch, ich versichere Ihnen, daß ...«

Freddy wartete gar nicht, bis der Butler zu Ende gesprochen hatte, und stürmte an ihm vorbei in Devlins Zimmer. Megan zog sich leise zurück, ohne daß sie jemand überhaupt bemerkt hätte. Sie war am Boden zerstört. Jetzt hatte sie also nicht nur Devlins Leben ruiniert, sondern war auch noch schuld daran, daß es ihm elend ging und daß er unglücklich war!

»Wie konntest du es nur wagen, eine andere Frau zu heiraten, wenn meine Schwester ...«

»...gelogen hat, Freddy!« vollendete Devlin den Satz, während er sich ein großes Glas Brandy einschenkte. »Wann begreifst du das endlich, du verdammter Dickkopf! Großer Gott, jetzt ist es immerhin schon zwei Monate her!« Dann stellte er das Glas auf seinem Schreibtisch ab und holte die Flasche erneut aus dem Regal. »Hat es Sabrina denn immer noch nicht zugegeben?«

»Zugegeben?« empörte sich Freddy. »Sie behauptet immer noch steif und fest, du hättest sie verführt!«

»Warum hat dieses kleine … Duchy hat gesagt, sie wäre immer noch nicht verheiratet. Aber ich warne dich. Wenn du mir jetzt noch einmal sagst, ich sollte meine Pflicht als Ehrenmann antreten, Freddy, dann hau ich dir gleich wieder eine rein!«

Freddy rieb sich mit einem leisen Stöhnen sein schmerzendes Kinn und ließ sich dann gegenüber von Devlins Schreibtisch in einen Sessel fallen. »Nein, komm, das ist wirklich nicht nötig! Und ich hatte auch nicht vor, dich in die Pflicht zu nehmen. Ich habe ihr nämlich schon einen Bräutigam besorgt. Carlton steckt knietief in Schulden und war deshalb sehr angetan von meinem Vorschlag. Nächste Woche wollten sie heiraten.«

»*Wollten?*«

»Sie hat ihr Baby letzte Woche verloren und deshalb die Hochzeit abgesagt.«

»Verloren?« Devlin runzelte die Stirn. »Dann war sie ja wirklich – Moment mal!« Ihm kam ein Verdacht. »Warst du dabei, wie sie es verloren hat, oder hast du es erst hinterher erfahren, als alles schon vorbei war?«

»Naja, sie hat es mir erst hinterher gesagt, aber sie war völlig aufgelöst.«

»Sie haben es doch alle raus, auf Knopfdruck loszuheulen. Hast du das immer noch nicht gemerkt?«

»Du bist ein verdammter Zyniker«, prostestierte Freddy. »Ich hatte wirklich keinen Grund, ihr nicht zu glauben.«

»Auch nicht, wenn dein bester Freund dir versichert, daß er deine Schwester nicht angerührt hat?!«

»Sie ist schließlich meine Schwester, verdammt. Was hättest *du* an meiner Stelle getan?«

»Ich wäre nicht so voreilig gewesen, Sabrina sofort zu glauben. Sie ist eine gewiefte Schauspielerin, die mit allen Tricks arbeitet, das weißt du ganz genau. Und ich hätte ein bißchen mehr Vertrauen in meinen besten Freund, der sich normalerweise nicht herumtreibt und unschuldige Mädchen verführt …«, antwortete Devlin, »… zumindest früher nicht«, fügte er leise murmelnd hinzu.

Freddy spitzte die Ohren. »Ich hab' davon läuten hören. Wen hast du denn noch verführt?«

gendwelchen peinlichen Situationen ausgesetzt bist. Und außerdem schlägt sich meine Haarfarbe mit meinem neuen rosa Ballkleid.«

»O Gott«, stöhnte er.

Sie überhörte diese Bemerkung. »Schwarz fände ich gut, ja, schwarz. Blond ist so gewöhnlich, alle wollen Blondinen.«

»Wenn du auch nur eine einzige Locke von deinem wunderschönen Köpfchen färbst, dann lege ich dich wieder übers Knie, und du weißt, das ist keine leere Drohung!«

»Na gut, Devlin, wenn du das sagst.«

»Und das meine ich auch so, Megan«, warnte er. Ihre plötzliche Willfährigkeit kam ihm verdächtig vor.

»Ja, Devlin, ich habe verstanden.«

Sie verwirrte ihn mit einem weiteren Lächeln. Er hatte gedacht, daß es wieder einmal einen fürchterlichen Streit geben würde, und nach ihrer letzten Begegnung hätte er auch gar nichts dagegen gehabt. Doch sie war auf einmal so liebenswürdig, so ganz anders als er sie kannte.

Irgend etwas wollte sie von ihm. Hatte sie sich einen neuen Trick ausgedacht, wie sie aus dieser Ehe herauskommen könnte?

Zum Teufel, jedesmal wenn er an ihre verdammte Idee mit der Annullierung dachte, bekam er eine Riesenwut. Er hatte sich so danach gesehnt, mit ihr zu schlafen, und als es dann endlich soweit war, war es so unglaublich schön gewesen; auch *sie* hatte ihren Höhepunkt genossen, das wußte er. Dann hatte sie plötzlich von dieser Annullierung gesprochen, und das war für ihn der schlagende Beweis, daß er ihr im Grunde so zuwider war, daß sie sogar bereit war, auf den Titel wieder zu verzichten, den sie so heiß ersehnt hatte.

Aber warum hatte sie sich ihm dann hingegeben und damit ihren ganzen Plan vereitelt? Aus schlichter Neugier? Hatte er ihre Neugier, ohne sich dessen bewußt zu sein, *gegen* sie verwendet? Oder hatte sie die Leidenschaft so mitgerissen, daß ihr dann alles andere auf einmal egal war?

Er sollte ihr erzählen, daß er sich auch dann nicht auf eine Annullierung eingelassen hätte, wenn sie *nicht* miteinander geschlafen hätten. Vielleicht würde sie dann endlich den Streit vom Zaun brechen, den er jetzt brauchte.

Er öffnete den Mund, um es ihr zu sagen, doch sie hatte ihm inzwischen den Rücken zugekehrt, und er sah, daß ihr Kleid offen

war. Mit kokettem Ton fragte sie ihn über die Schulter: »Da meine Zofe gerade nicht da ist – kannst du mir mein Kleid zumachen?«

Devlin wollte sich auf die Zunge beißen, aber da war es ihm schon herausgerutscht: »Eigentlich würde ich es dir viel lieber aufmachen!«

Sie drehte sich mit einem Schwung herum und fragte unschuldig: »Jetzt?«

»Jederzeit.«

»In Ordnung.«

Devlin glaubte, nicht richtig gehört zu haben. »Hat es dir das letzte Mal so sehr gefallen, daß du nicht einmal etwas dagegen hast, wenn *ich* es mit dir mache?«

»*Nur* du sollst es mit mir machen!« gurrte sie sanft, und eine leise Röte zog über ihre Wangen.

Natürlich. Was hätte sie denn sonst sagen sollen. Schließlich war er ihr Ehemann. Aber er hatte jetzt nicht vor, gegen sein Verlangen zu handeln, bloß weil er nicht genau wußte, was sie vorhatte.

Hier, in ihrem Ankleidezimmer liebte er sie. Das erste Mal heftig und schnell, weil er befürchtete, sie könnte es sich anders überlegen, doch dann, als sie seine Zweifel zerstreuen konnte, noch einmal, diesmal ganz langsam und ausgiebig.

Das nächste Mal sollten sie es vielleicht wirklich einmal in einem richtigen Bett probieren …

41

Ihre Beziehung hatte sich völlig verändert. Es war ein heimliches, unausgesprochenes Einverständnis, eine Art Waffenstillstand im Bett. Ein ungewöhnliches Konzept, aber es funktionierte hervorragend.

Jede Nacht schlich Devlin in ihr Schlafzimmer, und kaum, daß er in ihr Bett gestiegen war, schmiegte Megan sich wortlos in seine Arme. Es war ihr egal, was er von ihr als Mensch dachte, es reichte ihr, daß er ihren Körper begehrte, denn auch sie verzehrte sich nach seiner Umarmung. Sie liebten sich, ohne dabei je ein Wort miteinander zu reden. Nicht daß sie es so abgesprochen hätten, es hatte sich einfach so ergeben. Alles, was die Dinge beim Namen

»Noch viel schöner, als du denkst!«

Die beiden Mädchen schlenderten durch den Park. Hin und wieder nickten sie huldvoll dem einen oder anderen Gentleman zu, der ehrerbietig seinen Hut lüftete. Die weniger höflichen Männer, die stehenblieben und sie anzüglich angafften, ignorierten sie einfach.

»Das erste Mal ist alles andere als schön, zumindest am Anfang nicht. Männer haben trotzdem ihren Spaß, was ich eine verdammte Ungerechtigkeit finde, wenn du *mich* fragst. Aber es ist wohl einfach das Schicksal der Frauen. Wir haben keine Ahnung, wie das geht mit der Liebe, und haben Angst vor dem ersten Mal; und dann müssen wir auch noch den Schmerz aushalten.«

Tiffany wurde bleich. »Mein Kammerzofe hat gesagt, daß es grauenhaft weh täte.«

Megan schnaubte ärgerlich. »So ein Quatsch! Das Mädchen hat überhaupt keine Ahnung. Der Schmerz ist leicht auszuhalten und außerdem gleich wieder vorbei. Es ist einfach nur unangenehm. In meinem Fall hat mich der Schmerz wieder zur Besinnung gebracht, und ab diesem Augenblick war ich nur noch in Panik. In deinem Fall wird das ganz anders sein. Es tut nur ganz kurz ein bißchen weh, und dann wird es wunderbar. Dann fühlst du die Liebe und schwebst im siebenten Himmel!«

»Ach, Megan, da bin ich aber erleichtert! Ich war die ganze Zeit total nervös deswegen. Je näher der Tag heranrückte, desto ängstlicher bin ich geworden.«

Megan dachte an ihre eigene Angst, die sie auf der Fahrt nach Schottland ausgestanden hatte, wenn sie auch damals in einer ganz anderen Lage war als ihre Freundin. Tiffany konnte sicher sein, daß Tyler sie liebte und daß sie mit ihm eine glückliche Ehe führen würde. Megan hatte nicht die geringste Sicherheit – außer daß Devlin gerne mit ihr schlief.

»Das ist ganz normal. Das nennt man Hochzeitsfieber. Ich habe vor diesem verdammten Ball, den Duchy geben will, ja auch ganz schön Angst, wenn es für diese Art von Angst auch keinen speziellen Ausdruck gibt.«

»Doch! Das nennt man ›Lampenfieber vor dem Auftritt‹.«

Megan lachte. »Moment mal! Also *so* aufgeregt bin ich nun auch wieder nicht! Außerdem wirst *du* mir ja treu zur Seite stehen. Ihr beide kommt doch auch, oder? Jetzt, wo ihr eure Flitterwochen bis zum Frühling verschoben habt?«

»Aber sicher doch! Ich werde die Leitung des Suchdienstes übernehmen!«

Megan mußte noch mehr lachen. »Komm, hör auf! *So* groß ist Sherring Cross doch gar nicht!«

»Vielleicht hast du recht. Aber wie ich sehe, hast du dein altes Lachen wiedergefunden. Ich habe mich schon langsam gefragt, was mit dir los ist.«

Megan seufzte. »Tut mir wirklich leid, Tiff. Ich hätte dich nicht mit meinen Problemen belasten sollen, jetzt, wo dein großer Tag vor der Tür steht!«

»Unsinn! Und außerdem bin ich mir noch nicht einmal sicher, ob du nicht Probleme siehst, wo gar keine sind. Das gibt es doch gar nicht, daß er dich nicht liebt, Meg! Jeder Mann, den du bisher getroffen hast ...«

»Devlin ist eben kein Mann wie alle anderen. Er ist ein außergewöhnlicher Mensch, der verliebt sich nicht so schnell. Seine Großmutter hat mir erzählt, daß sich alle Frauen sofort in ihn verknallen, wenn sie ihn zum ersten Mal sehen, und daß sie sich dann oft fürchterlich lächerlich machen. Und das glaube ich ihr gerne, denn ich hab mich vor ihm ja auch oft genug blamiert. Für ihn bin ich einfach nur eine kleine, verzogene Göre.«

»Aber das stimmt doch gar nicht. Du bist einfach nur manchmal ein wenig ungeduldig.«

Megan lächelte. »Ach Tiff, gib's doch auf. Wir wissen doch beide ganz genau, daß ich ein verdammt verzogenes Biest bin.«

»Na wenn schon!« entrüstete sich Tiffany. »Dann kriegt er eben manchmal nicht das, was er will. Das wird er doch wohl aushalten können, oder?«

Megan blieb stehen. Ihr war eine Idee gekommen. »Jetzt, wo du es sagst, Tiffany, fällt mir auf, daß er wirklich ganz genauso reagiert wie ich.«

»Na siehst du! Und das ist auch kein Wunder. So ein Herzog, der ist doch selber ungeheuer verzogen! Der hat doch bestimmt zehn Kindermädchen gehabt, die hinter ihm hergerannt sind, als er klein war. Und noch einen ganzen Troß von sonstigen Bediensteten, die ihm jeden Wunsch von den Augen abgelesen haben! Du dagegen hattest nur ein einziges Kindermädchen und einen Vater, der dich abgöttisch liebt. Wenn du *mich* fragst, dann ist dein lieber Herzog wahrscheinlich noch viel verzogener als du!«

Nacht angekommen, weil einfach keine Herberge aufzutreiben war, und in der Kutsche hätte ich ja nun wirklich nicht übernachten wollen!«

Megan fuhr dazwischen, als Tiffany einen Moment lang Atem holte. »Du hättest schon gestern kommen sollen wie mein Vater, dann wärst du dem ganzen Trubel auf den Straßen entkommen. Du weißt doch hoffentlich, daß du keine Einladung brauchst, sondern hier jederzeit willkommen bist, oder? Du mußt *überhaupt* einmal für längere Zeit kommen!«

»Ach, weißt du, wir haben befürchtet, daß bei dem Ansturm von Gästen womöglich selbst auf Sherring Cross kein Zimmer mehr für uns frei wäre. Ehrlich, Megan, ich wette, wenn du heute in London einen Lord suchst, wirst du keinen einzigen mehr finden, weil alle auf diesem Ball hier sind!«

Megan lachte. »Also *du* müßtest doch nun wirklich wissen, daß es in diesem Riesenhaus *immer* ein freies Zimmer gibt! Außerdem hatte ich doch, noch bevor ich nach London gefahren bin, extra für dich eine Suite reservieren lassen. Hat man sie dir denn noch nicht gezeigt?«

»Dieses Mini-Mausoleum da? Ja, eine der Zofen ist gerade dabei, mein Ballkleid aufzuhängen. Aber wo ist denn *deines*? Ich kann es gar nicht erwarten zu sehen, was du an deinem großen Tag anziehen wirst!«

Megan führte ihre Freundin in ihr Ankleidezimmer. Sie selbst war von ihrem neuen Ballkleid nicht sonderlich angetan. Duchy hatte die Wahl der Garderobe diesmal nicht Megan selbst überlassen, sondern das Modell für sie ausgesucht und die letzten Details noch eigenhändig entworfen. Denn es sollte doch ein ganz besonderes Fest werden, und sie war sich nicht sicher, ob Megan wirklich in der Lage wäre, für einen so außergewöhnlichen Anlaß ein angemessenes Kleid auszuwählen. Das Ergebnis war dann auch ein wahrer Traum: eine luxuriöse und dennoch elegant-dezente Kreation aus elfenbein- und saphirfarbener Seide – nicht rosa, wie sie scherzhaft zu Devlin gesagt hatte. Das tief ausgeschnittene Oberteil war mit kostbaren Perlen bestickt, und auch die Schleppe und der Kranz weißer Rosen, der den seitlich gerafften Rock schmückte, waren mit schimmernden Perlen übersät.

»Großer Gott! Du wirst wie eine Prinzessin aussehen!« rief Tiffany begeistert.

»Nein, nur wie eine Herzogin«, seufzte Megan.

Tiffany wunderte sich, daß Megans Stimme so niedergeschmettert klang – und erriet sofort den Grund. »Du hast es Devlin immer noch nicht gesagt, stimmt's?«

»Nein, aber heute werde ich es ihm sagen.«

»Und deshalb hast du jetzt ganz schön Bammel.« Wieder hatte sie den Nagel auf den Kopf getroffen.

Megan lächelte schwach. »Ja, ich glaube schon.«

»Dann verschieb es einfach auf einen anderen Tag. Dieser Ball heute abend ist doch schon aufregend genug.«

»Was denn verschieben?« fragte Duchy, als sie in den Ankleideraum gerauscht kam.

Megan versuchte, der Antwort auszuweichen. »Ist Devlin schon da?«

»Er ist gerade eben gekommen, und der gute Junge ist ziemlich zornig auf mich, um die Wahrheit zu sagen. Ich hätte ihm vielleicht doch eine Abschrift der Gästeliste schicken sollen.«

»Warum denn? Hast du jemanden eingeladen, den er ganz besonders wenig leiden kann?«

»Das läßt sich bei so einem Fest *nie* vermeiden, aber das ist nicht der Punkt. Nein, er ist ganz einfach stinksauer, weil er letzte Nacht in einem Stall hat übernachten müssen.«

»Das darf doch nicht wahr sein!« rief Megan ungläubig.

»Das habe ich dir ja gleich gesagt!« kicherte Tiffany.

Duchy seufzte nur. »Er hat in drei verschiedenen Gasthöfen nachgefragt, aber es war alles belegt. Und es war schon zu spät in der Nacht, als daß er bei irgendwelchen Bekannten hätte vorbeischauen können. Wenn er früher von London losgefahren wäre, hätte er womöglich noch bei jemandem unterkommen können. Vielleicht aber auch nicht. Er hat eben einfach nicht mit so einem Ansturm gerechnet. Dabei hätte er das doch wirklich wissen müssen. Wir haben zwar die letzten zehn Jahre hier keinen einzigen Ball mehr gegeben, aber unsere Familie feiert immer in großem Stil – *wenn* sie feiert.«

Megan fiel auf, daß sie selbst die Gästeliste auch noch nicht zu Gesicht bekommen hatte. »Wie viele Leute hast du denn schließlich eingeladen?«

»Ach, so ungefähr sechshundert. Und die werden auch alle kommen, abgesehen natürlich von den Leuten, die ich vergessen habe einzuladen und die deshalb erst recht auftauchen werden, um mich daran zu erinnern, *daß* ich sie vergessen habe.«

Ein paar Sekunden lang herrschte ungläubiges, erstauntes Schweigen. Dann bemerkte Tiffany trocken: »Na, dann kann man ja nur von Glück reden, daß es auf Sherring Cross nicht einen, sondern gleich zwei durchgehende Ballsäle gibt!«

»Ich hab mich immer gewundert, warum«, flüsterte Megan ängstlich. »Jetzt weiß ich es.«

Duchy tat so, als würde sie die allgemeine Verblüffung nicht bemerken. Sie liebte nun einmal Überraschungen. Deshalb hatte sie auch in den Einladungen nichts von dem Anlaß dieses Balles erwähnt. Nicht einmal ihren allerbesten Freundinnen hatte sie von Devlins Hochzeit etwas erzählt. Nur ihre Schwester Margaret wußte davon, und deshalb mußte sie seit deren Ankunft die ganze Zeit hinter ihr her sein, um zu verhindern, daß diese Plaudertasche es wieder einmal nicht fertigbrachte, ihr Geheimnis für sich zu behalten.

»Ach, da habe ich noch etwas vergessen«, sagte sie dann und reichte Megan eine Schmuckschatulle. »Devlin bestand darauf, daß ich den Familienschmuck herausholen sollte. Dabei kann ich mir einfach nicht vorstellen, wieso er meint, daß gerade Rubine zu deinem Ballkleid besonders gut passen würden.«

Megan wußte sehr wohl, warum. Denn Devlin glaubte ja immer noch, daß sie in einem rosa Ballkleid erscheinen würde. Doch sie mußte so lachen, daß Duchy, die noch jede Menge zu tun hatte, die Geduld verlor und nicht mehr warten wollte, bis sich Megan von ihrem Lachanfall erholt und ihr den Grund für ihr Gekicher mitteilen konnte. Sie meinte nur noch schmunzelnd: »Ich glaube, dir täte es ganz gut, wenn du vorher noch ein Nickerchen machtest.« Dann verschwand sie durch die Tür.

Megan fand gerade noch Zeit, ihr die Frage hinterherzurufen: »Ist es wirklich wahr, daß die Königin auch kommt?«

»Aber sicher doch!« tönte es aus dem Gang zurück.

»Oh Gott!« stöhnte Megan.

43

»Mach jetzt endlich deine Ansage, oder du wirst gleich sehen, wie der Herzog von Wrothston einen Skandal verursacht!«

Lucinda schaute ungläubig zu ihrem Enkel hoch, dann folgte sie seinem Blick hinüber zu Megan, die inmitten eines Pulks von jungen Verehrern kaum mehr zu sehen war. »Devlin, ich bitte dich, der Ball hat gerade erst begonnen, und du kannst sie ja schließlich da herausholen, indem du einfach mit ihr tanzt. Das ist durchaus erlaubt, wie du weißt.«

»Das ist aber auch keine Lösung«, brummte er ärgerlich, doch dann gab er sich einen Ruck und ging zu Megan hinüber, um genau das zu tun, was ihm seine Großmutter vorgeschlagen hatte.

Duchy schaute ihm kopfschüttelnd hinterher. Sie ahnte nicht, daß er jetzt gleich seine *eigene* Art von Ansage machen würde. Doch dann hörte sie es, *konnte* es gar nicht überhören, genausowenig wie alle anderen, denn Devlin sagte es mit der geballten Wucht seines ganzen Stimmvolumens, damit es auch jeder vernehmen könnte.

»Verzeihen Sie, Gentlemen, aber ich würde jetzt gerne mit meiner *Frau* tanzen.«

Die Nachricht schlug ein wie eine Bombe und verbreitete sich wie ein Lauffeuer durch alle Säle, bis es auch der allerletzte wußte. Duchy seufzte gequält. Wo sie sich doch so gefreut hatte, daß *sie* es wäre, die die freudige Nachricht überbringen würde! Aber dann mußte sie trotzdem schmunzeln. Wenn ihr schon jemand die Show gestohlen hatte, dann war Devlin auf jeden Fall der einzig richtige Mann dafür. Man mußte ja blind sein, um nicht zu sehen, *wie* der Junge vor Eifersucht platzte!

Die einzige, die nichts davon bemerkte, war Megan selbst. Sie wäre nie im Leben auf die Idee gekommen, daß Devlin aus schlichter Eifersucht sich so unhöflich benommen hatte. Seit sie die Treppe heruntergekommen war, war sie die ganze Zeit von einer Schar von Verehrern umschwärmt, doch sie war an männliche Bewunderung so gewöhnt, daß ihr an der Situation nichts Besonderes aufgefallen war. Es waren nun einmal sehr viele Männer zu Gast, und da war es für sie ganz normal, daß sie versuchten, ihre Bekanntschaft zu machen.

Auch die Tatsache, daß Devlin das Wort »Frau« so hervorgehoben hatte, hatte sie nicht auf die Idee gebracht, daß er womöglich eifersüchtig sein könnte. Sie hatte sich als Megan St. James vorgestellt, und es war ja nicht *ihre* Schuld, daß die meisten gedacht hatten, sie wäre eine Verwandte des Herzogs und nicht seine Frau. Und um ehrlich zu sein, hatte sie sich darüber auch gar keine Gedanken gemacht.

Devlin war wirklich sehr unhöflich gewesen, und sie wollte herausfinden, warum. Deshalb sagte sie zu ihm, während sie sich im Walzertakt drehten: »Wenn du immer noch wütend bist, daß du letzte Nacht in einem Stall schlafen mußtest, dann wäre ich dir sehr dankbar, wenn du deinen Ärger nicht an *mir* auslassen würdest.«

»Sehr witzig.«

Megan traute ihren Ohren nicht. Das war ja auf einmal ganz der alte Devlin! Ohne es zu merken, mußte sie lächeln. Dann fragte sie ihn: »Hat dich die letzte Nacht an deine Stippvisite in der Welt der Stallknechte erinnert?«

Jetzt, wo er sie in den Armen hielt, schwand dieses quälende Gefühl der Eifersucht schnell, und ihr strahlendes Lächeln tat ein übriges dazu, vielleicht sogar ihr leiser spöttischer Unterton. Und so nahm er die Erklärung, die sie ihm in den Mund legte, dankbar an, denn er hatte sich – was er allerdings jetzt erst merkte – ja wirklich sehr unhöflich benommen.

»Ja, auf dem Heuhaufen war es wirklich nicht sehr bequem.«

»Auf einem Heuhaufen?« fragte sie entsetzt. »Das wußte ich nicht ...« Sie hielt inne, um nicht allzu mitfühlend zu wirken, denn sie war mit ihrer Strafpredigt noch nicht am Ende. »Aber das ändert nichts daran, daß *ich* nicht schuld daran bin, oder?«

»Ja, das stimmt. Ich muß mich entschuldigen.«

»Ja, das mußt du wirklich. Aber wenn wir schon bei der Beschwerdeliste sind ...«

»Das sind wir aber nicht!« versuchte er sie zu unterbrechen.

»Doch, das sind wir sehr wohl!« beharrte Megan. »Du hast mich vier Tage lang nicht gesehen und hältst es nicht einmal für nötig, mich zu begrüßen, wenn du zurückkommst – also so geht man wirklich nicht mit seiner Ehefrau um, Devlin!«

»Wenn du wüßtest, wie normalerweise Männer mit ihren Ehefrauen umgehen, würdest du dich über so etwas nicht beklagen. Außerdem hat mir Duchy gesagt, daß du dich hingelegt hättest.«

»Hab ich aber gar nicht, dazu war ich nämlich viel zu nervös! Und du hättest ja wenigstens einmal nachschauen können.«

Sie hielt die ganze Zeit den Blick gesenkt, und so beugte sich Devlin nun zur Seite, um zu sehen, ob sie wirklich genauso beleidigt dreinschaute wie ihre Stimme klang, doch sie drehte ihren Kopf weg. Wenn sie wüßte, wie sehr er sich nach ihr gesehnt hatte! Er hatte bestimmt ein halbes Dutzend Mal versucht, zu ihrer Suite durchzudringen. Doch seit er das Haus betreten hatte, waren von allen Seiten Gäste auf ihn zugestürmt, und er hatte es einfach nicht geschafft, sich loszueisen. Er hatte zum Großteil auch nur deshalb so eifersüchtig reagiert, weil er keine einzige Chance gehabt hatte, sie zu sehen, bevor der Ball offiziell eröffnet wurde.

»Hast du mich wirklich so vermißt, Megan?« fragte er vorsichtig. Er wußte nicht, ob *das* der Grund für ihr Maulen war.

»Ja!«

»Hättest du dann etwas dagegen, wenn wir uns für einen Augenblick verziehen würden? Dann könnte ich dich begrüßen, wie es sich gehört, und Wiedergutmachung leisten.«

»Hm. Wenn ich deinen Vorschlag bedenke, muß ich sagen, daß ich ganz und gar nichts dagegen hätte.«

Er ließ ihr keine Zeit, es sich anders zu überlegen, nahm sie fest bei der Hand und zog sie so ungestüm von der Tanzfläche, daß sie ihm kaum hinterherkam. Doch er achtete gar nicht darauf, so eilig hatte er es. Irgendwo in diesen Menschenmassen mußte doch ein ungestörtes Plätzchen zu finden sein. Duchy, die zusammen mit Frederick Richardson genau neben der Tür stand, die Devlin mit Megan im Schlepptau zügig ansteuerte, wußte sofort, was los war.

»Großer Gott, jetzt macht er tatsächlich noch einen Skandal zum Schluß!« rief sie entsetzt. »Halten Sie ihn auf, Freddy, ich nehme an, Sie sind der einzige von allen hier, der sich vorstellen kann, was der Junge gerade vorhat!«

»Das kann ich wohl. Aber ich habe eigentlich keine große Lust, heute abend zu sterben, bloß damit er keinen Skandal macht, wenn Sie verstehen!«

»Er wird Ihnen dankbar sein, sobald er wieder zur Vernunft gekommen ist!«

»Dann, verehrte Duchy, wird es aber leider zu spät sein!« brummte Freddy, doch trotz seiner Bedenken stellte er sich Devlin in den Weg – zum Glück gerade noch rechtzeitig. »Ich denke, alter Junge, du hast doch nicht vor, dich an einem einzigen Abend gleich zweimal zu blamieren, oder?«

Devlin blieb stehen. »Du bist zwar mein Freund, aber dafür, daß ich dir immer noch nicht ganz verziehen habe, nimmst du den Mund ganz schön voll, Richardson«, sagte er leise und bedrohlich.

Freddy nahm eine lockere Haltung an und grinste verlegen. »Na ja, da hast du ja vielleicht nicht ganz unrecht, aber deine Großmutter wäre fast in Ohnmacht gefallen, also was blieb mir übrig?«

Megan verstand sofort, worum es ging, und improvisierte, um die Situation zu retten. Sie ließ Devlins Hand los, nicht ohne sie gleich dem Marquis entgegenzustrecken.

»Ich denke, mein Mann hatte es nur so eilig, weil er uns miteinander bekanntmachen wollte, Lord Richardson. Wenn ich gewußt hätte, daß *Sie* es sind, dessentwegen er mich durch den halben Saal geschleift hat, hätte ich ihm gleich sagen können, daß wir uns bereits auf dem Ball bei Leightons in Hampshire kennengelernt haben. Trotzdem freue ich mich außerordentlich, Sie wiederzusehen.«

»Ganz meinerseits, Euer Gnaden«, schmunzelte Freddy, während er sich höflich verbeugte, dann zwinkerte er Devlin zu: »Und damit du die gerade so glänzend gerettete Situation nicht erneut vermasselst, gestatte ich mir höchstpersönlich, deine Frau Gemahlin zum nächsten Tanz zu bitten, wenn du nichts dagegen hast.«

»Ich *habe* aber etwas dagegen!«

»Nein, das hast du nicht!« tönte es plötzlich aus Duchys Mund, die dazugetreten war. »Nur zu, Freddy, aber nimm die Herzogin nicht zu lange in Beschlag. Sie muß heute abend noch mit allen ihren Gästen tanzen, nicht nur mit einigen auserwählten!« Und als der Marquis mit Megan davongerauscht war, fügte sie dazu: »Was dir, mein Freund, wohl gänzlich entfallen sein dürfte!« Und dann machte sie ihrem Ärger endlich Luft: *»Sag einmal, hast du eigentlich völlig den Verstand verloren?!«*

»Es tut mir leid.«

»Schämst du dich denn gar nicht, Devlin?«

»Es tut mir leid!« knurrte er unwirsch. Dann riß er sich zusammen und fragte in dem förmlichen Tonfall, den sie immer an ihm kritisierte: »Darf ich bitten, Euer Gnaden?«

»Scher dich zum Teufel!« schnaubte sie wütend und drehte sich abrupt um, nicht ohne ihm noch zuzuzischen: »Und laß *gefälligst* die Finger von deiner Frau heute abend!«

Devlin tat, wie ihm geheißen. Erst als das üppige Festmahl, der Besuch der Königin und ihre Abfahrt und die *offizielle* Bekanntmachung seiner Verheiratung vorbei waren und als er eineinhalb Flaschen Champagner geleert hatte, glaubte er, lange genug gewartet zu haben und sich seiner Frau wieder nähern zu können, ohne zum dritten Mal an diesem Abend einen Skandal zu provozieren.

Doch gerade als er sich auf die Suche nach ihr machen wollte, stieß er auf eine andere Dame, der es gelungen war, sich den ganzen Abend lang vor ihm versteckt zu halten – bis jetzt. Er erkannte sie von hinten, packte sie grob an der Hand und zog sie von ihren Freunden weg auf die Tanzfläche. »Ich habe deinem Bruder gesagt, daß ich dir den Hals umdrehen würde, wenn du mir noch jemals unter die Augen kommen solltest. Hat er dich nicht gewarnt?«

Sabrina starrte ihn mit großen Augen an, schien aber nicht ernsthaft beunruhigt. »Ja, aber ... ich dachte, ich müßte trotzdem kommen. Weil ich dich um Verzeihung bitten muß. Das bin ich dir einfach schuldig.«

»Ich glaube, du bist mir noch einiges mehr schuldig«, erwiderte er kalt. »Fangen wir doch gleich einmal bei der *Wahrheit* an.«

»Ja, also es war so. Ich wollte eben einfach Herzogin werden, und du warst der einzige Herzog, den ich kannte, der auch in meinem Alter und noch ledig war.«

»So einfach also. Das darf doch wohl nicht wahr sein!«

»Du wolltest doch die Wahrheit hören«, verteidigte sie sich. »Es tut mir leid, aber das ist sie, so simpel es dir vielleicht auch erscheinen mag.«

»Und *warst* du dann überhaupt schwanger?«

»Nein.« Sie wurde über und über rot.

»Hast du Freddy das erzählt?«

Sabrina nickte. »Ja, als er mir gesagt hat, daß du eine andere Frau geheiratet hast.«

»Und? Hat er dich dafür anständig übers Knie gelegt?«

Sie wurde noch röter. »Ja.«

»Dann verzeihe ich ihm. Dir allerdings, dir sollte ich eigentlich ein paar hinter die Löffel geben!«

»Komm, Devlin, hör auf. Schließlich ist doch am Ende alles gut ausgegangen, oder? Freddy hat gesagt, wenn *wir* nicht gewesen wären, hättest du niemals deine Frau kennengelernt.« Sie hatte recht, doch Devlin hatte jetzt überhaupt keine Lust, sich selbst und ihr das einzugestehen. Aber Sabrina ließ nicht locker. »Ich hatte gedacht, daß sie mir unsympathisch sein würde, ist sie aber überhaupt nicht. Freddy ist übrigens in sie verliebt.«

»So ein Quatsch.«

»Er hat es mir selbst gesagt.«

»Niemals.« Devlin schaute hinüber zu Megan, ob Freddy auch zu der Schar ihrer Bewunderer gehörte. Und tatsächlich, da stand er unter ihnen. Devlin wurde wütend. »Verdammt. Dann hätte ich ihm also doch schon damals meine Sekundanten vorbeischicken sollen.«

44

Megan hatte gedacht, daß nach der offiziellen Bekanntgabe ihrer Heirat mit dem Herzog sich die meisten ihrer Verehrer enttäuscht zurückziehen würden. Doch das Gegenteil war der Fall. Sie war weiterhin von einer ganzen Heerschar von Verehrern umschwärmt. Es gesellten sich sogar noch weitere Herren zum Kreis ihrer Bewunderer, auf die sie jedoch gut und gerne hätte verzichten können. Es waren aufdringliche Lüstlinge mit zweifelhaftem Charme, die jetzt, wo sie eine verheiratete Frau war, erst richtig wild auf sie wurden und sie um jeden Preis verführen wollten.

Sie war froh, daß sie mit dieser Gattung von Herzensbrechern bisher noch nichts zu tun gehabt hatte – wenn man einmal von ihrem Pferdezüchter absah. Sie bekam an diesem einen Abend bereits siebzehn unanständige Anträge; manche waren wenigstens noch charmant und witzig, andere dagegen nur widerlich vulgär. Doch sie schaffte es, ihre aufkommende Verärgerung zu unterdrücken und sich diese »Herren« vom Hals zu halten, ohne daß es zu einem offenen Eklat kam.

Doch abgesehen von diesen Unannehmlichkeiten, genoß sie den Abend in vollen Zügen. Sie war überglücklich, und das lag einzig und allein an Devlin. Sie war sich absolut sicher, daß er zu Beginn des Balles, als er sie so ungestüm von der Tanzfläche zog, vorgehabt hatte, sich irgendwo ein stilles Plätzchen zu suchen, um sie zu lieben. Natürlich hätte das einen Riesenskandal verursacht, und dieses impulsive Verhalten paßte auch gar nicht zum Herzog. Aber es paßte so herrlich zu – ihrem Pferdezüchter!

Megan mußte immer wieder leise grinsen, wenn sie an diese Szene dachte, und sie dachte mehr als einmal daran. Immer dann, wenn ihre Augen Devlin suchten und ihn schließlich fanden, fiel es ihr wieder ein. Und den ganzen Abend lang mußte sie immer wieder nach ihm schauen. Es machte ihr nichts aus, daß es immer die gleichen Frauen waren, die ihn belagerten, während er seiner Pflicht als Gastgeber nachkam und sich um seine Gäste kümmerte.

Sie war auch nicht eifersüchtig, wenn sie ihn mit anderen Frauen tanzen sah und mitbekam, wie sie mit ihm flirteten und affektiert herumkicherten. Denn sie wußte zufällig, daß er kichernde Frauen haßte wie die Pest. Und sie wußte auch zufällig, daß er am liebsten nur *sie* in seinen Armen gehalten hätte, denn das sagten ihr seine begehrlichen Blicke, die er immer wieder zu ihr hinüberschickte.

Alles in allem war sie glänzender Laune – wenn da doch bloß nicht dieses verflixte Geständnis gewesen wäre, das sie ihm heute abend machen wollte. Denn das hatte sie sich nun einmal vorgenommen. Sie erwartete nicht, daß Devlin ihre Gefühle erwidern würde, zumindest nicht sofort. Vielleicht würde er sie später einmal lieben können, auch wenn das womöglich nur ein frommer Wunsch war. Auf jeden Fall aber hätte er im Augenblick zumindest wohl nichts *dagegen,* wenn sie ihm sagen würde, daß *sie* ihn liebte.

»Ich nehme an, daß Sie heute abend mit Gratulationen nur so überschüttet worden sind.«

Megan drehte sich um und erblickte eine attraktive Blondine mit hellgrauen Augen, die eine derartig raffiniert-verführerische Ausstrahlung hatte, daß sich Megan neben ihr wie ein linkisches kleines Mädchen vom Lande vorkam. »Das ist an so einem Tag ja wohl auch naheliegend, oder?« antwortete Megan.

»Dann darf *ich* Ihnen statt dessen mein herzliches Beileid ausdrücken.«

»Wie bitte?«

Die Frau lachte kurz auf. Es war ein brüchiges, heiseres Lachen. »Sie haben keine Ahnung, wer ich bin, stimmt's?«

»Wie sollte ich auch?«

»Da haben Sie recht. Ich bin Marianne Aitchison, die Frau, die Ihr Ehemann vor wenigen Monaten vor den Stufen des Altars sitzengelassen hat.«

Megan starrte sie an. Sie war fassungslos. Wie durch einen Schleier hindurch hörte sie einen der Gentlemen sagen: »Ich glaube, Gräfin, bis zum Altar haben Sie es wohl nicht ganz geschafft, oder? Wenn ich mich recht erinnere, hat Wrothston die Verlobung gelöst, bevor es soweit kam.«

»Dann erinnern Sie sich vielleicht ebenso daran, daß er mich zehn Jahre lang auf die Hochzeit hat warten lassen!« fauchte sie zurück. »Zehn *verlorene* Jahre!«

Megan war sprachlos. Die Verbitterung dieser Frau war mit

Händen zu greifen. Zehn Jahre? Großer Gott! Devlin war also tatsächlich *zehn Jahre* mit dieser Frau verlobt gewesen? Warum hatte ihr das eigentlich niemand vorher gesagt? Es wußten doch offenbar alle. Nur sie hatte keine Ahnung davon!

»Sie haben verdammtes Glück gehabt, mein Kind«, bemerkte Marianne fast mit einem Anflug von Freundlichkeit, doch mit unüberhörbarer Bitterkeit. »Sie haben ihn heiraten können, *bevor* er das Interesse an Ihnen verloren hat. Und er *wird* es verlieren, und zwar schnell, ganz plötzlich, von einem Tag auf den anderen, das schwöre ich Ihnen! Vergessen Sie also seine Liebeserklärungen! Sie sind in den Wind gesprochen, sie sind nichts wert!«

Welche Liebeserklärungen denn, wollte Megan wissen. Aber dann fragte sie: »Warum waren Sie denn so lange verlobt?«

»Weil er dauernd die Hochzeit verschoben hat, immer und immer wieder, und als ich schließlich dieses Spiel nicht mehr mitmachen wollte, hat er die Verlobung endgültig gelöst.«

»Aber warum denn bloß?« fragte Megan verwirrt.

»Ja, warum wohl, meine Liebe? Weil er gar keine Ehefrau haben wollte. Das einzige, was er brauchte, war eine Verlobte, um vor all den Müttern sicher zu sein, die ihn sich sonst als Ehemann für ihre süßen kleinen Töchter geangelt hätten.«

Megan wurden die Knie weich. In ihr brach eine Welt zusammen. Also wollte Devlin gar keine Frau haben! *Sie* sowieso nicht, und Marianne Aitchison offensichtlich auch nicht! Es klang wirklich überzeugend, was diese Frau ihr sagte, und Megan konnte ihre Bitterkeit gut verstehen. Da hatte Marianne also zehn lange Jahre gewartet, daß er sie heiraten würde, hatte in der ganzen Zeit keinen weiteren Heiratsantrag bekommen, weil ja jedermann wußte, daß sie schon verlobt war, und wenn sie dennoch einen bekam, hatte sie ihn ablehnen müssen. Und zum Dank für ihr geduldiges Warten wurde sie dann von einem Tag auf den anderen sitzengelassen!

Die Gräfin war zwar durchaus noch attraktiv, aber sie war nun einmal nicht mehr die Jüngste. Ihre Zukunftsaussichten standen äußerst schlecht. In ihrem Alter war es ziemlich schwer, noch einen Ehemann zu finden, wo doch jedes Jahr erneut Scharen von jungen, hübschen Mädchen auf den Heiratsmarkt drängten. Devlin hatte sie dazu verurteilt, ein Leben als alte Jungfer zu fristen.

Megan wußte nicht, was sie Marianne Aitchison antworten sollte. Sie konnte gut verstehen, daß sie so verbittert war, aber es wäre eine sinnlose, leere Floskel gewesen, ihr dies zu sagen. Sie empfand tiefes Mitleid mit ihr und verachtete Devlin für seine abgrundtiefe Gefühlslosigkeit …

»Na, Marianne, sind Sie mal wieder dabei, Ihr Gift zu verspritzen?« Freddy stand plötzlich neben Megan.

»Ich sage nur, wie die Dinge liegen«, erwiderte die Gräfin mit gepreßter Stimme, doch es war ihr jetzt auf einmal offensichtlich etwas unbehaglich zumute.

»Großartig!« sagte der Marquis mit liebenswürdigem Lächeln. »Dann sollten wir uns die Dinge doch vielleicht auch einmal aus anderem Mund anhören, hm?«

»Halt dich da raus, Freddy«, ertönte plötzlich Devlins Stimme von hinten.

»Laß mich, alter Junge, ich habe schließlich noch einiges wiedergutzumachen – vor allem, wo man dir jetzt auch noch erzählt hat, ich wäre in deine Frau verliebt, was natürlich völliger Blödsinn ist!« Devlin hatte ihn gerade darauf angesprochen – oder besser: zähnefletschend angeknurrt –, als die beiden Männer sahen, daß Marianne gerade bei Megan stand und auf sie einredete, was absolut nichts Gutes verhieß. »Damit will ich natürlich nicht sagen«, fuhr Freddy schmunzelnd fort, »daß ich mich, wenn sie nicht deine Frau wäre, nicht durchaus in sie verlieben *könnte* …«

Devlin warf ihm nur einen grimmigen Blick zu, nahm dann Megan am Arm und führte sie davon. Doch sie ließ sich nur ganze drei Sekunden festhalten, dann riß sie ihren Arm aus seiner Hand und zischte: »Sir, Sie sind wirklich verabscheuungswürdig!«

Er wußte natürlich sofort, worauf sie anspielte. »Aha, werde ich also gleich verurteilt, ganz ohne Prozeß? Die gute Marianne scheint es ja heraus zu haben, die Leute für sich einzunehmen, obwohl sie wirklich die letzte ist, die irgendein Mitleid verdient!«

»Was hast du dieser Frau bloß angetan …«

»Hör auf, Megan«, unterbrach er sie gereizt, »ich habe der Frau überhaupt nichts angetan. Außer, daß ich sie in einem für sie äußerst ungünstigen Moment überrascht habe – als sie es nämlich gerade mit einem anderen Mann trieb.«

Megan riß entsetzt die Augen auf. *So* war das also? Ihr fiel ein Stein vom Herzen. »Das darf doch nicht wahr sein! Dann *war* also der Grund für eure Entlobung gar nicht, daß du wieder einmal den Hochzeitstermin verschoben hast?«

»Wieder einmal? Acht Jahre lang hatten wir vor, zu heiraten, und in der ganzen Zeit habe ich nur ein einziges Mal den Termin verschoben, weil mein Großvater gestorben ist. Marianne dagegen kam dauernd mit irgendeinem fadenscheinigen Grund daher, warum sie gerade jetzt noch nicht heiraten könnte. Ich weiß beim besten Willen nicht mehr, wie oft sie dieses Spiel mit mir getrieben hat.«

»Aber das heißt doch dann ..., daß *sie* es war, die *dich* nicht heiraten wollte!«

»O nein! Ich bin sicher, daß sie durchaus die Absicht hatte, mich zu ehelichen – aber eben irgendwann später einmal. Wir haben uns von Anfang an nicht geliebt. Es war eine arrangierte Ehe, der letzte Wunsch meines Großvaters. Während der Zeit unseres Verlöbnisses hat sie wohl gemerkt, daß es sich auch ohne Trauschein ganz gut leben ließ. Sie hatte ihren Spaß, aber nicht die Pflichten und die Verantwortung einer Ehefrau, jedoch als angehende Herzogin das gleiche Prestige, wie wenn sie bereits mit mir verheiratet wäre.«

»Und daß sie andere Liebhaber gehabt hat, ist ja auch ein Beweis dafür, daß sie es nicht sonderlich eilig hatte, in den Hafen der Ehe zu kommen«, folgerte Megan.

»Gut möglich.«

Megan wunderte sich, daß Devlin ihr gar nicht böse war, wo sie ihm doch gerade noch solche Gemeinheiten unterstellt hatte. Sie war entsetzt über sich selbst. Wie konnte sie ihm nur so wenig vertrauen! Und das an dem Abend, an dem sie vorhatte, ihm ihre Liebe zu gestehen! Er würde ihr niemals mehr glauben, nicht mehr nach dem, was gerade geschehen war.

Megan haderte mit sich selbst. Doch genauso haderte sie mit Marianne Aitchison. Und Marianne war natürlich ein wesentlich willkommeneres Ziel für ihre Wut. Denn wann hätte Megan einmal sich selbst zur Rechenschaft gezogen, wenn noch irgendwo jemand herumlief, dem man die Schuld zuschieben konnte?

Und da war ja zum Glück *noch* einer: Devlin. Sie mußte ihm wirklich eine kleine Rüge erteilen. Warum hatte er ihr die Geschichte mit Marianne nicht erzählt, bevor sie auf diese peinliche Weise mit hineingezogen wurde? »Warum, zum Teufel, hast du mir das alles nie erzählt?«

»Es gibt sicher viele Leute, die ihr ihre Geschichte glauben, aber wer mich wirklich kennt, der *kann* ihr gar nicht glauben«, antwortete er.

Das hatte gesessen! Er hielt ihr also vor, daß sie nicht zu letzteren gehörte, obwohl sie doch seine Ehefrau war! »Entschuldige bitte«, stieß sie zerknirscht zwischen den Zähnen hervor.

Er seufzte. »Megan, ich verstehe ja deine Reaktion. Du kennst mich eben noch viel zu wenig, um mir einfach blind zu vertrauen. Das kann man ja auch gar nicht erwarten; ich habe dir ja schließlich genügend Anlässe gegeben, an meinen menschlichen Qualitäten zu zweifeln.«

»Hast du *nicht*. Es war wirklich *meine* Schuld. Ich habe einer wildfremden Frau einfach geglaubt, ohne mir vorher deine Darstellung der Vorfälle anzuhören. Ich verstehe nicht, wie sie dazu kommt, dir die Schuld zuzuschieben, wenn sie es doch selber ist, die …«

Sie brach mitten im Satz ab, denn auf einmal fiel es ihr siedendheiß auf, daß *sie* ja genauso war! Sie versuchte ja auch immer, den Schwarzen Peter weiterzureichen.

Devlin, der sah, wie sie bis unter die Haarwurzel errötete, erriet ihre Gedanken. »Nein, sei nicht kindisch!« fuhr er sie an. »Du bist überhaupt nicht so wie sie! Du gehst nicht einfach herum und machst mich vor allen schlecht. Natürlich schiebst du manchmal jemandem die Schuld zu, der das nicht verdient, aber *so* schießt du niemals übers Ziel hinaus! Und außerdem weiß ich ganz genau, daß du das meiste von dem, was dir im Zorn herausrutscht, gar nicht so meinst. Es gehen dir nur manchmal die Pferde durch!«

Wie er sie in Schutz nahm! Megan war ganz gerührt, und mit einem Mal lösten sich all ihre Selbstvorwürfe in Luft auf. Sie lächelte ihren Mann dankbar an. Doch dann meinte sie: »Trotzdem. Ich finde, du solltest die Dinge klarstellen, nicht nur vor mir, sondern in aller Öffentlichkeit!«

»Wenn die Wahrheit Marianne gesellschaftlich ruinieren würde? Das kann ich als Gentleman nicht tun!«

»Nein, das kannst du wirklich nicht tun«, pflichtete sie ihm bei, und bevor er sie noch zurückhalten konnte oder auch nur ahnte, was sie vorhatte, fuhr sie herum und rief mit gellend lauter Stimme durch den Saal: »Lady Aitchison, Sie sind eine Lügnerin!«

Devlin stöhnte leise. Mit einem Schlag verstummten alle Gespräche. Wie von Geisterhand bildete sich sogleich eine Gasse durch die Menge der Tanzenden, so daß Marianne ihre Anklägerin sehen und auch gut hören konnte. Ein paar Tanzpaare stießen in der allgemeinen Verblüffung aneinander, so daß auch die übrigen

Tänzer stehenblieben, woraufhin das Orchester so irritiert war, daß kurz danach auch die Musik aussetzte.

Totenstille breitet sich aus. Und mitten hinein hörte man Duchy vom anderen Ende des Ballsaales her stöhnen: »O Gott, jetzt ist es passiert.«

Leises Getuschel war die Antwort, verlegenes Räuspern und dumpfes Füßegetrampel, als die Gäste näherrückten, um nur ja jedes Wort mitzubekommen.

Die Situation hatte sich so zugespitzt, daß Devlin alles nur schlimmer gemacht hätte, wenn er Megan jetzt einfach den Mund zugehalten und sie mit Gewalt aus dem Saal bugsiert hätte, was ihm im ersten Moment durch den Kopf geschossen war. Statt dessen legte er ihr nur die Hand auf die Schulter und sagte so leise wie möglich: »Tu es nicht!«

Sie schaute zu ihm auf und lächelte ihn an. Es schien, als wäre ihr gar nicht bewußt, was für ein Aufsehen sie gerade erregte. »Du weißt, Devlin, daß ich Beleidigungen nicht auf mir sitzen lasse«, sagt sie gelassen. »Und du weißt ebenso, daß ich mir in solchen Fällen auch kein Blatt vor den Mund nehme. Und daß Lady Aitchison mit ungerechtfertigten Verleumdungen deinen Namen in den Schmutz zieht, *ist* für mich eine Beleidigung. Wenn ich vorhin schon gewußt hätte, daß sie mich anlügt – nun, du kennst ja mein Temperament. Ich möchte nicht wissen, was ich mit ihr gemacht hätte.«

Devlin verspürte auf einmal den absurden Wunsch, laut loszulachen. Sie war wirklich raffiniert. Sie erweckte den Anschein, nur ganz privat mit ihm zu reden, als merkte sie gar nicht, daß sämtliche Gäste jedes Wort mithörten. Doch er kannte sie besser. Sie wußte sehr wohl, was sie tat. Sie wollte ihre Warnung – und nichts anderes war es – in aller Öffentlichkeit aussprechen, damit sich auch noch andere Herrschaften angesprochen fühlten. Devlin hätte gerne erfahren, wer sie denn an diesem Abend *noch* alles beleidigt hatte, um mit diesen Gentlemen dann auf seine Weise abzurechnen. Doch jetzt im Moment konnte er sich kaum ein Grinsen verkneifen, als er sah, was sie hier für eine Szene machte. Zum Glück hatte sie ja damit weniger Schaden angerichtet, als er befürchtet hatte.

»Ich glaube, Liebling, du hast dich jetzt klar und deutlich genug ausgedrückt.«

»Nein, das glaube ich nicht«, erwiderte sie in einem Ton, der ihn wissen ließ, daß ihr Auftritt noch nicht zu Ende war. »Du bist natürlich zu sehr Gentleman, um ihren Verleumdungen ein Ende zu bereiten, aber *ich* bin das nicht.«

Bei dieser letzten Bemerkung kam eine gewisse Heiterkeit im Publikum auf, die jedoch sogleich wieder verstummte, als klar wurde, daß Megan sich durch nichts davon abhalten ließ, Marianne, die totenbleich ihr gegenüberstand, zum letzten Duell herauszufordern. »Lady Aitchison, am Ende siegt stets die Wahrheit, und auch *Sie* können sich ihr nicht entziehen! Würden Sie also bitte so freundlich sein und uns den *wahren* Grund nennen, warum mein Gatte die Verlobung mit Ihnen gelöst hat – oder wollten Sie gerade gehen?«

Marianne brauchte nur einen kurzen Moment, um zu begreifen, daß es nur eine einzige Möglichkeit gab, aus dieser hochnotpeinlichen Situation herauszukommen, ohne für alle Zeiten gesellschaftlich ruiniert zu sein. Und so verzichtete sie auf eine Antwort und wählte den Ausweg, den Megan ihr anbot. Sie drehte sich abrupt um und verließ den Saal, gedemütigt, als Lügnerin gebrandmarkt, aber eben auch nicht mehr.

»Na, bist du nun fertig?« fragte Devlin hinter Megans Rücken.

Sie drehte sich um und schenkte ihm ein strahlendes Lächeln. »Ja, ich denke doch. Wo bleibt denn die Musik?«

45

»Wo bleibt denn die Musik?« Megans Frage war das Signal für alle Umstehenden, wieder ihre Gespräche aufzunehmen. Devlin nickte dem Orchester zu, dann spielten die Musikanten wieder zum Tanz auf, am Anfang noch ein bißchen aus dem Takt, doch bald hatten sie sich gefangen, und als Devlin Megan auf die Tanzfläche zog, erklang eine süße Walzermelodie.

»Du weißt ja gar nicht, wie oft ich mir gewünscht habe, genau das zu tun, was du gerade gemacht hast – oder zumindest etwas Ähnliches«, gestand er ihr, während sie sich zwischen den anderen Tanzpaaren drehten. »Ich danke dir.«

»Es war mir ein Vergnügen.«

»Das glaube ich dir gerne«, grinste er. »Die Leute werden sich jetzt wochenlang den Kopf zerbrechen, was wohl der besagte Grund war, den du angedeutet hast.«

»Meinst du?«

»Es macht dir ganz schön Spaß, die Gerüchteküche anzuheizen, stimmt's?«

»Überhaupt nicht. Aber du batest mich, Marianne nicht gesellschaftlich zu ruinieren, und daran habe ich mich gehalten. Wenn du mich *nicht* darum gebeten hättest, hätte ich es mit Sicherheit nicht dabei belassen, sie lediglich in Verlegenheit zu stürzen. Ich hoffe, du weißt das zu schätzen, Devlin.«

»Das weiß ich sehr wohl. Und die anderen werden es sich zur Warnung gereichen lassen. Wundere dich also nicht, wenn sich die Leute in Zukunft sehr genau überlegen, was sie dir sagen. Sie werden Angst haben, daß du irgendein unbedachtes Wort von ihnen schon als Beleidigung auffassen könntest.«

»Dir sind solche Ängste eher fremd, nicht wahr?«

»Was dich betrifft, in der Tat. Denn ich denke, daß ich bei dir gerade so viel austeile, wie ich einzustecken habe.«

»Das sehe ich leider ganz anders. Du nimmst dir schon ganz schöne Dreistigkeiten heraus, mein Lieber. Daran gemessen bin ich wirklich harmlos.«

»Findest du das harmlos, was du gerade eben gemacht hast?«

»Da ist doch nur mein Temperament ein bißchen mit mir durchgegangen«, versuchte sie, die Angelegenheit herunterzuspielen. »Ich bin sonst nicht sehr mutig. Ich wollte dir zum Beispiel die ganze Zeit schon ein Geständnis machen, aber ich habe mich einfach nicht getraut.«

Devlin stöhnte leise, denn er mußte an das letzte Mal denken, wo sie ihm »ein Geständnis« gemacht hatte. Und so sagte er in bestimmtem Ton: »Weißt du, eigentlich möchte ich jetzt gar nichts davon wissen.«

»Du möchtest nichts davon …?« stotterte sie fassungslos.

»Aber du *mußt* einfach: Ich erwarte ein Kind.«

Die Erklärung traf ihn völlig unvorbereitet. »Aber du sagtest doch selbst, daß das ganz unwahrscheinlich sei?« fragte er entgeistert.

»Weiß ich nicht. Aber das ist auch egal, denn dieses Baby ist das gleiche, das ich auch vorher schon erwartete.«

Diese Erklärung brachte ihn nun völlig aus der Fassung. Er blieb abrupt stehen, dann zog er sie an den Rand der Tanzfläche. »Dann hast du mich also – angelogen?«

»Ja, aber ich habe es doch nur aus einem ganz bestimmten Grund gemacht, nur dir zuliebe!«

»Ich erinnere mich sehr wohl an diesen ›ganz bestimmten Grund‹, Megan!« gab er kalt zurück. »Du wolltest also tatsächlich die Ehe annullieren lassen, obwohl du immer noch mein Kind unter dem Herzen trugst? Du hättest mich also allen Ernstes verlassen, obwohl du *immer noch mein Kind unter dem Herzen trugst*?«

Sie wich zurück, so sehr erschrak sie vor seinen Worten. »*So* habe ich das nie gesehen, Devlin. Ich habe nur einfach gesehen, daß du mit mir schrecklich unglücklich warst.«

»Meinst du, daß ich andernfalls weniger unglücklich gewesen wäre? Nein, antworte nicht! Wenn du noch *ein* Wort sagst, dann passiert hier noch genau der Skandal, der vorhin schon um Haaresbreite passiert wäre! Ich muß jetzt gehen, ich brauche einen Drink, verdammt.«

Er ließ sie einfach stehen. Normalerweise hätte sie sich das nicht gefallen lassen, hätte ihm irgend etwas hinterhergerufen, um ihn zurückzuholen. Aber jetzt konnte sie das nicht. Sie brachte kein einziges Wort heraus. Es waren auch schon einige der Gäste aufmerksam geworden und schauten sie neugierig an.

Na, das hatte sie ja wieder einmal glänzend angestellt! Sie hätte ihm besser *erst* ihre Liebe gestehen und *dann* die Sache mit dem Baby hinterherschicken sollen. Aber sie hätte ja auch nie im Leben gedacht, daß die Geschichte mit dem Baby ihn derartig zur Weißglut bringen würde.

Sie machte sich auf die Suche nach ihrem Vater und Tiffany, denn sie brauchte jetzt Trost und Unterstützung, der Abend war schließlich noch lang. Sie hatte fest vor, Devlin noch den Rest zu erzählen, ob er es nun hören wollte oder nicht. Aber erst einmal mußte sie ihm ein bißchen Zeit lassen, sich zu beruhigen, bis sein Zorn verraucht war.

Doch Devlin war wie vom Erdboden verschluckt. Er tauchte auch den ganzen Abend nicht mehr auf, nicht zur offiziellen Verabschiedung und auch nicht, als die ersten Gäste aufbrachen. Bestimmt die Hälfte der Leute fuhr bereits in dieser Nacht nach Hause, weil sie ganz in der Nähe oder nur ein paar Stunden entfernt wohnten, manche wollten auch schon früher los, um am Morgen wieder in London zu sein. Andere blieben über Nacht, um irgendwann am nächsten Tag die Heimreise anzutreten. Nur ein paar Dutzend hatten vor, als Gäste des Hauses noch eine Zeitlang auf Besuch zu bleiben.

Es dämmerte schon der Morgen, als Megan sich endlich zurückziehen konnte. Sie nahm an, daß Devlin schon früher zu Bett gegangen war, und schaute deshalb bei ihm vorbei, bevor sie in ihr eigenes Schlafzimmer ging. Devlins Suite war stockfinster; er hatte kein einziges Licht brennen lassen, so daß sich Megan nur mühsam vortasten konnte.

Sie fand ihn auf seinem Bett. Er lag zusammengerollt, die Decke über den Kopf gezogen. Sie setzte sich zu ihm, und als sie ihm vorsichtig die Decke herunterzog, sah sie, daß er auf dem Bauch lag, den Kopf von ihr abgewendet. Mit den Armen hielt er das Kopfkissen umklammert.

Sein Rücken war nackt. Sie verspürte das starke Bedürfnis, zu ihm unter die Decke zu kriechen und einfach zu warten, bis er ausgeschlafen hatte und ihm *dann* ihr Geständnis zu machen. Doch das würde bedeuten, daß sie wieder einmal alles aufschob, und das hatte sie nun schon lange genug getan.

Sie rüttelte ihn sanft an der Schulter. »Devlin?« Er murmelte irgend etwas. Sie schüttelte ihn heftiger. »Devlin?«

Er fuhr mit dem Kopf hoch, schaute sich schlaftrunken um, und als er sie erkannte, ließ er sich wieder aufs Kopfkissen fallen. »Was ist denn?«

»Bist du wach?«

»Nein.«

Das hörte sich wieder wie einer seiner üblichen Witze an, und so wurde sie mutiger. »Du hast mir gar keine Chance gelassen, dir die andere, viel wichtigere Hälfte meines Geständnisses zu sagen. Ich weiß, die erste Hälfte hat dich geärgert, und das tut mir wirklich sehr leid, aber ich habe es doch nur für *dich* getan, verstehst du?«

Sie wurde immer nervöser, sie brachte es einfach nicht über die Lippen. Zärtlich streichelte sie seinen Rücken, strich ihm liebevoll die Haare aus der Stirn.

Es war unglaublich, aber er hatte sich nicht einmal für diesen Ball seine langen Haare abgeschnitten, sehr zum Ärger von Duchy. Er hatte sie lediglich mit Pomade nach hinten gekämmt, und in seinem tadellosen schwarzen Abendanzug sah er mit dieser Frisur ausgesprochen schneidig aus. Sie liebte seine langen Haare, sie nahmen ihm etwas von seiner steifen Art.

Und dann auf einmal konnte sie die Worte nicht mehr zurückhalten, sie brachen geradezu aus ihr heraus: »Ich liebe dich, Ambrose Devlin St. James.« Sie wartete atemlos auf seine Reaktion.

Doch er sagte *gar* nichts. »Hast du gehört, was ich gesagt habe?« fragte sie ihn, fast ein wenig ungehalten.

Er fuhr hoch. »Was?«

»Hast du gehört, was ich gesagt habe?« wiederholte sie.

»Ja, ja, natürlich, Megan. Aber jetzt laß mich allein. Ich hab' zuviel getrunken. Ich muß meinen Rausch ausschlafen.«

Sie richtete sich kerzengerade auf, fassungslos. Sie hatte nicht genau gewußt, was er wohl auf ihr Geständnis hin antworten würde. Jetzt wußte sie es.

46

Ungefähr um drei Uhr nachmittags am nächsten Tag, eine Stunde, nachdem sie aufgestanden war, sah man Megan mit ihrer kleinen Reisetasche das Haus verlassen. Sie rief nicht nach einer Kutsche. Sie ging schnurstracks in den Stall, doch auch hier verlangte sie nicht nach ihrem Pferd.

Sie hatte nicht wirklich vor, Sherring Cross zu verlassen, obwohl es den Bediensteten, die ihr ungläubig hinterherschauten, so erscheinen mußte. Nein, sie hatte lediglich die Absicht, ein Zeichen zu setzen, ein deutliches Zeichen, das auch Devlin nicht würde ubersehen können. Und dafür sorgte schon das Personal, indem es ihm sofort Bescheid gab, noch ehe Megan die Stallungen erreicht hatte.

Als sie eintrat, ignorierte sie die Stallburschen, die verlegen herumstanden und sich nicht trauten, sie zu fragen, was sie hier eigentlich wollte, denn ihr Gesichtsausdruck verhieß nichts Gutes. Dennoch folgten sie ihr in ehrfürchtigem Abstand durch die einzelnen Stallgebäude und überlegten sich, was sie wohl suchte. Megan war enttäuscht. Sie hatte gedacht, daß es auch hier einen kleinen Schlafraum geben würde, einen ähnlichen wie den, in dem Devlin auf dem Gut ihres Vaters gewohnt hatte. Doch auf Sherring Cross gab es derartig viele Stallburschen, daß es für sie einen eigenen Wohntrakt gab, in dem sie untergebracht waren, und dorthin konnte Megan natürlich auf keinen Fall gehen.

Ich hab' vorhin gleich am Eingang einen hübschen Heuhaufen gesehen.

Spar dir deine Ironie. Du glaubst wohl, daß ich mich das nicht traue, was? Er hat es sich ja schließlich auch getraut.

Aber du bringst so etwas nicht zusammen! Trotzdem, so ein Heuhaufen ist vielleicht auf jeden Fall ganz nützlich. Doch meinst du wirklich, daß dein Plan auch funktioniert? Glaubst du nicht, daß du dich mit dieser ganzen Aktion ein bißchen lächerlich machst?

Ich hab dir doch bereits erzählt, daß ich mir von dir nichts mehr sagen lasse. Also fang jetzt nicht wieder an.

Sie ging zurück und schaute sich den Heuhaufen genau an. Dann warf sie ihre Tasche in die Ecke und schleppte weiteres Heu herbei, bis sich der Haufen zu einem ansehnlichen Gebirge aufgetürmt hatte, in dessen Mitte sie sich ein bequemes Bett bauen konnte. Sie stand immer noch im Heu und schaute befriedigt auf ihr Meisterwerk, als die Tür aufflog und Devlin hereingestürmt kam. Er scheuchte erst einmal mit bellender Stimme die gaffenden Stallburschen hinaus, bis Megan und er allein waren, dann baute er sich vor ihr auf.

Megan raffte die Schleppe ihres cremefarbenen Kleides und drehte sich dann mit trotzig verschränkten Armen zu ihrem Ehemann um. Sie nahm an, daß er total in Rage wäre, und wahrscheinlich tobte er auch innerlich vor Wut, aber nach außen hin hatte er seine herzögliche Miene aufgesetzt, so daß sie sich nicht ganz sicher war, was in ihm vorging.

Sie öffnete den Mund, doch er kam ihr zuvor. »Was, zum Teufel, treibst du hier, Megan?«

Sie reckte ihr Kinn vor, so weit sie konnte. »Ich ziehe in den Stall um.«

Er warf einen kurzen Blick auf ihre Reisetasche in der Ecke, von der man ihm auch schon erzählt hatte, aber mit *dieser* Antwort hatte er nun wirklich nicht gerechnet. »Du machst *was*?«

»Du hast ganz richtig gehört. Und ich bleibe auch hier im Stall, bis ich meinen Pferdezüchter wiederhabe!«

Sie sah verbissen aus, und er zweifelte keinen Augenblick daran, daß sie es ernst meinte. Er hatte nur nicht die geringste Ahnung, was sie damit bezweckte. Doch ihm fiel ein Stein vom Herzen, und seine Wut verflog mit einem Schlag. Also hatte sie gar nicht vor, ihn zu verlassen! Auch wenn er sie natürlich daran gehindert hätte, hätte ihn doch diese Absicht allein schon zutiefst verletzt.

Für einen Augenblick war er total durcheinander, dann fragte er sie vorsichtig: »Ich dachte, du kannst den Pferdezüchter nicht ausstehen?«

»Da irrst du dich«, gab sie zurück.

Noch vorsichtiger fügte er hinzu: »Aber es gibt ihn doch gar nicht.«

»Es gibt ihn sehr wohl«, beharrte sie trotzig. »Du verbirgst ihn nur geschickt hinter der arroganten Fassade des Herzogs. Aber ich warne dich, Euer Ehren. Wenn ich schon deine Liebe nicht gewinnen kann, dann will ich wenigstens meinen Devlin Jefferys zurück, und ich bleibe hier so lange, bis ich ihn wiederhabe.«

Er stieß verblüfft den Atem aus. »Soll das heißen, daß du wirklich *willst*, daß ich dich liebe?«

»Was für eine saudumme Frage!« Seine Begriffsstutzigkeit brachte sie wirklich noch an den Rand der Verzweiflung. »Meinst du, ich habe aus lauter Langeweile wochenlang mit mir gekämpft, bis ich es endlich über die Lippen gebracht habe, dir meine Liebe zu gestehen? Gut, du hast sie nicht gewollt. Aber dann will ich eben Devlin Jefferys wiederhaben.«

Jetzt platzte aber auch ihm der Kragen. »Zum Teufel nochmal, das wird dir aber nicht gelingen! Und wenn du schon davon redest, du hättest mit dir gekämpft ...«

»Ich habe aber nicht die geringste Lust, darüber jetzt zu reden!«

»Na, gut. Dann möchte ich doch aber wissen, wieso ich angeblich deine Liebe ›nicht gewollt‹ hätte! Ich hätte sie liebend gern gewollt, wenn du nur ein einziges Mal zu mir gekommen wärest und mir *gesagt* hättest, daß du mich liebst. Wenn du es vorhattest, warum hast du es dann verdammt noch mal nie getan?!«

»Aber das habe ich doch!«

»Unsinn! An *so* ein Geständnis würde ich mich doch weiß Gott erinnern, wenn ich es jemals gehört hätte!«

»Aber du hast es doch gehört, verfluchter Kerl! Gestern nacht in deinem Bett. Jetzt erzähl mir doch nicht, daß du ...«

»Megan«, unterbrach er sie, verzweifelt bemüht, nicht aus der Haut zu fahren. »Ich bin gestern nacht mit einer Flasche Whiskey ins Bett gegangen!

Sie hielt überrascht inne. »Heißt das, daß du dich nicht mehr daran erinnerst, daß ich zu dir ins Schlafzimmer gekommen bin?«

»Nein. Bist du das denn?«

»Allerdings.«

»Kannst du dann nicht einfach wiederholen, was du mir gesagt hast und was ich nicht gehört habe?« fragte er leise.

Sie zog mißtrauisch die Brauen zusammen, als sie seinen zärtlichen Ton hörte. »Ich denke nicht daran.«

Er stieß einen wilden Fluch aus und trat mit dem Fuß wutschnaubend in den Heuhaufen. Megan riß die Augen auf und tat so, als wäre sie schockiert über seinen Wutausbruch, doch er wußte, daß sie im tiefsten Herzen darüber begeistert war, und so brach er plötzlich in schallendes Gelächter aus.

»Mein Gott, ich liebe es wirklich, wenn du mich provozierst, du freche Göre. Du bringst einfach mein Blut in Wallung.«

Ihre Augen weiteten sich noch mehr, als sie sah, daß er bei seinen letzten Worten sein Jackett auszog. »Ehrlich?« fragte sie verlegen.

»Spiel nicht den Unschuldsengel! Du machst das doch alles mit Absicht, stimmt's?«

»Aber nicht doch – Devlin, was *tust* du da eigentlich?«

Er zog sich sein weißes Batisthemd über den Kopf und ließ es auf den Boden fallen. »Na, was glaubst denn du?«

Sie trat einen Schritt zurück, doch ihre Augen verschlangen jeden Zoll seiner nackten Haut. »Aber es ist hellichter Tag!« protestierte sie.

»Na und?«

»Du willst doch nicht etwa …«

»Warum denn nicht? Ich dachte, du wolltest deinen Pferdezüchter wiederhaben.«

»Ja, aber … aber …« Sie stieß einen kleinen Schrei aus, als sie rückwärts ins Stroh fiel. Sie war mal wieder auf ihre verdammte Schleppe getreten, als sie einen weiteren Schritt zurückwich.

»Sinkst du mir wieder zu Füßen?« grinste er. »Das gefällt mir!«

Megan wollte widersprechen und versuchte aufzustehen, doch er kam ihr zuvor und warf sich auf sie. Sie wand sich unter ihm und versuchte zappelnd, ihn daran zu hindern, daß er sie splitternackt auszog und auch sich selbst die letzten Kleider vom Leib riß. Schließlich gab sie lachend auf, denn sie konnte ihre Begeisterung nicht länger verbergen, daß sie ihren alten Devlin wiederhatte.

Sie fuhr mit ihren spitzen Fingernägeln seinen Rücken hinab bis zu seinem Gesäß. »Wir haben uns in meinem Stall geliebt«, stöhnte sie atemlos, als er kraftvoll in sie eindrang, »da ist es nur gerecht, wenn wir es auch in deinem tun!«

»Das hier hat nichts mit Gerechtigkeit zu tun«, keuchte er, heiser vor Erregung.

»Ich liebe meinen Pferdezüchter«, seufzte sie glücklich.

»Wen liebst du noch?«

»Dich!« stieß sie hervor, als seine Lippen zärtlich an ihrer Brustwarze saugten. »Glaubst du, daß du mich irgendwann auch lieben kannst?«

Er hob den Kopf und schenke ihr ein verwirrendes Lächeln. »Wieso zweifelst du daran?«

»Liebst du mich denn?«

»Ich überleg's mir.«

»Ich hasse dich.«

»Nein. Du liebst mich!«

»Und?«

»Ich überleg's mir immer noch.«

Sie grinste, dann kicherte sie leise. »Spann mich nicht so elend auf die Folter, Devlin St. James. Oder muß ich es für dich sagen?«

»Nein.« Er beugte sich über sie und berührte sanft ihren Mund mit seinen Lippen. Dann sank er auf sie und küßte sie, daß ihr die Sinne schwanden. »So, wie ich dich kenne, würdest du es mit Sicherheit wieder ganz falsch ausdrücken.«

»Ich würde einfach nur sagen: ›Ich liebe dich!‹«

»Eben. Und *ich* sage: ›Ich liebe dich – freche Göre!‹«

Drei Wochen später begleiteten Megan und Devlin ihren Vater nach Hause. Devlin meinte, er hätte in der Gegend Geschäfte zu erledigen, und erklärte außerdem, daß er es nicht ertragen könnte, länger als ein paar Tage von seiner Frau getrennt zu sein; deshalb müßte sie unbedingt mitkommen. Doch er richtete es so ein, daß sie genau am Sonntag vormittag in Teadale ankamen. Als Megan bemerkte, daß die herzögliche Kutsche vor ihrer Pfarrkirche anhielt, brach sie in Tränen aus.

»Aber das war doch nicht nötig«, schluchzte sie und schlang die Arme um Devlins Hals.

»Ich weiß.«

»Du hast mir doch schon so viel gegeben!«

»Aber das ist gar nichts gegen das, was du mir geschenkt hast – deine Liebe. Und ich werde dich mein ganzes Leben lang mindestens so verwöhnen, wie dein Vater dich verwöhnt hat, wenn nicht noch mehr. Das schwöre ich dir.«

Sie lehnte sich zurück und lächelte ihn unter Tränen an. Ihre beiden Grübchen hatten wieder die gleiche Wirkung auf ihn wie eh und je. »Ich möchte dich auch so gerne verwöhnen!«

Devlin seufzte. »Das tust du doch schon die ganze Zeit. Aber jetzt laß uns aussteigen und Lady O die Lektion erteilen, die sie verdient hat.«

Irgend jemand mußte ihm offenbar die Geschichte erzählt haben. Megan schaute überrascht aus dem Fenster und erblickte die stattliche Figur von Ophelia Thackeray neben ihren drei Töchtern – und Frederick Richardson – *und* Tiffany und Tyler! Das hatte sich Devlin ausgedacht – aus Liebe zu ihr.

»Nein, ich kann das nicht machen. Es ist irgendwie gemein und gehässig, boshaft – einfach *görenhaft,* wenn du mich fragst.« Sie schaute ihn an. »Und du hast dir extra so viel Mühe gemacht. Aber weißt du, darauf kommt es jetzt gar nicht mehr an. Das einzige, was wirklich zählt, bist du, Dev!«

Er streichelte ihre Wange. »Es war Tiffanys Idee, Liebling, sozusagen ein nachträgliches Hochzeitsgeschenk.«

»Oh!« strahlte sie. »In diesem Fall wäre es natürlich sehr unhöflich, wenn ich das Geschenk nicht annehmen würde, oder?«

Der Herzog von Wrothston brach in schallendes Gelächter aus. »Da hast du absolut recht, du freche Göre!«

REBELLION DES HERZENS

In Erinnerung an Misti Jewel, meinen eigenen Zehenbeißer. Sie war schwatzhaft, eine süße Pest, mein treuer Kamerad am Schreibpult. Bitte, lieber Gott, nimm es ihr nicht übel, daß sie so gerne ihre Zähne an nackten Füßen saubermacht.

1

Texas, 1881

Zwölf Uhr mittags – High Noon. Eine Stunde, die in vielen Städten des Westens gleichbedeutend mit Tod war. Diese Stadt machte da keinen Unterschied: die Stunde allein sagte alles. Auch diejenigen, die nichts von dem bevorstehenden Ereignis gehört hatten, wußten sofort Bescheid, als sie sahen, wie die anderen wegliefen, um die Straße freizumachen. Zu dieser ganz speziellen Tageszeit gab es nur eines, was eine solche Massenflucht bewirken konnte.

High Noon ... eine Stunde ohne Vorteile: keine verwirrenden Schatten, keine untergehende Sonne, die blenden und die Chancen ungleich verteilen konnte. Es würde einen fairen Kampf geben, einen Kampf, der den Regeln dieser Zeit entsprach. Niemand würde sich damit aufhalten, darüber nachzudenken, ob der Mann, der die Herausforderung erhalten hatte, vielleicht gar keinen Kampf wollte, und niemand würde etwas Unfaires daran finden, daß er zu diesem Kampf gezwungen wurde. Ein Mann, der seinen Lebensunterhalt mit der Waffe verdiente, hatte in dieser Hinsicht kaum eine Wahl.

Die Straße war mittlerweile beinahe verlassen, und an den Fenstern drängten sich die Menschen, die darauf warteten, jemanden sterben zu sehen. Selbst der Novemberwind hielt für einen Augenblick inne, damit sich der Staub unter den hellen Strahlen der Spätherbstsonne setzen konnte.

Vom nördlichen Ende der Straße kam der Herausforderer, Tom Prynne, der sich seit einiger Zeit allerdings Pecos Tom nannte. Er hatte eine Stunde gewartet, seit er die Herausforderung ausgesprochen hatte, Zeit genug, um sich zu fragen, ob er diesmal nicht ein wenig vorschnell gewesen war. Nein, es waren nur die dummen Nerven, die ihn vor jedem Kampf plagten. Er fragte sich, wie viele Schießereien er noch hinter sich bringen mußte, bevor er so ruhig sein würde, wie der andere Bursche immer aussah.

Das Töten machte Tom nichts aus. Er liebte die Macht und den Triumph, den er hinterher empfand, das Gefühl, unbesiegbar zu sein. Und die Furcht der anderen. Er fand es einfach herrlich, wenn die Menschen ihn fürchteten. Was machte es da, wenn er vor jedem Kampf selbst ein wenig Furcht auszustehen hatte? Das war die Sache wert.

Auf eine Gelegenheit wie diese hatte er schon lange gewartet; er wollte seine Chance bei einem Mann mit einem berühmten Namen suchen. Sein eigener Name, oder jedenfalls der, den er für sich gewählt hatte, verbreitete sich für seinen Geschmack zu langsam. So weit südlich hatte noch niemand von Pecos Tom gehört. Zur Hölle auch, die Leute vergaßen ihn sogar da, wo er schon einmal gewesen war, weil er sich bisher nur Schießereien mit »Nobodys«, wie er selbst einer war, geliefert hatte.

Angel aber, seinem heutigen Gegner, eilte sein Name stets voraus. Angel – Engel. Einige nannten ihn den Engel des Todes, und das mit gutem Grund. Niemand konnte sagen, wie viele Männer er getötet hatte. Einige behaupteten, sogar Angel selbst könne keine genaue Zahl nennen. Er stand in dem Ruf, nicht nur schnell, sondern auch treffsicher zu sein.

Tom war nicht so treffsicher, aber er war schneller, und das wußte er. Und er wußte auch genau, wie viele Männer er getötet hatte – einen Kartenbetrüger, zwei Farmer und einen Deputy, der ihn im vergangenen Jahr verfolgt hatte, weil er ihn dafür, daß er einen unbewaffneten Mann erschossen hatte, hängen sehen wollte. Niemand wußte etwas von dem Deputy, und das war gut so. Er wollte einen Namen, aber er wollte diesen Namen nicht auf »Wanted«-Plakaten gedruckt sehen.

Im Laufe seiner kurzen Karriere war er auch anderen Revolverhelden begegnet, und er hatte das Glück gehabt, die Hälfte von ihnen allein durch seine Schnelligkeit besiegen zu können. Der andere Bursche war jedesmal so schockiert gewesen, mit welcher Geschwindigkeit der Gegner den Revolver zog, daß er gleich seine Waffe fallengelassen und aufgegeben hatte. Tom verließ sich darauf, daß genau das auch heute eintreten würde. Er glaubte natürlich nicht, daß Angel seinen Colt wegwerfen würde, aber er hoffte, ihn überraschen zu können – genug Zeit gewinnen zu können, um genau zu zielen und als einziger noch aufrecht zu stehen, wenn der Rauch sich verzog.

Er war nur zwei Tage in dieser Stadt gewesen. Heute wäre er weitergeritten, wenn er nicht von Angels Ankunft gestern abend gehört hätte. Es stand so fest wie das Amen in der Kirche, daß niemand darüber getuschelt hatte, daß *er selbst* sich in der Stadt aufhielt. Ab heute würde sich das ändern.

Aber Angel entsprach nicht ganz dem, was Tom erwartet hatte, als er ihm am Morgen gegenübergetreten war, um ihn daran zu hindern, sein Hotel zu verlassen. Irgendwie hatte er sich den Revolverhelden größer vorgestellt, älter und nicht gar so cool angesichts seiner Herausforderung. Er hatte reagiert, als sei es ihm gleichgültig – so oder so. Aber Tom hatte sich davon nicht beirren lassen.

Er hatte sich dem anderen Mann in den Weg gestellt und mit lauter Stimme, so daß jeder in der Nähe es hören konnte, gefragt: »Angel? Ich habe gehört, daß Sie schnell sind, aber ich bin hier, um Ihnen zu sagen, daß ich noch schneller bin.«

»Wie Sie meinen, Mister. Ich habe nicht vor, mich über dieses Thema zu unterhalten.«

»Aber ich habe vor, es zu beweisen. High Noon? Enttäuschen Sie mich nicht.«

Erst als Tom sich von dem anderen Mann abgewandt hatte, war ihm bewußt geworden, wie kalt und gefühllos Angels Augen geblieben waren, Augen so schwarz wie die Sünde, die Augen eines gnadenlosen Killers.

Äußerlich völlig gelassen wartete Angel auf seinen Herausforderer. Er hatte sich mitten auf die Straße gestellt, aber weiter würde er nicht gehen. Geduldig ließ er den ruhmsüchtigen jungen Mann auf sich zukommen. Seinen Zorn konnte man ihm nicht ansehen. Was er tun würde, war so sinnlos. Es war etwas anderes, als jemanden zu töten, von dem er wußte, daß er den Tod verdient hatte. Er kannte diesen Jungen nicht, wußte nicht, welche Sünden auf sein Konto gingen, wie viele Männer er schon getötet hatte, um sich einen Namen zu machen, oder ob er überhaupt schon jemanden umgelegt hatte. Er haßte es, wenn er diese Dinge nicht wußte.

Das Wissen hätte jedoch nichts an dem geändert, was er tun würde, sondern lediglich das Bedauern darüber ausgelöscht, sinnlos töten zu müssen. Nun, die meisten dieser ruhmsüchtigen jungen Männer hatten nicht die Nerven, ausgerechnet mit ihm zu beginnen. Sie hatten schon eine ganze Menge Schießereien hinter sich gebracht, bevor sie sich an einen großen Namen heranwagten, und das bedeutete, daß sie für ihre Karriere als Revolverhelden bereits getötet haben mußten – und wahrscheinlich waren dabei auch einige unschuldige Männer gestorben. Angel empfand keine Reue, wenn es darum ging, solche Männer zu töten. In dieser Hinsicht sah er sich als Vollstrecker; er war einfach jemand, der dazu beitrug, gemeingefährliche Menschen ein wenig schneller zu beseitigen, als das Gesetz es tun konnte, und vielleicht rettete er sogar ein paar anständigen Leuten damit das Leben.

Einen bekannten Namen zu tragen, war sowohl ein Fluch als auch ein Segen. Es trieb die jungen Männer auf der Suche nach Ruhm aus ihren Löchern. Dagegen konnte man nichts tun. Aber es machte seine Arbeit gleichzeitig auch etwas leichter, weil einige Männer dem Kampf mit ihm auswichen. Auf diese Weise wurden Leben gerettet, denn nach wie vor haßte er es, einen Mann töten zu müssen, dessen einziges Verbrechen darin bestand, für den falschen Boß zu arbeiten.

Er war ein Revolverheld, dessen Dienste man kaufen konnte. Das war es, was er gelernt hatte, und er war gut genug, um seinen Lebensunterhalt damit zu verdienen. Man konnte ihn für so gut wie jeden Job gewinnen, vorausgesetzt, der Preis stimmte. Eines allerdings hatten die Leute gelernt: man durfte ihn nicht zu einem glatten Mord auffordern, weil man in dem Falle wahrscheinlich selbst den Tod finden würde. Angel sah keinen Unterschied zwischen einem Mann, der auf ein ahnungsloses Opfer zielte und demjenigen, der ihn zu diesem Zweck engagierte. Für ihn waren sie beide Mörder, und wenn Angel keinen Grund dafür finden konnte, solche Leute selbst zu töten, übergab er sie dem Urteil des Gesetzes.

Er suchte nicht nach Entschuldigungen für seinen Lebenswandel. Zwar wünschte er sich manchmal, daß es anders gekommen wäre, aber die Umstände hatten das eben nicht zugelassen. Und wenn er auch instinktiv dazu neigen mochte, Gnade zu gewähren, so folgte er doch der Überzeugung des Mannes, der ihn gelehrt hatte, wie man sich mit einer Waffe verteidigte und schützte: »Die Sache mit dem Gewissen ist ja schön und gut, aber in einer Schießerei hat sie nichts zu suchen. Wenn du schießt, dann schieß, um zu töten, oder sie kommen zurück, um dich zu jagen ... Irgendwann in einer dunklen Nacht, draußen in einer kleinen Gasse – eine Kugel in den Rücken, weil sie's schon einmal mit dir aufgenommen haben und genau wissen, daß du zu schnell bist, um das Risiko eines zweiten fairen Kampfes mit dir einzugehen. Das kommt dabei heraus, wenn man einen Mann nur verwundet, das oder die Annahme, daß du zwar schnell bist, aber ein lausiger Schütze. Diesen Männern stehst du dann irgendwann ein zweites

Mal gegenüber, was reine Zeitverschwendung wäre und überdies eine Herausforderung des Schicksals. Es wäre eine verdammte Schande, wenn die Kugel mit deinem Namen darauf von einem Mann käme, den du hättest töten können, aber nicht getötet hast.«

Dreimal wäre er beinahe durch die Hand eines Gesetzlosen umgekommen, bevor er sich diese Überzeugung zu eigen gemacht hatte. Dreimal war er gerettet worden, nicht aus eigenen Kräften, sondern durch die Hilfe Fremder. Drei Männern schuldete er dafür Dank, und er fühlte sich ganz und gar nicht wohl dabei, irgend jemandem etwas schuldig zu sein. Zwei dieser Dankesschulden hatte er beglichen, die letzte erst vor kurzem.

Er war in der Hoffnung hierher gekommen, nun auch die dritte Schuld begleichen zu können. Angel wußte nicht, warum man ihn in diese Stadt geschickt hatte. Gerade hatte er sich auf die Suche nach Lewis Pickens machen wollen, um das herauszufinden, als dieser junge Revolverheld ihm den Weg verstellt hatte.

Angel wußte nichts von ihm außer seinen Namen, Pecos Tom. Jemand hatte im Hotelregister nachsehen müssen, um das herauszufinden. Pecos Tom war ein Fremder in der Stadt, genauso wie Angel, daher konnte niemand Angel sagen, ob er einem Killer gegenüberstand oder nur einem törichten jungen Mann. Wie er es haßte, nichts zu wissen. Er hatte nicht um den Kampf gebeten, hatte versucht, ihn zu vermeiden, aber niemand hätte akzeptiert, daß er eine offene Herausforderung ignorierte. Pecos Tom hatte eindeutig die Absicht, ihn zu töten. Angel mußte sich mit dieser simplen Tatsache begnügen, um sein Bedauern zu lindern.

Pecos ließ sich genüßlich Zeit, als er die Straße herunterkam. Er war zwanzig Fuß von Angel entfernt, dann fünfzehn. Zehn Fuß vor ihm blieb er endlich stehen. Angel hätte eine größere Entfernung vorgezogen, aber das war schließlich nicht seine Show. Er hatte gehört, daß drüben im Osten ein Mann, wenn er herausgefordert wurde, die Waffe wählen durfte; er konnte sich sogar ganz gegen Waffen entscheiden und einfach einen Faustkampf fordern. Es hätte Angel größtes Vergnügen bereitet, diesem Jungen ein wenig Verstand in den Leib zu prügeln, statt ihn zu töten. Aber der Westen ließ einem Mann keine Wahl. Wenn man einen Revolver an der Hüfte trug, erwarteten die anderen, daß man ihn auch benutzte.

Pecos hatte seine Schafsfelljacke schon ausgezogen, und seine Hände lagen an seinen Hüften – er war bereit. Langsam legte Angel seinen gelben Mackintosh weg. Er sah sich nicht die Hände seines Gegenübers an, nicht einmal, um festzustellen, ob sie zitterten. Er sah dem anderen in die Augen.

Und er versuchte es ein letztes Mal. »Wir müssen das hier nicht tun. Diese Leute kennen Sie nicht. Sie könnten einfach weiterreiten.«

»Vergiß es«, erwiderte der Junge, der sich jetzt entspannte, weil er glaubte, Angel habe Angst, gegen ihn zu kämpfen; weil er glaubte, Angel sei derjenige, der den Kampf vermeiden wolle. »Ich bin bereit.«

Niemand stand nahe genug, um Angels Seufzer zu hören. »Dann machen Sie Ihren Frieden, Mister. Ich schieße nicht, um zu verwunden.«

Der zweiundzwanzig Jahre alte Tom Prynne schoß auch nicht, um zu verwunden, und er zog schneller als Angel, um den Bruchteil einer Sekunde schneller – und das wäre ausreichend gewesen, wenn er nur die Geduld gehabt hätte, richtig treffen zu lernen, bevor er losgezogen war, um sich einen Namen zu machen. Seine Kugel flog an Angels Schulter vorbei und bohrte sich irgendwo am anderen Ende der Straße in eine Hauswand. Angel selbst war zu schnell, um noch innezuhalten, selbst wenn er das gewollt hätte, und wenn er schoß, dann mit tödlicher Genauigkeit.

Tom Prynne hatte sich schließlich und endlich doch noch einen Namen gemacht, obwohl der sich nun nicht mehr weit verbreiten konnte. Aber hier würde man noch eine ganze Weile über ihn reden. Seine Grabinschrift lautete: *Hier ruht Pecos Tom. Er forderte den Engel des Todes heraus und unterlag.* Der Leichenbestatter dieser Stadt hatte einen morbiden Sinn für Humor.

2

Cassandra Stuart ließ im Vorübergehen geistesabwesend ein Stück Holz in den Kamin fallen. Am anderen Ende des Zimmers hob eine Pantherkatze ihren Kopf und fauchte unwillig. Das schlanke Mädchen warf ihr einen Blick zu und zuckte mit den Schultern.

»Tut mir leid, Marabelle«, sagte Cassie, die wieder angefangen hatte, aufgeregt hin und her zu laufen. »Die Macht der Gewohnheit.«

Sowohl Cassie als auch ihr Haustier waren das viel kältere Wetter in Wyoming gewöhnt, wo Cassie aufgewachsen war. Hier, im Süden von Texas, wo ihr Vater seine Ranch hatte, herrschte draußen wahrscheinlich immer noch eine Temperatur von zehn Grad, und dabei war es bereits Anfang Dezember. Ein einziges Stück Feuerholz hätte durchaus gereicht, um die Kälte aus ihrem Schlafzimmer zu vertreiben. Mit zweien ..., dann hätte es nicht lange gedauert, und sie wäre nur noch in Mieder und Höschen dagestanden.

Der kleine Schreibtisch, dem sie in der vergangenen halben Stunde aus dem Weg gegangen war, wartete immer noch in der Ecke auf sie. Ihr Briefpapier lag ordentlich aufgestapelt mitten darauf. Das Tintenfaß war geöffnet, der Federkiel angespitzt und die Lampe heller gedreht. Ihr Vater hatte ihr das altmodische Schreibzeug direkt nach ihrer Ankunft im Herbst geschenkt. Und sie hatte es auch getreulich benutzt, hatte ihrer Mutter ein oder zwei Briefe die Woche geschrieben – zumindest bis vor sechs Wochen.

Aber jetzt konnte sie den nächsten Brief nicht länger aufschieben. Das Telegramm hatte sie am späten Nachmittag erreicht: WENN ICH NICHT SOFORT ETWAS VON DIR HÖRE, KOMME ICH RUNTER UND BRINGE EINE GANZE ARMEE MIT.

Der letzte Teil war natürlich eine Übertreibung – jedenfalls hoffte Cassie das. Aber sie hatte keinen Zweifel daran, daß ihre Mutter kommen würde, und das konnte überhaupt nichts nützen. Ihrem Vater wäre es ganz gewiß nicht recht gewesen, wenn er sie bei seiner Rückkehr hier vorgefunden hätte. Aber schließlich würde es ihrem Vater wohl auch nicht recht sein, wenn er herausfinden mußte, daß seine Nachbarn, dank der Einmischung seiner Tochter, nunmehr seine Feinde waren.

Cassie antwortete ihrer Mutter telegrafisch, daß sie am nächsten Tag einen Brief abschicken werde, in dem sie alles erklären wolle. Das ließ sich jetzt nicht mehr vermeiden. Aber sie hatte so sehr gehofft, daß der Friedenstifter vorher ankommen würde. Dann hätte sie ihrer Mutter nicht nur schreiben müssen, was sie angestellt hatte, sondern hätte ihr wenigstens auch berichten können, daß alles wieder in Ordnung war und daß sie sich keine Sorgen mehr machen müsse.

Sie gab einen Laut von sich, der wie ein Stöhnen klang, so daß die geschmeidige schwarze Pantherkatze ihr an ihren Schreibtisch folgte, um herauszufinden, wo das Problem lag. Marabelle war sehr empfänglich für Cassies Stimmungen. Cassie mußte sie erst ermutigend hinter den Ohren kraulen, bevor sie sich wieder beruhigte.

Endlich griff das Mädchen nach dem Federkiel.

Liebste Mama,
es wird dich wohl nicht überraschen, daß ich mich wieder einmal eingemischt habe. Ich weiß auch nicht, warum ich dachte, ich könnte einer Fehde ein Ende setzen, die jetzt schon fünfundzwanzig Jahre andauert, aber so ist es eben – mein infernalischer Optimismus hat mich eben im Stich gelassen. Mittlerweile hast du wohl herausgefunden, daß ich von Papas Nachbarn spreche, den Catlins und den MacKauleys, von denen ich dir nach meinem ersten Besuch hier erzählt habe.

Dies war Cassies zweiter Besuch auf der Ranch ihres Vaters in Texas. Als sie das Haus, das er vor zehn Jahren hier erbaut hatte, zum ersten Mal sah, war sie völlig verblüfft gewesen. Es war ein getreues Ebenbild des Hauses, das er in Wyoming zurückgelassen hatte. Selbst die Möbel waren die gleichen. Es war ganz so, als wäre sie zu Hause – bis sie nach draußen ging.

Ihr Vater hatte sich den Besuch seiner Tochter schon lange gewünscht, aber ihre Mutter hatte sich geweigert, sie allein reisen zu lassen, bevor sie vor zwei Jahren achtzehn geworden war. Und Catherine Stuart würde keinen Fuß auf Charles Stuarts Ranch setzen, es sei denn im äußersten Notfall – ein Notfall, der ihr einziges Kind betraf. Sie hatte ihren Exehemann, seit er vor zehn Jahren Wyoming verlassen hatte, nicht mehr gesehen, hatte seit zwanzig Jahren nicht mehr mit ihm gesprochen, obwohl sie während der ersten zehn Jahre nach Cassies Geburt im selben Haus gelebt hatten. Ihre Beziehung, oder vielmehr das Nichtvorhandensein einer solchen, war die einzige Angelegenheit, in die Cassie sich niemals einzumischen versucht hatte. So sehr sie sich auch wünschte, es wäre anders – ihre Eltern verachteten einander.

Aber Cassie hatte ihrer Mutter, als sie im Frühling des letzten Jahres nach Hause gekommen war, alles über die Catlins und die MacKauleys erzählt. Auch über ihre neue Freundin, Jenny Catlin, die zwei Jahre jünger als Cassie war, hatte sie gesprochen. Cassie hatte Jenny bei diesem Besuch in tiefster Melancholie vorgefunden, weil sie das richtige Alter erreicht hatte, um zu heiraten, und weil die einzigen gutaussehenden jungen Männer zufällig R. J. MacKauleys vier Söhne waren – und damit unglücklicherweise ihre geschworenen Feinde.

Cassie wünschte sich mittlerweile wirklich, daß Jenny die MacKauley-Männer nicht im selben Atemzug mit einer Hochzeit erwähnt hätte. Die Tatsache hatte sie auf den Gedanken gebracht, daß Jenny die Männer vielleicht nicht in demselben Licht sah wie ihre Mutter und ihr älterer Bruder. Dadurch war ihr dann auch aufgefallen, wie Clayton MacKauley, R. J.'s jüngster Sohn, Jenny in der Kirche anstarrte, und wie das junge Mädchen jedesmal, wenn sie ihn dabei erwischte, errötete.

Auch das wird dich wahrscheinlich nicht überraschen, Mama, aber es ist mir gelungen, die Stuarts in diese Fehde mit hineinzuziehen – zumindest den Teil der Stuarts, der hier lebt. Papa weiß bisher noch nichts davon, aber ich bin sicher, daß er nicht glücklich darüber sein wird, wenn er es herausfindet. Schließlich werde ich wieder nach Wyoming gehen, aber er muß, wenn ich weg bin, auch weiterhin mit diesen Leuten leben.

Aber bevor du anfängst, ihn dafür zu verfluchen, daß er meine Einmischung zugelassen hat, muß ich dir sagen, daß er nicht hier war, um mich davon abzuhalten. Genaugenommen hat es angefangen, bevor er weggegangen ist, kurz nach meiner Ankunft hier, aber das Ganze hat sich im geheimen abgespielt, wie eine Verschwörung, und dann bekam Papa einen Brief von diesem Mann in Nordtexas, mit dem er seit zwei Jahren um einen Preisbullen feilscht, und dieser Mann hatte sich endlich entschlossen, das Tier zu verkaufen, und du darfst Papa auch keine Vorwürfe machen, daß er mich allein gelassen hat, um seinen neuen Bullen zu holen, denn er hat gedacht, er würde weniger als zwei Wochen dafür brauchen, und ich bin immerhin *zwanzig* und vollauf in der Lage, seine Ranch zu führen – wenn ich mich nicht gerade in anderer Leute Angelegenheiten einmische. Außerdem wollte er, daß ich mit ihm fahre, aber das wollte ich nicht, da ich ja schon angefangen hatte, mich … na ja, ich weiß nicht recht, wie ich es ausdrücken soll. Ich habe mich also mal wieder als Kupplerin versucht, und diesmal hatte ich unglücklicherweise Erfolg damit.

Es ist mir gelungen, Jenny Catlin und Clayton MacKauley davon zu überzeugen, daß sie ineinander verliebt seien. Und es sah auch wirklich so aus, Mama. Sie waren so überrascht und entzückt von meinen kleinen Schwindeleien. Es war ganz einfach, sie zusammenzubringen und ihnen nur drei Wochen später dabei zu helfen, nach Austin zu kommen, um heimlich zu heiraten. Unglücklicherweise haben sie in der Hochzeitsnacht herausgefunden, daß keiner den anderen wirklich liebt, daß sich die ganze Romanze nur in meiner optimistischen Phantasie abgespielt hat.

Anscheinend habe ich die Situation vollkommen mißverstanden, aber das ist ja nichts Neues. Ich scheine das ziemlich regelmäßig zu tun, wie du wohl weißt. Natürlich habe ich versucht, die Dinge wieder in Ordnung zu bringen. Ich bin zur Catlin-Ranch gegangen und habe versucht, allen zu erklären, daß meine Absichten gut, nur leider fehlgeleitet waren. Dorothy Catlin wollte nicht mit mir sprechen. Ihr Sohn Buck gab mir den Rat, Texas zu verlassen und nie mehr wiederzukommen.

Buck hatte es zwar nicht ganz so nett ausgedrückt, aber ihre Mutter brauchte nicht zu wissen, wie garstig er in seinem Zorn gewesen war, und sie brauchte auch nichts von den Drohungen der MacKauleys zu erfahren, die ihr sogar eine Frist gesetzt hatten. Wenn sie bis zu einem bestimmten Tag nicht aus Texas verschwunden wäre, wollten sie die Ranch ihres Vaters niederbrennen. Es bestand wohl auch keine Notwendigkeit, zu erwähnen, daß Richard MacKauley ihre Post aus der Stadt mitgenommen und ihr dann erzählt hatte, er habe sie verloren, was auch der Grund dafür war, warum sie in den vergangenen sechs Wochen keinen Brief mehr von ihrer Mutter erhalten hatte. Ein andermal war sie aus der Bank in Caully gekommen und mußte feststellen, daß jemand die Sitzbank und den Fußboden ihrer Kutsche mit Zuckersirup übergossen hatte. Des weiteren hatte jemand drei der Männer ihres Vaters einschließlich seines Vorarbeiters so eingeschüchtert, daß sie kündigten. All das würde sie natürlich nicht erwähnen, ebensowenig wie den Marabelle betreffenden Zettel, den ihr jemand unter der Haustür durchgeschoben hatte: Sollte sich ihre Katze noch einmal auf dem Weideland zeigen, wolle man sie, Cassie, zu der Grillparty einladen.

Und es war wirklich besser, wenn ihre Mutter nichts davon erfuhr, daß Sam Hadley und Rafferty Slater, zwei Männer der Catlins, sie im Mietstall in der Stadt in die Enge getrieben und mit ihren Roheiten beinahe zu Tode erschreckt hatten, bevor zufällig jemand vorbeigekommen war, um dem Ganzen ein Ende zu setzen. Sie behielt es wohl auch besser für sich, daß sie seit jenem Zwischenfall ihren kleinen Colt auch in der Stadt trug, statt nur draußen auf der Weide, und daß sie das auch weiterhin tun würde, trotz der Belustigung, die dieses Verhalten bei den guten Leutchen von Caully auslöste.

Und vor allem würde sie ihrer Mutter nichts davon sagen, daß ihr Vater nun schon seit sieben Wochen weg war und daß sie ihn erst in drei Wochen zurückerwartete, weil sein neuer Preisbulle ihn getreten und ihm dabei zwei Rippen und einen Fuß gebrochen hatte. Sie fand es völlig ausreichend, zu schreiben:

> Es sind beides wirklich nette Familien, aber wenn sie jemanden nicht mögen, können sie zu ziemlich ekligen Biestern werden, und im Augenblick mag mich keine der beiden Familien besonders gern.

Sie überlegte, ob sie die »ekligen Biester« vielleicht lieber ausstreichen sollte, fand dann aber, daß ihre Mutter an dieser Stelle eine kleine Erheiterung durchaus würde gebrauchen können. Cassie ging es ganz gewiß so, aber schließlich hatte sie auch nur noch drei Wochen Zeit, um die Dinge wieder in Ordnung zu bringen, weil sie genau wußte, was ihr Vater sonst tun würde, wenn er zurückkam. Er würde das, was er sich hier in den letzten zehn Jahren aufgebaut hatte, einfach aufgeben und weggehen. Schließlich betrieb er seine Ranch, weil es ihm gefiel, nicht weil er es nötig hatte, seinen Lebensunterhalt zu verdienen, denn er stammte aus einer der reichsten Familien in Connecticut. Aber Cassie würde es sich nie verzeihen, wenn es dazu kommen sollte.

> Da sie sich meine Entschuldigungen nicht einmal anhören wollen, habe ich das einzige getan, was mir eingefallen ist. Ich habe Grandpa Kimbals guten Freund gebeten hierherzukommen, den Mann, den sie den Friedenstifter nennen. Ganz bestimmt wird er es schaffen, noch am Tage seiner Ankunft den Feindseligkeiten hier ein Ende zu setzen, und ich erwarte ihn jetzt täglich.

Genaugenommen hatte sie ihn schon vor einigen Wochen erwartet und begann nun wirklich, sich wegen seiner Verspätung Sorgen zu machen, denn er hatte ihr fest versprochen zu kommen. Er war wirklich ihre einzige Hoffnung. Vielleicht sollte sie ihm noch ein Telegramm schicken, wenn sie morgen in die Stadt fuhr, um den Brief an ihre Mutter aufzugeben.

> Jetzt weißt du also, warum ich nicht geschrieben habe. Ich fand es einfach gräßlich, zugeben zu müssen, daß ich wieder einmal ins Fettnäpfchen getreten bin. Den Schaden, den ich angerichtet habe, muß ich jetzt wiedergutmachen. Und ich werde dir sofort schreiben, sobald alles vorbei ist und Papas Nachbarn sich wieder darauf beschränken, einander nur zu hassen.

Cassie biß sich auf die Lippen, während sie stirnrunzelnd ihren Brief betrachtete. Sie hatte sich das Schlimmste bis zum Ende aufgehoben – die Frage, wie sie ihre Mutter davon abhalten konnte, in aller Eile herzukommen, um ihr »Baby« vor einer weiteren selbstgeschneiderten Katastrophe zu bewahren. Hintenherum. Sie mußte geschickt vorgehen …

> Ich weiß, Du hast übertrieben, als Du telegrafiertest, Du würdest mit einer ganzen Armee hierherkommen, aber Du bist natürlich herzlich willkommen, wenn es Dir nichts ausmacht, mitten im Winter zu reisen. Ich bin sicher, daß es Papa nicht stören wird, wenn Du uns besuchst. Die Schwierigkeiten hier werden natürlich vorbei sein, bevor Du es schaffst, nach Texas zu kommen, also wird er sich vielleicht fragen, welchen Grund Du für Deinen Besuch hast. Du glaubst doch nicht, er könnte denken, Du seist an einer Versöhnung interessiert, oder?

Cassie beschloß, den Brief genau an dieser Stelle zu beenden. Sie kannte ihre Mutter gut, und nachdem sie diese letzte Frage gelesen hatte, würde Catherine Stuart den Brief wahrscheinlich in kleine Stücke zerreißen und in den nächsten Kamin werfen. Sie konnte sich auch die Antwort ihrer Mutter auf diese Frage vorstellen. »Eine Versöhnung mit diesem treulosen Hurenbock? Wenn ich tot und begraben bin, kannst du ihm erzählen, daß ich das gesagt hätte! «

Cassie hatte, solange sie sich erinnern konnte, *ihm* gesagt oder *ihr* gesagt, was der andere mitzuteilen hatte. Wenn niemand in der Nähe wäre, durch den sie ihre Mitteilungen aneinander weitergeben konnten, ob sie dann wohl nachgeben und miteinander reden würden? Nein. Einer von ihnen – je nachdem, wer die größere Wut hatte – würde so lange suchen, bis er oder sie jemanden gefunden hatte, der als Sprachrohr dienen konnte.

Cassie rückte vom Schreibtisch ab, streckte sich und sah dann zu Marabelle hinunter. »Zumindest haben wir jetzt eine Sorge weniger – für den Augenblick«, berichtete sie der Pantherin. »Wenn nur der Friedenstifter endlich auftauchen würde, um die anderen Sorgen aus der Welt zu schaffen, dann könnten wir vielleicht wie geplant bis zum Frühling hierbleiben.«

Sie setzte all ihre Hoffnungen auf den Freund ihres Großvaters, und dazu hatte sie auch guten Grund. Einmal war sie dabei gewesen, wie er ein paar Worte zu einem Mann gesagt hatte, der mörderisch wütend gewesen war – binnen fünf Minuten hatte er ihn zum Lachen gebracht. Sein Talent, Leute zu beruhigen, war einfach unglaublich, und er würde auch all dieses Talent benötigen, um die Wogen zu glätten, die von ihr aufgewühlt worden waren.

3

Die Double-C-Ranch war nicht schwer zu finden. Wenn man, wie ihm das gesagt worden war, in nördlicher Richtung aus der Stadt ritt, konnte man sie gar nicht verfehlen.

Aber die Ranch sah nicht so aus, wie Angel es erwartet hatte. So weit im Süden nahmen sich die meisten Rancher ein Beispiel an ihren mexikanischen Nachbarn und bauten Häuser im spanischen Stil, aus Lehmziegeln, die halfen, die schlimmste Sommerhitze abzuwehren.

Das aber, worauf Angel zuritt, war ein zweistöckiges Holzhaus, so groß wie ein Herrenhaus und nach Art des Nordwestens gebaut. Die Veranda, mehr als ein halbes Dutzend Stufen über dem Grund, führte ganz um die untere Etage des Hauses herum; sie war breit genug, um Sessel, Schaukelstühle und sogar zwei zweisitzige Holzschaukeln aufzunehmen. Ein Balkon mit Doppeltüren, hinter denen wahrscheinlich die Schlafzimmer lagen, umschloß die zweite Etage des Hauses und verschaffte der darunterliegenden Veranda Schatten.

Das Haus kam ihm irgendwie bekannt vor, so als habe er es früher schon einmal gesehen, obwohl er noch nie zuvor so weit nach Süden gekommen war. Die Nebengebäude, soweit er sie aus der Ferne zu sehen bekommen hatte, lagen hinter dem Haupthaus. Sechs oder sieben Meter vom Haus entfernt konnte man bei dieser Anlage schon nicht mehr erkennen, daß es sich um eine bewirtschaftete Ranch handelte. Selbst die Kutsche, die davorstand, hatte mehr Ähnlichkeit mit den Fantasiegespannen, die man in einer großen Stadt zu sehen bekam, als mit den kleineren, vierrädrigen Wagen, die auf dem Land bevorzugt wurden.

Angel kam nicht näher als etwa sieben Meter an das Haus heran, als sich die Vordertür öffnete und eine schwarze Katze von der Größe eines mittleren Berglöwen plötzlich in weiten Sätzen auf ihn zusprang. Er hatte keine Zeit, darüber nachzudenken, wo zum Teufel das Tier herkam – es war eigentlich unvorstellbar, daß es aus dem Haus gekommen war –, denn er mußte sich nach Kräften bemühen, sein erschrecktes Pferd unter Kontrolle zu halten und gleichzeitig nach seinem Revolver zu greifen.

Letzteres war ihm noch nicht ganz gelungen, als ihm ein Schuß den Hut vom Kopf riß und eine Stimme rief: »Wagen Sie es nicht, auch nur daran zu denken, Mister!«

Angel blieben nur wenige Sekunden, um sich zu entscheiden, während seine Augen den Sprecher dieser Worte suchten und eine Frau mit einer auf ihn gerichteten Waffe entdeckten. Dann wanderte sein Blick zurück zu der Katze, die der Schuß ein wenig aufgehalten hatte. Sie kam jetzt nicht mehr ganz so schnell auf ihn zu, aber sie kam allemal, und sein Pferd geriet langsam in Panik. Es tänzelte, warf wild seinen Kopf hin und her und bäumte sich schließlich auf.

Während er sich darum bemühte, im Sattel zu bleiben – er wollte verdammt sein, wenn er gezwungen wäre, diesem riesigen Tier auf dem Erdboden gegenüberzustehen –, sagte die Frau wieder etwas, ein Wort nur. Nachdem sein Pferd endlich alle vier Hufe auf dem Boden hatte, sah er, daß die Katze verharrte und mittlerweile einfach nur noch dasaß; keine zwei Meter von ihm entfernt fixierte sie ihn aus ihren großen gelben Augen.

»Marabelle«, hatte die Frau gesagt, und das in einem Ton, der unbedingten Gehorsam verlangte. Er hatte sich nicht verhört – Marabelle … und jetzt tat er etwas, das er sonst niemals tat, etwas, das er sich bei seiner Art von Arbeit nicht leisten konnte. Er verlor die Nerven und zeigte es auch.

»Lady, wenn Sie mir dieses Tier nicht augenblicklich aus den Augen schaffen«, stieß er in seinem von der Gewohnheit diktierten gelassenen Tonfall hervor, »dann lehne ich die Verantwortung für alles Weitere ab.«

Sie schien Einwände gegen seine Warnung erheben zu wollen, wahrscheinlich, weil sie diejenige war, die eine Waffe in der Hand hatte – eine Waffe, die immer noch auf ihn gerichtet war. »Sie sind nicht in der Position, zu ...«

Was dann geschah, dauerte nur wenige Sekunden: Angel, der nach seinem Revolver griff und einen Schuß abfeuerte, der ihr die Waffe aus der Hand schlug, ihr Schrei: »Hurensohn!«, während sie ihre brennenden Finger schüttelte, das Fauchen der Katze, ein *lautes* Fauchen, als Reaktion auf Cassies Schrei, und Angels Pferd, das als Reaktion auf das Fauchen der Katze wild ausschlug. Diesmal landete Angel nun doch im Schmutz. Sein Pferd suchte das Weite, und die mittlerweile wütend spuckende Katze – es war wohl mehr ein Panther, erkannte er – war keinen halben Meter mehr von ihm entfernt, als sie es wieder sagte, dieses eine Wort, das das Tier augenblicklich zum Stehen brachte: »Marabelle!«

Er hatte gute Lust, das Vieh dennoch zu erschießen. Er hatte auch gute Lust, die Frau zu erschießen. Tatsächlich konnte er sich nicht daran erinnern, wann er jemals so sehr die Kontrolle über seine Gefühle verloren hatte. Jeder Idiot hätte sich denken können, daß die Katze, oder was immer es auch war, ihr gehörte. Ein Haustier. Es mußte ein Haustier sein, wenn es ihr in dieser Weise gehorchte. Und sie hatte es herausgelassen, um sein Pferd zu erschrecken, und – daran hatte er keinen Zweifel – um auch ihn zu erschrecken.

So zornig er auch war, und obwohl er begriff, daß die Pantherkatze zahm, oder wenigstens beinahe zahm war, mußte er doch all seinen Mut zusammennehmen, um die Augen von einem Tier solcher Größe abzuwenden. Vor allem saßen sie sich jetzt beide, keinen halben Meter voneinander entfernt, auf dem Boden Auge in Auge gegenüber. Aber er schaffte es und sah mit schmalen Augen die Frau an, die immer noch auf der Veranda stand.

Sie hatte es geschafft, ihre Waffe wieder aufzuheben, und hielt sie jetzt in der anderen Hand, während sie sich die Hand mit den wunden Fingern unter die Achsel preßte. Es war überaus fraglich, ob ihr Revolver ohne vorherigen Besuch bei einem Waffenschmied noch funktionieren würde, aber dieser Gedanke schien der jungen

Frau nicht zu kommen. Statt dessen fand Angel den Revolver wieder auf sich gerichtet.

»Ich sage Ihnen klipp und klar, daß ich genauso gut ziele wie Sie, Mister – aber ich brauche Sie nicht zu erschießen. Wenn Sie diese Waffe, die Sie da in der Hand haben, auch nur einen Zentimeter weiter in meine Richtung bewegen, dann wird Marabelle Sie in Stücke reißen.«

Ob sie ihr Ziel wirklich treffen würde, war zumindest zweifelhaft. Sie hatte ihm den Hut vom Kopf geschossen – das konnte Absicht gewesen sein, um seine Aufmerksamkeit zu erlangen, oder sie konnte auch versucht haben, ihn zu töten – dann hatte sie ihr Ziel verfehlt. An der zweiten Drohung aber schien ihm nichts zweifelhaft. Allerdings mußte sie immerhin Angst vor ihm haben, wenn sie eine solche doppelte Drohung aussprach. Nun, sie hatte schließlich gesehen, wozu er imstande war. Er hatte sie zu einem Zeitpunkt entwaffnen können, als ihr Revolver direkt auf ihn gerichtet war und seiner noch im Halfter steckte. Und mittlerweile hatte sie, zornig, wie er war, auch guten Grund, ihn zu fürchten.

»Sie müssen verrückt sein, wenn Sie glauben, ich würde meine Waffe wegstecken, während ich den Atem von diesem Vieh da in meinem Gesicht spüre.« An diesem Punkt wären sie beinahe in eine Sackgasse geraten, denn keiner von ihnen war bereit, auch nur einen Zentimeter zurückzuweichen. Tatsächlich vergingen lange Augenblicke des Schweigens, bevor Angel zu dem Entschluß kam, daß er eigentlich vor allem diese Katze loswerden wollte. Daher fügte er wide rwillig hinzu: »Rufen Sie das Tier zu sich, Lady, dann können wir uns *vielleicht* unterhalten.«

Ihr Kinn hob sich um eine Spur. »Es wird keine Unterhaltung geben, da Sie uns jetzt sofort verlassen. Und Sie können ihren Auftraggebern sagen, daß es überhaupt keinen Grund für sie gibt, einen Revolverhelden in die Sache hineinzuziehen.«

»Meinen Auftraggebern?«

»Wer auch immer von den beiden Sie angeheuert hat.«

»Niemand hat mich angeheuert, Lady. Lewis Pickens hat mich geschickt, um …«

»Oh, um Himmels willen«, unterbrach sie ihn und senkte ihren Revolver. »Warum haben Sie das nicht sofort gesagt?« Und dann: »Marabelle, komm her, Süße. Er ist harmlos.«

Dies war sicherlich das erste Mal, daß irgend jemand Angel harmlos nannte, seit er kein Knabe mehr war. Er erhob jedoch keine Einwände dagegen. Statt dessen wartete er erst einmal ab, ob das Tier gehorchen würde. Und tatsächlich, der dicke Kopf fuhr herum, um die Frau anzusehen, der geschmeidige, lange Körper folgte, und die Pantherkatze schlenderte gemächlich über den Hof und die Treppen hinauf. Angel stieß einen Seufzer aus, aber er steckte seinen Revolver trotzdem erst weg, als die Katze sicher im Haus war.

»Du kannst wieder in die Küche gehen, Maria«, sagte die Frau zu jemandem, der direkt hinter der Tür stand. Bevor sie sich ganz hinter ihr schloß, fügte sie noch hinzu. »Weißt du eigentlich, wie man mit diesem Gewehr schießt?«

Angel verzog das Gesicht. Noch eine zweite Waffe war auf ihn gerichtet gewesen, und er hatte es nicht einmal geahnt. Wurde er langsam unvorsichtig? Nein, seine Sinne waren nur ganz und gar auf dieses monströse schwarze Tier gerichtet gewesen und auf diese idiotische Frau auf der Veranda – bitte, lieber Gott, laß das nur nicht Cassandra Stuart sein!

Sie kam die Treppe herunter auf ihn zu, und erst jetzt bemerkte er ihre ausgefallene Kleidung: einen langen schwarzen Mantel mit Pelzborten über eisblauer Spitze an ihrem Hals und fünf Schichten blauer, gefältelter Rüschen an ihrem Rock, der nur von ihren Knien bis zu den Zehenspitzen zu sehen war. Ein kleiner Biberhut thronte fesch auf ihrem dunkelbraunen Haar. Städtische Kleider, ganz eindeutig, aber das Merkwürdige an ihrer Ausstattung war, daß sie über dem Mantel noch ein Halfter trug.

In ebendieses Halfter ließ sie jetzt ihren Revolver gleiten, bevor sie ihm ihre Hand hinhielt. »Ich bin Cassandra Stuart. Wird Mr. Pickens bald ankommen?«

Angel ignorierte die ausgestreckte Hand, da er sich nicht sicher war, was er damit tun sollte. Sie lächelte jetzt sogar, ganz so, als hätte sie nicht auf ihn geschossen, nicht diese menschenfressende Katze auf ihn losgelassen und sein Pferd verjagt. Er ignorierte auch das Lächeln. Daß sie anscheinend die Frau war, mit der er es zu tun haben würde, entlockte ihm einen leisen Fluch, als er aufstand und sich den Staub von seinem Mantel klopfte. Dieser Frau zu helfen, war im Augenblick das letzte auf der Welt, das in seiner Absicht lag. Aber es war der Grund, weshalb er hier war. Und eine Schuld war eine Schuld.

Er bückte sich nach seinem Hut, bevor er ihr antwortete. Als er das Loch sah, das die Kugel mittendrin hinterlassen hatte, begann er wieder zu fluchen, diesmal allerdings laut. Zum Teufel, sie hätte ihn töten können!

Er fuhr herum und warf ihr einen düsteren Blick zu. »Wenn dieser Revolver da wieder in Ordnung ist, will ich einen Beweis dafür, daß Sie auch wissen, wie man mit ihm umgeht.«

Daraufhin runzelte sie nur die Stirn, zog ihre Waffe noch einmal heraus, betrachtete sie eingehend und rief dann: »Verdammt. Sie haben sie ruiniert! «

»Und Sie haben meinen Hut ruiniert.«

Sie sah ihn mit zusammengekniffenen Augen an. »Das hier ist zufällig eine Spezialanfertigung, Mister – und wer sind Sie überhaupt?«

»Mein Name ist Angel – und dies hier ist zufällig ein Zwanzig-Dollar-Hut, *Ma'am.*«

»Ich werde Ihnen Ihren verdammten Hut ersetzen ...« Sie hielt inne und trat einen Schritt zurück. »Was meinen Sie mit *Angel?* Sie sind doch nicht *der* Angel, oder? Der, den sie den Engel des Todes nennen?«

Seine Lippen verzogen sich zu einem verdrossenen Lächeln. Die meisten Leute wagten es nicht, das zu sagen, wenn er sich in Hörweite befand. »Ich mache mir nicht besonders viel aus diesem Namen.«

»Das kann ich Ihnen nicht verdenken«, erwiderte sie.

Aber in ihre silbergrauen Augen war jetzt ein wachsamer Blick getreten, der Angel mit überwältigender Befriedigung erfüllte. Diesen Blick hätte er schon eher gern gesehen. Selbst Menschen, die nicht wußten, wer er war, machten für gewöhnlich einen großen Bogen um ihn. Er hatte einfach etwas an sich, das besagte: »Seht euch vor.«

»Nun«, bemerkte sie mit einem nervösen Lachen, als er sie einfach nur anstarrte. »Ein Glück für Sie, daß ich mehr als nur einen dieser Spezialcolts besitze, sonst wäre ich jetzt wahrscheinlich sehr wütend.«

»Sie sollten besser hoffen, daß ich nicht lange dazu brauche, mein Pferd wiederzufinden, Lady, sonst werden Sie herausfinden, wie wütend ...«

»Wenn Sie es wagen, mich anzufassen ...«

»Ich dachte mehr daran, Sie zu erschießen.«

Er meinte es natürlich nicht ernst, aber das wußte sie nicht. Und er fragte sich, was zur Hölle er da eigentlich tat, und warum er es seinem Zorn erlaubte, wieder Oberhand zu gewinnen, nachdem er ihn bereits unter Kontrolle gehabt hatte. Er machte *nie* leere Drohungen. Aber sie hatte etwas an sich, das ihn teuflisch reizte, auch dann, wenn sie nicht gerade mit einer Waffe auf ihn zielte.

»Vergessen Sie, was ich gesagt habe«, schickte er schroff hinterher.

»Nur allzu gern«, erwiderte sie, trat aber dennoch einen Schritt zurück.

Er lächelte beinahe. Ihre Nervosität besänftigte seinen Zorn wie nichts anderes.

»Schießen Sie eigentlich immer wild drauflos, wenn irgend jemand Sie besucht?«

Sie blinzelte, schürzte die Lippen – üppig geformte Lippen, wie er jetzt bemerkte – und reckte sich hoch auf. Verflucht, er hatte es kommen sehen. Gerade eben hatte sie ihren Mut wiedergewonnen.

»Sie waren drauf und dran, Marabelle zu erschießen. Das konnte ich nicht zulassen, nur weil sie sich aus der Tür geschlichen hatte, bevor ich sie davon abhalten konnte.«

Das gab ihm zu denken. »Dann haben Sie sie nicht auf mich gehetzt?«

»Bestimmt nicht«, erwiderte sie in einem entrüstet klingenden Ton, der ihm klarmachen sollte, wie dumm diese Frage war.

»Ich konnte mir da nicht so sicher sein, Lady.«

»Ein bißchen gesunder Menschenverstand ...«

»Ich glaube, Sie sollten dieses Thema jetzt besser fallenlassen«, warnte er sie, bevor ihre Beleidigungen noch schlimmer wurden.

Sie versteifte sich, als sie die Absicht hinter seinen Worten begriff. »Und ich glaube, Sie sollten jetzt besser sagen, was Sie zu sagen haben, und dann verschwinden.«

Wenn er das nur könnte – verschwinden. »Pickens kommt nicht«, stellte er kurz und bündig fest.

Einen Augenblick lang starrte sie ihn sprachlos an, dann keuchte sie: »Aber er *muß*! Ich habe mich auf ihn verlassen – warum kommt er nicht? Er hat gesagt, er käme.«

Der aufrichtige Kummer, mit dem sie sprach, brachte Angel durcheinander. Er mochte diese junge Frau nicht – und das aus gutem Grund, nach dem, was sie ihm angetan hatte –, aber angesichts ihrer Bestürzung fiel es ihm schwer, seine Feindseligkeit aufrechtzuerhalten.

Angel ließ sich dazu herab, ihr zu versichern: »Er wollte kommen. Tatsächlich war er gerade auf seiner Bank, um das Geld abzuholen, das er für die Reise hierher brauchte, als ein Haufen Comancheros vom Staked Plain hereinstürmte, um ebenfalls Geld abzuheben – mit Waffengewalt. Pickens konnte sich natürlich mal wieder nicht um seine eigenen Angelegenheiten kümmern und die Männer in Ruhe lassen. Er fühlte sich verpflichtet, sie aufzuhalten, und ist dabei ziemlich übel angeschossen worden.«

Sie war während seiner kleinen Rede blaß geworden und sah schließlich ganz krank aus; doch jetzt hatte ihre Bestürzung andere Gründe. »O Gott, er – er ist doch nicht getötet worden, oder? Das wäre meine Schuld. Großvater wird mir nie verzeihen ...«

»Also wie kommen Sie nur auf die Idee, daß man Sie dafür verantwortlich machen könnte, obwohl Sie gar nicht dabei waren?«

»Ich habe ihn gebeten herzukommen. Er wäre nicht in dieser Bank gewesen, wenn ...« Sie hielt inne, als sie sah, daß er den Kopf schüttelte, und ihr Tonfall wie auch ihr Gesichtsausdruck wurden eigensinnig und kriegerisch. »Ich nehme jede Art von Verantwortung auf mich, wann immer ich das für richtig halte. Darin bin ich ziemlich gut.«

Da er nicht die Absicht hatte, zu versuchen, eine törichte Frau davon zu überzeugen, daß sie sich töricht benahm, zuckte er nur mit den Schultern. Schließlich konnte es ihm egal sein. »Ganz, wie Sie wollen.«

Augenblicklich schwand ihre Streitlust dahin. Sie biß sich auf die Unterlippe, und plötzlich sah sie aus, als würde sie gleich anfangen zu weinen. Angels Magen krampfte sich zusammen. Mist. Er hatte noch nie versucht, sich mit einer weinenden Frau zu beschäftigen, und er wollte auch jetzt nicht damit anfangen. Eine verdammte Träne nur, und er würde verschwinden.

»Ist er ...?«

Sie brachte es nicht über sich, zu sagen – tot.

»Nein! « Angel überschlug sich fast, um ihr diese Antwort zu geben. »Der Doc sagt, Pickens wird es überleben, aber er kann eine ganze Weile nicht herumreisen, und darum hat er seine Freundin zu mir geschickt.«

Das verscheuchte den tränenfeuchten Blick aus Cassies Augen. Sie runzelte die Stirn. »Ich verstehe nicht. Das muß vor ungefähr sechs Wochen gewesen sein. Warum hat er mir nicht schon eher Nachricht gegeben, daß er nicht kommen kann? Jetzt ist es beinahe zu spät.«

Angel konnte ebenso bereitwillig eine Schuld auf sich nehmen wie sie. »Das ist wohl mein Fehler. Pickens hat mich ohne große Schwierigkeiten aufgespürt, aber ich bin in New Mexico ein paar Wochen aufgehalten worden. Schließlich stand in seiner Nachricht nichts von Eile.«

»Ich verstehe.« Das tat sie aber nicht. Sie sah höllisch verwirrt aus. »Überbringer schlechter Nachrichten sind selten gern gesehen, aber ich möchte mich trotzdem bei Ihnen bedanken, daß Sie persönlich hergekommen sind, wo doch ein Telegramm vollauf genügt hätte. Und es tut mir leid wegen Ihres Pferdes. Sie können sich eines von unseren borgen, um es zu suchen. Bringen Sie unseres einfach zurück, wenn Sie es nicht mehr brauchen.« Sie griff in eine der weiten Taschen ihres Mantels und zog ein Zwanzig-Dollar-Goldstück daraus hervor. »Und damit können Sie sich gewiß einen neuen Hut kaufen.«

Angel konnte die Hand, die sie ihm entgegenstreckte, nur anstarren, womit er sie zwang zu sagen: »Nehmen Sie es.« Als er es immer noch nicht tat, zuckte sie mit den Schultern und schloß ihre Faust um die Münze. »Wie Sie wollen, aber wenn Sie mich jetzt bitte entschuldigen würden … Ich war gerade auf dem Weg in die Stadt, als Sie ankamen.«

Jetzt drehte sie sich doch tatsächlich um und ging einfach weg. Angel ließ sie fast bis zu ihrer Kutsche kommen, bevor er mit gedehnter Stimme feststellte: »Ich hätte mich wohl deutlicher ausdrücken müssen, Ma'am. Lewis Pickens hat mich an seiner Stelle hergeschickt. Ich bin hier, um Ihr Problem zu lösen, was immer das auch sein mag. Also sollten Sie mir vielleicht etwas darüber erzählen, bevor Sie sich auf den Weg in die Stadt machen.«

Bei den Worten »an seiner Stelle« wirbelte sie herum. In ihren Augen stand ein ungläubiger Ausdruck, aber als er mit seiner kleinen Ansprache fertig war, zeigte sie wieder ihre alte Streitlust. »Wie bitte?«

»Sie haben klar und deutlich gehört, was ich gesagt habe.«

»Ich weiß, daß ich Sie gehört habe«, stieß sie mit zusammengebissenen Zähnen hervor und bot dabei in jeder Hinsicht das Bild einer Frau, die drauf und dran war, ihre Fassung zu verlieren. »Ich kann es nur einfach nicht glauben. Was hat sich Mr. Pickens nur dabei gedacht, Sie herzuschicken, ausgerechnet *Sie*? Ich brauche einen Friedenstifter, keinen Revolverhelden. Sie würden die Situation nur noch schlimmer machen.«

»Was genau ist eigentlich die Situation?«

Sie winkte ungeduldig ab. »Es hat keinen Sinn, mit Ihnen darüber zu diskutieren, da Sie mir ja doch nicht helfen können. Wenn ein Schießeisen die Antwort wäre, würde ich mein eigenes benutzen.«

Er konnte nichts dagegen tun, mußte ganz einfach über das Bild grinsen, das ihre Worte heraufbeschworen – ein Bild von durch die Luft fliegenden Hüten. Aber er wandte sich ab, bevor sie es bemerken konnte. Es gab nur sehr wenige Menschen, die er nahe genug an sich heranließ, um seinen Sinn für Humor zu entdecken. *Sie* würde nicht dazugehören.

»Gibt es hier eine Schlafbaracke?«

»Ja, aber – einen Augenblick mal!« rief sie, als er Anstalten machte, um das Haus herumzugehen. »Sie können nicht hierbleiben. Haben Sie denn nicht zugehört?«

Er blieb gerade lange genug stehen, um zu sagen: »Ich schon, aber Sie nicht. Ich bin hier, um mich um Ihr Problem zu kümmern und um Pickens einen Gefallen zu tun.

Ich stehe in seiner Schuld, und daher werde ich erst dann gehen, wenn meine Schulden beglichen sind.«

Sie eilte hinter ihm her und holte ihn ein, als er gerade auf der anderen Seite des Hauses angekommen war. »Was auch immer Sie Pickens schulden mögen, hat nichts mit mir zu tun, Mister.«

»Jetzt schon.«

»Das ist völlig undenkbar. Ich werde es nur noch einmal wiederholen. Sie können nicht …«

Das Geschrei, das aus dem Haus kam, unterbrach sie. Angel drehte sich um und stellte fest, daß die große Katze hinter einem Fenster saß und sie beobachtete. Glücklicherweise war das Fenster nicht geöffnet, aber diese Tatsache beruhigte seine Nerven durchaus nicht. Das Wissen, daß die Katze nur ein Haustier war, ließ sie keinen Deut weniger gefährlich aussehen.

»Was *ist* das eigentlich?« fragte er schließlich.

»Ein schwarzer Panther.«

»Hab' gar nicht gewußt, daß es so etwas in Texas gibt.«

»Gibt es auch nicht. Marabelle stammt aus Afrika.«

Er hatte nicht vor, sich zu erkundigen, wie sie hergekommen war. »Halten Sie sie mir nur einfach vom Leibe, solange ich hier bin.«

Sie wurde sichtbar wütend bei diesen Worten. »*Wenn* Sie *hier-*

blieben, was Sie *nicht tun werden,* würde ich darauf bestehen, daß Sie sich mit Marabelle anfreunden. Und Sie müßten ihr aus naheliegenden Gründen auch Ihr Pferd vorstellen – aber Sie bleiben ja nicht hier. Der Stall ist übrigens da drüben.« Sie zeigte auf ein längliches Gebäude neben einer Scheune. »Suchen Sie Ihr Pferd, und dann reiten Sie wieder dahin zurück, wo Sie hergekommen sind.«

Sie schien zu glauben, damit sei die Angelegenheit erledigt. Und in gewisser Weise war sie das auch. Das machte ihr seine gedehnte Antwort klar, als sie sich zum zweiten Mal von ihm abwandte. »Dann muß ich mich wohl auf meine Art um Ihr Problem kümmern.«

Ihre Augen flackerten. Sie hatte begriffen. »Das würden Sie nicht tun ...« Er schwieg. »Also schön! « brauste sie auf. »Sie können bleiben, aber Sie dürfen niemanden umbringen. Keine Schießereien. Keine Leichen. Ist das klar?«

Sie wartete seine Antwort nicht ab. Diesmal stapfte sie endgültig von dannen und ließ keinen Zweifel daran, daß sie nur unter Protest nachgegeben hatte. Eine irritierende Frau. Wenn er nicht davon überzeugt gewesen wäre, daß er ein paar Erklärungen von ihr brauchte, um ihre Schwierigkeiten zu beheben, dann wäre dies das letzte gewesen, was er von ihr gesehen hatte. Er könnte die Sache dann auf seine Weise regeln. Aber als er ihre Kutsche davonrattern hörte, mit der sie in die Stadt fahren wollte, wurde ihm klar, daß er immer noch nicht wußte, wo die Schwierigkeiten eigentlich lagen. Wirklich eine *verdammt* irritierende Frau.

4

Es würde nicht funktionieren. Cassie hatte auf ihrem Weg in die Stadt genug Zeit gehabt, um über alle möglichen Auswirkungen nachzudenken, einschließlich der schlimmsten, daß nämlich die Catlins und die MacKauleys denken könnten, sie wolle zurückschlagen. Und was konnte ein Revolverheld schon tun, außer irgendwelche Drohungen auszustoßen? Und wenn seine Drohungen ignoriert wurden, dann würden die Schießereien beginnen. Genau das, was ihr Vater brauchte, wenn er heimkam – einen Krieg.

Sie hätte entschlossener mit diesem Mann reden müssen. Sie hätte ihn zwingen sollen, Farbe zu bekennen und bei ihrem »Nein, danke« bleiben sollen. Ihr Problem war nicht von der Art, daß es ein bezahlter Revolverheld hätte lösen können. Oder vielleicht doch – aber dann wäre das keine für sie akzeptable Antwort gewesen, und das würde sie ihm wohl sagen müssen, sobald sie zur Ranch zurückkam.

Diesem Gespräch sah sie nicht gerade mit Begeisterung entgegen. Sie wußte, daß er ein Revolverheld war, noch bevor sie seinen Namen gehört hatte. Einen Namen, den sie gut kannte, denn sie hatte ihn ein halbes Leben lang gehört, weil er aus demselben Teil des Landes kam wie sie und sich in den vergangenen elf Jahren immer in der Gegend von Cheyenne aufgehalten hatte. Aber sie hatte ihn nie gesehen, nicht einmal von weitem; bis heute war sie ihm niemals begegnet. Da er sich zwischen seinen Jobs in Cheyenne aufhielt, prahlten die Leute aus seiner Gegend natürlich damit, daß Cheyenne seine Heimat sei. Wenn er irgendwo doch ein richtiges Zuhause hatte, so wußte jedenfalls niemand davon.

Er war nicht so, wie sie sich *den* Angel vorgestellt hätte, falls es ihr jemals in den Sinn gekommen wäre, den vielen Geschichten über ihn ein Gesicht zuzuordnen. Besonders groß war er nicht, jedenfalls nicht so groß wie die MacKauley-Männer, wohl nur etwas über eins achtzig. Aber das fiel einem erst auf, wenn man direkt neben ihm stand. Natürlich war Cassie selbst eher klein, so daß er immer noch gut fünfzehn Zentimeter größer war als sie. Aber die Größe war es nicht, was den Menschen an Angel auffiel.

Von weitem sah man einen Mann, der ganz in Schwarz gekleidet war – bis auf diesen gelben Mackintosh-Mantel, der seinen geschmeidigen, muskulösen Körper umhüllte. Man sah den Colt an seiner Hüfte, die Silbersporen, die im Sonnenlicht glänzten, den breitrandigen, tief ins Gesicht gezogenen Hut und die Lässigkeit, mit der er zu Pferd saß. Diese Lässigkeit mochte im ersten Augenblick über seine stete Wachsamkeit hinwegtäuschen, über die Schnelligkeit, deren er fähig war, dieses unglaubliche Reaktionsvermögen, das Cassie am eigenen Leib erfahren hatte.

Aus der Nähe jedoch waren seine Augen das erste, was einem auffiel. Man ahnte die Unbarmherzigkeit, die Gewalt, zu der dieser Mann fähig war. Alles, was er darstellte, stand in diesen Augen – Augen, schwarz wie Pech, seelenlos, gewissenlos, furchtlos. Sie waren so faszinierend, daß es eine ganze Weile dauerte, bevor man sein durch und durch männliches Gesicht wahrnahm, einen kantigen, glattrasierten Kiefer, eine scharfgeschnittene Nase und vorstehende Backenknochen. Man brauchte noch länger, um festzustellen, daß sein Gesicht auf eine rauhe Weise attraktiv wirkte. Cassie jedenfalls war diese Tatsache erst aufgefallen, als sie schon fast in der Stadt war.

Aber das schien eine müßige Feststellung; es kam nur darauf an, was für eine Art Mann er war, und gewiß gehörte er nicht zu denen, die ihr auch nur im geringsten sympathisch gewesen wären. Sie wollte weder seine Hilfe noch sonst etwas von ihm. Die schlichte Wahrheit war, daß er sie erschreckte. Man kam einfach nicht um die Tatsache herum, daß es sein Beruf war, zu töten. Und er machte seine Sache wohl ziemlich gut.

Sie konnte nur hoffen, daß ihre Nachbarn nicht herausfinden würden, daß der Mann, der als Engel des Todes bekannt war, sie besucht hatte. Es bestand zwar die Möglichkeit, daß sein Ruf nicht so weit nach Süden gedrungen war, aber das würde nicht viel nützen, weil man ihn nur ansehen mußte, um zu wissen, was er verkörperte, und das war genauso schlimm. Also hoffte sie, daß niemand von seinem Besuch auf der Double C erfahren würde und daß er, noch bevor dieser Tag zu Ende ging, wieder verschwunden wäre.

Aus genau diesem Grunde wollte sie noch ein Telegramm an Lewis Pickens schicken, bevor sie die Stadt verließ. Sie würde ihm für seine Bemühungen danken – und lügen. Sie wollte ihm erzählen, daß sie keine Probleme mehr hatte und daß sein Engel der *Barmherzigkeit* nicht mehr benötigt wurde. Anschließend konnte sie Angel berichten, was sie getan hatte, und ihm klarmachen, daß es keinen Grund mehr für ihn gab, zu bleiben. Er würde gehen – und sie wäre wieder genau da, wo sie vor sechs Wochen gewesen war, nur daß ihr jetzt kaum noch Zeit blieb, um sich etwas Neues auszudenken.

Der Büchsenmacher, bei dem sie ihre Waffe zurückließ, war Cassies letzte Station, bevor sie ihr Telegramm aufgeben wollte. Als sie wieder auf die Straße kam, trug sie nur noch das Gewehr, das sie für den Notfall im Kutschkasten aufbewahrte. Sie konnte mit diesem Gewehr ebenso gut umgehen wie mit ihrem Colt, aber es war ziemlich unhandlich, ganz zu schweigen von seinem Gewicht. Eigentlich hätte sie ihren zweiten Revolver holen sollen, bevor sie die Ranch verließ, aber sie war so wütend gewesen, daß sie nicht einmal daran gedacht hatte.

Es kam jedoch überhaupt nicht in Frage, ganz ohne Waffe in der Stadt herumzulaufen. Zwar hatte sie bisher weder von den MacKauleys noch von den Catlins auch nur das geringste gesehen, nicht einmal einen ihrer treuen Arbeiter, aber schließlich hatte sie die Stadt noch nicht verlassen, und es war selten, daß sie bei ihren Besuchen nicht wenigstens einem von ihnen über den Weg lief. Dabei waren es Rafferty Slater und Sam Hadley, vor denen sie wirklich Angst hatte; diese Männer waren der Grund, warum sie nicht noch einmal ohne Waffe in der Stadt auftauchen wollte.

Die beiden arbeiteten noch nicht allzu lange für die Catlins, und dennoch hatte sie ihre Gewalttätigkeit hier bereits in Schwierigkeiten gebracht. Sie waren ganz anders als die Leute, die Dorothy Catlin für gewöhnlich einstellte; es waren Männer, die nie lange an einem Ort blieben und nur arbeiteten, um genug Geld zu haben, damit sie am Samstagabend in der Stadt ein Höllenspektakel machen konnten. Sie würden zweifellos irgendwann mit einer Kugel im Leib enden, aber in der Zwischenzeit würden sie sich immer dafür entscheiden, auf der richtigen Seite zu stehen – und Cassie stand zufällig auf der falschen Seite.

Sie wurde schon nervös, wenn sie nur an diesen Tag im Mietstall zurückdachte, als die beiden sie zwischen sich in die Ecke gedrängt hatten, um ihr den Ausgang zu versperren. Sam hatte sie herumgeschubst, und Rafferty hatte sie festgehalten und auf eine Weise berührt, zu der er kein Recht hatte. Und da war ein Blick in seinen Augen gewesen, der sagte, daß es noch ganz anders kommen würde, wenn er sie noch einmal allein erwischte. Sam hatte nur versucht, sie zu erschrecken. Rafferty hatte es genossen.

So etwas war ihr noch nie zuvor passiert, und es würde auch in Zukunft nie wieder passieren. Wenn sie Rafferty Slater noch einmal in der Stadt begegnen und er auch nur so aussehen sollte, als wolle er sie ansprechen, dann würde sie zuerst schießen und dann erst fragen, was er vorhatte. Dieser Mann würde *nicht* noch einmal eine Chance bekommen, seine Hände auf ihren Körper zu legen.

Der Zwischenfall hatte es ihr sogar verleidet, auch weiterhin einen der beiden Mietställe zu benutzen. Heute hatte sie ihre Kutsche vor Caullys Krämerladen stehengelassen, wo sie den Brief an ihre Mutter aufgegeben hatte. Den Rest ihrer Besorgungen hatte sie zu Fuß erledigt, aber als sie zurück zur Poststation ging, die gleichzeitig als Telegrafenamt diente, hatte sich etwas an ihrer Kutsche verändert. Sie stand zwar noch immer da, wo sie sie zurückgelassen hatte, aber jetzt waren zwei Pferde am hinteren Teil des Gespanns angebunden. Als sie die Pferde sah, blieb Cassie sofort stehen und machte sich daran, die Gegend nach dem Revolverhelden abzusuchen. Sie zweifelte keine Sekunde daran, daß es sich um Angels Pferd und das Pferd, das er sich geliehen hatte, handelte, auch wenn sie noch zu weit weg war, um die Tiere richtig sehen zu können. Ihn selbst konnte sie ohne große Mühe ausmachen. Er war wirklich kaum zu übersehen, dieser gelbe Mantel.

Angel lehnte an der Wand des Second Chance Saloon auf der anderen Straßenseite. Da er seinen Hut wieder einmal tief ins Gesicht gezogen hatte, konnte sie nicht erkennen, wen er beobachtete, aber sie hatte das Gefühl, daß sie es war.

Diese Tatsache war ihr ausgesprochen unangenehm. Sie wußte nicht, warum er ihr in die Stadt gefolgt war, und er war wohl auch nicht hergekommen, um ihr seine Gründe zu nennen. Er bewegte sich überhaupt nicht, sondern stand einfach nur ganz entspannt da. Aber so ungefähr jeder auf der Straße war sich seiner Gegenwart bewußt. Schließlich war Caully eine kleine Stadt, und Angel war ein Fremder. Natürlich würden die Leute sich fragen, wer er war, auch wenn er nicht so ausgesehen hätte wie ein Revolverheld. Cassie biß wütend die Zähne zusammen. Soviel also zu ihrer Chance, die Angelegenheit geheimzuhalten. Sie konnte die Stadt unmöglich verlassen, ohne mit ihm zu sprechen – nicht, nachdem er sein Pferd an ihre Kutsche gebunden hatte. Selbst wenn niemand bemerkt haben sollte, in welche Richtung er heute morgen geritten war, diese Begegnung in der Stadt würde gewiß nicht unbemerkt bleiben. Am Ende dieses Tages würde sich wohl jedermann hier die Frage gestellt haben: Was hatte das Stuart-Mädchen mit einem Revolverhelden zu schaffen? Aber ihre zur Zeit feindlich gesinnten Nachbarn würden nicht nur darüber nachdenken, sie würden spätestens heute abend auf der Ranch auftauchen und eine Erklärung verlangen. Und sollte Angel bis dahin nicht verschwunden sein, dann wäre der Teufel los.

Es war ihre eigene Schuld. Sie hätte sich von diesem Mann nicht derart durcheinanderbringen lassen dürfen. Sie hätte ihn auf der Stelle wegschicken müssen. Aber nein, sie mußte ihm ja die Erlaubnis geben zu bleiben, was ihm dann die Möglichkeit gab, seine Nase in ihre Angelegenheiten zu stecken. Und nun war er ihr in die Stadt gefolgt, um sie genauestens im Auge zu behalten, als habe er sich zu ihrem persönlichen Wächter auserkoren. Deutlicher konnte er ihr gar nicht sagen, daß er das Ganze nun doch auf seine Art und Weise angehen würde, ganz egal, was sie dazu zu sagen hatte.

Sie sah nicht noch einmal in seine Richtung, während sie die Straße weiter hinunterging. Aber sie war plötzlich in Eile, weil sie befürchtete, er könne sie aufhalten, bevor sie ihr Telegramm abschicken konnte. Und sie wurde auch aufgehalten. Aber nicht von Angel.

Morgan MacKauley kam in dem Augenblick aus Wilsons Sattlerei, als Cassie dort vorbeiging. Sie hätte ihn beinahe umgerannt. Und als sie sah, wer es war, versuchte sie, an ihm vorbeizuschlüpfen, bevor er sie bemerkte. Aber sie hatte kein Glück.

Morgan betrachtete sich selbst als eine Art Frauenheld. Ob das nun stimmte oder nicht, sein Blick fiel jedenfalls auf alles, was Röcke trug, und er brauchte nur eine einzige Sekunde, um Cassies Rock zu erspähen und sich zu ihr umzudrehen – und zurückzutreten, um ihr den Weg zu versperren. Sie versuchte, auf der anderen Seite an ihm vorbeizukommen, aber er machte ihr sehr schnell klar, daß sie es nicht so leicht haben würde. Schließlich wich sie zurück, wobei sie ihm einen haßerfüllten Blick zuwarf, der leider nicht die geringste Wirkung zeigte.

Es ärgerte sie ungemein, daß niemand hier unten in Texas bereit war, sie ernst zu nehmen. Sie lachten darüber, daß sie eine Waffe trug, sie ignorierten sie, wenn sie in Wut geriet. Man betrachtete sie wie einen Marienkäfer, den man mühelos wegschnippen konnte – es sei denn, ihr schwarzer Panther saß zufällig neben ihr. Selbst die furchtlosen MacKauleys hatten großen Respekt vor Marabelle.

Aber Cassie nahm ihre Gefährtin niemals mit in die Stadt, und das Stirnrunzeln, das Morgan ihr jetzt zeigte, war viel wirkungsvoller als ihr eigenes. Es war ausgesprochen einschüchternd.

Von R. J.'s vier Söhnen war Morgan mit seinen einundzwanzig Jahren der zweitjüngste, aber sie waren alle große Männer, alle weit über eins achtzig und von kräftiger Statur. Mit ihren rötlichbraunen Haaren und dunkelgrünen Augen glich jeder seinem Vater. Cassie glaubte keinen Augenblick lang, daß einer von ihnen sie wirklich tätlich angreifen würde, aber das dämpfte keineswegs die Furcht, die Morgan jetzt in ihr weckte. Sie alle waren heißblütig, und ein heißblütiger Mann konnte im Zorn machmal törichte Dinge tun, die er normalerweise sonst unterließ.

»Hätte nicht gedacht, daß ich Sie in dieser Woche in der Stadt treffen würde, Miss Stuart«, sagte Morgan lässig.

Noch vor zwei Monaten hatte er sie Cassie genannt, wie die meisten ihrer Freunde und Verwandten, und nicht Miss Stuart. Er hatte sie auch zu Will Bates Tanzabend am Samstag eingeladen und eine Woche später zu einem Sonntagspicknick oben auf dem Willow Ridge. Seine Absichten waren eindeutig gewesen. Er hatte ihr tatsächlich den Hof gemacht. Und sie hatte sich schrecklich geschmeichelt gefühlt – und war ausgesprochen interessiert an ihm. Immerhin waren die MacKauley-Brüder außergewöhnlich gutaussehende Männer, jeder einzelne von ihnen, und es war schwer – wie sie in den vergangenen Jahren herausgefunden hatte – einen Mann zu finden, der bereit war, sie *und* Marabelle zu heiraten.

Morgan hatte Marabelle nicht direkt ins Herz geschlossen, aber das hatte ihn nicht davon abgehalten, Cassie den Hof zu machen – bis sie sich auf eine Weise in das Leben seines Bruders eingemischt hatte, die keiner von ihnen jemals verzeihen oder vergessen würde. Und nachdem sie zum Mittelpunkt ihres ganzen Zorns geworden war, hatte er sie wissen lassen, daß er in Wirklichkeit immer nur an der Ranch ihres Vaters interessiert gewesen wäre.

Ob das nun stimmte oder ob er es nur im Zorn gesagt hatte, es hatte Cassie dennoch mehr verletzt, als sie sich eingestehen wollte. Sie hatte, wenn es um Männer ging, kein großes Selbstvertrauen und durch Morgan MacKauley sank es noch weiter. Die traurige Tatsache war, daß sie ihn wirklich mochte. Sie hatte sich ein paar Wochen lang so große Hoffnungen gemacht. Jetzt ... war nichts mehr davon übrig, nicht einmal der leiseste Anflug von Freude, wenn sie ihm so nahe war wie im Augenblick. Sie empfand nur noch Bedauern – und eine gehörige Portion Ärger.

Seine beiläufige Bemerkung irritierte sie, denn die Erfahrung hatte sie erst kürzlich gelehrt, daß solche Worte keineswegs so beiläufig gemeint waren, wie sie klingen mochten. Wachsam fragte sie: »Warum?«

»Hätte gedacht, Sie wären zu sehr mit dem Packen beschäftigt.«

Natürlich, das war es. Sie kam an keinem MacKauley oder Catlin vorbei, ohne irgendeine unerfreuliche Erinnerung an ihre augenblicklichen Schwierigkeiten zu erhalten. Es waren die MacKauleys, die ihr eine Frist gesetzt hatten, um aus der Gegend zu verschwinden – und für den Fall, daß sie sich weigern sollte, hatten sie gedroht, mit brennenden Fackeln über die Ranch herzufallen.

»Da haben Sie eben etwas Falsches gedacht«, sagte sie mit einer leisen, gepreßten Stimme und versuchte noch einmal, an ihm vorbeizukommen. Wieder einmal vertrat er ihr den Weg, womit er sie dazu brachte, hinzuzufügen: »Sie benehmen sich abscheulich, Morgan. Lassen Sie mich vorbei.«

»Zuerst erzählen Sie mir etwas über diesen Fremden, der heute morgen zu ihrer Ranch geritten ist.«

Cassie stöhnte innerlich auf. Sie hatte noch keine Gelegenheit gehabt, sich einen annehmbaren Grund für Angels Anwesenheit auszudenken, und dafür brauchte sie Zeit, denn wenn es darum ging, zu lügen oder um eine Sache herumzureden, war Cassie ein hoffnungsloser Fall. Solange sie nicht eine Menge Gedanken darauf verwandte und das Ganze immer wieder durchspielte, würde jeder, der sie kannte, es sofort bemerken, wenn sie log.

Bei Morgan mußte sie es nun dennoch versuchen. »Nichts von Bedeutung. Er – er war einfach nur auf der Durchreise und suchte für ein paar Tage Arbeit.«

»Dann hätten Sie ihn zu uns schicken sollen«, erwiderte er obenhin. »Sie werden für niemanden mehr Arbeit haben, wenn diese Woche zu Ende ist.«

Cassie versteifte sich bei dieser zweiten Anspielung auf die Frist, die man ihr für ihre Abreise gesetzt hatte. Irgendwie hatte sie gehofft, daß die Drohung, die Ranch ihres Vaters niederzubrennen, nur aus dem Zorn des Augenblicks erwachsen und nicht wirklich ernst gemeint gewesen war. Sie hatte dieselben Feste besucht wie diese Leute, war mit ihnen befreundet gewesen, und einer von ihnen hatte ihr sogar den Hof gemacht. Aber all das war, bevor sie sich eingemischt hatte.

Sie ging nicht weiter auf das Thema Angel ein, da ihr etwas anderes durch den Kopf schoß. »Ich muß mit deinem Pa sprechen, Morgan. Sag ihm, daß ich morgen zu euch rüberkomme ...«

»Er wird nicht mit Ihnen reden. Tatsache ist, daß mein Bruder Clayton ihn mehr denn je erzürnt hat – und möchten Sie gerne wissen, warum, Miss Stuart?«

Sie hatte begonnen, den Kopf zu schütteln, während sein Ton schärfer geworden war. Sie wollte es wirklich nicht wissen, denn wie auch immer dieser Grund aussah, sie wußte genau, daß man ihr die Schuld dafür in die Schuhe schieben würde, gleichgültig, ob sie das verdient hatte oder nicht.

Aber Morgan war fest entschlossen, es ihr zu sagen, und er tat es auf die vernichtendste Art und Weise. »Dieser idiotische Bruder von mir ist nicht mehr ganz richtig im Kopf, seitdem er von Austin nach Hause gekommen ist. Man kann ihn nicht mehr dazu bringen, auch nur einen einzigen Handgriff zu tun. Und jetzt redet er von ›Rechten‹ und davon, daß er bei seiner ›Ehefrau‹ eben diese Rechte hätte. Er hat sogar davon gesprochen, daß er zu den Catlins rüberreiten wolle, um sich das Mädchen zu holen, da sie ja immer noch nicht geschieden sind. Natürlich hat ihm Pa diese Idee mit der Peitsche ausgetrieben.«

Cassie war fassungslos und dachte nicht einmal daran, ihre Gefühle zu verbergen. »Willst du damit sagen, daß er mit Jenny verheiratet *bleiben* will?«

Morgan lief bei dieser Frage hellrot an, stritt schon die bloße Möglichkeit einer solchen Idee ab. »Den Teufel will er«, knurrte er wütend. »Dank Ihrer Einmischung hat er eine Kostprobe von dem Mädchen bekommen, und nun will er noch eine. Mehr ist an dieser Sache nicht dran.«

Diesmal war es an Cassie, zu erröten, denn das Thema, das er angesprochen hatte, war absolut unpassend für ihre unschuldigen Ohren. Morgan wußte, daß er gerade eben die Grenzen des Anstands überschritten hatte, aber es kümmerte ihn nicht. Er war wütend auf sie, denn ihre Einmischung hatte seinen Hoffnungen, sie zu heiraten, ein Ende gesetzt. Außerdem war er wütend auf sich selbst, weil er nicht den Mut hatte, seinem Vater die Stirn zu bieten und zu Cassie zu halten, wie er es eigentlich gern getan hätte. Denn es war eine Tatsache, daß er sie immer noch bewunderte.

Als sie das erste Mal ihren Vater besucht hatte, war sie Morgan nicht weiter aufgefallen. Sie war damals achtzehn und keine besondere Schönheit. Man konnte sie gerade eben hübsch nennen, und in Caully gab es viele hübsche, ja sogar schöne Frauen. Außerdem war sie für Morgans Geschmack viel zu zierlich und kindhaft. Sie hatte einfach nichts an sich, was seine Leidenschaft hätte wekken können, oder zumindest hatte er das damals gedacht.

Aber es war etwas verdammt Merkwürdiges um Miss Cassandra Stuart, etwas, das sie mit jeder Begegnung interessanter und attraktiver machte. Sie steigerte sich irgendwie – zumindest jedenfalls, soweit es ihr Aussehen betraf. Man begann zu bemerken, daß sie zwar klein war, ihre Formen jedoch nichts Kindliches hatten. Und je öfter man sie ansah, um so hübscher schien sie schließlich zu werden.

Morgan hatte zu seiner Überraschung viel an sie gedacht, bevor ihr Besuch im letzten Jahr geendet hatte, und den ganzen Sommer über war er reizbar und streitlustig gewesen, weil ihm erst nach ihrer Abreise klargeworden war, daß er sie haben wollte. Dann war sie im letzten Winter nicht wiedergekommen, und seine Interessen hatten ein anderes Objekt gefunden, nichts Ernsthaftes, aber er hatte seine Gefühle für Cassie begraben, sie vergessen – bis sie wiederaufgetaucht war.

Merkwürdigerweise war es bei ihrem Wiedersehen genauso gewesen wie beim ersten Mal. Er hatte nicht viel an ihr entdeckt, was einen Mann auf sie aufmerksam machen konnte, und dachte sogar, daß er im vergangenen Jahr ein wenig verrückt gewesen sein mußte, als er sie in seine Gedanken und sogar in seine sexuellen Fantasien mit einbezogen hatte. Aber diesmal hatte es weniger als sechs Monate gedauert, bevor sich seine Gefühle wandelten. Schon einen Monat nach ihrer Ankunft begehrte er sie wieder, und es war ihm so ernst gewesen, daß er sogar seinen Vater um die Erlaubnis gebeten hatte, sie zu heiraten.

Es war typisch für R. J. MacKauleys Einfluß auf seine Söhne, daß seine Zustimmung die einzige war, die sie für notwendig erachteten, ganz gleich, worum es sich handelte. Ob Charles Stuart der Bewerbung um seine Tochter seinen Segen gab, war zweitrangig. Cassie selbst wurde nicht einmal gefragt. Die MacKauley-Männer waren unglaublich arrogant, wenn es darum ging, gewisse Dinge für selbstverständlich zu halten.

Das war auch einer der Gründe, warum R. J. so wütend auf Cassie war: daß es ihr irgendwie gelungen war, seinen jüngsten Sohn dazu zu bringen, mit der Tradition zu brechen und das zu tun, was ihm paßte, ohne R. J.'s Zustimmung. Daß das, was Clayton »paßte«, mit einem Feind zu tun hatte, streute nur noch mehr Salz in die offene Wunde. Aber auch Morgans Wunde brannte, denn er wollte Cassie immer noch und wußte, daß er sie nun niemals bekommen würde.

Er gab seinem Vater, der zu unbeugsam und in seinen Ansichten zu festgefahren war, um sich zu verändern, keine Schuld. Er gab auch der Fehde keine Schuld, deren Grund er nicht einmal kannte, die jedoch andauerte, seit er sich erinnern konnte. Er gab Cassie die Schuld an allem, weil sie ihre Nase in Angelegenheiten gesteckt hatte, die sie nichts angingen. Wenn er sie geheiratet hätte, wäre es ihm bestimmt gelungen, ihr diese Gewohnheit, sich überall einzumischen, bald auszutreiben. Nun würde er niemals die Chance dazu haben.

Aber sie würde auch niemals etwas von seinen Gefühlen erfahren. Weder durch einen Blick noch durch irgendeine Tat durfte er sich verraten. Am Ende der Woche würde sie gehen, und er konnte sich abermals daranmachen, sie zu vergessen. Wenn er sie jetzt so ansah, fand er, daß das für ihn nicht schnell genug sein konnte.

Cassie kümmerte sich nicht darum, daß Morgans grüne Augen, während sie vor ihm stand, über ihre zierliche Gestalt glitten. Trotz der peinlichen Art und Weise, wie er es ausgedrückt hatte, stürzte sie sich geradezu auf die Möglichkeit, daß Clayton MacKauley es mittlerweile vielleicht bedauerte, seine Braut ihrer Familie zurückgegeben zu haben. Diese Idee war so unerwartet, so befreiend, daß sie sie sofort aufgriff und an ihr Herz drückte. Es bedeutete, daß ihre Instinkte doch nicht so sehr in die Irre gegangen waren. Es bedeutete, daß ihr Plan, zwei Familien durch Heirat zu verbinden, um ihre Fehde zu beenden, immer noch funktionieren konnte – zu guter Letzt. Natürlich wäre sie dann nicht mehr da, um die Erfüllung ihrer Wünsche mitzuerleben, aber …

»Was machst du mit diesem Ding da, Cassie?«

Sie richtete ihren Blick wieder auf Morgan und bemerkte, daß er stirnrunzelnd das Gewehr in ihrer Hand betrachtete. Er war so überrascht darüber, daß er sogar vergessen hatte, sie Miss Stuart zu nennen. Aber schließlich war es auch das erste Mal, daß sie ihm mit einer Waffe in der Hand über den Weg gelaufen war.

»Ich hatte ein paar Schwierigkeiten mit … es waren … ach, es geht dich überhaupt nichts an, was ich damit mache«, schloß sie halsstarrig.

Aber sie ärgerte sich über sich selbst, daß sie immer noch versuchte, den Frieden zwischen diesen beiden Familien zu wahren, so wie sie es getan hatte, bevor all diese Schwierigkeiten ihren Anfang genommen hatten. Jetzt war es nur allzu wahrscheinlich, daß Morgan sich nicht weiter über das, was ihr die Catlin-Leute angetan hatten, aufregen würde. Wahrscheinlich würde er ihnen sogar noch Beifall klatschen, weil es ihnen gelungen war, sie zu ängstigen. Also würde sie es gar nicht erst erwähnen.

Aber Morgans Stirnrunzeln vertiefte sich noch, während er ihr fest in die Augen sah. »Was für Schwierigkeiten?«

Sie gab ihm keine Antwort. Einmal mehr versuchte sie, an ihm vorbeizukommen. Und diesmal verstellte er ihr nicht den Weg;

statt dessen griff er nach ihrem Arm, was sie viel wirkungsvoller daran hinderte, weiterzugehen.

»Antworte mir«, verlangte er.

Wenn sie es nicht besser gewußt hätte, wäre ihr vielleicht der Gedanke gekommen, daß es eine unerwartete Sorge um ihr Wohlergehen war, die ihn zu seinem Verhalten veranlaßte. Aber da seine eigene Familie die Absicht hatte, am Ende der Woche die Double C in Brand zu setzen, war das natürlich unmöglich. Vielleicht ärgerte es ihn einfach nur, daß die Catlins ihr größere Angst machten als die MacKauleys.

Wie dem auch sein mochte, sie war ihm keine Antworten schuldig, weder wahre noch falsche. »Du hast kein Recht, mich auszufragen, Morgan MacKauley«, sagte sie halsstarrig und wand sich in seinem Griff, um ihren Arm freizubekommen. »Jetzt laß mich ...«

Ihre Forderung blieb ihr im Hals stecken, denn sie hatte sich jetzt so weit umgedreht, daß sie die Straße sehen konnte, und aus den Augenwinkeln erhaschte sie einen kurzen Blick auf etwas Hellgelbes. Als sie sich weiter umdrehte, stellte sie fest, daß Angel irgendwann im Laufe ihrer Unterhaltung hinter ihr aufgetaucht war und jetzt lässig an einem der Pfosten lehnte, die das überhängende Dach der Sattlerei stützten.

Er machte nicht den Endruck, als gehöre er zu ihr. Genaugenommen schien er nicht mehr als ein zufälliger Beobachter einer interessanten Szene zu sein, die sie und Morgan aufführten. Aber seine lässige Pose war trügerisch, wenn man sich die Mühe machte, genauer hinzusehen. Der Daumen seiner linken Hand hing in einer Gürtelschlaufe, seinen Mackintosh hatte er geöffnet und weit zurückgeschoben, und seine rechte Hand lag locker auf seiner Hüfte – direkt über seinem Fünfundvierziger Colt.

Er stand etwa zwei Meter von ihnen entfernt, nahe genug also, um alles zu hören – nahe genug, um ihr zu helfen. Und Cassie war absolut entsetzt bei dem Gedanken, was in den nächsten paar Sekunden passieren konnte.

Sie riß ihre Augen von ihm los, um so zu tun, als kenne sie ihn nicht, und hoffte, Morgan hätte seine Gegenwart nicht bemerkt. Aber soviel Glück hatte sie nicht. Morgan, der Cassies ungläubigem Blick gefolgt war, sah Angel jetzt direkt an, und sein Stirnrunzeln hatte nicht im mindesten abgenommen.

»Wünschen Sie etwas, Mister?«

Cassie zuckte zusammen, als sie die Aggressivität in Morgans Ton hörte. Das Schlimme mit den MacKauleys war, daß ihre gewaltige Größe ihnen ein Gefühl der Überlegenheit wie auch der Unbesiegbarkeit gab. Aber eine Kugel hatte durchaus die Möglichkeit, einen Mann auf eine viel geringere Größe zurechtzustutzen und seine Chancen einem anderen gegenüber sehr schnell zu verringern. Angel wußte das sicher aus Erfahrung, was wahrscheinlich auch der Grund dafür war, daß er nicht mit der Wimper zuckte. Er schien von dem größeren Mann nicht im geringsten beeindruckt zu sein, ja er schien ihm nicht einmal antworten zu wollen. Und keine Antwort wäre jetzt wahrscheinlich das Schlimmste. Keinem Mann gefiel es, wenn man ihn einfach ignorierte, und ein MacKauley würde sich das gewiß nicht gefallen lassen, da niemand ihn *jemals* ignorierte.

Cassie unterbrach die anhaltende Stille, um Morgan abzulenken und sagte das erste, was ihr in den Sinn kam: »Sag deinem Pa, daß ich nicht eher gehen werde, als bis er sich einverstanden erklärt hat, mit mir zu reden.«

Mit dieser Feststellung zog sie seinen Blick sofort wieder auf sich. »Ich habe dir doch erklärt, daß er …«

»Ich weiß, was du gesagt hast«, fiel sie ihm aufgeregt ins Wort. »Aber du wirst ihm meine Nachricht überbringen, oder ich werde bis zum Jüngsten Tag hierbleiben, Morgan. Wirst *du* das Haus in Brand setzen, solange ich noch darin bin?«

»Sei nicht so … Also jetzt hör mir mal zu … Verdammt noch mal …!« endete er, so durcheinander, daß er nichts mehr herausbringen konnte.

Cassie war ebenfalls einigermaßen durcheinander, um nicht zu sagen entsetzt, über ihren eigenen Wagemut. Sie hatte nicht die Absicht gehabt, den Bluff der MacKauleys aufzudecken, falls es sich wirklich nur um einen Bluff handelte. Sie hätte nicht den Mut dazu aufgebracht, wenn sie auch nur ein wenig darüber nachgedacht hätte. Aber sie hatte nicht nachgedacht. Sie wollte lediglich Morgans feindliche Aufmerksamkeit von Angel abwenden – was nicht notwendig gewesen wäre, wenn Angel sich zurückgehalten hätte.

Und unglücklicherweise zeigte ihre List nur vorübergehende Ergebnisse. Wenn Angel, während sie Morgan abgelenkt hatte, einfach gegangen wäre, hätte das die ganze Situation entspannt. Aber er war immer noch da, beobachtete sie immer noch mit diesen sündhaft schwarzen Augen und provozierte Morgan nach wie vor mit seiner bloßen Gegenwart. Und Morgan, peinlich berührt von seinem eigenen Gestammel und außerstande, mit weiblicher Sturheit fertig zu werden, fand, daß ein neugieriger Fremder genau das richtige Ventil für seinen augenblicklichen Zorn wäre. Er hatte noch nicht begriffen, daß dies der Fremde war, nach dem er Cassie gefragt hatte.

»Kümmern Sie sich um Ihre eigenen Angelegenheiten, Mister, oder fahren Sie zur Hölle. Dies hier ist ein privates Gespräch.«

Angel lehnte noch immer völlig entspannt an dem Pfosten, aber diesmal antwortete er: »Das hier ist ein öffentlicher Weg – und ich möchte von der Dame hören, daß sie sich nicht belästigt fühlt.«

Der bloße Gedanke daran entlockte Morgan ein ungehaltenes Schnauben. »Ich belästige sie nicht!«

»Sieht für mich aber so aus«, erwiderte Angel in seiner langsamen, gedehnten Sprechweise. »Ich will es also von ihr selber hören.«

»Ich werde nicht belästigt!« brauste Cassie auf und versuchte, Angel mit Blicken dazu zu bringen, sich um seine eigenen Angelegenheiten zu kümmern. Dann zischte sie Morgan leise zu: »Jetzt laß mich los und beweis es. Du hast mich schon lange genug aufgehalten.«

Morgan mußte seinen Blick von Angel losreißen, um auf Cassie herabzublicken. Er war selbst überrascht, als er feststellte, daß seine Hand noch immer ihren Arm festhielt und ließ sie augenblicklich los. »Entschuldigung«, murmelte er.

Cassie nickte nur steif und wandte sich ab. In ihrer Erregung über ihren unbeabsichtigten Vorstoß, der am Ende der Woche üble Folgen für sie haben konnte, war es ihr völlig gleichgültig, daß sie die beiden Männer miteinander allein ließ, der eine unvernünftig, der andere undurchschaubar. Sollten sie einander doch ruhig erschießen, sie hatte nichts dagegen.

5

Angel schenkte seine Aufmerksamkeit zur Hälfte der Frau, die gerade davoneilte, und zur Hälfte dem Mann, den sie Morgan genannt hatte. Sie ging so schnell, daß sie beinahe rannte. Morgan sah ebenfalls hinter ihr her – und fluchte tonlos. Angel war sich nicht sicher, was er da gerade eigentlich beobachtet hatte, aber er wußte, daß es ihm nicht gefiel. Und es war langsam an der Zeit, daß er endlich herausfand, was da vorging.

Der große Texaner wurde sich schließlich wieder der Gegenwart des anderen Mannes bewußt und wandte sich ihm zu. Er wollte etwas sagen, aber Angel hatte keine Zeit, ihm den Gefallen zu tun, zuzuhören. »Sie werden mich entschuldigen müssen, aber sie ist gerade dabei, mit meinem Pferd zu verschwinden.«

Und er wollte verdammt sein, wenn sie nicht genau das gerade tat. Jetzt war es an ihm zu fluchen, denn ihm wurde klar, daß er ihre Kutsche, die sie bereits in Bewegung gesetzt hatte, nur noch im Laufschritt würde einholen können.

Als es ihm schließlich gelang, hatte sie die Stadt beinahe hinter sich gelassen, und er war wutentbrannt und außer Atem. Die ersten Worte aus seinem Mund waren keineswegs dazu gedacht, ihre Furcht darüber zu beschwichtigen, ihn plötzlich auf dem Sitz neben sich zu entdecken. »Lady, so etwas nennt man Pferdediebstahl!«

Sie riß Mund und Augen auf, bevor sie herumwirbelte und die Pferde hinter der Kutsche sah. »O Gott, ich habe ganz vergessen … habe nicht einmal bemerkt … wollte ganz bestimmt nicht …«

Sie beendete ihre wirre Erklärung abrupt und biß sich auf die Lippen. Dann drehte sie sich langsam wieder um, wobei ihr Gesicht einen ganz anderen Ausdruck annahm als noch wenige Sekunden zuvor, einen Ausdruck, den er bei ihrer früheren Begegnung nur allzu gut kennengelernt hatte.

»Fangen Sie jetzt nur nicht an …«, er versuchte, die erwartete Schmährede abzuwenden, aber sie machte seine Bemühungen überflüssig.

»*Was, zum Teufel,* hatten Sie eigentlich vor? Wissen Sie nicht, wie man mit Männern umgeht, ohne sie in ihrem Stolz zu verletzen?«

»Wahrscheinlich nicht.«

Diese Antwort hatte Cassie nicht erwartet, ebensowenig, wie sie gedacht hätte, daß er sich einfach zurücklehnen und seine Arme über der Brust kreuzen würde, so als wolle er sie dazu herausfordern, weiter an ihm herumzunörgeln. Damit nahm er ihr den Wind aus den Segeln, und sie wandte ihr Gesicht wieder der Straße zu.

»Dann lassen Sie bestimmt überall, wo Sie auftauchen, Leichen zurück«, sagte sie mit stiller Verachtung.

»So etwas soll schon vorgekommen sein.«

Darauf wußte sie nichts zu sagen. So wie er über dieses Thema redete, hätten sie ebensogut übers Wetter sprechen können, statt über die Menschen, die er getötet hatte. Sie hatte wahrhaftig keine Ahnung, wie man mit jemandem wie ihm umging, und sie hatte auch keine Lust, es zu lernen.

Er *mußte* einfach gehen, heute – auf der Stelle. Nachdem sie diesen Entschluß gefaßt hatte, hielt sie die Kutsche an, um ihm das mitzuteilen. Aber als sie an den Zügeln zog, beugte er sich vor, und als sie sich zu ihm umdrehte, war er nur noch wenige Zentimeter von ihr entfernt, so nahe, daß sie ihren Kopf in den Nacken legen mußte, um ihm ins Gesicht sehen zu können. Und wieder einmal verfing sich ihr Blick in diesen kohlschwarzen Augen, die jetzt nicht mehr so einschüchternd wirkten, sondern nur noch neugierig, aber immer noch faszinierend.

»Weshalb haben Sie angehalten?«

Ja, weshalb hatte sie eigentlich angehalten? Sie hatte keine Ahnung … und dann fiel es ihr ein. Sie keuchte und drückte sich so weit in ihre Ecke der Sitzbank, wie sie nur konnte. Sie war sich nicht ganz sicher, was gerade geschehen war, warum jeder Gedanke, den sie vorher gehabt hatte, urplötzlich ausgelöscht worden war. Oder warum sie sich so merkwürdig und atemlos fühlte, als wäre sie besinnungslos vor Angst. Aber es hatte ihr im Augenblick niemand Angst eingejagt. Und der Blick, den Angel ihr jetzt zuwarf, war auch nicht gerade beängstigend, sondern eher verwirrt.

Sie mußte ihre Augen von ihm abwenden, um ihre Gedanken wieder in die richtige Richtung lenken und sich an ihre vorherige Entschlossenheit erinnern zu können. Diese Entschlossenheit kehrte schnell genug zurück, solange sie ihn nur nicht ansah. Also würde sie weiter geradeaus schauen und dabei das sagen, was gesagt werden mußte – um sicher zu sein, daß es auch gesagt wurde.

»Was da in der Stadt passiert ist, hat mir gar nicht gefallen. Mit Morgan wäre ich allein fertig geworden. Mit *Ihnen* und Morgan nicht. Ich habe sogar etwas gesagt, das ich normalerweise niemals gesagt hätte, nur um seine Aufmerksamkeit von Ihnen abzulenken, bevor Sie ihn in eine Schießerei verwickeln konnten.«

»Das hätte ich nicht getan«, erwiderte Angel mit einer kalten Schärfe in seinem Tonfall. »Ich reiße mich nicht um Schießereien, weil das verdammt unfair wäre. Ich kann mich auch ohne Waffe verteidigen, und die meisten Leute ziehen es dann vor, den Mund zu halten und zu verschwinden.«

»Die meisten Leute sind auch keine MacKauleys, aber Morgan ist zufällig einer. Und die MacKauleys sind Hitzköpfe, alle miteinander. Sie haben ein fürchterliches Temperament, und es wäre nicht das erste Mal, daß einer von ihnen wie ein gereizter Bulle auf einen anderen Mann losgeht. Morgan hätte es vielleicht nicht einmal bemerkt, wenn sie ihre Waffe gezogen hätten, und Sie hätten ihn erschießen müssen, um ihn aufzuhalten, oder Sie wären auf der Straße gelandet, und er hätte Ihnen ein neues Gesicht verpaßt. Aber das ist jetzt vorbei und vergessen, Gott sei Dank, daß es dabei keine Tote gegeben hat.«

»Genau, also ...«

»Ich bin noch nicht fertig«, unterbrach sie ihn schroff, wobei sie es immer noch sorgfältig vermied, ihn anzusehen, obwohl er nicht dasselbe tat. Mit einem unbehaglichen Gefühl fuhr sie fort: »Ich habe mich jedenfalls so darüber aufgeregt, was *hätte* passieren können, daß ich die Stadt verlassen habe, ohne alle meine Besorgungen zu erledigen. Das letzte, was ich noch tun wollte, war ... nun, ich kann es Ihnen ja erzählen. Ich werde ein Telegramm an Lewis Pickens schicken, um ihm mitzuteilen, daß meine Probleme gelöst sind und daß ich seine Hilfe nicht länger benötige – seine nicht und Ihre auch nicht. Und jetzt fahre ich zurück in die Stadt, um genau das zu tun.«

»Wie Sie wollen«, war alles, was er dazu sagte.

Cassie sackte erleichtert in sich zusammen. Sie hatte einen Streit erwartet, hatte erwartet, daß sie das Blaue vom Himmel würde herunterlügen müssen, um ihn davon zu überzeugen, daß sie in keinen Schwierigkeiten steckte, bei denen er ihr von Nutzen sein könnte. Schließlich hatte er gerade erst ihren Zusammenstoß mit Morgan beobachtet. Aber vielleicht war er selbst nur allzu froh, aus der Sache herauszukommen. Immerhin schien er am Morgen nicht übermäßig erfreut gewesen zu sein, daß die Art und Weise, wie er seine Schulden begleichen sollte, etwas mit ihr und ihren Problemen zu tun hatte.

Sie wandte sich ihm nun mit einem zaghaften Lächeln zu, das jedoch auf der Stelle erstarb, als sie den finsteren Blick sah, mit dem er sie betrachtete. Hatte sie seine Antwort mißverstanden? Vielleicht waren doch ein paar Lügen notwendig.

»Ich habe wirklich nicht mehr dasselbe Problem wie vor sechs Wochen, als ich um Hilfe bat. Wenn mich Ihre Ankunft heute morgen nicht so durcheinandergebracht hätte, wäre mir gleich eingefallen, Ihnen das zu sagen. Mittlerweile ist soviel Zeit vergangen, daß sich die Gemüter beruhigt haben, und das Ganze ist so unwichtig geworden, daß es nicht einmal der Rede wert ist.«

Er lehnte sich wieder in dieser lässigen Art zurück und fragte mit gedehnter Stimme: »Jetzt bin ich schlicht und einfach neugierig. Also, warum reden Sie nicht doch ein wenig davon?«

Sie hatte nicht die Absicht, ihn in ihre Geschichte einzuweihen, da sie versehentlich etwas sagen könnte, womit sie sich verriet. Keinesfalls wollte sie, daß er auf die Idee käme, sie könne seine Hilfe doch gebrauchen. »Es geht nur darum, daß ein paar Leute wütend auf mich sind.«

»Wie viele?«

»Es sind zwei verschiedene Familien«, antwortete sie ausweichend.

»Wie viele?«

Seine Beharrlichkeit ließ ihre Augen schmaler werden, und sie brauste ungeduldig auf: »Ich habe mir nicht die Mühe gemacht, sie zu zählen.«

»So viele?«

Schwang da Belustigung in seinem Tonfall mit? Sie war sich nicht sicher, aber diese Angelegenheit war weiß Gott nicht zum Lachen, nicht für sie jedenfalls. Aber schließlich konnte es nichts schaden, wenn *er* das dachte.

Also winkte sie nur ab und stellte zuversichtlich fest: »Es ist nichts Ernstes. Ich hätte mich trotzdem über Mr. Pickens' Hilfe gefreut, weil ich die Dinge gern wieder so ins Lot gebracht hätte, wie sie waren, bevor ich alle – wütend gemacht habe. Ich hoffte, ich könnte dann bis zum Frühling hierbleiben, was ich eigentlich vorhatte. Aber jetzt bleibe ich nur, bis mein Vater zurückkehrt, und das wird nicht weiter schwierig sein.«

Er erwiderte nichts darauf, sondern sah sie nur geduldig an, als warte er darauf, daß sie weiterspräche – als wüßte er, daß das noch nicht alles war. Nun, das war sein Problem. Sie hatte alles gesagt, was sie zu sagen bereit war.

»Es war nett von Ihnen, mir Ihre Hilfe anzubieten, aber es gibt nichts mehr, wobei ich Hilfe bräuchte. Ich befinde mich nicht in irgendeiner Gefahr – das war nie der Fall, um genau zu sein, und das Telegramm, das ich an Mr. Pickens schicken werde, wird Sie von jeder Verpflichtung mir gegenüber befreien.«

»Ach, wirklich?«

»Ja, gewiß. Vielleicht wird er Ihre Schulden bei ihm als beglichen ansehen, obwohl Sie gar nichts tun mußten. Immerhin sind Sie ja gekommen. Sie waren fähig und bereit, mir zu helfen – und Sie waren weiß Gott hartnäckig«, fügte sie mit einem leisen Seufzen hinzu. »Sie haben getan, worum er Sie gebeten hat, also, was wollen Sie noch ...«

»Er wird das nicht so sehen, und ich ebensowenig«, unterbrach sie Angel trocken. »Aber da es ja keine Probleme mehr gibt, wird es Ihnen sicher nichts ausmachen, wenn ich ein paar Tage dableibe und Fragen stelle, oder?«

Cassie versteifte sich und entgegnete scharf: »Warum sollten Sie das tun?«

»Weil Sie keine besonders geschickte Lügnerin sind, Lady.«

Sie starrte ihn lange an und sah es in seinen Augen, in seinem spöttischen Blick, daß er ihr kein einziges Wort geglaubt hatte. Schließlich stieß sie einen Seufzer aus und bemerkte kläglich: »Ich weiß. Aber die meisten Leute merken es nicht.«

»Das liegt vielleicht an Ihrem süßen, unschuldigen Gesicht. Die meisten Leute können sich wahrscheinlich einfach nicht vorstellen, daß Sie irgend etwas anderes als die Wahrheit sagen.«

War das nun eine Beleidigung oder ein Kompliment gewesen? Und weshalb konnte er sich so sicher sein, daß sie ihm gegenüber nicht ehrlich gewesen war, obwohl dies normalerweise nur Menschen beurteilen konnten, die sie wirklich gut kannten?

Sie versuchte es ein letztes Mal. »Sie können mir trotzdem nicht helfen. Das vorher mit Morgan ist der beste Beweis dafür. Sie machen die Menschen wütend, und ich brauche jemanden, der sie beschwichtigt.«

Langsam schüttelte er den Kopf. »Ich habe nicht die Absicht, Ihnen zu glauben, Lady, nicht nach diesem Haufen Unsinn, den Sie mir gerade serviert haben. Ich werde selbst entscheiden, ob ich Ihnen helfen kann. Aber bevor ich nicht weiß, wo Ihr Problem liegt – und diesmal die Wahrheit bitte –, werde ich mich ständig an Ihre Fersen heften, und ich glaube kaum, daß Ihnen das gefallen wird.«

Sie wußte, daß es ihr nicht gefallen würde. Zwar drohte er ihr im Augenblick nicht, sondern war einfach nur dickköpfig und stur, aber dennoch machte er sie damit außerordentlich nervös. Sie war sich seiner Gegenwart nur allzu bewußt – seiner rohen Männlichkeit und der Gewalt, deren er fähig war. Mit Männern wie ihm hatte sie absolut keine Erfahrung, aber sie sollte wohl besser schnellstens dazulernen, denn es sah nicht so aus, als würde sie ihn in absehbarer Zeit wieder loswerden.

»Na schön«, sagte sie, teils verbittert, teils resigniert, »aber zunächst einmal möchte ich klarstellen, daß die Schwierigkeiten, in denen ich stecke, ganz allein meine eigene Schuld sind. Ich mische mich andauernd in die Angelegenheiten anderer Leute ein. Ich weiß, daß es so ist, aber ich kann es anscheinend nicht verhindern. Außerdem sollte ich Sie wohl warnen, daß ich, wenn Sie hierbleiben, wahrscheinlich versuchen werde, mich auch in Ihr Leben einzumischen.«

»Gut, ich bin gewarnt«, erwiderte er.

Er war allerdings keineswegs von ihrer Warnung beeindruckt, bemerkte sie. Wahrscheinlich vertraute er darauf, daß er viel zu furchteinflößend war, um sie zu so einem Verhalten zu ermutigen. Und wenn sie so darüber nachdachte, konnte er damit durchaus recht haben.

»Wie dem auch sei«, fuhr sie fort, »diesmal habe ich versucht, eine Fehde zu beenden, die seit fünfundzwanzig Jahren besteht. Es handelt sich um zwei Familien, die MacKauleys und die Catlins. Genaugenommen sind es nicht nur die Familien. Auch alle Leute, die für sie arbeiten, werden in diese Fehde mit einbezogen. In der Stadt kommt es immer wieder zu Raufereien zwischen ihren Cowboys. Und wenn ihre beiden Herden durcheinandergeraten – nun, bei einer solchen Gelegenheit gab es früher ohne weiteres eine Schießerei. Mein Vater ist in den letzten zehn Jahren zu einer Art Puffer zwischen den beiden Familien geworden, zumindest auf der Weide, da er sich mitten zwischen den jeweiligen Ranchgebieten niedergelassen hat. Die Fehde hat daher das gewalttätige Stadium mehr oder weniger hinter sich, aber das heißt nicht, daß es nicht auf beiden Seiten noch immer eine Menge Haß gäbe.«

»Ich weiß alles über Fehden, Miss Stuart. Ich habe eine ganze Menge davon am eigenen Leibe miterlebt.«

Das wußte sie, zumindest hatte sie von einer Fehde gehört, in die man ihn hineingezogen hatte, aber sie hatte nicht die Absicht, auf dieses Thema näher einzugehen. »Diese Leute sind, was ihren Streit angeht, anderen gegenüber recht verständnisvoll. Sie bestehen nicht darauf, daß Außenseiter sich für die eine oder andere

Seite entscheiden. Daher war ich mit beiden Familien befreundet, insbesondere mit Jenny Catlin, die ungefähr in meinem Alter ist – und mit Morgan MacKauley.«

»Dieser störrische junge Esel, mit dem Sie sich unterhalten haben? Das nennen Sie befreundet?«

Sein Hohn ließ sie erröten. »Wir sind recht gut miteinander ausgekommen, bevor ich seine ganze Familie gegen mich aufgebracht habe.«

»Und wie ist Ihnen das gelungen?«

»Ich habe mich als Kupplerin betätigt. Ich fand, die einfachste Art und Weise, diese Fehde zu beenden, wäre eine Ehe zwischen den beiden Familien. Es war eine gute Idee. Finden Sie nicht auch?«

»Wenn das junge Paar sich nicht am Ende gegenseitig umgebracht hat, hätte es funktionieren können, nehme ich an. Ist es das, was dabei herausgekommen ist? Haben sie einander umgebracht?«

Cassie ärgerte sich über seinen blasierten Ton. »Niemand ist umgebracht worden. Aber Jenny und Clayton haben mit meiner Hilfe geheiratet, weil sie beide glaubten, einander zu lieben. Ich habe sie sozusagen davon überzeugt. Nur fanden sie leider in ihrer Hochzeitsnacht heraus, daß keiner von ihnen wirklich ganz überzeugt vom anderen war. Clayton hat seine Braut ihrer Familie zurückgegeben, und beide Familien waren maßlos wütend. Mir gab man die Schuld an dem ganzen Unheil. Durchaus zu Recht, finde ich, da alle beide, übrigens jeweils die jüngsten Familienangehörigen, niemals etwas Derartiges getan hätten, wenn ich nicht gewesen wäre. Irgendwann fiel mir eben auf, daß sie sich zueinander hingezogen fühlten, und daraufhin habe ich mich mal wieder eingemischt.«

»Mit anderen Worten, Sie haben es geschafft, daß die Hälfte der Leute Sie hier bis aufs Blut haßt. Ist das alles?«

Ihr blieb der Mund offenstehen. »Alles? Für mich ist das genug, vielen Dank«, sagte sie entrüstet. »Ich bin nicht daran gewöhnt, daß man mich haßt. Und außerdem ist das noch nicht alles. Beide Familien haben mich gebeten – nun, sie haben mir wohl eher *befohlen*, Texas zu verlassen. Aber die MacKauleys haben mir auch noch eine Frist für meine Abreise gesetzt. Wenn ich bis dahin nicht weg bin, wollen sie die Double C niederbrennen. Na ja, sie waren wirklich großzügig, wenn man bedenkt, daß das Ganze jetzt sechs Wochen her ist. Sie haben mir eine Menge Zeit gegeben, Zeit genug für meinen Vater, wieder nach Hause zu kommen; nur ist mein Vater durch eine Verletzung aufgehalten worden. Meine Frist läuft diesen Samstag ab, und da die Catlins den Vorarbeiter verjagt haben, könnte ich nicht einmal von hier weggehen, selbst wenn ich es wollte. Hinzu kommt, daß weder Dorothy Catlin noch R. J. MacKauley, die beiden Familienoberhäupter, mit mir sprechen wollen, so daß ich mich nicht einmal entschuldigen und um Verzeihung bitten kann. Und jetzt sagen Sie mir, Mister, wie wollen *Sie* mir helfen? Ich hätte Mr. Pickens gebraucht, mit seinem Talent, die Menschen dazu zu überreden, wieder Vernunft anzunehmen. Nach allem, was ich gehört habe, reden Sie aber mehr oder weniger gar nicht.«

»Nach allem, was Sie gehört haben? Das ist nicht das erste Mal, daß Sie darauf anspielen, mich zu kennen, obwohl wir uns, wenn ich mich recht erinnere, niemals begegnet sind. Oder irre ich mich da?«

Es war nicht sehr schmeichelhaft, daß er davon ausging, er könne sie vergessen haben, falls sie einander tatsächlich begegnet wären. Aber Cassie nahm es ihm nicht übel. Sie wußte selbst, daß sie keine Schönheit war, nach der sich die Männer umdrehten. Nicht, daß man sie völlig ignoriert hätte, seit sie im heiratsfähigen Alter war – aber das hatte natürlich eine ganze Menge damit zu tun, daß die Lazy S eine sehr große Ranch war und daß die Stuarts außerdem eine Menge Geld besaßen. Doch hatten die beiden Männer, die bisher ein wenn auch nur geringes Interesse an ihr gezeigt hatten, sie jeweils ohne Umschweife gefragt, ob sie bereit wäre, sich von Marabelle zu trennen; als sie dieses Ansinnen ablehnte, war ihr Interesse sofort erloschen.

Zu Angel sagte sie jetzt: »Wir sind uns nicht begegnet, aber ich weiß trotzdem viel über Sie – was Sie sind, was Sie tun. Ich bin mit Geschichten über Ihre Heldentaten groß geworden.«

Er warf ihr einen zweifelnden Blick zu. »Mein Name ist im Norden zwar ziemlich bekannt, Lady, aber hier unten eigentlich kaum.«

»Ja, aber ich bin in Texas nur zu Besuch«, erklärte sie. »Mein Zuhause ist in Wyoming.«

Er starrte sie einen Augenblick lang eindringlich an, dann begann er zu fluchen. »Verdammt – Sie sind eine von diesen exzentrischen Stuarts von der Lazy S in der Nähe von Cheyenne, nicht wahr? Diese Leute, die auf ihrer Weide einen Elefanten zusammen mit ihrem Vieh grasen lassen. Das hätte ich mir weiß Gott gleich denken können.«

Die letzten Worte sprach er mit einem solchen Widerwillen aus, daß sie zornig errötete. »Sie wissen weiß Gott überhaupt nichts«, sagte sie und begann ihre Familie zu verteidigen. »Mein Großvater macht eben gern ungewöhnliche Geschenke. Er ist ein Weltreisender, der viele Orte besucht, von denen noch nie jemand etwas gehört hat. Und er teilt seine Erfahrungen gern auf greifbare Weise mit seiner Familie. Ich kann nichts Schlimmes daran finden.«

»Nichts Schlimmes? Ich habe gehört, daß dieser Elefant eines Tages Ihre halbe Scheune niedergetrampelt hat.«

Sie errötete noch tiefer. »Der *Elefant* gehört meiner Mutter. Für gewöhnlich bleibt er draußen auf der Weide, aber ab und zu kommt er zum Haus – da ist er eben ein wenig unbeholfen. Es passiert nichts *wirklich* Schlimmes, und meine Mama hat ihn sehr gern.«

»Ihre Mama ...«

Er verkniff sich das, was er eigentlich sagen wollte, aber sie konnte es sich genau vorstellen. In der Gegend von Cheyenne war es kein Geheimnis, daß Catherine Stuart zehn Jahre lang im selben Haus mit ihrem Mann gelebt hatte, ohne ein einziges Wort an ihn zu richten, es sei denn durch Dritte. Eine Menge Leute hielten das schlicht und einfach für übergeschnappt. Und ihre Sammlung ungewöhnlicher Tiere bestätigte diese Leute in ihrer Meinung nur noch.

»Auf diese Weise sind Sie also an Ihren schwarzen Panther gekommen? Ein Geschenk von Ihrem Großvater?«

Ihr war klar, daß es ihm keinerlei Schwierigkeiten bereitete, diese Vorstellung zu akzeptieren. Wahrscheinlich hielt er ihren Großvater für ein wenig verrückt – oder sogar für sehr verrückt. Aber an diese Reaktion war sie gewöhnt. Und sie war daran gewöhnt, es zu erklären.

»Eigentlich nicht. Großvater hatte Marabelle für sich selbst mitgebracht. Er fand sie an dem Tag, an dem er Afrika verließ. Die Eingeborenen hatten ihre Mutter getötet und wollten auch sie töten. Aber Großvater ist eingeschritten und hat sie mit auf sein Schiff genommen. Nachdem er aufs Meer hinausgesegelt war, mußte er jedoch herausfinden, daß er und Marabelle einfach nicht zusammenpaßten. Sie konnte dem Segeln überhaupt nichts abgewinnen und war während der ganzen Heimreise seekrank. Natürlich war er selbst nicht bereit, das Segeln aufzugeben. Und jedesmal, wenn er in ihre Nähe kam, mußte er aus irgendeinem Grund niesen. Als er die Ranch erreichte, war das arme Ding halb tot und bis auf Knochen abgemagert, weil sie auf dem Schiff kaum etwas hatte bei sich behalten können. Großvater hatte schon beschlossen, sie irgendwo im Osten in einen Zoo zu stecken, aber zunächst gab er sie mir, damit ich sie etwas aufpäppeln solle. Ich fürchte, ich habe sie sehr schnell ins Herz geschlossen, so klein und entzückend, wie sie damals war. Ich habe eine ganze Weile gebraucht, um ihn dazu zu überreden, sie mir zu lassen. Aber schließlich konnte ich ihn schon immer um den Finger wickeln, und ich habe es nie bedauert, sie behalten zu haben.« Auch wenn Marabelle die wenigen möglichen Verehrer, die Cassie vielleicht haben mochte, in die Flucht schlug.

»Aber ich glaube, wir sind vom Thema abgekommen«, fuhr sie schließlich entschlossen fort. »Ich habe Sie gefragt, in welcher Hinsicht ein Revolverheld mir bei dieser Angelegenheit von Nutzen sein könnte. Würden Sie mir darauf jetzt vielleicht eine Antwort geben?«

Es war ihr offensichtlich gelungen, ihn in Verlegenheit zu bringen, denn er warf ihr einen finsteren Blick zu. »Haben Sie nicht gesagt, diese MacKauleys seien ein Haufen Hitzköpfe?«

»Ja, aber ...«

»Wenn Sie nicht wollen, daß ich mit ihnen rede, was ich wirklich gern tun würde ...«

»Nein! «

»Dann werde ich einfach nur hier sein, um Sie zu beschützen, falls sich das als notwendig erweisen sollte, und zwar so lange, bis Sie hier weggehen oder diese Leute beschließen, Sie in Frieden zu lassen. Ich schätze, ich werde mich doch ziemlich fest an Ihre Fersen heften müssen.«

Er schien nicht besonders glücklich darüber zu sein. Ein Gefühl, das Cassie durchaus mit ihm teilte.

6

Er würde da sein, um sie zu beschützen. Das klang gut, klang sicher – wenn es irgendein anderer als der Engel des Todes gesagt hätte. Das Schlimme war nur, daß Cassie nicht glaubte, daß er sie einfach nur beschützen wollte. Er würde den Gefallen, den er Mr. Pickens tat, so bald wie möglich hinter sich bringen wollen. Er würde nicht einfach nur dasitzen und die Dinge ihren Lauf nehmen lassen. Und sie mochte nicht einmal daran denken, was er vielleicht tun würde, wenn er sich in den Kopf setzte, den Gang der Ereignisse auf seine Weise zu beschleunigen.

Auf dem Weg zurück zur Ranch hatte sie noch einmal betont, daß er niemanden töten dürfe. Sie war sich nicht ganz sicher, ob er ihr wirklich zugehört hatte. Und selbst wenn er das getan hatte, bezweifelte sie stark, daß er sich daran halten würde. Schließlich war nicht sie es, die ihn engagiert hatte, so daß er sich nicht verpflichtet zu fühlen brauchte, ihren Befehlen zu gehorchen.

Es war eine nervenzerrüttende Fahrt. Cassie hatte gehofft, daß Angel die Kutsche verlassen und auf seinem Pferd zur Ranch zurückreiten würde, aber nachdem sie ihr Gespräch beendet hatten, traf er dazu keinerlei Anstalten. Und er war gewiß nicht besonders gesprächig. Wenn sie nicht zuerst etwas sagte, redete er überhaupt nicht, und manchmal antwortete er ihr nicht einmal, wenn sie sich doch zu einer Bemerkung aufraffte.

Seine Nähe machte sie so nervös, daß sie kaum noch auf die Straße achtete. Immer wieder fiel ihr Blick auf seine langen Beine in der schwarzen Hose, die er weit von sich gestreckt hatte. Seine Stiefel waren gut geschnitten, und offensichtlich kümmerte er sich auch um sie; die Sporen glänzten, als kämen sie niemals mit Schmutz in Berührung. Die Stiefel und sein Halstuch waren ebenso schwarz wie der Rest seiner Ausstattung – alles war schwarz, bis auf seine Waffe, seine Sporen und diesen gelben Mantel, in dem man ihn schon von weitem sehen konnte.

Überhaupt war nichts Normales an seiner ganzen Ausstattung. Seine Kleidung war dazu gedacht, Aufmerksamkeit zu erregen. Sie fragte sich, warum, hatte aber nicht die Absicht, ihm irgendwelche persönlichen Fragen zu stellen. Unglücklicherweise würde sie später noch mehr als genug Zeit dafür haben, falls sie den Mut dazu aufbrachte. Denn schließlich hatte er vor zu bleiben – um sich an ihre Fersen zu heften. Wie sehr sie hoffte, daß er das nicht wörtlich gemeint hatte.

Auch Angel betrachtete Cassandra Stuart während dieser Fahrt, und das nicht nur einmal. Sein Blick kehrte immer wieder zu ihrem Gesicht zurück und zu einem Profil, das weit hübscher war, als er zunächst gedacht hatte. Es zeigte eine kecke kleine Nase, den weichen Schwung ihrer Wangenknochen, ein süß gerundetes Kinn und die Fülle dieser üppigen Lippen. Diese Lippen waren ausgesprochen schön und zum Küssen wie geschaffen. Er hatte sich schon früher dabei ertappt, daß er diese Lippen anstarrte, wenn sie sich zu ihm umdrehte. Und er hatte sich gefragt, wie sie wohl schmecken würden – eine Überlegung, die ihn verwirrte, da er sich nicht im geringsten zu dieser unmöglichen Frau hingezogen fühlte.

Es war nicht schwer zu erkennen, daß er sie nervös machte, aber das war nichts Ungewöhnliches für ihn. Angel machte die meisten Frauen nervös, ganz besonders, wenn es sich um Damen handelte. Ihr steifer, schmaler Rücken, die Anspannung in ihrem Nacken und ihren Schultern, das Weiß ihrer Knöchel, wenn sie die Zügel viel zu fest hielt – das alles war ausgesprochen verräterisch. Sie hatte sogar ihr Gewehr vom Boden aufgehoben und es zwischen sie auf die Sitzbank gestellt. Darüber hatte er sich so amüsiert, daß er beinahe laut losgelacht hätte. Aber er hatte es nicht getan, und er hatte auch nicht die Absicht, sie zu beruhigen. Für gewöhnlich war es ohnehin reine Zeitverschwendung, so etwas zu versuchen, und in ihrem Fall hatte er einfach keine Lust dazu.

Jetzt, da er wußte, wer sie war, sah er sie mit anderen Augen, wenn auch in keinem besseren Licht, denn schließlich konnte er nun der Liste ihrer Unzulänglichkeiten auch noch die Tatsache hinzufügen, daß sie ihn belogen hatte. Aber sie kam aus Cheyenne, und das machte einen Unterschied für ihn; er sah sie jetzt auf eine persönlichere Art und Weise, wenn er auch wünschte, es wäre anders.

Aber schließlich war Cheyenne von allen Orten derjenige, den er am ehesten sein Zuhause nennen konnte, weil er dort, seit er aus den Bergen gekommen war, die meiste Zeit verbracht hatte. Er war damals fünfzehn Jahre alt gewesen – so ungefähr jedenfalls. Er wußte nicht genau, wie alt er jetzt war, aber er mußte wohl so um die sechsundzwanzig sein. Er hatte keine Ahnung, wann er geboren war oder wo und wußte auch nicht, wer seine Familie war oder wie er seine Angehörigen finden konnte, falls sie nicht schon alle tot waren. Old Bear hatte ihn aus St. Louis entführt, aber er konnte sich noch daran erinnern, daß er mit einem Zug in diese Stadt gekommen war, also war St. Louis nicht sein wahres Zuhause. Einmal war er dorthin zurückgekehrt, aber nach all den Jahren konnte sich niemand an einen kleinen Jungen erinnern, der damals verschwunden war. Außerdem war die Suche nach der eigenen

Vergangenheit für einen Jungen, der seine Kindheit praktisch als Gefangener eines verrückten alten Mannes verbracht hatte, nicht von allzu großem Interesse. Er war zu sehr damit beschäftigt gewesen, all die Dinge zu lernen, die ihm neun Jahre lang verwehrt worden waren – und sich wieder daran zu gewöhnen, unter Menschen zu leben.

Es gefiel ihm gar nicht, daß er das Gefühl hatte, Cassandra Stuart gut zu kennen, aber die Tatsache blieb bestehen, daß sie eine von diesen verrückten Stuarts war – eine von diesen *reichen* verrückten Stuarts – und daß er sogar einmal ihrer Mutter begegnet war. Er hatte sie zusammen mit Jessie Summers auf ihrer Ranch besucht. Das war zu der Zeit gewesen, als er für das Rocky Valley arbeitete, der kurzen Spanne, während der er sich als Rancher versucht hatte – um nur allzu bald herauszufinden, daß er dafür nicht geschaffen war. Aber er erinnerte sich aus einer ganzen Reihe von Gründen mit größter Klarheit an jenen Tag.

Es war seine erste und einzige Begegnung mit Catherine Stuart gewesen. Und sie verhielt sich ganz anders, als er nach dem, was er über sie gehört hatte, erwartet hätte. Sie war eine attraktive Frau, eine Frau mit einem starken Charakter und freimütigem Benehmen. Sie hatte ihm direkt in die Augen gesehen, um ihn abzuschätzen, ganz so, wie ein Mann das getan hätte. Nichts Weiches oder Schüchternes haftete ihr an, auch nichts Damenhaftes, zumindest nicht an jenem Tag, da sie gerade von der Weide gekommen war und lange Hosen trug sowie einen Messergurt und ein Gewehr – jetzt wußte er auch, woher Miss Stuart den Mut nahm, eine Waffe zu tragen. Mußte wohl in der Familie liegen.

Charles Stuart, dem Ehemann, war er nie begegnet. Er hatte Wyoming verlassen, noch bevor Angel jemals etwas von den verrückten Stuarts gehört hatte. Aber es gab nicht eine Menschenseele, die ihm Vorwürfe gemacht hätte, daß er seine Frau und seine Tochter verlassen hatte. Schließlich wußten sie alle oder glaubten jedenfalls zu wissen, was bei den Stuarts vorgefallen war.

Einige behaupteten, Catherine habe ihn mit einer anderen Frau im Bett erwischt, aber zehn Jahre waren eigentlich zu lang, um einen Mann wegen eines Fehltritts leiden zu lassen. Andere behaupteten, er habe sie einmal geschlagen, und sie habe ihm das niemals verziehen. Und dann gab es noch eine andere Version, die besagte, Catherine Stuart habe es so schwer gehabt, ihr einziges Kind zur Welt zu bringen, daß sie ihn nie wieder in ihr Bett gelassen habe.

Was auch immer die Gründe für dieses zehnjährige Schweigen gewesen sein mochten, Catherine Stuart hatte jedenfalls, nachdem ihr Mann weggegangen war, die Leitung der Lazy S übernommen, und nun führte sie die große Ranch mit eiserner Hand. Die Männer, die für sie arbeiteten, sprangen, wenn sie sagte: Spring. Nachdem er ihr begegnet war, wußte Angel auch, warum. Diese Frau hatte durchaus etwas Einschüchterndes an sich.

Aber der Grund, warum Angel sich so glasklar an diesen Morgen erinnerte, waren die beiden flammendroten Papageien, die auf dem Geländer der Veranda thronten. Wenn er genauer darüber nachdachte, hatte diese Veranda zu einem Haus gehört, das mit jenem identisch war, das er heute morgen gesehen hatte. Die Papageien waren die ungewöhnlichsten, komischsten Geschöpfe, die ihm jemals begegnet waren. Sie bewegten sich mit einer solchen Symmetrie auf dem Geländer vor und zurück, daß man hätte glauben können, es handele sich um nur einen einzigen Vogel, dem ein Spiegel folgte. Und die unflätigen Ausdrücke, die die Tiere von sich gegeben hatten … Jessie hatte schallend gelacht, aber Catherine Stuart hatte nicht einmal mit der Wimper gezuckt. Und Angel war angesichts der beiden Frauen um drei Schattierungen röter geworden, vor allem deshalb, weil er so überrascht gewesen war. Er hatte nicht einmal gewußt, daß es solche Vögel überhaupt gab, und erst recht nicht, daß sie sprechen konnten.

Aber das war es nicht allein gewesen, das seine Erinnerung an diesen Tag so unauslöschlich gemacht hatte. Es kam hinzu, daß er an jenem Nachmittag beinahe umgebracht worden wäre. Er war damals den Viehdieben über den Weg gelaufen, die schon seit einigen Wochen damit beschäftigt gewesen waren, die Herde von Rocky Valley Stück für Stück zu dezimieren. Sie hatten ihm eine Kugel in die Hüfte geschossen und waren gerade dabei, ihm aus nächster Nähe eine zweite zu verpassen, direkt zwischen die Augen. Genau in diesem Moment war Jessies Halbbruder Colt aufgetaucht. Es war ziemlich knapp gewesen, nur wenige Sekunden bis zu seinem letzten Atemzug. Er hatte schon gesehen, wie der Abzug sich bewegte.

Dieser Mann, Colt Thunder, war der zweite, dem er etwas schuldete, und die Begleichung dieser Schuld war auch für seine Verspätung auf dem Weg nach Texas verantwortlich gewesen. Colt war so ungefähr der einzige Mann, den Angel einen echten Freund nennen konnte. Es gab noch mehr Männer, die ihn, Angel, als ihren Freund bezeichneten, Männer, die an dem Ruhm seines Rufes teilhaben wollten. Angel tolerierte sie nur bis zu einem bestimmten Punkt. Bei Colt war es etwas anderes. Sie waren beide Einzelgänger, beide Revolverhelden, und beide hatten sie mit der Reserviertheit anderer Menschen zu kämpfen, wenn auch aus verschiedenen Gründen. Colt hatte sie beide einmal als verwandte Seelen bezeichnet. Angel hatte ihm nicht widersprochen.

Und Cassandra Stuart und ihre Mutter waren Colts Nachbarn. Wahrscheinlich kannte Colt die beiden Frauen sogar sehr gut. Das war ein weiterer Grund, warum er gezwungen war, die Frau neben ihm in einem anderen Licht zu sehen, jetzt, da er das wußte. Sie war die gute Bekannte eines Freundes. Verdammt, ihm wäre es lieber gewesen, er hätte das nicht gewußt.

7

Cassie war so begierig darauf, der Gesellschaft des Revolverhelden zu entkommen, daß sie sich nicht die Mühe machte, die Kutsche bis zur Scheune zu fahren, wie sie das für gewöhnlich tat, wenn sie aus der Stadt zurückkehrte, sondern das Gespann vor dem Haus anhielt. Emanuel, Marias Sohn, würde ohnehin kommen, um die Kutsche unterzustellen, ganz egal, wo sie sie stehenließ. Daher verschwendete sie auch keinen Gedanken an das müde Kutschpferd. Sie wollte einfach nur so schnell wie möglich von *ihm* wegkommen.

Das Ganze hatte sich trotz der kurzen Strecke als die längste Fahrt ihres Lebens entpuppt. Es war schon schlimm genug gewesen, daß Angels bloße Gegenwart sie durcheinanderbringen konnte, aber darüber hinaus hatte sie auch noch gespürt, daß er sie häufig anstarrte. Und das Schlimmste war gewesen, nicht zu wissen, was er von ihr hielt, nicht zu wissen, warum er sie anstarrte, nicht zu wissen, was einem Mann wie ihm von einer Minute zur anderen in den Sinn kommen konnte.

Er hatte es fertiggebracht, daß sie nur noch ein Nervenbündel war, obwohl sie genug Intelligenz besaß, um zu erkennen, daß sie sich lächerlich machte. Er war da, um ihr zu helfen, nicht um ihr weh zu tun. Aber ihre Gefühle hatten keinen Sinn für Logik.

Im selben Augenblick, als sie die Kutsche zum Stehen brachte, sprang sie auch schon auf ihrer Seite herunter und rannte beinahe um das Gefährt herum zur Veranda. Aber Angel tat dasselbe und war vor ihr da, um ihr den Weg zu versperren.

Zum zweiten Mal an diesem Tag gelang es ihr nur in letzter Sekunde, einen Zusammenstoß mit einem Mann zu vermeiden, und diesmal nur, weil seine Stimme sie vor Schreck innehalten ließ. »Warum so eilig, Lady?«

Cassie stellte bestürzt fest, daß ihr – ungerechtfertigtes – Benehmen ihn verärgert hatte. Und sie hatte auch keine Antwort parat, die die Sache nicht noch schlimmer gemacht hätte. Zögernd trat sie so weit zurück, daß sie schließlich sehen konnte, daß er ihr Gewehr in der Hand hielt.

Sobald ihr Blick darauf gefallen war, warf er es ihr zu. »Das da haben Sie vergessen.«

Diese Worte kamen in einem so höhnischen Ton, daß ihr klar wurde, daß *er wußte*, daß sie das Bedürfnis hatte, sich gegen ihn verteidigen zu können. Sie errötete. Lieber Himmel, hatte sie sich schon jemals so sehr zum Narren gemacht?

»Es tut mir leid«, begann sie sich zu entschuldigen. Das war das wenigste, was sie tun konnte, nachdem sie ihm mit ihrem Benehmen zu verstehen gegeben hatte, daß sie ihn für ein gräßliches Monster – oder Schlimmeres hielt.

Aber er fiel ihr ins Wort: »Nehmen Sie es. Sie werden es vielleicht brauchen – denn Sie bekommen Gesellschaft.«

Die Pause zwischen seinen Worten war gerade lange genug, um sie auf den Gedanken zu bringen, schließlich doch recht gehabt zu haben. Sie erbleichte, aber dann überflutete eine tiefe Röte ihre Wangen, als sie begriff, daß genau das seine Absicht gewesen war. Allerdings blieb ihr keine Zeit mehr, darüber in Wut zu geraten, wie es für sie normal gewesen wäre. Sie war gezwungen, in die Richtung zu sehen, in die er gewiesen hatte, und das beschwichtigte sie für den Augenblick, denn drei MacKauleys kamen wie der leibhaftige Teufel auf die Ranch zugeritten.

»O nein«, stöhnte sie, »Morgan muß wie ein Wahnsinniger nach Hause geritten sein, um seinem Pa zu erzählen, was ich gesagt habe. Das da ist R. J. MacKauley, angeführt von Morgan, und es sieht so aus, als bildete R. J.'s ältester Sohn Frazer die Nachhut. Ich nehme an, ich sollte froh darüber sein, daß er dabei ist.«

»Warum?«

»Er hat das sanfteste Temperament von allen MacKauleys – was nicht bedeutet, daß er nicht genauso wie der Rest explodieren kann, nur daß er eben nicht ganz so schlimm ist wie die anderen. Er ist der einzige MacKauley, der mir lediglich einen wütenden Blick zugeworfen hat, als die Sache anfing, und der mich anschließend einfach ignorierte. Aber schließlich hat Frazer eine merkwürdige Art von Humor, die niemand außer ihm versteht. Ich wäre gar nicht überrascht, wenn er die ganze Angelegenheit mittlerweile nur noch komisch fände.«

»Kann er die anderen beruhigen?« fragte Angel, als er nach ihrem Arm griff und sie die Stufen zur Veranda hinaufführte.

»Manchmal ... Was haben Sie vor?«

»Sie in eine bessere Position zu bringen. Wenn die Männer absteigen, müssen sie zu Ihnen aufsehen. Bleiben sie auf ihren Pferden sitzen, stehen Sie ihnen wenigstens Auge in Auge gegenüber.«

Strategie – und das, während sich ihr der Magen vor Angst umdrehte. »Am liebsten würde ich ihnen überhaupt nicht gegenüberstehen.«

Sie war sicher, daß sie das nur gedacht, nicht ausgesprochen hatte, bis er erwiderte: »Dann gehen Sie ins Haus und lassen Sie mich mit ihnen reden.«

Cassie erblaßte. »Nein!«

Angel seufzte. »Entscheiden Sie sich, Lady. Ich dachte, Sie wollten eine Chance haben, mit dem alten Mann reden zu können.«

»Wollte ich auch.«

Aber sie hatte nicht geglaubt, diese Chance zu bekommen, bis sie vor wenigen Stunden eine Äußerung gemacht hatte, die eine Begegnung zwischen ihr und R. J. beinahe garantierte. Nur hatte sie nicht damit gerechnet, daß es so bald dazu kommen würde. Mit Angel an ihrer Seite hatte sie bisher keine Zeit gehabt, darüber nachzudenken. Aber dennoch brauchte sie Zeit, um solche Auseinandersetzungen zu planen, um sich auszudenken, was sie sagen wollte, damit sie es auch richtig sagen konnte. Ohne vorherige Überlegung neigte Cassie dazu, die Dinge nur noch schlimmer zu machen – so wie sie es heute schon ein paarmal getan hatte.

Aber ihr blieb keine Zeit. Die MacKauleys waren schon beinahe da. Und Angel stellte sich vor sie, um den Männern entgegenzutreten, ein Umstand, der sie mehr beunruhigte als die MacKauleys selbst.

Sie ging um ihn herum und bat ihn inständig: »Bitte sagen Sie kein Wort. Und stehen sie nicht einfach da mit einem Gesicht, als hofften Sie, daß es zu einer Schießerei käme. Ich habe Ihnen doch gesagt, daß die MacKauleys ein gefährliches Temperament haben. Es braucht nicht viel, um sie in Wut zu bringen. Das da würde durchaus reichen.«

»Das da« war das Gewehr, das sie noch immer in der Hand hatte; sie lehnte es gegen die Wand. Als sie sich umdrehte, wehte der Staub von drei heftig zum Stehen gebrachten Pferden bereits über die Veranda.

»Mr. MacKauley«, sagte Cassie respektvoll, während sie auf die Treppe zuging – und sich vor Angel aufbaute.

R. J. war größer als seine Söhne, zumindest war er breiter gebaut als sie. Morgan hatte einmal erzählt, daß er erst fünfundvierzig Jahre alt sei. Sein volles rotes Haar zeigte noch keine Spur von Grau. Er hatte seine vier Söhne sehr jung bekommen, und sie waren jetzt im Alter zwischen zwanzig und dreiundzwanzig – einer pro Jahr, was angeblich der Grund für den Tod seiner Frau war.

R. J. hatte kaum einen Blick für Cassie. Mit Morgan und Frazer war es nicht anders. Sie alle interessierten sich im Augenblick weit mehr für Angel, so daß Cassie sich beeilte, zu sagen, was sie zu sagen hatte, solange sie noch die Chance dazu hatte.

»Ich weiß, daß Sie sich darüber ärgern, daß ich noch hier bin, Mr. MacKauley, aber mein Vater ist durch eine Verletzung aufgehalten worden. Ich erwarte ihn erst in drei Wochen zurück, und die Catlins haben unseren Vorarbeiter sowie zwei andere Arbeiter verjagt. Wir haben noch ein paar Männer übrig, aber keiner von ihnen wäre fähig, den Job des Vorarbeiters zu übernehmen. Sie sehen also, warum ich noch nicht gehen kann, jedenfalls nicht, bevor mein Vater wieder da ist.«

Cassie holte tief Luft. Sie war gleichzeitig erstaunt und erfreut darüber, daß es ihr gelungen war, ihr Hauptanliegen vorzubringen, ohne unterbrochen zu werden – nicht einmal bei der Erwähnung der verhaßten Catlins. Aber sie hatte noch ein zweites Anliegen, und die Art, wie die drei Männer Angel anstarrten, ließ es zweifelhaft erscheinen, ob sie genug Zeit haben würde, auch diese Angelegenheit vorzubringen.

»Sie haben mir nie die Chance gegeben, Ihnen zu sagen, wie leid …«

Cassie hatte recht. R. J., der immer noch Angel ansah, unterbrach sie. »Wer ist das, Mädchen? Und erzähl mir nicht denselben

Mist, den du meinem Jungen heute aufgetischt hast. Nichts davon, daß er nur auf der Durchreise ist und nach Arbeit sucht.«

»Warum fragen Sie nicht mich selbst?« bemerkte Angel in einem so bedrohlichen Tonfall – wenigstens hörte es sich für Cassies Ohren so an –, daß sie in Panik geriet.

»Er ist mein Verlobter.« Sie platzte mit der ersten Erklärung heraus, die ihr einfiel.

Das trug ihr die ungeteilte Aufmerksamkeit der Männer ein, einschließlich der Angels. Aber als sie bemerkte, wie ungläubig und zornig Morgan aussah, wußte sie, daß ihr mit *dieser* harmlosen Erklärung von Angels Gegenwart mehr als nur ein kleiner Schnitzer unterlaufen war. Und nun mußte sie die Lüge auch noch weitertreiben. Sie brauchte einen logischen Grund, warum sie es zugelassen hatte, daß Morgan ihr den Hof machte, obwohl sie bereits einen Verlobten hatte.

Daher fügte sie hastig hinzu: »Ich dachte, er wäre tot, aber er ist hergekommen, um das Gegenteil zu beweisen.«

R. J. kaufte ihr diese Geschichte nicht ab. »Du lügst, Mädchen«, sagte er ohne den geringsten Zweifel. »Ich weiß nicht, wo du ihn aufgetrieben hast, aber er bedeutet dir nicht das Geringste.«

Cassie hatte nun überhaupt keine Ahnung mehr, wie sie ihre ungeheuerliche Behauptung beweisen sollte, bis Frazer bemerkte: »Pa hat recht. Wenn ihr beide euch gerade erst wiedergefunden hättet, würdet ihr keine Sekunde voneinander ablassen. Mir scheint ...«

Cassie wartete nicht darauf, daß er weitersprach. Sie drehte sich zu Angel um, schlang entschlossen ihre Arme um seinen Hals und preßte ihre Lippen auf seine.

Niemand war von ihrem Verhalten so überrascht wie Angel, aber er machte ihre Bemühungen nicht dadurch zunichte, daß er sie wegschob. Er legte jedoch einen Arm um ihre Taille, um sie ein wenig zur Seite zu schieben, weg von seiner Waffe, denn er hatte nicht die Absicht, seine Verteidigung außer acht zu lassen, ganz egal, welchen Plan sie verfolgte. Also akzeptierte er ihren Kuß, erwiderte ihn sogar ein wenig geistesabwesend, hielt aber die ganze Zeit über die drei Männer im Auge, die ihrer Vorstellung beiwohnten, und teilte seine Aufmerksamkeit zwischen ihnen und der Frau, die sich an ihn drückte.

Während Sekunde um Sekunde verging, lief R. J. langsam rot an, dann riß er sein Pferd herum und ritt davon. Morgan warf Angel einen mörderischen Blick zu, bevor er dasselbe tat. Frazer machte keine Anstalten, ihnen zu folgen. Er saß einfach nur da und grinste, bis sich seine Belustigung in einem Lachanfall Bahn brach. Als sie das Gelächter hörte, ließ Cassie Angels Hals los und beendete den Kuß; aber sein Arm schloß sich plötzlich noch fester um ihre Taille, und er hielt sie dicht an sich gedrückt. Sie mußte eine Hand auf seine Brust legen, um ihr Gleichgewicht zu behalten, während sie sich umdrehte, um herauszufinden, wer sich da über sie amüsierte – als hätte sie es nicht sofort gewußt.

»Sie haben es ja wirklich in sich, Miss Cassie.« In Frazers Stimme schwang noch immer Belustigung mit. »Pa wird eine Woche lang nur fluchen und toben, und es wird mir ein wahres Vergnügen sein, das zu beobachten.«

Frazers Sinn für Humor hatte nie aufgehört, sie zu verblüffen, obwohl sie ihn im Augenblick keineswegs erfreulich fand. »Aber wird er dennoch Ende der Woche herkommen?«

»Nein.« Frazer grinste sie an. »Der Plan war, daß Sie vor lauter Angst nach Hause zu Ihrer Mama rennen sollten. Tatsache ist, daß Pa sich schon die größten Sorgen gemacht hat, weil dieser Tag immer näherkam und weil Sie immer noch hier sind. Wahrscheinlich ist er erleichtert darüber, daß Sie ihm einen Vorwand verschafft haben, sich zu drücken – wenn nur dieser Bursche da nicht wäre. Wer sind Sie nun eigentlich, Mister?«

»Mein Name ist ...«

»John Brown«, sagte Cassie schnell, um Angel zu unterbrechen, aber das trug ihr nur ein weiteres Kichern von Frazer ein.

»Da hätte ich aber etwas Besseres von Ihnen erwartet, Miss Cassie.«

Sie errötete und wurde blaß, als Angel es noch einmal versuchte.

»Mein Name ist ...«

Diesmal war es ihr Absatz, der sich in seine Stiefelspitze bohrte, der ihn zum Schweigen brachte und ihr gleichzeitig ihre Freiheit wiedergab. Sie hörte ihn leise fluchen und wurde daraufhin noch blasser, obwohl Frazer jetzt erneut in tosendes Gelächter ausbrach.

»Ich schätze, so wichtig ist es nun auch wieder nicht«, brachte Frazer heraus, als er sich endlich beruhigt hatte. Aber in seinen Augen stand ein boshaftes Zwinkern, als er hinzufügte: »Vielleicht kriegen wir hier ja noch eine Hochzeit, bevor Sie zurück in den Norden gehen. Pa könnte es vielleicht als einen Mordsspaß ansehen, Ihnen auf diese Weise Ihren wohlverdienten Lohn zu verschaffen.«

Cassie ignorierte seinen auf Hochtouren laufenden Humor. »Kann ich nun darauf zählen, in Ruhe gelassen zu werden?«

»Von Pa? Vielleicht. Was Morgan angeht, bin ich mir da allerdings nicht so sicher, denn *er* hat Ihnen die Geschichte über Ihren Freund da geglaubt. Habe ihn nicht mehr so wütend gesehen, seit Clay nach Hause gekommen ist, um uns zu sagen, was er angerichtet hatte – und welche Rolle Sie in der Sache gespielt haben. Mit den Catlins ist das natürlich etwas ganz anderes, nicht wahr?«

Mit einem letzten, höchst verletzenden Kichern tippte Frazer an seinen Hut und ritt davon. Cassie stand plötzlich der schrecklichen Tatsache gegenüber, daß sie wieder einmal mit Angel allein war. Nach dem, was sie ihm gerade angetan hatte – o Gott, die Ungeheuerlichkeit ihrer Tat, die Unverschämtheit –, fragte sie sich, ob sie nicht einfach ins Haus rennen und ihm die Tür vor der Nase zuschlagen könnte. Nein, sie schuldete ihm zuerst eine Entschuldigung – *dann* würde sie hineinrennen und die Tür zuschlagen.

Sie wirbelte herum, nur um ihn direkt hinter ihrer rechten Schulter zu finden, zu nahe, viel zu nahe unter den gegebenen Umständen. Also fing sie an, Schritt für Schritt rückwärts zu gehen, über die ganze Länge der Veranda, weg von der Tür, was sie nicht ändern konnte, da er nicht stehenblieb, wo er war, sondern ihr langsam folgte. Er sah nicht wütend aus, aber in der Art, wie er sich an sie heranpirschte, lag bedrohliche Entschlossenheit. Ihr Herz hämmerte zum Zerspringen, so wie vorhin, als sie ihm in ihrer Verwirrtheit diesen Kuß gegeben hatte.

»Es tut mir leid.« Ihre Worte klangen wie ein Piepsen, und sie fügte eilig hinzu: »Das mit Ihrem Fuß tut mir *wirklich* leid. Ich wollte nicht … nun ja, ich wollte schon … ich hätte es natürlich nicht tun dürfen. Aber wenn sie herausgefunden hätten, wer Sie sind … Ich hatte Angst, es würde alles nur noch schlimmer machen. Und …«

Sie keuchte, als sie mit dem Rücken gegen das Seitengeländer stieß, das ihren Rückzug unerbittlich beendete. Aber er kam weiter auf sie zu, bis er direkt vor ihr stand, bis sich sein Körper, zumindest die untere Hälfte davon, gegen den ihren preßte. Sie lehnte sich zurück und versuchte sich so weit wie möglich über das Geländer zu recken, um etwas Abstand von ihm zu haben, wenn auch nur ein bißchen.

Seine Hände fielen links und rechts von ihr klatschend auf das Geländer, und es bereitete ihm offensichtlich Mühe zu sprechen: »Ich habe Ihnen doch *gesagt,* daß man mich hier unten nicht kennt.«

»Sie – Sie können das nicht sicher wissen. Sie wären überrascht zu erfahren, wie leicht ein Ruf wie der Ihre die Runde macht. Es hatte keinen Sinn, das Risiko einzugehen, daß die MacKauleys vielleicht noch nichts von Ihnen gehört haben. Das hätte überhaupt nichts genützt.«

»Und Sie glauben, Ihre Lüge und Ihre kleine Demonstration hätten etwas genützt? Schätzchen, das einzige, was Sie dabei erreicht haben, war, mir zu zeigen, wie süß Ihr Mund schmeckt. Wir müssen das irgendwann noch einmal ohne Publikum versuchen.«

Heiße Röte überflutete ihre Wangen. »Sie sind noch verrückter, als Sie aussehen«, bemerkte sie unglücklich.

»Mein Zeh pocht noch immer, Lady. Ich finde, dafür sind Sie mir etwas schuldig.«

Cassie stöhnte. »Bitte, ich bin bestimmt nicht dafür geeignet, daß Sie Rache an mir nehmen. Sie haben gesehen, wie unzureichend selbst die MacKauleys mich fanden. Und ich hätte Ihnen niemals auf den Fuß getreten – oder das andere getan –, wenn ich Zeit gehabt hätte, darüber nachzudenken. Aber ich bin in Panik geraten. Ich konnte nicht mehr klar denken. Ich hatte Angst ...«

»Sie haben immer noch Angst, und das geht mir langsam auf die Nerven. Sie hatten genug Schneid, um es mit drei riesigen Texanern aufzunehmen, von denen zwei teuflisch wütend waren. Ich dagegen bin nur *ein* Mann.«

»Aber Sie sind ein Killer.«

Sie wünschte wirklich, sie hätte das nicht gesagt. Es klang wie das Läuten einer Todesglocke, ihrer, um genau zu sein, und die anschließende Stille war schauderhaft. Cassie hatte das Gefühl, als hätte sie ihn geschlagen, obwohl sie doch nur eine Tatsache festgestellt hatte. Aber die Gefühle, die sie in seinen Augen zu sehen glaubte ...

»Sie meinen, ich würde Ihnen weh tun?«

Die Stunde der Wahrheit. Er bat sie nicht nur um eine Antwort. Er zwang sie, diese Antwort auch selbst zu hören und sie ein für allemal zu akzeptieren – damit sie endlich aufhörte, sich wie eine dumme Gans aufzuführen, sobald er ihr näherkam. Tief innerlich kannte sie die Antwort. Sie hatte nur einfach nicht auf ihre eigenen Instinkte gehört.

»Nein, Sie würden mir nicht weh tun – und jetzt lassen Sie mich gehen.«

Bei den letzten Worten schob sie ihn zur Seite und schlüpfte an ihm vorbei zur Haustür. Als ihr jedoch klar wurde, was er ihr gerade angetan hatte, wurde sie plötzlich zornig. Er hatte mit ihrer Angst gespielt, um ihr etwas heimzuzahlen, und dann hatte er ihr diesen Umstand auch noch *bewußt* gemacht. Noch ein einziges Wort, dann …

»Miss Stuart?«

Sie wirbelte herum und war durchaus bereit, ihn in ihrem mittlerweile siedenden Zorn heftig zu attackieren, aber sein Gesichtsausdruck hielt sie davon ab.

»Ich werde eine Weile warten, bevor ich diese Schuld eintreibe«, sagte er, ohne ihren Mund aus den Augen zu lassen.

Ihr stockte der Atem. »Ich – ich dachte, das hätten Sie gerade eben getan.«

Er schüttelte den Kopf, und ein langsames, alarmierendes Grinsen formte sich auf seinen Lippen, das erste Anzeichen irgendeiner Art von Humor, das sie bei ihm zu sehen bekommen hatte, und es wäre ihr weit lieber gewesen, es nicht zu sehen. Dann sagte er nichts weiter, schlenderte einfach nur die Veranda hinunter und verschwand.

Cassie ging ins Haus und schloß leise die Tür hinter sich, statt sie heftig zuzuschlagen. Das Schlagen besorgte bereits ihr Herz.

8

»Ich fange keinen Streit an, aber schrecke auch nicht davor zurück.«

Cassie wünschte, sie wäre nicht nach wie vor so nervös in Angels Gegenwart. Gestern hatten sie endgültig festgestellt, daß er ihr nicht weh tun würde, also war es doch völlig überflüssig, daß sie sich immer noch zittrig fühlte, sobald er in ihre Nähe kam. Sie brauchte nicht um ihr Leben zu fürchten. Sie brauchte nicht einmal um ihre Tugend zu fürchten. Die Drohung, die er gestern zum Abschied ausgesprochen hatte, besagte wohl nicht viel, wenn man näher darüber nachdachte. Schließlich kannte sie ihre Eigenschaften und Vorzüge, und dazu gehörte es nicht, gutaussehende Männer auf sich aufmerksam zu machen – zumindest, wenn es sich um Männer handelte, die kein Interesse an einer Ranch hatten. Und die Unterstellung, daß er sie noch einmal küssen würde, um ihr etwas heimzuzahlen, nun, da hatte wohl die bloße Drohung schon ihren Zweck erfüllt. Er würde es nicht wirklich tun.

Aber heute morgen, als Angel darauf bestanden hatte, mit ihr gemeinsam auszureiten, um die Herde zu überprüfen, war Cassie wieder durch und durch nervös geworden. Und diesmal hatte sich ihre Nervosität aus einer ursprünglich harmlosen Plauderei heraus entwickelt, die plötzlich sehr ernst geworden war, als sie ihn danach fragte, wie viele Männer er herausgefordert hatte. Seine Antwort war nicht so ausgefallen, wie sie erwartet hatte. Aber nachdem sie nun mit dem Thema begonnen hatte, hielt ihre Neugier sie davon ab, es wieder fallen zu lassen.

»Man behauptet, Sie hätten mehr als hundert Männer getötet«, bemerkte sie so ungezwungen wie möglich.

»Man behauptet eine Menge Dinge über mich, die nicht der Wahrheit entsprechen«, erwiderte er.

Sie ritten Seite an Seite, und sie warf ihm einen vorsichtigen Blick zu, aber sein Gesichtsausdruck hielt sie nicht davon ab, weiterzusprechen. Genaugenommen sah er ziemlich gleichgültig aus.

»Haben Sie mitgezählt?« fragte sie.

Einen Augenblick begegnete er ihrem Blick, und sie hätte schwören können, einen Funken Humor in seinen Augen zu entdecken, als er antwortete: »Es tut mir furchtbar leid, Sie desillusionieren zu müssen, aber die Zahl ist nicht so hoch, daß ich den Überblick verloren hätte.«

Offensichtlich wollte er ihr diese Zahl jedoch nicht mitteilen. »Waren es alles faire Kämpfe?«

»Das hängt davon ab, was Sie für fair halten. Ich habe ein paar Männer getötet, die das nicht voraussehen konnten. Aber schließlich habe ich auch keine Skrupel, einen Mann zu erschießen, auf den schon irgendwo der Strick wartet. Ich gebe ihm dieselbe Chance wie der Henker – keine.«

»Und das ist in Ihren Augen kein Mord?«

»Das ist in meinen Augen Gerechtigkeit auf Umwegen. Glauben Sie, diese zwielichtigen Bastarde geben ihren Opfern irgendeine Chance, wenn sie sie vergewaltigen, berauben und töten?«

Seine Gleichgültigkeit war verschwunden. In seiner letzten Bemerkung hatte sogar so viel Engagement gelegen, daß Cassie wünschte, sie hätte nicht davon angefangen. Zu ihrem eigenen Entsetzen hörte sie sich jedoch fragen: »Wie viele sind ein paar?«

»Drei.«

»Und die Gründe?«

»Einer versuchte, mich zu engagieren, um seinen Partner aus dem Hinterhalt zu erschießen. Er glaubte, wenn er für so etwas bezahlen würde, könne man ihn nicht zur Verantwortung ziehen. Ich sehe das nicht so. Auch sein Partner hätte das wohl nicht so gesehen. Aber diesen Kerl hätte ich dem Sheriff übergeben, wenn er nicht den Fehler gemacht hätte, mir zu erzählen, daß der örtliche Gesetzeshüter auf seiner Lohnliste stehe.«

Das war nichts Neues für Cassie. Auch der Sheriff von Caully war mehr oder weniger parteiisch, da er zufällig ein Neffe von Dorothy Catlin war. Allerdings war in der letzten Amtsperiode ein Cousin der MacKauleys Sheriff gewesen.

»Dem Mann wäre also nichts passiert«, vermutete Cassie.

»Überhaupt nichts, und sein Partner, der zufällig ein anständiger und ehrlicher Mann war, wäre eines Nachts ermordet worden, einfach weil er den Fehler begangen hatte, sich mit dem falschen Mann auf Geschäfte einzulassen. Ich hatte keine Lust, das zu akzeptieren.«

Cassie fragte sich, ob sie in der Lage gewesen wäre, eine solche Entscheidung zu treffen. Gott sei Dank hatte sie noch nie vor einer solchen Situation gestanden. »Und die beiden anderen?«

Er brachte sein Pferd plötzlich zum Stehen. Als sie es bemerkte, hielt sie ebenfalls an und drehte sich um. Er beugte sich vor, stützte sich auf den Sattelknauf und sah ihr direkt in die Augen.

Einige lange Sekunden starrte er sie so an, bevor er fragte: »Sind Sie sicher, daß Sie das wissen wollen?«

So ausgedrückt und in einem solchen Tonfall wußte sie, daß sie besser nein sagen sollte. Aber sie klammerte sich an das Gefühl, daß sie mehr über Angel wissen müsse. Je mehr sie über ihn wußte, um so weniger konnte er sie erschrecken. Bisher funktionierte es allerdings nicht. Aber sie war zu sehr daran gewöhnt, sich einzumischen, als daß sie an dieser Stelle einfach aufgegeben hätte. Dennoch brachte sie es nicht fertig, das Wort auszusprechen. Sie konnte nur nicken.

Daraufhin trieb er sein Pferd an, bis sie wieder Seite an Seite ritten, sah sie jedoch nicht an, während er sprach. »Vor ein paar Jahren bin ich zufällig auf einen Mann gestoßen, der gerade ein junges Mädchen vergewaltigte. Es sah so aus, als hätte er sie von dem Feld, auf dem sie arbeitete, weggeschleppt. Man konnte in der Ferne ihre Farm sehen, deren Felder direkt an den Fluß stießen, dem ich auf meinem Weg in die nächste Stadt folgte. Er hatte sie auf das gegenüberliegende Ufer gebracht und so weit hinter die Bäume gezerrt, daß niemand – wenn nicht ich die Schreie gehört hätte – darauf aufmerksam geworden wäre.

Als ich endlich den Fluß überquert hatte und hinter ihnen auftauchte, war er beinahe fertig mit ihr. Er hatte sie geschlagen, wahrscheinlich weil sie ihm Widerstand geleistet hatte. Trotzdem hätten sie durchaus verheiratet sein können, obwohl ich einen Mann, der seine Frau auf diese Art und Weise behandelt, widerlich finde. Also habe ich ihm zunächst einmal nur den Rat gegeben, das Mädchen in Ruhe zu lassen. Er forderte mich auf, mich zur Hölle zu scheren – und das mit ein paar ziemlich farbenprächtigen Ausdrücken. Da erst bemerkte ich den Jungen, der dem Mädchen ähnlich genug sah, um ihr Verwandter sein zu können. Er hatte offensichtlich versucht, ihr zu helfen, und lag nicht allzu weit von den beiden entfernt. Ein Messer ragte aus seinem Bauch. Er war bereits tot.«

Cassie mußte hart schlucken, bevor sie sagen konnte: »Also haben Sie ihn erschossen.« Es war keine Frage.

»Ich habe ihn erschossen.«

»Gut«, sagte sie so leise, daß er es nicht hören konnte.

»Aber das Mädchen hat nichts mehr wahrgenommen. Sie hörte nicht mehr auf zu schreien, und in dem Augenblick, als ich diesen Bastard von ihr wegschob, sprang sie auf und rannte in den Fluß. Ich bin hinter ihr hergelaufen, aber das Wasser wurde ein Stückchen flußabwärts tiefer, und sie ging unter. Als ich sie endlich herauszog, war sie tot – und ich wäre am liebsten zurückgegangen, um diesen Bastard noch einmal zu erschießen.«

Cassie versuchte, das Ereignis aus ihren Gedanken zu verdrängen. Es war eine Tragödie, die nun schon einige Jahre zurücklag – und sie hatte ihn gerade gezwungen, all das noch einmal zu durchleben. Jetzt wäre ein wenig Leichtfertigkeit notwendig gewesen, um die düstere Stimmung, die diese Geschichte verursacht hatte, zu durchbrechen, aber sie war nicht besonders geschickt, wenn es darum ging, jemanden aufzuheitern. Ihre Stärke war es, die Menschen wütend zu machen.

Immerhin schuldete sie ihm zumindest einen Versuch, daher

sagte sie: »Ich hoffe, Sie haben nicht das Schlimmste bis zuletzt aufgehoben.«

Darüber konnte er sogar lachen. »Ich hätte doch gedacht, *das* hätte Ihnen den Mund gestopft.«

Sie warf ihm einen argwöhnischen Blick zu. »War das die Wahrheit, was Sie mir gerade erzählt haben?«

»Die verkürzte Version – es sei denn, Sie wollen noch hören, wie ihre Familie reagiert hat. Diese beiden Kinder waren alles, was sie hatten. Sie gaben mir die Schuld, daß ich das Mädchen nicht gerettet habe.«

»Aber Sie haben es versucht!«

»Der Versuch hat sie nicht interessiert.«

Nein, das war wohl verständlich, denn Trauer war ein sehr seltsames Gefühl, das sich auf jeden Menschen anders auswirkte. Und Angel schien nicht verbittert darüber zu sein. Wahrscheinlich hatte er im Laufe seiner Karriere eine ganze Menge Trauer zu sehen bekommen – und einen Teil dieser Trauer hatte er wahrscheinlich selbst verursacht.

Plötzlich fügte er noch hinzu: »Ich habe noch nie jemandem von diesem Mädchen und ihrem Bruder erzählt.«

Cassie war überrascht, aber sein Geständnis löste auch ein warmes Gefühl in ihr aus. Sie empfand etwas wie Freude, etwas, das mehr war als nur Stolz darüber, daß er seine Geschichte mit ihr geteilt hatte. Dieser Umstand schmeichelte ihr so sehr, daß sie sagte: »Möchten Sie dann auch noch das letzte Ereignis mit mir teilen?«

Sie war durchaus bereit, ein eindeutiges Nein zu akzeptieren, aber statt dessen bemerkte er: »Sie mischen sich wirklich gern ein, nicht wahr?« Sie errötete, aber er wartete ihre Antwort nicht ab. »Das dritte Ereignis hat sich erst letzten Monat abgespielt. Es kursierte ein Gerücht, daß ein Bursche namens Dryden reiche alte Witwen weges ihres Geldes heiratete und sie dann ermordete. Er hatte seine Methode bis zur Perfektion entwickelt.«

»Sie haben wirklich einen Mann wegen eines *Gerüchtes* getötet?«

Er ignorierte ihren schockierten Gesichtsausdruck und sprach in demselben Plauderton weiter. »Es gab viele Leute, die davon wußten, aber leider keine Möglichkeit hatten, es zu beweisen. Sie glauben wirklich, ich würde jemanden wegen eines Gerüchtes töten?«

Diesmal errötete sie noch heftiger als zuvor. Wieder einmal war es die Stunde der Wahrheit. »Nein, das würden Sie nicht tun.«

»Nein, das würde ich auch nicht – obwohl mir der Gedanke an

all diese Witwen, die vor ihrer Zeit sterben mußten, es gewiß leichter gemacht hat, auf den Abzug zu drücken. Aber ich habe Dryden erschossen, weil er gerade eben eine Frau, eine englische Herzogin, einer Mörderbande übergeben hatte, von der er ganz genau wußte, daß sie sie umbringen würden. Sie war zufällig eine Freundin von Colt Thunder, und er hatte mich darum gebeten, mich dieser Verbrecherbande, die Jagd auf sie machte, anzuschließen, damit ich ihr helfen konnte, falls sie Hilfe brauchte. Und Hilfe hat sie tatsächlich gebraucht. Wenn ich ihn nicht erschossen hätte, wäre Dryden mit seinem Blutgeld einfach von dort verschwunden, und ich wollte auf keinen Fall das Risiko eingehen, daß ich ihn vielleicht nicht wiederfand.«

»Haben Sie die Engländerin gerettet?«

»Als ich sie das letzte Mal sah, lebte sie noch. Daß es dabei bleibt, ist jetzt Colts Problem.«

»Ich hatte ganz vergessen, daß Sie ihn kennen, ihn und auch Jessie und Chase Summers. Sie sind meine Nachbarn, wissen Sie?«

»Ich weiß.«

Er klang ein wenig resigniert, als wünschte er, es wäre nicht so. Sie sah ihn neugierig an, aber er starrte nur hinaus auf die mit Beifuß übersäte Prärie, so daß sie es für besser hielt, diesen Gedanken nicht weiter zu verfolgen.

»Es überrascht mich zu hören, daß Colt sich mit einer weißen Frau angefreundet hat. Wenn ich ihn nicht vor ... nun, vor dem Callan-Zwischenfall schon gekannt hätte, dann würde er mir jetzt nicht einmal sagen, wie spät es ist.«

Jeder, der Colt Thunder kannte, wußte von diesem Ereignis, das sich vor einigen Jahren zugetragen hatte. Damals hatte man ihn beinahe zu Tode gepeitscht, weil er es gewagt hatte, einer weißen Frau den Hof zu machen. Der Vater des Mädchens hatte daran Anstoß genommen, als er herausfand, daß Colt ein halber Cheyenne-Indianer war. Colt hatte anschließend nie wieder eine weiße Frau mit denselben Augen angesehen, es sei denn, daß er sie bereits gut kannte. Die übrigen mied er wie die Pest.

»Vielleicht war der Ausdruck ›Freundin‹ ein klein wenig zu großzügig«, gab Angel zu. »Diese Herzogin hatte Colt irgendwie dazu gebracht, sie nach Wyoming zu begleiten, so daß er sie damals am Hals hatte. Ich kann nicht sagen, daß es ihm gefallen hat. Tatsache ist, es hat ihm überhaupt nicht gefallen.«

Das klang schon mehr nach Colt Thunder, und daher wanderten ihre Gedanken zurück zu dem, was Angel ihr gerade von seiner dritten »unfairen« Begegnung erzählt hatte. »Sie wußten doch, daß Sie diese Engländerin retten konnten oder es zumindest versuchen würden. Wie rechtfertigen Sie es also, daß Sie Dryden dennoch getötet haben?«

Bei diesen Worten blieb er wieder hinter ihr zurück, und wieder mußte sie sich im Sattel umdrehen, um ihn anzusehen. »Lady, *er* wußte nicht, daß ich nicht zu dieser Bande gehörte, die ihm fünftausend dafür versprochen hatte, wenn er sie ihnen übergab. Er wußte nur, daß sie sterben würde – und lassen Sie sich eins gesagt sein, die Pläne, die diese Leute für sie hatten, sahen keinen sauberen, einfachen Tod vor. Ich sehe es so: Wenn ein Mann etwas tut, das ihm einen Strick einbringen würde, macht es mir nichts aus, dem Henker die Mühe zu ersparen. Wenn Sie also denken, daß ich es bedauern würde, daß ich diesen Bastard getötet habe, dann denken Sie besser noch einmal nach. Es war ein reines Vergnügen. Aber was, zum Teufel, erwarte ich eigentlich? *Sie* hat es schließlich auch kaltblütigen Mord genannt, obwohl sie jetzt tot sein würde, wenn ich damals nicht zur Stelle gewesen wäre. Glauben Sie also, es interessierte mich auch nur im geringsten, was, zum Teufel, Sie davon halten?«

Cassie wußte nicht mehr, was sie sagen sollte. Er war wütend darüber, daß sie ihn verurteilte, und damit hatte er recht. Wenn sie dabeigewesen wäre, hätte sie es vielleicht genauso gesehen wie er – obwohl ihr der Mut gefehlt hätte, mit Dryden so zu verfahren, wie er es verdient hatte.

Sie sah wieder nach vorn und wartete, bis er neben ihr war. Die Braun- und Grüntöne der Ebene machten langsam dem Grün der hügeligen Flußregion Platz, wo das Vieh graste. Das Weidelager der beiden noch übriggebliebenen Cowboys ihres Vaters lag direkt hinter der nächsten Anhöhe. Jetzt jedoch schien es noch meilenweit entfernt zu sein, denn sie hatte das Gefühl, auf glühenden Kohlen zu sitzen.

»Sie haben recht«, sagte sie entschuldigend. »Der Mann war genauso schuldig, als hätte er sie selbst getötet, denn die Absicht ist ebenso schlimm wie die Tat.«

»Nicht immer.«

Als er das sagte, sah er sie direkt an, und Spuren seines Zorns spiegelten sich noch immer in seinem Gesicht. Sie zweifelte daher kaum daran, daß er ihr im Augenblick am liebsten an die Gurgel gegangen wäre. Seltsamerweise fand sie diesmal nichts Beunruhigendes an diesem Gedanken. Im Gegenteil, das erschien ihr eher komisch.

»Solange Sie nur daran denken …«, sagte sie lächelnd.

»Solange ich nur woran denke?«

»Daran, mir den Hals umzudrehen.«

Er schob seinen Hut zurück und gestattete es der Sonne, die Hälfte seines Gesichts zu bescheinen. Dann sagte er in diesem trägen, schleppenden Tonfall, der so typisch für ihn war: »Das ist es also, woran ich gerade gedacht habe?«

Ihre Augen weiteten sich in gespielter Überraschung. »*Noch* schlimmer?«

Er lachte und ging auf ihr Spiel ein. »Ich schätze, Ihren Hals umzudrehen, würde mir schon reichen.«

»Aber ich habe einen ziemlich mageren Hals. Er würde sehr schnell brechen. Das wäre bestimmt keine große Befriedigung.«

»Dann muß ich mir wohl etwas anderes ausdenken. Man kann sich nicht rächen, ohne …«

Weiter kam er nicht. Zwei kurz nacheinander abgefeuerte Schüsse zogen seine Aufmerksamkeit auf sich, obwohl sie aus weiter Ferne gekommen waren. Mit gespannter Aufmerksamkeit lauschte er dem tiefen Grollen, das wenige Augenblicke später einsetzte. Dieses Geräusch erforderte keine Erklärung. Sie hatten es beide schon früher gehört.

Cassie stöhnte. Angel sprach aus, was er dachte. »Machen wir, daß wir hier wegkommen«, sagte er, als die ersten in Panik davonstürmenden Rinder über die ferne Anhöhe jagten – genau in ihre Richtung.

Doch sie dachte nicht einmal daran, seinen Rat zu befolgen. »Das ist die Herde meines Vaters«, war alles, was sie erwiderte, bevor sie ihr Pferd in Galopp fallen ließ, um dem Vieh den Weg abzuschneiden.

Angel traute seinen Augen nicht. »Lady, Sie reiten in die falsche Richtung! « schrie er hinter ihr her, aber sie blieb einfach nicht stehen.

Zwei Sekunden lang dachte er, zur Hölle mit ihr. Sie hatten weites, offenes Land vor sich mit genug Platz, um der herannahenden Herde aus dem Weg zu gehen. Dann stieß er einen wilden Fluch aus, gab seinem Pferd die Sporen und folgte ihr.

9

Cassie hatte keine Angst, auf diese Herde zuzureiten – jedenfalls nicht allzu viel. Immerhin wußte sie, was sie tat. Sie hatte früher gesehen, wie man so etwas machte. Irgend jemand hatte ihre Tiere mit Gewehrschüssen in panische Angst versetzt. Mit Gewehrschüssen konnte man sie auch wieder zur Umkehr bewegen. Aber da die Tiere jetzt wild waren, mußte sie die Herde ziemlich nahe herankommen lassen, bevor sie schießen konnte. Sie mußte sichergehen, daß sie sie mit ihren Schüssen tatsächlich zurücktreiben konnte.

Daher zog sie ihr Gewehr erst aus dem Sattelholster, als die Herde sie beinahe erreicht hatte; dann schoß sie zweimal in die Luft, aber ihre Schüsse erzielten nicht die erhoffte Wirkung. Statt die Rinder so zu erschrecken, daß sie in einem Halbkreis die Richtung änderten, teilte sie die Herde in zwei Teile, und Cassie steckte mittendrin.

Die in Todesangst an ihm vorbeidonnernden Tiere machten es Angel unmöglich, Cassie zu erreichen. Er gab nun ebenfalls einen Schuß ab, um sich einen Weg zu ihr zu bahnen, aber es gelang ihm lediglich, ein paar Rinder direkt vor ihm zu vertreiben. Es waren viel zu viele Tiere, und sie bewegten sich zu schnell, als daß es für ihn ein Durchkommen gegeben hätte. Im Zentrum dieser Masse konnte sie sich kaum noch auf dem Pferd halten, und nach allem, was er sah, hatte sie auch die Kontrolle über ihr Reittier verloren. Das Pferd hatte nicht einmal genug Platz, sich um die eigene Achse zu drehen, so daß es sich wenigstens vom Strom der Rinder hätte mitreißen lassen können. Und dann verlor es plötzlich auch noch den Boden unter den Füßen, seine Hinterbeine gaben nach, und er sah die Frau zusammen mit dem Tier verschwinden.

Plötzlich spürte Angel eine Angst, die weit schlimmer war als das, was er empfunden hatte, als er sich zum ersten Mal dem Tod gegenübergesehen hatte. Seinen eigenen Tod hatte er mittlerweile akzeptiert. Das hing mit seinem Job zusammen. Aber dies hier war etwas ganz anderes. Dies hier brachte ihn dazu, mitten in die Herde hineinzureiten, sein Gewehr auf diese dunkle, brodelnde Masse zu richten, ohne sich darum zu kümmern, was er traf ... es brachte ihn dazu, aus Leibeskräften zu brüllen – und schon bald war er von den brüllenden, vorwärts drängenden Tieren ebenso umzingelt wie Cassie. Aber wenigstens bewegte er sich mit ihnen, bewegte sich auf sie zu, obwohl er sie nicht mehr sehen konnte.

Er hörte einen weiteren Schuß, war sich aber nicht sicher, ob sie ihn abgefeuert hatte oder ob endlich einer der beiden Cowboys aufgetaucht war und jetzt an den äußeren Rändern der Herde entlangritt, um die Tiere aufzuhalten. Aber nach einem kurzen Augenblick erschien Cassies Pferd wieder, direkt vor ihm, nur sie selbst konnte Angel nach wie vor nirgends entdecken.

Als er ihr Pferd erreichte, war es ihm, als schnüre ihm die Angst die Kehle zu. Und als er Cassie auf der anderen Seite des Tieres entdeckte, wo sie sich an den Sattelknauf klammerte und das Pferd wie einen Schild benutzte, befreite ihn auch dieser Anblick keineswegs von seiner Furcht. Solange er es nicht schaffte, sie vom Boden hochzubekommen …

Es gelang ihm schließlich, indem er über ihr Pferd griff und sie hochzog. Sein Instinkt sagte ihm, daß er ziehen mußte, bis er sie sicher auf seinem eigenen Pferd wußte, aber sie schwang bereits ein Bein über ihr Pferd, um sich in ihrem Sattel aufzusetzen. Anscheinend waren ihre Verletzungen nicht allzu schwer. Also griff er nach ihren Zügeln und schaffte es auf diese Weise, ihr Pferd herumzureißen, so daß sie sich in derselben Richtung bewegten wie die Rinder. Nach und nach arbeiteten sie sich an den Rand der Herde vor.

Glücklicherweise hatten sich die meisten Tiere mittlerweile von ihnen entfernt, so daß sie nicht lange brauchten, um sich in Sicherheit zu bringen. Aber Angel hielt nicht an, bevor sie zu einem einzeln stehenden Baum am Fuße des Hügels kamen, über den die Rinder herangestürmt waren. Dort stieg er vom Pferd, hob Cassie vorsichtig aus dem Sattel und trug sie zu dem Baum. Er setzte sie so ab, daß sie sich an den Stamm lehnen konnte.

Unter der Staubschicht, die sie beide mittlerweile bedeckte, war sie totenblaß; das war der Grund dafür, daß seine Stimme einen so scharfen Klang hatte, als er fragte: »Wo sind Sie verletzt?«

»Mir fehlt nichts«, bekam sie gerade noch heraus, bevor sie ein paar Sekunden lang husten mußte. »Eines von den Tieren ist mir auf den Fuß getreten, aber ich glaube nicht, daß ich mir etwas gebrochen habe. Ich könnte allerdings ein wenig Wasser gebrauchen. Ich glaube, ich habe den halben Schmutz von Texas geschluckt.

Das war es *nicht*, was er zu hören erwartet hatte. Er kniete neben ihr und starrte sie eine ganze Weile nur wortlos an. So lange brauchte er, um zu begreifen, daß sie überhaupt nicht verletzt, daß sie lediglich ein wenig durchgeschüttelt worden war. Und dann wuchs sein Zorn in dem gleichen Verhältnis wie seine Erleichterung. Aber das behielt er für sich. Für den Schrecken, den sie ihm gerade eingejagt hatte, hätte er sie am liebsten erdrosselt, aber er nahm an, daß sie nun schon genug durchgemacht hatte. Sie brauchte nicht auch noch …

»Verdammte Närrin! Haben Sie eigentlich keinen Funken Verstand?«

Er stand auf, während er ihr diese Worte zubrüllte und wartete ihre Antwort erst gar nicht ab, sondern marschierte hinüber zu seinem Pferd, um seine Feldflasche zu holen.

Gleichgültig ließ er sie ihr in den Schoß fallen, als er zurückkehrte. Sie jedoch griff nicht sofort danach. Sein Gesichtsausdruck machte sie im Augenblick zu mißtrauisch, um sich überhaupt zu bewegen.

»Nun?«

»Wahrscheinlich nicht«, sagte sie besänftigend.

»Womit Sie verdammt recht haben! Das da draußen war eine in Panik geratene Viehherde, Lady. Der stellt man sich nicht freiwillig in den Weg.«

»Ich dachte, ich könnte sie zur Rückkehr bewegen. Die Tiere liefen direkt auf das Weideland der MacKauleys zu, und die haben in letzter Zeit kein Rind meines Vaters, das sie auf ihrem Land angetroffen haben, zurückgegeben. Uns fehlen bereits mehr als dreißig Tiere. Nur deshalb habe ich versucht, die Herde zurückzuhalten.«

»Was die Tiere außerordentlich beeindruckt hat«, entgegnete er angewidert. »Also, bei welcher von beiden Parteien müssen wir uns Ihrer Meinung nach für diese Geschichte bedanken?«

Sie entspannte sich sichtbar, als sie bemerkte, daß er sie nun nicht mehr länger anschreien würde, wusch sich sogar den Mund aus und nahm einen langen Schluck aus seiner Feldflasche, bevor sie antwortete: »Das sieht mir ganz nach den Catlins aus. Und die Schüsse kamen auch aus ihrer Richtung.«

»Die andere Partei hätte sich dort aufhalten können, um Sie auf genau diesen Gedanken zu bringen«, stellte Angel fest.

»Stimmt. Nur daß die MacKauleys mir von Anfang an gedroht haben, die Catlins aber keine Woche vergehen lassen, ohne etwas zu *tun*, um mich von hier zu verscheuchen. Keine von beiden Parteien hat übrigens je versucht, zu verbergen, was sie getan haben, oder die Schuld daran dem anderen in die Schuhe zu schieben. Sie wollen, daß ich ganz genau weiß, wofür jeder verantwortlich ist.«

Er dachte darüber nach, während er zusah, wie sie versuchte, mit zitternden Fingern den Knoten ihres Halstuchs zu lösen. Schließlich kniete er sich neben sie hin, um ihr dabei zu helfen. Sie zuckte zurück, als sich seine Hand näherte, starrte ihn dann jedoch nur wortlos an, während er den Knoten lockerte und das Tuch von ihrem Hals abstreifte.

»Sie hätten sich das da übers Gesicht ziehen sollen«, sagte er barsch, während er ein wenig Wasser über den roten Stoff schüttete und ihn ihr zurückgab.

»Ich weiß, aber ich hatte nicht mehr genug Zeit, über solche Dinge nachzudenken. Und auch wenn Sie das erstaunen sollte – das Ganze ist durchaus nichts Selbstverständliches für mich. Ich bin zwar auf einer Ranch aufgewachsen, aber ich habe nie mit dem Vieh gearbeitet, so wie meine Mutter das tut.«

Da er nichts darauf erwiderte, nahm sie sich einen Augenblick Zeit, um sich mit dem nassen Tuch den Schmutz vom Gesicht zu wischen. Als sie fertig war, nahm er es ihr aus der Hand und säuberte ein paar Stellen, die ihr entgangen waren. Verwirrt sah sie ihn an.

»Warum sind Sie so nett zu mir?«

Seine schwarzen Augen begegneten den ihren mit einem finsteren Blick. »Damit Sie nicht so mitleiderregend aussehen, wenn ich Sie schlage.«

Cassie starrte ihn mit offenem Mund an. Er streckte eine Hand aus und hob ihr Kinn, um ihren Mund wieder zu schließen. Dann befeuchtete er den roten Stoff noch einmal und benutzte ihn für sein eigenes staubiges Gesicht. Er hatte genug Verstand gehabt, sein Gesicht mit seinem Halstuch die Rinder aufgewirbelt hatten. Daher hatte er nicht soviel abzuwischen wie sie.

Cassie untersuchte inzwischen ihren Fuß. »Soll ich ihn mir einmal ansehen?« bot er ihr an.

Eingedenk seines letzten üblen Witzes warf sie ihm einen scharfen Blick zu, aber er schien es ernst zu meinen. Trotzdem – seine Hände auf ihrem nackten Fuß? Der Gedanke ließ sie erschauern. »Nein, danke. Ich kann noch alle meine Zehen bewegen, also kann es nicht mehr als eine Prellung sein.«

Sein Blick wurde noch düsterer, als er ihren Fuß betrachtete. »Selbst das ist schon zuviel, also werde ich mal da rüberreiten und diesen Leuten einen kleinen Besuch abstatten. Wenn Sie mir jetzt bitte sagen würden, in welche Richtung ich reiten muß?«

Mit »diesen Leuten« mußte er wohl die Catlins meinen. »O nein.« Nachdrücklich schüttelte sie den Kopf. »Ganz bestimmt nicht.«

Er stand auf. »Lady«, knurrte er sie an, »das da war eine in Panik geratene Herde, in die wir mitten hineingeraten sind. Jemand hätte verletzt werden können, auch ich – ganz besonders ich. Und *vor allen Dingen* Sie.«

»Das war nicht ihre Absicht.«

»Zum Teufel mit ihrer Absicht.« Wieder einmal schrie er sie an. »Sie hätten dieser ganzen Angelegenheit schon vor langer Zeit ein Ende machen sollen. Soweit ich sehe, haben Sie kein einziges Gesetz gebrochen. Diese Leute haben kein Recht, zu versuchen, Sie von hier zu vertreiben.«

Cassie seufzte, als ihr klar wurde, daß er diesmal nicht auf sie wütend war, sondern um ihretwillen. Damit konnte sie viel besser umgehen.

»Wenn die Leute zu Hause wütend auf mich waren, hat sich immer meine Mutter darum gekümmert«, gab sie reumütig zu. »Sie beschützt mich auf eine etwas grimmige Art und Weise, wahrscheinlich weil ich ihr einziges Kind bin. Aber dadurch, daß sie sich immer um meine Probleme gekümmert hat, konnte ich nicht viel Erfahrung sammeln, wie man selbst mit so etwas fertig wird. Ich schätze, ich stelle mich bei meinem ersten Versuch nicht übermäßig geschickt an.«

»Das kann man wohl sagen.«

Diese gelassene Erwiderung machte sie ausgesprochen wütend. »Glauben Sie bloß nicht, ich könnte nicht selbst ein paar Drohungen aussprechen und anschließend auch dazu stehen. Ich trage meinen Colt nicht nur, um auf Schlangen zu schießen. Ich weiß ihn zu benutzen, wahrscheinlich genauso gut wie Sie.« Sie ignorierte sein verächtliches Schnauben. »Aber das ist eben nicht meine Art.«

»Vielleicht nicht, aber es ist meine. Und es sind Dinge wie diese, für die man mich normalerweise engagiert, also lassen Sie mich tun, wozu ich mich eigne.«

»Das, wozu Sie sich eignen, bringt Menschen den Tod, aber ich will nicht, daß irgend jemand meinetwegen den Tod findet. Habe ich mich endlich klar ausgedrückt?«

»Soweit es Sie betrifft, höre ich auf Sie. Wenn es jedoch mich betrifft, dann werde ich sehr wohl etwas dagegen tun. Und habe *ich* mich klar ausgedrückt, Lady?«

»Also einen Augenblick mal«, sagte sie ärgerlich, während sie sich mühsam hochrappelte. »Niemand hier hat Ihnen irgend etwas getan. Wagen Sie es nicht, diese Sache persönlich zu nehmen.«

»Sie ist in dem Augenblick persönlich geworden, als mir klar wurde, wer Sie sind. Sie sind Colts Nachbarin, und er ist zufällig so ungefähr der einzige Mann, den ich als Freund bezeichne. Das macht es persönlich.«

Darauf fiel ihr keine Antwort ein, denn es war ihr bisher nicht in den Sinn gekommen, daß er die Dinge auf diese Weise sehen könnte. Und es sah auch nicht so aus, als würde er noch lange auf irgendwelche Erklärungen von ihr warten. Er ging bereits zu seinem Pferd.

Trotzdem mußte sie es wenigstens versuchen. »Was werden Sie tun?«

Er stieg auf, bevor er sagte: »Ich werde mich zuerst an den Sheriff wenden. Wenn das Gesetz die Sache in die Hand nimmt, tue ich gar nichts.«

Diese Feststellung hätte sie eigentlich erfreuen sollen, aber statt dessen stöhnte sie nur. »Verschwenden Sie nicht Ihre Zeit. In diesem Jahr ist ein Verwandter der Catlins hier Sheriff. Er würde sich um eine Beschwerde gegen die MacKauleys kümmern, aber gegen seine eigenen Leute wird er gar nichts tun.«

»Dann muß ich mich mit den Catlins unterhalten«, erwiderte er.

Sie mußte wieder an seine Geschichte von dem Mann denken, der den Sheriff in der Hand gehabt hatte. Damals hatte Angel das Gesetz in seine eigenen Hände genommen. »Könnten Sie sich diesmal nicht etwas anderes einfallen lassen?«

»Wie soll ich das machen?«

»Waffen sind nicht die Antwort auf alles. Wäre es Ihnen vielleicht möglich, in dieser Gegend *niemanden* zu erschießen? Ich – ich würde es als einen persönlichen Gefallen betrachten.«

Er antwortete ihr nicht sofort, und diese sündhaft schwarzen Augen schafften es wieder einmal, sie völlig zu entmutigen, bevor er auch nur ein Wort sagen mußte. »Sie stehen schon in meiner Schuld, Lady. Ich kann mir nicht vorstellen, daß Sie Ihre Schulden noch vergrößern wollen, aber ich werde es mir merken.«

Sie errötete heftig, aber er blieb nicht mehr lange genug, um das zu sehen. Jetzt konnte sie nur noch hoffen, daß er die Catlin-

Ranch einfach nicht finden würde. Und falls er sie doch finden sollte, so hoffte sie, daß wenigstens Buck Catlin nicht zu Hause wäre, weil Buck zwar kein so heftiges Temperament besaß wie die MacKauleys, dafür aber doppelt so arrogant war. Und wie durfte Angel es nur wagen, ihre Bitte einfach abzutun, indem er sie an diesen lächerlichen Vorfall erinnerte, den sie doch wohl beide nicht ernst nehmen konnten? Es war einfach nur ein Scherz – ein Scherz, der ihr Herz schneller schlagen ließ, wenn sie auch nur daran dachte.

10

Die Catlin-Ranch war eine im spanischen Stil gebaute Hazienda, groß und beeindruckend. Die hohen, aus Lehmziegeln gebauten Mauern, die das Haus und die Nebengebäude umgaben, machten sie zu einer wahren Festung – mit all den Toren vor dem gewölbten Haupteingang. Die Tore waren nicht verschlossen, so daß Angel ungehindert hindurchreiten konnte. Innerhalb der Mauern herrschte geschäftiges Treiben. In einem Pferch waren drei Männer damit beschäftigt, ein Pferd einzureiten. Aus dem Lagerhaus kam gerade ein Dienstbote mit einer ganzen Schürze voller getrockneter Äpfel heraus. Ein paar kleine Mexikaner wehrten ein gespieltes Indianermassaker ab, wobei sie den Staub auf einem kleinen Friedhof mit drei Kreuzen darauf hochwirbelten. Irgendwo wurde Holz gehackt, und aus einer anderen Richtung ertönte der unmelodische Gesang einer Frau. Dann hörte man sie lachen und es noch einmal probieren.

Als Angel auf den Hof vor dem Haus zuritt, wandten sich ihm alle Köpfe zu, die Bewegungen erstarrten, der Lärm vom Friedhof erstarb, und nur das falsche Singen klang plötzlich lauter.

Ein junger Mann trat mit einem Kaffeebecher in der Hand auf die Veranda hinaus. Er hatte blondes, schulterlanges Haar, braune Augen, war von mittlerer Größe und höchstens ein oder zwei Jahre älter als zwanzig. Seine Weste war Hüften, und seine übertriebene Arroganz verriet Angel, daß er gerade seinem ersten Catlin gegenüberstand.

»Kann ich Ihnen helfen, Mister?« fragte der junge Mann in einem neutralen Tonfall.

Angel stieg nicht vom Pferd, ließ jedoch seine Hände betont harmlos auf seinem Sattelknauf liegen. »Ich möchte den Besitzer sprechen.«

»Das ist meine Ma. Ich bin Buck Catlin, und ich stelle hier die Leute ein.«

»Ich bin nicht auf der Suche nach Arbeit. Ich habe eine Nachricht für Ihre Mutter, und wenn Sie sie jetzt holen würden, wäre ich Ihnen sehr dankbar.«

Buck Catlin rührte sich nicht, sondern trank nur einen Schluck Kaffee. »Ma hat zu tun. Was es auch ist, Sie können mit mir reden. Ich werde es ihr schon ausrichten.«

»Sie können es gern zur selben Zeit hören wie Ihre Mutter, aber nicht vorher.«

Bei diesen Worten wurden Bucks Augen schmal, und er runzelte die Stirn. Er war nicht daran gewöhnt, ein Nein zu vernehmen. Seit seinem dreizehnten Lebensjahr hatte er Männern Befehle gegeben, die älter waren als er. Die Ranch würde eines Tages ihm gehören. Er leitete sie jetzt schon. *Niemand* sagte Nein zu ihm – außer seiner Mutter.

»Wer, zum Teufel, sind Sie, Mister?«

»Mein Name ist Angel.«

»Und von wem kommt Ihre Nachricht?«

»Von mir«, erwiderte Angel. Dann wurde er deutlicher: »Um genau zu sein, ist es weniger eine Nachricht als eine Warnung. Also, holen Sie jetzt Ihre Mutter, oder muß ich sie selber suchen?«

»Ich glaube nicht, daß Sie irgend etwas anderes hier tun werden, als zu verschwinden.«

Buck hatte, bevor er mit dieser Feststellung fertig war, die Hand nach seiner Waffe ausgestreckt, doch Angel hatte seinen Revolver bereits aus dem Halfter gezogen, den Hahn gespannt und den Lauf auf Buck gerichtet, bevor dieser mit der Hand auch nur in die Nähe seiner Waffe gekommen war.

»Das wollen Sie ganz bestimmt nicht tun«, sagte Angel in seinem langsamen, schleppenden Tonfall. »Und Miss Cassie will nicht, daß ich irgend jemanden erschieße, also lassen Sie es besser bleiben. Auf diese Weise leben Sie weiter, und ich muß die Dame nicht aufregen. Dann gewinnen wir beide.«

Bucks Finger zuckten und schlossen sich dann um leere Luft zusammen. Langsam ließ er die Hand sinken. »Was sagten Sie noch, wer sind Sie?« fragte er mit erstickter Stimme.

»Angel.«

»Angel was?«

»Einfach nur Angel.«

»Sollte ich Sie kennen?«

»Dafür besteht kein Grund.«

»Aber Sie kennen das Stuart-Mädchen. Das haben Sie gesagt. Hat Sie sie bezahlt, um hierher zu kommen?«

»Nein«, erwiderte Angel. »Tatsache ist, sie hat mich gebeten, es nicht zu tun. Sie hatte diese merkwürdige Idee, daß ich vielleicht jemanden erschießen könnte. Das wird doch wohl nicht notwendig sein, oder?«

Die noch immer auf ihn gerichtete Waffe und Angels unheilverkündender Gesichtsausdruck ließen Buck Catlin ein wenig erbleichen. In diesem Augenblick konnte er nur noch den Kopf schütteln.

»Gut«, sagte Angel. »Nun, ich habe Ihnen schon mehr Fragen gestattet, als ich das normalerweise tue, also, warum tun Sie mir nicht ebenfalls einen Gefallen und holen Ihre Mutter?«

»Seine Mutter ist schon da, Mister«, hörte Angel plötzlich Dorothy Catlins Stimme hinter sich. »Und ich habe ein Gewehr, das auf Ihren Kopf gerichtet ist. Also lassen Sie lieber Ihre Waffe fallen, falls Sie lebendig von hier wegkommen wollen.«

Angels Muskeln spannten sich nur ein klein wenig an. Aber sein Gesichtsausdruck blieb derselbe, und sein Blick haftete weiterhin auf Buck.

»Ich fürchte, diesen Gefallen kann ich Ihnen nicht tun, Ma'am«, sagte er höflich, ohne sich jedoch umzudrehen. »Ich werde diese Waffe behalten, bis ich Sie wieder verlasse.«

»Sie glauben, ich würde nicht auf Sie schießen?« fragte Dorothy ungläubig.

»Es interessiert mich nicht besonders, ob Sie das tun oder nicht, Ma'am. Allerdings wird Ihr Junge hier dann ebenfalls sterben. Wenn es das ist, was Sie wollen – dann, bitte, schießen Sie.«

In der langen darauf folgenden Stille brach Buck der Schweiß aus. Er war derjenige, der das Schweigen brach, als seine Mutter immer noch keine Anstalten traf, ihr Gewehr zu senken. »Ma, wenn es dir nichts ausmacht – ich würde heute lieber nicht sterben.«

»Mistkerl«, fluchte sie, bevor sie vortrat, um Angel anzusehen. Der Lauf ihres Gewehrs zeigte nun zu Boden. »Wer sind Sie, ein Verrückter?«

»Nur ein Mann, der lange genug mit dem Tod gelebt hat, um ihm nicht mehr viel Beachtung zu schenken.« Er tippte sich grüßend an seinen Hut, als er ihr die Hälfte seiner Aufmerksamkeit schenkte. Seine Waffe zeigte jedoch weiterhin auf Buck.

Sie war sehr groß für eine Frau, nur drei oder vier Zentimeter kleiner als ihr Sohn. Und sie hatte dasselbe blonde Haar und dieselben braunen Augen. Angel schätzte sie auf nicht einmal vierzig. Genaugenommen war Dorothy Catlin noch immer eine schöne Frau; in jüngeren Jahren mußte sie einfach umwerfend gewesen sein. Und sie sah sehr sanft aus in ihrem weißen Rock und der spitzengesäumten Bluse.

Es paßte gar nicht zu ihr, ein Gewehr in der Hand zu halten. Schon der Gedanke, sie könne jemanden erschießen, schien absurd. Aber Angel wäre nicht so lange am Leben geblieben, wenn er unschuldig aussehende Menschen unterschätzt hätte. Er hatte schon vor langer Zeit begriffen, daß jeder fähig war zu töten, wenn man ihm nur den richtigen Grund dafür lieferte.

»Ich habe gehört, daß Sie das Stuart-Mädchen erwähnten«, sagte Dorothy verärgert. »Falls Sie gekommen sind, um sich für sie zu entschuldigen, verschwenden Sie nur Ihre Zeit.«

»Deshalb bin ich nicht gekommen. Ich entschuldige mich nicht einmal für mich selbst, geschweige denn für jemand anderen.«

»Das ist gut, denn das, was sie getan hat, ist nicht entschuldbar.«

Buck pflichtete ihr bei: »Sie brauchen meine Schwester nur anzusehen, und schon fängt sie an zu flennen. Das ist das einzige, was sie überhaupt noch tut, und Cassie Stuart und ihre Einmischung sind schuld daran.«

Eine Feststellung, die Angel durchaus zweifelhaft fand, denn es konnte ebensogut sein, daß das Mädchen weinte, weil sie wieder zu Hause war, statt mit ihrem frischgebackenen Ehemann zusammenzuleben. Aber er erwiderte nur: »Das habe ich gehört.«

»Dann sagen Sie, was Sie zu sagen haben, und verschwinden dann von meinem Besitz!« rief Dorothy.

»Jemand hat heute morgen die Stuart-Herde in Panik versetzt und das Vieh direkt auf die Weide der MacKauleys zugetrieben. Die Schüsse, die diese Panik verursacht haben, kamen aus ihrer Richtung.«

Dorothys Gesicht rötete sich vor Entrüstung. »Wollen Sie mich beschuldigen, eine Viehherde mit Absicht in Panik versetzt zu haben?«

»Ich bin Viehzüchter, Mister«, fügte Buck zornig hinzu.

»Und es gibt keinen Grund auf der Welt, dessentwegen ich irgendwelche Rinder verängstigen würde.«

»Und das *letzte*, was uns einfiele, wäre es, die MacKauley-Herde zu vergrößern«, stellte Dorothy fest. »Nicht einmal, um diese aufdringliche Nordstaatlerin loszuwerden.«

»Aber ich habe den Eindruck, daß ein paar von den Männern, die für Sie arbeiten, das vielleicht anders sehen«, sagte Angel. »Und eine in Panik geratene Herde ist zu gefährlich, um damit irgendwelchen Unfug zu treiben. Auf diese Weise sind schon viele Männer gestorben. Wenn ich also herausfinde, wer dafür verantwortlich ist, dann werde ich ihn wahrscheinlich töten.«

»Na schön, Sie haben jetzt also gesagt, was Sie zu sagen hatten«, stellte Dorothy zähneknirschend fest.

»Nicht ganz«, erwiderte Angel, und eine kalte, stählerne Schärfe veränderte seine Stimme. »Zufällig war Cassie Stuart auf der Weide und geriet in die Herde hinein. Wenn das nicht in Ihrer Absicht lag, betrachte ich diesen Zwischenfall als Unfall. Doch wenn noch so etwas in der Art passiert, werde ich das nicht tun, sondern zurückkommen, um ihn dafür zur Verantwortung zu ziehen.« Er deutete mit dem Kopf auf Buck, damit seine Mutter ihn nicht mißverstand. »Sie wollen bestimmt nicht, daß ich ihn herausfordere, Ma'am. Ich schieße nicht, um jemanden zu verletzen. Die Chancen, daß er diesen Kampf überleben würde, stehen also ziemlich schlecht.«

Buck schluckte hart. Er hatte Angel bereits ziehen sehen. Auch Dorothy hatte es gesehen, während sie hinter ihm stand, aber das war nicht das Thema, das sie jetzt anschnitt.

»Ist sie verletzt worden?«

Angel beschloß, sich mit seinem Urteil über diese Frau noch etwas zurückzuhalten, als er die Sorge bemerkte, die sich bei dieser Frage in Dorothys Miene spiegelte. »Sie hätte verletzt werden können, *wäre* auch beinahe verletzt worden, da diese närrische Lady mitten in die Herde hineingeritten ist, um sie aufzuhalten.«

»Hört sich ja nicht so an, als hätten Sie sie besonders gern«, bemerkte Buck, dessen Nerven sich langsam wieder beruhigten.

»Ich denke noch darüber nach«, gab Angel zu. »Aber ob ich sie nun mag oder nicht, hat nichts damit zu tun, daß ich sie beschütze. Das werde ich so lange tun, bis sie von hier weggeht. Und sie wird nicht eher gehen, als bis ihr Vater zurückkommt. Ich würde Ihnen allen daher den Rat geben, sie von jetzt an in Ruhe zu lassen – es sei denn, Sie wollen es mit mir aufnehmen.«

»Ich will Cassie nicht tot sehen, Mister, ich will nur, daß sie verschwindet«, erklärte Dorothy, die ihren angriffslustigen Ton wiedergefunden hatte. »Und je eher sie geht, um so eher kann meine Tochter vergessen, was passiert ist.«

»Und das, obwohl sie nur ein paar Meilen von hier entfernt einen Ehemann hat, der sie doch viel mehr an das Ganze erinnern dürfte?«

»Exehemann, sobald der Richter aus Santa Fe zurückkehrt.«

Angel schüttelte den Kopf über diese Logik. Eine Scheidungsurkunde würde Jenny Catlin MacKauley nicht dazu bringen, zu vergessen, daß ein Mann sie geheiratet, das Bett mit ihr geteilt und sie schließlich verlassen hatte.

»Das ist Ihre Angelegenheit«, erwiderte er. »Cassie Stuart ist jetzt meine.«

»Sie müssen wirklich Nerven haben, hierher zu kommen und mir zu drohen, das gestehe ich Ihnen zu«, sagte Dorothy. »Es wäre leicht genug, Sie loszuwerden, Revolverheld hin oder her.«

»Sie können es ja gerne versuchen, wenn Sie in dieser Sache nun auch noch Blutvergießen wollen. Aber, um das einmal klarzustellen, ich drohe nur selten, Ma'am. Ich stelle die Fakten fest, so wie sie im Augenblick sind. Was Sie damit anfangen, ist Ihre Sache.«

Dorothy betrachtete ihn abermals mit zorngerötetem Gesicht. »Na schön, Sie haben *Ihre* Fakten aufgetischt. Hier haben Sie jetzt meine. Wenn Sie noch einmal hier auftauchen, werden Sie auf der Stelle erschossen.«

Angel grinste über diese Bemerkung. »Ich habe verstanden, obwohl ich Sie warnen sollte, daß mich so etwas kaum aufhalten kann. Guten Tag, Mrs. Catlin.«

Er tippte an seinen Hut, steckte seine Waffe in den Halfter und drehte ihnen den Rücken zu. Nachdem er einige Meter zurückgelegt hatte, rief sie ihm nach: »Wenn das Stuart-Mädchen Sie nicht engagiert hat, was bedeutet Sie Ihnen dann?«

»Eine Gefälligkeit.«

Dorothy sagte nichts weiter, sondern sah nur zu, wie er sich von ihnen entfernte – ohne die geringste Befürchtung, von hinten erschossen zu werden. Sie haßte Revolverhelden, wahrhaftig. Man konnte unmöglich mit einem Mann fertig werden, der keine Angst hatte.

»Finde heraus, wer er ist, Buck«, sagte sie, immer noch zornig. »So redet ein Mann nur, wenn er auch danach handelt. Und finde heraus, welcher von den Jungs in dieser Angelegenheit weiter geht als befohlen. Wer auch immer es ist, ich will, daß er bei Sonnenuntergang verschwindet.«

11

Cassie lief von einem Ende der Veranda zum anderen und wieder zurück. Die Arme hatte sie unter ihren Brüsten verschränkt, und ihre Augen suchten ängstlich in beiden Richtungen die weit entfernte Straße ab. Bei ihrer Rückkehr auf die Ranch hatte sie sich sorgfältig gewaschen. Jetzt trug sie einen sehr eleganten Rock mit drei tiefen Volants auf cremefarbenem, mit winzigen Blumen übersäten Satin. Die weiße Seidenbluse war an Kragen und Manschetten mit weicher sizilianischer Spitze besetzt, und eine dicke weiße Stola vollendete ihre Ausstattung. Außerdem war ihr mit Marias Hilfe eine schlichte, aber doch kleidsame Frisur gelungen.

Insgesamt war die Wirkung nicht zu ausgefallen, aber auch nicht zu zurückhaltend – sie war »gerüstet«, wie ihre Mutter es nannte. Allerdings zog Cassie, im Gegensatz zu ihrer Mutter, ein wenig Raffinesse einem allzu offenkundigen Aussehen vor, wenn sie sich für einen ganz speziellen Anlaß kleidete. Und im Augenblick wollte sie den Eindruck erwecken, ruhig und gelassen zu sein, obwohl genau das Gegenteil zutraf. Sie wartete auf Angels Rückkehr zur Ranch. Schon einige Stunden. Und die Dinge, die sich in ihrer Phantasie auf der Catlin-Ranch ereigneten, ließen ihr keine Ruhe. Pausenlos lief sie auf der Veranda auf und ab.

Marabelle lief neben ihr her. Gelegentlich drückte der Panther sich an sie, und Cassie senkte geistesabwesend die Hand, um die geschmeidige Katze zu streicheln. Einmal hatte sie versucht, sie ins Haus zu befördern, aber Marabelle hatte sich einfach nur hingesetzt und ihre Mißbilligung durch kehliges Knurren ausgedrückt, so daß Cassie es bei diesem einen Versuch bewenden ließ. Schließlich spürte die Katze es meist, wenn etwas mit Cassie nicht stimmte, und dann wich sie ihr nicht von der Seite. Kleider konnten das Tier nicht täuschen.

Es war bereits Spätnachmittag, als Cassie endlich ein Pferd herangaloppieren hörte, aber immer noch nicht wußte, ob es wirklich Angel war, denn das Geräusch kam von der Rückseite des Hauses. Sie wartete nicht lange, sondern lief ums Haus herum und kam im selben Augenblick beim Stall an wie Angel.

»Was ist passiert?« fragte sie, bevor er auch nur absteigen konnte.

Außerdem rang sie die Hände. Womit sie all ihre Anstrengungen zunichte machte, ruhig und gelassen zu erscheinen. Und der aufreizende Mann antwortete noch nicht einmal sofort – nun, das lag möglicherweise daran, daß er einige Schwierigkeiten mit seinem Pferd hatte, da Marabelle ihrer Herrin zum Stall gefolgt war.

Angel warf ihr von seinem sich aufbäumenden Pferd einen wütenden Blick zu. »Ich dachte, ich hätte Ihnen gesagt, Sie sollen mir dieses Vieh vom Hals halten.«

»Sie wird Ihnen nichts tun … oh, verflixt … Warten Sie«, fügte sie hinzu, bevor sie zum Haus zurückrannte. Sie ging durch die Küche hinein, wartete, bis Marabelle ihr gefolgt war, schlüpfte dann wieder hinaus und schloß die Tür fest hinter sich zu. Hinter ihr erklang ein unwilliges Fauchen, aber Cassie ignorierte es und lief zurück zum Stall. Angel stieg gerade von seinem Pferd, obwohl das Tier noch immer ziemlich scheu und nervös wirkte.

»Nun?« fragte sie ein wenig atemlos.

Er führte sein Pferd in den Stall, und seine Stimme klang ziemlich gereizt, als er ihr eine Antwort zukommen ließ: »Ich mußte niemanden erschießen, wenn es das ist, was Sie unbedingt hören wollen.«

Cassie wäre am liebsten in einem Strudel der Erleichterung versunken. Statt dessen folgte sie ihm jedoch in den Stall, obwohl das, was gerade geschehen war, ihn eindeutig verärgert hatte.

In ihrer Erleichterung versuchte sie, ihn zu beruhigen. »Marabelle würde Ihnen nichts tun … Jedenfalls, solange Sie in ihrer Gegenwart die Stiefel anbehalten.«

Bei dieser Feststellung blieb er abrupt stehen. »Warum?«

»Sie hat eine ausgesprochene Schwäche für Füße, ganz besonders für meine, aber wenn sie in der richtigen Stimmung ist, gibt sie sich auch mit den Füßen anderer Leute zufrieden. Sie reibt sich gern die Nase daran, und ab und zu auch ihre Zähne.«

»Die Zähne – warum, zum Teufel, macht sie *das*?«

Cassie grinste. »Keine Angst, sie kaut nicht daran. Sie kratzt einfach nur mit den Spitzen ihrer Zähne über die Füße; das *kann* natürlich ein bißchen weh tun, wenn die Füße dabei zufällig nackt sind.«

Er sah keineswegs beruhigt aus. Genaugenommen schien er sogar noch ärgerlicher zu sein. »Ich habe nicht die Absicht, das herauszufinden«, stellte er entschieden fest und führte sein Pferd in die nächstgelegene leere Stallbox.

Cassie zuckte nur mit den Schultern. Sie wußte aus Erfahrung, daß es Fremden immer sehr schwer fiel, sich an Marabelle zu gewöhnen, und daß es ihnen sogar noch schwerer fiel, sich in ihrer Gegenwart zu entspannen. Angel war in dieser Hinsicht keine Ausnahme, obwohl es bei ihm einen wichtigen Unterschied zu den anderen gab. Er würde ihre Katze, wenn er sich von ihr bedroht fühlte, wohl eher erschießen, während die meisten Leute einfach vor ihr davongelaufen wären. Daher mußte sie weiter versuchen, ihn davon zu überzeugen, daß Marabelle harmlos war, aber für den Augenblick ließ sie das Thema fallen, um sich einem anderen Problem zuzuwenden.

»Sie haben die Catlins also gefunden?«

Er beschäftigte sich weiter damit, seinem Pferd den Sattel abzunehmen, während er antwortete: »Ich habe sie gefunden.«

»Und?«

»Und sie haben den Rat, den ich ihnen gegeben habe, nicht allzu freundlich aufgenommen.«

»Was für ein Rat war das?«

»Sie in Ruhe zu lassen oder es mit mir zu tun zu bekommen. Ich habe ihnen auch erklärt, warum sie letzteres bestimmt nicht allzu erfreulich fänden.«

Das konnte sie sich lebhaft vorstellen. »Sie haben Ihnen doch nicht gedroht, oder?«

»Ich habe ihnen nur die neuen Konsequenzen erklärt, die es für sie hätte, falls sie weitermachen sollten wie bisher.«

Womit sie immer noch nicht schlauer war als zuvor. Schließlich war sie wütend genug, um zu bemerken: »Also wirklich, von Ihnen eine Information zu bekommen ist schlimmer, als ein Maultier zur Arbeit zu bewegen. Können Sie mir nicht alles auf einmal erzählen?«

Er warf ihr einen langen Blick zu. »Wenn Ihnen noch irgend etwas zustoßen sollte, werde ich mich wieder an Buck Catlin wenden. Er weiß es. Seine Mutter weiß es. Ist es das, was Sie hören wollten?«

»Würden Sie ihn dann erschießen?«

»Wahrscheinlich.«

Cassie stöhnte. »Ich wünschte nur, Sie würden ein kleines bißchen widerwilliger aussehen, wenn Sie so etwas sagen.«

Stirnrunzelnd sah er sie an. »Glauben Sie, mir macht es Spaß zu töten?«

»Tut es das nicht?«

»Nein, das tut es nicht.«

»Warum suchen Sie sich dann nicht eine andere Arbeit, um Ihren Lebensunterhalt zu verdienen?«

»Sagen Sie mir, für welche andere Arbeit ich mich eigne. Ich habe mich als Rancher versucht, und es hat nicht funktioniert. Ich weiß nichts darüber, wie man eine Farm führt. Wahrscheinlich könnte ich irgendwo einen Saloon aufmachen, aber ich bezweifle, daß ich die Geduld dazu hätte, die geschäftliche Seite zu erlernen. Ich weiß natürlich auch, wie man Fallen stellt, aber ich glaube, daß ich lieber sterben würde, als noch einmal allein da oben in den Bergen zu leben.«

Seine lange Rede hatte sie maßlos erstaunt, ebenso wie die Tatsache, daß er offensichtlich andere Möglichkeiten, sein Geld zu verdienen, in Erwägung gezogen hatte. »Sie würden einen guten Sheriff abgeben«, schlug sie zögernd vor. »Hat man Ihnen nicht in Cheyenne so einen Job angeboten?«

Er kümmerte sich wieder um sein Pferd. »Als Sheriff würde man Jahre dafür brauchen, soviel zu verdienen, wie ich jetzt für einen einzigen Job bekomme. Ich kann nicht finden, daß das die Sache wert wäre, da ich schließlich so oder so mein Leben aufs Spiel setze.«

Damit hatte er nicht ganz unrecht. Und sie hatte keine Vorstellung davon gehabt, daß er so teuer war.

Seine Bemerkung machte sie neugierig genug, um zu fragen: »Sie haben das jetzt schon einige Jahre lang getan. Hat Sie das zu einem reichen Mann gemacht, oder geben Sie Ihr Geld sofort aus, wenn Sie es bekommen?«

Er kam aus dem Stall heraus und schloß das Tor hinter sich. Dann drehte er sich zu ihr um und schenkte ihr seine volle Aufmerksamkeit. Seine Unterlippe verzog sich ein wenig, als er antwortete: »Nun, wofür sollte ich mein Geld Ihrer Meinung nach ausgeben?«

Sie wußte, wofür die meisten jungen Männer ihr Geld ausgaben – für alles, was in einem Saloon zu finden war. Wenn er das nicht tat, mußte er mittlerweile ein beträchtliches Bankkonto besitzen.

»Haben Sie schon einmal daran gedacht, sich zurückzuziehen?« überlegte sie laut. Mit mehr Nachdruck fügte sie dann hinzu: »Darüber, nie mehr zu töten?«

»Ich habe darüber nachgedacht, aber wenn ich mich zurückzöge, würde das die jungen Burschen nicht davon abhalten, mich herauszufordern. Ich würde meinen Namen ändern müssen.«

»Warum tun Sie es denn nicht?«

»Was?«

»Ihren Namen ändern?«

Er schwieg so lange, daß sie unter seinem direkten Blick schon anfing, nervös zu werden. Dann sagte er: »Die letzte Frau, die mich mit soviel Geschwätz belästigt hat, habe ich gefragt, ob sie mich heiraten wolle – damit ich das Recht hätte, sie zu verhauen.«

Ihre Augen flackerten einen Augenblick lang, bevor sie verächtlich schnaufte und dann zuversichtlich feststellte: »Das würden Sie nicht tun. Sie sagten, Sie fänden es abscheulich, wenn ein Mann seine Frau auf diese Weise behandelt.«

»Das heißt aber nicht, daß ich es nicht täte – das heißt nur, daß es mir nicht gefallen würde«, entgegnete er in seinem lässigen Tonfall. »Es gibt schönere Dinge, die man mit einer Frau tun kann – solange sie keine Nervensage ist.« Grinsend fügte er hinzu: »Sie werden doch wohl nicht rot, Schätzchen?«

Ihr war klar, daß sie schon feuerrot geworden war, wenn er das in dem gedämpften Licht des Stalls erkennen konnte. Daher bemerkte sie nur steif: »Ich muß Sie doch bitten, nicht mit mir über solche Dinge zu reden.«

Er zuckte mit den Schultern. »Bitten können Sie ruhig«, erwiderte er und schlenderte langsam aus dem Stall.

»Warten Sie einen Augenblick! «

Cassie lief hinter ihm her und stellte sich vor ihn, um ihm am Ausgang den Weg abzuschneiden. Unglücklicherweise mußte sie dabei in Kauf nehmen, daß ihr gerötetes Gesicht im Licht der kühlen Nachmittagssonne viel deutlicher zu sehen war. Aber sie hatte nicht vor, darüber oder über seine ungehörige Bemerkung nachzudenken, die er wahrscheinlich nur gemacht hatte, um sie zum Schweigen zu bringen. Sein Pech. Wenn er Fragen nicht ausstehen konnte, sollte er eben etwas mitteilsamer sein.

»Warum haben Sie so lange gebraucht, um hierher zurückzukommen?« wollte sie wissen. »Sie waren mehr als vier Stunden weg.«

Seufzend schob er seinen Hut zurück. »Sie hätten mich warnen sollen, daß Sie sich nicht nur in alles einmischen, sondern auch an allem herumnörgeln müssen.«

Zornig richtete sie sich auf. »Wenn Sie nicht so verschlossen wären …«

»Na schön.« Er gab nach. »Ich bin noch über das Land Ihrer Nachbarn geritten, um zu zählen.«

Das überraschte sie. »Rinder?«

»Cowboys«, korrigierte er sie. »Es zahlt sich immer aus, wenn man weiß, woran man ist. Ich habe zwölf Männer bei den Catlins gezählt.«

Sein Argument erschien Cassie vernünftig, daher beschloß sie, ihm zu helfen. »Sie haben mehr als zwölf. Einige der Männer sind heute wohl in der Stadt.«

»Und bei den MacKauleys waren es etwa vierzehn.«

»Egal, wie hoch die Zahl ist, sie ist unter Garantie bei beiden Familien dieselbe. Wann auch immer die Catlins einen neuen Mann einstellen, tun die MacKauleys dasselbe und umgekehrt. Es ist so, als wollten sie sichergehen, die gleichen Chancen zu haben, falls es eines Tages zu einem offenen Krieg zwischen ihnen kommen sollte.«

»Ist das schon jemals passiert?«

»Nein. Aber jedesmal, wenn ich in der Kirche war und die MacKauleys auf der einen Seite und die Catlins auf der anderen saßen, schien es mir, als könne es jeden Augenblick losgehen, so viele haßerfüllte Blicke gingen im Kirchenschiff hin und her. Diese unerfreuliche Spannung jeden Sonntag war es auch, die mich auf die Idee gebracht hat, etwas dagegen zu unternehmen, insbesondere nachdem ich bemerkt hatte, daß die Blicke, die sich Jenny und Clayton zuwarfen, alles andere als haßerfüllt waren.«

»Wenn Sie mich fragen, haben Sie die Dinge nur ein ganz klein wenig beschleunigt.«

»Warum sagen Sie das?«

»Wir haben bereits gehört, daß Clayton mit der Sache noch nicht fertig ist. Scheint so, als wäre es Jenny auch nicht, denn nach dem, was ihr Bruder erzählt, weint sie sich die Augen aus.«

»Aber das ist ja schrecklich!«

Angel zuckte mit den Schultern. »Hängt ganz davon ab, weswegen sie weint. Könnte sein, daß diese beiden jungen Leute irgendwann auch ohne Ihre Hilfe zueinandergefunden hätten; wenn ihre Familien sie in Ruhe ließen, täten sie das vielleicht immer noch.« Bei diesen Worten runzelte Cassie nachdenklich die Stirn, was sehr leicht zu interpretieren war. »Denken Sie nicht einmal daran, Lady. Der Teufel und Ihre Mutter hätten Ihnen diese ewige Einmischerei schon lange austreiben sollen.«

Sie warf ihm einen verdrossenen Blick zu. »Es ist einfach nicht fair, daß Clayton und Jenny in diese Fehde verwickelt werden, daß diese leidige Angelegenheit die beiden voneinander fernhält. Und wissen Sie, was? Die beiden haben nicht einmal eine Ahnung, *warum* ihre Familien einander verachten.«

»Nun, das ist nicht Ihre Angelegenheit, *die beiden* sind nicht Ihre Angelegenheit, und Sie werden sich nicht noch einmal da einmischen. Verstanden?«

Sein Gesichtsausdruck war so einschüchternd, daß Cassie sagte: »Nun, wenn Sie es so ausdrücken, haben Sie wohl recht. Aber sagen Sie mir eines. Jetzt, nachdem Sie sie getroffen haben – glauben Sie, Dorothy Catlin wäre vielleicht bereit, doch noch mit mir zu reden?«

»Keine Chance. Aber ich habe ihr klargemacht, daß Sie nicht von hier weggehen, bevor Ihr Vater zurückkehrt. Und ich glaube nicht, daß Sie von dieser Seite noch weitere Schwierigkeiten zu erwarten haben.«

Cassie lächelte verhalten. »Ich schätze, es hat doch nicht geschadet, daß Sie dorthin geritten sind. Vielen Dank.«

»Nicht der Rede wert.«

»Nun, jetzt können Sie gehen.« Sie machte ein paar Schritte rückwärts auf das Haus zu, fügte aber, bevor sie sich schließlich herumdrehte, hinzu: »Da unsere letzten beiden Cowboys draußen auf der Weide bleiben, können Sie gern Ihr Dinner im Haus einnehmen.« Gestern abend hatte Emanuel ihm sein Essen in die Schlafbaracke gebracht.

»Ist das eine Einladung?«

Sein überraschter Ton verwirrte sie. »Nein – ich meine – ja, das ist es, aber nicht so, wie Sie denken.«

»Sie meinen, Sie hätten nicht plötzlich eine besondere Vorliebe für mich entwickelt, Schätzchen?« fragte er grinsend.

Diese aufreizende Frage verdiente keine Antwort, verursachte bei ihr aber ein neuerliches Erröten, als sie herumwirbelte, um seiner Gesellschaft zu entkommen. Langsam fragte sie sich, ob Angel nicht vielleicht einen ähnlich merkwürdigen Sinn für Humor hatte wie Frazer MacKauley.

12

Cassie zog sich an diesem Abend nicht noch einmal eigens für das Dinner um, was sie natürlich getan hätte, wenn ihr Vater dagewesen wäre. Sowohl er als auch ihre Mutter hielten an den förmlichen Sitten des Ostens fest, obwohl sie beide mehr als die Hälfte ihres Lebens im Westen verbracht hatten. Wenn sie sich jetzt umgezogen hätte, das befürchtete sie wenigstens, wäre Angel aber vielleicht auf den Gedanken gekommen, das nicht als bloße Konvention zu betrachten, und hätte glauben können, sie wolle ihn beeindrucken. Und auf diesen Gedanken wollte sie ihn wahrhaftig nicht bringen.

Aber sie wünschte wirklich, sie hätte den Mund gehalten. Maria bemerkte ihre Nervosität und erinnerte sie daran, daß Angel durchaus mit ihr und ihrem Sohn in der Küche essen könne. Genau das hatte Cassie auch im Sinn gehabt, als sie ihre Einladung ausgesprochen hatte, aber nach Angels falscher Auslegung ihres Angebots, ob echt oder nur gespielt, würde er glauben, sie hätte immer noch Angst vor ihm, wenn sie sich jetzt weigerte, mit ihm zu essen. Ob das nun so war oder nicht, sie zog es jedenfalls vor, ihn nicht noch einmal auf diese Idee zu bringen. Und schließlich war er keiner ihrer Angestellten – er war ein Gast – ein unerbetener zwar, aber immerhin ein Gast.

Und er kam zu spät. Maria hatte das Dinner fünfzehn Minuten lang warm gehalten, als Angel endlich an der Haustür erschien. Cassie verlor kein Wort über seine Unpünktlichkeit, obwohl sie Emanuel zu ihm geschickt hatte, um ihm mitteilen zu lassen, um welche Uhrzeit das Dinner für gewöhnlich serviert wurde. Sie war einfach zu überrascht durch seine Erscheinung, um überhaupt viel zu sagen.

Er hatte sich von seinem Macintosh getrennt. Statt dessen trug er jetzt eine schwarze Jacke, unter der sich die Muskulatur abzeichnete, die zuvor unter dem formlosen gelben Mantel verborgen gewesen war. Sein sauberes schwarzes Hemd war bis zum Kragen zugeknöpft, und er trug jetzt eine schmale Krawatte statt seines Halstuches. Bei seinem Eintreten nahm er sofort den Hut ab. Sein schwarzes Haar war noch immer feucht vom Baden und fiel ihm schwer und säuberlich gekämmt auf die Schultern. Wie die meisten Männer, die viel Zeit draußen zubrachten, ließ er es offensichtlich für den Winter wachsen, um Hals und Ohren gegen die Kälte zu schützen.

Diesmal war es unmöglich zu übersehen, was für ein attraktiver Mann er war. Es war einfach offenkundig und verwirrte Cassie ebensosehr wie sein gefährlicher Ruf. Sie ertappte sich dabei, wie sie ihn einfach nur anstarrte. Glücklicherweise bemerkte er es nicht. Er war zu sehr damit beschäftigt, sich umzusehen.

»Haben Sie sie eingesperrt?« fragte er, nachdem sie die Tür hinter ihm geschlossen hatte.

»Wen … oh, Sie meinen Marabelle? Sie ist in der Küche. Keine Angst, ich habe Maria gebeten, sie bei sich zu behalten, solange Sie im Haus sind.«

»Dafür bin ich Ihnen sehr dankbar«, erwiderte er.

Seine Vorsicht, wenn es um ihr großes Haustier ging, hätte sie eigentlich amüsieren sollen, aber sie war sich zu sehr der Tatsache bewußt, daß dieser Mann selbst zum Dinner seine Waffe trug, so daß Marabelle trotz ihrer Harmlosigkeit in seiner Gegenwart nicht sicher war.

Mit der Vision eines katastrophalen Abends vor sich, führte ihn Cassie durch die Halle zu den Doppeltüren auf der rechten Seite. Der lange, repräsentative Tisch war für zwei Personen gedeckt. Als sie die beiden Gedecke so nahe beieinander sah, wünschte Cassie, sie hätte rechtzeitig daran gedacht, Maria zu bitten, an den gegenüberliegenden Enden des Tisches zu decken, statt nur an einem Ende, wie sie es tat, wenn Cassie mit ihrem Vater aß. Das Arrangement schien unter den gegebenen Umständen viel zu intim, aber wenn sie es jetzt noch versuchte zu ändern, wäre Angel wahrscheinlich beleidigt gewesen.

Sie ging auf einen der Stühle zu und war überrascht, ihn hinter sich zu spüren, als er den Stuhl für sie zurechtrückte. Kultivierte Manieren hatte sie bei ihm nicht erwartet.

»Danke«, sagte sie, und ihre Verwirrung stieg, als er nichts darauf erwiderte, sondern den Platz ihr gegenüber einnahm.

Maria, die Cassies Stimme gehört hatte, streckte ihren Kopf

durch die Seitentür und begann kurz darauf, das Essen aufzutragen. Angel machte irgendeine Bemerkung über die schönen Möbel, und Cassie war erleichtert, ein neutrales Thema gefunden zu haben, über das sie sich mit ihm unterhalten konnte. Sie erklärte ihm, daß jedes Stück in diesem Haus genauso war wie in ihrem Zuhause in Wyoming und daß ihr Vater in dasselbe Geschäft in Chicago gegangen war, aus dem die Originale stammten. Ein paar der Möbelstücke waren dort nicht mehr vorrätig gewesen, so daß er jemanden damit beauftragen mußte, sie für ihn zu kopieren.

»Warum?« fragte Angel, als das Thema für sie schon beinahe erschöpft war.

»Danach habe ich nie gefragt«, gab sie zu. »Es gibt gewisse Dinge, über die ich mit meinem Vater nicht spreche. Alles, was mit meiner Mutter zu tun hat, oder alles, wobei ich nur den Verdacht habe, es könnte mit ihr zu tun haben, wird einfach niemals erwähnt.«

»Warum nicht? Nur, weil sie geschieden sind …«

»Sie sind nicht geschieden.« Als er die Gabel senkte und sie fassungslos ansah, fügte sie hinzu: »Die meisten Leute glauben das wohl, aber keiner von den beiden hat jemals einen Versuch in dieser Hinsicht unternommen. Es scheint ihnen beiden zu genügen, an verschiedenen Enden des Landes zu leben.«

»Und was ist, wenn einer von ihnen wieder heiraten will?« erkundigte er sich.

Cassie zuckte mit den Schultern. »Dann wird der oder diejenige wahrscheinlich etwas tun, um die erste Ehe zu beenden.«

»Würde Ihnen das etwas ausmachen?«

»In meinem ganzen Leben haben meine Eltern kein einziges Wort miteinander gewechselt. Warum sollte es mir etwas ausmachen, wenn einer von ihnen den Wunsch hätte, eine *normale* Ehe zu führen?«

Angel schüttelte den Kopf, bevor er seine Mahlzeit fortsetzte. »Ich glaube, ich habe es nie wirklich für möglich gehalten, daß die beiden in all diesen Jahren wirklich kein Wort miteinander gesprochen haben. Das muß für Sie als Kind sehr schwierig gewesen sein.«

Sie lächelte. »Um ehrlich zu sein, ich war sieben Jahre alt, bevor ich herausfand, daß sich nicht alle Eltern auf diese Weise verhielten. Ich dachte, das sei ganz normal. Warum erzählen Sie mir jetzt nicht etwas von sich, Angel?«

Sie errötete, als sie seinen Namen aussprach. Es war das erste Mal, daß sie das getan hatte, und es war ihr gar nicht in den Sinn gekommen, welch intimen Klang sein Name hatte, ganz besonders aus dem Mund einer Frau.

Er bemerkte es. »Was ist los?«

»Gibt es – hm – gibt es irgendeinen anderen Namen, mit dem ich Sie ansprechen könnte?«

Er lächelte zwar nicht gerade, aber sie konnte sehen, daß er sich über ihr Unbehagen amüsierte. »Mister wäre doch gar nicht so schlecht«, riet er ihr.

Aber das schien ihr im Augenblick kaum die passende Anrede zu sein, und »Mr. Angel« ging auch nicht, da »Angel« nicht sein Familienname war. Er schien nicht die Absicht zu haben, das Problem für sie zu lösen, was sie wütend genug machte, um zu fragen: »Was, um alles in der Welt, hat Sie darauf gebracht, sich den Namen Angel auszusuchen?«

Eine schwarze Braue fuhr in die Höhe. »Sie glauben, ich hätte mir einen solchen Namen ausgesucht?«

»Nein?«

»Zum Teufel, natürlich nicht. Es war nur zufällig der einzige Name, an den ich mich erinnern konnte. Meine Mutter hat mich so genannt, und daher war es auch der einzige Name, den ich dem alten Mann nennen konnte, der mich in den Bergen aufgezogen hat. *Er* fand ihn ausgesprochen lustig, wenn ich mich recht erinnere.«

Sie brauchte nur zehn Sekunden, um darüber nachzudenken und festzustellen: »Aber das war wahrscheinlich einfach ein Kosename, den Ihre Mutter benutzt hat, so wie ›Liebling‹ oder ›Schätzchen‹.«

»Das ist mir später auch klargeworden, aber da war es bereits zu spät, und ich hatte den Namen am Hals. Außerdem hat es mir auch nicht allzuviel ausgemacht. Wenn man so lange wie ich daran geglaubt hat, dies sei der Name, mit dem man geboren wurde, dann gewöhnt man sich daran. Alles andere würde sich für mich jetzt merkwürdig anhören.«

Und was war mit Leuten, die nicht daran gewöhnt waren? hätte sie gern gefragt, war jedoch neugieriger auf das, was er unbeabsichtigt preisgegeben hatte. »Ist Ihre Mutter gestorben? Ist das der Grund, warum dieser alte Mann in den Bergen Sie aufgezogen hat?«

»Er hat mich gestohlen.«

Diesmal war es an Cassie, ihre Gabel zu senken. »Wie bitte?«

»Mitten aus St. Louis heraus«, fuhr er fort, ganz so, als säße sie ihm nicht mit offenem Mund gegenüber. »Ich war fünf oder sechs damals. Kann mich nicht genau erinnern.«

»Sie können sich nicht erinnern? Wollen Sie damit sagen, Sie wissen nicht, wie alt Sie sind?«

»Genau das.«

Das erschien ihr so traurig, daß sie automatisch voller Mitleid nach seiner Hand greifen wollte. Als sie bemerkte, was sie beinahe getan hätte, zog sie ihre Hand ruckartig wieder zurück. Er hatte es bemerkt, und dieser Umstand brachte sie so sehr aus der Fassung, daß sie drei Bissen von Marias Gewürzhuhn gleichzeitig in ihren Mund schob, damit sie nichts mehr sagen konnte.

Aber nachdem sie alles hinuntergeschluckt hatte, sprach sie doch. »Wie konnte denn ein Kind aus einer so großen Stadt einfach verschwinden? Hat man denn keinen Versuch unternommen, Sie wiederzufinden?«

»Da man mich nicht gefunden hat, kann ich das nicht wissen. Und die nächsten neun Jahre habe ich so weit oben in den Rocky Mountains verbracht, daß wir nicht einmal einen Indianer zu Gesicht bekommen haben, geschweige denn einen anderen Weißen.«

»Haben Sie nie versucht zu fliehen?«

»Ein paar Monate, nachdem wir diese Hütte hoch in den Bergen erreicht hatten, habe ich mich einmal zu weit davon entfernt. Als Old Bear mich fand, hat er mich anschließend für drei Wochen in seinem Garten angekettet.«

Cassie fiel es schwer zu akzeptieren, was sie da hörte. Vor allem das letzte erfüllte sie mit Entsetzen. »Er hat Sie bei Wind und Wetter draußen gelassen?«

»Ich nehme an, ich kann dankbar dafür sein, daß sich das Ganze im Sommer abgespielt hat«, sagte Angel leichthin, so als brächte das Thema keine schrecklichen Erinnerungen zurück. »Aber ich habe mich danach nie wieder weit von der Hütte entfernt. Und es hat beinahe fünf Jahre gedauert, bevor er mir erlaubt hat, ihn in die Siedlung zu begleiten, wo er seine Pelze verkaufte. Man brauchte eine ganze Woche nur für den Hinweg.«

»Und haben Sie es dort niemandem erzählt?«

»Er hatte mich gewarnt, ja den Mund zu halten. Mittlerweile war ich daran gewöhnt, ihm zu gehorchen. Außerdem kannten diese Leute Old Bear. Es gab da niemanden, der sich gegen ihn gestellt und mir geholfen hätte, nach St. Louis zurückzukommen.«

Cassie wünschte, sie hätte ihn nicht wegen seines Namens befragt, obwohl sie das Thema jetzt anscheinend nicht mehr fallenlassen konnte. »Wissen Sie, warum er Sie mitgenommen hat? Wollte er einen Sohn?«

»Nein, einfach nur Gesellschaft. Meinte, er sei es müde, immer nur mit sich selbst zu reden.«

Einfach nur Gesellschaft. Ein kleiner Junge war aus seiner Familie herausgerissen worden, um einem alten Mann Gesellschaft zu leisten. Sie hatte noch nie zuvor etwas so Mitleiderregendes und Trauriges gehört – und auch nichts so Empörendes.

»Wo ist er jetzt?« fragte sie.

»Tot.«

»Haben Sie …?«

»Nein«, erwiderte er und erklärte: »Er hat seinen Namen bekommen, weil unter den Pelzen, die er verkaufte, immer auch ein oder zwei Bärenfelle waren. Er hat seine Kräfte immer gern mit einem Bären gemessen, je größer, desto besser. Aber er wurde schließlich zu alt dafür. Sein letzter Bär hat überlebt, er nicht.«

»Und Sie sind gegangen?«

»Sobald ich ihn begraben hatte«, sagte Angel. »Ich war damals fünfzehn – oder jedenfalls so ungefähr.«

»Sind Sie zurück nach St. Louis, um Ihre Familie zu finden?« fragte Cassie als nächstes.

»Natürlich. Aber niemand konnte sich an meine Mutter oder an einen verschwundenen kleinen Jungen erinnern. Wahrscheinlich war St. Louis auch nicht mein eigentliches Zuhause. Ich erinnere mich, daß wir mit dem Zug dorthin gefahren sind, und Old Bear hat mich schon kurz nach dieser Zugfahrt mitgenommen.«

»Sie haben nichts von einem Vater gesagt.«

»Ich kann mich auch kaum an einen erinnern. Es gab da einen Mann, der sich als meinen Pa bezeichnete, aber ich glaube, ich habe ihn nur ein oder zweimal gesehen. Welcher Beschäftigung er auch nachgegangen sein mag, sie hat ihn wohl immer lange von zu Hause ferngehalten.«

»Aber haben Sie denn nicht versucht, Ihre Eltern zu finden?«

»Ich wußte nicht, wo ich hätte suchen sollen.«

Er sagte das so gleichgültig, als spiele es keine Rolle mehr für ihn. Eine Haltung, die Cassie genauso viele Probleme bereitete wie die Geschichte selbst.

»Chase Summers hat seinen Vater auch nie gekannt«, erzählte

sie ihm. »Aber er wußte seinen Namen, was es Chase leicht gemacht hat, ihn zu finden, als er ihn in Spanien suchte. Schließlich gibt es Männer, die eigens dazu ausgebildet sind, irgendwelche Leute zu finden, Männer, die wissen, wie man mit lange verschütteten oder beinahe vergessenen Anhaltspunkten umgehen muß. Wir könnten so jemanden beauftragen, Ihre Familie zu finden, wenn Sie wollen.«

»Wir?«

Sie errötete und griff nach der Weinflasche, um ihre Gläser aufzufüllen. Er hatte seines kaum berührt. Sie hätte Maria bitten sollen, irgendwo eine Flasche Whisky für ihn aufzutreiben, falls es in diesem Haus überhaupt welchen gab – ihr Vater trank nicht –, obwohl der Gedanke an einen betrunkenen Angel etwas überaus Erschreckendes hatte.

»Ich nehme an, meine Vorliebe, mich überall einzumischen, ist mal wieder sichtbar geworden«, gab sie zu und hoffte, ihre geröteten Wangen wären nicht ebenfalls sichtbar. Sie hatte das Gefühl, daß sie in ihrem ganzen Leben noch nicht so oft errötet war wie seit seiner Ankunft auf der Ranch. »Sie müssen mir verzeihen. Ich kann einfach nicht dagegen an, wenn ich den Menschen helfen möchte.«

»Selbst wenn die betreffenden es gar nicht wollen?«

Diese Bemerkung hätte sie eigentlich zum Schweigen bringen müssen, aber sie war noch nicht damit fertig, sich für ihre merkwürdige Angewohnheit zu entschuldigen. »Manchmal brauchen die Menschen ein wenig Hilfe, um herauszufinden, was sie eigentlich wollen.«

In diesem Punkt gab Angel nach und sagte nichts mehr. Er wünschte ja selbst, er könnte seine Eltern finden. Noch nie hatte ihn jemand geliebt, und diese beiden Menschen waren vielleicht die einzigen auf der Welt, die dazu bereit wären. Liebe war etwas, das ihm in seinem Leben gefehlt hatte, und nicht nur elterliche Liebe. Seit er Jessie und Chase Summers zusammen gesehen hatte – die Art, wie sie sich berührten und einander ansahen, die Art, wie ihre Liebe zwischen ihnen existent war – wußte er, daß er das auch für sich selbst wollte. Diese Nähe zu einem anderen Menschen, die Fürsorge, die Zärtlichkeit, Dinge, die er nie besessen hatte, und wenn, dann war es so lange her, daß er sich nicht mehr daran erinnern konnte.

Aber er hatte die Hoffnung aufgegeben, so etwas für sich selbst zu finden. Die guten Frauen hielten sich wegen seines Rufes von ihm fern. Den schlechten Frauen gefiel sein Ruf, und sie hießen ihn in ihren Betten willkommen, gerieten jedoch bei dem ersten Anzeichen, er könne etwas Ernsthafteres von ihnen wollen als ein wenig Spaß, in Angst. Was hatte Cassandra Stuart nur an sich, daß er plötzlich wieder daran denken mußte? Nein, es war nicht sie selbst, sondern die Art, wie sie all diese Jahre der Einsamkeit wieder aufwühlte.

»Es tut mir leid«, sagte sie. »Ich glaube, Sie haben mich – nun, Sie haben mich mit Ihrer Erzählung *überrascht*. Ich dachte, ich wüßte eine Menge über Sie, aber ich habe noch nie zuvor etwas über Ihre Jugend gehört.«

Er hatte Colt von Old Bear erzählt, aber sonst niemandem – bis jetzt. Und um nichts in der Welt hätte er sagen können, warum er ausgerechnet mit ihr darüber gesprochen hatte. Vielleicht lag es daran, daß sie ihn aus der Fassung brachte, wie sie so dasaß, steif und korrekt und hübscher als je zuvor. Was nicht den geringsten Sinn ergab, denn eigentlich war nichts anders an ihr als sonst. Sie trug sogar dieselben Kleider, die sie wenige Stunden zuvor getragen hatte.

Es war jedoch das erste Mal, daß er sie ohne einen Mantel, eine Jacke oder eine Stola sah, die ihre Figur verbargen, und er war einigermaßen überrascht gewesen, herauszufinden, wie schön geformt ihr Körper war, mit wohlgerundeten kleinen Brüsten und einer schmalen Taille. Im Kerzenlicht sah sie sanft und weich aus, ihre grauen Augen funkelten wie flüssiges Silber. Und diese üppigen Lippen …

Er konnte nicht zählen, wie oft seine Augen an diesem Abend zu ihrem Mund wanderten, während sie sprach oder aß oder ihre Lippen schürzte, um einen Schluck von ihrem Wein zu trinken. Es war kaum mehr als eine Kostprobe gewesen, als sie ihm diesen Kuß geschenkt hatte, aber das, was er da geschmeckt hatte, war unglaublich süß …

Sinnlos, das länger zu leugnen. Und sein Blick senkte sich auf ihre Brüste, hob sich dann wieder zu ihrem weichen Mund, und sein Körper machte ihm langsam klar, daß er mehr als das wollte.

Seine unerwartete Reaktion auf dieses Mädchen bestürzte Angel so sehr, daß er nach seinem Weinglas griff und es mit einem Zug leerte. Als er das Glas wieder abstellte, sah er, wie Cassie die Narbe an seinem Kinn anstarrte. Er wußte, daß ihr diese Narbe schon früher aufgefallen war, obwohl sie nicht danach gefragt hatte. Sie verlief direkt unter seinem Kinn, so daß man sie nur sehen konnte, wenn man seinen Kopf in einem bestimmten Winkel zurücklegte. Und die Art, wie sie jetzt schnell wieder auf ihren Teller blickte, verriet ihm, daß sie auch jetzt nicht danach fragen würde.

Er verstand diese Zurückhaltung nicht, da ihr doch sonst kein Thema zu heikel war. Vielleicht lag es daran, daß sie dieses Ergebnis möglicher Gewalt einschüchterte. Aber aus irgendeinem Grund ärgerte ihn ihre Zimperlichkeit … nein, es war sein plötzliches Begehren, das ihn ärgerte, und der Drang, die Hand auszustrecken und sie auf seinen Schoß zu ziehen, um eine gründlichere Kostprobe ihrer Lippen zu bekommen.

Daher gab er ihr freiwillig eine Erklärung. »Ein Mann hat versucht, sich von hinten an mich heranzuschleichen und mir die Kehle durchzuschneiden. Er hat sie nicht richtig erwischt.«

Ihr Blick verfing sich in seinen schwarzen Augen. »Lebt er noch?«

»Nein.«

Mit diesen Worten warf Angel seine Serviette auf den Tisch und stand abrupt auf. Er mußte hier raus, weg von dem Kerzenlicht, von dem Wein und von ihr, die ihm mit jeder Sekunde hübscher erschien.

»Vielen Dank für das Dinner, Ma'am, aber fühlen Sie sich nicht verpflichtet, die Einladung zu wiederholen. Um die Wahrheit zu sagen, mir ist wohler, wenn ich allein essen kann, ich bin es so gewöhnt.«

Er wünschte, er hätte diese letzten Worte nicht ausgesprochen. Bei dem Mitleid, das sich plötzlich auf ihrem Gesicht spiegelte, krampfte sich sein Inneres heftig zusammen. Er mußte gehen, bevor er der Versuchung nachgab, zu akzeptieren, was sie anzubieten hatte. Was auch immer es war, er brauchte es nicht, er brauchte niemanden.

13

Der Schlaf schien in dieser Nacht einen großen Bogen um Cassie zu machen. Sie wälzte sich im Bett hin und her, bis sie schließlich aufstand und versuchte, sich müde zu laufen. Aber die Müdigkeit wollte nicht kommen, und das einzige, was sie schließlich erreichte, war, Marabelle so aufzuregen, daß sie die Pantherkatze aus ihrem Zimmer schaffen mußte. Sie konnte nur hoffen, daß das Tier bei seinen Streifzügen durchs Haus nicht auch noch Maria, die unten schlief, wecken würde.

Ihr eigenes Zimmer lag oben, im hinteren Teil des Hauses. Von einem ihrer Fenster aus konnte sie die Schlafbaracke sehen, und jedesmal, wenn sie in ihrer Unruhe daran vorbeiging, stellte sie fest, daß dort noch immer Licht brannte. Sie fragte sich, ob Angel wohl dasselbe Problem hatte wie sie. Ganz gegen ihre sonstige Art hoffte sie es, denn schließlich hing ihr Problem mit ihm zusammen.

Das war nicht fair. Es war ihre eigene Schuld, daß sie soviel über ihn erfahren hatte. Sie hatte in seiner Vergangenheit herumgestochert und ihn dazu gebracht, ihr Dinge zu erzählen, von denen sie lieber nichts gewußt hätte. Es hatte ihr viel besser gefallen, als er einfach nur Angel, der Engel des Todes gewesen war. Jetzt war er auch Angel, der kleine Junge, und Angel, der Mann, der sich wohler fühlte, wenn er allein essen konnte.

Mehr als einmal an diesem Abend hätte sie ihn gern voller Mitleid in die Arme genommen. Sie konnte nur dankbar sein, daß sie nicht zu solch spontanen Handlungen neigte und jedem beliebigen Impuls einfach nachgab. Wenn sie das getan hätte, würde sie sich jetzt schrecklich gedemütigt fühlen. Er hätte sie natürlich schroff zuruckgewiesen. Bestimmt war er kein Mann, der sich gern trösten ließ, ganz egal, warum.

Außerdem war es absurd, einen Mann wie ihn trösten zu wollen, einen unbarmherzigen Revolverhelden, einen Killer ... Nein, sie war schon wieder unfair, Angel war nicht einfach nur ein Killer. Er half auch anderen Menschen. Außerdem hatte er einen ausgeprägten Gerechtigkeitssinn. Das, was er tat, mochte sich zwar nur noch so gerade eben innerhalb der Grenzen des Gesetzes abspielen, aber dennoch hatte sie das Gefühl, daß er auf der Seite des Rechts stand. Und wer war sie schon, über ihn zu urteilen?

Als sie endlich seine Lampe verlöschen sah, versuchte sie noch einmal einzuschlafen, was ihr diesmal überraschenderweise auf der Stelle gelang. Es schienen nur wenige Augenblicke vergangen zu sein, als eine fest auf ihren Mund gepreßte Hand sie wieder weckte.

Das Entsetzen des ersten Augenblicks legte sich ein wenig, als Cassie begriff, daß es Angel sein mußte. Sie verstand nur nicht, warum er nicht angeklopft hatte, um sie zu wecken, statt sie in Angst und Schrecken zu versetzen, indem er einfach bei ihr auftauchte. Es war zu dunkel, um sein Gesicht erkennen zu können; das kleine Feuer, das sie früher am Abend im Kamin gemacht hatte, war mittlerweile zu weit heruntergebrannt. Daher konnte auch er nicht sehen, daß ihre Augen offen waren, was wahrscheinlich der Grund dafür war, daß er ihr noch immer den Mund zuhielt.

»Na, endlich aufgewacht, kleine Lady?«

Die Stimme gehörte nicht Angel, sondern Rafferty Slater. Cassies Entsetzen kehrte zurück und raubte ihr alle Kraft.

»Du brauchst nur zu nicken, wenn du wach bist.«

Aber nicht einmal das konnte sie. Sie konnte sich überhaupt nicht bewegen, ihre Gliedmaßen schienen bleischwer zu sein. Hatte sie nicht geschworen, er dürfe sie niemals mehr berühren? Doch jetzt im Bett hatte sie ihren Revolver natürlich nicht bei sich und hatte keine Möglichkeit, ihn aufzuhalten …

Sie stöhnte, als er mit seiner anderen Hand unter der Decke eine ihrer Brüste fand und zudrückte. »So ist es schon besser«, sagte er mit einem tiefen Lachen. »Wolltest dich wohl totstellen, was? Oder bist du einfach nur erschöpft von der Jagd auf die Rinder, die ich aufgescheucht habe? Aber das hier wirst du jedenfalls nicht verschlafen.«

Es war dieses Lachen, das sie plötzlich lebendig machte. Sie schlug mit den Armen um sich und trat mit den Beinen ihre Decke weg. Eine ihrer Fäuste schaffte es, krachend in seinem Gesicht zu landen.

»Hör damit auf!« knurrte er.

Was sie nicht tat. Und der Versuch, ihre Arme mit nur einer Hand zu bändigen, erwies sich als nicht besonders erfolgreich. Die Hand über ihrem Mund verrutschte so weit, daß sie anfangen konnte zu schreien. Nur wurde ihr Schrei zu schnell erstickt, und seine Finger preßten ihre Lippen erneut zusammen.

»Du bist nicht besonders klug, Kleine. Du solltest besser nett zu mir sein, damit ich dich nicht verletzen muß.«

Um diese Warnung zu äußern, beugte er sich dicht über ihr Gesicht. Sein schnapsgesäuerter Atem reizte sie zum Würgen, aber sie hatte keine Möglichkeit, ihren Kopf abzuwenden. Ihr wurde klar, daß er wahrscheinlich betrunken war, daß es der Schnaps war, der ihm den Mut gegeben hatte, hierherzukommen und sich ihr auf solche Weise zu nähern. Aber sie hatte zu große Angst, um darüber nachzudenken, auf welche Weise sie aus seinem Zustand einen Vorteil ziehen könnte.

»Ich hätte dich schon viel früher besuchen sollen, da dein einziger Beschützer so leicht zu bestechen ist.«

Diese Bemerkung fand er so komisch, daß er wieder anfing zu lachen, während Cassie sich auf das, was er gesagt hatte, keinen Reim machen konnte. Angel bestechlich? Sie würde ihre Hand dafür ins Feuer legen, daß das nicht stimmte. Aber Angel schlief, und sie war kaum dazu in der Lage gewesen, einen Laut von sich zu geben, als sie es versucht hatte. Bestimmt war es ihr nicht gelungen, ihn zu wecken. Ihre Fenster mochten zwar offenstehen, aber solange sie keinen lauten Schrei zuwege brachte …

Plötzlich tauschte Raffertys Mund den Platz mit seiner Hand, zu schnell, als daß Cassie mehr tun konnte, als Luft zu holen. Da er jetzt beide Hände frei hatte, hielt er die ihren mühelos mit einer Hand fest und fing dann an, mit der anderen an ihrem hochgeschlossenen Nachthemd zu zerren. Die Perlenknöpfe sprangen einer nach dem anderen auf, und sie fühlte die kühle Dezemberluft auf ihren Brüsten. Dann spürte sie seine Hand.

»Mist, ich hätte mir eine Lampe mitnehmen sollen. Aber fühlen ist genauso gut wie sehen.«

Cassie fing an zu wimmern. Der Gestank seines Mundes erstickte sie, und seine Hände taten ihr weh. Er hatte ein Bein über ihre beiden Beine geworfen, so daß sie auch diese nicht mehr bewegen konnte. Und dann fauchte und schrie Marabelle, das süßeste Geräusch, das sie je gehört hatte – nur, daß es von draußen kam.

»Verdammte Katze. Ich hätte das Vieh erschießen sollen, statt …«

Rafferty vergaß, Cassie den Mund zuzuhalten, lange genug, um ihr Zeit zu einem gellenden Schrei zu geben: »Angel!«

»Halt den Mund, verdammt noch mal!« Seine Hand legte sich wieder wie ein Schraubstock über ihren Mund. »Wenn dieser Angel der neue Mann ist, von dem sie in der Stadt reden, dann hoffst du besser, daß er dich nicht gehört hat.«

Cassie hoffte genau das Gegenteil, und als unten eine Tür zuschlug, betete sie, daß es nicht Maria oder Emanuel waren. Rafferty schien das jedenfalls nicht zu glauben, denn er stürzte zur Tür, um den Riegel vorzulegen.

»Das wird Angel nicht aufhalten«, höhnte sie, jetzt, da sie wieder frei war. Schnell schlüpfte sie aus dem Bett und ging auf der anderen Seite in Deckung, bevor sie hinzufügte: »Er wird Sie umbringen, falls Sie noch hier sein sollten, wenn er durch diese Tür kommt.«

Sie konnte im Zwielicht kaum erkennen, daß Rafferty sich verzweifelt in ihrem Zimmer umsah. Wenn er glaubte, er könnte sich irgendwo verstecken, dann hatte er sich getäuscht. Aber das, was er suchte, war ein anderer Ausweg, und er fand ihn in den Doppeltüren, die auf den oberen Balkon hinausführten. Er rannte darauf zu und versuchte, sie zu öffnen, aber sie knarrten nur leise.

Cassie hatte die Türen für die Nacht abgeschlossen, aber sie war auch nicht sonderlich darauf versessen, einen toten Mann in ihrem Zimmer zu haben, daher sagte sie: »Drehen Sie doch den Schlüssel um, Sie Idiot.«

Er tat es, und im gleichen Augenblick, als er die Balkontüren aufstieß, lief sie quer durchs Zimmer, um Angel die Tür zu öffnen.

Hinter sich hörte sie ihn murmeln: »Das Miststück gibt mir nicht einmal einen kleinen Vorsprung.«

Das *konnte* einfach nicht sein Ernst sein. Er hatte schon großes Glück, daß sie nicht nach ihrer Waffe griff, sondern statt dessen Angel ins Zimmer ließ. Sie hätte ohne weiteres die Möglichkeit gehabt, ihn zu erschießen, bevor er von dem Balkon hinunterspringen konnte, wogegen Angel dazu keine Gelegenheit mehr haben würde. Und tatsächlich erreichte Angel gerade den oberen Treppenabsatz, als sie die Tür öffnete und über Marabelle stolperte, die ihm den Weg gezeigt hatte.

»Was ist los?« fragte er, als er ihr vom Boden aufhalf.

»Es war einer von den Catlin-Männern.«

Überraschung schwang in seiner Stimme mit. »Nach der Warnung, die ich ihnen gegeben habe?«

»Rafferty Slater handelt auf eigene Faust, aber ich glaube nicht, daß ihm schon jemand etwas von Ihrem Besuch auf der Catlin-Ranch gesagt hat. Außerdem hat er zugegeben, daß er es war, der heute morgen die Rinder aufscheuchte, und ich zweifle daran, daß er seitdem wieder auf der Ranch war. Er hat erwähnt, daß er von den Leuten in der Stadt etwas über den ›neuen Mann‹ hörte, kannte aber nicht einmal Ihren Namen. Und nach seinem Gestank zu urteilen, würde ich sagen, daß er den meisten Teil des Tages in der Stadt verbracht und sich betrunken hat.

Angel stürzte auf die Balkontür zu, noch bevor sie zu Ende gesprochen hatte. Cassie versuchte nicht, ihn aufzuhalten, da Rafferty mittlerweile wahrscheinlich bei seinem Pferd angekommen war. Statt dessen machte sie sich daran, eine Lampe anzuzünden, doch ihre Finger zitterten beinahe zu sehr, um das zu bewerkstelligen. Die körperliche Bedrohung war zu stark gewesen. Jetzt war es vorbei, aber die Erleichterung brach sich nur langsam Bahn.

Marabelle schlängelte sich um ihre Beine. Sie schnurrte nicht, sondern gab leise knurrende Geräusche von sich.

»Es ist ja alles gut, Baby«, sagte Cassie. »Aber du hast schon recht. Ich hätte dich nicht aus meinem Zimmer schicken sollen. Das nächste Mal …«

»Es wird kein nächstes Mal geben«, sagte Angel hinter ihr. »Den werde ich mir schnappen.«

Sie stülpte den Zylinder wieder über die Lampe und stellte fest, ohne sich zu ihm umzudrehen: »Sie werden ihn in der Dunkelheit niemals finden.«

»Ich werde ihn finden.«

Aber in der Dunkelheit konnte Angel ebensogut erschossen werden wie Rafferty, und dieser Gedanke trieb sie dazu zu sagen: »Der Mann wird auch morgen früh immer noch hier sein, außerdem ist das nicht wirklich ein Grund zu töten, Angel. Er hatte keine Chance, mich ernsthaft zu verletzen.«

»Sie kennen meine Einstellung in bezug auf böse Absichten, Lady. Und meine Schuld wird nicht getilgt, wenn Sie bei dieser Angelegenheit verletzt werden.«

Sie wünschte, er würde sich Sorgen um *sie* machen und nicht um seine Schuld, aber sie wollte dennoch nicht, daß er unnötige Risiken einging. Und Rafferty war ein unbekannter Faktor. Er hatte keinen besonderen Ruf, aber das war keine Garantie für irgend etwas, denn er trug seine Waffe, als wüßte er damit umzugehen.

Sie hörte, daß Angel sich anschickte, ihr Zimmer zu verlassen, und drehte sich um, weil sie ihn aufhalten wollte, wobei sie völlig den Zustand ihres Nachthemdes vergaß. Aber in dem hell erleuchteten Raum konnte Angel es unmöglich übersehen. Sein Blick fiel sofort auf den langen Riß, der mitten durch das Kleidungsstück ging und die Hälfte ihrer Brüste und einen Teil ihres Bauches freigab. Sie keuchte und zog den Stoff heftig zusammen, als sie bemerkte, worauf sein Blick gefallen war. Sein Gesicht wurde diesmal genauso rot wie ihres.

»Dieser verdammte Hurensohn«, knurrte er mit einer tiefen, zorngefärbten Stimme. »Sonst alles in Ordnung?«

»Nein. Meine Hände wollen einfach nicht aufhören zu zittern.« Und sie würden weiterzittern, wenn sie nicht schleunigst das Thema wechselten. »Wie – wie ist Marabelle nach draußen gekommen?«

Die Erwähnung des Panthers lenkte seinen Blick auf das Tier, und Marabelle wählte genau diesen Augenblick, um auf ihn zuzuschlendern. Verständlicherweise gab Angel nicht ausgerechnet in diesem Augenblick eine Antwort. Er bewegte nicht einen einzigen Muskel, aber Marabelle rieb lediglich ihren Körper an seinen Beinen, während sie an ihm vorbeiging, um den Balkon zu erforschen, ein Teil des Hauses, zu dem sie freien Zutritt gehabt hatte, bevor die ganzen Schwierigkeiten ihren Anfang genommen hatten.

Mit einer schnellen Bewegung schloß Angel hinter ihr die Tür. Cassie hörte ihn seufzen, bevor er sich wieder zu ihr umdrehte. Seine Reaktion auf ihr Haustier war offensichtlich nach wie vor ein Problem, gleichgültig wie oft sie ihm versicherte, die Pantherkatze wäre zahm. Sie nahm an, daß er sich mit der Zeit schon an sie gewöhnen würde.

Endlich beantwortete Angel ihre Frage: »Auf der hinteren Veranda lag eine rohe Rinderkeule und daneben ein leerer Sack. Damit hat Slater sehr wahrscheinlich Marabelle aus dem Haus gelockt.«

»Sie hätte nur die Nase darüber gerümpft. Wahrscheinlich mußte er sie aus dem Haus herauszerren.«

Angel war beeindruckt oder, um genauer zu sagen, fassungslos erstaunt. »Nun, der Mann muß wirklich Nerven haben.«

»Nein, eigentlich nicht. Als ich das erste Mal hierher kam, mußte ich allen Leuten klarmachen, daß Marabelle harmlos ist. Die Leute neigen dazu, sich zu ärgern, wenn sie sich erst erschrecken und nachher herausfinden, daß es gar keinen Grund dafür gab.«

»Jetzt, wo Sie es sagen – es hat wirklich nicht so ausgesehen, als hätte sie das Fleisch auch nur angerührt. Sie hat statt dessen an meiner Tür gekratzt und mich zu Tode erschreckt, als ich aufmachte. Doch dann ist sie wie der Blitz wieder zum Haus zurückgelaufen. Ich hätte mir nichts dabei gedacht, wenn sie nicht an einem Pferd vorbeigekommen wäre. Es war an der hinteren Veranda festgemacht und hatte eindeutig nicht dagestanden, als ich das Haus verließ.«

»Ich bin froh, daß Ihnen das aufgefallen ist.«

Er nickte unbehaglich. Situationen wie diese lagen jenseits seiner Erfahrungen.

»Wenn er so betrunken ist, wie Sie sagen, dann wird er leicht zu finden sein«, sagte Angel.

»So betrunken war er nun auch nicht, und ich wünschte, Sie würden nicht weggehen. Ich kann bestimmt nicht mehr einschlafen, es sei denn, ich weiß, daß Sie in meiner Nähe sind.«

»Keine Angst, Sie werden schon wieder einschlafen. Sie müssen nur ...«

»Bitte, Angel.«

Noch bevor sie seinen Namen ganz über die Lippen gebracht hatte, fing sie an zu weinen, und das war keineswegs nur ein Täuschungsmanöver. Bei dem Gedanken, er könne das Haus verlassen, geriet sie tatsächlich in Panik.

»O nein, bitte tun Sie das nicht.«

Sie hörte nicht auf ihn. Ein Teil ihres Gesichts wurde nun von ihrem offenen Haar verdeckt, der andere von ihren Händen. Sie hatte ihr Nachthemd schon wieder vergessen, aber die übereinander liegenden Ränder des Stoffes blieben geschlossen. »Nun kommen Sie schon, hören Sie auf damit.« Er versuchte es noch mal, aber sie weinte einfach nur noch lauter. »Ach, zum Teufel ...«

Cassie war überrascht, als sie plötzlich seine Arme um sich spürte. Das war es nicht, was sie hatte erreichen wollen, aber sie konnte nicht leugnen, daß es ihr gefiel.

Angel sagte nichts mehr, sondern hielt sie nur unbeholfen fest. Gut, das war durchaus in Ordnung. Wenigstens würde er sich jetzt nicht mehr auf den Weg machen, um Blut zu vergießen – oder zu riskieren, daß ein anderer seines vergoß. Und nach einer Weile fielen ihre Hände auf seine Hüften herunter, und sie legte ihre nasse Wange an seine Brust.

Bis zu diesem Augenblick hatte sie gar nicht bemerkt, daß er sein Hemd weder zugeknöpft noch in seine Hose gesteckt hatte. Sie war zu aufgeregt gewesen, um überhaupt etwas zu bemerken, aber es war nackte Haut, an die sie jetzt ihr Gesicht drückte.

Natürlich hätte sie sich sofort zurückziehen müssen. Das wäre die einzig schickliche Verhaltensweise gewesen. Aber gerade das wollte sie nicht, da sie sich im Moment eigentlich besonders wohl fühlte. Was außerordentlich erstaunlich war, wenn man bedachte, daß sie normalerweise in Angels Gegenwart so nervös war. Trotzdem brauchte sie eine Entschuldigung für sein und ihr Verhalten, und diese Entschuldigung existierte nicht mehr, denn ihre Tränen waren getrocknet und bis auf ein leises Schnüffeln versiegt. Daher blieb sie nur noch ein paar Augenblicke stehen, bevor sie seufzte und zu ihm aufsah.

»Es tut mir leid«, sagte sie sanft. »Ich habe, seit diese Sache begonnen hat, kein einziges Mal geweint. Ich nehme an, es war einfach überfällig.«

Sie sahen einander für ein paar lange Sekunden in die Augen, seine so dunkel und unergründlich, ihre wie funkelndes Silber. Plötzlich lag in der Luft eine Spannung, die Cassie den Atem anhalten ließ, während sein Blick sich langsam, sehr langsam auf ihre geöffneten Lippen senkte und dort verharrte.

»Sie entschuldigen sich zuviel«, erwiderte er mit der für ihn typischen Trägheit, kurz bevor sich sein Mund über ihrem schloß.

Dies kam für sie vollkommen unerwartet. Und es war etwas ganz anderes als der Kuß, den sie gestern gegeben hatte. Da war sie in Panik gewesen und hatte Angst gehabt, zurückgewiesen zu werden. Jetzt aber war sie entspannt und offen für eine Fülle von Entdeckungen.

Er begann ganz zaghaft, als sei diesmal er derjenige, der eine Zurückweisung erwartete. Das aber kam ihr nicht einmal in den Sinn, so sehr war sie damit beschäftigt, dieses wunderbare Gefühl auszukosten. Als er nicht einmal den winzigsten Protest von ihr hörte, wurde sein Kuß heftiger. Er teilte ihre Lippen und ließ seine Zunge in ihrem Mund auf eine quälend süße Entdeckungsreise gehen. Neue Gefühle stiegen in ihr auf, die sie in ihrer Fremdheit und Intensität beinahe erschreckten, tiefe, strudelnde, heiße Gefühle. Und es war nicht mehr der Kuß allein. Es waren auch seine Arme, die sich fester um sie schlossen, die sie näher zogen, bis sie mit ihm verschmolz. Ihr Nachthemd war viel zu dünn, um seinem Körper auch nur den geringsten Widerstand entgegenzusetzen.

Warme Trägheit durchflutete ihren Körper, ein heftiger Gegensatz zu dem Hämmern ihres Herzens. Sie fühlte sich durch und durch schwach, unfähig, den Kuß zu beenden, selbst wenn sie es gewollt hätte. Aber sie wollte nicht. Er wollte nicht. Und das war von allen Entdeckungen die aufregendste.

Während des Dinners hatte sie ein paarmal bemerkt, daß er ihre Lippen anstarrte, aber sie hatte sich nichts dabei gedacht. Und ganz gewiß war sie nicht auf die Idee gekommen, er könne sie begehren. Sie gehörte einfach nicht zu den begehrenswerten Frauen. Aber Angel küßte sie, als gäbe es nichts auf der Welt, was er lieber täte, und Cassie fühlte sich mehr als nur geschmeichelt, denn dazu genoß sie seinen Kuß viel zu sehr.

Als sein Mund in eine neue Richtung wanderte, war sie überrascht darüber, daß er nicht aufhörte, sie zu küssen, sondern sich daranmachte, ihre Haut auch an anderen Stellen zu kosten. Seine Zunge bewegte sich langsam ihren Hals hinauf, um dann ihr Ohrläppchen zu liebkosen.

»Ganz und gar aus Zucker«, hauchte er in ihr Ohr. »Du bist die reinste Süßigkeit.«

Cassie erschauerte am ganzen Körper. Mittlerweile zitterte sie beinahe und wurde mit jeder Sekunde schwächer. Dann lehnte er sich zurück, um sie anzusehen, während seine Hand durch den Riß in ihrem Nachthemd schlüpfte, um langsam und vorsichtig über ihre nackte, empfindliche Haut zu streichen.

Dies war die sündhafteste, erotischste Erfahrung ihres Lebens – seine Hand auf ihrer Brust, seine Augen mit schwelender Leidenschaft in ihren versunken. Es war einfach zuviel auf einmal, all diese jenseits ihrer bisherigen Erfahrung liegenden Gefühle, die er in ihr erweckte. Cassie erschrak plötzlich und wich zurück, löste sich aus seiner Umarmung, aus seiner erregenden Beruhrung.

»Das – das dürfen Sie nicht ...«

Sie erkannte ihre eigene Stimme kaum wieder, noch brachte sie auch nur ein einziges weiteres Wort über die Lippen. Aber er sah sie einfach nur an, und das so lange, daß sie glaubte, gleich in Ohnmacht fallen zu müssen, so unerträglich war die Spannung.

Endlich stieß er einen Seufzer aus und sagte: »Ich weiß. Ich schätze, diesmal bin wohl ich an der Reihe, mich zu entschuldigen. Es wird nicht wieder vorkommen.«

Sie sah ihm nach, als er ging, hin und her gerissen zwischen dem Drang, ihn zurückzurufen und einer plötzlichen Erinnerung daran, was sich gehörte und was nicht. Und ganz gewiß gehörte es sich weder Angel zu küssen, noch seinen Kuß so sehr zu genießen. Warum verspürte sie also so großes Bedauern bei dem Gedanken, daß es nie wieder vorkommen würde?

14

Angel war nicht überrascht darüber, daß die Catlins auf den hohen Mauern, die ihre Farm umgaben, einen Wachposten aufgestellt hatten. Irgend jemand mußte ihn schon aus weiter Ferne gesehen haben, denn noch bevor er sich der Ranch nähern konnte, kamen Buck Catlin und zwei Cowboys auf ihn zugeritten. Und sie gingen kein Risiko ein. Catlins Männer hielten ihre Gewehre in der Hand und ihre Finger lagen am Abzug.

Er fragte sich, ob auf diesen Mauern vor ihm noch mehr Gewehre auf ihn gerichtet waren, machte sich jedoch nicht die Mühe, genauer hinzusehen. Seine eher schlanke Figur hatte eindeutig ihre Vorteile – er gab eine kleinere Zielscheibe ab.

Trotzdem brachte er sein Pferd zum Stehen und wartete auf die drei Reiter. Wahrscheinlich konnte er es, falls notwendig, mit allen dreien gleichzeitig aufnehmen. Schließlich war er schnell genug, und wenn es darauf ankam, hatte er noch nie sein Ziel verfehlt. Vielleicht würde er selbst ebenfalls eine Kugel abbekommen, da zwei der Männer ihre Gewehre ja in der Hand hielten, aber was kümmerte das ihn. Er befand sich heute morgen in einer gefährlichen Stimmung, einer Mischung aus einer gehörigen Portion Selbstverachtung und dem Gefühl, daß seine Dummheit in der vergangenen Nacht irgendeine Strafe verdiente. Es war ein Fehler gewesen, keine Vorkehrungen zu treffen, die Slater daran gehindert hätten, ohne weiteres einbrechen zu können. Außerdem hätte er ihm gestern sofort folgen sollen.

Und niemals hätte er Cassandra Stuart berühren dürfen.

Das war überhaupt sein größtes Unglück und Ursache seiner schlimmsten Verwirrung. Diese Frau. Diese irritierende Frau, die kaum jemals schwieg und sich überall einmischte – sie und ihr menschenfressendes Haustier. Was konnte man an ihr schon mögen? Sie war nicht einmal sehr hübsch – obwohl sie gestern abend sogar verdammt hübsch gewesen war, aber gestern abend hatten er und der Wein, den sie ihm serviert hatte, sich offensichtlich nicht gut vertragen. Warum sonst hätte er wohl diesem unglaublichen Verlangen, sie noch einmal zu küssen, nachgegeben?

Die Cowboys hielten direkt vor ihm an, wobei Buck ein klein wenig vor den anderen stand. Der Rancher nahm seinen Hut ab und schlug damit gegen seinen Oberschenkel, ein Zeichen von

Nervosität nahm Angel an. Der junge Mann sah ganz und gar nicht so aus, als fühle er sich wohl in seiner Haut.

Aber die Arroganz war Buck Catlin in Fleisch und Blut übergegangen, so daß sein Ton immer noch ziemlich beleidigend klang, als er sagte: »Ich dachte, meine Ma hätte Ihnen gesagt, was passiert, wenn Sie hier noch einmal auftauchen.«

Angel gab ihm nicht sofort eine Antwort. Es waren Augenblicke wie diese, in denen er sich wünschte zu rauchen. Gerade jetzt wäre es sehr nützlich, wenn er sich eine Zigarette drehen könnte, um den jungen Rancher zu ignorieren und herauszufinden, ob er bereit war, seine Drohung wahrzumachen, oder ob das Ganze einfach nur Angeberei war.

»Wenn ich mich recht erinnere, habe ich ihr gesagt, daß das keine Rolle spielen würde – nicht, wenn ich einen guten Grund hätte, wiederzukommen.«

Buck kicherte in sich hinein. »Mister, Sie müssen entweder der verrückteste oder der tapferste Mann sein, den ich je kennengelernt habe. Haben Sie denn immer noch nicht begriffen, daß ein Wort von mir genügt, um Sie zu einem toten Mann zu machen?«

»Nicht tot, Catlin. Verletzt vielleicht. Aber dreimal dürfen Sie raten, wer tot sein *wird*, und auf wen Sie auch tippen mögen, Sie hätten in jedem Falle recht.«

»So gut können Sie einfach nicht sein.«

»Ich glaube nicht, daß Sie das herausfinden möchten.«

Buck blickte sich verstohlen nach seinen beiden Männern um; er wollte sichergehen, daß sie immer noch auf alles vorbereitet waren. Sie waren es. Aber das beruhigte ihn lange nicht so sehr, wie er gehofft hatte.

»Sehen Sie, Angel, niemand hat Ihnen gesagt, daß Sie zurückkommen sollen. Wir werden hier schon allein mit unseren faulen Äpfeln fertig.«

»Ich komme wegen Slater.«

»Und ich habe Ihnen gerade gesagt, daß Sie zu spät kommen«, erklärte ihm Buck. »Als ich die Männer befragt habe, hat Sam, Raffertys Freund, gestanden, daß die in Panik geratene Herde auf Raffertys Konto geht. Und er war gestern nirgends zu finden, was meiner Meinung nach Sams Geschichte bestätigt. Ich weiß nicht, wann Rafferty gestern nacht in sein Bett gekrochen ist, aber heute morgen habe ich ihn aus den Federn gezerrt und gefeuert. Er ist noch vor Sonnenaufgang verschwunden.«

»Wohin?«

»Er hat es nicht gesagt, und ich habe nicht gefragt.«

»Dann werde ich mit seinem Freund Sam sprechen.«

»Der wird heute auf der Südweide sein. Sie können ihn gern suchen gehen – aber es ist eine große Weide, ungefähr zweitausend Morgen. Man kann sich leicht auf dem Catlin-Land verirren.«

Er hatte seine Arroganz also wiedergefunden. Und Angel hatte nicht die Absicht, sich damit abzufinden. »Dann werden *Sie* ihn für mich finden und zu mir schicken. Es geht nicht mehr nur um die aufgescheuchten Rinder. Gestern nacht ist Slater bei Miss Cassie aufgetaucht, ist bei ihr eingebrochen und hat ihr übel mitgespielt. Ich will ihn haben.«

In dieser Feststellung lag eine solche Drohung, daß alle drei Männer froh waren, nicht Slater zu heißen. Angel wartete auf keine Antwort. Er riß sein Pferd herum und ritt zurück zur Stuart-Ranch.

Buck ließ einen leisen Seufzer hören und wandte sich an den Mann zu seiner Linken. »Yancy, vielleicht sollten Sie nach Süden reiten und schauen, ob Sie Sam ausfindig machen können. Ich will diesem Mann nicht noch einmal einen Vorwand liefern, uns zu besuchen. Den würde ich nicht einmal einem MacKauley auf den Hals wünschen.« Aber dann fielen ihm die rotgeweinten Augen seiner Schwester ein, und er fügte hinzu: »Nun, wenn ich so darüber nachdenke – vielleicht mit Ausnahme von Clayton MacKauley.«

Cassie fand eine Entschuldigung nach der anderen, um an diesem Tag nicht das Haus verlassen zu müssen. Sie zettelte einen Frühjahrsputz im Dezember an, der Maria dazu brachte, mit der Zunge zu schnalzen und leise vor sich hin zu schimpfen. Sie überprüfte alle Vorräte. Sie schrieb noch einen weiteren Brief an ihre Mutter, um ihr von Angel zu erzählen, den sie anschließend sogleich wieder zerriß. Ihre Mutter brauchte nun *wirklich* nicht zu wissen, daß ein berüchtigter Revolverheld in Rufweite ihrer Tochter lebte. Nichts würde sie schneller nach Texas bringen als eine solche Mitteilung. Und wenn auch die strenge, sachliche Art und Weise, wie ihre Mutter an Probleme heranging, genau das sein mochte, was im Augenblick notwendig war, so war Cassie doch fest entschlossen, diesmal ihre Schwierigkeiten allein zu meistern.

Zu diesen Schwierigkeiten kam jetzt jedoch noch eine neue Verwicklung hinzu, die sie selbst gestern nacht verursacht hatte – ihr eigenes Benehmen. Ihr eigenes *liederliches* Benehmen. Im hellen Tageslicht fand sie es entsetzlich demütigend, daß sie einfach passiv geblieben war, als Angel sich solche Freiheiten bei ihr herausgenommen hatte. Nun ja, er schien sie zu begehren, und das hatte ihr geschmeichelt, außerordentlich geschmeichelt, denn schließlich hatte er klipp und klar gesagt, daß er kein Interesse an einer Ranch habe. Einmal also hatte die Lazy S nichts damit zu tun, daß ein Mann sie anziehend fand.

Das war natürlich keine Entschuldigung. Ebensowenig wie die Tatsache, daß ihr diese Erfahrung ein solches Vergnügen bereitet hatte. Sie wußte es besser, wußte genau, welches Benehmen sich schickte und welches nicht. Außerdem war es völlig absurd, in Angel auch nur einen Augenblick lang einen Mann zu sehen, mit dem sie vielleicht eine Zukunft haben könnte. Er war unberechenbar, gefährlich und ein Einzelgänger. Wenn er sie begehrenswert fand, dann war es nur für den Augenblick, und Cassie wußte, wie solche Dinge endeten. Überall im Süden und im Westen des Landes gab es Saloons voller Frauen, die einer solchen Leidenschaft des Augenblicks nachgegeben hatten.

Sie konnte sich nicht vorstellen, was er jetzt von ihr dachte, nachdem sie sich wie eine alte Jungfer betragen hatte, die noch nach dem winzigsten Krümelchen Zuneigung hungerte. Am besten war es wohl, wenn sie sich so verhielt, als sei überhaupt nichts geschehen. Außerdem hatte er gesagt, es würde nie mehr vorkommen. Wahrscheinlich wollte er den Vorfall genauso schnell vergessen wie sie – aber sie wußte, daß ihr das niemals gelingen würde. Wenn sie alt und grau wäre und schon Enkelkinder hätte – hoffentlich –, würde sie sich immer noch an Angels Hand auf ihrer Brust erinnern.

Ihr selbstgewählter Hausarrest mit dem Ziel, Angel aus dem Weg zu gehen, funktionierte so lange, bis er am Spätnachmittag mit seinen Satteltaschen über der Schulter an der Tür auftauchte.

»Ich habe darüber nachgedacht«, waren seine ersten Worte, als er an ihr vorbei in die Eingangshalle ging. »Ich ziehe hier ein.«

Ungläubig starrte sie ihn an. »Was?«

Er ging einfach weiter und blieb erst stehen, als er an der Treppe angekommen war, wo er sich zu ihr umsah. Und ganz so, als würde er sie nicht zu Tode damit erschrecken, sagte er: »Geben Sie mir das Zimmer, das dem Ihren am nächsten liegt, ganz egal, welches.«

Cassie rührte sich nicht. Sie hatte sich darauf gefaßt gemacht, daß diese erste Begegnung mit ihm nach der gestrigen Nacht ein wenig peinlich werden konnte, aber es war ihm gelungen, sie dieses Ereignis für den Augenblick vollkommen vergessen zu lassen.

»Das kommt gar nicht in Frage«, erklärte sie ihm mit großem Nachdruck. »Sie können nicht …«

»Tun Sie es einfach«, unterbrach er sie mit derselben Nachdrücklichkeit, ließ sich jedoch dazu erweichen, ihr sein Vorhaben zu erklären. »Slater hat die Stadt verlassen. Solange ich nicht höre, daß er auch Texas verlassen hat oder tot ist, werde ich keine Risiken mehr eingehen. Ich will Sie schnarchen hören können.«

»*Was?*«

Seine Lippen zuckten ein wenig, weil ihre Augen so groß und rund geworden waren. »Nur eine Redensart, Lady, aber Sie verstehen schon, was ich meine. Wenn Sie mich brauchen, egal wann, dann will ich nahe genug sein, um es zu wissen.«

Ihr Gesicht hellte sich auf angesichts der Doppeldeutigkeit, die sie aus seinen Worten heraushörte, auch wenn sie sicher war, daß er das nicht beabsichtigt hatte – was sie nur um so mehr in Verlegenheit stürzte. »Das ist ausgesprochen unschicklich«, fühlte sie sich gezwungen festzustellen.

»Schicklichkeit spielt keine Rolle, wenn es darum geht, jemanden zu beschützen. Wenn ich nicht glaubte, Sie würden schon bei dem bloßen Vorschlag in Ohnmacht fallen, würde ich direkt in Ihr Zimmer einziehen. Also sprechen Sie nicht noch einmal von Schicklichkeit.«

Ihre Verlegenheit verwandelte sich in Zorn, während sie nur kurz nickte und auf die Treppe zuging. »Folgen Sie mir«, sagte sie und ging an ihm vorbei. Ihre Stimme war genauso steif wie ihr Rücken, und ihre Hände krampften sich um den Stoff ihres Rocks zusammen, um ihn nur ja keinen Millimeter höher zu heben, als es unbedingt notwendig war, um die Treppe hochzusteigen.

Sie führte ihn in das Zimmer neben dem ihren, das zufällig ohnehin leerstand. Sie hatte es als Nähzimmer benutzt.

»Maria ist eine hervorragende Haushälterin, das Bettzeug sollte also sauber sein. Wenn Sie irgend etwas brauchen, können Sie sie für gewöhnlich in der Küche finden. Ich werde Maria davon informieren, daß Sie eingezogen sind.«

»Sie nehmen das viel zu schwer, Lady«, sagte er, jetzt, da er seinen Willen bekommen hatte, in einem ausgesprochen liebenswürdigen Ton. »Sie werden nicht einmal bemerken, daß ich hier bin.«

Wie, zum Teufel, sollte ihr das wohl gelingen?

15

Cassie wollte nicht das Risiko eingehen, noch einmal eine solche Kutschfahrt mit Angel zu erleben wie die letzte. Wenn sie sich die Vorräte, die sie brauchte, bringen ließ, würde das zwar zusätzliche Kosten verursachen, aber das wäre nur eine Kleinigkeit im Vergleich dazu, noch einmal Angels Nähe ertragen zu müssen. Es hatte sich als eine Zeitverschwendung erwiesen, ihm zu erklären, daß sie auch ohne seine Begleitung in die Stadt fahren konnte. Er nahm seine Rolle als ihr selbstgewählter Beschützer sehr ernst.

Wenn sie ihr Pferd reiten wollte, mußte sie natürlich den strapazierfähigen Hosenrock anziehen, den sie auf der Weide benutzte, ebenso wie die dazugehörige kurze Jacke aus Hirschleder. Weder ihre eleganten Kleider aus dem Osten noch ihre Haarnadeln paßten zu einem Sattel aus dem Westen. Ihr Waffengürtel paßte jedoch hervorragend. Ausnahmsweise sah er auf ihrer Hüfte einmal nicht so lächerlich aus.

Sie hatte jedoch keinen Gedanken an ihre saloppe Kleidung verschwendet, bis sie bemerkte, daß sie die Leute von Caully anstarrten, als sähen sie sie zum ersten Mal. Und Angel an ihrer Seite zog noch mehr Aufmerksamkeit auf sich. Bei dieser Gelegenheit bekam sie es auch aus erster Hand mit, wie die Menschen auf ihn reagierten. Sie machten einen großen Bogen um ihn. Jeder Laden, den er betrat, leerte sich in Sekundenschnelle. Die Besitzer wie auch ihre Angestellten versuchten, seine Blicke zu meiden, in der Hoffnung, er würde einfach verschwinden, wenn sie ihn ignorierten.

Das hätte für Cassie keine Überraschung sein sollen. Trotz allem, was gestern nacht geschehen war, fühlte sie sich in Angels Gegenwart ebenfalls unbehaglich, ganz besonders, wenn er schwieg, was er getan hatte, seitdem sie heute morgen von der Ranch weggeritten waren. Aus ebendiesem Grund hatte sie auch ihre Kutsche zu Hause gelassen. Dennoch war sie seinetwegen peinlich berührt, als sie sah, wie die Leute ihn behandelten.

Als sie den Krämerladen verließen, brachte sie den Mut auf, das

Thema anzuschneiden. »Stört es Sie nicht, daß Sie die Menschen nervös machen, Angel?« Es fiel ihr langsam leichter, seinen Namen auszusprechen, ohne dabei zu erröten.

Er suchte gerade in beiden Richtungen die Straße ab, so daß er sie nicht ansah. »Warum sollte es?«

»Das macht es Ihnen doch sicher schwer, Menschen kennenzulernen.«

Bei diesen Worten sah er sie schließlich doch an. Seine schwarzen Augen verrieten jedoch nichts von seinen Gefühlen. »Wer sagt denn, daß ich das will?«

Sie zuckte mit den Schultern und ließ die Angelegenheit auf sich beruhen. Aber seine Antwort machte sie unerklärlicherweise traurig, ein Umstand, über den sie sich ärgerte. Sie hatte wieder einmal versucht, seine Gefühle zu ergründen. Wahrscheinlich hatte er gar keine. Wahrscheinlich war er innerlich von derselben Eiseskälte, die seine Augen vermuten ließen. Und wenn das so war, warum sollte es ihr etwas ausmachen?

Seine Augen glitten wieder mit einem suchenden Blick über die Straße, eine Gewohnheit, die sie mit seinem Beruf in Verbindung brachte. Aber sie bemerkte auch, daß sein Blick mehr als einmal auf dem Last Keg Saloon am Ende der Straße haften blieb. Wahrscheinlich wollte er einen Drink, war aber nicht bereit, sie lange genug allein zu lassen, um sich diesen Wunsch zu erfüllen. Oder vielleicht wollte er ja auch etwas anderes. In den meisten Saloons von Caully gab es eine Reihe von Frauen, die sowohl unten im Schankraum als auch oben auf den Zimmern arbeiteten.

Bei diesem Gedanken trat ein mürrischer Ausdruck auf Cassies Gesicht, und ihr Ton klang außerordentlich steif, als sie bemerkte: »Ich bin für heute fertig. Und ich kann bestimmt nach Hause kommen, ohne überfallen zu werden oder etwas in der Art, falls Sie noch das eine oder andere in der Stadt zu tun haben.«

»Ich wollte mich eigentlich noch nach Slater erkundigen, da sein Freund Sam mir nicht sagen konnte, wo er hinwollte. Aber das kann warten, bis ich allein hierherkomme.«

Als er das sagte, sah er sie wieder an, so daß er den Mann, der gerade in diesem Augenblick um die Ecke kam, nicht bemerkte. Cassie jedoch bemerkte ihn und öffnete entsetzt den Mund. Wenn man vom Teufel sprach …

»Nun – ich habe etwas vergessen, in dem Laden da«, sagte Cassie schnell. »Wir müssen noch einmal reingehen …«

»Tun Sie das. Ich hole derweil die Pferde.«

»Nein!« Sie griff nach seinem Arm und versuchte, ihn zurück in den Laden zu zerren. »Ich brauche Ihre Hilfe, um …«

Abermals wurde sie unterbrochen, diesmal jedoch von einer Stimme hinter ihnen. »He, Sie!«

Angel drehte sich so schnell um, daß er Cassie mit sich herumwirbelte. Und jetzt konnte sie nichts mehr tun, um ihn davon abzuhalten, Rafferty Slater zu bemerken, der sein Pferd nur wenige Meter von ihnen entfernt zum Stehen gebracht hatte.

»Sie sind Angel?« fragte Rafferty, sobald er abgestiegen und auf den Gehweg getreten war. Angel nickte nur. »Ich habe gehört, Sie suchen mich.«

»Und wer bitte sind Sie?«

»Rafferty Slater.«

Hatte Cassie wirklich geglaubt, Angels Augen zeigten niemals ein Gefühl? Jetzt loderte eine solche Befriedigung darin auf, daß sie ein heißer Schrecken durchfuhr, denn sie kannte den Grund. Aber unerwarteterweise trat ein anderes, noch mächtigeres Gefühl zu ihrer Angst hinzu, der Wunsch, zu schützen und zu verteidigen. So etwas hatte sie noch nie erlebt, und es war ausgesprochen lächerlich. Man konnte sich kaum jemanden vorstellen, der weniger schutzbedürftig war als Angel. Aber ihre Gefühle kannten keine Logik.

Für jemanden, der nicht impulsiv war, gab Cassie ihren Gefühlen erstaunlich schnell nach und wagte sich mitten ins Feuer. »Ich fordere Sie zum Kampf heraus, Rafferty«, sagte sie und machte einen Schritt nach vorn. »Sie wissen, warum.«

Angel gab einen Kraftausdruck zum besten. Rafferty starrte sie einen Augenblick lang ausdruckslos an, bevor er anfing zu lachen. Cassie wünschte wirklich, die Leute würden sie und ihren Colt ein wenig ernster nehmen.

»Ich gebe Ihnen genau eine Sekunde, um sich in Luft aufzulösen«, bemerkte Angel zu ihr gewandt.

Sie warf ihm einen mehr als flüchtigen Blick zu, nur um herauszufinden, ob sein Gesichtsausdruck genauso wütend war wie sein Tonfall. Er war es, und daher sah sie schnell wieder zu Rafferty hinüber, während sie versuchte, vernünftig mit Angel zu reden.

Das tat sie mit Gelassenheit und Logik, was angesichts der Umstände wirklich erstaunlich war. »Ich glaube, Sie sollten mir erlauben, ihn zu erschießen. Ich habe geschworen, daß ich das tun würde, falls er mich je wieder berühren sollte.«

»Dann schwören Sie jetzt lieber etwas anderes. Der da gehört mir.«

»Aber ich bin diejenige, die er gestern nacht angegriffen hat«, erinnerte sie ihn.

Angel nahm ihren Einwand nicht zur Kenntnis, sondern sagte nur: »Gehen Sie zurück in diesen Laden, Cassie.«

»Sie hören mir ja gar nicht zu.«

»Genau. Und jetzt verschwinden Sie endlich!«

Mit einem Befehl wie diesem und einem Arm an ihrem Rücken, der sie wegschob, hätte sie eigentlich gehen müssen, aber sie tat es nicht. Sie rang die Hände und zermarterte sich das Gehirn, wie sie den Showdown zwischen diesen beiden Männern verhindern konnte. Aber Angel tat ihr nicht den Gefallen, ihr die Zeit zu geben, sich etwas auszudenken.

»Das ist eigentlich ganz gegen meine Prinzipien, Slater«, sagte er, als er seinen Mantel wegwarf. »Aber für Sie mache ich eine Ausnahme. Wo wollen Sie es haben, weiter oben auf der Straße oder da, wo Sie jetzt stehen?«

Rafferty wirkte weder beeindruckt, noch im geringsten eingeschüchtert. Er grinste nur und spuckte den Holzspan aus, auf dem er herumgekaut hatte.

»Ich wäre letzte Nacht nicht weggelaufen, wenn ich nicht den Bauch voller Fusel gehabt hätte. Aber jetzt bin ich wieder nüchtern, und der Gedanke, Sie auf den Fersen zu haben, gefällt mir überhaupt nicht. Die Straße ist mir gerade recht, mein Freund, aber wenn Sie mich fragen – die kleine Lady da ist es nicht wert, daß Sie für sie sterben wollen.«

»Wer fragt Sie denn?«

Rafferty lachte nur und streckte seinen Arm aus, um zu bedeuten, daß Angel ihm die Straße entlang vorausgehen solle. Cassie fand Raffertys Zuversicht widerwärtig. Sie hatte recht gehabt, sich seinetwegen Sorgen zu machen, und als Angel sich umdrehte, sah sie auch, warum. Rafferty hatte nicht die geringste Absicht, Angel in einem fairen Kampf gegenüberzutreten. In derselben Sekunde, als Angel ihm den Rücken zuwandte, griff er nach seiner Waffe.

Cassie zog ebenfalls ihren Colt, rief aber zur Sicherheit noch: »Achtung!« Trotzdem drückte sie ab. Auch Angel schoß. Raffertys Kugel traf den Schmutz zu seinen Füßen, während er selbst mit dem Gesicht nach unten auf die Straße fiel. Der Pulverdampf von drei Schüssen brannte Cassie in den Augen. Und als sie zusah, wie Angel den am Boden liegenden Mann mit dem Fuß umdrehte, wurde ihr klar, daß sie ihre eigene Waffe ebensogut in ihrem Halfter hätte lassen können. Angel hatte sich umgedreht und Rafferty erschossen, noch bevor ihr Warnruf ganz verhallt war.

Sie stellte sich neben Angel, um sich die beiden Schußwunden näher anzusehen. Eine Kugel, die dazu gedacht gewesen war, Rafferty bewegungsunfähig zu machen, steckte in seiner Schulter, und eine andere, die dazu gedacht war, ihn zu töten, war direkt über dem Herzen eingeschlagen. Beide Kugeln hatten ihre Absicht erreicht, und das Ergebnis war einfach gräßlich.

»Sie hätten diesen Kampf mir überlassen sollen«, sagte sie kleinlaut. »Ich hätte ihn nur verwundet. Sie – haben ihn getötet.«

Angel sah sie scharf an. »Wollen Sie mir etwa erzählen, er hätte das nicht herausgefordert?«

»Nun ... nein, aber – es hätte niemand sterben müssen, wenn Sie diesen Kampf mir überlassen hätten.«

»Machen Sie sich doch nichts vor. Es wäre genau dasselbe passiert – das heißt, wenn er es geschafft hätte, mit seinem Gelächter lange genug aufzuhören.«

Sein Spott brachte sie in Rage. »Das ist nicht komisch.«

»Hat er aber gedacht. Darum geht es allerdings jetzt nicht. Solange ich in der Nähe bin, Lady, werden *Sie* an keiner Schießerei teilnehmen. Mir ist es egal, wie gut Sie zu sein glauben ...«

»Ich *weiß*, wie gut ich bin«, gab sie zurück.

Sein Ton wurde – sie empfand es als Herablassung – ein wenig weicher. »Es ist nicht dasselbe, mit der Waffe zu trainieren oder einem Mann gegenüberzustehen, der versuchen wird, Sie zu töten, Cassie. Den Unterschied zwischen diesen beiden Dingen wollen Sie gewiß nicht kennenlernen.«

»Das mag sein«, gab sie zu. »Aber Sie verstehen nicht, worum es mir geht. Rafferty sollte nicht tot sein. Eine Verletzung hätte gereicht ...«

»Das ist das Ergebnis, wenn man schießt, um zu verwunden«, unterbrach er sie und zeigte mit dem Daumen auf die Narbe an seinem Kiefer. »Der Bursche hat sich erholt und mich anschließend wieder aufgespürt. Er wollte mich tot sehen, hatte aber zuviel Angst, mir noch einmal in einem fairen Kampf gegenüberzutreten. Also schlich er sich von hinten an mich heran. Ich stehe nur deshalb hier vor Ihnen, weil er mit dem Messer genauso lausig schlecht umgehen konnte wie mit dem Revolver – und weil ich es mir abgewöhnt habe zu schießen, um zu verwunden.«

»Sie haben recht.«

»Ich habe was?«

Cassie krümmte sich innerlich. »Machen Sie doch kein so überraschtes Gesicht. Was Sie gerade gesagt haben, hat mich an ein paar Schießereien erinnert, von denen man mir erzählt hat. In diesen Fällen ist auch immer ein Mann verwundet worden, und nach ein paar Tagen hat man dann den anderen in irgendeiner kleinen Gasse mit einer Kugel im Rücken gefunden. Ich will damit nicht sagen, daß das immer passiert, aber es passiert oft genug, um – um Ihre Ansicht zu rechtfertigen, für Sie jedenfalls.«

»Was war hier los?«

Cassie drehte sich um und sah den Sheriff, wie er sich seinen Weg durch ein Dutzend von Menschen bahnte, die auf sie zudrängten. Sie alle versuchten, einen Blick auf den Toten zu erhaschen, ohne dem Mann zu nahe zu kommen, der ihn erschossen hatte.

Frank Hanley war eher klein, nicht viel größer jedenfalls als Cassie. Er trug Stiefel mit sieben Zentimeter hohen Absätzen, was nicht viel zu bedeuten hatte, aber er besaß auch eine sehr starke Persönlichkeit, was sehr wohl etwas zu bedeuten hatte. Er hatte schon Männer eingeschüchtert, die viel größer waren als er selbst, und genau das machte ihn zu einem guten Sheriff – oder hätte ihn dazu gemacht, wenn es ihm gelungen wäre, familiäre und berufliche Angelegenheiten zu trennen.

Jetzt warf er nur einen Blick auf Slater, und Cassie wußte, daß es ihm diesmal wieder nicht gelingen würde. »He, diesen Mann kenne ich doch. Er arbeitet für …« Frank hielt inne und betrachtete Angel mit schmal gewordenen Augen. »Ich glaube, ich muß Sie wohl einbuchten, Mister.«

Cassie konnte sich gerade noch davon abhalten zu zischen, den Teufel werden Sie tun! Statt dessen trat sie zwischen die beiden Männer, um ruhig festzustellen: »Das wird nicht notwendig sein, Sheriff. Fragen Sie nur die Leute hier. Sie werden ein oder zwei Zeugen finden, die gesehen haben, wie Slater versuchte, diesen Mann von hinten zu erschießen. Ich habe es gesehen, und das ist der Grund, warum Sie in seiner Schulter auch eine Kugel von mir finden werden. Und nur der Vollständigkeit halber – Slater war nicht mehr bei Ihrer Tante angestellt. Ihr Vetter Buck hat ihn gestern morgen rausgeworfen.«

Seinem Gesichtsausdruck nach zu urteilen, war es diese letzte Information, die Franks Meinung änderte. Cassie hatte keinen Zweifel daran, daß er Angel auch ohne Grund verhaftet hätte, wenn Slater noch immer ein Catlin-Mann gewesen wäre. Möglicherweise wäre es sogar zu einer Scheinverhandlung gekommen, und wenn Dorothy Catlin es so gewollt hätte, wäre Angel gehängt worden, so groß war der Einfluß dieser alteingesessenen Familie. Aber Cassie glaubte nicht, daß die Witwe Catlin derart bösartig war, und außerdem hätte sie es niemals zugelassen, daß Angel wegen eines durch und durch gerechtfertigten Schusses verhaftet worden wäre.

Trotzdem war Cassie ungeheuer erleichtert, als sie Frank sagen hörte: »Ich zweifle nicht an Ihren Worten, Miss Stuart. Der Mann gehört also zu Ihnen?«

Diesmal kam ihr die Lüge ganz leicht über die Lippen: »Er ist mein Verlobter.«

Der Sheriff war überrascht. »Ich dachte, Sie und Morgan … nun, geht mich ja nichts an. Sehen Sie nur zu, daß er aus der Stadt wegbleibt. Wir brauchen keine Schießereien, und ich hasse einfach den ganzen Papierkram, den so etwas nach sich zieht.«

Cassie nickte und legte ihren Arm auf den Angels, um ihn wegzuführen, bevor Frank noch einmal seine Meinung änderte. Angels Schweigen dauerte an, bis sie ihre Pferde erreicht hatten und er ihr beim Aufsitzen half.

»Warum nur habe ich das Gefühl, daß Sie es höchstpersönlich mit dem Sheriff aufgenommen hätten, wenn er nicht einsichtig gewesen wäre?«

Cassie errötete ein wenig angesichts dieser scharfsinnigen Frage. Und da er keineswegs den Eindruck machte, daß ihm diese Möglichkeit gefiel, entgegnete sie: »Ich weiß nicht, wovon Sie sprechen.«

Er gab nur ein leises Grunzen von sich, bevor er auf sein Pferd stieg. »Ihre Lügen werden langsam besser – ein wenig.«

16

Ziemlich still hier, aber schließlich war es nicht der einzige Saloon in der Stadt, und Angel hatte sich aus alter Gewohnheit für ein ruhigeres Haus entschieden.

An ein paar Tischen wurde Karten gespielt, aber Angel hatte keine Lust, sich dazuzusetzen. Er hatte vielmehr Lust, sich zu betrinken und sich eines der Mädchen, die auch in den oberen Räumen arbeiteten, vorzunehmen. Eine von ihnen war sogar recht hübsch, und er konnte nicht leugnen, daß er eine Frau brauchte, ganz besonders, nachdem er die letzten drei Nächte in unmittelbarer Nähe einer Frau verbracht hatte, die er in zunehmendem Maße viel zu begehrenswert fand.

Er würde sich jedoch nicht betrinken, zumindest nicht in einem öffentlichen Lokal. Das wäre unvorsichtig, und Angel war nur selten unvorsichtig. Außerdem hatte er sich auch noch nicht endgültig entschlossen, ob er heute nacht die Dienste einer der drei Frauen in Anspruch nehmen wollte. Das Begehren war da, aber sein Interesse an dem, was verfügbar war, hielt nicht lange an.

Das allein war schon ausgesprochen überraschend. Für gewöhnlich war er keineswegs anspruchsvoll, wenn es um Frauen ging. Ein warmer, weicher Körper, der noch dazu für ihn bereit war, hatte ihm immer genügt. Jetzt aber verschwendete er viel zu viele Gedanken an eine bestimmte Frau, auch etwas, das er noch nie zuvor getan hatte, und langsam ging ihm das Ganze höllisch auf die Nerven. Das und noch einige andere Dinge.

Es gefiel ihm gar nicht, was er in der letzten Zeit empfand. Seine Gefühle, nachdem er gestern Slater erschossen hatte, waren das beste Beispiel dafür – zuviel Befriedigung. Es hatte ihm noch nie zuvor besonderes Vergnügen bereitet, einen Mann zu töten, und er verstand nicht, warum das diesmal anders gewesen sein sollte. Es war auf jeden Fall etwas Primitives an dem, was er empfunden hatte. Er war ganz einfach wütend darüber gewesen, daß der Mann versucht hatte, Cassie Gewalt anzutun. Nein, das hatte ihm *wirklich* nicht gefallen. Aber die einzig akzeptable Erklärung, die er für seine Befriedigung finden konnte, war nur die, daß sie unter seinem Schutz stand. Alles andere hätte keinen Sinn ergeben.

Angel war gerade bei seinem dritten und letzten Drink, als Morgan MacKauley hereinkam. Hereinstolperte, um genauer zu sein. Er hatte heute abend wohl ebenfalls zu tief in die Flasche geschaut, viel zu tief, wie es aussah. Und er war nicht allein. Er hatte einen seiner Brüder bei sich, und zwar – dem Aussehen nach zu urteilen – den zweitältesten. Angel konnte sich nicht daran erinnern, wie Cassie diesen Bruder genannt hatte, aber er nahm an, daß er das schon bald herausfinden würde, da die beiden Männer auf ihn zukamen, sobald Morgan ihn an der Bar entdeckt hatte.

»Na, wenn das nicht Miss Stuarts Verlobter ist«, höhnte Morgan. »Brown war doch der Name, oder?«

Angel stellte sein Glas ab, um beide Hände frei zu haben. Die Brüder bedrängten ihn nun von beiden Seiten, und Morgans Gesichtsausdruck demonstrierte etwas, das wie pure Abneigung aussah.

»Mein Name ist Angel.«

»Ja, das habe ich gehört. Angel Brown.«

»Nur Angel.«

Morgan taumelte nach hinten. Angel glaubte jedoch nicht, daß das seine Absicht gewesen war. Der Mann gehörte ins Bett, wo er seinen Rausch ausschlafen konnte, statt hier herumzustehen und sich Schwierigkeiten einzuhandeln.

»Soll das heißen, Cassie hat gelogen?«

»Nein, nur daß ich mich Angel nenne und sonst nichts.«

»Ach, zum Teufel«, sagte Richard MacKauley jetzt. »Hör auf damit, kleiner Bruder.«

»Halt dich da raus ...«

Morgan wurde jäh unterbrochen, als der ältere MacKauley ihn beiseite zerrte, um ihm ein paar zornige Worte ins Ohr zu flüstern. Als Morgan sich dafür entschied, die Warnungen seines älteren Bruders zu ignorieren, kam es zu einem kleinen Gerangel.

Tatsächlich wurde Morgan von einer bärenstarken Umklammerung im Zaum gehalten, als er erneut zu Angel hinübersah und brüllte: »Stimmt das? Man nennt Sie den Engel des Todes?«

Falls es noch jemanden im Raum gegeben hatte, dessen Aufmerksamkeit sie nicht auf sich gezogen hätten, so änderte sich das jetzt sofort. Angel zuckte mit keiner Wimper. »Ein paar Leute sind dumm genug, das zu tun.«

Morgan war anscheinend zu betrunken und zu aufgebracht, um diesen Wink zu verstehen. »Was, zum Teufel, bildet sich ein Killer wie Sie ein, wenn er eine Dame bittet, ihn zu heiraten?«

Eine verdammt gute Frage. Das war etwas, was Angel unter gar keinen Umständen tun würde. Schon der Gedanke daran war einfach grotesk. Keine Dame, die ihre Sinne beisammen hatte, würde ihn haben wollen, und er war ein klein wenig zu stolz, um sich einer solchen demütigenden Zurückweisung auszusetzen. Aber weil diese ganz bestimmte Dame sich überall einmischte und die unglaublichsten Lügen verbreitete, die einige Idioten auch noch glaubten, mußte er jetzt diese Frage beantworten – oder nicht. Er entschied sich für nicht, um sich und Cassie die Peinlichkeit zu ersparen.

»Was geht Sie das eigentlich an, MacKauley?«

Irgend jemand im Raum war betrunken genug, um zu rufen: »Mann, der wollte sie doch selbst heiraten!«

Morgan wirbelte herum, wobei er seinen Bruder mit sich riß, da Richard ihn noch immer festhielt. Aber er konnte den Missetäter nicht finden, der die Schuld daran trug, daß er noch zorniger geworden war. Außerdem war es immer noch Angel, den er herausfordern wollte, daher fuhr er wieder herum und unternahm dabei einen ernsthaften Versuch, der Umklammerung seines Bruders zu entkommen.

Angel machte sich auf einen Kampf gefaßt. Er dachte kurz darüber nach, ob er die Waffe ziehen und diesen Kampf beenden sollte, noch bevor er überhaupt begann. Aber das Gefühl, das ihn schon vor einigen Tagen beschlichen hatte, daß er nämlich irgendeine Art von Strafe verdient hätte, war plötzlich wieder da. Also zog er seine Waffe aus dem Halfter und gab sie dem Mann hinter der Theke.

»Meinen Sie, Sie können dafür sorgen, daß es fair zugeht?«

Er mußte dem Barkeeper nicht sagen, was er mit diesem »es« meinte. »Da wird nix Faires dran sein, wenn Sie es mit Morgan aufnehmen«, sagte er mit einem selbstgefälligen Nicken. »Ich wäre Ihnen allerdings verbunden, wenn Sie das Ganze nach draußen verlegen könnten.«

»Meinetwegen gern, aber ich glaube nicht, daß wir ihn dazu bewegen können.«

In diesem Augenblick schrie Morgan seinen Bruder an: »Laß mich endlich los, verdammt noch mal, Richard! Ich werde ihn nicht erschießen, ich werde ihm nur ein paar Knochen brechen.«

Dieser Feststellung fügte er einen heftigen Ruck hinzu, der ihm seine Freiheit wiedergab und gleichzeitig verursachte, daß er vorwärts taumelte. Nach dem, was er gerade gehört hatte, hielt Angel es nicht gerade für die beste Idee, auf Morgans ersten Schlag zu warten. Statt dessen hob er sein Knie, um ihn zunächst einmal aufzuhalten. Und während der größere Mann sich krümmte, ließ Angel noch einen rechten Schwinger folgen.

Damit hätte Morgan eigentlich zu Boden gehen müssen. Jeder andere hätte das wohl auch getan, und der Kampf wäre zu Ende gewesen. Aber Morgan war weit über eins achtzig groß und besaß noch dazu eine eisenharte Muskulatur. Er war nur ein wenig benommen. Außerdem war er zu betrunken, um irgendwelche Schmerzen wirklich wahrzunehmen. Als Morgan zum Schlag ausholte, wünschte Angel, er könnte dasselbe von sich sagen.

Zehn Minuten später wünschte er sich das noch einmal, obwohl er froh darüber sein konnte, daß Morgan *tatsächlich* zuviel getrunken hatte. Andernfalls hätte er ihn niemals schlagen können, und am Ende war er ziemlich überrascht, daß es ihm überhaupt gelungen war. Er hatte lediglich mit seinem letzten Schlag großes Glück gehabt. Natürlich war es auch seiner Willenskraft zu verdanken, daß er selbst sich noch auf den Beinen halten konnte.

Angel streckte die Hand nach dem Barkeeper aus, um seinen Revolver wiederzubekommen. Der Mann reichte ihn über die Theke, und dazu noch eine Flasche Whisky und ein Grinsen.

»Auf Kosten des Hauses, Mister. Es war mir ein echtes Vergnügen, Morgan zum ersten Mal verlieren zu sehen. Und um den Schaden brauchen Sie sich auch nicht zu kümmern. Ich werde das mit seinem Pa regeln.«

Angel nickte nur. Hinter ihm nahm Richard MacKauley ein Glas Bier von einem der Tische, die noch immer aufrecht standen, und schüttete Morgan den Inhalt ins Gesicht. Angel nahm die Flasche und ging. Trotz seiner Schmerzen fühlte er sich jetzt tatsächlich besser. Vielleicht würde er sogar Miss Cassie bitten, ihn wieder zusammenzuflicken.

17

Es war das Pfeifen, das Cassie aufweckte. Sie brauchte einen Augenblick, um zu begreifen, was für ein Geräusch das überhaupt war. Jemand pfiff, schrill, unmelodisch und, der Lautstärke nach zu urteilen, direkt vor ihrer Tür oder jedenfalls ganz in der Nähe davon. Sie machte sich nicht die Mühe, darüber nachzudenken, wer diesen scheußlichen Lärm verursachte, aber ganz gewiß dachte sie darüber nach, warum dieser Jemand das tat.

Ohne auf die Uhr auf ihrer Kommode zu sehen wußte sie, daß es Mitternacht sein mußte oder später. Sie war lange aufgeblieben, hatte auf Angels Rückkehr gewartet und sich Sorgen gemacht, weil er ihr erzählt hatte, wohin er gehen wolle. In die Stadt, und das an einem Samstagabend, dem einen Abend, den sich die Cowboys aus der näheren Umgebung dazu ausgesucht hatten, sich auszutoben, dem Abend, an dem es beinahe unter Garantie irgendwelche Schwierigkeiten gab. Was war es nur, das die Männer dazu trieb, mit dem Feuer zu spielen?

Sie hatte sich natürlich das Allerschlimmste vorgestellt, eine Schießerei, noch einen Toten – und das alles wäre dann ihre Schuld. Schließlich war Angel ja nur deshalb hier, weil sie Lewis Pickens um Hilfe gebeten hatte. Sie stellte sich vor, wie Angel diesmal tatsächlich ins Gefängnis geworfen wurde und wie sie sich dann mit Frank auseinandersetzen mußte, um ihn freizubekommen, wie ihr das mißlang, wie sie ihn anschließend aus dem Gefängnis befreite und ihm zur Flucht verhalf – einem zwar freien, aber mittlerweile vom Gesetz gesuchten Mann. Und das alles aufgrund ihrer Fehler, weil sie unfähig gewesen war, allein mit ein paar sturen Texanern zurechtzukommen.

Es war unglaublich, daß sie überhaupt einschlafen konnte, und jetzt war sie wieder hellwach. Aber sie hatte keine Lust, ihr warmes Bett zu verlassen. Statt dessen lauschte sie erst einmal und wartete darauf, daß endlich die Stille eintrat, die ihr verriet, daß er in sein Bett gefallen war. Sie würde ihn morgen fragen, was sein Pfeifkonzert zu bedeuten gehabt hatte. Es war das erste Mal, seit er vor vier Tagen ins Haus gezogen war, daß er sich derart unhöflich benahm. Für gewöhnlich mußte sie sich aufs äußerste anstrengen, um überhaupt das leiseste Geräusch aus seinem Zimmer vernehmen zu können.

Aber das nächste, was sie hörte, ein dumpfer Aufprall, als sei er hingefallen, brachte sie in Windeseile aus dem Bett und zur Tür. Vor ihrem Zimmer blieb sie jedoch abrupt stehen, als sie ihn vor sich sah. Er hielt sich, wenn auch nur mit knapper Not, noch immer auf den Beinen. Das Licht, das sie für ihn im Flur hatte brennen lassen, ließ keinen Zweifel daran: Er lehnte mit dem Rücken an der Tür, und das in einem solchen Winkel, daß seine Füße jeden Augenblick unter ihm wegrutschen konnten. Und er pfiff immer noch. Verständlicherweise wurde Cassie langsam wütend. »*Worin* besteht eigentlich Ihr Problem?«

Er hob den Kopf, den er ebenfalls an die Tür gelehnt hatte, um sich zu ihr umzudrehen, ließ ihn jedoch sogleich wieder zurückfallen. »Kriege die Tür nicht auf.«

»Haben Sie den Schlüssel verloren?«

»Gar nicht verschlossen.«

Sie runzelte die Stirn. »Warum können Sie sie dann nicht öffnen?«

»Meine Hand ist zu geschwollen, um den Griff herunterzudrücken.«

»Alle beide?«

»Nein.«

»Warum probieren Sie es dann nicht mit der anderen Hand?«

»Daran habe ich gar nicht gedacht. Danke für den Tip.«

In diesem Augenblick wurde ihr klar, daß er betrunken war, ernsthaft betrunken, und ihre Alarmglocken läuteten Sturm. Mit einem betrunkenen Angel wollte sie lieber nichts zu tun haben. Am besten ging sie sofort zurück in ihr Zimmer und ließ ihn sein Bett allein suchen. Er würde es schon finden – oder auch nicht. Aber dann drehte er sich doch zu ihr um, und sie sah sein Gesicht.

Entsetzt keuchte sie: »Was ist passiert?«

Ein Auge war völlig verfärbt und so angeschwollen, daß er es nicht mehr öffnen konnte. Oben an seiner Wange war ein Stück Haut abgeschürft, und darum herum befanden sich eine Unmenge Schrammen. Aus beiden Nasenlöchern lief ihm das Blut, was er offensichtlich nicht weiter bemerkte, obwohl er es irgendwann über die andere Wange verschmiert haben mußte. Jetzt sah sie auch die offene Whiskyflasche in seiner Hand und Blut an allen vier Fingern. Sie sahen tatsächlich geschwollen aus, und zufällig war das die Hand, mit der er schoß.

Das eine Auge, mit dem er noch sehen konnte, richtete sich keineswegs direkt auf sie, sondern blickte lediglich in die Richtung, aus der ihre Stimme kam. »Hatte 'n kleinen Zusammenstoß mit Ihrem Verehrer.«

»Welchem Verehrer?«

»Morgan.«

Aus irgendeinem unerklärlichen Grund errötete sie. Sie wußte selbst nicht genau, warum es ihr lieber gewesen wäre, wenn er nicht herausgefunden hätte, daß Morgan ihr früher den Hof gemacht hatte. Aber glücklicherweise achtete Angel nicht weiter auf ihre Reaktion. Er drehte sich noch ein bißchen weiter herum, um mit seiner anderen Hand noch einmal sein Glück bei der Tür zu versuchen. Diesmal öffnete sich die Tür, aber da er sich noch immer dagegenlehnte, folgte er ihr ins Zimmer und landete mitten auf dem Gesicht.

Cassie riß die Augen auf und betrachtete seine Beine, die über die Türschwelle herausragten. Jetzt hatte sie absolut keine Angst mehr, daß er in seinem gegenwärtigen Zustand gefährlich werden könne. Er war offensichtlich ziemlich harmlos und konnte ganz gewiß ein wenig Hilfe gebrauchen.

Als sie in sein Zimmer spähte, sah sie, daß er rücklings dalag. Wunderbarerweise hatte er keinen Whisky verschüttet, sondern hielt die Flasche noch immer mit einer beschützenden Geste in der Armbeuge, und das, obwohl er das Bewußtsein verloren zu haben schien.

Sie hatte einen Augenblick lang vor, ihn einfach dort zu lassen, wo er lag, ihm lediglich die Stiefel auszuziehen und eine Decke über ihn zu werfen – das brachte sie aber nicht über sich. Er war auch ohne eine solche Behandlung schon übel genug zugerichtet. Eine Nacht auf dem harten Boden würde seinen Zustand nicht verbessern. Mit einigem Schieben und Zerren und einer ganzen Menge guten Zuredens gelang es ihr schließlich, ihn in sein Bett zu befördern. Er wachte bei der ganzen Prozedur nicht einmal richtig auf. Und während er halb bewußtlos war, holte sie etwas Wasser und ein Stück Stoff, um sein Gesicht zu säubern.

Zweifellos befand er sich in einem haarsträubenden Zustand. Sie fragte sich, wie es zu dem Kampf gekommen sein mochte und in welcher Verfassung sich Morgan wohl befand. Vor allem aber fragte sie sich, warum Angel sich überhaupt geprügelt hatte, da er doch einen Revolver trug. Das sah ihm eigentlich gar nicht ähnlich.

»Du hast eine weiche Hand, Schätzchen.«

Cassie zuckte zusammen und nahm den feuchten Stoff von seinem Kinn. Er hatte nicht einmal die Augen geöffnet, um das zu sagen. Aller Wahrscheinlichkeit nach war er nicht ganz bei sich und wußte nicht einmal, mit wem er sprach. Dennoch war es immer wieder ein merkwürdiges Gefühl, wenn er sie Schätzchen nannte, ein Gefühl von Wärme und nachgiebiger Schwäche.

»Kann ich nicht von den anderen Frauen behaupten, die mich zusammengeflickt haben«, fuhr Angel fort, wobei er sie immer noch nicht ansah.

Cassie hätte ihn einfach weiter drauflosreden lassen, da sie annahm, daß es sich um nichts weiter als Gefasel handelte, aber jetzt hatte er ihre Neugier geweckt. »Welche anderen Frauen haben Sie denn schon zusammengeflickt?«

»Jessie Summers zum Beispiel.«

Plötzlich erinnerte sie sich. »Ja, stimmt, jetzt fällt es mir wieder ein. Ich habe mal etwas von Viehdieben gehört, die Sie auf ihrem Land angeschossen haben. Wie schlimm waren Ihre Verletzungen damals?«

»Schlimm genug.«

»Dann sind es wahrscheinlich diese Verletzungen, an die Sie sich erinnern, und weniger an die Behandlung.«

»Kann sein … nein, ich könnte an zwei Fingern die Frauen abzählen, die so sanft zu mir waren wie Sie … sagen wir an einem Finger.«

Sie lächelte. »Wollen Sie mir etwa schmeicheln, Angel?«

Schließlich schaffte er es doch, ein Auge zu öffnen. »Funktioniert es?«

Ja. »Nein.«

»Wie schade.«

»Worauf sind Sie eigentlich aus?«

»Darauf, daß Sie sich neben mich legen. Ich könnte ein paar zärtliche Liebkosungen jetzt gut gebrauchen.«

Ihr blieb der Mund offenstehen. »Sie könnten wahrscheinlich einen Doktor gut gebrauchen«, sagte sie scharf. Sein Vorschlag hatte sie außerordentlich überrascht. Es mußte am Alkohol liegen … zum Teufel auch, wahrscheinlich war er so hinüber, daß er *wirklich* nicht mehr wußte, mit wem er sprach.

Das glaubte sie immer noch, sogar als er erwiderte: »Gegen das, was mir fehlt, kann ein Doktor auch nichts tun – es sei denn, es wäre ein weiblicher Doktor.«

»Was bei unserem nicht der Fall ist, und daher würde ich vorschlagen, Sie finden sich mit dem Zweitbesten ab und versuchen zu schlafen.«

»Und Sie wollen mich ganz bestimmt nicht mit dem Erstbesten versorgen?«

»Ganz bestimmt nicht.«

»Es würde Ihnen vielleicht gefallen, Cassie.«

Sie zog scharf die Luft ein. Er wußte also doch, wer sie war, und diese einfache Tatsache hatte eine wirklich verblüffende Wirkung auf sie. Tatsächlich dachte sie noch einmal darüber nach. Was konnte es schon schaden, wenn sie sich neben ihn legte? Der Mann befand sich eindeutig nicht in einem Zustand, in dem er ihr gefährlich werden konnte, abgesehen von seinen ungehörigen Bemerkungen, und … Sie mußte ja verrückt sein!

Cassie sprang auf und eilte hinaus auf den Balkon, wo sie für sein Auge ein nasses Stück Stoff zum Abkühlen hingehängt hatte. Hinter ihr stieß Angel einen Seufzer aus. Nicht einmal betrunken konnte er sie aus seinen Gedanken verbannen.

Sie trug dieselbe Art von weißem Baumwollnachthemd, die sie neulich getragen hatte, mit langen Ärmeln und Rüschen am Handgelenk, hochgeschlossen, mit noch mehr Rüschen am Hals und ein wenig Spitze. Das Ganze verriet absolut keine Formen – und im Gegensatz zu jenem anderen war es nicht zerrissen. Es gab also eindeutig nichts, was einen Mann in Versuchung führen konnte, außer der Tatsache, daß sie ein Nachthemd trug, was für einen Mann in seiner augenblicklichen Verfassung nicht weiter von Bedeutung sein konnte.

Gott, wie gern er sie mit offenem Haar sah. Es floß wie glänzendes Mahagoni um ihre Schultern und sah so weich aus, daß es ihn schmerzlich danach verlangte, seine Hände darin zu vergraben. Aber er nahm nicht an, daß sie sich das gefallen lassen würde. Sie war heute nacht die höchstanständige Miss Cassandra, obwohl er für einen Augenblick geglaubt hatte, sie würde seine Leidenschaft erwidern. Es mußte der Whisky sein, der ihn sehen ließ, was er sehen wollte statt dessen, was es wirklich zu sehen gab.

Mit leicht geschürzten Lippen kam sie zurück. »Das wird die Schwellung vielleicht ein wenig lindern.« Trotz all ihrer Zurückhaltung war sie sehr sanft, als sie den kalten Stoff auf sein Auge legte.

Er hielt ihre Hand fest, bevor sie sie zurückziehen konnte. »Ein Kuß, damit ich einschlafen kann?«

»Ich bin mir gar nicht sicher, ob Sie überhaupt noch wach sind. Es ist viel wahrscheinlicher, daß Sie schon träumen und sich morgen früh an nichts mehr erinnern werden.«

»Dann sorg dafür, daß es ein schöner Traum wird, Schätzchen.«

Als sie auf seine Lippen hinuntersah, glaubte er einen Augenblick lang, er hätte sie so weit. Aber dann zog sie ihre Hand weg, und er sank in die Kissen zurück. Plötzlich spürte er jede einzelne Verletzung, die er hatte.

»Sie benehmen sich höchst ungehörig«, erklärte sie ihm, als sie mit schnellen Schritten auf die Tür zuging.

»Dazu habe ich wohl alles Recht, nachdem Ihr Ex-Verehrer versucht hat, mich mit bloßen Händen zu töten, und das alles nur, weil er mich für Ihren Verlobten hält.«

»Ich wünsche Ihnen eine *gute Nacht*, Angel.«

»Es hätte vielleicht eine werden können«, brummte er.

18

Den ganzen Sonntag über stürmte es so heftig, daß Cassie den Tag im Haus verbringen mußte. Der Kirchgang war in den vergangenen drei Wochen ohnehin immer eine unangenehme Erfahrung gewesen, da all ihre früheren Freunde plötzlich nicht mehr mit ihr sprachen. Und Jenny hatte keinen einzigen Gottesdienst mehr besucht, seitdem sie mit Clayton ausgerissen war. Nach dem, was Angel von Buck über dessen Schwester erfahren hatte, vermutete Cassie, daß sie wahrscheinlich nicht lange genug ihre Tränen zurückhalten konnte, um es bis zur Kirche zu schaffen. Sie selbst war dankbar für diese Atempause, aber keineswegs begeistert, als Angel ihr mitteilte, daß sie ohnehin nicht hätte gehen dürfen, weil *er* sie nicht begleiten konnte. Unverschämterweise eröffnete er ihr, daß er ihr nicht über den Weg traue, es sei denn, er könne sie im Auge behalten. Auch diese Bemerkung gefiel ihr gar nicht, aber der Mann befand sich in einer so gereizten Stimmung, daß sie es vorzog, sich nicht mit ihm zu streiten.

Tatsächlich verließ er weder am nächsten noch am übernächsten Tag das Bett. Das eine Mal, als Cassie in sein Zimmer sah, um herauszufinden, wie es ihm ging, war so unerfreulich gewesen, daß sie sich keine Wiederholung wünschte. Daher überließ sie ihn seinem Kater und schickte Emanuel mit den Mahlzeiten zu ihm hinauf.

Als er jedoch auch am dritten Tag nicht zum Frühstück herunterkam, begann Cassie sich Sorgen zu machen, daß er vielleicht schwerer verletzt wäre, als er ihr gegenüber zugegeben hatte, schwerer, als es ihr bewußt gewesen war. Doch als sie an seine Tür klopfte und die Erlaubnis bekam, einzutreten, war er angezogen – und übte mit seiner Waffe. Er hörte nicht damit auf, nur weil sie im Zimmer war, daher wartete sie geduldig, bis er ihr seine Aufmerksamkeit schenkte. Zweimal ließ er die Waffe fallen, wobei er jedesmal üble Flüche ausstieß, bevor er sich endlich ihr zuwandte.

»Nun?«

Sein ärgerlicher Ton hätte ausreichen sollen, um sie auf der Stelle wieder aus dem Zimmer zu befördern. Statt dessen fragte sie: »Ist sie gebrochen?«

»Was?«

»Ihre Hand?«

»Nein, nur ein paar angeknackste Knöchel. MacKauley hat einen Felsbrocken, wo andere einen Kiefer haben.«

Auf diese Feststellung ging sie nicht weiter ein. »Sollten Sie Ihre Hand nicht lieber heilen lassen, bevor Sie versuchen, sie wieder zu gebrauchen?«

»Bei solchen Nachbarn wie Sie sie haben?«

Diese spöttische Frage bewies, daß er sich eindeutig noch immer in einer lausigen Stimmung befand. »Sie haben sich ruhig verhalten, seit Sie mit der einen Familie geredet haben und ich in der Lage war, mit R. J. zu sprechen – zumindest lassen Sie *mich* jetzt in Ruhe.« Das brachte ihr einen finsteren Blick ein, den sie ohne zu zögern erwiderte, während sie fortfuhr: »Ich dachte, ich hätte Sie ausdrücklich gebeten, keinen von ihnen zu töten.«

»Ich habe auch nicht vor, jemanden zu töten, aber Sie brauchen immer noch meinen Schutz. Das ist mir ohne meine Waffe unmöglich.«

»Oh, ich weiß nicht. Mabel Koch – sie ist eine der schlimmsten Klatschbasen von Caully – hat gestern bei mir vorbeigesehen, um zu erwähnen, daß Sie diesen Kampf mit Morgan gewonnen haben, nur für den Fall, daß ich noch nichts davon gehört hätte. Sieht mir ganz so aus, als kämen Sie auch ohne eine Waffe ganz gut zurecht.«

Ihr selbstgefälliger Ton brachte ihr diesmal einen noch finstereren Blick ein. »Ich habe nicht die Absicht, es jemals wieder ohne Waffe mit einem MacKauley aufzunehmen. Einmal hat mir gereicht. Und ich glaube nicht, daß der Rest von ihnen allzu glücklich über den Ausgang dieses Kampfes sein wird, daher erwarte ich aus dieser Richtung weitere Schwierigkeiten. Die Frage ist nur, wann es passieren wird und wie.«

Cassie runzelte die Stirn. »Jetzt, da Sie es sagen, glaube ich, daß Sie recht haben. R. J. war immer sehr stolz darauf, daß nie jemand aus einem Kampf mit einem seiner Jungs als Sieger hervorgegangen ist. Ich bin überrascht, daß Frazer nicht hergekommen ist, um mir zu erzählen, daß sein Vater wieder einmal einen Tobsuchtsanfall hatte. Das ist etwas, das R. J. wirklich gut beherrscht, wissen Sie. Als ich ihn das erste Mal bei einem Wutausbruch erlebt habe, dachte ich, er würde jemanden umbringen. Aber eigentlich spuckt er nur große Töne. Es ist schon so, wie Frazer sagte, sein Vater scheint einfach nur gern Dampf abzulassen.«

»Wie dem auch sei, mir wäre es lieber, Sie würden die Ranch für eine Weile nicht verlassen.«

»Ist das diesmal eine Bitte?«

»Cassie …«

Sie fiel ihm ins Wort. »Ach, ganz egal. Ich schätze, mit Ihrer linken Hand können Sie nicht viel ausrichten?«

»Ich kann mit der Linken treffen, worauf ich ziele, aber ich kann nicht schnell genug ziehen.«

»Dann verstehe ich nicht, wo das Problem liegt, da Sie nicht mehr an irgendwelchen Schießereien teilnehmen werden, bei denen es um Geschwindigkeit geht.«

»Was das betrifft, hat man selten die Wahl«, erwiderte er. »Aber wann begreifen Sie endlich, daß ich keine Risiken eingehen werde, soweit es Sie betrifft? Also bleiben Sie zu Hause – ja, verdammt noch mal, das ist ein Befehl.«

Sie versteifte sich. »Ich weiß nicht, warum ich mir überhaupt die Mühe mache, mit Ihnen zu reden. Sie sind nicht nur schrecklich unhöflich, Sie sind – Sie sind …«

Er unterbrach sie, bevor er sich etwas anhören mußte, das zweifellos auf einen sehr steifen, damenhaften Rüffel hinauslaufen würde. »Sind Sie aus einem besonderen Grund hier oder einfach, weil Sie Lust hatten, mich zu ärgern?«

Das Rosa ihrer Wangen biß sich heftig mit ihrer safrangelben Bluse. »Ich habe mir Sorgen … ach egal. Es ist nicht mehr wichtig.«

Sie drehte sich um, doch er hielt sie an der Tür auf, und plötzlich schwang in seiner Stimme etwas anderes mit, ein eindeutiges Zögern. »Muß ich – hm – mich wieder bei Ihnen entschuldigen?«

Ihr Rückgrat wurde, falls das überhaupt möglich war, noch steifer. »Gerade jetzt müssen Sie das allerdings.«

»Zum Teufel mit gerade jetzt. Ich meine neulich – nachts?«

Sie warf ihm einen zweifelnden Blick zu. »Sie können sich nicht mehr erinnern?«

»Würde ich sonst fragen?«

Die Möglichkeiten, die sich ihr für eine Antwort auf diese Frage boten, waren zahlreich, und jede einzelne veränderte ihre Miene, so daß Angel innerlich aufstöhnte.

»Um genau zu sein …«, begann sie, nur um gleich wieder innezuhalten. Offensichtlich hatte sie ihre Meinung geändert. »Nein.«

Darüber nachzudenken, was er ihr in jener Nacht angetan hatte, würde ihn jetzt vollends zum Wahnsinn treiben, weil er sich wirklich an nicht viel mehr erinnern konnte, als daß er diese Whiskyflasche geöffnet hatte, die ihm der Barkeeper mitgegeben hatte, damit er auf dem Heimweg seine Schmerzen betäuben konnte. Aber das würde er ihr nicht unter die Nase reiben. Er entschuldigte sich ohnehin nicht gern, ganz besonders nicht für etwas, an dem er keine Schuld trug. Und das Ganze war vor allem ihre Schuld! Wenn sie nur einfach endlich aufhören würde, bei jeder Begegnung hübscher zu werden …

Er wünschte bei Gott, er wüßte, wie sie das anstellte. Selbst jetzt, voller Zorn auf sie und ihren Bullen von Ex-Verehrer, wollte er sie in die Arme nehmen und küssen. Aber es gab eine ganze Anzahl guter Gründe, warum er den Leidenschaften, die sie in ihm weckte, nicht nachgeben durfte. Allerdings wurde es immer schwerer, sich an diese Gründe zu erinnern, und gerade jetzt war er genau in der Stimmung, sie vollends zu vergessen. Er gab dieser Stimmung nach.

»Sie sollten wirklich damit aufhören, Cassie«, sagte er mit seiner typischen Trägheit in der Stimme, während er den Abstand zwischen ihnen langsam verringerte.

Auf der Stelle machte sie sich auf den Rückzug, bis die Tür sie schließlich aufhielt. »Was?«

»Mich ohne guten Grund hier aufzusuchen.«

Die Wachsamkeit auf ihrem Gesicht schwand, und heftige Empörung trat an ihre Stelle. »Ich hatte einen Grund. Törichterweise habe ich gedacht, Sie könnten vielleicht schlimmer verletzt sein, als es den Anschein hatte.«

Er stellte sich vor sie und drängte sie mit Absicht an die Tür. Jetzt stand ihr die Überraschung eindeutig ins Gesicht geschrieben, und als er seine Hände auf ihre Wangen legte, um ihren Kopf nach hinten zu beugen, hörte er sie keuchen. Er konnte der Versuchung, seine Daumen über ihre Unterlippe gleiten zu lassen, nicht widerstehen. Es war solch eine weiche, nachgiebige Lippe. Er wollte daran saugen – und an ihrer Zunge – und an ihren Brustwarzen, wenn sie es ihm nur gestattete. Zum Teufel auch, er würde am liebsten jeden Zoll ihres Körpers mit seiner Zunge erforschen. Nur schade, daß sie ihm das nie erlauben würde.

Aber während er sie immer tiefer in Verwirrung stürzte, fuhr er fort: »Besorgnis, Cassie? Wegen eines abgebrühten Killers wie mir? Ich bin tief bewegt.«

Cassie wußte nicht, wie ihr geschah. Erst vor wenigen Augenblicken noch hatten sie einander angefahren, und jetzt gelang es ihm mit Hilfe dieses heiseren Tonfalls, sie in seinen Bann zu schlagen. In den betäubten Tiefen ihres Verstandes konnte sie noch denken, daß er nicht im mindesten aufgeregt aussah. Er sah hungrig aus, und anscheinend stand sie auf seinem heutigen Speiseplan.

Sie mußte ihn aufhalten. Aber als sein Mund sich langsam dem ihren näherte und ihr reichlich Zeit dazu ließ, fiel ihr kein einziges Wort ein, womit sie das hätte tun können. Tatsache war, daß das im Augenblick auch nicht das Wichtigste war, daß es an die zweite Stelle getreten war gegenüber der Erwartung, die sie jetzt erfüllte. Schon der Gedanke, seinen Mund noch einmal zu kosten, war unglaublich aufregend.

Aber das war nichts im Vergleich zur Wirklichkeit, einer Wirklichkeit, die ihr den Atem raubte und ihr Fleisch zu schmelzen schien. Sie stützte sich mit den Händen an der Tür ab, um sich aufrecht zu halten, aber das funktionierte nicht. Daher griff sie statt dessen nach seinen Schultern. Das war schon besser, aber sie hatte immer noch das Gefühl, auf der Stelle umzufallen, falls er sie plötzlich losließe. Dieses Gefühl wurde noch stärker, als er ihre Unterlippe sanft in seinen Mund zog.

Ein seltsames Geräusch stieg in ihrer Kehle auf, und ihre Finger gruben sich in seine Muskeln. Er mußte ihr Problem erahnt haben, weil er seine Hüften plötzlich nach vorn schob und sie auf diese Weise an der Tür festhielt. Er bot ihr seine Hilfe an, und die brauchte sie auch, als er ihren Mund mit seinen Lippen langsam öffnete. Jetzt war es ihre Zunge, auf die er es abgesehen hatte, und er umschmeichelte sie, spielte mit ihr, bis Cassie sie ihm schließlich in aller Unschuld überließ.

Eine Hitze, wie sie sie noch nie erlebte, breitete sich in ihrem ganzen Körper aus, und dazu viele andere Gefühle und Sehnsüchte, die sie nicht verstand. Auch Furcht gehörte dazu, denn sie hatte keine Kontrolle über das, was geschah, oder über das, was sie empfand. Dann stöhnte er plötzlich, und sie wurde hochgehoben, ihre Füße baumelten herab, sein Oberkörper preßte sich gegen ihre

Brüste, und der Kuß nahm eine wilde Intensität an, für die sie nicht genug Erfahrung besaß.

Ihre Angst gewann die Oberhand, und sie versuchte, Angel von sich wegzuschieben. Er ließ sie augenblicklich los. Völlig außer Atem prallte sie gegen die Tür. Dann starrte er sie eine schier unendlich lange Zeit an. Sie wußte, daß er mit sich rang, daß er gegen etwas Gewaltiges, ja sogar Primitives ankämpfte, und sie hielt den Atem an; sie wartete, ohne wirklich sicher zu sein, ob sie überhaupt wollte, daß er den Kampf gewann.

Schließlich sagte er: »Diesmal werde ich mich nicht entschuldigen. Wenn Sie dieses Zimmer noch einmal betreten, werde ich glauben, Sie wollen, daß ich dies hier … zu Ende führe, und diesen Gefallen werde ich Ihnen verdammt gern tun.«

Sie gab nicht vor, ihn mißzuverstehen. Es dauerte einen Augenblick, bis sie die Tür mit zitternden Fingern endlich geöffnet hatte, aber dann war sie auch schon verschwunden.

Angel stand noch eine Weile einfach nur da und starrte auf die geschlossene Tür, bevor er dem Drang nachgab und mit der Faust heftig dagegenschlug. Die Folge davon war eine Serie übler Flüche, als die ohnehin geschwollenen Knöchel seiner Hand zu pochen begannen. Aber das war nicht das einzige, das pochte.

Warum nur ließ er es zu, daß sie ihn immer wieder so erregte? Er ließ es zu! Zum Teufel noch mal, es schien nichts zu geben, was er dagegen tun konnte, und schließlich mußte er es zugeben. Er würde Miss Cassandra Stuart gern beibringen, sich nicht ganz so anständig zu verhalten. Und wenn er noch viel länger hier in der Gegend blieb, würde er das vielleicht auch wirklich tun.

19

Cassie dachte eine ganze Woche lang angestrengt darüber nach, kam aber schließlich zu dem Schluß, daß Angel sie noch einmal geküßt hatte, nur weil er böse auf sie gewesen war. Außerdem hatte ihm seine Unfähigkeit, die rechte Hand zu benutzen, zugesetzt. Und wahrscheinlich gab er ihr die Schuld an dem Kampf, den er mit Morgan ausgetragen hatte.

Das ergab tatsächlich einen Sinn, und es ging Hand in Hand mit dieser Drohung, die er an dem Tag, als sie ihm auf den Fuß getreten war, ausgesprochen hatte. Damals hatte sie ihn nicht ernst genommen, aber er hatte darauf beharrt, daß sie ihm etwas schuldig sei, und er hatte auch angedeutet, daß er diese Schuld mit einem Kuß eintreiben würde. Als er dann wieder einmal auf sie wütend gewesen war, hatte er sich wahrscheinlich an jene andere Gelegenheit erinnert und beschlossen, es ihr auf diese Art und Weise heimzuzahlen. Was sonst konnte er schließlich tun, um sich an ihr zu rächen? Er konnte sie wohl kaum zum Kampf herausfordern. Er konnte nicht einmal weggehen, weil er nicht ihretwegen, sondern wegen Lewis Pickens hier war.

Das ergab einen Sinn. Was keinen Sinn ergab, war die Vorstellung, er könne sie begehren. Das taten die Männer einfach nicht – sie begehren. Nicht einmal die beiden, von denen ihr zu Hause halbherzig der Hof gemacht worden war, hatten jemals auch nur so getan, als fänden sie sie begehrenswert. Es war die Ranch, für die sie sich interessierten, und die Anzahl von Rindern auf der Weide. Morgan war anders gewesen, aber sie hatte schnell genug herausgefunden, daß auch seine Gefühle nur vorgetäuscht gewesen waren, daß er, wie die anderen, es nur auf ihren Reichtum abgesehen hatte.

Aber mit Angel hatte sie sich von Anfang an nur gestritten. Darum kam man einfach nicht herum. Und er hatte kein Interesse an einer Ranch, daher gab es nicht einmal diesen Grund, der ihn in Versuchung führen konnte. Und bei näherem Nachdenken konnte man die Nacht, in der Slater bei ihr eingebrochen war, wohl nicht mitrechnen. Zu diesem Zeitpunkt hatte sie sich in einem absolut schändlichen Zustand befunden. Außerdem hatte sie sich aus freien Stücken an Angel gepreßt. Wahrscheinlich hatte er angenommen, daß sie es so wollte, und war freundlich genug gewesen, ihr den Gefallen zu tun. Hatte sie ihr Benehmen in dieser Nacht nicht selbst als liederlich bezeichnet? Auch sein dummes Betragen in der Nacht, als er sich betrunken hatte, zählte nicht. Zu dieser Zeit war der Mann einfach nicht mehr ganz richtig im Kopf gewesen.

Wie um ihre Schlußfolgerung zu bekräftigen, hatte Angel seit jenem letzten Kuß kein Wort darüber verloren, sondern sich so benommen, als sei es nie passiert. Er war, wann immer sie ihm begegnete, ganz er selbst gewesen, barsch und mürrisch. Diese Begegnungen waren überdies recht selten geworden, da sie ihm nach Möglichkeit aus dem Weg ging. Sie hatte sogar ihre Essenszeiten geändert, damit sie ihn nicht im Flur traf, wenn er in die Küche und sie ins Eßzimmer ging.

Das Schlimme war, daß Cassie sich mehr als einmal dabei ertappte, wie sie sich wünschte, sich zu irren. Reine Narretei, aber sie schien machtlos dagegen zu sein. Sie konnte einfach nicht aufhören, an diesen letzten Kuß zu denken und zu bedauern, daß sie dabei in Panik geraten war. Wenn sie ihn nicht weggeschoben hätte ...

Ein wirres Durcheinander von Gefühlen stürmte auf sie ein. Sie brauchte unbedingt jemanden, mit dem sie reden konnte, jemanden, der ihr helfen würde, wieder Ordnung in dieses Chaos zu bringen. Zu Hause hätte sie sich an Jessie Summers gewandt. Hier war Jenny ihre einzige enge Freundin gewesen, aber selbst wenn es ihr irgendwie gelänge, mit Jenny zu sprechen, so war Jenny doch zu jung und zu unerfahren, um ihr raten zu können. Und zum Teufel auch, Jenny brauchte noch dringender Hilfe als Cassie selbst.

Cassie hätte sich gefreut, wenn es anders gewesen wäre, weil Jenny Catlin zu ihrer großen Überraschung an diesem Nachmittag plötzlich auftauchte. Zu ihrer noch größeren Überraschung sah ihre junge Freundin wie das personifizierte Unglück aus. Ihr blondes Haar befand sich in einem schrecklichen Zustand, als wäre sie den ganzen Weg zur Stuart-Ranch gerannt, und ihre Kleider waren zerdrückt, als hätte sie sie eine Woche lang nicht gewechselt. Und Buck hatte tatsächlich nicht übertrieben. Jennys blaue Augen waren blutunterlaufen und die Wangen darunter aufgedunsen.

Cassie drängte sie in den vorderen Salon und versuchte sie dazu zu bewegen, sich hinzusetzen, aber das hatte keinen Zweck. Schon nach wenigen Sekunden sprang Jenny wieder auf und begann, wie ein Tier im Käfig im Zimmer umherzulaufen.

Cassie wußte nicht, was sie zu dem Mädchen sagen sollte, nach all den Schwierigkeiten, die sie verursacht hatte. »Es tut mir leid«, schien so banal. Sie versuchte es dennoch. Jenny winkte nur ungeduldig ab und blieb am Fenster stehen, um nervös hinauszuschauen.

»Deine Mutter weiß nicht, daß du hier bist, oder?« riet Cassie.

Jenny, die sich gerade auf eine neue Runde durchs Zimmer begeben hatte, schüttelte den Kopf. »Ich habe gewartet, bis sie und Buck heute in die Stadt gefahren sind.«

»Macht sie dir das Leben sehr schwer?«

»Du meinst, abgesehen von der Tatsache, daß sie mich ansieht, als hätte ich ihr ein Messer in den Rücken gestoßen?«

Cassie zuckte zusammen. »Du hast gewußt, daß dieser Teil der Geschichte nicht leicht werden würde«, erinnerte sie ihre Freundin.

»Ich weiß.«

»Was ist es dann?«

Jenny legte ihre Hände auf den Bauch und brach in Tränen aus. Cassie hatte nicht viel Übung mit dieser Art von Andeutungen oder Rätseln.

»Sag es mir, Jenny.«

Jenny umfaßte ihren Bauch noch eindringlicher und jammerte: »Das habe ich gerade getan! Ich bekomme ein Baby von ihm!«

Cassie blieb der Mund offenstehen. Sie brauchte ein paar Augenblicke, bevor es ihr gelang zu sagen: »Bist du sicher?«

»Ich bin seit mehr als einem Monat sicher. Was soll ich nur tun? Meiner Mutter kann ich es nicht erzählen. Es ist schon schlimm genug, daß ich hinter ihrem Rücken einen MacKauley geheiratet habe, aber das hier... Sie wird mich wahrscheinlich hinauswerfen.«

»Sie würde nicht ...«

»Sie würde!«

»Nein, würde sie nicht – aber wenn sie es doch tut, kannst du zu mir kommen.«

Diese Feststellung war nicht dazu geeignet, Jennys Tränen zu trocknen. Genaugenommen weinte sie jetzt nur noch heftiger. »Ich will nicht zu dir. Ich will zu Clay – aber er will mich nicht haben!«

Cassie seufzte innerlich. Wenigstens hatte sie sich, was Jennys Gefühle anging, nicht geirrt, und wenn sie Morgan richtig verstanden hatte, war es bei Clayton nicht anders. Das war allerdings nur ein schwacher Trost, solange die Eltern der beiden sich nicht um die Gefühle ihrer Kinder scherten. Immerhin linderte es jedoch ein wenig Cassies Schuldgefühle - obwohl damit kein einziges der anstehenden Probleme gelöst wurde. Das Mädchen mochte seinem Ehemann von Herzen zugetan sein, aber die Situation war hoffnungslos, solange ihr Mann nicht fähig war, sich gegen seinen Vater zu behaupten.

Cassie seufzte abermals, und diesmal laut. »Jenny, wie konnte das alles nur so schiefgehen? Du und Clayton, ihr wart so glücklich und aufgeregt, als ihr nach Austin gefahren seid.«

Endlich ließ Jenny sich doch in einen Sessel fallen und gestand:

»Irgendwie sind wir darauf zu sprechen gekommen, wer wen zuerst geliebt hat. Er sagte, ich wäre ihm nicht einmal aufgefallen, wenn du ihm nicht erzählt hättest, daß ich in ihn verliebt sei. Das hat mich so wütend gemacht, daß ich ihm die Wahrheit gesagt habe, daß ich nämlich nicht einmal an ihn gedacht hätte, bis du *mir* sagtest, er sei in mich verliebt. Da ist er explodiert. Meinte, man hätte ihn hereingelegt. Ich glaube, er hatte schon schreckliche Angst, was sein Pa wohl sagen würde, wenn wir erst wieder zu Hause waren.«

Cassie wäre gar nicht überrascht gewesen, wenn genau das der Wahrheit entsprochen hätte. Sie fragte sich, ob sie Jenny erzählen solle, daß Clayton es wahrscheinlich bereits bedauerte, sie verlassen zu haben. Damit konnte sie die Dinge zumindest nicht schlimmer machen.

»Wenn es ein Trost für dich ist – ich glaube, Clayton ist im Augenblick genauso unglücklich wie du.«

Jenny setzte sich sofort auf. Ihre Augen waren groß und voller Hoffnung. »Woher weißt du das?«

»Ich hatte vor ein paar Wochen einen ziemlich unerfreulichen Zusammenstoß mit Morgan. Er sagte, sein Bruder hätte, seit er aus Austin zurück wäre, nicht mehr gearbeitet und wäre auch nicht mehr ganz richtig im Kopf. Morgan erwähnte außerdem, daß Clayton andauernd von irgendwelchen ›Rechten‹ spräche und davon, daß er einfach zu euch rüberreiten und dich mitnehmen wolle. Aber R. J. hat ihm diese Idee mit der Peitsche ausgetrieben.«

Jenny schoß erneut aus dem Sessel hoch, aber diesmal in einem echten Wutanfall. »Ich hasse diesen alten Mann!«

Cassie konnte sich kaum mit ihr darüber streiten, stellte jedoch fest: »Deine Mutter ist genauso schlimm, aber sie haßt du nicht.«

»Wer sagt das?«

»Na komm schon, Jenny. Mit Haß hat diese Fehde begonnen. Mit Liebe sollte sie jetzt endlich wieder aufhören.«

Jenny blieb stehen, um sie anzustarren. »Wenn du das geglaubt hast, dann hast du geträumt. Aber ich mache dir keine Vorwürfe, daß du dich als Kupplerin betätigt hast. Bevor wir uns in der Hochzeitsnacht gestritten haben, war es einfach wunderbar. Ich bedaure nicht einmal, daß ich ein Kind von ihm bekomme. Ich weiß nur nicht, was ich jetzt tun soll.« Wieder sammelten sich Tränen in ihren Augen. »Ich will keine geschiedene Mutter sein.«

»Das mußt du auch nicht. Deine Mutter kann diese Scheidungsurkunden nicht für dich unterschreiben, Jenny. Also unterschreib sie einfach nicht.«

»Sie wird mich dazu zwingen.«

»Vielleicht nicht. Oder ist es dir noch nicht in den Sinn gekommen, daß das Baby vielleicht für alle Beteiligten die Dinge in ein anderes Licht rückt? Es ist schließlich das erste Enkelkind für deine Mutter. Für R. J. übrigens auch.«

Jenny seufzte. »Du verstehst noch immer nicht, Cassie. Ihr Haß sitzt einfach zu tief. Der einzige Ort, an dem diese beiden das Kriegsbeil begraben werden, ist in der Brust des anderen.«

Dem konnte selbst Cassies Optimismus nichts entgegenhalten. »Ich habe dir nicht viel helfen können, wie?«

»Ich weiß, daß du nichts mehr für mich tun kannst, Cassie. Und ich muß wieder zu Hause sein, bevor irgend jemand mich vermißt und Buck jeden Mann losschickt, um mich zu suchen. Ich mußte nur einfach mal mit jemandem reden. Dafür danke ich dir.«

Cassie nickte, denn sie verstand ihre Freundin nur zu gut. Ihre eigenen Sorgen schienen ihr plötzlich nichtig. Wenigstens war sie nicht schwanger und hoffnungslos in einen Mann verliebt, den ihre Mutter niemals billigen würde. Aber sie konnte den Gedanken nicht ertragen, daß sie in einer Woche all diese Schwierigkeiten einfach hinter sich lassen würde, während Jenny allein mit den Problemen fertig werden mußte, die sie, Cassie, verursacht hatte.

Als sie ihre Freundin zur Haustür begleitete, sagte sie: »Ich wünschte, ich könnte deine Mutter und R. J. gemeinsam an einen Tisch bekommen und ihnen ein wenig Vernunft einbleuen.«

»Sie würden niemals miteinander in demselben Raum bleiben.«

»Dann würde ich sie eben einsperren.«

Darüber mußte Jenny sogar lachen. »Na, das wäre doch mal etwas – nein, sie würden einander gewiß umbringen.«

»Oder gezwungen sein, diese Angelegenheit endlich zwischen sich zu klären.«

»Es ist ein schöner Gedanke, Cassie, aber dazu bräuchten wir schon ein Wunder.«

Cassie hatte gerade kein Wunder zur Hand, aber sie hatte einen gefallenen »Engel«, der unter ihrem Dach lebte. Als sie die Tür hinter ihrer Freundin schloß, fragte sie sich …

»Wagen Sie es nicht, auch nur darüber nachzudenken.«

Cassie erschrak, als sie die tiefe Stimme hörte und wirbelte herum. Sie fand Angel auf dem unteren Treppenabsatz sitzend. Er hatte seinen Hut tief ins Gesicht gezogen und trug seinen gelben Mantel und das schwarze, seitlich gebundene Halstuch. Offensichtlich war er auf dem Weg nach draußen gewesen oder gerade heimgekommen. Wieviel hatte er mit angehört?

Sie sah ihn mit hochgezogenen Augenbrauen an und stellte sich dumm. »Worüber soll ich nicht einmal nachdenken?«

Der Blick, den er ihr zuwarf, besagte, daß er nichts für ihr unschuldiges Benehmen übrig hatte. »Sich einzumischen. Wenn ich Sie in diesem Teil des Landes noch einmal dabei erwische, werde ich mit Freuden tun, was Ihr Vater vor Jahren versäumt hat, und Sie übers Knie legen. Und Sie brauchen gar nicht so eingeschnappt zu sein, sonst könnte ich mich versucht fühlen, das auch ohne weiteren Grund zu tun. Können Sie denn wirklich nicht aufhören, solange sie im Vorteil sind?«

»Wie kommen Sie auf die Idee, ich wäre im Vorteil?«

»Wir werden beide bald von hier verschwinden. Die Ranch steht noch, Ihre Knochen sind noch immer heil, und ich habe nur einen einzigen Mann töten müssen. Nach meiner Rechnung liegen Sie damit eindeutig vorn. Also warten Sie mit Ihren Einmischungen, bis Sie nach Hause kommen, wo Ihre Mutter mit den Schwierigkeiten, die Sie verursachen, fertig werden kann. Ich wette, sie ist daran gewöhnt.«

Cassie ging auf ihn zu. Ihr juckte es in den Fingern, ihm eine Ohrfeige zu geben, aber sie blieb nur vor ihm stehen, um zornig auf ihn hinabzublicken. »Ich habe Sie nicht hergebeten, wie Sie sich gewiß erinnern. Tatsache ist, ich erinnere mich daran, Sie zum Weggehen aufgefordert zu haben. Und da meine Nachbarn sich seit einiger Zeit ruhig verhalten, sehe ich keinen Grund, warum Sie noch länger hier herumlungern sollten.«

»Meinen Sie?«

»Ich würde sagen, Sie haben erledigt, weshalb Sie hergekommen sind, und jetzt sollten Sie darüber nachdenken, zu verschwinden – vorzugsweise noch heute.«

»Wer hat Sie eigentlich nach Ihrer Meinung gefragt?«

Während er ihr diese Worte entgegenknurrte, stand er auf und zwang sie dazu, ein paar Schritte rückwärts zu gehen, wenn sie ihm weiter in die Augen sehen wollte. Im Augenblick verspürte sie jedoch nicht den Wunsch danach, da kein Zweifel daran bestand, daß sie ihn mehr als nur ein wenig verärgert hatte. Und er war noch nicht fertig.

»Ich bleibe, Cassie. Nicht, bis Ihr Vater zurückkommt, sondern bis Sie Ihre Sachen gepackt und dieses Land verlassen haben. Das kann für meinen Geschmack nicht bald genug passieren, aber vorher – *keine Einmischungen mehr*. Haben Sie mich verstanden?«

Cassie war überrascht, daß sie mehr als nur ein Nicken zustande brachte. »Ja, ziemlich genau. Ich hätte wissen müssen, daß Sie kein Verständnis für meine Situation aufbringen können oder auch nur ein bißchen Mitleid mit diesen beiden jungen Leuten empfinden würden, die einander zufällig lieben. Dafür müßten Sie ja ein Herz haben ...«

Sie ließ es dabei bewenden, drehte sich um und verschwand. Er sah ihr voller Belustigung über ihren Schneid nach. Immer wenn er es am wenigsten erwartete, brach sich plötzlich ihre Courage Bahn. Wenn ihm das nicht besonders gut an ihr gefiel!

»Oh, ich habe sehr wohl eines, Schätzchen«, sagte er sanft. »Glücklicherweise ist die Schale drumherum so hart, daß Sie sie nicht zerbrechen können.«

20

Cassie hatte es, so lange es nur ging, vor sich hergeschoben, noch einmal mit Angel in die Stadt zu fahren, aber nun kam sie nicht mehr darum herum. Ihr Vater liebte keine Überraschungen, daher würde er ihr seine genaue Ankunftszeit sicher mitteilen. Ein Telegramm hätte man ihr zur Ranch herausgebracht, aber ein Brief würde so lange in der Stadt liegenbleiben, bis sie dazu kam, ihn abzuholen. Das hieß, daß sie in die Stadt mußte, und Angel war immer noch nicht bereit, sie allein dort hinzulassen.

Da es nur noch wenige Tage bis Weihnachten waren, mußte sie außerdem einige Einkäufe tätigen. Auch das war ein trostloser Gedanke. Sie hatte sich immer auf diesen Feiertag gefreut, doch dieses Jahr würde es anders sein, denn wenn es keine weiteren Verzögerungen gab und ihr Vater in den nächsten Tagen zurückkehrte, konnte sie nicht das Risiko eingehen, ihren Besuch hier auch noch über die Feiertage auszudehnen. Es würde das erste Weihnachtsfest sein, das sie nicht zumindest mit einem Elternteil verbrachte. Wahrscheinlich würde sie an diesem Tag allein in einem Zug oder einer Postkutsche sitzen und nach Norden fahren. Das war es jedoch nicht, worüber sie an jenem Nachmittag auf ihrem Weg nach Caully nachdachte. Als sie sich nach Jennys Besuch vor drei Tagen auf so unerfreuliche Weise mit Angel gestritten hatte, war es ihr plötzlich mit aller Macht bewußt geworden, daß er bald aus ihrem Leben verschwinden würde, sehr bald, und daß sie ihn dann wahrscheinlich niemals wiedersehen konnte. Sie mochten zwar aus derselben Gegend von Wyoming stammen, aber in all den Jahren, die er in der Nähe von Cheyenne verbracht hatte, waren sie einander auch nicht begegnet. Es gab also keinen Grund zu glauben, daß sich in dieser Hinsicht irgend etwas ändern würde, wenn sie jetzt nach Hause zurückkehrte.

Und selbst wenn sie ihn eines Tages zufällig in Cheyenne treffen sollte, würde Angel wahrscheinlich auf die andere Straßenseite hinüberwechseln, um ihr aus dem Weg zu gehen. Und warum auch nicht? Es war nun wirklich nicht so, als hätten sie sich während dieser Zeit hier besonders angefreundet. Genau das Gegenteil war der Fall. Er konnte es gar nicht abwarten, endlich zu verschwinden, und sie – ihr war während der vergangenen drei Tage pausenlos zum Heulen zumute gewesen.

Überraschenderweise hatte Cassie diesmal, was ihren Ausflug mit Angel betraf, keinerlei böse Vorahnungen. Sie wählte heute sogar mit Absicht die Kutsche, um ihn dazu zu zwingen, ihre Gesellschaft und ihre Unterhaltung zu ertragen. Er jedoch schien nicht bereit zu sein, diese Herausforderung anzunehmen, nahm sein Pferd und hielt sich weit genug von der Kutsche entfernt, um jedes Gespräch während der Fahrt unmöglich zu machen. Und er bemerkte nicht einmal, daß sie unter ihrem pelzbesetzten Mantel nach dem letzten Schrei aus Chicago gekleidet war – in weißer und lavendelfarbener Spitze. Soviel also zu der Tatsache, daß sie sich den halben Vormittag lang mit ihrem Äußeren abgequält hatte.

Tatsächlich wartete in der Stadt ein Brief von ihrem Vater auf sie. Er konnte ihr zwar kein genaues Ankunftsdatum nennen, versprach aber, vor Weihnachten zu Hause zu sein.

Als sie Angel davon in Kenntnis setzte, nahm er die Neuigkeit mit seiner gewohnten Unergründlichkeit auf, die ihr nichts über seine Gefühle verriet. Aber sie konnte sie durchaus erahnen. Er mußte geradezu begeistert darüber sein, daß das Ganze bald vorbei sein würde.

Zumindest hatten sie diesmal in Caully keine Schwierigkeiten.

Richard war zwar mit einigen der MacKauley-Cowboys da, aber er starrte sie, als er aus der Stadt herausritt, lediglich einen Augenblick lang an. Cassie blieb nicht länger als notwendig, obwohl es schon beinahe Abend war, als sie die Kutsche endlich wieder in die Scheune rollen ließ. Angel folgte ihr hinein und begann, das Pferd auszuspannen, noch bevor sie überhaupt aus der Kutsche hatte aussteigen können.

»Das macht Emanuel«, informierte sie ihn unwillig. Ihre Stimmung war auf den Nullpunkt gesunken.

Ohne von seinem Vorhaben abzulassen, erwiderte er: »Ich kann den Jungen nirgends sehen, Sie etwa?«

Cassies Kopf schnellte hoch, als sie seinen mürrischen Ton vernahm. Sie war diejenige, die schlechte Laune hatte. Welchen Grund hatte er, so gereizt zu sein?

»Wenn man bedenkt, wieviel Uhr es ist«, sagte sie steif, »dann kann man wohl davon ausgehen, daß er gerade zu Abend ißt. Aber ich kann mich durchaus selbst um das Kutschpferd kümmern. Sie haben Ihr eigenes Pferd, das ...«

»Nun hören Sie schon auf damit«, unterbrach er sie, auch diesmal, ohne mit der Arbeit aufzuhören. »Gehen Sie schon vor ins Haus ...«

»Nun, das ist wirklich eine gute Idee«, warf eine andere Stimme ein. »Warum tun wir das nicht alle?«

Drei Waffen wurden gleichzeitig gespannt. Cassie starrte Richard MacKauley mit weit aufgerissenen Augen an, als er aus dem Schatten im hinteren Teil der Scheune trat. Neben ihm erschienen nun auch Frazer und Morgan. Jeder von ihnen hielt seine Waffe auf Angel gerichtet.

Eine Falle? Richard mußte wie der Teufel nach Hause geritten sein, um seinen Vater zu holen, so wie es Morgan vor einiger Zeit getan hatte, nur daß es diesmal nicht ausschließlich um Cassie ging.

»Keine Bewegung, Angel, oder Ihr Name wird eine neue Bedeutung annehmen«, sagte Richard, als er sich hinter ihn stellte und Angels Colt vorsichtig aus dem Halfter zog.

Angel ließ ihn gewähren. Er hatte wohl keine große Wahl, nahm Cassie an, obwohl sie doch überrascht war, daß er so gar nichts sagte oder tat, bevor er die Gelegenheit dazu verlor. In seinem Beruf mußte er mit dieser Art von Situation eigentlich vertraut sein, mußte ein paar Tricks auf Lager haben, mit denen er den Spieß hätte umdrehen können. Natürlich hatte sie bisher auch noch nicht die vierte Waffe gesehen, die auf sie selbst gerichtet war.

Nicht, daß ihr dieser Umstand viel ausgemacht hätte, als sie sich schließlich umdrehte und den Mann erkannte, der zuerst gesprochen hatte. R. J. stand im Scheunentor und grinste breit. Dieses Grinsen hätte ihr verraten sollen, daß ihr das Kommende ganz und gar nicht gefallen würde.

Dennoch fragte sie: »Was haben Sie jetzt vor, Mr. MacKauley?«

»Ich bin nur hier, um Ihnen einen Gefallen zu tun, Miss Stuart, eine Art Dankeschön für Sie, für alles, was Sie für meine Familie getan haben. Ich konnte sie doch nicht nach Hause fahren lassen, ohne Ihnen meine ... Wertschätzung zu zeigen, wie es sich gehört.«

Cassie sah sich um. Frazer amüsierte sich offensichtlich prächtig über die Wortwahl seines Vaters. Richard dagegen schien das Ganze nicht besonders komisch zu finden, und Morgan machte ein Gesicht, als wäre er am liebsten überhaupt nicht dabei. Clayton war auffallend geistesabwesend. Und Angel, der war so unergründlich wie nur je.

Cassie durchzuckte der Gedanke, daß sie ausgerechnet heute beschlossen hatte, ihre eigene Waffe zu Hause zu lassen – und aus welchem Grund? Törichte Eitelkeit und der Versuch, so gut wie nur möglich auszusehen für jemanden, der das nicht einmal bemerkt hatte. Aber schließlich konnte R. J. nichts wirklich Ernstes vorhaben. Er würde nicht grinsend dastehen, wenn er die Absicht hätte, ihr echten Schaden zuzufügen, oder?

»Mir wäre es viel lieber, Sie würden mir keinen Gefallen tun, Mr. MacKauley«, begann sie vorsichtig. Dann schlug sie vor: »Warum tun Sie nicht einfach so, als wäre ich schon weg? Das werde ich in wenigen Tagen auch sein.«

»Ich weiß. Darum bin ich ja jetzt auch hier, um Ihnen zu helfen, bevor es zu spät ist.«

Cassie runzelte die Stirn. »Um mir wobei zu helfen?«

»Wir werden zusehen, daß Sie ordentlich unter die Haube gebracht werden, bevor dieser junge Bursche da noch einmal die Gelegenheit dazu hat, zu verschwinden.«

Unter die Haube bringen? Das klang für sie so unglaublich, daß sie es nicht sofort begriff, aber als sie es dann tat, fing sie an zu lachen. »Sie machen Witze.«

»Nein, Ma'am.« R. J. schüttelte den Kopf. »In Ihrem Salon sitzt schon der Prediger und wartet nur darauf, alles Notwendige zu tun. Er war nur allzu glücklich, seinen Pflichten nachkommen zu können, als er hörte, daß Sie beide all die Zeit unter ein und demselben Dach gelebt haben – ohne eine richtige Anstandsdame.«

Die Andeutung, die R. J. da machte, überflutete ihre Wangen mit heißer Röte, die dann jedoch bis auf den letzten Rest verschwand, als ihr der tiefere Sinn seiner Worte aufging. Sie würden Angel zwingen, sie zu heiraten. Aber niemand konnte einem Mann wie ihm das antun. Er wäre so wütend darüber, daß er jeden von ihnen ohne die geringsten Skrupel töten würde, sobald er seine Waffe zurückbekam.

Dieser verdammte Frazer. Er hatte gesagt, sein Vater würde sich bestens über diese Idee amüsieren, und wahrscheinlich hatte er sichergestellt, daß sie ihm auch gekommen war. Sie warf ihm einen Blick zu, der einem flammenden Blitzstrahl alle Ehre gemacht hätte. Er jedoch grinste reuelos zurück.

»Wir haben es aus Ihrem eigenen Mund gehört, Miss Cassie«, mußte er ihr unter die Nase reiben. »Und das ist es doch, was Verlobte tun – sie heiraten, nicht wahr?«

Ihre eigene Lüge fiel jetzt auf sie zurück! Frazer wußte, daß es eine Lüge war. R. J. wußte es wahrscheinlich auch. Sie wollten lediglich Rache – wollten ihr, wie Frazer es ausgedrückt hatte, den »gerechten« Lohn zukommen lassen. Aber das konnte sie nicht zulassen. Sie mußte die Männer vor dem Schicksal bewahren, das sie unweigerlich ereilen würde, wenn sie Angel zu dieser Heirat zwangen.

Cassie wagte es nicht, Angel anzusehen, um herauszufinden, wie er dieses neue Dilemma aufnahm, aber sie wußte, daß er kein Wort sagen würde. Das war nicht seine Art. Anschließend erst würde er mit den MacKauleys abrechnen, und sogar mit Recht, da ihr Vorgehen nicht gerade gesetzlich war.

Sie durfte es einfach nicht so weit kommen lassen. Sie würde eben noch ein wenig mehr lügen müssen. Und wenn das nicht funktionieren sollte, konnte sie sich immer noch schlicht und einfach weigern zu gehorchen.

Sie wandte sich wieder an R. J. »Ich weiß Ihre Besorgnis sehr zu schätzen, Mr. MacKauley, aber meine Mutter plant bereits eine große Hochzeit für Ende Januar. Es sind schon Hunderte von Gästen eingeladen worden. Sie würde es mir nie verzeihen, wenn sie das Fest absagen müßte.«

Der alte Mann kicherte. »Kein Grund, Ihre Mutter zu enttäuschen. Es gibt kein Gesetz, das einem verbietet, zweimal zu heiraten – jedenfalls nicht, wenn es sich um denselben Mann handelt.«

Cassie biß die Zähne zusammen. »Dann werde ich eben warten, bis mein Vater zurückkommt, damit er wenigstens Brautführer sein kann.«

»Sie können ja, wenn Charlie wieder da ist, ruhig noch eine Hochzeit veranstalten, aber was diese hier betrifft, werden wir den Prediger nicht enttäuschen, da er den ganzen Weg hierher zurückgelegt hat, um das Richtige zu tun. Ich werde der Brautführer sein, Kleine. Es wird mir eine Ehre sein.«

An dieser Stelle wurde Cassie wirklich wütend. »Den Teufel werden Sie tun. Ich werde nicht heiraten, um Ihre unangebrachten Rachegelüste zu befriedigen, R. J. MacKauley. Wenn Sie nur die Augen aufmachen würden, könnten sie sehen, daß Clayton und Jenny zusammenleben wollen. Es ist lediglich Ihre Sturheit, die das unmöglich macht, und dieselbe Sturheit ist es, die Sie heute hierhergeführt hat. Also, was werden Sie jetzt tun? Mich erschießen?«

»Nun, das könnte ich natürlich tun«, sagte er nach einigem Nachdenken, bevor er schließlich mit dem Kopf in die Richtung hinter ihr zeigte. »Aber wahrscheinlich würde ich ihn statt ihrer erschießen.«

Mit »ihm« war Angel gemeint, und allein der Gedanke daran, Angel könne erschossen werden, ließ ihr das Blut in den Adern gefrieren. Er hatte noch immer kein Wort gesagt, und sie konnte es nicht länger vermeiden, ihn anzusehen. Aber das war ein Fehler, der ihr einen schlimmeren Schock versetzte, als die MacKauleys es vermocht hätten. Angel war, wie zu erwarten, maßlos wütend, und aus irgendeinem Grund richtete sich die volle Wucht seines Zorns auf sie. Nein, nicht aus *irgendeinem* Grund. Das hier war auch ihre Schuld, und er suchte die Verantwortung genau da, wo sie auch tatsächlich lag.

Sie wirbelte wieder herum, und diesmal hatte sie genug Angst, um vor R. J. sogar auf die Knie zu fallen, wenn es sein mußte. Angel gab ihr jedoch keine Chance. Er trat vor und riß sie von der Kutsche herunter. Niemand versuchte, ihn aufzuhalten.

»Bringen wir es hinter uns, Cassie. Eine Hochzeit oder drei machen im Augenblick keinen Unterschied mehr.«

Seine Stimme war jetzt ebenso ruhig wie sein Gesichtsausdruck, aber sie ließ sich nicht täuschen. Sie hatte den Zorn in seinen Augen gesehen und sträubte sich, als er begann, sie in Richtung Haus zu zerren. Ihre Bemühungen waren jedoch umsonst, und kurze Zeit später erreichten sie das Haus mit den MacKauleys direkt auf den Fersen. Der Prediger wartete tatsächlich schon auf sie.

Ihre letzte Hoffnung. Sie mußte ihm nur sagen, daß sie und Angel gezwungen wurden zu heiraten …

»Kein Wort außer ›Ich will‹«, zischte ihr Angel ins Ohr. »Haben Sie das verstanden?«

Cassie starrte ihn an, ohne zu begreifen, warum er kampflos aufgab. Wahrscheinlich dachte er, je eher er dies hinter sich brächte, um so eher würde er seine Waffe zurückbekommen, und dann würde hier die Hölle losbrechen. Sie hoffte nur, daß er zuerst den Prediger gehen ließ. Mit den MacKauleys empfand sie im Augenblick nicht das geringste Mitleid. Die arme Maria würde der Schlag treffen, wenn sie all das Blut sah …

»Haben Sie mich verstanden?« wiederholte Angel.

Sie nickte. Was kümmerte es sie, wenn es in ihrem Salon zu einem Blutbad kam? Zuerst die Heirat – nun ja, das würde ziemlich schmerzlos über die Bühne gehen. Irgendwo in einer Ecke ihres Bewußtseins bedauerte sie es sogar, daß es keine richtige Hochzeit war. Verrückt, wirklich. Wenn sie daran dachte, was ihre Mutter tun würde, wenn sie von dieser mit der Waffe erzwungenen Hochzeit hörte... Natürlich mußte sie noch am Leben sein, um ihr davon zu erzählen, und sie war keineswegs sicher, daß sie diese Nacht überleben würde.

R. J. lachte, als er den Prediger nach der Zeremonie hinausbegleitete. Morgan war nicht in den Salon gekommen, um sich das Jawort anzuhören. Cassie vernahm seine zornige Stimme im Flur, bevor er mit seinem Vater zusammen das Haus verließ. Richard schien das Ganze jetzt genauso wenig komisch zu finden wie kurz zuvor. Genaugenommen schien er sich ein wenig unwohl zu fühlen. Ein kluger Mann. Er wäre sogar noch klüger gewesen, wenn er Angels Waffe mitgenommen hätte, aber als er das Zimmer verließ, zog er sie bereits aus seinem Gürtel, offensichtlich, um sie auf dem Tisch im Flur zurückzulassen. Cassie hoffte nur, er würde seine Meinung ändern, bevor er ging.

Aber Frazer, dieser absonderliche Schurke, stand immer noch vor ihnen und grinste das frischverheiratete Paar an, als sollten sie eigentlich an seiner Belustigung teilhaben. Glücklicherweise ignorierte Angel ihn. Er war ans Fenster getreten, um zuzusehen, wie die anderen wegritten. Cassie dagegen konnte ihn nicht ignorieren. Das breite Grinsen dieses Mannes irritierte sie gerade jetzt höllisch.

Also ging sie zu Frazer hinüber und schob ihn buchstäblich aus dem Zimmer und auf die Haustür zu, während sie ihm zornig zuflüsterte: »Sind Sie jetzt zufrieden? Wenn Angel Sie dafür nicht umbringt, werde ich es wohl tun.«

»Was ist denn schon Großes passiert, Cassie?« hatte er die Frechheit zu erwidern. »Pa ist jetzt zufrieden, und Sie lassen das Ganze einfach annullieren. Welchen Schaden haben wir also angerichtet?«

»Der Schaden, den Sie angerichtet haben, ist der, daß Angel es vielleicht nicht so sehen wird, Sie Esel. Und jetzt verschwinden Sie endlich aus meinem Haus.«

Es war ihr eine echte Befriedigung, die Tür hinter Frazer zuzuschlagen, aber einen Blick auf den Tisch im Flur zeigte, daß Richard doch nicht so klug gewesen war, wie sie gehofft hatte. Er hatte Angels Waffe dagelassen. Sie hob sie auf und suchte nach einem Platz, wo sie sie verstecken konnte, aber im Flur gab es keine Möglichkeit dazu. Daher ließ sie den Colt unter ihren Mantel gleiten, bis sie spürte, daß er in ihrem enganliegenden Mieder steckenblieb. Plötzlich wurde ihr klar, daß sie nicht einmal daran gedacht hatte, für die Hochzeit ihren Mantel auszuziehen.

Gelächter stieg in ihrer Kehle auf. Sie schluckte es jedoch mit einem stummen Stöhnen hinunter.

»Cassie?«

Beim Klang seiner Stimme aus dem Salon fuhr sie herum. Sie war noch nicht bereit für diese Begegnung. Morgen konnten sie über die Annullierung reden. Heute abend war seine Waffe nicht das einzige, was es zu verstecken galt. Ohne ihn einer Antwort zu würdigen, rannte sie die Treppen hinauf und schloß sich in ihrem Zimmer ein.

21

Als Cassie an jenem Abend nicht zum Dinner herunterkam, wurde Emanuel mit einem Tablett zu ihr hinaufgeschickt. Maria hatte einige von Cassies Lieblingsgerichten zubereitet und sich dabei selbst übertroffen. Nun, sie hatte schließlich genug Zeit dazu gehabt, da sie bisher noch kein Blut aufwischen mußte. Und die Haushälterin hatte entweder zugehört oder erraten, was geschehen war. Aber Cassie stocherte lediglich im Essen herum.

Mit Marabelle neben sich, die sie ein Dutzendmal beinahe zu Fall gebracht hätte, lief sie pausenlos im Zimmer auf und ab. Wie gewöhnlich spürte die Pantherkatze ihre Aufregung und würde sich erst dann beruhigen, wenn Cassie das auch tat. Aber Cassie war nur noch ein Nervenbündel; sie fragte sich, ob Angel das Haus verlassen hatte, fragte sich, was er unternehmen würde – und gegen wen. Es war ihr einfach unmöglich, sich hinzusetzen, und erst recht nicht, schon zu Bett zu gehen.

Als es an ihrer Tür klopfte, war sie so tief in Gedanken versunken, daß sie nicht weiter darüber nachdachte, ob sie öffnen solle. Sie nahm an, es sei Emanuel, der das Tablett wieder abholen wollte. Aber sie hatte sich geirrt.

»Ich hätte nicht gedacht, daß Sie mir öffnen würden«, sagte Angel.

Das hätte sie auch nicht getan, wenn ihr klar gewesen wäre, daß er es war. Und sie hätte die Tür auch auf der Stelle wieder geschlossen, wenn er nicht einen Schritt vorgetreten wäre, so daß sie ihm die Tür hätte ins Gesicht schlagen müssen, um sie wieder zu schließen. Also tat sie es nicht. Statt dessen wich sie langsam vor ihm zurück. Das schien sie in letzter Zeit häufig zu tun, wenn er in ihrer Nähe war.

Er wollte wahrscheinlich seine Waffe. Nein, er konnte ja nicht wissen, daß sie sie hatte. Wahrscheinlicher war, daß er ihre wollte. Was auch immer er vorhatte, sie mußte es ihm ausreden – irgendwie.

»Sie müssen ja ziemlich hungrig gewesen sein.«

Sie folgte seinem Blick zu dem leeren Tablett. »Marabelle war hungrig«, erwiderte sie, ohne dem sanften Ton, mit dem er jetzt sprach, auch nur einen Augenblick lang zu trauen. »Sehen Sie, können wir nicht darüber reden?«

»Aber gewiß doch – sobald Sie die Katze weggeschickt haben.«

Marabelle saß neben Cassie auf ihren Hinterpfoten. Da sie Angels Angst vor dem Panther kannte, war es das letzte, was sie wollte, Marabelle aus dem Zimmer zu schicken; andererseits hatte sie den Eindruck, daß ein Friedensangebot durchaus angebracht sein könnte. Daher führte sie die große Katze zur Tür und scheuchte sie hinaus. Angel war ins Zimmer geschlendert, um Marabelle aus dem Weg zu gehen.

Cassie schloß die Tür, blieb jedoch ganz in der Nähe stehen. Angel war erst einmal vorher in ihrem Zimmer gewesen. Sie erinnerte sich an jene Nacht und spürte wieder dieses Flattern in ihrem Bauch. Und er starrte ihr Bett an. Warum tat er das?

Sie holte tief Luft und begann, leichthin mit ihm zu reden, in der Hoffnung, das Gespräch auf einem vernünftigen Niveau halten zu können. »Wissen Sie, Sie brauchen wirklich niemanden deswegen zu töten. Ich werde eine Annullierung erwirken. Es wird so sein, als sei das Ganze nie geschehen.«

Seine Augen richteten sich auf sie, und begegneten kurz ihrem Blick, bevor sie sich schließlich auf ihren Mund senkten. »Sie werden wohl statt dessen um eine Scheidung nachsuchen müssen.«

»Nein, Sie verstehen nicht. Es wird viel leichter sein, eine Annullierung zu bekommen.«

Er sah ihr fest in die Augen. Die Intensität seines Blicks raubte Cassie einen Augenblick lang den Atem.

»Nach dieser Nacht wird es das nicht sein«, sagte er in diesem langsamen, hypnotischen Ton.

»Warum?« Sie brachte das Wort kaum über die Lippen.

»Weil ich in der Stimmung bin, den Ehemann zu spielen.«

»Sie sind was?«

Er kam auf sie zu. Sie war zu verblüfft, um sich bewegen zu können, daher stand er direkt vor ihr, bevor sie Zeit gehabt hätte, auch nur darüber nachzudenken, ob sie vor ihm weglaufen solle.

»Dies ist unsere Hochzeitsnacht«, sagte er, als er sie hochhob.

»Warten Sie …!«

»Diesmal nicht, Schätzchen. Ich habe Sie nicht gebeten, mich zu heiraten. Wenn ich das getan hätte, wäre ihre Antwort mit Sicherheit nein gewesen. Trotzdem sind wir verheiratet, und gerade jetzt begehre ich Sie heftig genug, um mir diesen Vorteil zunutze zu machen.«

Cassie bekam keine Gelegenheit mehr, zu protestieren, zumindest eine ganze Weile nicht. Angel hatte sie kaum auf das Bett gelegt, als er sie auch schon mit seinem Körper dort festhielt, und sein Kuß nahm ihre volle Aufmerksamkeit in Anspruch, dieser Kuß, der wild forderte und zärtlich gab. Schon bald fand sie daran Gefallen, und sein Gewicht, das sie an ihren intimsten Körperbereichen fühlte, trug noch dazu bei. Sie war zu hilflos, um ihm zu widerstehen, und dann wollte sie es auch nicht mehr.

Es war ein magisches Wort – »verheiratet«. Es gab ihr die Erlaubnis zu genießen, nahm die Schuldgefühle und den größten Teil der Angst. Es beseitigte auch alle Hemmungen, so daß sie ihn umarmen und seinen Kuß erwidern konnte. Und als sie das tat, genoß sie den Klang seines Stöhnens; er hatte begriffen, daß sie diesmal nicht versuchen würde, ihn aufzuhalten.

Er wollte sie, aus welchem Grund auch immer, sei es nun Rache oder Lust – es war ihr egal. Nichts spielte eine Rolle, außer dem Begehren, das sie teilten, und Cassie hatte ganz eindeutig ihren Anteil daran. Es war wie Feuer, dieses Gefühl, das in ihr wuchs. Es war so verzehrend, daß sie kaum bemerkte, wie er sie auszog, bis seine Hände auf nacktes Fleisch stießen, und das war ein so erregender, sinnlicher Schock, daß sie es einfach bemerken mußte. Aber es warteten noch mehr Schocks auf sie, denn er berührte sie überall. Und dann diese Wärme, Haut auf Haut, und seine Lippen, die sich plötzlich über einer prall angeschwollenen Brustwarze schlossen, um sie tief in seinen Mund hineinzusaugen.

Diese unglaubliche Hitze, die einen so krassen Gegensatz zu der seidigen Kühle seines Haares bildete, als er über ihre Haut flatterte. Sie wölbte sich im entgegen. Ihr Atem ging stoßweise. Sie hielt seinen Kopf in ihren Händen, seine Hüften zwischen ihren Beinen, und die Intensität dessen, was sie jetzt empfand, war so überwältigend, daß sie am liebsten laut aufgeschrien hätte. Das tat sie nicht, noch nicht. Aber da war etwas, das tief in ihren Lenden immer weiter anwuchs, etwas Heißes und Brennendes und Unkontrollierbares.

Dann entglitt er plötzlich ihrer Umarmung. Seine Hände formten ihre Brüste nach, während seine Zunge langsam ihren Bauch hinunterglitt, bis zu... Nein, das würde er nicht tun. O Gott, er tat es doch. Der Protest kam und erstarb im selben Atemzug, denn schon im nächsten Augenblick folgte eine Explosion pulsierender Lust, die sie fast vom Bett hochhob und in einem Königreich reiner Wonne gefangenhielt. Es lag jenseits aller Realität, jenseits allen Begreifens, und sie war ihm hilflos ausgeliefert. Sie konnte nichts anderes tun, als es bis zum letzten glückseligen Pulsschlag zu genießen.

Gleich darauf lag sie wieder in seinen Armen, fest an seinen geschmeidigen, muskulösen Körper gepreßt. Sein Gewicht war eine überraschende Wohltat. Aber dann mischte sich ein neues Gefühl mit der süßen Schwäche, die sie jetzt empfand. Und das, was da auf sie einstürmte, ließ sie erstarren. Aber sie hatte keine Zeit, sich davor zu fürchten. Sie war warm und feucht, und er drang so sanft in sie ein, daß sie nur einen winzigen Druck verspürte, als er ihre Jungfräulichkeit raubte und sie schließlich voll und tief ausfüllte.

Dann richtete er sich ein wenig auf und streckte die Arme, um sich links und rechts von ihr abzustützen und sich noch tiefer in ihr zu vergraben. Als sie die Augen öffnete, entdeckte sie, daß er sie ansah, einfach nur ansah. Und seine Augen waren dunkel und voller Leidenschaft.

»Du kannst dir nicht vorstellen, wie sehr ich dies gewollt habe – dich gewollt habe.«

Nein, das konnte sie wirklich nicht. Sie konnte es noch immer kaum glauben. Und sie konnte ihm nicht antworten. Sie hielt den Atem an und beobachtete schweigend, wie er sich an ihr sattsah. Er bewegte sich nicht, nur seine Augen funkelten, und dann fühlte sie wieder dieses Prickeln in ihren Brüsten, als er auf sie hinunterstarrte, das Flattern in ihrem Bauch, als sein Blick darüber glitt – und da, wo sie ganz miteinander verbunden waren, spürte sie, wie die Hitze mit Macht zurückkehrte.

»O Gott«, keuchte sie.

Er lächelte, begann ein langsames, sinnliches Stoßen und senkte den Kopf, um sie zu küssen. Ihre Lippen schienen an den seinen zu kleben, ihre Arme schlossen sich fest um seinen Hals und schließlich sogar noch fester, als die Spannung wieder anstieg. Und dann war auch dieses Pochen plötzlich wieder da, das über ihre Sinne hereinbrach, das ihn umschloß, als er tief in sie eintauchte, sich in sie hineindrängte und sie gemeinsam dem Höhepunkt entgegentrieb – bis er den Kopf zurückwarf, um einen tiefen, animalischen Laut reiner Lust auszustoßen.

22

Es war eine völlig neue und einzigartige Erfahrung für Cassie, neben einem Mann aufzuwachen, eine Erfahrung, die ihr unter anderen Umständen nicht halb soviel ausgemacht hätte. So wie die Dinge lagen, wußte sie jedoch nicht, ob sie aufstehen oder weiterschlafen sollte – in der Hoffnung, daß er, wenn sie das nächste Mal aufwachte, nicht mehr da wäre. Aber natürlich konnte sie nicht mehr einschlafen, nachdem sie in die Wirklichkeit zurückgekehrt war. »Wirklichkeit« war an diesem Morgen ein so häßliches Wort. In der vergangenen Nacht hatten sie die Wirklichkeit für eine Weile außer Kraft gesetzt, aber jetzt kehrte sie mit aller Macht zurück.

Verheiratet. Und nicht freiwillig, obwohl, wenn sie die Wahl gehabt hätte ... Nein, ihre eigenen Wünsche zählten nicht. Aber sie hatte eine Hochzeitsnacht erlebt. Und Jenny hatte tatsächlich recht gehabt, es war wundervoll – um das zu beschreiben, was Angel ihr gegeben hatte, eigentlich noch ein viel zu schwacher Ausdruck. Aber es hätte nicht passieren dürfen, nicht mit Angel. Und es war aus den falschen Gründen passiert.

Zum Lachen war das, wirklich. Sie war so sicher gewesen, daß er hinter den MacKauleys herjagen würde, daß er Blut sehen wollte. Aber er hatte nicht ihnen die Schuld an etwas gegeben, das sie, Cassie, in erster Linie zu verantworten hatte. Nein, er hatte die Schuld genau da gesucht, wo sie hingehörte, und sich seine Rachegelüste für sie aufgespart. Das sah ihm ähnlich, auf diese Weise fair zu sein. Sie wunderte sich, daß sie nicht schon früher erraten hatte, was er tun würde. Immerhin rächte er sich schon für geringfügigere Dinge mit einem Kuß, da war es nur verständlich, daß er für etwas so Ernstes wie eine erzwungene Hochzeit ganze Arbeit leisten würde.

Sie fragte sich nur, ob es in seinem Sinne gewesen sei, daß sie es so sehr genossen hatte. Wahrscheinlich nicht. Andererseits spielte es vielleicht keine Rolle für ihn, da die Scheidung, zu der er sie zwingen würde, seine eigentliche Rache darstellte. Obwohl heutzutage mehr und mehr Ehen auf diese Weise beendet wurden, war eine Scheidung immer noch ein Skandal, und das in einem Maße, daß Cassie alle Hoffnungen, eines Tages wieder heiraten zu können, begraben mußte. Kein ehrbarer Mann würde eine geschiedene Frau für eine Ehe in Betracht ziehen.

Jetzt, da sie darüber nachdachte, fand sie, daß es wirklich eine Gemeinheit war, was Angel ihr da angetan hatte. Hatte sie das wirklich verdient, nur weil sie ihm eine kleine Ungelegenheit bereitet hatte? Sie fand das nicht, denn eine Annullierung hätte genügt *und* ihren Ruf gerettet. Er konnte sich wahrhaftig glücklich schätzen, daß sie kein rachsüchtiger Mensch war, sonst könnte sie ihm womöglich ein wenig von seiner eigenen Medizin zu schmecken geben und sich überhaupt nicht von ihm scheiden lassen. Es würde ihm recht geschehen, wenn er sie nun für den Rest seines Lebens am Hals hätte. Aber das konnte sie ihm nicht antun, da ihn in dieser ganzen Sache keine Schuld traf.

In diesem Augenblick bewegte er sich ein wenig und zog ihre Aufmerksamkeit auf sich. Er schlief auf dem Bauch, mit dem Gesicht von ihr abgewandt. Sie konnte nur den Arm, den er auf das Kissen gelegt hatte, und seine nackten Schultern sehen, weil sie sich wohl beide irgendwann im Laufe der Nacht zugedeckt hatten. Aber unter den Decken war er nackt. So wie sie.

Nach der letzten Nacht sollte sie eigentlich bei diesem Gedanken nicht mehr erröten, aber sie tat es trotzdem. Und ihre Neugier verstärkte dieses Gefühl nur noch. Sie hatte gestern nacht kaum eine Gelegenheit gehabt, einen Blick auf seinen Körper zu werfen, und konnte nicht leugnen, daß sie das gern getan hätte. Aber sie war nicht mutig genug, um die Laken zurückzuschlagen. Außerdem wollte sie sich auf keinen Fall mit ihm streiten, während sie noch im Bett lagen. Das wäre ein entschiedener Nachteil für sie, und sie hatte sowieso sehr wenige Vorteile – eigentlich gar keine, wenn sie genauer darüber nachdachte. Aber wenigstens würde sie sich etwas wohler fühlen, wenn es ihr gelang, ein paar Kleider anzuziehen, bevor sie ihm gegenübertreten mußte.

Nachdem sie das beschlossen hatte, setzte sie sich vorsichtig auf und bemerkte sofort Marabelles Schwanz, der am Fußende des Bettes über die Dielen fegte. Plötzlich erinnerte sie sich vage, daß der Panther irgendwann in der Nacht an die Tür gekratzt hatte, um hereingelassen zu werden. Cassie war dann offensichtlich aufgestanden, um Marabelle ihren Wunsch zu erfüllen, und hatte dann gleich weitergeschlafen. Offensichtlich hatte Angel jedoch nichts davon bemerkt, denn sonst wäre er gewiß nicht mehr da. Aber sie mußte Marabelle unbedingt aus dem Zimmer schaffen, bevor er aufwachte. Sie hier vorzufinden, würde Angel mit ziemlicher Sicherheit in üble Laune versetzen. Dennoch zögerte Cassie einen Augenblick. Und plötzlich lächelte sie vor sich hin.

Vielleicht konnte sie dieses eine Mal doch ein wenig rachsüchtig sein. Immerhin hatte Marabelle mehr Rechte, hier zu sein, als Cassies schon bald geschiedener Ehemann. Und warum sollte sie sich überhaupt Gedanken über seine Laune machen? Er sollte sich vielmehr über *ihre* Laune Gedanken machen, nach dem, was er ihr angetan hatte – nachdem er ihr, um sich zu rächen, ihre Jungfräulichkeit geraubt hatte. Sie hätte nicht gedacht, daß er so grausam sein könnte, aber das zeigte nur mal wieder, daß man einem Mann, der seinen Lebensunterhalt damit verdiente, durch die Lande zu reisen und Leute umzubringen, einfach nicht trauen konnte.

Sie würde also ihre Marabelle nicht aus dem Zimmer schaffen. Aber ihren Ehemann würde sie nur allzugern hinausschaffen. Sie beschloß, sich endlich anzuziehen, und arbeitete sich vorsichtig aus den Bettdecken heraus, um sich dann zu ihrem Kleiderschrank zu schleichen. Aber bis sie dort angekommen war, hatte sie bereits Todesqualen ausgestanden. Es war ihr nie zuvor aufgefallen, wie viele lose Dielen es in ihrem Zimmer gab, die quietschten, und warum, um Himmels willen, hatte sie noch nie bemerkt, daß die Angeln an ihrem Kleiderschrank unbedingt geölt werden mußten? Sie machte genug Krach, um Tote zu wecken, und ein Blick über ihre Schulter zeigte ihr, daß Angel nicht in diese Kategorie fiel. Er hatte schon beim ersten Quietschen auf dem Fußboden die Augen geöffnet, und diese Augen hafteten nun auf ihrem nackten Rücken.

Cassies Schamgefühl regte sich voller Empörung, und es gelang ihr gerade noch zu keuchen: »Machen Sie die Augen zu!«

»Den Teufel werde ich tun«, erwiderte er und grinste sogar. »Du bist ein verdammt schöner Anblick, Schätzchen. Da lohnt sich das Aufwachen. Warum drehst du dich nicht rum, damit ich dich besser sehen kann?«

»Warum fährst du nicht zur Hölle?« gab sie zurück und griff nach dem ersten, was ihr in die Finger kam, einem bauschigen Petticoat, den sie hastig über den Kopf zog.

»Solltest du nicht zuerst deine Unterhöschen anziehen?«

Sie hätte schwören können, daß in seiner Stimme eine gehörige Portion Gelächter mitschwang. »Oh, halt den Mund, Angel.«

»Das da wirst du doch wohl noch nach unten ziehen oder?«

Sie hatte den Petticoat auf ihren Brüsten hängenlassen, damit wenigstens der größte Teil ihres Körpers bedeckt war. »Nie im Leben.«

Sie hörte ihn seufzen, biß die Zähne zusammen und zog ein Mieder heraus. Aber nachdem sie sich einen Augenblick daran zu schaffen gemacht hatte, bemerkte sie, daß es sich über dem dicken Petticoat nicht schließen ließ.

»Du treibst dein Schamgefühl wirklich zu weit, Cassie. Schließlich stehst du mit dem Rücken zu mir, also mach weiter und laß das Ding fallen.«

Er meinte den Petticoat, und sie benahm sich tatsächlich lächerlich. Es gab für ihn nichts mehr zu sehen. Selbst ihr Rücken wurde von ihrem langen Haar verdeckt. Daher riß sie den Petticoat herunter, rückte das Spitzenmieder über ihren Brüsten zurecht und schloß es hastig. Aber als sie die Hand nach einem Kleid ausstreckte, bemerkte sie Angels Spiegelbild in ihrem Kosmetikspiegel, der in einem schrägen Winkel vor ihrem Kleiderschrank stand. Er starrte nicht sie an, er starrte den Spiegel an, und wenn sie ihn deutlich sehen konnte, dann mußte auch er eine gute Aussicht auf sie haben ...

Sie fuhr herum, um ihn zu beschimpfen. »Du gemeiner Schuft ...!«

»Worüber regst du dich eigentlich so auf?« unterbrach er sie mit einem absurderweise ausgesprochen vernünftig klingenden Tonfall. »Für den Augenblick habe ich durchaus ein Recht, dich anzusehen.«

»Den Teufel hast du! Wir lassen uns scheiden, und für meinen Geschmack kann das gar nicht schnell genug geschehen.«

Er hatte sich auf einem Ellbogen aufgestützt. Bei ihrer letzten Bemerkung ließ er sich auf das Bett zurückfallen und starrte hinauf zur Decke.

Cassie nahm dies als Zeichen dafür, daß sie ihm ihren Standpunkt klargemacht hatte und daß er sie nicht weiter provozieren würde.

Sie ließ es dabei bewenden und schlängelte sich hastig in ein Kleid hinein, kochte aber immer noch vor Wut. Rechte! Er wagte es, von Rechten *für den Augenblick* zu reden, und dabei wußte er ganz genau, daß ihre Ehe nicht legal war – oder jedenfalls nicht legal gewesen wäre, wenn er sich aus ihrem Bett ferngehalten hätte.

Dann wurde ihr plötzlich bewußt, daß er recht hatte. Er hatte ihre Ehe legalisiert, als er gestern nacht zu ihr gekommen war, und sie würde so lange legal bleiben, bis sie beide die Scheidungsurkunden unterzeichnet hatten. Daher hatte er – nach dem Gesetz – tatsächlich gewisse Rechte.

Zur Hölle mit dem Gesetz. Sie hatte ihn nicht darum gebeten, die Dinge mit seiner Rache noch komplizierter zu machen. Er hatte die Grenzen des Anstands bereits überschritten, also hatte er, soweit es sie betraf, keinerlei Rechte, und diese Erkenntnis würde sie notfalls auch mit der Waffe in der Hand verteidigen.

»Cassie?« Der Anflug von Panik in seiner Stimme bewirkte, daß sie sich augenblicklich zu ihm umdrehte. Alles, was ihr gerade durch den Sinn gegangen war, schien urplötzlich vergessen. Das Problem selbst konnte sie auf den ersten Blick erkennen.

Die Bewegung der Decken über Angels Zehen hatte Marabelles Aufmerksamkeit auf sich gezogen. Sie hatte sich halb auf das Bett gestellt, um der Sache nachzugehen, und rieb jetzt ihre Schnauze über das schmale Zelt, das seine überkreuzten Füße aus den Dekken gebildet hatten. Marabelle hatte Cassie oft genug auf diese Weise morgens geweckt. Aber diesmal waren es nicht ihre Füße, an denen sich die Katze ergötzte, sondern die Angels. Marabelle hatte den Unterschied offensichtlich nicht bemerkt.

»Wie ist sie hier reingekommen?«

Seine Stimme war zu einem sanften Flüstern geworden, und er ging nicht das Risiko ein, sich auch nur im geringsten zu bewegen. Cassies Besorgnis hatte sich jedoch sofort aufgelöst, als sie sah, daß keine Gefahr bestand, und daher war sie jetzt wieder in einer Stimmung, in der sie nicht die Absicht hatte, mit Angel Mitleid zu empfinden.

»Ich erinnere mich vage daran, sie mitten in der Nacht hereingelassen zu haben, als sie an die Tür gekratzt hat«, antwortete sie mit übertriebener Lässigkeit. »Schließlich hat sie die *Erlaubnis,* hier bei mir zu schlafen.«

Er hatte nicht vor, diese Bemerkung aufzugreifen. »Schaff sie hier raus!«

»Ich glaube nicht, daß ich das tun werde. Du hast mich gestern nacht zu deiner Frau gemacht, nicht nur zu deiner Braut. Die Braut war bereit, dir zu gehorchen. Die Frau nicht.«

»Cassie! « Er wollte mit lautem Protest beginnen, endete jedoch mit deutlichem Entsetzen in der Stimme. »Sie beißt mich in die Füße!«

»Nein, das tut sie nicht. Sie will nur ein wenig knabbern. Ich habe dir gesagt, daß sie das manchmal gern tut.«

»Dann mach etwas, damit sie aufhört.«

Cassie seufzte und ging zum Fußende des Bettes, um Marabelle über den Rücken zu streicheln. »Also wirklich, Angel, du warst jetzt lange genug in ihrer Nähe, um zu wissen, daß sie harmlos ist.«

Er wandte den Blick noch immer nicht von der Pantherkatze ab – und er bewegte sich auch nicht. »Ich weiß überhaupt nichts. Ich kann mit dem Gedanken fertig werden, durch eine Kugel zu sterben. Aber der Gedanke, als Frühstück für diese Katze zu enden …«

»Marabelle hat nicht einmal etwas übrig für rohes Fleisch. Sie hat es lieber gekocht, und genaugenommen hat sie überdies eine besondere Schwäche für Kekse und Pfannkuchen.«

»Kekse?« brachte er mit erstickter Stimme heraus.

»Und Pfannkuchen.«

Er streifte sie ganz kurz mit einem Blick, der deutlich machte, daß er sie für verrückt hielt, bevor seine Augen sich wieder auf den Panther richteten. Aber nachdem er einen Augenblick darüber nachgedacht hatte – Kekse –, riß er seine Füße mit einem Ruck von Marabelles schnurrender Bewunderung weg. Und als die Katze ihn nur ansah, ohne sich zu bewegen, ging er noch weiter und sprang aus dem Bett.

Das hatte Cassie nicht erwartet. Ihre Augen rundeten sich. Sie hielt den Atem an. Aber sie dachte nicht einmal daran, ihren Blick abzuwenden. Gütiger Himmel, was hatte er für einen herrlichen Körper, ganz geschmeidige Anmut und gebändigte Kraft – wie ihr Panther. Sie bemerkte alte Schußwunden, drei oder vier, aber es war dieser männliche Körper, der sie so faszinierte. Breite Schultern, flacher Bauch, lange Beine – Beine, die er jetzt hastig in seine Hosen schob. Er war wütend. Sie konnte es an jedem Muskel seines Körpers erkennen. Und sie selbst war der Grund dafür.

Er bestätigte ihren Eindruck. »Das war eine absolute Niederträchtigkeit.«

Sie wußte genau, daß er davon sprach, daß sie ihm gerade eben bei Marabelle nicht geholfen hatte. »Nun, dann haben wir also etwas gemeinsam, nichtwahr?«

»Lady, wenn ich mit jemandem abrechne, dann nur mit dauerhaften Ergebnissen.«

Sie setzte sich aufs Bett und sah in eine andere Richtung. Ihre Stimme war ungewöhnlich ruhig. »Ich weiß.«

Plötzlich stand er direkt vor ihr, trotz der Tatsache, daß Marabelle neben ihr saß. Er hatte sein Hemd noch nicht gefunden. Seine Hose stand offen und hing nur locker an seinen Hüften. Nichts als Haut, nur wenige Zentimeter von ihrem Gesicht entfernt – und der verrückte Drang, sich vorzubeugen, um ihre Lippen darauf zu pressen.

»Die vergangene Nacht war keine ›Abrechnung‹, Cassie. Die Versuchung war einfach zu groß, als daß ich ihr hätte widerstehen können. Um deinetwillen tut mir leid, was passiert ist. Um meinetwillen – ich will verdammt sein, wenn mir da irgend etwas leid tut.«

Sie hatte nicht damit gerechnet, daß er versuchen würde, ihr sein Verhalten zu erklären. Allerdings hätte er sich den Atem sparen können, da sie ihm kein einziges Wort glaubte – außer, daß es ihm um seinetwillen nicht leid tat. Warum sollte es auch? Es hatte ihn nichts gekostet und würde auch ganz gewiß nicht *seinen* Ruf ruinieren. Sie antwortete nicht und sah ihn auch nicht an. Aber sie erschrak, als seine Hand sich ihrer Wange näherte. Er berührte sie jedoch nicht, sondern zögerte einen Augenblick und ließ die Hand dann wieder fallen. Und warum war ihr plötzlich danach zumute, in Tränen auszubrechen?

Nein, sie würde nicht weinen. Sie zwang sich, vom Bett aufzustehen und sich an ihm vorbeizudrängen. »Such deine Stiefel und verschwinde«, sagte sie zu ihm, während sie zu ihrer Kommode hinüberging. Dort öffnete sie eine Schublade und zog seine Waffe heraus. »Und das da wirst du wohl brauchen.« Sie drehte sich um und warf sie ihm zu. »Man kann ja nie wissen, ob du nicht heute jemanden erschießen mußt.«

Er fing die Waffe auf, bewegte sich ansonsten jedoch nicht weiter, sondern sah sie nur eine ganze Weile an. Sie konnte beinahe sehen, wie es geschah, die Veränderung, die in ihm vorging, die Härte, die an die Oberfläche kam und wieder die Kontrolle über ihn gewann.

»Ja, das kann man nie wissen.«

Cassie krümmte sich innerlich. Vor ihr stand der Mann, der vor drei Wochen angekommen war, ein Mann der Gewalt, gnadenlos, wenn notwendig, gewissenlos – herzlos. Das hatte sie mit ihrer eigenen Kälte bewirkt. Aber bitteschön. Dieser Mann war ihr viel vertrauter als der, der sich davor fürchtete, ihre Wange zu berühren.

23

Angel saß mit der Flasche Tequila, die Maria für ihn aus ihren eigenen Vorräten geholt hatte, im Salon. Charles Stuart trank keine harten Sachen, und daher gab es im ganzen Haus keine einzige

Flasche Whisky. Und Angel hatte keine Lust, in die Stadt zu reiten, um sich welchen zu besorgen. In seiner augenblicklichen Stimmung würde es ganz gewiß Schwierigkeiten geben, wenn er das tat.

Er hatte seine *Ehefrau* nicht mehr gesehen, seit er ihr Zimmer verlassen hatte – zum zweitenmal an jenem Morgen. Beim erstenmal war er so zornig gewesen, daß er ohne seine Stiefel gegangen war. Er hatte sogar schon den halben Weg zum Stall zurückgelegt, bevor er begriff, daß er nichts an den Füßen hatte. Also mußte er zurückgehen. Er besaß nur dieses eine Paar. Aber bevor er noch einmal an ihre Tür klopfte, hatte er gewartet, bis er ein wenig ruhiger geworden war.

Sie hatte sich mittlerweilen ebenfalls etwas beruhigt. Zumindest hatte sie in einem zivilisierten Tonfall mit ihm gesprochen, als zunächst keiner von ihnen beiden seine Stiefel finden konnte. »Da Marabelle sich hier aufgehalten hat, können wir ebensogut unterm Bett nachsehen«, schlug sie vor. »Da hortet sie nämlich die Sachen, die sie behalten will.«

»Behalten will?« Bei dem Gedanken, mit Marabelle ein Tauziehen um seine Stiefel veranstalten zu müssen, runzelte er die Stirn. »Ich habe nicht die Absicht, mit deiner Katze um meine Stiefel zu kämpfen.«

»Das wird nicht notwendig sein. Falls es dir noch nicht aufgefallen ist, sie ist gar nicht hier.«

Es war ihm nicht aufgefallen, und es fiel ihm schwer, überhaupt irgend etwas zu bemerken, da er kaum in der Lage war, den Blick von Cassie abzuwenden. Selbst jetzt, nachdem sie ihre Haare wieder fest um ihren Kopf geschlungen und ihr Kleid ordentlich geschlossen hatte – zweifellos hatte sie mittlerweile auch einiges an Unterkleidung angezogen – selbst jetzt sah er sie immer noch so vor sich, wie er sie gestern nacht gesehen hatte, als sie unter ihm lag, ihr langes, braunes Haar auf dem Kissen ausgebreitet, ihre Brüste voll und prall – und ganz ohne irgendwelche Unterkleider.

Es geschah wieder einmal. Er hatte nicht mitgezählt, wieviele Male sich heute schon bei der Erinnerung an diese letzte Nacht seine Männlichkeit geregt hatte. Unruhig streckte er die Beine aus und nahm noch einen Schluck Tequila, aber auch das half ihm nicht, sie zu vergessen. Er hatte sich hingekniet, um unter dem Bett nachzusehen. Sie hockte auf der anderen Seite. Die Stiefel waren tatsächlich da. Sie und eine Menge unkenntlicher Dinge – und

Cassies Kleid aus weißer und lavendelfarbener Spitze. Er zog zuerst das Kleid unter dem Bett hervor und hielt es hoch.

»Das hätte ein schönes Hochzeitskleid abgegeben, Cassie. Warum hast du deinen Mantel nicht ausgezogen?«

Sie antwortete nicht, sondern sah ihn nur aus weit aufgerissenen Augen an. Er wußte nicht, warum er das gesagt hatte und fügte nun verlegen hinzu: »Es sieht nicht so aus, als ob die Katze es ruiniert hätte.«

»So etwas würde sie nie tun. Warum sollte sie auch an meinen Kleidern herumkauen?«

»Und was ist mit Stiefeln?«

»Das ist eine andere Geschichte. Marabelle ist geradezu verrückt nach ihnen.«

»Der Geruch von Leder?«

»Nein, Schweiß.«

Am liebsten hätte er über die Art und Weise, wie sie das sagte, gelacht – geradeso, als hätte er das wissen müssen. Sie brachte ihn merkwürdigerweise immer wieder zum Lachen, und für gewöhnlich wegen Dingen, die gar nicht komisch waren. Aber jetzt lachte er nicht. Er holte seine Stiefel und verließ das Zimmer, bevor er dem Drang nachgab, sie noch einmal zu lieben.

Gestern nacht hätte er niemals in ihr Zimmer gehen dürfen. Das hatte er gewußt. Es war ausgesprochen töricht von ihm gewesen. Aber ganz ohne sein eigenes Dazutun hatte man ihm das gesetzliche Recht gegeben, ebenjene Frau zu lieben, die er bis zum Wahnsinn begehrte.

Er hatte keine Chance, dieses Gefühl, nachdem es sich einmal bei ihm festgesetzt hatte, noch länger zu ignorieren. Er hatte ebenfalls keine Chance, eine so mächtige Versuchung zu bezwingen. Heute morgen hatte er sie wirklich nicht belogen. Aber sie interessierte sich nicht für seine Gründe oder dafür, daß er plötzlich eine Schwachstelle hatte: sie. Immer noch war sie viel zu aufgeregt darüber, daß er ihre erzwungene Ehe zumindest zeitweilig zu einer echten gemacht hatte.

R. J. MacKauley mochte ein störrischer Bursche sein, aber was er getan hatte, war in Wirklichkeit gar nicht so schlimm gewesen. Sie alle hatten das gewußt – außer Cassie. Aus irgendeinem Grund hatte sie es unbedingt verhindern wollen. Angel war noch immer zornig, wenn er daran dachte, wie sehr sie sich bemüht hatte, diese Hochzeit zu umgehen. Und auch das war töricht von ihm, daß er sich ihre Zurückweisung derart zu Herzen nahm, obwohl er bereits gewußt hatte, daß er bei einer Frau wie ihr nicht die geringste Chance haben würde.

Er konnte sich nicht daran erinnern, daß sich seine Gefühle jemals in einem solch wirren Durcheinander befunden hätten. Und er wußte nicht, was er dagegen tun konnte – außer sie zu verlassen. In wenigen Tagen schon würde es soweit sein. Das war alles, was er brauchte, er mußte sich dieser Versuchung entziehen. Die Entfernung würde seine Gefühle wieder normalisieren, seinen Kopf klar machen, ihn zurück auf seinen einsamen Pfad führen und diese närrische Sehnsucht nach etwas anderem beenden.

Und er würde als freier Mann gehen. Jetzt schuldete er niemandem mehr etwas …

Und ob er das tat! Als er letzte Nacht in ihr Zimmer ging, hatte er gewußt, daß er sich neue Schulden aufladen würde. Cassie gegenüber. Sie hätte ihm niemals ihre Unschuld geschenkt, wenn sie die Wahl gehabt hätte. Bei jedem seiner früheren Versuche hatte sie ihn zurückgewiesen. Aber wie konnte man etwas Derartiges wiedergutmachen?

Die Antwort ließ nicht lange auf sich warten, da der Tequila es bisher nicht geschafft hatte, seine Gedanken zu umnebeln. Er wußte, was Cassie wollte. Ihre Einmischung hatte eine üble Situation noch schlimmer gemacht, und daher würde sie eine ganze Reihe ziemlich unglücklicher Menschen zurücklassen. Sie wünschte sich nichts mehr, als daran etwas zu ändern, um mit gutem Gewissen nach Hause zurückkehren zu können. Ein solches Vorgehen lag für gewöhnlich nicht auf Angels Linie, aber er wußte, daß er ihr diesen Wunsch wahrscheinlich erfüllen konnte. Seine Methoden würden ihr nicht gefallen – keinem der Beteiligten würden sie gefallen –, aber es konnte funktionieren.

Er wollte gerade noch einen Schluck nehmen, straffte sich jedoch, als er *sie* kommen hörte. Zum Teufel, dieses laute Schnurren ging wirklich durch Wände. Er betrachtete die offenen Türen, und seine Finger schlossen sich fester um das Glas in seiner Hand. Für gewöhnlich kümmerte sich Marabelle nicht weiter um ihn. Er war ihr schon vorher ein paarmal im Haus begegnet, aber sie hatte ihn einfach nur mit diesen riesigen goldenen Augen angesehen.

Genau das tat sie auch jetzt, als sie im Türrahmen auftauchte und sich auf ihre Hinterpfoten setzte. Aber als sie keine Anstalten machte, das Zimmer zu betreten, entspannte er sich ein wenig.

»Kluges Mädchen«, sagte Angel mit einem Nicken. »Nach diesen Abdrücken von deinen Zähnen, die ich auf meinen Stiefel gefunden habe, bin ich dein ärgster Feind. Bleib einfach ...«

Nach wenigen langen Schritten stand Marabelle an seinen Füßen, schnupperte ein paarmal daran und ließ sich dann plumpsend auf den Boden fallen, um sich buchstäblich um seine Füße herumzuwickeln. Eine große Tatze landete auf Angels Knöcheln, so als wolle sie ihn davon abhalten, sich zu bewegen. Was er auch keinesfalls vorgehabt hatte.

»Wenn du anfängst, deine Zähne an mir zu säubern, erschieße ich dich«, warnte er die Katze.

Sie sah nicht hoch. Statt dessen rieb sie ihre Schnauze über die Spitze eines seiner Stiefel. Und Angel griff nicht nach seiner Waffe. »Zum Teufel, du bist genauso schlimm wie sie. Ihr wißt beide nicht, wann es Zeit ist, aufzuhören.«

Marabelle schnurrte ruhig weiter. Angel sah sie fest an und fluchte leise, als ihre Zähne über seinen Stiefel kratzten. Dann schüttelte er den Kopf und beschloß, daß der Tequila wohl stärker sein müsse, als er angenommen hatte. Warum sonst würde er einfach dasitzen und zusehen, wie ein ausgewachsener Panther an seinen Füßen nagte?

24

Cassie öffnete die Augen und stellte fest, daß es doch kein Traum gewesen war. Angel war tatsächlich gestern nacht wieder in ihr Zimmer gekommen. Nur, daß es diesmal wirklich spät gewesen war. Sie hatte bereits geschlafen. Nicht mehr lange allerdings.

Sein Kuß hatte sie geweckt – und natürlich sein Körper, der den ihren halb bedeckte. Dann hatte sie seine heiseren Worte gehört: »Wir sind noch nicht geschieden, Schätzchen.«

Das war vollkommen korrekt. Sie würden bald geschieden sein, aber im Augenblick waren sie es noch nicht. Und sie hatte einfach keine Lust gehabt, daran zu denken, daß sie sich selbst das Versprechen gegeben hatte, ihn daran zu hindern, irgendwelche zeitweiligen Rechte weiterhin auszuüben. Wenigstens hatte sie das gestern nacht nicht gewollt. Aber das helle Licht des Morgens hatte etwas an sich, das die Dinge wieder in die richtige Perspektive rückte, wogegen das gedämpfte Glühen eines langsam verlöschenden Feuers sich ganz und gar nicht dazu eignete, einen klaren Gedanken zu fassen.

Es tat ihr nicht leid, daß er zu ihr gekommen war. Das konnte sie natürlich nicht sagen. Aber ebensowenig konnte sie zulassen, daß es so weiterging. Zugegeben, er würde nur noch wenige Tage in ihrer Nähe sein, und wenn es da nicht andere Konsequenzen zu bedenken gälte, würde sie alles darum geben, jeden Augenblick der ihnen noch verbleibenden Zeit in seinen Armen verbringen zu können.

Aber Jenny wäre die erste, die ihr sagen konnte, wie leicht es war, schwanger zu werden. Und so sehr Cassie sich wünschte, eines Tages eigene Kinder zu haben, wollte sie sich doch nicht in derselben Zwangslage sehen wie Jenny – eine geschiedene Frau, die ein Kind bekam. Falls es allerdings soweit kommen sollte, würde sie ihrer eigenen Meinung folgen und keine Scheidungsurkunden unterzeichnen. Das würde ihr natürlich keinen Ehemann einbringen, zumindest keinen, der mit ihr unter demselben Dach leben würde. Angel wollte seine Freiheit und erwartete selbstverständlich, sie wiederzubekommen. Eine solche Kleinigkeit wie ein Stück Papier, auf dem stand, daß er verheiratet war, würde ihn nicht dazu bewegen können, in ihrer Nähe zu bleiben.

»So ernste Gedanken schon am frühen Morgen?«

Sie wandte ihren Kopf und fand den Blick dieser schwarzen Augen auf sich gerichtet. Eigentlich hatte sie gedacht, er schliefe noch, was auch der Grund dafür war, daß sie nicht einmal versucht hatte, sich aus seiner Umarmung zu befreien. Der Arm, der quer über ihrer Brust lag, bewegte sich jetzt ein wenig, als er die Hand hob, um ihre gerunzelten Augenbrauen nachzuzeichnen.

»Ich kann dir etwas viel Schöneres zum Nachdenken geben«, fügte er hinzu und beugte sich über sie.

Sie hätte ihm beinahe erlaubt, sie zu küssen. Er war so verdammt verführerisch mit seinem völlig zerwühlten Haar, seinen verschlafenen Augen und seinem so überaus sinnlichen Gesichtsausdruck. Wenn Angel sich darauf konzentrierte, sie zu lieben, hatte das eine verheerende Wirkung auf jeden einzelnen ihrer gerade erst erwachten Sinne. Nur noch ein einziges Mal ... Was konnte es ...?

Ihre Hand fuhr im letzten Augenblick hoch, um ihn zurückzuhalten. Innerlich stöhnte sie deswegen, äußerlich zwang sie ihre

Miene, feste Entschlossenheit zu zeigen. »Ich habe gehört, daß dies die Art und Weise ist, wie man Babys macht«, sagte sie und versuchte dabei, nicht allzu anklagend zu klingen. »Ist es das, was du im Sinn hast? Mich mit einem Kind zu versorgen, bevor du wieder das Weite suchst?«

Er schwieg ganze fünf Sekunden lang, ließ sich dann zurück aufs Bett fallen und starrte an die Decke. »Du nimmst dir wirklich kein Blatt vor den Mund, wie?«

»Es ist eine berechtigte Frage.«

»Ich weiß.« Er seufzte. »Und um sie dir zu beantworten – nein, das ist nicht meine Absicht. Um die Wahrheit zu sagen, das ist ein Problem, über das ich noch nie nachdenken mußte, nicht bei der Art von Frauen, die ich für gewöhnlich ...«

Er ließ diesen Punkt offen, aber sie verstand auch so, was er meinte. Er war daran gewöhnt, für sein Vergnügen zu zahlen, und die Männer betrachteten es als selbstverständlich, daß ihre nicht ganz makellosen Liebchen wußten, wie man so etwas verhinderte. Natürlich wußten sie das, denn ansonsten wären sie nur allzu schnell aus dem Geschäft.

Plötzlich rollte er wieder zu ihr hinüber, obwohl er sich alle Mühe gab, sie nicht zu berühren. Und auf seinem Gesicht lag ein Ausdruck lebhaften Interesses.

»Willst du ein Baby?«

Cassie riß die Augen auf. »Was für eine Art Frage ist *das* denn?«

»Eine berechtigte.«

»Den Teufel ist es«, murrte sie und setzte sich auf, um ihn wütend anzufunkeln, wobei sie die Decke fest um ihre Brüste schlang. »Ich brauche einen Ehemann, bevor ich anfangen kann, Babys zu haben, einen richtigen Ehemann, einen, der bei mir bleiben wird und mir hilft, sie aufzuziehen. Dann hätte ich gerne viele Kinder – aber auch nur dann.«

Der Ärger war laut und deutlich aus ihrer Stimme herauszuhören; Ärger darüber, weil sie nicht glaubte, daß sie jetzt noch jemals einen Ehemann finden würde. Er jedoch faßte es als erneute Zurückweisung auf, als Bekräftigung der Tatsache, daß sie ihn weder jetzt noch in Zukunft als Ehemann ernsthaft in Betracht ziehen würde.

Er setzte sich ebenfalls auf, aber diesmal mit der Absicht, aus dem Bett zu steigen und sich anzuziehen. Und diesmal würde sie ihm nicht dabei zusehen. Sie schlang die Arme um ihre hochgezogenen Knie und wandte das Gesicht ab, damit sie nicht in Versuchung geriet. Sie ärgerte sich über sich selbst, aber was sonst hätte sie ihm antworten können? Daß sie nichts dagegen hätte, ein Kind von *ihm* zu bekommen? Und warum hatte er überhaupt danach gefragt?

»Ich hätte diesen rachsüchtigen alten Trottel MacKauley erschießen sollen, als ich die Gelegenheit dazu hatte.«

Bei diesem leisen Gemurmel fuhr Cassies Kopf herum. Angel war bereits angezogen und schnallte jetzt seinen Revolvergürtel um. »Das ist nicht komisch«, sagte sie kurz angebunden.

»Lache ich etwa?« gab er genauso kurz angebunden zurück.

»Ich weiß nicht, was um alles in der Welt in deinem Kopf vorgeht, aber du kannst nicht einfach hingehen und R. J. erschießen. Er hat dich nicht in mein Bett gezwungen, Angel.«

»Nein, er hat nur meine einzige Schwäche entdeckt. Warum, zum Teufel, glaubst du, hat er sich so prächtig amüsiert?«

»Was für eine Schwäche?«

Er hatte keine Gelegenheit mehr, ihr auf diese Frage zu antworten. Die Türklinke klickte, und die Tür öffnete sich langsam. Angel drehte sich um und zog im selben Augenblick seine Waffe. Und die Grußworte, die Charles Stuart auf den Lippen gelegen hatten, blieben ihm in der Kehle stecken. Cassie keuchte. »Papa!«

Angel warf nur einen einzigen Blick auf ihren entsetzten Gesichtsausdruck und sagte: »Ich nehme an, ihn darf ich auch nicht erschießen?«

Er hatte diese Worte sehr sanft hervorgebracht, aber Cassie befürchtete, ihr Vater könnte sie gehört haben, so daß sie hastig versicherte: »Er macht Witze, Papa. Er hat es nicht so gemeint, wie es geklungen hat.«

Während Angel seine Waffe wegsteckte, widerstand er der Versuchung zu sagen: »Und ob ich das getan habe.« Er wußte nicht, was an den Gesprächen mit seiner »Ehefrau« so besonderes war, aber sie weckten jedesmal in ihm den Wunsch, jemanden zu erschießen, irgend jemanden, ganz egal, wen. Wie schade, daß nicht MacKauley gerade jetzt durch diese Tür getreten war. Charles Stuart war natürlich etwas ganz anderes.

Der Mann war jünger, als Angel erwartet hatte, wahrscheinlich erst Anfang vierzig. Sein Haar war ebenso dunkel und glänzend wie das Cassies, und seine Augen waren schokoladenbraun. Seine Nase war ein wenig gekrümmt, was darauf schließen ließ, daß er sie sich irgendwann einmal gebrochen hatte. Im Augenblick stützte er sich auf einen Stock, um seinen verletzten Fuß zu schonen. Dieser Umstand ließ ihn nicht größer als Angel erscheinen, obwohl Charles ihm normalerweise drei oder vier Zentimeter voraushatte.

Ihr Vater! Angel hatte noch nie zuvor mit einem erzürnten Vater zu tun gehabt. Und gerade *weil* er Cassies Vater war, konnte er ihn nicht erschießen, konnte ihn nicht fordern und auch nicht gegen ihn kämpfen. Teufel auch, das konnte recht interessant werden.

Charles war müde, sein Fuß schmerzte, und obwohl er über ein furchterregendes Temperament verfügte, hatte er bei seiner Tochter noch nie zuvor die Geduld verloren. Außerdem war er immer noch zu fassungslos, um wütend zu werden.

»Cassie, was tut dieser Mann in deinem Schlafzimmer?«

Cassie hatte sich einen Augenblick von Angels spöttischer Frage ablenken lassen, aber jetzt wurde ihr schlagartig bewußt, welchen Eindruck das Ganze auf ihren Vater machen mußte: sie im Bett, völlig nackt unter ihrem Laken, ihr Nachthemd auf dem Fußboden zu Angels Füßen. Angel war zwar angezogen, aber auch nur notdürftig. Sein schwarzes Hemd steckte in seinen Hosen, war jedoch noch nicht zugeknöpft. Auch seine Stiefel hatte er noch nicht angezogen. Das war nicht die Art und Weise, wie sie ihrem Vater die Dinge hatte erklaren wollen, und ihre Wangen wurden plötzlich so heiß, daß sie brannten.

»Es ist nicht so, wie es aussieht, Papa ... nun ja, das ist es schon, aber – wir sind verheiratet. Zumindest für den Augenblick sind wir es – oh, verdammt noch mal, es ist so viel passiert, seit du die Ranch verlassen hast!«

»Offensichtlich«, erwiderte Charles und fügte im selben Atemzug hinzu: »Verheiratet? Um Himmels willen, *so* lange war ich nun doch nicht weg. Du konntest wohl nicht warten, bis ich wieder zu Hause war?«

»Ich habe versucht, R. J. dazu zu bringen, aber er hatte nicht die Absicht, vernünftig zu sein.«

Charles sah Angel an. »Sind Sie ein weiterer R. J.?«

»Nein, Sir. Ich heiße Angel.«

»Angel was?«

»Einfach nur Angel.«

»Heißt das, du bist jetzt Mrs. Angel, Cassie?«

»Ich nehme an, oder ...« Sie erbleichte plötzlich und drehte sich zu Angel um. »Man hätte ›Brown‹ benutzen können. Hast du nachgesehen, welcher Name auf der Heiratsurkunde steht?«

»Bei so vielen Zeugen spielt es keine Rolle, welchen Namen sie aufgeschrieben haben. Die Sache war völlig legal, ganz egal, wie man es betrachtet.«

Charles sah vom einen zum anderen hinüber und heftete dann seinen Blick auf Cassie. »Wenn er Angel ist, was hat dann R. J. mit dieser Angelegenheit zu tun?«

»Es war seine Idee«, erklärte Cassie. »Die Wahrheit ist, daß R. J. sozusagen auf dieser Hochzeit bestanden hat. Er hat seine Waffe dazu benutzt.« Dann seufzte sie laut. »Es wird wohl eine Weile dauern, bis ich dir alles erklärt habe, Papa. Warum wartest du nicht unten auf mich? Ich komme zu dir, sobald ich mich angezogen habe.«

Charles blieb einen Augenblick lang reglos stehen. Schließlich sah er Angel scharf an. »Kommen Sie mit?«

Es entstand ein erneutes Schweigen, während Angel darüber nachdachte, wieviel Schwierigkeiten ihm eine Weigerung einbringen mochte. Er kam zu dem Schluß, daß ihr Vater für den Augenblick wohl in der stärkeren Position war. »Ich komme gleich nach«, sagte Angel.

Es dauerte noch einmal ein paar Sekunden, bevor Charles nickte und das Zimmer verließ. Angel wandte sich sofort wieder Cassie zu, und sie starrten einander beinahe eine ganze Minute lang an; es war ihnen beiden nur allzu bewußt, daß ihre gemeinsame Zeit hier zu Ende war.

Schließlich wandte sie den Blick von ihm ab, um zu sagen: »Es wird ihm absolut nicht gefallen, aber es gibt nichts, was er jetzt noch dagegen tun könnte oder würde. Er ist kein gewalttätiger Mann. Meine Mutter würde zu den MacKauleys hinüberreiten und R. J. in kleine Stücke schneiden wollen, wenn sie davon wüßte, aber mein Vater ist anders.«

Angel akzeptierte ihre Einschätzung. Sie kannte ihre Eltern schließlich besser als er. »Warte ein Weilchen, bevor du die Scheidung einreichst, Cassie. Warte, bis du Bescheid weißt, so oder so.«

Es war ganz so, als hätte ihr Vater sie nicht gestört. Sie waren beide in Gedanken immer noch bei dem letzten Thema, über das sie sich unterhalten hatten, bevor sie unterbrochen worden waren.

»Ich werde warten, bis ich nach Hause komme, bevor ich irgend etwas unternehme«, versicherte sie ihm.

»Und du wirst es mich wissen lassen?«

»Du wirst es wissen, wenn du die Scheidungsurkunde bekommst«, war alles, was sie sagte.

»In Ordnung.«

Dann flogen ihre Augen wieder zu ihm hin, weit aufgerissen und voll Trauer. »Wirst – wirst du jetzt gehen?«

Er bemerkte das Zögern in ihrer Stimme nicht mehr, denn er hatte sich bereits zur Tür gewandt. »Ich habe hier noch etwas zu erledigen, bevor ich mich auf den Weg mache. Bis heute abend.«

Die Tür schloß sich hinter ihm, aber sie hatte wenigstens eine Gnadenfrist. Noch ein paar Stunden. Zeit genug für sie, um ernsthaft darüber nachzudenken, ob sie ihren Stolz begraben und ihn bitten sollte, nicht zu gehen.

25

Es wurde langsam Zeit fürs Bett, aber Cassie machte keine Anstalten, den Salon zu verlassen. Sie hatte Angel an diesem Tag nicht noch einmal gesehen, aber er hatte versprochen, daß er heute abend wiederkäme, und sie hatte nicht die Absicht, vorher schlafen zu gehen.

Ihr Vater leistete ihr in freundschaftlichem Schweigen Gesellschaft. Sie hatte fast den ganzen Morgen gebraucht, um ihm alles zu erklären. Er war abwechselnd schockiert und verblüfft gewesen, und am Ende richtete sich seine Wut gegen R. J., der ihr so übel mitgespielt hatte. Seiner Meinung nach brauchte sie Texas nicht zu verlassen, denn er würde es mit den MacKauleys aufnehmen und, wenn notwendig, auch mit den Catlins. Das konnte sie natürlich nicht dulden. Sie hatte schon genug Schwierigkeiten gemacht.

Nachdem er erfahren hatte, daß die Ehe nur vorübergehend bestehen sollte, fragte er glücklicherweise nicht noch einmal, was Angel am Morgen in ihrem Schlafzimmer zu suchen gehabt hatte. Aber sie wußte, was er dachte und warum er mit ihr aufblieb. Er mochte zwar kein Wort darüber verloren haben, aber er hatte nicht die Absicht, sie noch einmal mit Angel allein zu lassen, sosehr sie sich das auch wünschte. Am Morgen war er sehr müde gewesen, nachdem er seinen Männern vorausgeritten war, die zusammen mit seinem neuen Bullen nicht vor morgen ankommen würden. Aber er hatte den ganzen Nachmittag über geschlafen, so daß ihr nicht einmal seine Erschöpfung zu ein paar ungestörten Minuten mit Angel verhelfen konnte.

Cassie straffte sich, als sie hörte, wie die Vordertür sich öffnete und wieder schloß. Sie würde ihren Vater darum bitten müssen, sie für ein paar Minuten mit Angel allein zu lassen. Wahrscheinlich würde er es nicht tun, aber sie würde es zumindest versuchen. Nur, daß es nicht Angel war, der in das Licht und die Wärme des Salons trat. Anscheinend noch erschöpfter und von einer langen Reise noch mehr mitgenommen, als Charles es an diesem Morgen gewesen war, stand nun Catherine Stuart in der Tür.

»Bin ich in Texas, oder hat mich dieser Sturm im Norden nach Wyoming zurückgeblasen?«

Catherine sprach von dem Haus, das sie noch nie zuvor gesehen hatte, und davon, wie sehr es dem Haus auf der Lazy S ähnelte. Aber sie bekam keine Antwort. Cassie war vorübergehend sprachlos. Charles hätte ohnehin nicht geantwortet, aber im Augenblick konnte er sie nur anstarren.

Sobald ihre Augen ihn entdeckt hatten, tat Catherine dasselbe. Zehn Jahre waren seit ihrem letzten Treffen vergangen, und nun betrachteten sie einander mit unverhohlener Neugier.

Ihre Eltern starrten sich immer noch an, als Cassie endlich die Sprache wiederfand. »Mama, was tust du denn hier?«

»Du machst wohl Witze«, erwiderte Catherine und ging zu ihrer Tochter hinüber, um sie zu umarmen. »Nachdem du mich praktisch dazu herausgefordert hast, herzukommen?«

»Ich habe nichts dergleichen getan«, protestierte Cassie, die krampfhaft versuchte, sich daran zu erinnern, was sie wohl in diesem letzten Brief an ihre Mutter geschrieben haben mochte. »Habe ich dich wirklich eingeladen?«

»Und zwar auf eine Art und Weise, die sicherstellen sollte, daß ich die Einladung nicht annehmen konnte. Aber du vergißt, daß ich dich besser kenne als irgend jemand sonst, Baby. Und ich hatte keine Lust zu warten, bis du wieder zu Hause warst, um herauszufinden, warum du mich hier unten *nicht* haben wolltest.«

Cassie zuckte zusammen. Soviel also zu ihrem Versuch, ihrer Mutter Sand in die Augen zu streuen. Diese Art von Verschlagenheit verstieß nun einmal gegen ihre Natur. Und sie hätte sich ausrechnen können, daß etwas in der Art geschehen würde, nachdem ihre Mutter ihr weder geschrieben noch telegrafiert hatte. Sie hatte gehofft, dies bedeutete, daß sie nicht kommen würde, aber sie hätte es wirklich besser wissen sollen. Und jetzt fiel ihr auch die Drohung ihrer Mutter wieder ein.

»Du – eh – hast doch nicht etwa eine ganze Armee mitgebracht, oder?«

»Nur ein paar Männer.«

»Wie viele sind ein paar?«

»Fünfzehn«, sagte Catherine, während sie sich näher ans Feuer stellte. Sie nahm den Hut ab und warf Charles einen kurzen Blick zu, bevor sie sich damit gegen ihr Reitkleid schlug. Eine kleine Staubwolke stieg aus ihren Kleidern auf und legte sich auf den orientalischen Teppich. »Ich habe sie für den Augenblick in der Stadt gelassen.«

Cassie, die ihre Mutter genau beobachtete, stöhnte innerlich. Es fing schon wieder an, diese kleinen Dinge, die ihre Eltern taten, um einander zu ärgern. Sie versuchten nicht einmal, ihre Absicht zu verbergen, weil beide wußten, daß der andere nichts dazu sagen würde – zumindest nicht direkt. Nachdem sie zehn Jahre lang voneinander getrennt gewesen waren, sollte man eigentlich glauben, sie hätten diesen speziellen Aspekt ihres Zerwürfnisses vergessen. Aber nein, es war so, als hätte es diese Trennung nie gegeben.

»Es tut mir leid, dir sagen zu müssen, daß du diese weite Reise ganz umsonst gemacht hast, Mama. Ich wollte morgen aufbrechen.«

»Dann hat sich dein kleines Problem von selbst gelöst?«

»Mit ein wenig Hilfe von meinem Schutzengel.«

»Nun, es tut mir leid, daß ich nicht rechtzeitig gekommen bin, aber offensichtlich ist das wenigstens Mr. Pickens gelungen. Und ich freue mich, daß du nach Hause willst –aber warum kürzt du deinen Besuch hier ab?«

»Man könnte sagen, ich bin in dieser Gegend nicht mehr willkommen«, erwiderte Cassie, wobei sie versuchte, nicht allzu bedrückt zu klingen. Die Erklärungen, was Lewis Pickens Ersatzmann betraf, hatten Zeit.

»Wenn du hierbleiben willst, Baby, werde ich dafür sorgen«, war Catherines Antwort.

Cassie schüttelte hastig den Kopf. »Das hat Papa auch schon angeboten, aber ich will nicht noch mehr Schwierigkeiten machen. Es wird für alle Beteiligten besser sein, wenn ich nach Hause fahre.«

»Dein Vater hat tatsächlich angeboten, etwas zu tun?«

Es lag zuviel Hohn in dieser Frage, ganz zu schweigen von der gespielten Ungläubigkeit, als daß Charles dazu hätte schweigen können. »Du kannst deiner Mutter sagen, Cassie, daß ich mich um die Probleme meiner Tochter genauso gut kümmern kann wie sie.«

»Und du kannst deinem Vater sagen, ich hätte gesagt: ›Unsinn!‹« gab Catherine zurück.

Cassie sah ihre Eltern wütend an. Als sie zehn Jahre alt war, hatte sie es für ein Spiel gehalten, daß die beiden sich mit Hilfe ihrer Tochter unterhielten. Jetzt kam es ihr dagegen reichlich lächerlich vor. Warum hatte sie nur nie versucht, etwas dagegen zu tun?

»Dann stimmt es also tatsächlich, was du mir erzählt hast, Schätzchen?« fragte eine andere Stimme.

Cassie drehte sich um. Angel stand in der offenen Tür und lehnte sich mit überkreuzten Armen an den Rahmen. Er hatte seinen Hut zurückgeschoben und trug seinen gelben Mantel. Sie hätte für ihr Leben gern gewußt, wo er gewesen war, aber …

»Das ist kein besonders günstiger Augenblick«, mußte sie statt dessen klarstellen.

»Das ist der einzige Augenblick überhaupt«, erwiderte er. »Eure familiäre Wiedervereinigung wird warten müssen.«

»Kenne ich Sie nicht von irgendwoher?« fragte Catherine.

Angel nickte. »Ja, Ma'am. Wir haben uns vor einigen Jahren einmal getroffen. Ich heiße Angel.«

Catherines Überraschung war offensichtlich. »Ja, stimmt, Sie haben eine Weile auf dem Rocky Valley-Land gearbeitet, oder? Aber was treibt Sie so weit nach Süden?«

Angel sah Cassie kurz an, bevor er antwortete: »Ich tue Lewis Pickens einen Gefallen und kümmere mich um Ihre Tochter.«

Catherine sah Cassie von der Seite an. »Aber ich dachte …«

»Mr. Pickens konnte nicht kommen, Mama, daher hat er Angel geschickt. – Was muß warten?«

Die letzte Frage war an Angel gerichtet, und er gab seine lässige Pose auf, um zu erwidern: »Du mußt mit mir kommen.«

»Wohin?«

»Hinaus in die Scheune.«

Das war nicht genau das, was Cassie zu hören erwartet – oder gehofft – hatte. »Was ist los in der Scheune?«

»Ein paar Freunde von dir sitzen da und warten darauf, daß du dich noch einmal einmischst.«

Ihre Augen rundeten sich, als sie den Sinn seiner Worte begriff. »Das kannst du nicht getan haben! Alle beide?«

»Und noch ein paar mehr.«

»Könntet ihr zwei euch vielleicht in ganz normalem Englisch unterhalten?« warf Catherine an dieser Stelle dazwischen.

»Angel hat es geschafft, ein paar MacKauleys und Catlins gemeinsam unter ein Dach zu bringen, damit ich mit ihnen reden kann«, erklärte Cassie, und zu Angel gewandt fügte sie hinzu: »Das *ist* doch der Grund, warum du sie hergebracht hast, oder?«

»Ich fand, ich wäre dir das schuldig«, war alles, was er sagte.

Cassie errötete und lächelte gleichzeitig, bis ihr eine andere Frage in den Sinn kam: »Sind sie freiwillig mitgekommen?«

»Ich hatte nicht die Absicht, meine Zeit mit Fragen zu verschwenden.«

»Also, einen Augenblick mal«, unterbrach Catherine ihr Gespräch. »Wollen Sie damit sagen, Sie haben diese Leute – wie nennt man das doch gleich? – mit Waffengewalt hierher gebracht?«

Angel zuckte mit den Schultern. »Bei dieser Bande da draußen hat man einfach keine andere Wahl, Ma'am. Sie und Ihr Mann können uns folgen oder nicht, aber Cassie wird auf jeden Fall mit mir kommen. Und ich nehme an, das Ganze wird eine Weile dauern, also erwarten Sie nicht, daß Ihre Tochter allzubald wiederkommt.«

Schließlich ergriff Charles das Wort. »Sie müssen nicht ganz bei Trost sein, wenn Sie glauben, daß ich Sie, ganz egal aus welchem Grund, allein mit meiner Tochter weggehen lasse. Außerdem habe ich selbst ein oder zwei Dinge R. J. zu sagen. Cassie, erkläre deiner Mutter, daß keine Notwendigkeit besteht, auf uns zu warten. Sie soll sich hier ganz wie zu Hause fühlen.«

»Cassie, sag deinem Vater, daß *er* nicht ganz bei Trost ist, wenn er glaubt, ich bliebe hier«, gab Catherine zurück.

Cassie befolgte keine der beiden Anweisungen, aber Angel äußerte eine Warnung, bevor sie das Haus verließen: »In dieser Scheune werden wir nach meinen Regeln spielen. Keiner geht weg, bevor ich es erlaube. Und ich nehme auch Ihre Waffe an mich, Mrs. Stuart. Meine Waffe ist die einzige, die heute abend benötigt wird.«

Catherine gab in diesem Punkt nach und übergab ihm ihren Revolver, flüsterte jedoch Cassie zu: »Was um alles in der Welt glaubt er dir schuldig zu sein, daß er dafür das Gesetz bricht?«

»Es ist etwas Persönliches, Mama.«

Bei dieser Antwort wurde ein Paar silberner Augen von derselben Farbe wie die Cassies plötzlich schmaler. »Muß ich ihn erschießen, bevor wir hier aufbrechen, Baby?«

Cassie wünschte nur, ihre Mutter meinte diese Frage nicht ernst, aber sie wußte, daß sie das sehr wohl tat. »Bitte zieh keine voreiligen Schlüsse«, bat sie. »Ich werde dir alles erklären, sobald das hier vorbei ist.«

»Ich hoffe, deine Erklärungen sind ausreichend, denn ich glaube nicht, daß ich diesen jungen Mann mag.«

Cassie wünschte, sie könnte dasselbe immer noch von sich sagen.

26

Angel gab Cassie, sobald sie die Scheune betraten, ein Messer. Da mehrere Laternen brannten, sah sie sofort, wozu dieses Messer benötigt wurde. Und der Blick, mit dem sie Angel bedachte, war eindeutig vorwurfsvoll.

Er zuckte jedoch nur gleichgültig mit den Schultern und sagte: »Hast du wirklich geglaubt, sie würden hier gemütlich herumsitzen, ein wenig miteinander plaudern und auf dich warten?«

»Nein, wohl kaum, aber so, wie die Dinge jetzt liegen, werden sie wohl nicht sehr aufgeschlossen sein.«

»Sie dürfen diese Scheune nicht verlassen, bevor sie das sind.«

»Erwartest du von mir, daß ich ihnen mit Gewalt ein wenig gesunden Menschenverstand eintrichtere?«

Er mußte grinsen. »Ich erwarte jedenfalls, daß du dir alle Mühe geben wirst.«

Sie erwiderte sein Grinsen, weil sie wußte, daß er recht hatte. Aber zunächst einmal mußte sie einige ihrer Nachbarn losschneiden. Ihre Mutter half ihr dabei, da Angel ihr nicht ihre einzige Waffe weggenommen hatte. Sie besaß immer noch ein kleines

Jagdmesser, das sie stets um ihren Stiefel geschnallt trug, und benutzte es jetzt, um die Mac-Kauleys zu befreien. Cassie ging sofort auf Jenny zu.

»Diese Sache tut mir leid«, erklärte sie ihrer Freundin, während sie das Seil um ihre Handgelenke durchschnitt.

»Was ist hier eigentlich los?« war das erste, was Jenny fragte, sobald sie ihr den Knebel aus dem Mund gezogen hatte.

»Angel hat neulich gehört, wie ich diesen Wunsch geäußert habe und beschlossen, ihn mir zu erfüllen.«

»Es wird nicht funktionieren, Cassie.«

»Wollen wir hoffen, daß du dich irrst. Möchtest du die ehrenvolle Aufgabe übernehmen?« Cassie wies mit dem Kopf auf Dorothy.

»Das wäre bestimmt besser. Mutter ist es zuzutrauen, daß sie sich für ihre Befreiung mit einem Fausthieb bei dir bedankt.«

Dorothy schien zwar nicht ganz so wütend, wie Jenny befürchtete, war jedoch eindeutig äußerst verstimmt darüber, daß man sie hierher gebracht hatte. Dazu trug sicher noch ein gehöriges Maß an Verlegenheit bei, denn Angel hatte sie direkt aus dem Bett geholt. Sie trug ihr Nachthemd, und ihr blondes Haar war offen und floß um ihre Schultern. Sie sah um Jahre jünger aus, und das war für eine Frau wie Dorothy, die gewohnt war, absolute Autorität auszuüben, ein klarer Nachteil – was ihr durchaus bewußt war. Aber ihr Aussehen hatte noch eine weitere Konsequenz, die ihr bisher nicht einmal aufgefallen war. R. J. konnte sich offensichtlich nicht von ihrem Anblick losreißen.

Auch ihn hatte man aus dem Bett geholt; er trug seine lange rote Unterwäsche, aber das konnte einen Mann wie R. J. nicht weiter stören. Es war vielmehr die Tatsache, daß man ihn derart überrumpelt hatte, die ihn in Rage brachte, und natürlich der Umstand, daß er keine Waffe besaß, während Angel mit überkreuzten Armen vor dem geschlossenen Scheunentor stand, völlig entspannt aussah und sich ganz so benahm, als habe er nichts mit alledem zu tun. Aber sein für alle sichtbarer Colt brachte etwas anderes zum Ausdruck.

Die einzigen MacKauleys und Catlins, die in der kleinen Versammlung fehlten, waren Buck und Richard, die beide in gewisser Weise unabkömmlich gewesen waren. Ein Umstand, den sie ihren jeweiligen Bettgenossinnen zu verdanken hatten, die Angel nicht dabeihaben wollte. Frazer reagierte mit lautem Gelächter auf seine Befreiung und war auch der erste, der das Wort ergriff.

»Das muß man Ihnen wirklich lassen, Miss Cassie. Seit Sie diesmal hier aufgetaucht sind, konnten wir uns über Langeweile kaum beklagen.«

Sein Humor brachte sie wie gewöhnlich auf die Palme. »Es lag keineswegs in meiner Absicht, Sie zu amüsieren, Frazer.«

»Ich nehme an, Sie können einfach nicht anders, wie?«

Sie ignorierte diese Bemerkung, ganz im Gegensatz zu R. J. »Halt den Mund, Frazer«, befahl sein Vater und sagte anschließend mit aller Streitlust, deren er fähig war zu Cassie: »Was, bei allen Teufeln, führst du diesmal im Schilde, Kleine?«

Catherine, die gerade damit fertig war, Morgans Fesseln aufzutrennen, blickte auf, um R. J. zu warnen: »Benutzen Sie gefälligst einen anderen Ton, wenn Sie mit meiner Tochter sprechen, Mister.«

»*Ihrer* Tochter? Nun, wenn das nicht dem Faß den Boden ausschlägt. Sie kommen ein kleines bißchen zu spät, Lady, um Ihr Mädchen hier an die Kandare zu nehmen. Sie hätten verdammt noch mal ...«

Weiter kam R. J. nicht. »Sie sollten tatsächlich einen anderen Ton anschlagen, wenn Sie mit meiner Frau *und* meiner Tochter reden«, erklärte Charles und trat ein paar Schritte vor, um einen Fausthieb auf R. J.'s Mund zu landen.

Der größere Mann taumelte zwei Schritte zurück, schüttelte einmal kurz seinen Kopf und betrachtete Cassies Vater dann mit überraschtem Vorwurf. »Also, was sollte das denn jetzt, Charley? Ich dachte, wir wären Freunde.«

»Nach dem, was Sie meiner Tochter angetan haben? Sie können von Glück reden, wenn ich Sie nicht in Stücke reiße.«

»Was habe ich denn schon getan, außer etwas zu beschleunigen, das sie ohnehin vorhatte?«

Bei diesen Worten ließ Frazer sich auf einen Heuballen zurückfallen und schüttelte sich in stummem Gelächter. Nur Cassie bemerkte sein Verhalten, hatte jedoch nicht genug Zeit übrig, um ihm einen angewiderten Blick zuzuwerfen. Sie dachte, sie hätte es ihrem Vater ausgeredet, sich mit R. J. anzulegen, aber da befand sie sich offensichtlich im Irrtum, und eine Auseinandersetzung zwischen den beiden Männern war nun ganz gewiß nicht der Sinn dieser Zusammenkunft.

»Papa ...«

Er hörte sie nicht, weil er gerade sagte: »Was sie vorhatte, spielt keine Rolle, R. J., und das weißt du auch verdammt genau.«

R. J. hob eine Hand, als Charles noch einen Schritt auf ihn zu machte. »Ach, nun komm schon, Charley, ich möchte dich nicht verletzen.«

Es war bezeichnend für R. J.'s Selbstvertrauen, daß er sich so ausdrückte, und ebenso bezeichnend für Charles' Zorn, daß er sich nicht weiter darum kümmerte. Charles holte noch einmal aus, R. J. stellte sich breitbeinig hin, um ihn abzuwehren – und Angel schoß in das Dach über ihren Köpfen.

Eine Wolke von Staub und Holzsplittern rieselte auf die beiden Männer herab, während sie und alle anderen sich zum Eingang umdrehten. Angel ließ seine Waffe gelassen wieder ins Holster gleiten.

»Es tut mir leid, Ihnen den Spaß verderben zu müssen«, sagte er in seinem üblichen trägen Tonfall. »Aber wenn es hier zu irgendwelchen Gewalttätigkeiten kommen sollte, dann gehen sie von mir aus.« Dann sah er Charles direkt in die Augen und fügte hinzu: »Wenn das, was MacKauley getan hat, einen Kampf verdient hätte, wäre er von mir bereits umgelegt worden. Also hören Sie auf damit, Mr. Stuart. Für den Augenblick trage ich die Verantwortung für Cassie, nicht Sie, und Cassie möchte gern ein paar Worte zu diesen Leuten hier sagen.«

Charles ließ seine Faust sinken und nickte widerwillig, obwohl der Blick, den er R. J. zuwarf, bevor er sich umdrehte, klar und deutlich besagte, daß diese Angelegenheit für ihn noch keineswegs erledigt sei. In der Zwischenzeit hatte Catherine sich neben Cassie gestellt. »Es sieht mir ganz so aus, als hätte man vergessen, mir etwas sehr Wichtiges mitzuteilen, bevor ich zu dieser kleinen Party eingeladen wurde«, warf sie ein. »Würde es dir etwas ausmachen, mir zu sagen, worüber dein Vater so wütend ist, und warum dieser Revolverheld da glaubt, *er* trüge die Verantwortung für dich?«

»Er ist mein Ehemann«, entgegnete Cassie im Flüsterton.

»Er ist dein was?« kreischte Catherine.

»Mama, bitte, das ist nicht der richtige Augenblick für Erklärungen.«

»Und ob er das ist!«

»Mama, bitte!«

Catherine hätte noch mehr gesagt, eine ganze Menge mehr, aber Cassies Gesichtsausdruck hielt sie davon ab. Es war kein flehender Blick, den sie auffing, sondern ein von sturer Entschlossenheit erfüllter, den Catherine bei ihrer Tochter überhaupt nicht gewohnt war. Cassie würde jetzt nicht mit ihr darüber reden, ganz egal, was Catherine auch sagte.

Sie war nicht daran gewöhnt, nachgeben zu müssen, aber in diesem Falle tat sie es doch – für den Augenblick jedenfalls. »Na schön, aber sobald wir hier fertig sind, reden wir.«

»In Ordnung«, erwiderte Cassie und wandte sich anschließend R. J. und Dorothy zu. Sie holte tief Luft, bevor sie ihre kleine Ansprache begann: »Ich habe bereits versucht, mich zu entschuldigen, werde das aber nicht noch einmal tun, weil meine Absichten gut waren, ob Sie mir nun glauben oder nicht. Ich dachte, eine Ehe zwischen Ihren beiden Familien würde die Feindseligkeiten, mit denen Sie nun schon so lange gelebt haben, beenden. So hätte es auch sein sollen – aber Sie wollen das nicht zulassen, wie? Und die Ironie bei dieser Geschichte ist wohl die, daß Sie beide Ihre Kinder zum Haß erzogen haben, ohne Ihnen überhaupt zu sagen, warum. Warum erzählen Sie ihnen nicht endlich, wie es eigentlich zu alledem kommen konnte?«

R. J. lief vor Verlegenheit rot an. Dorothy wandte ihr Gesicht ab. Offensichtlich wollte sie sich schlicht und einfach weigern, über die Fehde oder irgend etwas anderes zu reden.

Cassie seufzte. »Sie sind unwahrscheinlich stur, alle beide, aber ist Ihnen denn immer noch nicht klargeworden, daß Sie mit dieser Sturheit auch Ihre Kinder verletzen – zumindest Jenny und Clayton? Wenn ihr die beiden sich selbst überlassen würdet, könnten sie vielleicht eine glückliche Ehe führen. Haben Sie denn immer noch nicht bemerkt, daß die beiden im Augenblick ausgesprochen unglücklich sind?«

»Mein Junge ist nicht unglücklich«, polterte R. J. »Und du hast nichts zu sagen, das ich hören möchte, Kleine, also bitte deinen Ehemann, daß er die Tür öffnen soll.«

»Noch nicht, Mr. MacKauley. Sie haben mich gezwungen zu heiraten. Ich zwinge Sie nur zu einer kleinen Unterhaltung.«

Statt einer Antwort wandte R. J. ihr den Rücken zu, worauf Cassie wütend die Zähne zusammenbiß. Aber sie hatte ja gewußt, worauf sie sich einließ. Noch nie zuvor hatte sie einen solchen Dickkopf kennengelernt, noch nie jemanden, der so unvernünftig, so durch und durch störrisch war. Aber bevor sie sich etwas ausdenken konnte, um seine Halsstarrigkeit zu durchbrechen, begann Dorothy Catlin zu sprechen, und es bestand kein Zweifel daran, daß das Gehörte sie in maßlose Überraschung versetzt hatte.

»R. J., das hast du nicht getan! Noch einmal? Du hast denselben dummen Fehler noch mal gemacht?«

»Also, Dotty.« R. J. versuchte offensichtlich, sie zu beschwichtigen, kam aber nicht weit damit.

»Hör bloß auf, ›also, Dotty‹ zu mir zu sagen, du jämmerlicher Hurensohn. Sag mir lieber, daß du es nicht noch einmal fertiggebracht hast, mit einer Waffe in der Hand eine Hochzeit zu arrangieren. Los, sag es mir!«

»Es war nicht dasselbe, verdammt noch mal« protestierte R. J. »Sie hat behauptet, er sei ihr Verlobter.«

»Und das hast du geglaubt?« rief Dorothy ungläubig aus. »Ein unschuldiges Ding wie sie und ein gnadenloser Killer?«

Angel zuckte zusammen. Cassie krümmte sich innerlich. Die MacKauley-Jungen starrten die beiden Kampfhähne mit vor Erstaunen weit aufgerissenen Augen an, einschließlich Frazer, der ausnahmsweise einmal nichts Komisches an einer Situation finden konnte – noch nicht. Aber Jenny Catlin hatte nun endgültig genug, da gewisse Dinge, die sie in den vergangenen Jahren gehört hatte, plötzlich zueinander zu passen schienen.

»Was meinst du mit *noch einmal,* Ma?« fragte Jenny, während sie sich ein Stück von Clayton entfernte – niemand hatte sich bisher die Mühe gemacht, seine Fesseln zu lösen, daher hatte sie es getan. Sie wandte sich direkt an ihre Mutter: »Wen hat er sonst noch zu einer Hochzeit gezwungen?«

Dorothys Zorn verflog und machte einer eher abwehrenden Haltung Platz. »Es ist nicht weiter wichtig.«

»Nein? Du warst es, nicht wahr?«

»Jenny ...«

Aber Jenny hielt einmal im Leben ihrer Mutter stand. »Ich will wissen, was mich von meinem Mann fernhält, Ma. Du hast mich jedesmal, wenn ich früher gefragt habe, mit Ausreden abgespeist, aber diesmal nicht. Du *warst* es doch, oder? Ist das der Grund für diese Fehde?«

Nun warf Dorothy R. J. tatsächlich einen hilfesuchenden Blick zu. Als Jenny diesen Blick auffing, explodierte sie. »Verdammt noch mal, ich habe ein Recht, es zu wissen! *Mein Baby* hat ein Recht, es zu wissen!«

»Dein Baby?«

Diese Frage kam von drei Seiten gleichzeitig. Clayton fügte der seinen noch einen Freudenschrei hinzu und lief zu Jenny, um sie in seine Arme zu schließen. So hatte sie es ihm eigentlich nicht sagen wollen. Genau betrachtet hatte sie nicht einmal geglaubt, überhaupt eine Chance zu bekommen, es ihm zu sagen. Und seine Freude entschädigte sie ein wenig für den Zorn auf ihre und seine Eltern.

»Ein Baby«, wiederholte R. J. und setzte sich auf eine Holzkiste, um diese Neuigkeit zu verdauen. »Wenn das nicht dem Faß den Boden ausschlägt.« Dann sah er Dorothys schockierten Gesichtsausdruck und grinste. »Hast du das gehört, Dotty? Wir werden uns ein Enkelkind teilen.«

Dorothy warf ihm einen unwilligen Blick zu. »Wer hat etwas von teilen gesagt? Dein Junge kann zu mir kommen und auf meiner Ranch leben.«

»Den Teufel wird er tun!« Mit einem Ruck war R. J. wieder auf den Beinen. »Dein Mädchen wird ihr Baby auf meiner Ranch bekommen, oder ich werde ...« Er mußte sich unterbrechen, da ihm einfach keine Drohung einfiel, die dieser besonderen Situation angemessen zu sein schien.

Dorothy machte sich sein Schweigen zunutze, um ihn in die Enge zu treiben. »*Jetzt* ist sie also plötzlich willkommen?«

R. J. ignorierte diese Bemerkung und beharrte stur auf seiner Meinung: »Eine Frau gehört zu ihrem Mann.«

Dorothy baute sich vor ihm auf und stieß ihm so fest mit dem Finger in die Brust, daß er wieder auf die Holzkiste zurückfiel. »Nicht, wenn sie von ihm geschieden ist.«

»Ach, zum Teufel, Dotty, du kannst doch nicht immer noch ...«

»Kann ich nicht?«

»Hört auf damit, alle beide«, sagte Jenny, die sich ein wenig von Clayton löste, obwohl er keine Anstalten machte, seinen Arm von ihrer Taille zu nehmen, eine Geste, mit der er allen anderen klarmachen wollte, daß sie zusammengehörten. »Wo ich mein Baby bekomme, ist meine Angelegenheit, und vielleicht werde ich sogar ganz aus Texas weggehen, um es zur Welt zu bringen – jedenfalls, wenn ich nicht endlich ein paar Antworten bekomme. Die Wahrheit, Ma, und keine Ausflüchte mehr.«

Dorothy hatte sich umgedreht, um ihre Tochter anzusehen. Hinter ihr hörte sie R. J. murmeln: »Wo, zum Teufel, hat sie bloß diesen Schneid her?«

»Woher, zum Teufel, glaubst du?« erwiderte Dorothy so leise, daß nur er es hören konnte, bevor sie ihre Schultern straffte und sich daran machte, ihrer Tochter die geforderten Erklärungen zu geben: »Wir haben uns einmal geliebt, dieser alte Trottel und ich.«

Das war zuviel für Frazer, dessen Sinn für Humor mit Macht wiederkehrte. Morgan beugte sich vor, um ihn mit einem Tritt zum Schweigen zu bringen. Das funktionierte nicht, also ging Clayton zu ihm hinüber und verpaßte ihm einen Kinnhaken.

Damit war die Ruhe endlich wiederhergestellt, lange genug jedenfalls, um Jenny die Gelegenheit zu geben, das auszusprechen, was alle bewegte: »Doch nicht du und R. J.!«

»O ja, ich und R. J.«, sagte Dorothy mit sichtbarer Verärgerung. »Also, willst du es nun hören oder nicht?«

»Ich werde dich nicht mehr unterbrechen«, versicherte Jenny.

»Wir hatten vor, zu heiraten ...«

»Du und R. J.?«

»Jenny!«

»Oh, entschuldige, ich kann einfach nichts dagegen tun, Ma. Du haßt diesen Mann doch!«

»Das habe ich nicht immer getan«, verteidigte sich Dorothy. »Es gab eine Zeit, da hätte ich diesen Hurensohn erschossen, wenn er eine andere Frau auch nur angesehen hätte. Das Schlimme war, daß er noch verrückter und eifersüchtiger war als ich. Und eines Tages kam er vorbei und sah mich mit Nat Catlin, dem Vorarbeiter meines Vaters, auf der Veranda sitzen. Ich tätschelte ihm gerade mitleidig die Hand, weil er kurz zuvor die Nachricht bekommen hatte, daß seine Mutter gestorben war, und er war zutiefst verstört deswegen.

R. J. zog allerdings voreilig falsche Schlüsse, lief davon und betrank sich. Er war schließlich so betrunken, daß er in jener Nacht zurückkam und mich und Nat in die Kirche brachte, wo er uns dazu zwang, zu heiraten. Er hatte sich irgendeine verrückte Idee in den Kopf gesetzt, daß er mich am gleichen Tag zur Ehefrau und Witwe machen wolle, nur daß er ohnmächtig wurde, bevor er dazu kam, den Teil seines Planes in die Tat umzusetzen, der sich mit meiner Witwenschaft beschäftigte. Und Nat war keineswegs ein Ehrenmann. Ihm machte es gar nichts aus, mich zu heiraten. Und zwar, weil es ihn vom Vorarbeiter zum Boß beförderte und ihm einen Anteil am Profit versprach, den die Ranch abwarf. Er war nicht bereit, sich von mir scheiden zu lassen, obwohl er wußte, daß ich ihn nicht liebte und auch nie lieben würde.

Damit war die Geschichte allerdings noch nicht zu Ende. R. J.

hörte in den nächsten Monaten überhaupt nicht mehr auf zu trinken und begann, auf Nat zu schießen, wann immer er ihn traf. Natürlich konnte er in seinem Zustand nicht einmal ein Scheunentor treffen, aber Nat ärgerte sich genug über ihn, um irgendwann anzufangen zurückzuschießen. Er hatte etwas mehr Glück und verpaßte R. J. eines Tages tatsächlich eine Kugel.«

»Du nennst es Glück, daß der Kerl mich in den Fuß geschossen hat?« warf R. J. dazwischen.

Dorothy ignorierte ihn und fuhr fort: »Das war der Zeitpunkt, als R. J. langsam wieder nüchtern wurde, und anschließend begann er ernsthaft zu versuchen, meinen Mann zu töten. Da Nat wußte, daß ich ihn ohnehin nicht um mich haben wollte, fand er, es sei gesünder für ihn zu verschwinden. Nur daß er es schaffte, meinen Vater vorher so aufzuhetzen, daß er Klage gegen R. J. erhob. Aber das einzige, was er damit erreichte, war, R. J. in Verlegenheit zu bringen, so daß er anschließend noch ekelhafter wurde.

Und dann hat er meine beste Freundin geheiratet, weil er glaubte, er könne mich damit verletzen. Ich gebe zu, daß es so war, ganz besonders, nachdem sie so schnell schwanger wurde. Ich hatte einen Ehemann, von dem ich mich nicht scheiden lassen konnte, und R. J. gründete eine Familie. Damals fing ich an, ihn zu hassen.

Nat kam nur noch nach Hause, wenn er Geld brauchte. Aber er blieb niemals lange da, denn sobald R. J. von Nats Anwesenheit auf der Ranch erfuhr, fingen die verdammten Schießereien auch schon wieder an.«

»Ich weiß, daß Pa nie zu Hause war«, sagte Jenny, die jetzt sehr leise sprach. »Aber wie kommt es, daß du uns nie gesagt hast, was für ein Mistkerl er war?«

»Weil ich Grund hatte, ihm dankbar zu sein, Jenny. Er kam nicht oft, aber jedesmal, wenn er kam, bekam ich ein Kind. Und die Ranch und meine Kinder – das war alles, wofür es sich zu leben lohnte. Außerdem wäre er niemals so geworden, wenn R. J. ihn nicht dazu gebracht hätte. Bevor das geschah, war Nat ein harter Arbeiter und ein guter Vormann.«

Ein drückendes Schweigen folgte. R. J. war derjenige, der es schließlich brach. »Gütiger Gott, meine Erinnerungen sind ganz anders, Dotty.«

Sie drehte sich um und warf ihm einen kühlen Blick zu. »Das überrascht mich gar nicht. Du warst damals ja nie lange genug nüchtern, um dich überhaupt an viel erinnern zu können.«

»Wenn es das ist, was damals passiert ist, dann sollte ich mich wohl bei dir entschuldigen.«

Sie war nicht besonders beeindruckt. »Ach, wirklich?«

Jetzt wirkte R. J. eindeutig verlegen. »Glaubst du – hm – glaubst du, wir könnten einen Schlußstrich unter all das setzen und noch einmal von vorn beginnen?«

»Nein.«

Er seufzte. »Das hatte ich auch nicht erwartet. Aber du kannst mich morgen abend zum Dinner einladen, und wir können dann noch mal darüber reden.«

Diese Gelegenheit konnte Frazer sich nicht entgehen lassen. Er fing wieder an zu lachen. R. J. zog einen seiner Stiefel aus und warf ihn seinem Ältesten an den Kopf.

Dorothy bemerkte: »Das ist ein merkwürdiger Junge, den du dir da großgezogen hast, R. J.«

»Ich weiß«, brummte R. J. »Der Blödmann würde noch auf seiner eigenen Beerdigung lachen. Nun komm, Dotty, ich begleite dich nach Hause, so wie ich es früher … ich meine …« Er wandte sich an Cassie. »Hast du noch mehr auf Lager, was wir uns unbedingt anhören müssen, Kleine?«

Cassie schmunzelte. Sie konnte einfach nichts dagegen tun. »Nein, Sir. Ich glaube, in diesem Teil des Landes gibt es nichts mehr, worin ich mich einmischen würde.«

Angel hatte bereits die Tür geöffnet und trat jetzt zur Seite. Die kühle Nachtluft, die in die Scheune strömte, lud nicht gerade dazu ein, länger zu verweilen. R. J. ging voraus – ohne seinen Stiefel – blieb jedoch vor Angel stehen, um ihm einen abschätzenden Blick zuzuwerfen.

»Ich glaube, Sie und ich, wir sind jetzt quitt«, bemerkte R. J.

»Sieht mir eher so aus, als wären Sie ein klein wenig im Vorteil«, erwiderte Angel.

R. J. grinste. »Ja, das mag sein, aber befriedigen Sie doch bitte meine Neugier, mein Sohn. Wie kommt es, daß man Sie den Engel des Todes nennt?«

»Wahrscheinlich, weil noch nie jemand einen Kampf mit mir überlebt hat.«

R. J. fand diese Antwort sehr komisch und kicherte. Seine Söhne teilten diese Belustigung nicht und machten einen großen Bogen um Angel, als sie die Scheune verließen. Jenny blieb bei Cassie stehen, um sie zu umarmen.

»Ich kann nicht glauben, daß das alles wirklich passiert ist, aber vielen Dank«, flüsterte Jenny.

»Du weißt ja, was man von Haß und Liebe sagt. Die Hälfte der Zeit kann man sie nicht auseinanderhalten.«

»Ich weiß – aber Ma und R. J.?«

Beide Mädchen lächelten. »Paß auf dich auf, Jenny, und auf deine neue Familie.«

»Das mache ich. Und jetzt, da alles anders ist als früher, mußt du auch nicht weggehen.«

»Nun, da meine Mutter hier aufgetaucht ist, muß ich es wohl doch. Du kannst dir gar nicht vorstellen, wie ungemütlich es sein kann, wenn man mit ihr und meinem Vater im selben Haus lebt.«

»Aber du hast doch heute abend einen ganzen Sack voller Wunder dabei. Warum ziehst du nicht noch eins daraus hervor?«

»Ich wünschte, ich könnte es, aber ich habe einfach nicht die Nerven, mich in die Probleme meiner Eltern einzumischen.«

»Nun, paß du jedenfalls auch gut auf dich auf, und schreib mir.«

»Das mache ich.«

Jenny rannte zu Clayton hinüber, der am Scheunentor auf sie wartete. Arm in Arm gingen sie hinaus. Cassie seufzte, als sie daran dachte, was sie noch alles vor sich hatte. Sie sah sich um und fand ihre Mutter auf einem Heuballen sitzend. Ihr Vater lehnte sich an Marabelles Transportkäfig, löste sich jetzt jedoch davon und kam auf sie zu.

»Es ist schön zu wissen, daß ich nicht die einzige bin, die eine Leiche im Keller hat«, bemerkte Catherine abfällig, während sie ebenfalls auf Cassie zuging.

»Deine Mutter hat überhaupt kein Mitgefühl, und du kannst ihr mitteilen, ich hätte das gesagt«, bemerkte Charles.

Cassie hatte nicht die geringste Absicht, das zu tun. Das einzige, was sie sich jetzt wünschte, war, zu entkommen, um ihren Triumph für eine kurze Zeit auskosten zu können, bevor sie es mit dem fürchterlichen Temperament ihrer Mutter aufnehmen mußte. Also wartete sie nicht länger auf ihre Eltern, sondern lief zu Angel hinüber.

»Vielen Dank …«, begann sie, wurde jedoch sofort unterbrochen.

»Du bist noch nicht fertig.«

»Wie bitte?«

»Nein«, sagte er und trat vor, um ihren Eltern den Weg zu versperren. »Sie haben vor zwanzig Jahren eine Art Waffenstillstand für Ihren privaten Krieg geschlossen«, sagte Angel zu ihnen. »Vielleicht hätten Sie die Sache besser miteinander austragen sollen. Würden Sie gern noch ein kleines Weilchen hier bleiben?«

»Nein, verdammt noch mal«, erwiderte Catherine.

»Ja«, sagte Charles, was ihm ein schockiertes Keuchen von seiner Frau eintrug und ein Grinsen von Angel, bevor dieser Cassie aus der Scheune schob und die Tür hinter sich schloß.

Catherine fing, wie erwartet, sofort an, zu schreien und gegen die Tür zu hämmern. Cassie starrte Angel entsetzt an, als er den hölzernen Riegel vorlegte, um die beiden einzuschließen.

»Das kannst du nicht tun«, sagte sie.

»Wie du siehst, habe ich es gerade getan.«

»Aber ...«

»Sei still, Cassie. Es hat durchaus seine Vorteile, miteinander eingeschlossen zu sein. So etwas bringt das Schlimmste – oder das Beste – in einem Menschen ans Tageslicht. Laß deine Eltern diese Erfahrung ruhig machen. Möglicherweise profitieren sie davon.«

»Oder sie bringen einander um.«

Er lachte in sich hinein und zog sie in seine Arme. »Wo ist jetzt dein Optimismus, der dich dazu bringt, dich überall einzumischen?«

Sie kam nicht mehr dazu, ihm eine Antwort zu geben. Er küßte sie, lange und heftig, und als er aufhörte, war sie so betäubt, daß sie nicht einmal bemerkte, daß die Schreie in der Scheune verstummt waren.

»Geh ins Haus, Schätzchen.« Angel schob sie ein Stück darauf zu. »Du kannst sie morgen früh herauslassen.«

Cassie ging, aber nur, weil sie erwartete, daß er ihr folgen würde. Er folgte ihr nicht. In jener Nacht verschwand er aus ihrem Leben.

27

Cassie verließ Texas nun doch nicht, wie geplant, am nächsten Tag. Sie hatte die Nacht in einem Sessel im Salon zugebracht, wo sie eingeschlafen war, während sie auf Angel wartete. Nachdem der durch die Fenster fallende Sonnenschein sie geweckt hatte, ging sie als erstes hinauf in sein Zimmer. Dort fand sie ein unbenutztes Bett vor, und die Ecke, in der er seine Satteltaschen übereinandergestapelt hatte, war leer. Nichts in dem Zimmer wies darauf hin, daß er jemals hier geschlafen hatte.

Als nächstes lief sie hinaus in den Stall, fand aber auch dort genau das, was sie mittlerweile erwartete. Sein Pferd war weg. Er war weg. Und Cassie setzte sich hin und weinte.

Als sie es endlich schaffte, sich die Tränen wegzuwischen, beschloß sie, daß sie wohl doch nicht den Mut gehabt hätte, Angel zu bitten, bei ihr zu bleiben, selbst wenn er ihr die Gelegenheit dazu gegeben hätte. Es war etwas Schreckliches, zurückgewiesen zu werden. Sie sollte sich glücklich schätzen, daß sie sich diese Erfahrung erspart hatte. Warum nur fühlte sie sich bei diesem Gedanken kein bißchen besser als vorher?

Sie ließ sich sehr viel Zeit, während sie auf die Scheune zuging, obwohl es ihr ziemlich egal war, in welcher Verfassung sie ihre Mutter dort vorfinden würde. Sie wollte nur nicht wieder über Angel reden müssen, jedenfalls jetzt nicht. Und tatsächlich wurde ihr eine kurze Gnadenfrist gewährt, aber nur, weil ihre Eltern noch immer schliefen – Seite an Seite auf einem Bett aus Heu.

Cassie dachte sich nichts weiter dabei, als sie sie so nahe beieinander fand. Sie ließ einfach nur die Türen offenstehen und ging zurück ins Haus. Aber nachdem sie gebadet und sich umgezogen hatte, klopfte ihre Mutter auch schon an ihre Tür.

»Das war wirklich eine Gemeinheit, was du deiner Mama gestern angetan hast, Cassie«, waren Catherines erste Worte.

»Ich weiß«, erwiderte Cassie leidenschaftslos und ließ sich in ihren Lesesessel fallen. »Ich hätte statt dessen besser Angel und mich im Schuppen eingeschlossen.«

»O nein. Dein Vater hat schon ganz recht. Wir werden dich nicht noch einmal mit diesem Mann allein lassen.«

»Darüber braucht ihr euch keine Gedanken mehr zu machen«, entgegnete Cassie mit leiser Stimme, während sie ihre Knie ein wenig anhob, um ihr Kinn darauf zu legen. »Er ist schon weg.«

»Gut.«

»Warum ›gut‹? Du kennst ihn nicht einmal, Mama.«

»Natürlich kenne ich ihn«, erwiderte Catherine. »Jeder in Wyoming kennt ihn.«

»Du sprichst von seinem Ruf. Aber du weißt nicht, wie er wirklich ist.«

»Und ich habe nicht die Absicht, das herauszufinden. Dein Vater hat mir erzählt, was geschehen ist. Ich will nur ...«

Cassie blickte überrascht auf. »Du hast mit Papa geredet?«

»Versuch nicht, das Thema zu wechseln«, erwiderte Catherine streng. »Ich habe noch eine Frage an dich. Warum, um alles in der Welt, hast du diesen Leuten erzählt, er sei dein Verlobter?«

»Weil er drauf und dran war, ihnen zu sagen, wer er wirklich ist, und in diesem Augenblick waren die Gemüter ohnehin schon zu erregt. Ich hatte Angst, sie würden auf die falsche Idee kommen und glauben, ich hätte ihn engagiert, um gegen sie zu kämpfen.«

»Genau das hätte er auch tun sollen. Das ist immerhin sein Job.«

»Mama, ich habe die ganze Sache angefangen«, sagte Cassie wütend.

»Und nach allem, was ich gestern abend gehört habe, hast du ja auch wirklich genügend Verwirrung gestiftet. Nun, es ist ganz egal, warum es zu dieser Hochzeit zwischen dir und Angel gekommen ist. Es wird leicht genug sein, das Ganze rückgängig zu machen, und wir werden uns, noch bevor wir Texas verlassen, darum kümmern.«

»Nein.«

Catherine baute sich drohend vor ihrer Tochter auf. »Was meinst du mit *nein*?«

Cassie ließ ihren Kopf wieder auf ihre Knie fallen. »Ich habe Angel versprochen, daß ich warten würde, bis ich wieder zu Hause bin – für den Fall, daß ich auf ein Baby Rücksicht nehmen muß.«

»Ein... o Gott, warum fühle ich mich plötzlich wie diese arme Frau von gestern abend – wie war doch gleich ihr Name? Dotty?«

»Dorothy Catlin«, sagte Cassie. »Aber es ist ja nur eine Möglichkeit, Mama.«

»Nur?«

Catherine beugte sich vor, bis sich ihre Köpfe beinahe berührten, und legte den Arm um Cassie, so wie sie dasaß. »Mein armes Kind. Es ist tapfer von dir, daß du nicht darüber weinst. Und warum hat dein Vater mir von diesem Teil der Geschichte nichts erzählt – oder weiß er nicht, daß der Mann dich vergewaltigt hat?«

Cassie entzog sich der Umarmung ihrer Mutter, um entrüstet klarzustellen: »Mama, er hat nichts dergleichen getan.«

»Nicht?« sagte Catherine verwirrt. Dann änderte sich ihr Ton plötzlich. »Nun, was zum Teufel soll das jetzt wieder heißen?«

»Das heißt, daß er es offensichtlich nicht nötig hatte.«

Diese Tatsache mußte Catherine erst einmal verdauen, ebenso wie den nüchternen Tonfall, in dem sie geäußert wurde. »Cassandra Stuart«, begann sie warnend. »Wag es ja nicht, dazusitzen und mir zu sagen ...«

»Mama, es ist jetzt wohl ein wenig zu spät für eine solche Lektion, findest du nicht auch?«

Catherine war gezwungen, in diesem Punkt nachzugeben. »Ich nehme an, so ist es.« Dann seufzte sie. »Oh, Baby, was ist nur über dich gekommen, daß du einen so törichten Fehler gemacht hast?«

»Er wollte mich«, sagte Cassie einfach. »Und das ist alles, was in diesem Augenblick für mich wichtig war – nun, das und die Kleinigkeit, daß ich ihn ebenfalls wollte.«

»Ich glaube nicht, daß ich das hören möchte.«

»Ich würde selbst lieber nicht darüber reden«, entgegnete Cassie trostlos. »Ich kann mir nicht einmal vorstellen, *warum* er mich wollte.«

»Unfug«, protestierte Catherine. »Du bist ein ausgesprochen hübsches Mädchen. Warum sollte er dich nicht wollen?«

Cassie winkte ab. »Du bist meine Mutter, und es ist nur natürlich, daß du so etwas sagst. Aber ich bin mir durchaus bewußt, daß die Männer mich nicht besonders attraktiv finden.«

Catherine schmunzelte. »Und das stört dich?«

»Es ist nicht besonders komisch, Mama.«

»Nun, das ist es wohl doch, denn als ich in deinem Alter war, habe ich genau dasselbe gedacht. Ich hatte keinen einzigen Freier, und das, obwohl es in meiner Stadt Unmengen geeigneter junger Männer gab. Dann hatte ich plötzlich doch einen Verehrer, und nicht nur einen, sondern gleich drei, die es mit ihren Bemühungen, mich zu gewinnen, so ernst meinten, daß es schon peinlich wurde. Ich konnte nirgendwo hingehen, ohne daß nicht einer oder zwei von ihnen auch dort auftauchten, manchmal sogar alle drei gleichzeitig.

Es gab natürlich eine Menge Gezänk und Eifersüchteleien, obwohl diese Männer zufällig ihr ganzes Leben lang befreundet waren. Schließlich kam es dann sogar zu einem offenen Kampf, wobei einer von ihnen es mit den beiden anderen gleichzeitig aufnahm. Er gewann nur mit knapper Not, aber ich fand es so romantisch, daß ich noch am selben Tag seinen Antrag annahm. Das war dein Vater.«

»Du kannst dich wohl kaum mit mir vergleichen, Mama. Du bist zufällig eine wunderschöne Frau.«

»Und du glaubst immer noch, du wärest es nicht? Nun, dann will ich dir ein Geheimnis verraten, Baby, ein Geständnis, das dein Vater mir eines Tages gemacht hat. Er sagte, daß ich in seinen Augen immer hübscher geworden sei, daß er eines Tages bemerkt habe, daß ich hübscher sei, als er geglaubt hatte. Weißt du, wir hatten einander schon jahrelang gekannt, und er hat mir vorher niemals besondere Aufmerksamkeit geschenkt. Er sagte übrigens auch, daß er mich später bei jeder Begegnung noch ein wenig hübscher fand, bis er schließlich dachte, ich müsse die schönste Frau sein, die er je gesehen hatte.«

»Willst du mich auf den Arm nehmen, Mama?«

»Das würde mir nicht im Traum einfallen. Ich versuche nur, dir zu erklären, daß dein Aussehen ein wenig ungewöhnlich ist und daß man eine gewisse Zeit braucht, um es schön zu finden, genauso wie es damals bei mir der Fall war. Als ich älter wurde, veränderte sich mein Gesicht und paßte sich irgendwie ein wenig mehr den traditionellen Vorstellungen an. Ich nehme an, es wird dir ähnlich ergehen, und es wird auch nicht mehr lange dauern, bis die Männer dich schon auf den ersten Blick entzückend finden und nicht erst Wochen später.«

Cassie konnte nicht anders, sie mußte lachen. »Das ist eine hübsche Geschichte, Mama, aber ich kaufe sie dir nicht ab.«

»Nein? Nun, ich schätze, dieser Revolverheld war lange genug in deiner Nähe, um genau diese Erfahrung zu machen. Am Ende hat er dich wahrscheinlich sogar ausgesprochen hübsch gefunden. Du kannst dir nicht vorstellen, warum er dich wollte? Nun, wenn du mich fragst, der Mann konnte einfach nicht dagegen an.«

Cassie errötete, aber nur, weil sie sich so sehr wünschte, ihre Mutter hätte recht. Sie hatte natürlich nicht recht, und in gewisser Weise spielte es jetzt ja auch keine Rolle mehr.

Sie sprach ihre Gedanken laut aus. »Es spielt keine Rolle mehr. Er ist weg, und er erwartet von mir, daß ich mich von ihm scheiden lasse.«

»Und wir werden ihn da ganz gewiß nicht enttäuschen«, sagte Catherine fest.

Es war offensichtlich, daß ihre Mutter Angel nicht mochte, aber dieser letzte Seitenhieb ging Cassie gegen den Strich. Doch sie wollte das Thema wechseln und wußte auch genau, wie sie das bewerkstelligen konnte.

»Also, worüber hast du dich mit Papa nach zwanzig Jahren unterhalten?«

»Das geht dich gar nichts an«, erwiderte Catherine und verließ das Zimmer, bevor Cassie weiterbohren konnte.

28

Cassie fand nie heraus, was sich in jener Nacht in der Scheune zwischen ihren Eltern ereignet hatte – oder ob sich *überhaupt* etwas ereignet hatte. Ihre Mutter wollte einfach nicht darüber reden, und ihr Vater zog sie nur auf und erklärte ihr lediglich, daß sie endlich aufgehört hätten, sich wie Kinder zu benehmen, was immer das bedeutete. Aber sie schienen tatsächlich irgendeine Art Waffenstillstand getroffen zu haben. Zumindest sprachen sie wieder miteinander. Nicht über persönliche Dinge, wenigstens nicht, wenn Cassie anwesend war, aber immerhin hatten sie wieder Verbindung miteinander aufgenommen: vorsichtig, zögernd, als hätten sie sich gerade zum ersten Mal getroffen, aber es war immerhin ein Anfang.

Catherine bestand sogar darauf, mit Cassie über die Feiertage dazubleiben, so daß Cassie zum ersten Mal seit zehn Jahren die Gelegenheit hatte, Weihnachten mit beiden Eltern zu verbringen. Und beim Gottesdienst traf sie auch Jenny wieder, die bereits zu ihrem Mann gezogen war – R. J. hatte in dieser Hinsicht seinen Willen durchgesetzt. Jenny behauptete, die MacKauley-Männer behandelten sie wie eine Königin. Es war viele Jahre her, seit eine Frau zum letzten Mal das Regiment in diesem Haushalt geführt hatte, und daher würde es dort wohl eine ganze Weile recht interessant zugehen.

Natürlich waren R. J. und Dorothy zur Zeit das Hauptgesprächsthema der Stadt. Mabel Koch schneite kurz herein, um Cassie für den Fall, daß sie noch nichts davon gehört haben sollte, zu erzählen, daß man die beiden zusammen beim Dinner gesehen hatte. Und sie waren so lange in der Stadt geblieben, daß sie in dieser Nacht nicht mehr nach Hause fahren konnten. Sie hatten zwei Zimmer im Hotel genommen, aber Mabel ließ durchblicken, daß nur eines davon benutzt worden war.

Catherine hatte daraufhin eine halbe Stunde lang schallend gelacht. Nach allem, was Cassie durchgemacht hatte, konnte sie dagegen das Ganze nicht gar so komisch finden, aber ironischerweise waren ihre Nachbarn auch nicht mehr böse auf sie. R. J. hatte ihr sogar eine kurze Notiz geschickt: »Du bist herzlich eingeladen, dich jederzeit bei uns einzumischen.« Auch daran konnte Cassie nichts Komisches finden. Überhaupt hatte sie in diesen Tagen keinen rechten Sinn für Humor.

Sie vermißte Angel.

Als Catherine bemerkte, daß ihre Tochter tatsächlich Trübsal blies, beschloß sie, mit Cassie auf eine ausgedehnte Einkaufstour zu gehen, bevor sie nach Hause zurückfuhren. Vielleicht solten sie diesmal sogar New York besuchen.

»Laß uns statt dessen nach St. Louis fahren«, schlug Cassie impulsiv vor.

»Ganz, wie du willst, Baby. Und wir können, während wir dort sind, auch zu einem Rechtsanwalt gehen, um die Scheidung einzureichen. Es hat wirklich keinen Sinn, ganz Wyoming über dieses kleine Problem zu informieren, wenn es nicht unbedingt notwendig ist.«

Cassie erwiderte nichts, hatte aber doch gute Lust zu fragen: »Wenn du so versessen auf eine Scheidung bist, warum hast du dann niemals selbst eine eingereicht?« Aber das wäre nicht sehr nett gewesen – obwohl sie sich manchmal wirklich wünschte, sie wäre nicht so verständnisvoll. Ein kleiner Anflug von Gemeinheit käme ihr bei gewissen anmaßenden Personen manchmal sehr gelegen. Ihre Mutter meinte es jedoch nur gut; sie war einfach zu lange daran gewöhnt, Cassie mit einem Übermaß an Fürsorge zu bedenken und alle Entscheidungen für sie zu treffen. Cassie hatte niemals dagegen protestiert, weil Catherine am glücklichsten war, wenn sie die Dinge unter Kontrolle hatte. Aber es war langsam an der Zeit, daß Cassie anfing, selbständiger zu handeln. Nach St. Louis zu fahren, sollte dazu beitragen, selbst wenn der Gedanke einer augenblicklichen Eingebung entsprang.

Eine weitere eigene Entscheidung war das Telegramm, das sie abschickte, etwas, das sie übrigens ihrer Mutter gegenüber nicht für erwähnenswert hielt. Aber sie mußte so viel an Angel denken, daß ihr diese Idee einfach gekommen war und nicht mehr aus ihren Gedanken weichen wollte. Daher bat sie telegrafisch um ein Treffen mit einem Pinkerton-Detektiv in St. Louis. Sie wollte herausfinden, ob und was man tun konnte, um Angels Eltern aufzuspüren. Er selbst würde es bestimmt nicht wieder versuchen, und die Wiedervereinigung einer lange getrennten Familie lag ganz auf ihrer Linie.

Cassie und Catherine verließen Caully ein paar Tage nach Neujahr. Da sich, was Charles' Nachbarn betraf, alles so überraschend gut entwickelt hatte, wußte Cassie, daß sie – wenn sie wollte – im nächsten Herbst wiederkommen konnte. Womit sie nicht gerechnet hatte, waren die Abschiedsworte ihres Vaters. Er wolle wahrscheinlich in ein oder zwei Monaten selbst zu einem Besuch in Wyoming eintreffen. Ebensowenig hatte sie damit gerechnet, ihre Mutter bei seinen Worten heimlich lächeln zu sehen.

Offensichtlich war in der Scheune *doch* etwas geschehen. Und die Entwirrung dieses Geheimnisses war genau das, was Cassie im Augenblick brauchte, um ihre Gedanken von Angel abzulenken. Nicht, daß sie bisher besonders erfolgreich gewesen wäre, wenn es darum ging, aus ihrer Mutter irgendwelche Informationen herauszuholen. Vielleicht hatte sie es aber einfach nur falsch angefangen?

Sie erinnerte sich noch daran, wie überrascht sie gewesen war, zu erfahren, daß die Catlin- und die MacKauley-Kinder keine Ahnung gehabt hatten, wodurch die Fehde, in die sie so tief verwickelt schienen, ausgelöst worden war. Aber Cassie war so sehr daran gewöhnt, sich nicht in das Leben ihrer Eltern einzumischen, daß es ihr damals gar nicht in den Sinn gekommen war, daß sie genauso wenig darüber wußte, was das Zerwürfnis ihrer eigenen Eltern ausgelöst hatte. Sie beschloß, diesen Zustand zu ändern.

Aber eine überfüllte Postkutsche war nicht der rechte Ort für ein privates Gespräch, daher wartete Cassie, bis sie weiter im Osten die Eisenbahn erreichten. Das Reisen mit der Bahn bot erheblich größeren Luxus und auch eine gewisse Ungestörtheit. Gleich an ihrem ersten Tag im Zug eröffnete sie das Gespräch. Sie saßen im Speisewagen, und Cassie ließ sich absichtlich so viel Zeit mit Nachtisch und Kaffee, bis sich die Tische um sie herum leerten.

Mittlerweile – mehr als eine Woche, nachdem sie Caully verlassen hatten – war Cassie überaus begierig, ihre neue Strategie zu erproben. Unschuldig fragte sie ihre Mutter: »Wie kommt es eigentlich, daß du und Papa aufgehört habt, einander zu lieben?«

Catherine hätte sich beinahe an ihrem letzten Bissen Kirschpastete verschluckt. »Was für eine Frage ist das denn?«

Cassie zuckte mit den Schultern. »Wahrscheinlich eine, die ich schon vor langer Zeit hätte stellen sollen.«

»Dein kleiner Auftritt in der Scheune deines Vaters hat dich ziemlich vorlaut gemacht, Cassie – oder sollte ich lieber sagen unverschämt?«

»Glaubst du wirklich? Ich versuche doch nur ...«

»Wag es nicht, mir auf diese Weise zu kommen, junge Dame.«

»Dann weich du mir nicht immer aus, Mama. Es war eine einfache Frage und eine, die zu stellen ich wohl das Recht habe.«

»Es ist zu ... persönlich.«

Catherine wich ihr also immer noch aus. Cassie kannte die Symptome. Aber diesmal würde sie nicht aufgeben.

»Ich bin nicht irgendein neugieriger Nachbar. Ich bin deine Tochter. Er ist *mein* Vater. Ihr hättet mir schon vor langer Zeit sagen sollen, was damals passiert ist, Mama. Warum hast du aufgehört, ihn zu lieben?«

Catherine blickte aus dem Fenster, hinaus auf die düstere Winterlandschaft, die kaum etwas Interessantes zu bieten hatte. Cassie wußte aus Erfahrung, daß sie nun kein Wort mehr aus ihrer Mutter herausbekommen würde. So war sie eben. Wenn sie die Leute nicht so einschüchtern konnte, daß sie von selbst aufgaben, dann ignorierte sie sie einfach.

Daher war Cassie maßlos verblüfft, als sie ihre Mutter wenige Sekunden später sagen hörte: »Ich habe nie aufgehört, ihn zu lieben.«

Cassie hätte sich ein Dutzend Antworten vorstellen können, aber diese wäre nicht dabeigewesen. Genaugenommen war sie so fassungslos, daß ihr nicht eine einzige Erwiderung einfiel. Catherine sah zwar immer noch aus dem Fenster, konnte sich jedoch durchaus vorstellen, welchen Schock sie soeben ausgelöst hatte. »Ich weiß, daß es wahrscheinlich nie so ausgesehen hat«, sagte sie.

»Da gibt es überhaupt kein ›wahrscheinlich‹. Kein Mensch, der dich kennt, kein einziger, Mama, würde je daran zweifeln, daß ihr beiden einander haßt. Ich verstehe das nicht.«

»Ich weiß, daß du das nicht tust. Ich verstehe es selbst nicht, um die Wahrheit zu sagen.« Catherine seufzte. »Zorn kann etwas sehr Starkes und Mächtiges sein. Angst auch. Beide Gefühle können dich dazu bringen, Dinge zu tun, die du normalerweise niemals tun würdest. Und beide Gefühle haben mich lange Zeit beherrscht.«

Auch diese Feststellung konnte Cassie nicht ohne weiteres akzeptieren. »Angst, Mama? Wir reden von der Frau, die einmal in

Cheyenne mitten auf der Straße gestanden hat, ohne Deckung, in einem Kugelhagel, und zwei von vier Bankräubern erschossen hat, *zufällig* darunter auch den, der das geraubte Geld bei sich trug. Du kannst mir nicht erzählen, daß du nicht eine der furchtlosesten Frauen bist, die ich kenne.«

Endlich sah Catherine ihre Tochter über den Tisch hinweg an, und ihre Mundwinkel hoben sich zu einem halben Lächeln. »Ich hatte eine ganze Menge Geld auf dieser Bank. Und ich hatte keinesfalls die Absicht, es mir vor der Nase wegschnappen zu lassen, wenn ich es verhindern konnte. Aber ich habe auch nie gesagt, daß ich Angst davor hätte zu sterben.«

»Wovor hast du denn dann Angst?«

»Cassie …«

Cassie kannte diesen Ton und sagte schnell: »Du kannst jetzt nicht einfach aufhören, Mama. Es wird mich zum Wahnsinn treiben, wenn ich nicht auch den Rest erfahre.«

Catherine warf ihr einen wütenden Blick zu. »Diese Sturheit hast du von deinem Vater.«

»Ich würde eher sagen, ich habe sie von dir.«

Catherine seufzte wieder. »Na schön, aber zuerst mußt du wissen, wie sehr ich mir Kinder gewünscht habe. Nachdem dein Vater und ich geheiratet hatten, habe ich mir jeden Monat die Augen aus dem Kopf geweint, wenn – wenn ich wußte, daß ich wieder einmal nicht schwanger war. Als es dann endlich passierte, war ich die glücklichste Frau auf der Welt. Ich glaube, ich bin in diesen ganzen neun Monaten mit einem Lächeln auf dem Gesicht herumgelaufen.«

Auch *das* konnte Cassie kaum glauben, da sie ihre Mutter nur sehr selten hatte lächeln sehen. »Was hat das mit deiner Angst zu tun?«

»Die kam erst später. Weißt du, ich hatte keine Ahnung, wie es sein würde, die Geburt. Meine Mutter ist gestorben, als ich noch sehr jung war, daher konnte sie es mir niemals erzählen. Dein Vater und ich waren gerade erst nach Wyoming gezogen, daher hatte ich auch keine Freundinnen, die mich hätten warnen können. Und ich war selbst noch nie bei einer Geburt dabeigewesen. Ich war so unwissend, daß ich dachte, ich würde dich verlieren, als meine Fruchtblase platzte. Aber dann begannen die Schmerzen.

Man sieht es dir nicht an, aber der Arzt hat mir hinterher erzählt, daß du eines der größten Babys warst, die er je auf die Welt geholt hat. Es hat fast zwei Tage gedauert. Während dieser Zeit habe ich mindestens ein dutzendmal geglaubt, ich müsse sterben. Um genau zu sein, ich wollte auch sterben. Selbst der Arzt hat mich einmal aufgegeben, weil ich so schwach war. Aber irgendwie bist du dann doch geboren worden. Ich kann mich nicht mehr genau daran erinnern. Zu diesem Zeitpunkt war ich besinnungslos vor Schmerzen.

Und auch hinterher gab es noch Komplikationen. Ich war ziemlich übel dran. Die Blutungen hörten einfach nicht auf... Nun mach nicht so ein Gesicht.« Cassie war ganz blaß geworden. »Es war nicht deine Schuld. Wenn du die Wahrheit wissen willst – wenn du nicht gewesen wärst, hätte ich aufgegeben, statt zu versuchen, wieder auf die Beine zu kommen.«

»Aber, Mama ...«

»Da gibt es überhaupt kein Aber«, unterbrach sie Catherine heftig. »Verstehst du jetzt, warum ich dir nichts davon erzählen wollte? Aber es war ganz gewiß nicht deine Schuld, und du mußt mir glauben, Baby, ich habe das auch keine einzige Sekunde lang gedacht. Deinem Vater allerdings habe ich sehr wohl die Schuld daran gegeben. Ich weiß, daß das falsch war. Solche Dinge passieren einfach. Und niemand trägt die Schuld daran. Aber so habe ich damals einfach nicht gedacht.«

Catherine lachte plötzlich, obwohl dieses Lachen ausgesprochen bitter klang. »Bis zum heutigen Tag frage ich mich, ob die Dinge nicht anders verlaufen wären, wenn ich ein wenig eher erfahren hätte, was ich später wußte. Du lieber Himmel, wie schnell Unwissenheit doch enden kann, ob man es nun will oder nicht.

Es ist wirklich erstaunlich. Eine andere Frau sieht dich mit einem Baby, und selbst wenn sie dich überhaupt nicht kennt, fängt sie an, dir alles über eigene Erfahrungen bei den Geburten ihrer Kinder zu erzählen. All die Dinge, vor denen man mich vorher hätte warnen sollen, alles, was mich ein wenig besser auf die Geburt vorbereitet hätte, habe ich hinterher erfahren – daß es beim ersten Baby immer am schlimmsten ist, daß die Schmerzen bald vergessen sind, daß Frauen mit schmalen Hüften, wie ich sie habe, es für gewöhnlich noch schwerer haben als andere – solche Dinge und natürlich die einmütige Feststellung, daß es die Sache wert ist.

Mit der letzten Feststellung stimme ich übrigens aus ganzem Herzen überein. Ich habe es niemals auch nur einen Augenblick lang bedauert, dich bekommen zu haben, Cassie. Aber nach dem, was ich durchgemacht habe, wollte ich keine Kinder mehr haben, wenn ich es verhindern konnte, und ich konnte es verhindern. Ich habe deinem Vater gesagt, ich würde ihn erschießen, wenn er auch nur daran dächte, noch einmal in mein Bett zu klettern.«

Cassies Augen weiteten sich. »Ich nehme nicht an, daß er das allzu freundlich aufgenommen hat?«

»Nein, wohl kaum.«

»Und das war es?«

»Damit hat nur alles angefangen. Weißt du, ich habe ihn nicht gebeten, mir Zeit zu geben. Ich habe klipp und klar gesagt: Nie mehr. Und er war am Anfang auch ungeheuer geduldig mir mir, weil er dachte, ich würde meine Meinung ändern. Das hätte ich vielleicht auch getan – die Erinnerungen an die Schmerzen werden wirklich im Laufe der Zeit schwächer. Aber dann vergingen acht Monate, und schließlich explodierte er.

Ich kann ihm jetzt wohl keine Vorwürfe mehr machen, obwohl ich es damals ganz sicher getan habe. Ich weiß nicht. Wahrscheinlich habe ich wohl gedacht, wenn ich für den Rest meines Lebens auf diese Art von Liebe verzichten könnte, müßte er das verdammt noch mal auch fertigbringen. Das war, wie ich jetzt weiß, natürlich ganz unrealistisch. Aber ich war jung und sehr empfindsam, und, wie ich schon sagte, mein Verstand funktionierte zu dieser Zeit nicht so, wie er sollte.«

»Seine Wut hat dann also den Ausschlag gegeben?«

»Nein, den Ausschlag hat etwas ganz anderes gegeben: Ich fand heraus, daß er zu Gladis ging.«

Cassie wußte, was das zu bedeuten hatte. Gladis' Haus war vor ungefähr sieben Jahren abgebrannt, und Gladis war mit ihren Mädchen in irgendeine andere Stadt gezogen. Aber seinerzeit hatte sie eines der berühmtesten Freudenhäuser in Wyoming geführt. Bis zum heutigen Tag sprachen die Männer immer noch über Gladis – und Cassie konnte sich einfach nicht vorstellen, daß ihr Vater dort gewesen sein sollte.

»Bist du sicher?« fragte sie.

»Natürlich bin ich sicher. Du glaubst doch nicht, daß ich eine Ehe aufgrund bloßer Vermutungen beenden würde? In Cheyenne lebte damals dieser Mann... Ich erinnere mich nicht mehr an seinen Namen, aber er hatte Gefallen an mir gefunden und zog mich immer damit auf, wann ich endlich deinen Vater verlassen und zu ihm kommen würde. Er hat mich sogar belästigt, als ich hochschwanger war. Nun, er dachte wohl, er täte mir einen Gefallen, als er mir erzählte, daß die halbe Stadt Charles bei seinem Besuch in diesem Bordell gesehen hatte.«

»Schöner Gefallen«, bemerkte Cassie trocken.

»Finde ich auch. Wenn ich mich recht erinnere, habe ich mir zwei Knöchel an seinem Kiefer gebrochen, um mich dafür zu bedanken. Und ich habe ihn nie wiedergesehen. Aber ich war immerhin so wütend, als ich deinen Vater darauf ansprach und er es zugab, daß ich ihm sagte, er solle verschwinden. Das wollte er nicht. Also habe ich ihm verboten, jemals wieder mit mir zu sprechen.«

»Was er auch nicht getan hat – genausowenig wie du.«

»Ich kann nun einmal nichts gegen mein Temperament tun, Cassie«, verteidigte Catherine sich. »Ich bin eine unversöhnliche Frau. Ich weiß es. Was diese Dotty da neulich gesagt hat, ist völlig richtig. Dein Vater kann sich glücklich schätzen, daß ich ihn damals nicht erschossen habe. Ich bin allerdings eines Abends zu Gladis gegangen, um herauszufinden, welche von den Frauen er dort besucht hat. Sie hätte ich tatsächlich erschossen. Aber Gladis hat ihre Mädchen wirklich gut beschützt. Sie hat mir nichts verraten.«

»Und dennoch sagst du, daß du nie aufgehört hast, ihn zu lieben«, erinnerte Cassie sie.

»Auch dagegen kann ich nichts machen. Und ich weiß, daß ich ihn dazu getrieben habe – trotzdem ist das etwas, das ich einfach nicht verzeihen kann. Angst und Zorn sind eine schreckliche Kombination. Laß niemals zu, daß sie dich in ihre Gewalt bekommen, so wie mich.«

Cassie schüttelte verwirrt den Kopf. Daß es etwas so Einfaches wie Eifersucht gewesen war! Sie wünschte nur, sie hätte nicht mit beiden Seiten Mitleid, aber so war es nun mal. In einer solchen Situation gab es einfach keinen Gewinner. Aber wenigstens redeten sie jetzt wieder miteinander, führte sie sich vor Augen. Irgend etwas hatte ihnen über ihren lange währenden Zorn hinweggeholfen.

»Mama, was ist in jener Nacht in der Scheune passiert?«

»Das geht dich überhaupt nichts an.«

Nach allem, was Catherine ihr gerade offenbart hatte, mußte Cassie über diese Antwort lachen. Und ihre gute Laune hielt noch für ein paar Stunden an – bis sie ein jähes Ende fand. An jenem Abend entdeckte sie, daß sie keinen Grund hatte, Angel seine Scheidung zu verweigern. Sie war nicht schwanger.

29

Mit einer Bevölkerung von mehr als dreihunderttausend Menschen konnte sich St. Louis durchaus neben Philadelphia und New York City sehen lassen. Obwohl Catherine Chicago für ihre jährlichen Einkaufsexkursionen vorzog, waren sie im Laufe der Jahre doch schon zweimal in St. Louis gewesen.

Zuletzt hatten sie die Stadt 1875 besucht, nicht lange nach der Fertigstellung der Ostbrücke, die den Mississippi überquerte. Seit dieser Zeit hatten sich die Vororte ungeheuer ausgedehnt. Um genau zu sein, die ganze Stadt war in den vergangenen sechs Jahren bemerkenswert gewachsen. Aber Catherine war ein Gewohnheitsmensch. Wo auch immer sie hingingen, Catherine stieg immer in denselben Hotels ab, die für gewöhnlich die besten der Stadt, wenn auch nicht unbedingt die neuesten waren.

Daher hatte Cassie angenommen, sie würden auch diesmal im selben Hotel wohnen wie früher, und diesen Treffpunkt hatte sie auch mit dem Detektiv der berühmten Pinkerton-Agentur ausgemacht. Sie hoffte nur, daß sie den Mann treffen konnte, ohne daß ihre Mutter etwas davon bemerkte.

Catherine hatte den bevorstehenden Besuch bei einem Rechtsanwalt nicht noch einmal erwähnt, aber Cassie wußte, daß sie das tun würde, sobald ihre Einkäufe sie langweilten. Daher würde Cassie etwa eine Woche, vielleicht auch zwei, Zeit haben, um zu entscheiden, was *sie* in bezug auf diese Scheidung unternehmen wollte. Natürlich gab es da nichts wirklich zu entscheiden. Die Scheidung mußte sein. Sie hatte keinen Grund mehr, diesen Schritt aufzuschieben. Nur weil sie vielleicht gern mit dem Mann, den sie so unerwartet bekommen hatte, verheiratet geblieben wäre, bedeutete das nicht, daß sie das auch konnte.

Er würde ganz gewiß eine Menge dazu zu sagen haben, und nichts davon würde sehr nett sein. Außerdem bekäme ihre Mutter mit Sicherheit einen Schlaganfall, wenn Cassie auch nur andeutete, daß sie Angel gern genug hatte, um ihn als Ehemann behalten zu wollen. Sie würde ihr jeden einzelnen der Gründe dafür unter die Nase reiben, daß er keinen passenden Ehemann abgäbe. Cassie wollte nichts davon hören. Sie kannte bereits alle Gründe, und diese Gründe hatten nichts mit ihren Gefühlen zu tun.

Die alten Leute in der Stadt prophezeiten, daß es nun jeden Tag Schnee geben könnte, aber die Sonne schien allen Unkenrufen zum Trotz weiter. Sie wärmte zwar nicht wirklich, aber es war doch viel angenehmer, im Sonnenschein in der Stadt umherzulaufen als in einem Schneegestöber. Und überdies hatten sie es nicht weit. Es war nicht schwer gewesen, auch in dieser Stadt die Schneiderin mit den besten Empfehlungen zu finden. Das war immer noch Madame Cecilia, dieselbe Schneiderin, die sie auch schon früher besucht hatten. Ihr Geschäft befand sich nur wenige Blocks vom Hotel entfernt. Sie waren manchmal, wenn der Wind nicht zu stark war, sogar zu Fuß dorthin gegangen.

Heute nachmittag, für den vierten Besuch und ihre letzte Anprobe, mietete Catherine eine Kutsche. Cassie wäre lieber zu Fuß gegangen, da sie keine rechte Lust hatte, sich an dem üblichen Geplauder ihrer Mutter zu beteiligen. Sie brütete wieder einmal dumpf vor sich hin. Seit fünf Tagen waren sie jetzt in der Stadt, aber der Pinkerton-Mann war immer noch nicht erschienen. Cassie dachte sich bereits Gründe dafür aus, wie sie ihre Abreise verzögern könne, für den Fall, daß er auch während der nächsten Wochen nicht auftauchen sollte.

Die Suche nach Angels Eltern war nicht mehr nur eine Laune. Das Ganze war ausgesprochen wichtig für sie geworden, und zwar aus dem einfachen Grunde, weil sie im Falle einer erfolgreichen Suche einen triftigen Grund hätte, Angel nicht nur wiederzusehen, sondern auch mit ihm zu sprechen. Und genau das wollte sie. Sehen konnte sie ihn schließlich immer wieder. Sie hatte das Gefühl, daß sie in Zukunft weit häufiger nach Cheyenne fahren würde als je zuvor, einfach um einen Blick auf ihn zu erhaschen. Aber er würde nicht mit ihr reden, es sei denn, er mußte es. Das wußte sie. Selbst wenn es ihm nichts ausgemacht hätte, von ihr belästigt zu werden – und sie wußte, daß es ihm sehr wohl etwas ausmachen würde –, würde er auf alle Fälle an ihren Ruf denken. Schließlich waren sie beide in Cheyenne gut bekannt. Es gäbe eine Menge skandalträchtiges Gerede, wenn sie sich in Gesellschaft des berüchtigten Angel sehen ließe.

»Du bläst ja schon wieder Trübsal«, bemerkte Catherine, als sie nur noch einen Block von Madame Cecilias Geschäft entfernt waren.

»Das tue ich nicht.«

»Tust du doch.«

»Na schön, ich vermisse Marabelle.«

Die Rancharbeiter, die für den Fall, daß eine kleine Demonstration der Stärke notwendig geworden wäre, mit Catherine nach Texas gekommen waren, hatten Marabelle mit nach Hause genommen, da die vornehmen Hotels keine übermäßige Begeisterung für Haustiere dieser Art zeigten. Und es war auch nur eine halbe Lüge, die Cassie ihrer Mutter da aufgetischt hatte. Sie vermißte ihre Katze wirklich. Angel allerdings vermißte sie noch mehr.

»Ich weiß. Deswegen habe ich telegrafiert, daß man sie in unserem privaten Schlafwagen hierher bringen soll«, sagte Catherine. »Aber wir müssen nicht unbedingt darauf warten, wenn du schon früher nach Hause fahren willst.«

»Nein!« sagte Cassie ein wenig zu heftig. Hastig berichtigte sie sich. »Ich meine, ich kann durchaus ein paar Wochen ohne sie auskommen und umgekehrt.«

»Was das umgekehrt betrifft, bin ich mir gar nicht so sicher«, bemerkte Catherine. »Schließlich – warst nicht du es, die ihr den halben Weg bis nach Denver nachjagen mußte, als du deinen Vater zum ersten Mal besucht hast? Und hast du nicht all diesen guten Leutchen da erklärt, daß sie nicht einen wilden Panther befördern, sondern das Haustier meiner Tochter, das nicht genug Verstand hatte, um zu Hause zu bleiben, wo es die Leute nicht halb zu Tode erschreckt?«

Cassie schmunzelte bei der Erinnerung an den langen, mit wüsten Beschimpfungen gespickten Brief, der Marabelle in ihrem großen Käfig, den Catherine für den Transport hatte anfertigen lassen müssen, begleitet hatte. Marabelle hatte versucht, Cassie zu folgen, hatte jedoch schon nach der ersten Haltestelle des Zuges jenseits der Grenze von Colorado ihre Spur verloren, und nicht auf dem halben Weg nach Denver, wie ihre Mutter es übertriebenerweise darstellte. Aber Catherine war damals eindeutig sowohl auf ihre Tochter als auch auf deren Haustier sehr böse gewesen.

»Als wir letzten Sommer nach Chicago gefahren sind, ist sie ohne Probleme zu Hause geblieben«, erinnerte Cassie ihre Mutter.

»Damals waren wir auch nur zehn Tage weg, und sie war in der Scheune eingeschlossen, mit dem alten Mac als ständigem Begleiter, der sie davon abhielt, die Wände zu zerfetzen.«

Gegen diese Unterstellung protestierte Cassie heftig. »Sie zerfetzt keine Wände, Mama. Aber wenn du dich gern über Wände und Haustiere unterhalten möchtest, dann laß uns doch über Short Tail sprechen, deinen süßen Elefanten. Was meinst du? Ob die Scheune noch steht, wenn wir nach Hause kommen?«

Catherine warf ihr einen verdrossenen Blick zu. »Ich beginne langsam zu glauben, daß dieser Mann einen schlechten Einfluß auf dich ausgeübt hat.«

»Welcher Mann?« fragte Cassie unschuldig.

»Du weißt genau, welchen ich meine«, fuhr Catherine sie an. »Deine Unverschämtheit wird immer schlimmer.«

»Und ich dachte, sie würde langsam besser.«

»Verstehst du nicht, was ich meine?«

Cassie verdrehte die Augen. »Mama, falls du es immer noch nicht gemerkt haben solltest – ich bin mittlerweile erwachsen. Wann hörst du endlich auf, mich wie ein Kind zu behandeln?«

»Wenn du fünfundsechzig bist und ich tot bin, und keinen Tag früher.«

Wenn Catherine nicht so ernst geklungen hätte, wäre Cassie über diese Bemerkung höchst belustigt gewesen. »Na schön, du hast gewonnen, Mama. Ich werde meine Unverschämtheiten für mich behalten. Aber könntest du nicht wenigstens aufhören, mich in aller Öffentlichkeit Baby zu nennen?«

Catherines Lippen zuckten leicht. »Nun, darauf können wir uns unter Umständen einigen, obwohl ...«

Sie konnte ihren Satz nicht mehr beenden. Ihr Fahrer riß plötzlich die Zügel zurück, um die Kutsche zum Stehen zu bringen, und sie konnten sich nur mit Mühe an ihren Sitzen festhalten. Ein großer Lieferwagen war aus einer Nebenstraße gekommen und hatte sich vor sie gestellt, offensichtlich in der Absicht, genau in die entgegengesetzte Richtung ihrer Kutsche zu fahren. Aber der Verkehr auf der anderen Straßenseite war so stark, daß der Fahrer des Lieferwagens sich dort nicht ohne weiteres einordnen konnte. Das Ende von Lied war also, daß er dort, wo er jetzt stand, eingeklemmt wurde und ihnen den Weg versperrte. Ihr Fahrer war über den Beinahe-Unfall so wütend, daß er begonnen hatte, laut herumzubrüllen. Der andere Fahrer bedachte ihn dafür mit einer äußerst rüden Geste, wofür ihr Fahrer sich seinerseits mit einer Reihe sehr lautstark geäußerter Flüche revanchierte.

Bei einigen der Worte, die aus seinem Mund kamen und noch einen halben Block entfernt zu hören waren, wurde Catherine glühend rot im Gesicht. »Verschließ deine Ohren, Cassie«, verlangte sie und warf dem Fahrer einen Dollar zu. »Wir gehen zu Fuß.«

»Aber es wird doch gerade erst interessant«, protestierte Cassie.

»Wir gehen zu Fuß«, wiederholte Catherine mit größerem Nachdruck. Sie war wirklich verlegen. Cassie fand diesen Umstand sehr amüsant, besonders da sie von den Cowboys auf der Lazy S schon weit Schlimmeres gehört hatte und fast genauso Schlimmes aus dem Mund ihrer Mutter, wenn sie an ebenjenen Cowboys etwas auszusetzen hatte. Aber das war einer von Catherines Verschrobenheiten. Ganz anders als Cassie, die ihren Colt nur auf der Ranch trug, ging Catherine niemals ohne den ihren aus dem Haus – außer im Osten. Dort verwandelte sie sich in ein Vorbild für vornehme Umgangsformen und trug eine Eleganz zur Schau, wie sie einer Matrone der High Society zukam. Ihr übriges Benehmen mußte dann natürlich dazu passen.

Cassie fand, ihre Mutter hätte es verdient, ein klein wenig aufgezogen zu werden. »Weißt du, das wäre nicht passiert, wenn Angel bei uns gewesen wäre.«

»Willst du etwa damit prahlen, daß dieser Mann die Leute allein durch sein Aussehen in Angst und Schrecken versetzt?« fragte Catherine ungläubig.

»Oh, habe ich das getan? Na ja, gelegentlich könnte so etwas durchaus von Nutzen sein. Stell dir nur vor, wie leicht du die beiden Miss Potters loswerden würdest, wenn Angel ins Zimmer käme.«

Catherine schnaubte verächtlich. »Mach dir da nur nichts vor. Diese beiden Quasselstrippen würden wohl eher *ihn* in die Flucht schlagen.«

»Dann wäre da noch Willy Gate, der dich jeden Sonntag mit seinen bombastischen Reden über den Bürgerkrieg belästigt. Und dein gutes Herz hindert dich daran, ihn einfach zu ignorieren.«

»Er war immerhin ein Held – und du willst doch nicht etwa andeuten, daß es schön wäre, Angel in der Nähe zu haben, oder?«

Catherines Blick war so streng, daß Cassie es vorzog, nicht zu antworten. »Wir werden zu spät kommen, wenn wir uns jetzt nicht beeilen«, fuhr sie fort, während sie auf den überfüllten Gehweg hinaustrat und ihrer Tochter auf diese Weise keine Gelegenheit mehr gab, sie aufzuziehen – oder irgend etwas anzudeuten.

Ein paar Minuten später erreichten sie das Kleidergeschäft, gerade rechtzeitig, um durch die Ankunft eines gutgekleideten jungen Herrn und seiner übertrieben vornehm gekleideten Freundin noch einmal aufgehalten zu werden. Der Mann sah so gut aus, daß Cassie nicht umhin konnte, ihn anzustarren. Catherine bemerkte das nicht, konnte jedoch ihrerseits nicht umhin, festzustellen, daß der Mann ihnen so wenig Beachtung schenkte, daß er ihnen nicht einmal die Tür aufhielt, sondern seiner Begleiterin ohne zu zögern in das Geschäft folgte.

»Manche Leute haben aber auch gar keine Manieren.«

Diese Worte hatte Catherine ausgesprochen, bevor sich die Tür hinter dem Mann schloß. Er hörte sie und drehte sich um, wobei er ihr einen so geringschätzigen Blick zuwarf, daß ihre Wangen glühten. Cassie fand es besser, nicht zu erwähnen, daß auch das nicht geschehen wäre, hätten sie Angel bei sich gehabt.

Aber ihre Unterhaltung über dieses Thema war noch zu frisch, so daß Catherine ihr jetzt einen finsteren Blick zuwarf und mit einem warnenden Unterton feststellte: »Sag es nicht.«

»Das wollte ich auch nicht.«

»Ich hätte gute Lust, mich bei Madame Cecilia zu beschweren«, fuhr Catherine fort, »und unsere Geschäfte demnächst woanders zu tätigen.«

»Es ist nicht ihre Schuld«, protestierte Cassie.

»Ach nein? Wenn sie unsere Anprobe zur selben Zeit ansetzt wie die von diesem lockeren Weibsbild?«

»Was bringt dich auf die Idee, daß sie keine Dame ist?«

»Ich erkenne eine Mätresse, wenn ich eine zu sehen bekomme«, erwiderte Catherine eingeschnappt.

Cassie verdrehte die Augen. »Mama, du machst aus einer Mücke einen Elefanten.«

»Tue ich das?« konterte Catherine. »Wenn du immer noch an diesen Revolverhelden denkst?«

Darum ging es ihrer Mutter also! Cassie hätte wissen sollen, daß ihre Mutter sich normalerweise über eine kleine Unverschämtheit nicht dermaßen aufregen würde, da sie in größeren Städten schon viel Schlimmeres erlebt hatten.

Um einen Streit zu vermeiden, gab sie nach. »Also gut, ich werde ihn nicht wieder erwähnen.«

»Gut. Und jetzt werde ich diesem ungehobelten Kerl erst mal zeigen, was echte Unverschämtheit ist – nach Wyoming-Art.« Und während sie das Geschäft der Schneiderin betrat, hörte Cassie sie noch sagen: »Ich wünschte bei Gott, ich hätte meinen Colt dabei.«

Cassie ihrerseits wünschte, Angel wäre dabei.

30

An diesem Abend wartete Cassie nicht auf ihre Mutter, die stehengeblieben war, um dem Personal zu einem weiteren exzellenten Dinner zu gratulieren. Sie schlenderte in die Lobby des Hotels, weit genug, bis Catherine sie nicht mehr sehen konnte, und eilte dann hinüber zum Empfang, um herauszufinden, ob dort irgendwelche Nachrichten für sie lagen.

Sie hatte es jeden Tag ein paarmal geschafft, ihrer Mutter zu entkommen, um am Empfang nachzufragen, selbst wenn sie dazu warten mußte, bis Catherine sich für die Nacht zurückgezogen hatte. Da sie in zwar miteinander verbundenen, aber doch getrennten Zimmern logierten, war das nicht besonders schwer zu bewerkstelligen, aber Cassie ging nun einmal nicht gern so spät allein noch in die Lobby.

Heute abend würde sie das auch nicht müssen, zumindest hoffte sie das. Aber als sie nur noch ein oder zwei Meter vom Empfang entfernt war, wurde sie aufgehalten.

»Kennen wir uns nicht, Miss?«

Cassie konnte nicht umhin, ihn anzustarren – wieder einmal. Es war der junge Mann aus dem Kleidergeschäft, den Catherine zu ihrer Enttäuschung bei ihrem Eintritt nicht mehr vorgefunden hatte. Man hatte ihn, zusammen mit seiner Freundin, in eines der Hinterzimmer entführt, so daß sie ihm seine Unverschämtheit nicht hatte heimzahlen können. Cassie fand nun ihr eigenes Benehmen ebenfalls ziemlich unverschämt, da sie den Mann offen anstarrte, aber er sah auch wirklich faszinierend gut aus: rötlich schimmerndes, blondes Haar, dunkle, smaragdgrüne Augen, ein glattrasiertes, absolut makelloses Gesicht und ein untadeliger kohlschwarzer Dreiteiler ergaben einen atemberaubenden Anblick.

»Miss?« wiederholte er.

»Nein«, erwiderte Cassie schroff.

Es gelang ihr, ihre Verlegenheit über diese neuerliche Frage unter Kontrolle zu halten und sich damit zu trösten, daß er wahrscheinlich daran gewohnt war, daß Frauen aller Altersstufen ihn gedankenverloren anstarrten. Sie fragte sich, wo seine Freundin heute abend wohl sein mochte und ob sie wirklich seine Mätresse wäre.

»Sind Sie sicher, daß wir uns nicht kennen?«

»Absolut«, versicherte Cassie ihm. »Wir besuchen lediglich dasselbe Kleidergeschäft.«

Bei diesen Worten lächelte er. »Ach ja, die junge Dame mit dem alten Weib als Begleiterin.«

Sie zog eine Augenbraue in die Höhe. Er war offensichtlich unbeirrbar in seinem beleidigenden Verhalten. »Dieses alte Weib ist meine Mutter. Ist es Arroganz, die Sie so unverschämt macht, oder wissen Sie es nur einfach nicht besser?«

»Es ist, um genau zu sein, eine Kunstform, die die Damen meiner Bekanntschaft recht herausfordernd finden.«

Cassie hatte das Gefühl, als glaube er das wirklich. Sie hätte beinahe gelacht, konnte sich aber gerade noch zurückhalten. Statt dessen warnte sie ihn: »Sie werden gleich eine echte Herausforderung erleben, wenn Sie noch länger hier herumstehen, Mister, weil meine Mutter wahrscheinlich ihren Revolver auspackt, wenn sie Sie dabei erwischt, daß Sie sich mit mir unterhalten.«

Sie glaubte, damit wäre sie ihn losgeworden, aber er warf ihr lediglich einen geduldigen Blick zu und ging auf ihre Bemerkung ein: »Ihre Mutter trägt eine Waffe bei sich?«

»Nur, wenn sie in die Stadt fährt.«

»Aber St. Louis ist nicht gefährlich.«

»Das ist ja auch der Grund, warum sie ihren Colt hier wegpackt. Normalerweise trägt sie ihn jedoch immer bei sich.«

»Erzählen Sie mir nicht, daß Sie aus dem Westen kommen!«

Cassie wunderte sich über die plötzliche Überraschung des Mannes. »Und wenn es so wäre?«

»Aber das ist ja faszinierend«, erwiderte er, und sie zweifelte keine Sekunde daran, daß sein neues Interesse an ihr durchaus ernsthafter Natur war. »Haben Sie jemals echte Indianer gesehen? Oder eins von diesen Straßenduellen miterlebt, von denen man hier hört?«

Sie hatte keine Lust, darauf zu antworten. Leute wie ihn hatte sie schon früher getroffen, Leute, die begierig darauf waren, Geschichten aus dem »Wilden« Westen zu hören, sich jedoch niemals selbst dorthin wagen würden. Und das, obwohl mit dem Vorrücken neuer Eisenb ahnlinien überall große, blühende Städte aus dem Erdboden schossen. Auch die Gold- und Silberstädte, die mit jedem neuen, glücklichen Fund entstanden und vergingen, und die vielen kleinen Viehmärkte, die alle nur wenige Tagesreisen mit dem Zug entfernt lagen, konnten Leute wie ihn nicht dazu bringen, ihre sicheren, zivilisierten Städte zu verlassen. Solche Leute hungerten nur nach blutrünstigen Geschichten aus dem primitiven Grenzland.

Sie beschloß, ihm trotzdem eine Antwort zu geben. »Wir bekommen ziemlich oft kleine Banden herumstreunender Indianer zu Gesicht, aber sie belästigen eigentlich nur einsam lebende Siedler und ab und zu einmal eine Postkutsche. Sie sind lange nicht mehr so lästig wie früher. Aber ich war erst letzten Monat selbst in eine Schießerei verwickelt. Das Ganze war jedoch zu schnell vorüber, um wirklich aufregend zu sein, und meine Kugel war es auch nicht, die den Mann getötet hat. Diese Ehre gebührt einem Revolverhelden namens Angel. Man nennt ihn übrigens den Engel des Todes. Schon mal von ihm gehört?«

»Nicht, daß ich wüßte«, antwortete er. »Warum ›Engel des Todes‹?«

»Weil er niemals sein Ziel verfehlt und nur schießt, um zu töten.« Jetzt hatte sie aber genug Zeit mit diesem Mann verschwendet, fand sie. »Wenn Sie mich nun bitte entschuldigen würden, Mister ...«

»Bartholomew Lawrence, aber meine Freunde nennen mich Bart, und Sie sind ...?«

»Cassandra – Angel.«

Sie zögerte zu lange mit dem »Angel«. Sein Blick sagte, daß er an der Wahrheit ihrer Worte zweifelte. Aber es war ihr egal, was er glaubt. Er hielt sie von ihrem eigentlichen Vorhaben ab, und ihr blieb nicht mehr viel Zeit. Catherine war plötzlich am Eingang des Speisesaals erschienen und suchte bereits nach ihr.

»Für Sie Mrs. Angel«, fügte Cassie schroff hinzu, da sie sich nun darüber ärgerte, sich überhaupt auf ein Gespräch mit diesem Mann eingelassen zu haben.

Ohne ein weiteres Wort an ihn zu richten, ging sie zum Empfangstisch. Ihr blieben nur etwa zehn Sekunden, um dort nach einer Nachricht zu fragen, bevor ihre Mutter sie erreicht haben würde. Zu Ihrer Überraschung reichte man ihr tatsächlich eine Mitteilung. Cassie hatte es gerade noch geschafft, sie verschwinden zu lassen, als Catherine auch schon hinter ihr stand. Sie war direkt an Bartholomew Lawrence vorbeigegangen, ohne ihn zu erkennen.

»Cassie, was machst du hier?«

Cassie drehte sich um und stellte fest, daß Lawrence immer noch da stand, wo sie ihn verlassen hatte, in Hörweite. Aber zu ihren besonderen Fähigkeiten gehörte es eindeutig, sich der Eingebung des Augenblicks folgend irgendwelche lächerlichen Entschuldigungen auszudenken.

»Ich habe mich nur erkundigt, ob man hier etwas von Angel gehört hat, Mama.« Dann fügte sie bedeutungsvoll hinzu: »Dies ist mal wieder einer der Augenblicke, in denen er uns recht nützlich sein könnte.«

Catherine folgte ihrem Blick, erkannte Lawrence und verstand auf der Stelle. Der Mann, der Cassies Worte verstanden hatte, lachte tatsächlich höhnisch, bevor er gleich anschließend verschwand.

Aber Catherine war sichtbar wütend. »Hat er dich belästigt?«

»Nein, nicht wirklich. Er hat mich erkannt und mir eine Unterhaltung aufgezwungen, um sich vorzustellen.«

»Auch, um sich zu entschuldigen?«

»Ich habe so eine Andeutung gemacht, daß eine Entschuldigung angebracht sein könnte, aber er bezeichnete seine Unverschämtheit als Kunstform, und offensichtlich bemüht er sich da nach Kräften um Vollkommenheit. Ich fand ihn jedenfalls abscheulich genug, um zu versuchen, die ›Furcht vor dem Engel‹ in sein Herz zu pflanzen. Aber er hat mir nicht geglaubt.«

»Man muß diesen Revolverhelden von dir schon sehen, um glauben zu können, daß er ein kaltblütiger Killer ist.«

»Er ist kein …«

»Ach, was soll's«, unterbrach Catherine und ging zur Treppe voraus. »Aber ich werde jetzt endgültig meinen Colt auspacken.«

31

Der Name des Detektivs war Phineas Kirby. Er hatte ein Zimmer im selben Hotel gemietet, ja sogar auf derselben Etage. Aber Cassie lief keineswegs sofort zu ihm, nachdem sie seine Nachricht gelesen hatte. So sehr sie es auch bedauerte, ihn in seiner Nachtruhe stören zu müssen, war ihr der Gedanke, ihrer Mutter erklären zu müssen, daß und warum sie einen Detektiv engagiert hatte, noch mehr zuwider.

Daher wartete sie, bis Catherine zu Bett gegangen war. Sie ging kein Risiko ein, machte sich sogar selbst fürs Bett zurecht und legte sich einige Stunden hin, für den Fall, daß ihre Mutter nicht einschlafen konnte und in ihr Zimmer käme, um mit ihr zu plaudern – das wäre nicht das erste Mal gewesen.

Es war daher bereits kurz nach Mitternacht, als Cassie sich wieder anzog und vorsichtig das Zimmer verließ. Sie fand Mr. Kirbys Zimmer am anderen Ende des Ganges und klopfte dort so leise an, daß es eine ganze Weile dauerte, bevor sie von der anderen Seite der Tür leises Gemurmel hörte. Ein paar Augenblicke später wurde die Tür aufgerissen, und sie sah sich einem ausgesprochen ärgerlich aussehenden Mann gegenüber; er trug einen unförmigen gelben Morgenmantel, unter dessen langem Saum seine Socken hervorlugten. Es war ein recht wohlbeleibter Mann in mittleren Jahren mit unbestimmbaren Gesichtszügen und klugen blauen Augen.

Er hatte zunächst wohl vorgehabt, sie anzufahren, änderte jedoch seine Meinung, nachdem er sie sich genauer angesehen hatte. »Entschuldigung, Miss. Ich dachte zuerst, Sie gehörten zum Hotelpersonal. Haben Sie sich verirrt?«

»Nein, Sir. Ich bin Cassie Stuart. Ich habe Sie hergebeten.«

Bei diesem Geständnis runzelte er erneut die Stirn. »Wissen Sie, wie spät es ist, Miss Stuart?«

Sie zuckte zusammen. »Ja, ich weiß, aber ich konnte nicht bis zum Morgen warten. Ich bin mit meiner Mutter hier, und es wäre mir lieber, wenn sie nichts davon erführe, daß ich Sie engagiert habe. Sie mag meinen Mann nicht, wissen Sie, und diese Angelegenheit hat etwas mit ihm zu tun.«

Phineas seufzte. »Dann sollten Sie jetzt wohl besser hereinkommen und sich setzen.«

Vor dem Kamin standen zwei Sessel. Bevor er sich in den einen davon setzte, über dem seine Kleider lagen, warf er noch ein Holzscheit ins Feuer. Dann zog er eine Jacke von der Rückenlehne und suchte darin, bis er endlich in einer der Innentaschen ein Notizbuch gefunden hatte.

»Also, was kann ich für Sie tun, Miss Stuart?« Noch während er diese Frage stellte, begann er, sich Notizen zu machen. Cassie setzte sich in den Sessel, der dem seinen gegenüberstand. »Ich würde gern die Eltern meines Mannes finden.«

»Werden sie vermißt?«

»Nicht direkt«, sagte sie. »Und er ist auch nicht wirklich mein Mann – nun, eigentlich ist er es schon, aber wir werden uns bald scheiden lassen.« Als sie sah, daß er die Augenbrauen hochzog, versicherte sie ihm: »Diese Angelegenheit hat aber nichts damit zu tun. Ich würde ihn nur gern wieder mit seiner Familie zusammenbringen, als eine Art Abschiedsgeschenk.«

»Nette Geste«, bemerkte er. »Also, wie heißen diese Leute?«

»Genau das ist ja das Schwierige daran. Er war zu jung, um sich an ihre Namen zu erinnern. Wissen Sie, man hat ihn seinen Eltern weggenommen; vor etwas über zwanzig Jahren hat ein Mann aus den Bergen ihn direkt aus dieser Stadt heraus gestohlen, und dann hat er die nächsten neun Jahre in irgendeiner einsamen Hütte hoch oben in den Rocky Mountains zugebracht. Er ist sich nicht einmal sicher, ob er fünf oder sechs Jahre alt war, als er entführt wurde. Und seine Familie stammt nicht von hier. Er erinnert sich daran, daß er mit einem Zug hierher gekommen ist, also waren sie entweder auf der Durchreise oder haben jemanden hier besucht.«

»Er war mit beiden Elternteilen zusammen?«

»Wahrscheinlich nicht. An seinen Vater kann er sich kaum erinnern. Er scheint nicht viel Zeit bei seiner Familie verbracht zu haben.«

»Nun, wenigstens haben wir den Namen des Jungen«, stellte Phineas fest, als sei das eine Selbstverständlichkeit.

Cassie warf ihm ein kleines, hilfloses Lächeln zu. »Eigentlich nicht einmal das. Er nennt sich Angel, weil er sich daran erinnert, daß seine Mutter ihn so genannt hat. Einen anderen Namen weiß er nicht.«

Der Detektiv schien überrascht zu sein. »Das ist ja merkwürdig«, sagte er, mehr zu sich selbst als zu Cassie. Nachdem er kurz nachgedacht hatte, fragte er dann: »Sind Sie sicher, daß Sie nicht lieber ihren Mann finden wollen?«

»Nein, wo ich ihn finden kann, weiß ich ja. Ich möchte nur seine Eltern finden, alle beide, falls sie noch leben. Ich habe mir gedacht, daß irgend jemand hier sich doch an eine solche Tragödie noch erinnern müßte, an einen kleinen Jungen, der plötzlich verschwand und nie wiederauftauchte. Ich selbst hätte keine Ahnung, wie ich es anstellen könnte, jemanden zu finden, der etwas darüber weiß. Genauso muß es wohl Angel gegangen sein, als er hierher zurückkam, nachdem der alte Mann in den Bergen gestorben war. Er konnte damals nichts herausfinden.« Sie seufzte. »Ich weiß, ich kann Ihnen nicht viele Anhaltspunkte geben ...«

»Im Gegenteil. Ich sollte Ihnen die Namen in ein oder zwei Tagen verschaffen können. Es dauert vielleicht ein wenig länger, die Adresse herauszufinden, wo diese Leute jetzt leben, aber meine Agentur hat in beinahe jedem Staat exzellente Hilfsmittel, und der Telegraph macht meinen Job unendlich viel leichter. Eine faszinierende Erfindung, das. Mit seiner Hilfe sind schon viele Verbrecher gefangen worden.« Und dann war er plötzlich wieder ganz in Gedanken versunken und murmelte vor sich hin: »Angel, hm? Ich frage mich, wie viele Männer sich auf dieser Seite des Mississippi so nennen.«

»Wie bitte?«

»Ach nichts, Ma'am.« Phineas stand auf, um sie zur Tür zu begleiten. »Ich hoffe, Sie haben nichts dagegen, wenn ich erst morgen früh mit der Arbeit beginne.«

»Sie errötete. »Aber natürlich nicht. Und was die Uhrzeit angeht, so tut es mir *wirklich* leid, aber tagsüber komme ich nicht so leicht von meiner Mutter weg, und sie würde einen fürchterlichen Wirbel machen, wenn sie herausfände, was ich tue. Sie kann meinen Mann nämlich *absolut* nicht ausstehen.«

»Dann drängte sie Sie also zu dieser Scheidung?«

»Ja, aber eigentlich haben mein Mann und ich diese Entscheidung selbst getroffen, da unsere Hochzeit in erster Linie ein – Unfall gewesen ist.«

»Das ist allerdings eine originelle Art und Weise, so etwas auszudrücken.«

»Können Sie sich ein besseres Wort für eine mit der Waffe erzwungene Hochzeit vorstellen?« fragte sie.

Er grinste. »Wohl kaum. Und ich verstehe auch, warum Sie eine Scheidung wollen. Wahrscheinlich ist es nicht leicht, mit einem Revolverhelden verheiratet zu sein, nicht einmal für kurze Zeit.«

»Woher wußten Sie, daß er ein Revolverheld ist?«

»Bei einem solchen Namen – Angel – lag diese Vermutung doch nahe.«

Cassie war beeindruckt. Der Mann war offensichtlich ein Genie. Sie hatte ihr Geld gut angelegt.

Phineas war kein Genie, sondern war nur gerade von seinem letzten Auftrag aus Denver hierhergekommen und hatte im Zug zufällig neben einem Revolverhelden namens Angel gesessen. Er hatte sogar eine vergnügliche Stunde damit zugebracht, den Mann mit seinen Fragen auszuquetschen, da ihm sein Instinkt sagte, daß jemand, der wie Angel aussah, *irgendwo* auf der Wanted-Liste stehen mußte. Sein Instinkt hatte ihn in dieser Hinsicht getrogen, und er war verdammt nahe daran gewesen, für seine Hartnäckigkeit erschossen zu werden, aber er lebte gern gefährlich, sonst hätte er sich nicht ausgerechnet diesen Job ausgesucht.

Und er ging auch nicht wieder ins Bett. Eine Stunde später, nachdem er es bei drei Hotels versucht und im vierten endlich Glück gehabt hatte, klopfte er selbst an eine Tür. Im selben Augenblick, als diese Tür sich öffnete, fand er sich auch schon einer Waffe gegenüber. Er starrte den Lauf entlang, bevor er den Mann ansah, der die Waffe in der Hand hielt.

»Hab' gerade Ihre Frau kennengelernt«, sagte Phineas liebenswürdig.

»Meine was?«

»Sie ist hier in St. Louis.«

»Den Teufel ist sie. Sie ist auf dem Heimweg nach Wyoming.«

Phineas lächelte. »Kleine Dame mit riesengroßen, silbergrauen Augen?«

Angel steckte seine Waffe weg und ließ eine Reihe übler Flüche hören. Er hatte selbst bereits den halben Weg nach Wyoming zurückgelegt, bevor er zu der Erkenntnis gekommen war, daß er besser nicht in Cheyenne sein sollte, wenn Cassie nach Hause käme. Bisher hatte die Entfernung, die er zwischen sie gelegt hatte, nicht ausgereicht, um sie aus seinen Gedanken zu vertreiben, daher war er nach St. Louis gefahren, um noch einmal zu versuchen, seine Mutter zu finden. Das war der eine Grund, warum er hergekommen war. Der andere war, daß er schätzte, er wäre in St. Louis so weit wie nur irgend möglich von seiner Frau entfernt – von ihr und ihren verdammten Scheidungsurkunden.

»Ich nehme an, Sie haben wirklich die Wahrheit gesagt, daß Sie keinen anderen Namen außer Angel tragen«, bemerkte Phineas jetzt. »Zumindest keinen, den Sie kennen. Tut mir leid, daß ich es Ihnen so schwer gemacht habe.«

»Das tun Sie immer noch«, sagte Angel mit unverhohlenem Ärger. »Also, was wollen Sie diesmal, Kirby?«

»Nur eine kleine Information. Ihre Frau hat mich engagiert, damit ich Ihre Eltern finde. Es wäre sehr nützlich, wenn …«

»Sie hat *was* getan?« explodierte Angel. »Verdammt, ich kann einfach nicht glauben, daß diese Frau schon so bald wieder damit anfängt, sich überall einzumischen. Sie konnte also nicht einmal warten, bis sie wieder zu Hause war. Und diesmal sind es *meine* Angelegenheiten, in die sie sich einmischt!«

Phineas sah Angel an. Für sein Leben gern beobachtete er menschliche Reaktionen. Man brauchte nur das richtige Wort oder den richtigen Ausdruck fallenzulassen, und die Leute benahmen sich auf die faszinierendste Art und Weise. Er hätte allerdings nicht gedacht, daß dieser Mann die Beherrschung verlieren würde. Das zeigte mal wieder, daß jeder Mensch zumindest eine Schwäche besaß.

Phineas versuchte es noch einmal. »Es wäre sehr nützlich, wenn Sie mir eine Beschreibung Ihrer Eltern liefern würden, das und alles andere, woran Sie sich noch erinnern können.«

Schwarze, leidenschaftliche Augen richteten sich wieder auf den Detektiv. »Sie hat sie engagiert! Holen Sie sich Ihre Informationen von ihr.«

»Also wirklich, woher sollte ich wissen, daß Sie dermaßen unkooperativ sein würden?« erwiderte Phineas. »Es sind schließlich Ihre Eltern – aber ich nehme an, die kleine Dame, die Sie geheiratet haben, ist die einzige, die sie finden will.«

»Na schön, Kirby, Sie haben gewonnen«, sagte Angel unfreundlich. »An meinen Vater kann ich mich nicht erinnern, aber meine Mutter hatte schwarzes Haar, Locken und dunkle Augen.«

Phineas zog sein Notizbuch heraus, bevor er fragte: »So dunkel wie Ihre?«

»Nein, ich glaube, sie waren braun.«

»Irgendwelche Narben oder sonstige Kennzeichen?«

»Nicht, daß ich wüßte.«

»Wie steht es mit ihrem Alter oder ihrer Nationalität?«

»Sie war jung und hübsch.«

»Alle Mütter sind hübsch für ihre fünfjährigen Söhne. Hat sie vielleicht mit einem Akzent gesprochen?«

»Wenn es so gewesen wäre, dann hätte ich es wohl auch getan und keinen Unterschied bemerkt, oder …?« Ein wenig verlegen hielt Angel inne. »Jetzt, wo Sie es erwähnen, erinnere ich mich daran, daß Old Bear einmal gesagt hat, ich hätte so komisch geredet, als er mich mitnahm. Natürlich hat er selbst ein merkwürdig verstümmeltes Englisch gesprochen, daher war das meine vielleicht ganz normal.«

»Na ja«, bemerkte Phineas und handelte sich damit einen weiteren finsteren Blick von Angel ein. »Aber Sie sind natürlich ein Produkt Ihrer Erziehung, die, wie ich mir denken könnte, ziemlich primitiv gewesen ist.«

»Ich habe keinerlei Probleme, mich verständlich zu machen«, sagte Angel, und in seiner Stimme schwang eine eindeutige Warnung mit.

Phineas kicherte. »Das kann ich mir vorstellen, Waffen sprechen ja immer lauter als Worte.« Dann wandte er sich wieder seinem eigentlichen Thema zu. »Also, aufgrund Ihres Teints wäre meine erste Vermutung gewesen, daß Sie teilweise indianisches Blut haben, aber andererseits haben Sie nicht die richtige Knochenstruktur dafür, und dieser alte Mann aus den Bergen hätte genug von den Indianern gewußt, um keine Bemerkung darüber zu machen, wenn Sie einen ihrer Dialekte gesprochen hätten. Meine zweite Vermutung wäre die, daß Sie spanischer Abstammung sind, wahrscheinlich von beiden Seiten. Auf jeden Fall wird die Möglichkeit, daß Ihre Mutter Ausländerin war, meine Nachforschungen vereinfachen, wenn ich nicht irgendwelche alten Zeitungen auftreiben kann.«

»Sie glauben wirklich, daß in einer Stadt von dieser Größe das Verschwinden eines Kindes in der Zeitung erwähnt worden wäre?«

»Ganz bestimmt. Das Problem wird sein, eine Zeitung zu finden, die ihre alten Angaben aufbewahrt. Die meisten können sich kein so großes Lager erlauben, obwohl einige von ihnen immerhin versuchen, zumindest die Titelseiten aufzuheben. Außerdem gibt es natürlich ein ständiges Kommen und Gehen im Zeitungsgeschäft, genauso wie in allen anderen Geschäften auch. Nun, wie Sie schon sagten, dies ist eine große Stadt, und es ist auch schon lange her. Vielleicht gibt es aber doch zumindest eine Zeitung, die schon vor gut zwanzig Jahren hier erschienen ist.«

»Und wie ich mein Glück kenne, wird das nicht diejenige sein, die auch ihre alten Ausgaben aufbewahrt.«

»Soll das heißen, Sie fühlen sich in letzter Zeit unglücklich?« Angel grunzte nur, was Phineas erneut zum Lachen brachte. »Nun, Ihr Schicksal wird sich demnächst zum Besseren wenden.

Dieser Auftrag hier gehört für mich zu der einfacheren Sorte. Viel zeitaufwendiger ist die Suche nach Menschen, die ungesetzliche Gründe dafür haben, nicht gefunden werden zu wollen. Dieser Fall dagegen wird so gut wie gar keine Zeit in Anspruch nehmen.«

Angel hatte nicht die Absicht, sich von diesen Worten beeindrucken zu lassen. »Falls Sie sie finden, bringen Sie die Rechnung zu mir. Ich habe keine Lust, noch tiefer in der Schuld der Frau zu stehen, die ich geheiratet habe.«

»Ich bezweifle nur, daß unsere Vereinbarung ihr gefallen wird. Sie schien sich sehr darauf zu freuen, Ihre Eltern für Sie zu finden. Aber es ist natürlich auch eine Frage meiner Berufsethik. Sie hat mich schließlich zuerst engagiert.«

»Dann entlasse ich Sie in Ihrem Namen und engagiere Sie in meinem. Wenn ich recht informiert bin, kann ein Ehemann so etwas durchaus tun.«

»Solange er kein geschiedener Ehemann ist, ja.«

»Raus mit Ihnen, Kirby.«

Phineas kicherte noch immer, als er das Zimmer verließ. Angel warf die Tür hinter ihm ins Schloß. Ein paar Augenblicke später wurde ihm jedoch siedend heiß bewußt, daß Cassie hier in dieser Stadt war, wahrscheinlich nur ein paar Blocks von ihm entfernt – und sein verdammter Körper reagierte auf dieses Wissen mit unbestreitbarer Heftigkeit.

32

»Sind wir schon geschieden?«

Cassie war mit einem Schlag wach, als diese sanfte, gedehnte Stimme in ihren Ohren widerhallte. »Was?«

»Sind wir schon geschieden?«

Sie wußte augenblicklich, wer es war, sie konnte nur einfach nicht glauben, daß er da war. »Angel?«

Seine Hand glitt in ihr Haar, während sein Körper sich über ihren legte. »Beantworte mir einfach nur meine Frage, Cassie.«

»Wir sind nicht geschieden.«

»Bist du …?«

»Nein! « versicherte sie ihm hastig. »Ich habe nur noch keine Zeit gehabt …«

Sein Mund senkte sich auf den ihren, um den Rest ihrer Erklärung zu ersticken. Offensichtlich hatte er zumindest im Augenblick nicht das geringste Interesse an ihren Entschuldigungen. Aber für das, was da in warmen Flanell eingehüllt war, zeigte er allergrößtes Interesse.

»Wie kommt es, daß du nicht nackt schläfst?«

Es war eine Frage, die seiner augenblicklichen Enttäuschung entsprang, eine Frage, die eine Dame auf keinen Fall ernst nehmen sollte. Cassie gab ihm jedoch eine Antwort: »Das tue ich ja, aber nur im Sommer.«

Er stöhnte auf, weil er genau wußte, daß ihn von jetzt an das Bild ihres nackten Körpers verfolgen würde. Seine Zunge glitt tief in ihren Mund hinein und entlockte Cassie ebenfalls ein Stöhnen. Es dauerte eine ganze Weile, bis sie wieder zu Atem kamen.

»Du hast die süßesten, weichsten Lippen, die ich je gekostet habe«, sagte er, ohne sich ganz von diesen Lippen zu lösen.

»Mir wird schwindlig, wenn ich nur deine Stimme höre, Angel.«

»Und was geschieht, wenn ich dich küsse?«

»Dann werde ich ganz schwach.«

Sein Mund bewegte sich höher, um an ihrem Ohrläppchen zu saugen. »Und was noch?«

»Heiß«, flüsterte sie.

»O Gott, Cassie, ich kann nicht länger warten.«

»Warum tust du es dann?«

Er lachte und küßte sie abermals. Dann rollte er sich zu ihr hinüber, um ihre Decke wegzuschieben. Sie riß das Oberteil ihres Nachthemdes auf, und drei Knöpfe fielen zu Boden, so eilig hatte sie es, sich aus dem Kleidungsstück zu befreien. Er zog sein Hemd aus der Hose, und dessen Knöpfe gesellten sich auf dem Fußboden zu den ihren. Innerhalb weniger Sekunden war er wieder da und drückte sie erneut in die Kissen. Sie schlang ihre Arme und Beine um ihn, hielt ihn fest... Und dann war er in ihr, tief in ihr, und dieses wohlvertraute Pochen war wieder da, setzte ihre Sinne in Flammen, stürmte auf ihn und sie ein, bis sie miteinander verschmolzen.

Cassie senkte langsam ihre Beine. Ihre Zehen rutschten über kühles Leder. Angel trug immer seine Stiefel und hatte auch seine Hosen noch an. Sie wollte lachen, obwohl ihr eigentlich eher zum Weinen zumute war.

O Gott, wie sie es haßte, wenn die Leidenschaft verebbte und die Realität wieder die Oberhand gewann. Sie wünschte, sie könnte dieses Erwachen verhindern, wenigstens ein einziges Mal. Aber genausogut könnte man den Winter bitten, schon im Januar zu vergehen. Beides war unmöglich.

Und sie verabscheute es. Im Augenblick verabscheute sie allerdings auch Angel. Und ganz besonders verabscheute sie die Tatsache, daß er nicht einmal seine Stiefel ausgezogen hatte.

Diesen Umstand machte sie ihm mit einer schroffen Bemerkung klar: »Das nächste Mal ziehst du bitte deine Stiefel aus.«

»Ist Marabelle hier?«

»Nein.«

»Dann werde ich sie jetzt ausziehen.«

»Nein, wirst du nicht. Du bleibst nämlich nicht hier.«

»Ich bin noch nicht bereit, wieder zu gehen, Cassie. Das war viel zu intensiv. Wir werden es noch einmal versuchen, hübsch langsam.«

Bei diesen Worten regte sich wieder dieses merkwürdige Flattern in ihrem Bauch. Sie unterdrückte das Gefühl.

»Nein, das tun wir nicht«, erklärte sie ihm abwehrend. »Du wirst hier verschwinden, bevor meine Mutter dich hört und mit gezückter Waffe hereinstürmt.«

»Wo ist sie?«

»Im Nebenzimmer.«

»Dann müssen wir eben ganz leise sein, was?«

»Angel …«

Doch schon war sein Mund wieder da und senkte sich mit aufreizender Geschicklichkeit auf den ihren. Diesmal durfte sie das einfach nicht zulassen. Sie durfte es nicht.

Und tat es doch. Sie hatte ihn zu sehr vermißt, hatte ihn zu sehr gewollt, um jetzt vernünftig zu sein. Und seit er aus ihrem Leben verschwunden zu sein schien, hatte der Gedanke sie verfolgt, daß sie nie wieder seine Berührung spüren würde.

Jetzt überwand seine Berührung den letzten Rest ihres Widerstandes mit einer langsamen Bewegung seiner Hand über ihre Brüste und ihren Bauch. Eine Gänsehaut überzog ihren ganzen Körper; ihre Brustwarzen richteten sich prickelnd auf. Gerade eben erst hatte sie die unglaublichste Explosion sinnlicher Lust erfahren, aber ihr Körper fing bereits wieder Feuer, um diese Erfahrung noch einmal zu machen. Und Angel hatte es diesmal überhaupt nicht mehr eilig. Er hatte hübsch langsam gesagt – und genau das gemeint.

Noch bevor es zu Ende war, wußte Cassie ganz genau, daß er ihren Körper besser kannte als sie. Kein Zentimeter von ihr war unberührt geblieben. Einmal hatte er sie sogar auf den Bauch gedreht, um seine Zunge über ihren Rücken gleiten zu lassen. Als seine Zähne sanft über ihre Pobacken kratzten, entlockte er ihr ein überraschtes Kichern, weil sie plötzlich an Marabelles Angewohnheit denken mußte. Seine Zunge malte kleine Kreise in ihre Kniekehlen. Nie zuvor hatte sie geahnt, wie viele empfindliche Stellen ihr Körper hatte. Er fand sie alle, ließ sich von ihrem lustvollen Stöhnen und Erschauern führen, während seine Hände unter sie glitten, um auch die Bereiche ihres Körpers zu verwöhnen, die für ihre Empfindlichkeit bekannt waren.

Es war schon beinahe Morgen, bevor Angel endlich genug hatte. Cassie selbst war zu übersättigt, um ihn auch nur im geringsten dafür zu verabscheuen. Und er hatte recht gehabt. Das erste Mal war viel zu schnell vorbei gewesen. Der Rest... Gütiger Himmel, der Mann war in der Liebe genauso gut wie mit der Waffe.

Im Augenblick wünschte sie sich nichts mehr, als in einen glückseligen Schlaf versinken zu können, aber das wagte sie nicht, solange Angel noch bei ihr war. Nur schien er es überhaupt nicht eilig zu haben, sie allein zu lassen, und sie hatte keine Kraft mehr, ihn dazu zu drängen.

Er lag ausgestreckt neben ihr, seine Arme unter dem Kopf verschränkt, seine Augen geschlossen, aber sie wußte, daß er nicht schlief. Auf seinen Lippen lag die winzige Spur eines Lächelns. Sie wunderte sich nur einen kurzen Augenblick lang darüber. Er war das reinste Abbild eines durch und durch zufriedenen Mannes, warum sollte er da nicht lächeln? Er hatte seinen Willen durchgesetzt – in jeder Hinsicht. Und sie konnte ihm nicht einmal böse sein. Sie hätte am liebsten selbst gelächelt. Bis die Realität auf sie einstürmte – wieder einmal.

Wieder einmal mußte sie sich der Möglichkeit einer Schwangerschaft stellen und konnte keine sofortige Scheidung erwirken. Das hätte ihr nicht soviel ausgemacht, wenn sie diese Verzögerung nicht ihrer Mutter hätte erklären müssen. *Das* aber würde nicht so einfach sein. Schon der Gedanke daran zerstörte ihre lustvolle Lethargie. Und da trübe Gedanken gern Gesellschaft haben, machte sie sich hastig daran, auch Angels Wohlbehagen zu vernichten.

»Du weißt, daß ich jetzt wieder eine Weile warten muß, bevor wir uns scheiden lassen können.«

Mit einem leichten Schulterzucken nahm er ihre Worte hin. »Was bedeutet schon ein weiterer Monat?«

Er wollte also die Scheidung. Wie konnte er es wagen, in bezug auf den Zeitpunkt ihrer Trennung so gleichgültig zu klingen?

Aber er war noch nicht fertig.

»Warum hast du das Ganze eigentlich noch nicht in die Wege geleitet?«

»Ich hatte zuviel zu tun.«

Bei diesen Worten drehte er sich zu ihr um. »Zuviel zu tun, um unsere Bande zu lösen? Diese Zeit hättest du dir nehmen sollen, Schätzchen. Es tut keinem von uns beiden gut, mir Rechte zu lassen, denen ich einfach nicht widerstehen kann.«

Jetzt klang er wirklich verärgert. Cassie hatte das Gefühl, sich verteidigen zu müssen. »Was macht du eigentlich hier, Angel?«

»Nun, die gleiche Frage wollte ich dir gerade auch stellen«, erwiderte er. »Warum bist du noch nicht zu Hause, gut versteckt auf deiner Ranch, wo ich nicht an dich herankomme?«

Heute nacht war es ihm gelungen, an sie »heranzukommen«. Das erinnerte sie an etwas. »Und ich hätte noch eine Frage. Wie, um alles in der Welt, bist du heute nacht in mein Zimmer gekommen?«

»Ich bekomme meine Antworten als erster, Cassie.«

»Warum?«

»Weil ich, wenn ich mich nicht irre, größer und stärker bin als du – und weil der Ehemann seine Antworten immer als erster bekommt.«

Sein Tonfall war für ihren Geschmack viel zu selbstgefällig, als daß sie diese Bemerkung ohne weiteres hätte hinnehmen können. »Wo hast du denn diesen Unsinn her?«

»Willst du damit sagen, das stimmt nicht?«

»Ich kenne keine Familie, in der es so wäre, und in meiner Familie ist es ganz bestimmt nicht so.«

»Du sprichst von deiner Mutter, aber du bist ganz anders als sie.«

»Ich kann genauso sein, wenn ich nur will.«

Er grinste zweifelnd und hob einen Finger, um ihn ihr auf die Nase zu legen. »Deine Fähigkeiten als Lügnerin haben sich in letzter Zeit wohl nicht besonders verbessert, wie?«

Cassie biß die Zähne zusammen. »Du hast mich bisher nur mit Menschen umgehen sehen, denen ich unrecht getan habe. Du hast aber noch nicht erlebt, wie ich mit Menschen umgehe, die *mir* unrecht getan haben.«

»Wie ich, Cassie?« fragte er weich.

Sie konnte spüren, wie die Hitze in ihren Wangen hochstieg. »Wenn ich das Gefühl hätte, daß du mir unrecht getan hast, Angel, hätte ich schon längst etwas dagegen unternommen.«

»Was zum Beispiel?«

»Meine spontane Antwort würde dir nicht gefallen, also gib mir einen Augenblick Zeit, darüber nachzudenken.«

Er lachte. »Na gut, ich will dir zugestehen, daß du *glaubst*, du könntest so fürchterlich sein wie deine Mutter, und was den Rest betrifft – da wird sich herausstellen, wer von uns beiden sturer sein kann. Ich jedenfalls kann warten, Schätzchen. Meinetwegen so lange, bis deine Mutter an die Tür klopft.«

Sie öffnete den Mund, um ihm mitzuteilen, daß sie ihm nicht glaubte, fand es aber bei näherem Nachdenken besser, darüber zu schweigen. Sie wollte nicht zusehen, wie er und ihre Mutter wieder einmal aneinander gerieten, nicht, wenn sie es verhindern konnte, und sie wußte, daß er tatsächlich stur genug war, eine solche Begegnung zu provozieren.

»Wie lautete noch die Frage, auf die du eine Antwort wolltest?« fragte sie widerwillig.

Sein Gesichtsausdruck veränderte sich augenblicklich. Alles Spielerische war daraus verschwunden. »Warum bist du nicht zu Hause, wo du hingehörst?«

»Wenn meine Mutter einkaufen gehen will, gehen wir einkaufen«, erklärte sie schulterzuckend.

»Mitten im tiefsten Winter?«

»Sie fand, daß unser Heimweg ohnehin so lang ist, daß es auf einen kleinen Umweg nicht mehr ankommt.«

»Und St. Louis war ihre Wahl?«

»Nein, meine.«

»Das habe ich mir gedacht. Was ich wissen will, ist, warum ich jetzt ganz oben auf der Liste deiner Einmischereien stehe.«

»Was soll das denn wieder heißen?« fragte sie vorsichtig.

»Du weißt ganz genau, was ich meine.«

Sie setzte sich auf, und ihre Augen weiteten sich ungläubig. Er konnte es nicht wissen, das war einfach unmöglich …

»Wie hast du es herausgefunden?«

»Dein Detektiv dachte, ich könnte ihm mehr Fakten geben als du, daher hat er mir heute nacht einen Besuch abgestattet.«

»Der Mann ist absolut faszinierend«, bemerkte sie voller Bewunderung. »Dich in einer Stadt dieser Größe aufzuspüren, wo er doch nicht einmal wußte, daß du hier bist.«

»Er wußte es«, unterbrach Angel sie mürrisch. »Wir sind mit demselben Zug hergekommen.«

»Oh«, sagte sie, ein wenig ernüchtert. »Na ja, immerhin ...«

»Vergiß das ›immerhin‹«, wurde sie schroff unterbrochen. »Warum hast du ihn engagiert, Cassie?«

»Weil ich nicht dachte, daß du selbst es noch einmal versuchen würdest, deine Familie zu finden.«

»Du schuldest mir nichts.«

»Das sehe ich anders.«

»Wie kommt das?« verlangte er zu wissen. »Oder hast du schon vergessen, was ich dir genommen habe?«

»Nein«, sagte sie leise, und ihre Wangen begannen wieder zu glühen. »Aber du bist dir wohl nicht bewußt darüber, was du für meine Eltern getan hast. In jener Nacht, in der sie von dir in der Scheune eingeschlossen wurden, haben sie so etwas wie einen Waffenstillstand geschlossen – wenigstens reden sie jetzt wieder miteinander.«

Angel schnaubte verächtlich. Es war sinnlos, darüber zu diskutieren, wer wem etwas schuldete. »Laß es mich so ausdrücken, Cassie. Ich will nicht, daß du meinetwegen irgendwelche Detektive engagierst, daher habe ich mir die Freiheit genommen, Kirby in *deinem* Namen zu feuern.«

»Warum denn das?« protestierte sie. »Willst du deine Familie denn nicht finden?«

»Ich will nur wissen, wer meine Eltern waren. Das ist der Grund, warum ich hier bin. Aber ich werde derjenige sein, der das herausfindet, hast du das verstanden?«

»Aber Mr. Kirby könnte dir dabei helfen.«

»In dieser Hinsicht gebe ich dir recht, und das ist auch der Grund, warum er jetzt für mich arbeitet, nicht für dich.«

Ihre Augen verengten sich. »Ich glaube, daß mir deine Anmaßung überhaupt nicht gefällt, Angel.«

»Wie schade.«

»Und was meinst du damit, daß du nur wissen willst, wer sie

waren? Du wirst doch zu ihnen gehen, wenn du herausfindest, wo sie jetzt leben?«

»Nein.«

Seine Antwort hatte sie so überrascht, daß sich ihre Wut auf ihn augenblicklich in nichts auflöste. »Warum nicht?«

»Weil wir Fremde füreinander sind. An meinen Vater kann ich mich überhaupt nicht erinnern. An meine Mutter erinnere ich mich nur schwach. Ich bezweifle, daß ich sie überhaupt wiedererkennen würde. Und nicht sie war es, die mich aufgezogen hat.«

»Sie hat dich fünf oder sechs Jahre lang gehegt und gepflegt.«

»Und mich dann verloren.«

Sie hörte die Bitterkeit in seiner Stimme laut und deutlich. »Du gibst ihr die Schuld daran? Dieser alte Mann hat dich hoch in die Berge gebracht, wo dich niemand finden konnte. Deine Mutter war wahrscheinlich von Sinnen vor Trauer ...«

»Das weißt du nicht.«

»Du aber auch nicht«, fiel sie ihm ins Wort. »Also mußt du es herausfinden. Was kann es schon schaden? Du solltest sie wenigstens wissen lassen, daß du nicht vor all den Jahren gestorben bist. Es ist mehr als wahrscheinlich, daß sie genau das mittlerweile glaubt.«

»Du mischt dich ja schon wieder ein, Cassie«, sagte er scharf. »Diese Angelegenheit geht dich nichts an.«

»Da hast du absolut recht«, erwiderte sie steif. Ihre Wut loderte wieder auf. »Und dies ist nicht dein Schlafzimmer, also, warum verschwindest du nicht endlich?«

»Endlich mal ein Vorschlag, dem ich gerne zustimme«, gab er ärgerlich zurück, während er die Decke von sich warf und seine Hose vom Fußboden aufhob. »Und laß dir eines gesagt sein. Sieh zu, daß du nach Hause kommst, wenn du nicht willst, daß ich den Ersatzschlüssel für dieses Zimmer wieder benutze.«

»Ich werde morgen früh weg sein«, versicherte Cassie ihm.

»Es *ist* morgen.«

»Dann heute nachmittag.«

»Gut! « sagte er und beugte sich vor, um ihr einen harten, unerwarteten Kuß auf die Lippen zu drücken, bevor er den Rest seiner Sachen an sich riß und verschwand.

Cassie starrte das schwarze Halstuch an, das er in seiner Eile, aus ihrem Zimmer wegzukommen, liegengelassen hatte, weil es halb von der Decke verdeckt gewesen war. Sie griff danach und hob es an ihre Lippen, die noch immer feucht von seinem Kuß waren.

Also hatte sie ihn wieder einmal in Wut gebracht, obwohl das ja mittlerweile nichts Neues war. Aus irgendeinem Grund schien es ihnen beschieden zu sein, sich auf diese Art und Weise zu trennen. Warum also dieser Kuß? Er hatte es ohne nachzudenken getan, so, als sei es einfach eine alte Gewohnheit – als könne er sich nicht dagegen wehren. Und wenn es um ihr Leben gegangen wäre, sie hätte nicht sagen können, was wirklich in ihm vorging.

33

Zuerst wurde ihr Gepäck heruntergebracht und in die Kutsche geladen, die sie zum Bahnhof fahren würde. Angel stellte das nur fest, weil er auf ihre Abfahrt wartete. Fünf Minuten später kamen Cassie und ihre Mutter die Treppe herunter und gingen direkt zum Empfang, um ihre Rechnung zu begleichen. Die Mutter sah aus, als würde sie jedem, der ihr einen falschen Blick zuwarf, gleich den Kopf abreißen. Cassie schaute ebenfalls nicht allzu freundlich drein, aber Angel hatte auch nicht die Absicht, sie anzusprechen. Er wollte lediglich sichergehen, daß sie heute noch die Stadt verließen. Inzwischen hatte er nun beinahe acht Stunden gewartet, um das herauszufinden. Cassie war offensichtlich noch einmal eingeschlafen, nachdem er sie verlassen hatte, und er war den Tag über in der Empfangshalle he rumgelungert und hatte die Treppe beobachtet, müde und hungrig, da er gestern nacht sein ganzes Geld gebraucht hatte, um den Mann am Empfang zu bestechen, damit dieser ihm den Ersatzschlüssel zu Cassies Zimmer gab.

In der vergangenen Nacht hatte er nur ein paar Stunden geschlafen, bevor Kirby an seiner Tür erschienen war. Seither war er nicht wieder ins Bett gekommen – jedenfalls nicht zum Schlafen. Er war auch nicht in seinem Zimmer gewesen, um sich frisch zu machen, daher zeigten sich Bartstoppeln auf seinen Wangen, sein Haar war noch immer zerzaust von Cassies Umarmung, und an seinem Hemd fehlten die Knöpfe, mit denen er es für gewöhnlich schloß.

Schon zweimal war jemand von der Geschäftleitung bei ihm gewesen, um ihn zum Gehen aufzufordern. Er schüchtere die Gäste ein. Zuerst waren nur zwei Männer in ihren schmucken Hotellivreen bei ihm aufgetaucht. Dann waren es vier gewesen. Er hatte ihnen immer dasselbe gesagt. Er würde nicht gehen, bevor seine Frau ginge. Offensichtlich hatten sie sich entschlossen, ihn nicht weiter zu bedrängen, obwohl sie im Register nachgesehen hatten, ob seine Frau wirklich bei ihnen wohnte. Aber es hätte ihm auch nichts ausgemacht, wenn sie ihn ein wenig bedrängt hätten. Er war gerade in der richtigen Stimmung dafür.

Trennung. Er wollte, daß Cassie ging, wußte aber genau, daß er schon heute abend wünschen würde, sie wäre immer noch in diesem Hotel, wo er sie aufsuchen konnte, statt Meilen von ihm entfernt. Nach wie vor ärgerte er sich darüber, daß sie sich wieder einmal eingemischt hatte, wünschte jedoch, sie hätten sich diesmal nicht im Zorn voneinander getrennt. Das konnte er, bevor sie ging, natürlich noch korrigieren, aber er würde es nicht tun, weil es besser für sie wäre, wenn sie sich weiter über ihn ärgerte. Dann würde sie nicht noch mehr Zeit verlieren, ihre Ehe zu beenden.

Bevor sie das nicht getan hatte, konnte er unmöglich nach Cheyenne zurückkehren. Dort wäre er ihr zu nahe, und die letzte Nacht hatte bewiesen, daß er es nicht aushielt, in ihrer Nähe zu sein, ohne in dieser Hinsicht etwas zu unternehmen. Auf diese Weise würde sie niemals ihre Scheidung bekommen. Statt dessen bekäme sie am Ende ein Baby.

Der Gedanke durchzuckte ihn plötzlich, aber die Erkenntnis, die damit verbunden war, war noch schlimmer. Er wollte, daß sie ein Baby bekam. Es war die einzige Möglichkeit, sie für immer zu behalten, ohne weiteres Gerede über eine Scheidung, und das konnte er sich ebensogut auch eingestehen. Er wollte diese Frau, die sich immer und überall einmischte, für sich selbst, wollte sie mehr, als er je im Leben irgend etwas gewollt hatte.

Aber das war es nicht, was *sie* wollte. Und es wäre wirklich eine Gemeinheit von ihm, ihr ein Baby zu wünschen. Aber wer hatte schon jemals von ihm gesagt, er sei ein netter Kerl?

Gerade in diesem Augenblick kamen zwei Männer aus dem Speisesaal und gingen auf den Eingang des Hotels zu. Angel hätte sie nicht weiter bemerkt, wenn sie nicht plötzlich vor ihm stehengeblieben wären und ihm die Aussicht auf den Empfangstisch versperrt hätten. Er erhob keine Einwände, weil er sich ohnehin gerade abwenden wollte, damit Cassie ihn nicht sah, falls sie zufällig in seine Richtung blickte. Das war jetzt überflüssig … Aber zum Teufel damit. Andererseits wollte er nicht auf diese letzten Augenblicke verzichten, in denen er ihren Anblick auskosten konnte. Es würde viel zu lange dauern, bis er sie wiedersah.

Er stand auf, um sich einen neuen Aussichtspunkt zu suchen, irgendwo hinter einer der hohen griechischen Säulen, die die zweistöckige Decke in der Empfangshalle trugen. Dabei mußte er hinter den beiden Männern hergehen und hörte, was der mit dem hübschen Gesicht zu dem anderen sagte.

»Sie nennt sich Mrs. Angel. Zuerst habe ich sie ja kaum bemerkt, aber jetzt – ich weiß nicht, sie hat etwas an sich, das mich fasziniert.«

»Kann ich nicht finden«, sagte sein Freund verwirrt, während sie beide Cassie anstarrten.

»Gut, denn ich habe nicht die Absicht, diese Frau da mit irgend jemandem zu teilen.«

Angel erinnerte sich selbst daran, daß Cassie gerade dabei war, St. Louis zu verlassen. Er brauchte also nichts zu sagen. Aber ihm war eben danach.

»Ich auch nicht«, sagte er, und beide Männer drehten sich zu ihm um. Automatisch bewegte sich seine Hand, um den gelben Mantel zurückzuschlagen.

»Wie bitte?« erwiderte Bartholomew Lawrence und trat dann einen Schritt zurück, während er sich den Mann, der ihn unterbrochen hatte, genauer ansah.

»Die Dame ist verheiratet«, sagte Angel in der für ihn typischen gedehnten Sprechweise.

»Bart mag aber nun mal zufällig verheiratete Frauen«, stellte sein Freund kichernd fest, da es »Bart« bei Angels Anblick die Sprache verschlagen hatte.

»Wenn er versucht, diese da zu mögen, ist er ein toter Mann.«

Sobald Bartholomew die Waffe an Angels Hüfte gesehen hatte, war ihm klargeworden, daß er es mit dem Mann zu tun haben mußte, den Cassie den Engel des Todes genannt hatte. Und nach dieser letzten Bemerkung fiel er schlicht und einfach in Ohnmacht.

»O Gott«, sagte Angel angewidert.

Der Zusammenbruch eines Mannes mitten in der Empfangshalle mußte sowohl Cassies Aufmerksamkeit als auch die ihrer Mutter erregen, aber ein Blick in dieser Richtung zeigte ihm, daß sie bereits gegangen waren. Er drehte sich gerade rechtzeitig um, um noch zu sehen, wie sie durch die Tür gingen und verschwanden.

»Machen Sie das einfach so zum Spaß?« fragte Phineas hinter ihm. »Oder können Sie nur einfach nichts dagegen tun?«

Angel warf einen letzten angewiderten Blick auf den Mann auf dem Fußboden, bevor er sich zu dem Detektiv umdrehte. »Was wollen Sie, Kirby?«

Phineas lachte. »Ich schätze, Sie können einfach nicht dagegen an. Aber Sie sollten diese Waffe da wirklich besser wieder zudecken. Sie wissen es vielleicht nicht, aber die Leute in der Stadt werden leicht nervös, wenn sie einen anderen als den Sheriff mit einer Waffe sehen.«

»Ich bin daran gewöhnt, die Leute nervös zu machen«, erwiderte Angel ungerührt. »Wenn das also alles ist, was Sie mir zu sagen haben ...«

»Ich könnte noch hinzufügen, daß Sie schrecklich aussehen.«

»Auch diese Feststellung hätten Sie durchaus für sich behalten können.«

Angel wandte sich ab, um zu gehen. Phineas trottete hinter ihm her. »Sie sind in einer lausigen Stimmung, nicht wahr?«

Angel ignorierte ihn. »Vielleicht wird Sie das hier ein wenig aufheitern.«

Ein Stück Papier tauchte plötzlich vor Angels Gesicht auf. Er blieb stehen, griff aber nicht danach. Phineas zog es rasch zurück, als ihm einfiel, daß Angel vielleicht nicht lesen konnte, eine durchaus realistische Möglichkeit, wenn man die Art Erziehung bedachte, die er genossen hatte. Phineas beschloß, ihn nicht danach zu fragen.

»Sie haben eine alte Zeitung gefunden?« riet Angel.

Phineas nickte. »Eine, die damals einen sehr gewissenhaften Reporter beschäftigte. Die Story stand tatsächlich auf der Titelseite und hat sie auch beinahe ausgefüllt.«

»Die Namen?«

»Cawlin und Anna O'Rourke.«

»*O'Rourke?*«

»Das war auch meine Reaktion. Ich hätte nie geglaubt, daß Sie irischer Abstammung sein könnten. Jeder Ire, den ich bisher getroffen habe, selbst wenn er schon in der zweiten oder dritten Generation in Amerika lebte, hat etwas von seinem gälischen Akzent beibehalten, aber Sie haben den Ihren vollkommen verloren.«

»O'Rourke«, sagte Angel und dann noch einmal, wobei er den Namen über seine Zunge rollen ließ.

An einen solchen Namen konnte er sich recht schnell gewöhnen. Und das war auch alles, was er wollte, rief er sich noch einmal ins Gedächtnis. Einen Namen, den er hinter denjenigen, den er schon hatte, setzen konnte, weil er es verdammt müde war, den Leuten sagen zu müssen: »Einfach nur Angel.« Aber er ließ den Detektiv auch nicht stehen, als dieser anfing, ihm eine Zusammenfassung des Zeitungsartikels zu geben.

»Anna O'Rourke kam mir ihrem Sohn hierher, um eine Freundin aus ihrer Kindheit zu besuchen. Es tut mir leid, Ihnen sagen zu müssen, daß Sie damals gerade verwitwet war. Ihr Vater, Cawlin O'Rourke, lebte in der zweiten Generation in Amerika und arbeitete als Landvermesser für die Eisenbahn, was wahrscheinlich der Grund dafür ist, daß Sie sich nicht an ihn erinnern. Bei einem solchen Job muß ein Mann im ganzen Land herumreisen.

Ihre Mutter war aus Irland hier eingewandert und heiratete Ihren Vater, kurz nachdem sie in Amerika angekommen war. Aber sie hatte offensichtlich großes Heimweh, und als er starb, oeschloß sie, mit Ihnen in die alte Heimat zurückzukehren. Nur, daß sie vorher noch ihrer Freundin hier auf Wiedersehen sagen wollte.

Der Reporter schreibt, Anna sei gerade eine Woche hier gewesen, als ihr vier Jahre alter Sohn Angel aus dem Vorgarten von Dora Carmines Haus verschwand. In dem einen Augenblick waren Sie noch da, im nächsten waren Sie verschwunden.«

»Sie meinen, sie hat mich wirklich Angel getauft?«

»Hört sich so an.«

»Und wenn ich damals erst vier Jahre alt war, dann bin ich ja jetzt fünfundzwanzig und nicht, wie ich inuner gedacht habe, sechsundzwanzig.«

Phineas grinste. »Das ist das erste Mal, daß ich von jemandem höre, der jünger statt älter wird. Wie dem auch sei, in dem Artikel heißt es weiter, daß Suchtrupps die Stadt nach Ihnen durchkämmten und Belohnungen ausgesetzt wurden. Man hat zunächst angenommen, daß Sie einfach davongelaufen wären und sich verirrt hätten, was auch der Grund dafür war, warum niemand auf den Gedanken kam, außerhalb der Stadt zu suchen. In einer Zeitung, die ein paar Wochen später erschienen ist, fand ich eine Notiz, aus der hervorging, daß Sie immer noch verschwunden wären und daß man für jede Information über Ihren Verbleib eine hohe Belohnung zahlen würde. Wahrscheinlich hat damals die halbe Stadt nach Ihnen gesucht.«

»Wie war noch der Name dieser Freundin von meiner Mutter?«

»Dora Carmine.«

»Wohnt sie immer noch hier?«

Phineas nickte. »Ich habe ihr gerade einen Besuch abgestattet, um mir diese Zeitungsstory bestätigen zu lassen.«

»Sie haben ihr doch nichts von mir erzählt, oder?«

»Nein. Ich habe ihr gesagt, ich käme vom Bürgermeisteramt und stellte einen offiziellen Bericht über die Zunahme der Verbrechen während der letzten fünfundzwanzig Jahre zusammen.«

Angel blickte zu Boden. »Hat sie etwas davon gesagt, daß meine Mutter noch lebt?«

»Sie lebt noch.«

»Ich nehme an, sie ist dann schließlich zurück nach Irland gefahren, wie sie es vorhatte?«

»Nach dem, was Mrs. Carmine erzählt hat, verließ Anna O'Rourke St. Louis nie. Sie weigerte sich, die Hoffnung aufzugeben, daß Sie eines Tages doch noch zurückkehren würden, gesund und munter. Sie lebt etwa neun Blocks von hier entfernt in einem der älteren Stadthäuser. Vor ungefähr achtzehn Jahren hat sie einen wohlhabenden Bankier geheiratet. Er war Witwer und hatte zwei Kinder. Sie hat ihm noch ein paar weitere geschenkt, so daß Sie einige Halbbrüder und eine Schwester haben. Und bis zum heutigen Tag hat sie noch immer eine Belohnung ausgesetzt für alle Informationen, die Sie betreffen.«

Angel sah ihm fest in die Augen. »Sie haben doch nicht etwa daran gedacht, diese Belohnung zu kassieren?«

»Ich habe meine Berufsethik in diesem Fall schon einmal vernachlässigt. Ich hatte nicht die Absicht, es wieder zu tun.«

»Gut.«

Phineas runzelte die Stirn. »Das hört sich so an, als hätten Sie nicht vor, ihre Mutter aufzusuchen.«

»Habe ich auch nicht. Sie hat eine neue Familie gegründet, und ich sehe keinen Grund dafür, Unruhe in ihr Leben zu bringen.«

Phineas starrte ihn einen Augenblick lang an, bevor er mit den Schultern zuckte. »Wahrscheinlich haben Sie recht. Sie ist ja schließlich nur Ihre Mutter. Was für einen Unterschied wird es schon für sie machen, wenn sie niemals herausfindet, was ihrem Erstgeborenen zugestoßen ist?«

»Was ihm zugestoßen ist, war nicht besonders hübsch.«

»Die Wahrheit ist selten so schlimm wie das, was ein Mensch sich vorstellen kann. Sie hat sich wahrscheinlich das Schlimmste vorgestellt.«

Angel warf ihm einen finsteren Blick zu. »Schlimmer als das, was ich bin? Das bezweifle ich.«

»Sind Sie nicht ein bißchen streng mit sich selbst? Im Vergleich zu einigen Verbrechern, die ich aufgespürt habe, sind Sie ein Heiliger. Sie wurden ohne Ihr Zutun nach Westen verschleppt, und Sie haben sich dem Leben dort angepaßt. Ich würde sagen, Sie haben sich ganz gut entwickelt.«

»Und wer, bitte schön, hat Sie danach gefragt?«

Phineas gab auf und reichte ihm das Blatt Papier. »Da ist die Adresse, für den Fall, daß Sie jemals Ihre Meinung ändern sollten. Ich werde Ihnen die Rechnung meiner Agentur ins Hotel schicken. Es war interessant, Sie kennenzulernen, Angel O'Rourke.«

34

»Also, können wir *jetzt* darüber reden?«

Cassie lehnte ihren Kopf an den Plüschsitz, während der Zug aus dem Bahnhof fuhr. Sie konnte wahrscheinlich dankbar dafür sein, daß der private Pullman-Wagen ihrer Mutter gerade an diesem Morgen im Bahnhof angekommen war, denn sonst hätte Catherine in den nächsten Tagen gewiß ständig etwas gefunden, über das sie sich beklagen mußte. Außerdem konnte sie auch dankbar dafür sein, daß ihre Mutter so lange geschwiegen hatte, nachdem sie am Morgen in ihr Zimmer gekommen war. Cassie war zu müde gewesen, um aufzustehen, ihr Nachthemd hatte noch immer auf dem Fußboden gelegen, und überall waren Knöpfe verstreut – Knöpfe, die nicht zueinander paßten.

Alles, was Cassie gesagt hatte, war: »Ich will heute nach Hause fahren, Mama, aber ich brauche vorher noch etwas Schlaf.«

»Würdest du so freundlich sein, mir zu sagen, warum?« fragte Catherine sarkastisch. Sie rechnete voll und ganz mit einer Erklärung. Mit Cassies Antwort hatte sie jedoch nicht gerechnet. »Ich will nicht darüber sprechen.«

Erstaunlicherweise hatte sie es Cassie erlaubt, noch ein wenig zu schlafen, und sie hatte, als sie dann endlich aufgestanden war, nichts gesagt außer: »Ich habe es bereits arrangiert, daß man uns unsere neue Garderobe nach Hause nachschickt, sobald alles fertig ist.«

Aber Cassie hatte gewußt, daß sie nicht den ganzen Tag überstehen würde, ohne die Neugier ihrer Mutter zu befriedigen. Sie wollte es jedoch, wenn irgend möglich, vermeiden, die Wahrheit zu sagen.

»Worüber möchtest du denn gerne sprechen, Mama?«

»Wir können damit anfangen, warum wir in diesem Zug sitzen und nicht in dem, der nächste Woche geht.«

»Wir haben unsere Wahl getroffen und alle Anproben hinter uns gebracht. Wolltest du wirklich noch länger warten, nur damit wir all diese Kleider selbst nach Hause tragen können? Bei dieser Kälte konnten wir ja nicht einmal nach draußen gehen und das Stadtleben genießen. Spätestens morgen hättest du dich auch gelangweilt und wahrscheinlich selbst vorgeschlagen, daß wir nach Hause fahren sollten.«

»In der Stadt habe ich niemals Langeweile, egal ob es warm ist oder kalt. Und du hast dich früher auch nie gelangweilt. Also, wie wär's, wenn du es noch mal versuchst? Oder wollen wir deinen Vorrat an Entschuldigungen nicht weiter strapazieren und gleich bei der Wahrheit bleiben?«

»Was bringt dich auf den Gedanken …«

»Ich habe Augen im Kopf, Baby. Dein Revolverheld hielt sich in der Empfangshalle des Hotels auf.«

Auch Cassie hatte ihn gesehen, aber schließlich erregte helles Gelb seit ihrer ersten Begegnung mit Angel augenblicklich ihre Aufmerksamkeit, ganz egal, wo sie sich befand, so daß sie nicht umhin konnte, auch heute diesen gelben Mantel von ihm sofort zu bemerken. Sie hatte ihn jedoch weder gegrüßt noch auch nur direkt angesehen. Schließlich wußte sie, warum er dort war – um sicherzugehen, daß sie St. Louis verließ –, und dieses Wissen hatte sie erneut erzürnt.

»Warum ist er dir nach St. Louis gefolgt?« wollte Catherine wissen.

»Er ist mir nicht gefolgt. Er hatte seine eigenen Gründe, hierher zu kommen, Gründe, die mit mir nichts zu tun haben.«

»Wußtest du, daß er herkommen würde?«

»Nein.«

»Ich hasse solche Zufälle«, sagte Catherine und stieß einen Seufzer aus. »Sie sind einfach unnatürlich.«

»So wie das Schicksal?«

Catherine warf ihrer Tochter einen durchdringenden Blick zu. Sie weigerte sich, die Möglichkeit einzuräumen, daß das Schicksal mit dieser Angelegenheit etwas zu tun haben könnte. »Er war gestern nacht in deinem Zimmer?«

»Ja.«

»Und?«

Soviel zu ihrem Versuch, die Wahrheit zu umgehen. »Angel hat irgendwie Schwierigkeiten, seine Rechte als Ehemann zu ignorieren, wenn ich in der Nähe bin. Anscheinend kann er einfach nicht dagegen an.«

»Also, dieser lüsterne ...«

»Und ich habe Schwierigkeiten, ihm dieses Recht zu verweigern.«

»Cassie ...!«

»Also hat er mir nahegelegt, nach Hause zu fahren.«

Diese Feststellung brachte Catherine für einen Augenblick zum Schweigen. »Er hat das getan? Du meinst, der Mann hat tatsächlich doch ein *bißchen* Verstand?«

»Das ist nicht komisch, Mama.«

»Das sollte es auch nicht sein, Baby.«

»Auf jeden Fall war er viel zu anmaßend in dieser Angelegenheit. Zu glauben, er könne mir irgend etwas befehlen!«

»Alle Ehemänner neigen dazu, das zu glauben. Ich habe nie begriffen, warum. Die Frauen mögen zwar in Wyoming das Recht haben zu wählen, wir können als Geschworene fungieren, und wir können uns sogar rühmen, den ersten weiblichen Friedensrichter im ganzen Land zu stellen, aber die Männer glauben immer noch, ihr Wort sei Gesetz.«

»Papa war niemals so.«

»Dein Vater war eine Ausnahme.« Und dann lachte Catherine. »Die Summers sind eine weitere Ausnahme. Wir wissen ja, wer in *dieser* Familie die Hosen anhat. Und sie passen ihr ja auch sehr gut.«

»Das ist nicht nett von dir, Mama. Und es ist nicht wahr. Ich würde sagen, den beiden passen die Hosen gleich gut. Wenn sie eine Meinungsverschiedenheit haben, reden sie drüber. Da sagt nicht einfach einer zum anderen despotisch: ›Tu das‹ und glaubt, damit wäre die Sache abgetan.«

»So dumm würde Chase Summers sich nie anstellen«, entgegnete Catherine schmunzelnd. »Aber na schön, ich gebe zu, daß Jessie *manchmal* auf Zehenspitzen um ihn herumschleicht. Meistens rennt sie allerdings einfach über ihn hinweg.«

»Nur, weil er das zuläßt«, beharrte Cassie. »Das ist ein Unterschied.«

Plötzlich runzelte Catherine wieder die Stirn. »Wie sind wir eigentlich so weit von unserem eigentlichen Thema abgekommen?«

Cassie wünschte nur, ihre Mutter hätte das nicht bemerkt. »Durch unsere Unterhaltung über despotische Männer. Und bevor du uns beide mit deiner Frage in Verlegenheit bringst – ja, ich *muß* wieder einmal abwarten, bevor ich mich von meinem Mann scheiden lassen kann.«

Angel klopfte an die Haustür eines wuchtigen Steinhauses und wußte, daß er eigentlich gar nicht dort sein sollte. Er hatte sich gewaschen und umgezogen und sah so ordentlich aus, wie es eben ging, ohne sich das Haar schneiden zu lassen, was er nicht vor dem Frühling tun würde. Aber er sollte nicht da sein. Andrerseits hatte er nur die Wahl gehabt, entweder hierher zu kommen oder zu trinken, bis er sternhagelvoll war, um seine Gedanken von seiner kleinen Frau abzulenken. Und er hatte keine Lust, sich zu betrinken.

Die Tür öffnete sich. Ein Mann mit lockigem weißem Haar und Koteletten in einem steif aussehenden, formellen Anzug stand vor ihm. Seine Haut war so dunkel, daß sie schon beinahe schwarz wirkte.

»Was kann ich für Sie tun, Sir?«

»Ich würde gerne mit der Dame des Hauses sprechen«, erklärte Angel ihm.

»Wer ist da, Jefferson?« fragte eine andere Stimme. Dann erschien ein großer Mann mittleren Alters mit blondem Haar und grünen Augen.

»Ich weiß nicht recht, Mr. Winston. Dieser Gentleman hat darum gebeten, mit Missus Anna sprechen zu dürfen.«

Die grünen Augen verengten sich, während sie Angel mit einem vorsichtigen Blick musterten. »Dürfte ich erfahren, was Sie mit meiner Frau zu besprechen haben?«

»Sie sind der Bankier?«

Die Augen wurden noch schmaler. »Ja.«

»Ich habe heute morgen herausgefunden, daß Ihre Frau meine Mutter ist. Mein Name ist Angel – O'Rourke.«

Es war das erste Mal, daß Angel seinen Namen aussprach. Es fühlte sich gut an – und trug ihm einen Seufzer von Annas Ehemann ein.

»Aha«, sagte der Mann in einem resignierten Tonfall. »Sie sind jetzt etwa der fünfzehnte Angel, der an meine Tür klopft und versucht, die Belohnung zu kassieren.« Verachtung schwang in seiner Stimme mit, als er hinzufügte: »Zumindest waren die anderen Iren oder haben jedenfalls versucht, mit irischem Akzent zu sprechen. Können Sie beweisen, daß Sie der verlorene Sohn meiner Frau sind?«

Zweifel war das letzte, was Angel erwartet hatte. Er hätte beinahe gelacht.

»Ich brauche es nicht zu beweisen, Mister.«

»Dann werden Sie auch keinen Penny bekommen ...«

»Ich will Ihr Geld nicht«, unterbrach ihn Angel. »Ich bin nur hergekommen, um einen kurzen Blick auf sie zu werfen, bevor ich wieder zurück nach Westen fahre.«

»Nun, das ist mal etwas Neues«, sagte Winston, obwohl sein Blick noch immer große Skepsis verriet. »Nur aus Neugier – welche Geschichte haben Sie denn ausgeheckt, um Ihr Verschwinden vor all diesen Jahren zu erklären?«

»Wenn sie es wissen will, werde ich es ihr erzählen«, war alles, was Angel sagte, und er fand sich ausgesprochen großzügig dabei, wenn man bedachte, daß der Mann ihn langsam in Wut brachte.

Der Bankier zögerte einen Augenblick, bevor er schließlich nachgab. »Um meiner Frau willen bin ich gezwungen, Ihnen immerhin das Vorrecht des Zweifels einzuräumen. Aber ich warne Sie – sie wird auf den ersten Blick erkennen, ob Sie mir die Wahrheit gesagt haben oder nicht. Und wenn sie Sie nicht erkennt, wäre ich Ihnen sehr dankbar, wenn Sie mein Haus verlassen würden, ohne zu erwähnen, wer Sie angeblich sind. Meine Frau hat schon genug wegen ihres Sohnes gelitten. Ich will nicht, daß all diese Erinnerungen ohne guten Grund wieder aufgewühlt werden.«

Angel nickte, unfähig, deswegen zu streiten. Er brauchte nicht mit ihr zu sprechen. Er brauchte überhaupt nichts von ihr. Nur ein Blick war alles, was er wollte, damit das Bild, das er von ihr hatte, nicht ganz so vage blieb. Und das war wahrscheinlich auch alles, was er bekommen würde, weil er sich nicht vorstellen konnte, wie eine Frau, selbst eine Mutter, in dem Mann, der er geworden war, ein vier Jahre altes Kind wiedererkennen sollte.

Der Diener öffnete die Tür ein wenig weiter, damit Angel eintreten konnte. »Darf ich Ihnen Ihren Mantel abnehmen, Sir?«

Es war zu warm im Haus, um ihn anzubehalten. Angel wollte auf keinen Fall anfangen zu schwitzen und dadurch so wirken, als sei er nervös. Aber sobald er dem Diener seinen Mantel gegeben hatte, wanderten die Augen des Bankiers direkt zu seiner Waffe. Er hatte sich zwar gewaschen und ordentlich angezogen, hatte jedoch keinen Versuch gemacht zu verbergen, was er war oder woher er stammte. Wie gewöhnlich trug er Schwarz, bis hin zu einem neuen Halstuch, das er locker um seinen Hals gebunden hatte.

»Sind Sie ein Mann des Gesetzes?« wurde er gefragt.

»Nein.«

Das Stirnrunzeln kehrte zurück. »Es wäre mir lieber, wenn Sie dieses Ding da in meinem Haus nicht trügen.«

Angel machte keine Anstalten, seine Waffe abzulegen. »Wenn Sie gut zu meiner Mutter gewesen sind, haben Sie nichts zu befürchten.«

Die Wangen des Bankiers wurden rot, aber er sagte nur steif zu seinem Diener: »Informieren Sie bitte meine Frau darüber, daß wir einen Gast haben. Sie möchte sich bitte im Ostsalon zu uns gesellen.«

Der Diener verschwand. Angel folgte seinem Gastgeber durch einen breiten Flur bis zu einer Tür auf der rechten Seite. Das Zimmer dahinter war groß und die Möbel so elegant, daß er es kaum wagte, sich hinzusetzen. Er *war* nervös – nein, *ängstlich* war wohl der treffendere Ausdruck. Noch nie in seinem Leben hatte er solche Angst gehabt. Eigentlich hatte er doch überhaupt nichts hier zu suchen. Er hätte sich besser betrinken sollen.

»Ich kann es nicht«, sagte er plötzlich. »Ich dachte, ich könnte es, aber – sagen Sie ihr … Nein, sagen Sie ihr gar nichts. Es ist besser, wenn sie nicht erfährt, was mir zugestoßen ist.«

»Wie ich es mir gedacht habe«, bemerkte Annas Ehemann mit genug Verachtung, um jemand anderen in den Erdboden versinken zu lassen. »Die meisten Ihresgleichen machen an dieser Stelle einen Rückzieher.«

»Ich werde Ihnen diese Bemerkung nicht übelnehmen, Mister, weil Sie im Interesse Ihrer Frau handeln, und ich bin froh zu wissen, daß sie jemanden hat, der auf sie achtgibt.«

Und Angel war nun *wirklich* großzügig, denn ihm war viel mehr danach zumute, klarzustellen, daß er schon aus geringerem Anlaß Männer getötet hatte, was zwar nicht der Wahrheit entsprach, aber in aller Regel dem Ärgernis ein abruptes Ende setzte. Sein Gegenüber nickte. Entweder akzeptierte er Angels Feststellung, oder er hatte nichts mehr hinzuzufügen.

Angel ging auf die Tür zu, und die Spannung begann bereits nachzulassen, kehrte jedoch sofort zurück, als plötzlich ein junges Mädchen ihm in den Weg trat. Sie war sehr schön mit ihrem schwarzen Haar, das ihr über die Taille floß, und ihren großen, grünen Augen – den Augen ihres Vaters. Sie konnte nicht älter sein als dreizehn. Eine Schwester, hatte Kirby gesagt, und Angel wußte instinktiv, daß er ihr in diesem Augenblick gegenüberstand.

Plötzlich hatte er einen Kloß im Hals. Er schien nicht in der Lage zu sein, seinen Blick von ihr abzuwenden.

Auch sie sah ihn an, und ihre Augen leuchteten vor Neugier. Sie sah nicht einmal weg, als sie ihrem Vater mitteilte: »Mutter sagt, sie kommt sofort runter – und wer sind Sie, bitte schön?«

Sie sagte alles in einem einzigen Atemzug. »Angel«, entgegnete er, ohne nachzudenken.

»Im Ernst? Ich habe einen Bruder namens Angel, obwohl ich ihn nie kennengelernt habe. Ich habe noch eine ganze Menge anderer Brüder, aber Mutter sagt, ein Mädchen kann nie zu viele Brüder haben, die auf sie aufpassen.«

Angel konnte sich nicht vorstellen, daß er auf eine Schwester aufpaßte. Das Ende vom Lied wäre wahrscheinlich, daß er reihenweise Leichen zurücklassen würde, falls jemand sie auch nur schief ansehen sollte, und er konnte sich nicht vorstellen, daß diese Stadtmenschen dafür besonders dankbar wären.

»Ich heiße Katey«, fuhr sie fort und fragte wieder einmal im selben Atemzug: »Sind Sie mein Bruder?«

Die Frage ging wie Stahl durch Angel hindurch, scharf und schmerzhaft. Er wußte nicht, was er ihr antworten sollte. Die Wahrheit? Sie würde ihn für alle Zeiten verpflichten. Aber auch ein bisher leerer Teil seines Lebens wäre ausgefüllt.

Der Bankier gab ihm keine Chance, dieses Wort auszusprechen. »Du hast deine Botschaft überbracht, Katey; jetzt geh bitte wieder auf dein Zimmer.«

»Aber …«

»Du müßtest eigentlich wissen, daß du uns nicht auf die Nerven fallen darfst, wenn wir Besuch haben.«

Seine Stinune klang nicht besonders streng. Wenn überhaupt etwas darin mitschwang, war es eine übergroße Zärtlichkeit, die Angel verriet, daß das Mädchen aufrichtig geliebt wurde. Sie verließ das Zimmer mit einem »Ja, Sir« und nur der winzigen Andeutung eines Schmollmundes.

»Ich danke Ihnen, daß Sie meiner Tochter keine Antwort gegeben haben«, hörte Angel hinter sich. »Die Kleine ist so leicht zu beeindrucken. Sie hätte Ihnen geglaubt.«

Die Wahrheit geglaubt? Warum nicht. Aber Angel sagte es nicht, sagte überhaupt nichts. Noch einmal ging er auf die Tür zu. Wäre das verdammte Zimmer nicht so groß gewesen, hätte er sich schon längst aus dem Staub gemacht ...

Aber er schaffte es nicht. Sie stießen an der Tür zusammen, weil sie beide zu hastig darauf zugegangen waren. Er mußte sie festhalten, damit sie nicht hinfiel, und hörte sie keuchen und dann lachen. Aber sie hatte bisher noch nicht aufgesehen. Sie war tatsächlich eine sehr kleine Frau und reichte ihm kaum bis ans Kinn. Ihr Gesicht brauchte er gar nicht zu sehen. Dieses Lachen verriet ihm alles, ein Klang, der ihm so vertraut war, als hätte er ihn erst gestern gehört.

Sie war es, und mit ihr kehrten auch die Erinnerungen zurück – Erinnerungen an sanftes Schelten, an Umarmungen und Küsse, Gute-Nacht-Geschichten und die Tränen, als sein Vater gestorben war und sie es ihm sagen mußte; und an Liebe, so viel Liebe. Er konnte nicht mehr atmen, so groß war der Klumpen in seiner Kehle geworden. Seine Hände krampften sich um ihre Arme, diese Bewegung ließ sie aufsehen, und es war nur gut, daß er sie noch nicht losgelassen hatte, denn sie wurde plötzlich so weiß, daß er befürchtete, sie könne in Ohnmacht fallen.

»Cawlin?« hauchte sie fast atemlos, und Angel wußte, daß sie glaubte, einen Geist zu sehen.

Er antwortete nicht. Kein einziges Wort kam an diesem Kloß in seiner Kehle vorbei. Es war ihr noch nicht in den Sinn gekommen, daß sie den Sohn und nicht seinen Vater sah, und er sollte besser gehen, bevor ihr das klar wurde. Aber er konnte sich nicht bewegen. Er konnte sie nicht einmal loslassen. Er wollte sie immer fester an sich ziehen, aber er hatte auch Angst, Angst, sie zu erschrecken, Angst, sie vielleicht nie mehr loszulassen.

Die Dinge, die er empfand, schnürten ihm die Kehle zu. Plötzlich wünschte er sich, Cassie wäre da, um sich einzumischen und die Dinge auf ihre Art in Ordnung zu bringen, denn er hatte sich noch nie so hilflos und unsicher gefühlt wie in diesem Augenblick. Statt dessen war der Bankier da, um sie voneinander zu trennen und Anna ins Zimmer und zu einem Stuhl zu führen. Angel bewegte sich immer noch nicht. Er sollte zusehen, daß er schleunigst aus diesem Haus verschwand, aber seine Füße wollten ihm nicht gehorchen, und seine Augen wollten sich nicht von seiner Mutter abwenden.

Sein Bild von ihr mochte zwar in einundzwanzig Jahren verblaßt sein, kehrte jetzt jedoch mit aller Deutlichkeit zurück, weil sie sich in dieser Zeit so wenig verändert hatte. Und die Dinge, an die er sich nun erinnern konnte, die vielen Kleinigkeiten, die er vergessen hatte … Sie hatte ihn nicht aus Unachtsamkeit verloren, sie hatte ihn mit einem Übermaß an Fürsorge aufgezogen, weil er alles gewesen war, was ihr geblieben war – damals. Aber jetzt lebte sie im Kreis einer neuen Familie, und er gehörte nicht dazu.

Furcht brachte seine Füße schließlich dazu, sich zu bewegen, Furcht vor Zurückweisung und dem Schmerz, der damit einherging. Das war das einzige, womit er noch nie besonders gut hatte umgehen können, und er würde nicht ausgerechnet jetzt anfangen, das zu versuchen.

Er hatte bereits mit einigen langen Schritten den Flur durchquert, bevor er bemerkte, daß an der Haustür ein Hindernis in Form seiner kleinen Schwester auf ihn wartete. Katey lehnte sich mit überkreuzten Armen dagegen und betrachtete ihn kopfschüttelnd. Sie war nicht wie befohlen auf ihr Zimmer gegangen. Statt dessen hatte sie auf ihn gewartet, um ihm aus dem Hinterhalt aufzulauern. Und genauso fühlte er sich jetzt, als sei er in einen Hinterhalt geraten.

Lächelnd erinnerte sie ihn: »Sie haben mir keine Antwort gegeben.«

»Keine Antwort worauf?«

»Ob Sie mein Bruder sind.«

»Und wenn es so wäre?«

»Ich weiß, daß Sie es sind.«

»Woher?«

»Weil ich möchte, daß Sie es sind«, sagte sie einfach. »Also kann ich nicht erlauben, daß Sie weggehen. Mutter würde sich sehr darüber aufregen, wenn ich das täte.«

»Sie ist schon aufgeregt genug.«

»Das ist noch gar nichts. Sie wird das ganze Haus zusammenschreien, wenn Sie jetzt durch diese Tür gehen.«

»Sie schreit nicht.«

Katey lächelte wieder. »Wenn man Sean und Patrick Glauben schenkt, tut sie das sehr wohl. Das sind meine Brüder – *Ihre* Brüder. Die beiden würden es mir auch nie verzeihen, wenn ich Sie gehen ließe, bevor sie Sie kennenlernen konnten.«

»Du glaubst wirklich, daß du mich aufhalten kannst, Kleines?«

»Ich vielleicht nicht, aber *sie*.«

Sie wies mit dem Kopf auf jemanden, der hinter ihm stand. Er drehte sich um und entdeckte seine Mutter an der Tür zum Salon, wie sie sich mit einer Hand am Türrahmen festhielt und die andere auf ihr Herz preßte. Sie war noch immer leichenblaß. Ihr Mann stand hinter ihr, bereit, sie aufzufangen für den Fall, daß sie doch noch in Ohnmacht fiele.

Sie sah zerbrechlich genug aus, um zusammenzubrechen, aber ihre Stimme war fest, beinahe anklagend, als sie sagte: »Ich glaube an Kobolde wie auch an Geister, aber du bist nicht Cawlins Geist, oder?«

»Nein.«

Plötzlich standen Tränen in ihren Augen. »O Gott – Angel?«

Er wagte es nicht einmal zu atmen. Sie wartete seine Antwort nicht ab, sondern ging auf ihn zu, ganz langsam. Durch den Schleier der Tränen, die jetzt unkontrolliert über ihr Gesicht strömten, verschlang sie jeden Zoll von ihm mit ihren Blicken. Dann lagen ihre Hände auf seinem Gesicht, seinen Schultern, seinen Armen, wie um sicherzugehen, daß er wirklich da war. Schließlich schlang sie ihre Arme um seine Taille und hielt ihn fest, während sie ihren Kopf an seine Brust sinken ließ und nun ernstlich zu weinen begann.

Angel war genauso hilflos wie damals, als Cassie ihm das angetan hatte, nur daß er diesmal gegen die Feuchtigkeit ankämpfen mußte, die sich in seinen eigenen Augen bildete. Er zögerte ein paar unerträglich lange Augenblicke, bevor seine Arme sich hoben, um sie zu umfangen, wahrscheinlich zu fest, aber sie beklagte sich nicht.

Über ihren Kopf hinweg sah er ihren Mann an. Der war im Augenblick ausgesprochen verlegen, aber nicht, weil seine Frau so ungehemmt ihre Gefühle zeigte.

»Es tut mir leid ...«, begann Winston.

»Sie brauchen sich nicht zu entschuldigen«, sagte Angel. »Ich glaube, es hätte mir gar nicht gefallen, wenn einer von diesen anderen Angels es geschafft hätte, sie davon zu überzeugen, er wäre ich.«

»Anna sagte, Sie hätten damals Ihrem Vater so ähnlich gesehen, daß Sie als Erwachsener einfach sein Abbild sein müßten.«

»Ich kann mich nicht an ihn erinnern«, gab Angel zu.

Als sie das hörte, weinte Anna noch heftiger. Lächelnd stellte Winston sich hinter sie und legte seine Hände auf ihre Schultern. »Anna, laß ihn jetzt los«, bat er.

»Niemals! « sagte sie wild und drückte Angel noch fester an sich. »Und ich will wissen, warum du so lange gebraucht hast, Bürschchen, um nach Hause zu kommen.«

»Das ist eine lange Geschichte.«

Sie sah zu ihm auf. »Nun, da du erst mal nirgendwo hingehst, hast du genug Zeit, um sie zu erzählen.«

Da hatte sie wohl recht, aber Angel wußte, daß er ihr niemals alles davon erzählen würde. Und jetzt, da die Spannung langsam von ihm wich, hätte er am liebsten laut gelacht. Ein Zuhause. Endlich besaß er eines. Und eine Familie. Er gab dem Drang nach und begann zu lachen.

35

Catherine und Cassie kamen gerade rechtzeitig nach Hause, um zu Colt Thunders Hochzeit am Ende des Monats eingeladen zu werden. Seine Schwester Jessie hatte sie schon seit einigen Wochen geplant. Wenn man den Gerüchten, die sie von ihrer Haushälterin Louella hörten, Glauben schenken durfte, hatte Colt ein ziemliches Theater gemacht, weil er eigentlich kein großes Tamtam um seine Hochzeit wollte. Er hatte vor, sie einfach nur schnell hinter sich zu bringen, bevor die Braut ihre Meinung ändern konnte.

Aber seine Schwester wollte nichts davon hören, sondern eines der größten, rauschendsten Feste veranstalten, die Wyoming je gesehen hatte. Schließlich heiratete er eine echte Herzogin, so daß Jessie das Gefühl hatte, diese Hochzeit wirklich ganz groß aufziehen zu müssen.

Catherine war beeindruckt. Cassie sagte nichts davon, daß sie schon von Angel etwas über Colts Herzogin gehört hatte. Sie freute sich darauf, die Dame kennenzulernen, der es gelungen war, Colts Meinung über weiße Frauen zu ändern. Angel würde sicher überrascht sein, wenn er davon hörte, da es Colt ihm zufolge gar nicht gefallen hatte, die Herzogin »am Hals zu haben«, wie er sich ausdrückte.

Cassie erfuhr mehr über diese Geschichte, als sie und Marabelle an ihrem zweiten Tag zu Hause, draußen auf der Weide, Jessie trafen. Die ältere Frau suchte nach einem verirrten Kalb. Cassie genoß es, endlich wieder mit Marabelle ausreiten zu können, und während sie nebeneinander herritten, unterhielten die beiden Frauen sich.

»Im letzten Monat hätten wir deine Gabe, die Dinge in Ordnung zu bringen, gut gebrauchen können«, bemerkte Jessie ohne Umschweife. Sie war wahrscheinlich die einzige, die Cassies Einmischungen jemals so großzügig umschrieben hatte. »Du hast noch nie zwei so unglückliche Menschen gesehen wie Colt und Jocelyn, als die beiden hier ankamen. Sie waren ineinander verliebt, was ich auch sofort gesehen habe. Aber sie hatten sich noch nicht dazu durchgerungen, einander von dieser Tatsache in Kenntnis zu setzen, und es sah auch nicht so aus, als würden sie das in absehbarer Zeit tun.«

»Warum nicht?«

»Er dachte, sie würde kein Halbblut heiraten wollen. Sie dachte, er liebe sie nicht. Zeigt mal wieder, wie dumm die beiden gewesen sind, ihre Gefühle für sich selbst zu behalten.«

Cassie rutschte in ihrem Sattel unruhig hin und her. Tat sie nicht gerade genau dasselbe? Natürlich lag ihr Fall ein wenig anders. Sie *wußte,* daß Angel ihre Gefühle nicht erwiderte, sie glaubte es nicht nur. Aber warum war er dann in St. Louis so gleichgültig in bezug auf die Scheidung gewesen? fragte sie eine innere Stimme. Sie wurde noch unruhiger. Irgendwann einmal würde sie ernsthaft über diese Frage nachdenken müssen. Wenn es auch nur die geringste Chance gäbe …

»Du wirst nie erraten, wo er jetzt wohnt«, fuhr Jessie fort. »Auf der alten Callan-Ranch.«

Das überraschte Cassie denn doch. »Ich hätte nie geglaubt, daß er jemals wieder einen Fuß über diese Schwelle setzen würde, nach dem, was dort geschehen ist.«

»Ich weiß. Aber die Herzogin hat die Ranch gekauft, weißt du, damit sie darin leben können, bis das Herrenhaus, das sie auf dem Hügel bauen läßt, fertig ist. Und als er sie erst einmal gebeten hatte, seine Frau zu werden, hat sie sich geweigert, ihn aus den Augen zu lassen.«

»Ich habe gehört, es sei genau umgekehrt – daß er Angst hätte, sie könne ihre Meinung in bezug auf die Hochzeit noch ändern.«

»Genaugenommen wird wohl keiner von den beiden aufhören, sich deswegen Sorgen zu machen, bevor diese Angelegenheit nicht erledigt ist. Frag mich bloß nicht, wie es mir gelungen ist, die beiden dazu zu überreden, noch einen Monat zu warten, damit ich meinen Bruder ordentlich verheiraten kann. Das war bei Gott nicht leicht.«

Sie hielten einen Augenblick lang an, um Marabelle zuzusehen, die sich in einer Schneeverwehung wälzte, die von einem einige Wochen zurückliegenden Sturm übriggeblieben war. Das Wetter zeigte sich an diesem Morgen ganz besonders eisig, aber beide Frauen waren schließlich daran gewöhnt.

Cassie beschloß, die ältere Frau um Rat zu fragen, solange sie noch die Gelegenheit dazu hatte. »Mußtest du schon jemals eine Entscheidung treffen, bei der du überhaupt nicht wußtest, was du tun sollst, Jessie?«

»Na klar, schon oft. Das sind die Fälle, bei denen Chase sich als nützlich erweist. Wenn ich keine Antwort finden kann, er kann es immer.«

Cassie nahm sich die Zeit, ihre Freundin ein wenig aufzuziehen: »Er muß sich auch bei anderen Dingen manchmal als nützlich erweisen, denke ich.«

»Bei ein oder zweien.« Jessie grinste: »Also, was ist das für eine schwierige Entscheidung, die du treffen mußt?«

Cassie hatte niemals große Probleme, direkt zur Sache zu kommen. Sie versuchte es auch jetzt und antwortete: »Irgendwie ist es mir gelungen zu heiraten, während ich in Texas war.«

Jessie lachte. »Nun, ich will verdammt sein, das muß im Augenblick in der Luft liegen. Wie hast du es denn geschafft, nicht sofort mit dieser Neuigkeit herauszuplatzen? Wann lernen wir ihn kennen?«

»Du kennst ihn schon. Ich habe Angel geheiratet.«

»Angel? Doch nicht … nein, natürlich nicht …«

»Doch, ja, Colts Freund.«

Jessie starrte sie einen Augenblick an, bevor sie hervorstieß: *»Du und Angel?«*

Das klang so ungläubig, daß Cassie zusammenzuckte. »Ich nehme an, es klingt ziemlich absurd, aber es war eigentlich nicht unsere eigene Idee. Erinnerst du dich noch daran, wie du und Chase geheiratet habt?«

»Wie könnte ich jemals seine Waffe in meinem Rücken vergessen?« erwiderte Jessie. Dann weiteten sich ihre türkisfarbenen Augen plötzlich. »Willst du damit sagen, daß Angel dich gezwungen hat?«

»Nicht er. Es waren ein paar Nachbarn meines Vaters, die etwas gegen meine Einmischerei hatten.«

»Und Angel hat das *zugelassen?«* Jessies Erstaunen war durchaus verständlich. Jeder, der Angel kannte, wußte, daß er sich so etwas niemals gefallen lassen würde, daß er es verhindern würde, und sei es mit einem Blutbad.

»Sie hatten ihn bereits entwaffnet, bevor er wußte, was sie vorhatten.«

»Er muß eine mörderische Wut gehabt haben.«

»Das dachte ich mir auch, und daher habe ich alles getan, um ihm auszureden, sie alle umzubringen. Aber genaugenommen war er nur auf mich wütend. Meine Einmischung hatte uns diesen Schlamassel schließlich eingebrockt.«

»Und du lebst noch?«

Cassie schmunzelte, denn sie war sich bewußt, daß Jessie diese Bemerkung nicht ganz ernst meinte. »Ich denke, Angel macht denn doch davor halt, Frauen zu erschießen.«

»Ist das der Grund, warum deine Mutter so plötzlich nach Texas gerast ist?«

»Nein, sie dachte, ich brauche vielleicht Hilfe wegen dieser Nachbarn meines Vaters«, erklärte Cassie. »Aber Angel hatte die Situation bereits entschärft.«

»Was hatte er übrigens da unten zu suchen?«

»Nun, es stellte sich heraus, daß ich so eine Art Gefälligkeit war, die er jemandem schuldete.«

»Das ist mal wieder typisch Angel. Er nimmt seine Schulden ausgesprochen ernst. Jahrelang hat er versucht, es meinem Bruder zu vergelten, daß er ihm einmal das Leben gerettet hat. Colt erzählte übrigens, daß Angel ihm unten in Neu-Mexiko mit seiner Herzogin geholfen hat, einen Teil seiner Schulden zu begleichen.«

»Ja, Angel hat mir davon berichtet.«

Jessie warf ihr einen besorgten Blick zu. »Deine Mutter wird nicht allzu erfreut darüber gewesen sein, von deiner Hochzeit mit Angel zu hören, selbst wenn sie nicht beabsichtigt war.«

»Das ist noch milde ausgedrückt. Wie die Dinge liegen, hat sie seither eine ausgesprochene Abneigung gegen Angel entwickelt.«

»Nun mach dir darüber mal keine Sorgen. Sie wird schon darüber hinwegkommen, sobald du deine Ehe annulliert hast. Ich bin überrascht, daß sie nicht schon längst dafür gesorgt hat.«

Cassie konnte es nicht verhindern, bei dieser Feststellung zu erröten. »Das kann sie nicht. Eine Annullierung ist unmöglich, nachdem Angel darauf bestanden hat, nicht auf die Hochzeitsnacht verzichten zu wollen.«

Jessies Augen flackerten. »Also, zum Teufel, seit wann benimmt er sich denn so?«

»Wahrscheinlich, seit er mich getroffen hat. Wir kommen nicht gerade besonders gut miteinander zurecht – jedenfalls nicht immer.«

»Wer tut das schon? Aber wußte er denn nicht, daß er dich auf diese Weise zu einer Scheidung zwingen würde?«

»Er wußte es.«

»Dann verstehe ich es nicht. Was kann er sich nur dabei gedacht haben?« Cassies Erröten wurde nur noch heftiger. Jessie bemerkte es, sagte: »Oh«, und errötete dann selbst ein wenig. »Hat es dir etwas ausgemacht … nein, das brauchst du nicht zu beantworten.« Jetzt färbten sich auch Jessies Wangen dunkelrot. »Das ist zu persönlich …«

»Schon in Ordnung, Jessie«, unterbrach Cassie sie. »Das ist ja ein Teil des Problems. Es hat mir überhaupt nichts ausgemacht.«

»Willst du damit sagen, daß du irgendwelche besonderen Gefühle für Angel entwickelt hast?« erkundigte Jessie sich vorsichtig.

»Ich glaube – ja.«

»Dann wirst du dich nicht von ihm scheiden lassen?«

»Das ist der Rest des Problems. Er erwartet es von mir. Meine Mutter erwartet es von mir.«

»Also wer, zum Teufel, sagt denn, daß du tun mußt, was man von dir erwartet?« fragte Jessie.

»Aber Angel will nicht verheiratet sein.«

Jessie schnaubte verächtlich. »Darüber hätte er nachdenken sollen, bevor er sich eine Hochzeitsnacht gönnte.«

Cassie lehnte sich verwirrt zurück. Warum konnte sie nicht auch so denken? Nun, sie wußte es. Jessie war nicht der Typ, der sich von irgend jemandem überrennen ließ, ohne zurückzuschlagen, aber es gehörte schon einiges dazu, bevor sie, Cassie, es auch nur in Erwägung ziehen konnte, so etwas zu tun.

Sie hatte sogar bereits versucht, ihre Wut auf Angel wieder zu schüren, an all die Dinge zu denken, die sie an ihm störten, sich auch an ihre letzte Begegnung zu erinnern – oder wenigstens daran, wie sie geendet hatte. Wenn sie wütend auf ihn wäre, könnte sie vielleicht launenhaft genug sein, ihn noch ein wenig auf diese Scheidung warten zu lassen. Sie hatte jedoch noch *nicht* darüber nachgedacht, sich überhaupt nicht scheiden zu lassen.

Hilflos sah sie Jessie an. »Ich glaube, das könnte ich ihm nicht antun.«

Jessie schüttelte den Kopf. »Er hatte keinerlei Skrupel, eure Hochzeit legal zu machen. Ich an deiner Stelle hätte genausowenig Skrupel, es dabei zu belassen – wenn es das wäre, was ich wirklich wollte. Wenn es *nicht* das ist, was du willst, Cassie, dann los – laß dich von ihm scheiden.«

Aber es war ja das, was sie wollte. Sie zweifelte nicht länger daran. Ihre Zweifel galten vielmehr der Frage, ob es klug wäre, zu versuchen, das, was sie wollte, von einem Mann wie Angel zu bekommen.

36

Jocelyn Fleming, Herzoginwitwe von Eaton, achtete nicht im geringsten auf das flammendrote Haar, das sie bürstete. Sie beobachtete im Spiegel ihres Schminktäschchens ihren Geliebten. Er saß auf dem Bett, in dem sie gerade eine sehr vergnügliche Stunde verbracht hatten, und spielte mit einem Stück Papier herum. Er hatte sich bereits angezogen, auf die für ihn typische nachlässige Art: enge schwarze Hosen, blaues Hemd, rotes Halstuch – und kniehohe Mokassins. Seine gefranste Wildlederjacke hing über dem Bettpfosten. Er würde sie heute abend nicht mehr brauchen, denn seine Schwester und ihr Mann kamen zum Dinner herüber. Genaugenommen würden sie wohl in Kürze erscheinen.

Sie fragte sich, und das nicht zum ersten Mal, ob sie es wohl schaffen würde, ihn für ihre Hochzeit in einen Anzug stecken zu können. Eigentlich hatte sie ernsthafte Zweifel daran. Außerdem fragte sie sich, ob er sich wohl jemals wieder sein mehr als schulterlanges schwarzes Haar schneiden lassen würde. Das letzte Mal, als er es kurz getragen hatte, war er beinahe zu Tode gepeitscht worden – auf der Veranda seiner eigenen Ranch.

Es schmerzte sie noch immer jedesmal, wenn sie seine Narben sah, und er verbarg sie nicht länger vor ihr. Sie hatte bereits beschlossen, daß sie ihn nie darum bitten würde, sich die Haare schneiden zu lassen, da er sie mit Absicht so lang trug, damit niemals wieder jemand daran zweifeln konnte, daß er ein Halbblut war. Die Entscheidung darüber lag ganz allein bei ihm – wann und ob er jemals diese alte Bitterkeit überwinden würde.

Es gefiel ihr, sich einzubilden, daß sie ihm dabei helfen konnte. Zumindest ähnelte er jetzt wieder mehr dem glücklichen, zufriedenen Mann, den seine Schwester ihr beschrieben hatte, statt dem verdrossenen, beinahe wilden Typ, den sie mit einem Trick dazu gebracht hatte, sie nach Wyoming zu begleiten. Bis zu ihrem Todestag würde sie niemals vergessen, was für ein Gesicht er gemacht hatte, als sie auf seinen Bluff eingegangen war und sich einverstanden erklärt hatte, ihm fünfzigtausend Dollar für seine Dienste zu bezahlen. Das Geld des lieben Edward hatte ihr nie zuvor soviel Vergnügen bereitet wie an jenem Tag.

»Na schön, ich geb's auf, Colt«, sagte Jocelyn und lenkte damit den Blick seiner hellblauen Augen auf ihren Spiegel. »Ich kann meine Neugier einfach nicht mehr bezähmen, also sag mir bitte, was *ist* das, was du da in der Hand hast?«

»Dieser verdammte Brief von Angel.«

»Wann hast du ihn bekommen?«

»Als ich heute morgen in die Stadt geritten bin. Und man kann es eigentlich nicht mal einen Brief nennen. Zwei verdammte Sätze, das ist alles, was er geschrieben hat, obwohl ich mich darüber wirklich nicht beschweren kann, da er wahrscheinlich jemanden bitten mußte, es für ihn aufzuschreiben, und er hat noch nie viele Umschweife gemacht.«

Sie hob eine Augenbraue. »Versuchst du etwa, mein Mitleid zu erregen, weil dieser verabscheuungswürdige Freund von dir nicht schreiben kann?«

»Ich habe ihn nie gefragt, ob er es kann, aber ich habe so meine Zweifel daran, wenn man bedenkt, wie er aufgewachsen ist – und du kannst ihm doch nicht immer noch böse sein, weil er dieses Ding da in Neu-Mexiko gedreht hat.«

»Ach, kann ich nicht? Ich habe wahrhaftig geglaubt, ich würde an diesem Tag sterben. Er hätte es mir doch sagen können, daß er auf meiner Seite stand, statt mich das Schlimmste glauben zu lassen.«

»Wenn du etwas anderes geglaubt hättest als das, hätte Longnose vielleicht Verdacht geschöpft, und woher willst du wissen, ob du und Angel dann lebendig aus der Sache rausgekommen wärt? Ich will ihm ja gar nicht verzeihen, was er da getan hat, aber er hatte die besten Absichten.«

»In dieser Hinsicht gebe ich dir recht, aber nur in dieser«, gestand sie ein.

»Nun, ich glaube, da wäre noch etwas«, sagte er. »Wenn du an jenem Tag, als Longnose in deinem Schlafzimmer auftauchte, lange darüber hättest nachdenken müssen, wer er eigentlich ist, hättest du nicht so schnell reagieren können und wärest vielleicht schon tot gewesen, als ich hier raufkam, um diesen Bastard umzubringen.«

Dieser Gedanke war ihr noch gar nicht gekommen, aber die Vorstellung, Angel zu Dank verpflichtet zu sein, war ihr dennoch zutiefst verhaßt. »Du wolltest mir von seinem Brief erzählen«, bemerkte sie spitz. »Was hat dich daran so aufgeregt?«

Colt grunzte nur. »Ich bin nicht aufgeregt, ich stehe vor einem Rätsel.«

»Und du machst das sehr eindrucksvoll.«

Er warf ihr einen durchdringenden Blick zu. »Er schreibt, daß er innerhalb der nächsten Woche zurückkommt.«

»Na wunderbar.« Sie seufzte. »Gerade rechtzeitig zu unserer Hochzeit. Genau *das,* was ich gern hören wollte. Hat *er* wenigstens einen Anzug?«

»Das wirst du mir büßen, Herzogin.«

Sie schenkte ihm ein süßes Lächeln. »Ist das ein Versprechen?«

Er stellte sich hinter sie. »Mein Schwager hat wirklich recht. Einer Frau sollte ab und zu der Hals umgedreht werden.«

»Wenn du mich jetzt anfaßt, Colt Thunder, kann ich nicht versprechen, daß wir abkömmlich sein werden, wenn deine Schwester kommt.«

Er beugte sich zu ihr herab, um die bloße Haut unter dem Träger ihres Mieders zu küssen. »Jessie würde es verstehen.«

»Philippe nicht.«

»Auch gut«, versicherte er ihr. »Ich habe ohnehin große Lust, diesen französischen Küchenchef von dir eines Tages zu erschießen. Also werde ich es heute …«

»Aufhören!« Sie kicherte. »Was hat dieser abscheuliche Angel sonst noch zu sagen?«

Wieder runzelte Colt die Stirn, als er auf den Brief in seiner Hand blickte. »Er bittet mich, ein Auge auf seine Frau zu haben, die sich immer und überall einmischt.«

»Ich wußte gar nicht, daß er verheiratet ist«, sagte Jocelyn. »Kenne ich sie?«

»Woher, zum Teufel, soll ich das wissen?« erwiderte er. »Ich kenne sie ja selber nicht.«

Jetzt runzelte auch sie die Stirn. »Aber wie kann er dann von dir erwarten, daß du ein Auge auf sie hast?«

»Ich will verdammt sein, wenn ich das weiß«, sagte Colt aufgebracht. »Es sieht Angel gar nicht ähnlich, geheimnisvoll zu sein – nun, jedenfalls nicht *so* geheimnisvoll. Er muß glauben, daß ich weiß, von wem er spricht, aber ich weiß es wahrhaftig nicht.«

»Hat er sie beschrieben?«

»Schätzchen, ich habe dir Wort für Wort erzählt, was er geschrieben hat. Zwei verdammte Sätze.«

»Nun, genaugenommen beschreibt er sie ja – eine Frau, die sich gern einmischt. Kennst du hier so jemanden?«

»Es gibt in dieser Gegend nur eine Frau, auf die das zutrifft, aber sie kann es unmöglich sein. Sie war zu Besuch bei ihrem Vater in – Texas.«

»Wollte Angel nicht genau da hin, als er uns in New Mexico verlassen hat?«

Er schüttelte den Kopf, was keine Antwort auf ihre Frage sein sollte, sondern nur ein neuerliches Zeichen seiner Verwirrung. »Ich weigere mich zu glauben, daß Angel Cassie Stuart geheiratet hat.«

»Na bitte, da siehst du's. Du wußtest *doch,* wen er meint.«

»Jocelyn, Cassie Stuart ist eine sehr anständige, sehr wohlerzogene junge Dame. Sie und Angel gäben ein so ungleiches Paar ab, daß es einfach lächerlich wäre. Frauen ihrer Art erschrecken ihn zu Tode.«

»Das würde ich gern mal sehen.« Sie grinste ihn im Spiegel an. »Ich hoffe mittlerweile, daß sie es ist, obwohl das natürlich bedeutet, daß ich auf der Stelle anfangen muß, dieses Mädchen zu bemitleiden.«

Langsam und mit Bedacht legte er seine Hände um ihren Hals.

»Was soll das heißen, du weißt es?« schimpfte Jessie. Sie haßte es, wenn man ihr eine Überraschung verdarb. »Cassie hat es mir erst heute erzählt. Wann hat sie es dir gesagt?«

»Sie hat es gar nicht erzählt«, erwiderte Colt, der sich noch immer nicht von seiner Verwirrung erholt hatte. »Ich habe einen Brief von Angel bekommen, aber ich weigere mich nach wie vor, es zu glauben. *Angel und Cassie?«*

»Genau das habe ich auch gesagt«, meinte Jessie. »Aber es ist nur allzu wahr. Eine ganz andere Frage ist, wie lange diese Ehe dauern wird. Sie haben nicht geheiratet, weil sie es wollten. Ein paar wütende Texaner haben da nachgeholfen.«

»Na schön, *das* klingt schon ein bißchen glaubwürdiger«, gab Colt zu, »obwohl ich mir immer noch nicht vorstellen kann, warum Angel es zugelassen hat.«

»Vielleicht, weil er es wollte.«

Alle drei, Colt, Jessie und Chase, sahen Jocelyn überrascht an. Es war Colt, der sie schließlich fragte: »Wie kommst du nur auf so eine verrückte Idee?«

Die Herzogin zuckte mit den Schultern. »Wenn er nicht mit ihr verheiratet sein wollte, würde er dann von seiner Frau sprechen, wenn er überhaupt von ihr spricht, statt ihren Namen zu verwenden? Würde ein Mann, der, wie du es mir erzählt hast, es verabscheut, irgend jemandem zu Dank verpflichtet zu sein, dich bitten, seine Dame im Auge zu behalten, obwohl er selbst in Kürze hier sein wird? Und, da wir schon mal dabei sind, warum sollte er sich überhaupt Sorgen um sie machen? Ist sie denn in irgendwelchen Schwierigkeiten?«

Jetzt war es Chase, der antwortete, da Jessie und Colt noch immer über Jocelyns verblüffende Logik nachgrübelten. »Wenn du die Dame kennen würdest, bräuchtest du nicht zu fragen. Cassie Stuart ist immer in irgendwelchen Schwierigkeiten, und das hat sie ihren dauernden Einmischungen zu verdanken.«

»Ich mag dieses Wort nicht, Chase«, beschwerte sich Jessie, um ihre Freundin in Schutz zu nehmen. »Cassie hat einfach ein großes Herz und möchte allen Menschen helfen ...«

»Ob sie das wollen oder nicht!«

Jessie bedachte ihren Mann mit einem finsteren Blick. Typischerweise erwiderte er diesen Blick nur mit einem Lächeln.

Und um Jocelyns Logik zu widerlegen, fügte Colt hinzu: »Cassies Mutter ist durchaus in der Lage, sie aus irgendwelchen Schwierigkeiten herauszuhalten. Das tut sie schließlich schon seit Jahren.«

Daraufhin schleuderte ihnen die Herzogin nur ein weiteres Beispiel ihrer Logik entgegen, an dem sie sich die Zähne ausbeißen konnten. »Vielleicht hat Angel das Gefühl, daß er jetzt die Verantwortung für sie trägt.«

»Da hat sie vielleicht recht, Colt«, warf Jessie ein. »Immerhin hat Angel darauf bestanden, eine Hochzeitsnacht mit ihr zu verbringen. Hätte er dagegen seine Finger von dem Mädchen gelassen, hätte sie diese mit der Waffe erzwungene Hochzeit annullieren lassen können.«

»Na, *das* muß ja ein interessantes Gespräch gewesen sein, das ihr beide heute morgen geführt habt«, bemerkte Chase kichernd.

»Und Cassie hat dir das tatsächlich erzählt?« fragte Colt, dem das Ganze nun auch ein wenig peinlich war, seine Schwester.

Jocelyn, die sein Erröten bemerkt hatte, lachte. »Männer scheinen nun mal ab und zu bestimmte Probleme zu haben.«

»Es ist mehr als wahrscheinlich, daß ich heute nacht eines haben werde.«

Seine Frau warf ihm über den Tisch hinweg ihre Serviette ins Gesicht, aber seinen Fuß, der unter ihren Rock geschlüpft war und an ihrer Wade rieb, schob sie nicht weg. Es gelang ihr, ein heimliches Lächeln zu verbergen, das nur er sah.

»Nun, mir ist es egal, was ihr sagt«, stellte Colt bestimmt fest. »Ich kenne Angel zufällig besser als ihr alle, und ich werde nichts davon glauben, solange ich es nicht aus seinem eigenen Mund gehört habe. Aber in der Zwischenzeit sollte ich wohl besser mal zur Lazy S hinüberreiten, um mich zu versichern, daß Angels sogenannte Ehefrau sich auch ordentlich benimmt.«

»Ich komme mit dir«, erbot sich Jocelyn. »Dieses arme, unglückliche Mädchen möchte ich gerne kennenlernen.«

»Herzogin …«, begann Colt, nur um sogleich unterbrochen zu werden.

»Es spielt überhaupt keine Rolle, was du sagst, Colt Thunder. Diesen ganz speziellen Freund von dir werde ich niemals mögen.«

»Du hast doch nicht etwa vor, seine Frau von diesem Umstand in Kenntnis zu setzen, oder?« wollte Colt wissen.

»Aber natürlich nicht. Ich hoffe, so schlecht sind meine Manieren nun auch wieder nicht – obwohl *irgend jemand* sie dazu ermutigen sollte, sich von ihm scheiden zu lassen, solange sie es noch kann.«

»Aber dieser Jemand wirst nicht du sein, Herzogin«, sagte Colt mit ausdrucksloser Miene. »Wir lassen nämlich in jedem Bezirk nur eine Frau zu, die sich in anderer Leute Angelegenheiten einmischt. Der Rest wird erschossen.«

»Noch so ein Westernbrauch?« fragte sie in einem Ton, der es an Trockenheit durchaus mit dem seinen aufnehmen konnte. »Wie drollig.«

37

Angel hatte nicht damit gerechnet, vor Ende des Monats wieder in Cheyenne zu sein. Aber es war ihm schlicht und einfach unmöglich, sich von dort fernzuhalten. Die kurze Zeit, die er bei seiner Familie verbracht hatte, war sehr schön gewesen und hatte ihm ein neues Selbstgefühl geschenkt. Sie hatten ihn akzeptiert, wie er war, ohne wegen des Lebens, das er führte, auf ihn herabzusehen. Ihr Verhalten hatte ihn dazu gebracht, noch einmal über seine Beziehung zu Cassie nachzudenken, und nachdem er das einmal getan hatte, gab es nichts mehr, was ihn hätte aufhalten können, etwas zu unternehmen.

Das jedenfalls hatte er gedacht, als er St. Louis verließ. Als er jedoch nur noch wenige Stunden von ihr entfernt war, kamen plötzlich die Zweifel wieder an die Oberfläche – nicht stark genug, um seine Meinung bezüglich der Entscheidung, die er getroffen hatte, zu ändern, aber doch stark genug, um dem Elan, mit dem er sich auf den Weg gemacht hatte, Einhalt zu gebieten.

Er würde Cassie sagen, daß er nicht bereit war, sich von ihr scheiden zu lassen. Nein, vielleicht sollte er sie zuerst fragen, ob es ihr etwas ausmachen würde, auch weiterhin mit ihm verheiratet zu sein. Wenn sie dann sagte, daß es ihr sehr wohl etwas ausmachen würde, *dann* konnte er immer noch sagen: »Dein Pech.« Und wenn es sein mußte, würde er sie so lange im Bett festhalten, bis sie ihre Meinung änderte. Im Bett paßten sie in jeder Hinsicht zueinander. Erst, wenn sie es verließen, würden ihr hundert Gründe einfallen, warum sie gar nicht zusammenpassen konnten. Er beabsichtigte, sie vom Gegenteil zu überzeugen.

Jetzt war nur noch die Frage, wie er den Mut dazu finden sollte. Seine kurze Begegnung mit Catherine Stuart kurz nach seiner Ankunft hatte ihm nicht gerade geholfen. Sie war auf dem Weg zur Bank gewesen und hatte ihn ebenfalls gesehen, aber ihr einziger Gruß für ihn hatte in einem liebevollen Streicheln des Revolvers an ihrer Hüfte bestanden.

Diese Dame würde sich ganz gewiß noch als Problem erweisen. Es wäre ganz gewiß sinnlos, an ihre guten Seiten zu appellieren. Sie hatte keine. Das Beste würde wohl sein, wenn er ihr ganz aus dem Weg ging. Er brauchte ja nicht ihre Zustimmung, um Cassie für sich zu gewinnen, er brauchte nur Cassies Zustimmung.

Diese Entscheidung beruhigte ihn wenigstens in einer Hinsicht, aber es war eine kurze Beruhigung. Das Klopfen an seiner Tür erfolgte, noch bevor er Gelegenheit hatte, auszupacken. Er dachte, es sei Agnes, die Besitzerin der Pension, in der er wohnte, wann immer er in der Stadt war, aber als er die Tür öffnete, stand Cassies Mutter vor ihm und sah so furchterregend aus, wie es ihr nur möglich war.

Sie verschwendete auch keine Zeit, sondern kam direkt auf den Grund ihres unerwarteten Besuches zu sprechen. »In dieser Tasche sind fünfundzwanzigtausend Dollar. Suchen Sie sich eine andere Stadt zum Leben.«

Er warf einen Blick auf die schwarze Tasche in ihrer Hand und studierte ihre steife Haltung und die Entschlossenheit in ihrem Gesicht. Obwohl er es gern getan hätte, machte er ihr nicht die Tür vor der Nase zu, bat sie jedoch auch nicht, hereinzukommen.

»Diese Stadt gefällt mir«, war alles, was er ihr entgegnete.

»Suchen Sie sich eine andere aus, die Ihnen auch gefällt.«

Angel blieb weiterhin höflich – wenn auch nur mit knapper Not, und lediglich um Cassies willen. »Behalten Sie ihr Geld, Mrs. Stuart. Ich habe keine Verwendung dafür.«

»Ist es nicht genug? Wollen Sie mehr?«

»Ma'am, ich verdiene mit einem einzigen Job fünftausend, manchmal zehn, und das für nur wenige Tage Arbeit. Ich will Ihr Geld nicht.«

Das hatte sie nicht erwartet. Ihr Gesichtsausdruck wurde nun sogar noch mürrischer. »Wenn Sie so verdammt reich sind, warum ziehen Sie sich dann nicht zurück?«

»Ich denke darüber nach.«

Catherine lachte spöttisch. »Sie werden es nicht tun. Sie eignen sich zu nichts anderem.«

»Das habe ich auch immer geglaubt – aber zufällig gibt es doch noch etwas, was ich tun könnte«, entgegnete er gedehnt. »Ich kann Ihrer Tochter ein Ehemann sein. Es würde einen Mann rund um die Uhr beschäftigen, sie aus Schwierigkeiten herauszuhalten.«

Er hatte das nur gesagt, um sie zu reizen. Schließlich hatte sie ihn wütend gemacht, weil sie glaubte, er sei käuflich. Und es funktionierte.

Jetzt kreischte sie beinahe. »Sie werden sich, verdammt noch mal, von meiner Tochter fernhalten, oder ich ...!«

Sie beendete ihre Warnung nicht. Angel grinste, denn er ahnte ihr Problem. »Es fällt Ihnen wohl niemand ein, der schnell genug wäre, um mich zu töten, was?«

Sie machte eine Kehrtwendung, ohne ihm die Befriedigung einer Antwort zu gönnen. »Mrs. Stuart?« rief er hinter ihr her. Sie blieb nicht stehen. »Sie können Cassie sagen, daß ich sie in Kürze aufsuchen werde.«

»Setzen Sie auch nur einen Fuß auf meine ...«

»Ja, ja, ich weiß, dann werden Sie mich eigenhändig erschießen. Die Leute haben eine ausgesprochene Vorliebe dafür, mir das anzudrohen.« Das letzte sagte er jedoch mehr zu sich selbst, da sie bereits nicht mehr da war.

Ihre Mutter verspätete sich. Cassie hatte sich um die wenigen Einkäufe gekümmert, die noch notwendig waren, während Catherine zur Bank gegangen war und zum Bahnhof, um nachzusehen, ob die Kleider aus Madame Cecilias Atelier schon angekommen waren. Vorher hatten sie in einem der Restaurants von Cheyenne ihren Lunch eingenommen, dann waren sie in verschiedene Richtungen gegangen, um ihre Besorgungen zu machen.

An einem sonnigen Tag machte es ihr nichts aus, in der Kutsche zu warten, aber heute nachmittag sah der Himmel recht düster aus. Sie hoffte, der Schnee würde noch zwei Tage auf sich warten lassen, wenigstens bis nach Colts Hochzeit.

Es war kaum zu glauben, daß Colt gestern tatsächlich zur Ranch gekommen war, nur um ihr und ihrer Mutter seine Herzogin vorzustellen. Das war eine unerwartete, für Cassie aber höchst willkommene Überraschung gewesen. Sie hatte ihr die Gelegenheit gegeben, Colt gegenüber zu erwähnen, daß Angel sich in St. Louis aufhielte. Eigentlich hatte sie gehofft, er wüßte vielleicht, wie er ihn dort erreichen könne und würde ihn zur Hochzeit einladen, aber Colt hatte den Wink nicht verstanden, zumindest hatte sie nichts davon bemerkt, und sie war nicht verwegen genug gewesen, einen solchen Vorschlag von sich aus zu machen.

Sie hatte auch versucht, mit ihm über Angel zu sprechen, als ihre Mutter einmal nicht dabei war, aber er hatte immer sofort das Thema gewechselt. Wenn sie jetzt so darüber nachdachte, hatte sein einziges Interesse darin bestanden, herauszufinden, ob sie nach ihrer Rückkehr schon jemanden im Visier hatte, der ihre besonderen Fähigkeiten, Dinge »in Ordnung« zu bringen, benötigte.

»Ich glaube, wir sollten jetzt sofort in Mr. Thornleys Büro gehen, falls es noch geöffnet ist, und wenn nicht, werden wir ihn schon irgendwo aufspüren«, sagte Catherine, während sie so plötzlich in die Kutsche sprang, daß sie Cassie beinahe zu Tode erschreckte. »Er ist jetzt schon jahrelang mein Rechtsanwalt. Wahrscheinlich kann er wahre Wunder bewirken und Angel diese Scheidungsurkunden noch heute aushändigen.«

»Das geht doch nicht, Mama«, sagte Cassie und fügte, um deutlicher zu werden, hinzu: »Das Baby!«

»Verdammt, das habe ich ganz vergessen. Nun, im selben Augenblick, in dem wir sicher sein können ...«

»Was hast du mit ›heute‹ gemeint? Ist Angel wieder da? Hast du ihn getroffen?«

Catherine seufzte und griff nach den Zügeln, um die Kutsche in Bewegung zu setzen. »Ja, ich habe ihn getroffen«, murmelte sie mit zusammengebissenen Zähnen.

Cassies Herz schlug schneller, als ihr klar wurde, daß er zurückgekehrt war – und sich wieder einmal ganz in ihrer Nähe aufhielt. »Hast du dich mit ihm gestritten?«

»Nicht der Rede wert«, sagte Catherine ausweichend, wobei sie stur geradeaus blickte, ein deutliches Zeichen dafür, daß sie nicht bereit war, sich weiter zu diesem Thema zu äußern.

Cassie runzelte nachdenklich die Stirn. Es mochte vielleicht nicht der Rede wert sein, aber *irgend etwas* hatte ihre Mutter offensichtlich so aufgeregt, daß sie wieder einmal von der Scheidung anfing. Cassie überlegte, ob dies vielleicht der richtige Augenblick wäre, ihr mitzuteilen, daß sie sich nicht scheiden lassen würde, ob sie nun ein Baby bekam oder nicht. Nein, diese Art unerfreulicher Neuigkeiten konnte warten.

Außerdem sollte sie es wohl zuerst besser Angel sagen, und auch das würde nicht besonders erfreulich werden. Natürlich konnte sie mit ihrer Eröffnung auch warten, bis sie sicher war, ob sie nun ein Kind bekam oder nicht. Auch dann hätte sie noch eine Woche Zeit, darüber nachzudenken, wie sie ihm erklären sollte, daß sie nicht die Absicht hatte, ihm seine Freiheit zurückzugeben.

Sie hatten die Stadt schon beinahe verlassen, als Cassie den Mann sah. Er stand, zusammen mit zwei anderen Männern, vor einem von Cheyennes anrüchigeren Saloons. Sie starrte ihn an, rieb sich die Augen, sah noch einmal hin und konnte es immer noch nicht glauben.

»Ich glaube, ich sehe ein Gespenst, Mama.«

Catherine drehte sich um und blickte in dieselbe Richtung, konnte jedoch nichts Ungewöhnliches entdecken. »Unfug«, stellte sie kurz und bündig fest.

»Aber dieser Mann da drüben, der größere von den Kerlen«, sagte Cassie mit zitternder Stimme. »Er ist tot. Angel hat ihn in Texas getötet. Er hatte auch eine Kugel von mir im Leib.«

»Dann ist er vielleicht nicht gestorben.«

»Aber man hat ihn beerdigt.«

»Dann ist es einfach jemand, der ihm ähnlich sieht«, wandte Catherine vernünftig ein.

»Das sprichwörtliche Ebenbild?«

»Du hast ihn nicht aus der Nähe gesehen, Baby«, beschwichtigte Catherine sie. »Sonst hättest du sicher festgestellt, daß du dich geirrt hast. Tote kommen nicht zurück.«

Cassie sank das Herz in die Kniekehlen, als einer der Männer plötzlich auf sie zeigte. Sie erkannte ihn. Es war jemand, den sie schon häufig in der Stadt gesehen hatte, obwohl sie seinen Namen nicht wußte. Und er zog sich auch sofort zurück, nachdem er auf sie gezeigt hatte. Die beiden anderen Männer waren stehengeblieben und erwiderten jetzt ihren Blick.

Nur mit Mühe brachte sie überhaupt eine Antwort zustande: »Ich weiß, daß Tote nicht zurückkehren, aber – aber er *ist* es, Mama. Diesen Mann würde ich niemals vergessen. Er ist eines Nachts in Caully in mein Zimmer eingebrochen und hätte mich vergewaltigt, wenn Marabelle nicht rechtzeitig Angel herbeigeholt hätte.

Das ist auch der Grund, warum Angel ihn herausgefordert und erschossen hat.«

Catherine hätte beinahe die Zügel wieder angezogen. »Wie kommt es, daß dein Vater mir *davon* nichts gesagt hat?«

»Weil ich es ihm nicht erzählt habe.«

»Was hast du ihm denn sonst noch alles nicht erzählt?«

Jetzt war ihre Mutter eindeutig wütend, so daß Cassie nun auch ein Ausweichmanöver startete. »Nichts, woran ich mich erinnern könnte.«

Catherine schnaubte nur verächtlich. »Wie dem auch sei, über diesen Kerl da brauchst du dir keine Sorgen zu machen. Er ist ganz bestimmt nicht tot. Wenn überhaupt, ist er vielleicht ein Zwillingsbruder von dem anderen.«

»Noch ein Slater?« sagte Cassie stöhnend. »Ein Slater allein war schon einer zuviel.«

38

Es war fast dunkel, als sie nach Hause kamen, aber das hielt Cassie nicht davon ab, ihr Pferd zu satteln und auszureiten. Das tat sie natürlich ohne das Wissen ihrer Mutter. Nur der alte Mac, der die Stuart-Pferde versorgte, sah sie. Sie bat ihn, ihrer Mutter zu erklären, daß sie den Wunsch nach einem schnellen Ritt vor dem Dinner verspürt hätte – falls ihre Mutter überhaupt fragte. Wenn sie sich beeilte, konnte sie vielleicht zurück sein, noch bevor Catherine auf die Idee kam, nach ihr zu suchen.

Sie wollte wieder nach Cheyenne.

Der Anblick dieses Mannes, der das reinste Abbild von Rafferty Slater war, hatte sie nicht nur schockiert, er hatte sie auch den ganzen Heimweg über mit Sorge erfüllt. Ihre Mutter hatte unzweifelhaft recht. Er konnte Slaters Bruder sein, höchstwahrscheinlich sogar sein Zwillingsbruder. Und sein Erscheinen in Cheyenne, wo sowohl sie als auch Angel lebten, war ein zu großer Zufall für ihren Seelenfrieden.

Selbst wenn er nicht hier war, um sich für den Tod seines Bruders zu rächen, mußte sie Angel dennoch vor ihm warnen. Rafferty hatte versucht, Angel von hinten zu erschießen, und solche schmutzigen Tricks konnten in der Familie üblich sein. Auf jeden

Fall würde sie kein Risiko eingehen, nicht, wenn es um Angel ging. Sie war nicht bereit, ihn an einen unbedeutenden, hinterhältigen Feigling zu verlieren, nachdem sie gerade beschlossen hatte, ihn für sich zu behalten.

Cassie erreichte Cheyenne schneller als jemals zuvor, aber es war trotzdem bereits dunkel, als sie in die Stadt kam, und die Wolken, die den ganzen Tag über am Himmel dahingetrieben waren, verdeckten den Mond, so daß sie für den Rückweg mit Sicherheit länger brauchen würde.

Vielleicht schaffte sie es auch überhaupt nicht mehr, rechtzeitig zum Dinner nach Hause zu kommen, aber darüber, wie sie das ihrer Mutter erklären sollte, würde sie erst nachdenken, wenn es soweit war.

Sie wußte, wo sie Angel finden konnte. Es war allgemein bekannt, daß er in Agnes' Gästehaus abstieg, weil die alte Dame ihn so gerne hatte, daß sie sein Zimmer niemals an einen anderen Gast vermietete, selbst wenn er manchmal monatelang nicht in der Stadt war. Ob er sich allerdings gerade jetzt dort aufhielt, war eine andere Frage. Sie hoffte, sie würde nicht lange auf ihn warten oder die ganze Stadt nach ihm absuchen müssen, sollte sich das jedoch als notwendig erweisen, würde sie auch davor nicht zurückschrecken.

Entschlossen band sie ihre Stute vor dem Gästehaus fest. Nur ein gedämpftes Licht aus einem Wohnzimmerfenster erleuchtete die Veranda, aber es war genug, um zu verhindern, daß sie auf den Stufen, die zur Tür hinaufführten, ins Stolpern geriet. Cassie kam jedoch nicht besonders weit.

»Keine Bewegung, junge Dame, nicht bevor ich es Ihnen sage, und geben Sie ja keinen Laut von sich.«

Eine Waffe, die sich in ihren Rücken bohrte, bekräftigte diesen Befehl. Cassie hatte keine Schwierigkeiten, zu erkennen, womit sie es zu tun hatte, obwohl der Stoff ihrer Jacke so dick war. Und ihre eigene Waffe lag zu Hause. Sie nahm sie nie nach Cheyenne mit und hatte auch diesmal keine Zeit damit verschwendet, sie zu holen, bevor sie in die Stadt zurückgeritten war.

Offensichtlich hätte sie das tun sollen, aber sie hatte nicht an irgendwelche Gefahren gedacht, sondern nur daran, Angel rechtzeitig zu erreichen, um ihn zu warnen. Jetzt war es auch zu spät, sich Vorwürfe darüber zu machen, daß sie sich vorher die Veranda von Agnes nicht genauer angesehen hatte. Sie hätte es besser wissen müssen. Eine solche Sorglosigkeit konnte ohne weiteres ein Leben kosten, und es war durchaus möglich, daß sie das nun am eigenen Leibe erfahren würde.

Eine Hand auf ihrer Schulter drehte sie um, so daß die Waffe jetzt auf ihren Bauch gerichtet war. Sie hatte gleich das Gefühl gehabt, daß sie ihren Angreifer kennen würde, und so war es auch.

»Nett von Ihnen, zurück in die Stadt zu kommen und die Sache für mich zu erleichtern.«

Sie ging nicht auf diese Bemerkung ein. Sie kannte ihn, fragte aber dennoch: »Wer sind Sie?«

»Man nennt mich Gaylen«, sagte er. »Und meinen Nachnamen wissen Sie ja, oder? Man vergißt nicht so leicht jemanden, bei dessen Ermordung man mitgewirkt hat.«

Cassie wurde ziemlich blaß, obwohl ihr gesunder Menschenverstand sie dazu zwang, der Sache auf den Grund zu gehen: »Sie sind nicht Rafferty.«

»Natürlich nicht, aber niemand konnte uns je auseinanderhalten, also ist es doch dasselbe, was? Wenn Sie mich ansehen, ist es genauso, als sähen Sie den Mann, den Sie getötet haben.«

Es würde wohl nicht viel nützen, wenn sie ihm sagte, daß Rafferty das verdient hatte. »Was wollen Sie?«

»Ich wollte mich eigentlich zuerst um diesen Angel kümmern, und nachher erst um Sie, aber jetzt, da ich Sie nun schon einmal habe, werde ich darüber nachdenken. Kommen Sie. Ich habe mein Pferd hinter dem Haus festgebunden.«

Die Hand, die wie ein Schraubstock ihren Hals umspannte, und seine Waffe ließen ihr keine andere Wahl, als mit ihm zu gehen. Sie dachte darüber nach zu schreien, verspürte jedoch nicht die geringste Lust, für diesen Versuch erschossen zu werden. Und er würde nicht zögern zu schießen. Es war eine dunkle, mondlose Nacht, und hinter dem Gästehaus war nichts als offene Prärie. Er wäre außer Sichtweite, noch bevor der Pulverdampf verflogen war, und sie wäre dann nicht mehr am Leben gewesen, um zu sagen, wer das getan hatte. Er setzte sie vor sich auf sein Pferd. Seine Waffe behielt er in der Hand, so daß sie es auch nicht in Erwägung zog, hinunterzuspringen. Sie ritten hinaus in die Prärie, und er trieb sein Pferd auf die Gebirgsausläufer im Osten zu.

Es dauerte beinahe fünf Stunden, bis er die kleine, nur einen einzigen Raum umfassende Hütte fand. Cassie hatte das Gefühl, daß er irgendwann vom Weg abgekommen und in den vergangenen zwei Stunden umhergeirrt war. Aus dem Schornstein stieg Rauch auf. Ein zweites Pferd stand in dem Schuppen neben der Hütte. Als sie es sah, erinnerte sie sich auch daran, daß er früher am Tag einen Freund bei sich gehabt hatte.

Gaylen drängte sie in die Hütte, und sie sah, daß dieser Freund in seinem Bettzeug zusammengerollt vor dem Feuer schlief. Gaylen machte sich nicht die Mühe, ihn zu wecken. Die einzigen Möbelstücke im Raum waren ein Tisch und ein Stuhl. Keiner von beiden machte einen sehr stabilen Eindruck.

Er warf ihr einen kurzen Blick zu, während er seine Satteltaschen auf den Tisch legte und sich daranmachte, sie zu durchwühlen. »Deine Leute haben doch Geld, oder? Viel?«

»Ja, warum?«

»Ein bißchen davon könnte mich vielleicht für meinen Verlust entschädigen.«

»Dann werden Sie also nicht versuchen, Angel zu töten?«

»Das habe ich nicht gesagt.«

Er zog aus einer der Satteltaschen ein Halstuch und eine Peitschenschnur hervor und bedeutete Cassie, sich auf der anderen Seite des Zimmers in die Ecke zu setzen. Das Halstuch war für ihre Handgelenke bestimmt, die Peitschenschnur für ihre Fußgelenke – nachdem er ihr die Stiefel von den Füßen gerissen und dann quer durch die Hütte geworfen hatte.

»Ich habe beschlossen, Harry mit meinen Forderungen wegzuschicken«, teilte er ihr mit, als er fertig war. »Das Ganze hat viel besser geklappt, als ich erwartet hätte.«

»Wie meinen Sie das?«

»Hier oben wird es leichter sein, diesen Revolverhelden umzubringen. Ich muß anschließend nicht in aller Eile aufbrechen oder mir Sorgen machen wegen der Männer des Sheriffs. Ihre Ranch ist nicht weit von hier, oder?«

»Woher soll ich das wissen?« erwiderte sie. »Ich konnte nicht erkennen, wohin wir geritten sind.«

»Ich glaube, wir sind nicht weit davon entfernt.«

Nicht ein einziges Mal hatte er bisher die Stimme erhoben oder auch nur im entferntesten den Eindruck eines Mannes gemacht, den der Tod seines Bruders erzürnt hätte. Daraus schöpfte sie eine winzige Hoffnung. Vielleicht war er nicht ganz so schlimm wie Rafferty? Vielleicht war er ganz und gar nicht glücklich über die beiden Morde, die er glaubte, begehen zu müssen? Und vielleicht wußte er nicht einmal, was für ein Gauner aus seinem Bruder geworden war. Nur für den Fall, daß er es nicht wußte, beschloß sie, ihn darüber aufzuklären.

»Wissen Sie, Ihr Bruder war ein Taugenichts. Er hat eine Viehherde in Panik versetzt. Er hat versucht ...«

»Sagen Sie ja nichts gegen meinen Bruder«, war alles, was er erwiderte, doch selbst diese Erwiderung wurde in einem ausgesprochen ruhigen Tonfall geäußert.

Danach ignorierte er sie einfach und ging hinüber zu Harry, um ihn mit einem Fußtritt zu wecken. Eine Weile saßen sie neben dem Feuer und berieten sich leise, wobei Harry mehr als einmal in ihre Richtung schielte. Er war nicht so groß wie Gaylen, seine Augen waren von einem stumpfen Grau, sein braunes Haar lang und strähnig, seine Kleider wirkten schlampig und waren außerdem schmutzig. Er war alles in allem ein häßlicher kleiner Mann, genau die Art, die sich leicht von anderen benutzen ließ.

Cassie gab sich alle Mühe, sie zu verstehen, konnte jedoch nicht mehr als ein oder zwei Worte auffangen. Nachdem sie mit etwas Ruß aus dem Kamin einige Zeilen auf eine alte Zeitung gekritzelt hatten, warf Harry seine Jacke über und ging. Gaylen warf sich auf das frei gewordene Bettzeug vor dem Feuer.

Cassie wartete ein paar Minuten, aber es sah wirklich so aus, als würde der Mann gleich einschlafen und sich nicht im geringsten darum kümmern, daß sie nichts zu essen bekommen und daß man ihr nicht einmal eine Decke oder einen Platz näher beim Feuer angeboten hatte. Wärme war jedoch im Augenblick nicht ihr Hauptanliegen.

»Wie wollen Sie Angel eigentlich hier herauflocken?«

»Er wird mir das Geld Ihrer Mutter bringen.«

»Was bringt Sie auf die Idee, daß er das tun würde? Es ist viel wahrscheinlicher, daß meine Mutter einige ihrer Cowboys ...«

»Sie wird Angel herschicken, oder das Geschäft ist geplatzt.«

»Sie wird ihn vielleicht darum *bitten,* aber das heißt noch lange nicht, daß er auch kommen wird«, erwiderte Cassie.

»Er ist doch ein Revolverheld, dessen Dienste jeder mieten kann, oder? Also kann Ihre Mutter ihn engagieren, wenn er es nicht ohne Bezahlung tun will. Und er weiß ja nicht, wer Sie hier festhält oder daß ich vorhabe, ihn zu töten. Warum also sollte er nicht kommen? Außerdem habe ich gehört, daß ihr zwei vor eurer

Abreise aus Texas geheiratet habt. Es würde einen ziemlich schlechten Eindruck machen, wenn der Mann sich weigerte, seine Frau zu befreien, finden Sie nicht auch?«

Cassie verstand nicht viel außer der Feststellung, daß Angel herkommen würde, ohne zu wissen, was hier auf ihn wartete. Diese Möglichkeit war ihr bisher nicht in den Sinn gekommen. Und sie wünschte, Gaylen hätte sie auch jetzt nicht darauf aufmerksam gemacht, denn mit diesem Wissen überfiel sie ein elendes Gefühl der Angst. Würde ihre Mutter sich daran erinnern, daß sie Raffertys Bruder in der Stadt gesehen hatte und die richtigen Schlüsse daraus ziehen? Und wenn es so wäre, würde sie den Zwischenfall Angel gegenüber erwähnen?

Cassie mußte irgend etwas tun, aus der Hütte fliehen oder sich sonst irgendeine Möglichkeit ausdenken, Angel zu warnen. Wenn ihr von Gaylen nicht die Hände hinter dem Rücken festgebunden worden wären, hätte sie sich zu ihm hinüberschleichen und ihn mit einem der Holzscheite, die neben dem Feuer aufgestapelt waren, bewußtlos schlagen können.

Aber so schien ihre einzige Hoffnung im Augenblick darin zu bestehen, Gaylen zu veranlassen, das Ganze noch einmal zu überdenken. Doch als sie ihn mit unter dem Kopf verschränkten Armen da liegen sah, mit einer so friedlichen Miene, als wäre es nicht ausgerechnet Mord, was er im Sinn hatte, da schwand auch ihr letztes bißchen Optimismus.

Wenigstens mußte sie es versuchen. »Würden Sie einen Mann töten, der versucht hat, Sie hinterrücks zu erschießen, Slater?«

»Natürlich würde ich das.«

»Nun, das ist auch der Grund, warum Angel Ihren Bruder erschossen hat.«

»Lady, ich habe gehört, was da unten los war. Dieser Mann da, Angel, hat nach meinem Bruder gesucht, um ihn zu töten. Und es ist allgemein bekannt, daß er schneller ist als der Blitz. Rafe wäre so oder so gestorben, also war das, was er versucht hat, seine einzige Chance, so sehe ich es jedenfalls. Oder wollen Sie mir vielleicht sagen, daß dieser Engel des Todes nicht darauf aus war, ihn zu töten?«

Das konnte sie wohl kaum tun. »Ihr Bruder hat versucht, mich zu vergewaltigen. Deshalb wollte er ihn töten.«

Als er sie jetzt wieder ansah, zeigte er zum ersten Mal einen Anflug von Gefühl. Es war Überraschung. »Ach du Schande, weshalb wollte er das denn? Sie sehen doch nicht einmal besonders gut aus.«

Verlegenheitsröte stieg in Cassies Wangen. »Das ändert nichts an der Tatsache …«

»Selbst wenn er Sie vergewaltigt hätte«, unterbrach er sie, »wäre das noch lange kein Grund gewesen, ihn zu töten.«

Bei *dieser* Einstellung würde er nie zugeben, daß sein Bruder vielleicht das verdient hatte, was ihm zugestoßen war, daher änderte sie ihre Taktik. »Sie werden damit nicht durchkommen. Wenn es Ihnen gelingt, Angel zu töten, werde ich Sie höchstpersönlich zur Strecke bringen. Es wird keinen Ort geben …«

Wieder einmal schnitt er ihr das Wort ab. »Lady, was bringt Sie auf die Idee, daß Sie lebendig hier rauskommen werden? Der einzige Grund, warum Sie noch nicht tot sind, liegt darin, daß dieser Revolverheld Sie vielleicht sehen will, bevor er nahe genug herankommt, daß ich ihn erschießen kann. Sie sind der Grund dafür, daß er Rafe getötet hat, also müssen Sie sterben, genauso wie er.«

Wahrscheinlich glaubte er, damit hätte er ihr den Mund gestopft. Das wäre ihm auch beinahe gelungen. »Sie – Sie werden trotzdem nicht ungeschoren davonkommen. Ich habe Sie gestern in der Stadt gesehen und habe es meiner Mutter erzählt. Sie ist klug genug, herauszufinden, daß Sie es waren, daher wird der Name Slater in jedem Staat hier und im Westen auf Wanted-Plakaten stehen. Sie werden keinen Augenblick Ruhe mehr finden, wenn Sie uns ermorden.«

»Dann werde ich das Land eben verlassen«, erwiderte er schulterzuckend. »Das wird mich nicht im geringsten stören. Aber Sie stören mich, also seien Sie endlich still, Mädchen, bevor ich Ihnen etwas in den Mund stopfe. Ihre Leute können das Geld erst holen, wenn morgen früh die Bank aufmacht, dieser Revolverheld wird also nicht vor Mittag hier auftauchen. Vorher brauche ich noch etwas Schlaf.«

Cassie entschied sich dagegen, ihm mitzuteilen, daß Ihre Mutter hinter ihm her sein würde, ganz egal, wohin er ging. Seine Antwort würde vermutlich darin bestehen, daß er dann eben auch sie töten müsse.

Also gab sie es für den Augenblick auf. Morgen früh blieb ihr immer noch etwas Zeit, um ihn ein wenig zu bearbeiten, ihn und auch seinen Freund Harry. Der kleinere Mann war gewiß leichter einzuschüchtern; vielleicht konnte *er* Slater zur Vernunft bringen.

Aber sie hatte keine Lust, ihm das letzte Wort zu überlassen. »Ich habe Hunger«, beklagte sie sich.

»Ich verschwende kein Essen an eine tote Frau.«

Danach überließ sie ihm nun doch das letzte Wort.

39

Catherine hämmerte um zwei Uhr morgens an Angels Tür. Es hörte sich an, als wolle sie sie einschlagen. Die anderen Gäste standen schon im Flur, um nachzusehen, wer sie um diese Zeit aufweckte, als Angel die Tür endlich öffnete.

Sie hatte zwei ihrer brutaler aussehenden Cowboys bei sich. Angel trug nur seine Hose – und seine Waffe. Sein erster Gedanke war, daß sie vorhatte, ihn aus der Stadt zu befördern, insbesondere da sie schon wieder diese verdammte schwarze Tasche unterm Arm trug. Aber wenn das ihre Absicht war, hätte sie das Ganze etwas ruhiger angehen sollen. Die Waffe, die er auf seine Besucher richtete, besagte klar und deutlich, daß er bleiben würde, wo er war. Und da sie ihn aus einem *sehr* angenehmen Traum über ihre Tochter geweckt hatte, war er nicht in der Stimmung, noch weitere Beleidigungen von ihr hinzunehmen.

»Wenn Sie noch einmal versuchen wollen, mir dieses Geld zu geben, werde ich es verbrennen«, versicherte er ihr.

»Es ist nicht für Sie bestimmt. Ich bin hier, um Sie zu engagieren.«

»Soll ich vielleicht das Land verlassen?« höhnte er.

»Nein, sie sollen Cassie zurückholen.«

»War sie hier?«

» Ihr Pferd steht noch immer vorm Haus.«

»Ich habe sie nicht gesehen – und was meinen Sie damit, sie zurückholen? Wo ist sie?«

»Sie wird in einer Hütte auf einem der Gebirgsausläufer festgehalten. Nach der groben Skizze, die sie gezeichnet haben, würde ich sagen, es ist eine alte Fallenstellerhütte, nicht weit von meiner Ranch. Ich weiß nicht, wie viele Männer es sind, aber sie wollen zwanzigtausend Dollar. Andernfalls wollen sie Cassie töten.«

Langsam senkte sich Angels Waffe. Erst da fiel ihm auf, wie blaß Catherine war. Wahrscheinlich sah er im Augenblick genauso aus.

Er hoffte, das Ganze wäre eine Lüge, ein Trick, um ihn loszuwerden. Konnte sie derartig hinterhältig sein? Wahrscheinlich, aber die Angst, die er in ihren Augen sah, verriet ihm, daß das im Augenblick nicht der Fall war.

»Wie ist das passiert?«

»Sie war heute mit mir in der Stadt. Als wir nach Hause kamen, ist sie noch einmal allein losgeritten. Sie hat mir die Nachricht hinterlassen, daß sie nur einen kleinen Ausritt machen wolle, aber nachdem ich ihr Pferd hier gesehen habe, gehe ich davon aus, daß sie zu Ihnen wollte. Da Sie sie jedoch nicht gesehen haben, muß man sie gleich, nachdem sie hier angekommen ist, entführt haben.«

»Und alles, was sie wollen, sind zwanzigtausend?«

Seine Überraschung war verständlich. Jeder, der die Stuarts kannte, wußte, daß sie Geld wie Heu hatten.

»Anscheinend wissen diese Leute nicht, wieviel Cassie wert ist«, sagte Catherine. »Was in einer Hinsicht ein großes Glück ist. Zufällig habe ich gerade soviel Bargeld, daher muß ich nicht bis morgen früh warten, um zur Bank zu gehen.«

Nur weil sie versucht hatte, ihn zu bestechen, die Stadt zu verlassen. Ihr leichtes Erröten verriet, daß auch sie sich daran erinnerte. Es wurde noch schlimmer, als sie hinzufügte: »Die restlichen fünftausend sind immer noch in der Tasche. Sie haben gesagt, das sei ihr Preis, oder?«

»Nehmen Sie es raus.«

»Wie bitte?«

»Nehmen Sie die fünf raus. Ich werde nicht für Sie arbeiten, Mrs. Stuart, egal aus welchem Grund.«

Nachdem er dies gesagt hatte, wandte er sich ab. Catherine machte einen Schritt nach vorn und trat in sein Zimmer. »Sie müssen es aber tun«, sagte sie, jetzt fast flehend. »Ich weiß nicht, warum, aber sie sagen, sie wollen das Geld nur von Ihnen nehmen. Wenn ein anderer versucht, es zu übergeben …«

Er war gerade damit beschäftigt, sein Hemd anzuziehen, als er sie unterbrach. »Ich habe nicht gesagt, ich würde es nicht übergeben.«

»Dann lassen Sie mich dafür bezahlen.«

»Dafür, daß ich meine Frau zurückhole?« Er hielt inne, um ihr einen finsteren Blick zuzuwerfen. »Sie ist doch immer noch meine Frau, oder?«

Catherine wurde rot, weil sie den Verdacht hatte, daß er sich keinen Zentimeter weit bewegen würde, bevor sie nicht seine Frage beantwortet hatte. »Ja«, stieß sie hervor.

Er ging nicht darauf ein, sondern zog sich weiter an. »Wo liegt die Hütte?«

»Jim hier kann Ihnen zeigen, wo sie ist, aber er kann Ihnen keine Deckung geben. Sie haben extra gesagt, daß Sie allein kommen sollen.«

»Etwas anderes hätte mich auch gewundert. Haben Sie irgendeine Vorstellung, wer diese Leute sein könnten? Feinde von Ihnen vielleicht?«

»Nicht von mir, nein – aber möglicherweise von Ihnen.«

»Was bringt Sie auf diesen Gedanken?«

Sie zuckte mit den Schultern, und in ihrem Blick lag eine gewisse Unsicherheit. »Es ist möglicherweise nur eine Vermutung, aber Cassie hat heute jemanden in der Stadt gesehen, der sie ziemlich in Angst versetzt hat. Sie behauptete, es sei der Mann, den Sie unten in Texas getötet haben.«

»Da unten habe ich mehr als nur einen getötet.«

»Von dem Cassie wüßte?«

»Nein. Das könnte nur Rafferty Slater sein«, entgegnete er. »Aber Tote kehren nicht zurück.«

»Genau das habe ich auch gesagt«, erwiderte Catherine. »Aber sie hat darauf beharrt, daß dieser Mann genauso aussähe wie der, den Sie getötet haben. Die einzig vernünftige Erklärung ist, daß es sich um Brüder handelt, vielleicht sogar um Zwillingsbrüder.«

»Und ein Bruder könnte durchaus auf Rache aus sein«, schloß Angel, während er seinen Mantel überwarf. »Vielen Dank für die Warnung.«

Cassies Zähne klapperten. Die Hütte war nicht sehr solide gebaut, und die ganze Nacht über kroch die Kälte langsam durch die Dielen ins Innere. Ein eisiger Wind drang durch einen der größeren Risse in der Wand hinter ihrem Rücken. Das Feuer brannte zwar immer noch, aber Gaylen hatte sie in einer Ecke auf der gegenüberliegenden Seite des Zimmers angebunden, so daß seine Wärme sie nicht erreichte.

Sie hätte es vielleicht geschafft, näher ans Feuer heranzukommen, wenn sie es versucht hätte. Aber Gaylen lag davor, und sie konnte es nicht ertragen, in der Nähe eines Mannes zu sein, der sie erschießen wollte, solange sie ihm hilflos und mit gefesselten Händen ausgeliefert war, daher blieb sie in ihrer Ecke sitzen. Wahrscheinlich würde es ihm auch nichts ausmachen, wenn er sie morgen früh steifgefroren dort vorfände. Das würde ihm eine Kugel ersparen.

Dann war Harry zurückgekehrt und hatte sie lange und unverhohlen angestarrt, bevor auch er sich zur Ruhe legte – wieder vor dem Feuer. Er warf sogar noch ein Holzscheit hinein, aber die Wärme erreichte Cassie trotzdem nicht. Und bei der Art, wie der kleine Mann sie angesehen hatte, so als würde es ihm nichts ausmachen, sie mit seinem eigenen Körper zu wärmen, hatte sie endgültig keine Lust mehr, einem der beiden Männer in die Nähe zu kommen, selbst wenn sie erfrieren sollte.

Irgendwann war sie anscheinend eingeschlafen, obwohl das nicht in ihrer Absicht gelegen hatte. Sie wußte nicht, was sie geweckt hatte. Wahrscheinlich ihre eigenen klappernden Zähne. Aber es war immer noch Nacht. Die Hütte besaß zwar kein einziges Fenster, aber wenn draußen die Sonne geschienen hätte, wäre das durch die Risse in den Wänden zu erkennen gewesen.

Ihre Hände waren mittlerweile vollkommen taub. Bevor sie eingeschlafen war, hatte sie eine gute Stunde damit zugebracht, zu versuchen, den Stoff so weit zu dehnen, daß sie wenigstens eine Hand herausziehen konnte, aber Gaylen hatte ihre Fesseln so fest zusammengebunden, daß man sie nur mit einem Messer hätte lösen können. Sie bezweifelte, daß er sich diese Mühe machen würde, bevor er sie erschoß.

Lange Zeit hatte sie zur Tür hinübergestarrt und mit sich gerungen, ob sie versuchen sollte zu fliehen. Lediglich eine Seilschlinge, die an der Wand festgehakt war, diente als Verschluß. Diese Schlinge hätte sie vielleicht mit ihren Zähnen lockern können, aber die Tür war dem Feuer und den beiden Männern näher als ihr, deswegen befürchtete sie, die hereinströmende Kälte würde die beiden wecken; wenn nicht sofort, dann doch sehr bald, denn sie bezweifelte, daß sie es schaffen könnte, die Tür hinter sich zu schließen. Außerdem käme sie sicher nicht weit mit ihren Fesseln, und für die Mühe, hinter ihr herjagen zu müssen, würde Gaylen sie wahrscheinlich auf der Stelle erschießen. Das nützte Angel durchaus nichts, wenn er hier ankam. Und ganz gewiß würde es ihr nichts nützen.

Sie versuchte, ihre Beine zu bewegen, und stellte fest, daß ihre verkrampfte Haltung ihr Schmerzen im ganzen Körper verursachte. Stöhnend warf sie ihren Kopf nach hinten gegen die Wand. Sie konnte sich nicht daran erinnern, sich jemals so kalt und elend gefühlt zu haben – und so ängstlich. Nein, sie wollte nicht sterben und fragte sich, ob Gaylen, wenn sie ihm das sagte, noch einmal darüber nachdenken würde. Beinahe hätte sie gelacht. Er war so gewissenlos, wie sie es einmal von Angel geglaubt hatte. Aber Angel besaß einen tiefverwurzelten Gerechtigkeitssinn. Gaylen dagegen dachte nur an kaltblütigen Mord.

»Cassie?«

Es war der Wind, der sie Dinge hören ließ, die sie hören wollte. Das konnte unmöglich … »Cassie, wach auf, verdammt noch mal.«

Sie beugte sich nach vorn, um sich umzudrehen und mit weitaufgerissenen Augen an die Wand zu starren. »Ich bin wach«, flüsterte sie aufgeregt. »Angel?«

»Kannst du die Tür öffnen?«

»Ich werde es versuchen, aber es wird vielleicht eine Weile dauern. Sie haben mich gefesselt.«

»Auch gut. Ich werde die Tür aufbrechen.«

»Nein«, zischte sie. »Wenn das nicht funktioniert, wirst du sie damit nur aufwecken. Laß es mich zuerst versuchen.«

»Na schön, aber beeil dich.«

Beeilen sollte sie sich, wo sie solche Schmerzen hatte, daß sie sich kaum bewegen konnte? Bei der Aussicht auf die nahende Rettung schienen ihre verkrampften Muskeln jedoch lange nicht mehr so weh zu tun wie vorher.

Da es keine Möbelstücke in der Hütte gab, die ihr den Weg versperrten, dauerte es nicht lange, bis sie sich zum Eingang hinübergerollt hatte. Dagegen war es schon weit weniger einfach für sie, wieder auf die Knie zu kommen, als sie die Tür erreicht hatte, aber nach mehreren Versuchen gelang ihr auch das.

Ihre eigentlichen Schwierigkeiten begannen mit dem Seilverschluß. Von der anderen Seite des Raumes aus hatte es ganz und gar nicht so solide ausgesehen, aber es war fester gespannt, als sie gedacht hatte, und außerdem an einem krummen Nagel festgehakt. Sie konnte zwar das eine Ende der Schlinge mit ihren Zähnen packen, aber wie sehr sie auch daran riß und zerrte, es wollte einfach nicht über den Haken gleiten. Und der Versuch, aufzustehen und es mit den Händen zu probieren, wäre reine Zeitverschwendung gewesen. Ihre Finger waren zu taub.

Schließlich blieb ihr nichts anderes übrig, als ihren Mund an einen der Risse in der Tür zu legen. »Angel?«

Er hatte direkt vor der Tür gewartet. »Was?«

»Ich habe Schwierigkeiten mit diesem Seil. Wenn du von außen ein wenig gegen die Tür drückst, dehnt sich das Seil vielleicht so weit, daß ich es lockern kann.«

Seine Antwort bestand darin, genau das zu tun. Cassie beobachtete das Seil aufmerksam, bereit, es ihm sofort zu sagen, wenn sie sah, daß es sich auch nur ein klein wenig dehnte. Sie hätte statt dessen besser die andere Seite des Türrahmens beobachten sollen. Der Druck von Angels Körper war so stark, daß die rostigen Angeln nachgaben und die Tür plötzlich mit einem Schwung auf Cassies Kopf landete.

Ihr Überraschungsschrei kam zu schnell, um ihn zu unterdrücken. »Was, zum ...?« war beinahe augenblicklich hinter ihr zu hören, und aus der anderen Richtung kam ein lakonisches: »Schon gut.«

Cassie schlängelte sich unter der Tür vor, die jetzt nur noch an dieser verflixten Seilschlinge hing. Vor sich sah sie Angel, der seinen Colt auf Gaylen und Harry gerichtet hatte und den es offensichtlich in den Fingern juckte, beim erstbesten Anlaß abzudrücken.

»Sie müssen Angel sein«, sagte Gaylen.

»Der Engel des Todes«, erwiderte Angel zum ersten Mal in seinem Leben.

»Sie sind also ohne das Geld gekommen?« Selbst jetzt, da er sich einem jähen Ende seines Plans gegenübersah, trug Gaylen einen beinahe ausdruckslosen Gesichtsausdruck zur Schau. Harry, der neben ihm stand, sah aus, als würde er gleich in Ohnmacht fallen. »Damit habe ich nicht gerechnet.«

»Das Geld liegt draußen. Mrs. Stuart hatte es zufällig gerade zur Hand. Wenn Sie es wollen – dann ziehen Sie.«

»Das wäre wirklich ein höchst anständiges Angebot von Ihnen, nur habe ich gehört, daß Sie niemals verlieren.«

Angel lächelte wortlos. Die Unterhaltung brachte Cassie langsam in Wut. Kälte, Hunger und Schmerzen quälten sie, und die Tür hatte sie am Kopf getroffen, als sie aus den Angeln gebrochen war.

»Wenn du nicht vorhast, sie zu erschießen, würde es dir dann etwas ausmachen, irgend etwas anderes mit ihnen zu tun, damit wir endlich hier wegkommen?«

Ihre Stimme war ungefähr so frostig, wie es ihr nur möglich war. Sie zog mit dieser Bemerkung nicht seinen Blick auf sich, sondern nur ein kurzes Nicken, bevor er einen Schritt nach vorn machte und Gaylen bedeutete, sich umzudrehen. Sobald er das getan hatte, krachte Angels Revolvergriff auf seinen Schädel. Harry betrachtete die Szene mit hervorquellenden Augen, und Angel wandte sich, wie er befürchtet hatte, tatsächlich jetzt an ihn. »Könnten Sie mich nicht statt dessen einfach fesseln?« fragte er zitternd.

»Ich könnte Sie statt dessen erschießen.«

Harry beeilte sich, sich umzudrehen und seinen Schlag zu empfangen. Cassie murrte ablehnend. Schließlich hatte Harrys Einwand durchaus etwas für sich gehabt.

»*Warum* konntest du sie nicht einfach fesseln?« wollte sie wissen.

Zum ersten Mal warf Angel ihr jetzt einen Blick zu. »Weil das viel leichter ist, wenn sie sich in diesem Zustand befinden. Ich werde es jetzt tun.«

»Hast du ein Messer bei dir, mit dem du vorher meine Fesseln durchschneiden könntest?«

Er zog eines aus seinem Stiefel. Ihrer Mutter würde es ganz und gar nicht gefallen, wenn sie wüßte, daß sie diese Angewohnheit teilten.

»Bist du in Ordnung?« Nachdem er sie von ihren Fesseln befreit hatte, kam er endlich dazu, sie danach zu fragen.

»Könnte gar nicht besser sein«, fuhr sie ihn an.

Sie war sich nicht sicher, warum sie so wütend auf ihn war. Wahrscheinlich, weil ihr klar war, wie gern er Gaylen getötet hätte – oder vielleicht auch, weil sie sich nach einer tröstenden Umarmung sehnte und wußte, daß ihr keine zuteil würde.

»Um ehrlich zu sein, bin ich maßlos erstaunt, daß du ihn am Leben gelassen hast«, sagte sie. »Für das, was er hier versucht hat, wird er wahrscheinlich nur ein paar Jahre Gefängnis bekommen. Hast du keine Angst, daß er, wenn er rauskommt, hinter dir her sein wird?«

»Von Rafferty hatte ich noch nie etwas gehört, aber bei Gaylen Slater liegen die Dinge etwas anders. Das ist er doch, oder?«

»Das hat er jedenfalls gesagt.«

»Nun, er wird in Colorado und New Mexico wegen Mordes gesucht. Irgendwo wird man ihn wohl dafür hängen.«

»Ich dachte, es wäre dir egal, jemanden zu töten, von dem du weißt, daß irgendwo der Henker auf ihn wartet.«

»Wenn du dabei zusiehst, ist es mir keineswegs egal«, sagte er. Dann fragte er plötzlich: »Wie sind die beiden überhaupt an dich herangekommen?«

»Ich bin gestern abend in die Stadt geritten, um dir etwas zu sagen.«

»Allein? Und ohne deine Waffe?« bemerkte er in einem Ton, der keinen Zweifel daran ließ, daß sie nichts Dümmeres hätte tun können. »Was wolltest du denn mit mir besprechen?«

»Ich glaube nicht, daß ich es dir jetzt noch verraten werde«, sagte sie steif.

»Wolltest du mich wegen Slater warnen?«

»Und wenn es so wäre?«

»Ich hätte nicht gedacht, daß du dir viel Sorgen um mich machen würdest.«

»Ich mache sie mir aber.«

»Wieviel?«

»Viel zuviel, verdammt noch mal«, erwiderte sie. Und im Gegensatz zu seinem eher sanften Tonfall klang ihre Antwort ausgesprochen scharf. Sie beeilte sich, auch dieses Geständnis zu verderben, indem sie hinzufügte: »Aber schließlich sind wir keine Feinde, also möchte ich gerne glauben, daß uns das zu Freunden macht. Und ich sorge mich um *alle* meine Freunde.«

Er warf ihr einen düsteren Blick zu, aus dem sie entnehmen konnte, daß er sich ihre Frechheiten nicht mehr lange gefallen lassen würde. Dann ließ er sie stehen, um wie geplant die beiden bewußtlosen Männer zu fesseln. Sie blieb, wo sie war, und rieb sich ihre tauben Hände, bis sie sie wieder bewegen konnte, bevor sie sich auf die Suche nach ihren Stiefeln machte.

Dabei bewegte sie sich sehr steif, denn ihre Muskeln taten noch immer weh. Und sie war wütend auf sich selbst. Warum nur empfand sie keine Erleichterung? Sie war in Sicherheit. Angel war in Sicherheit. Sie hätte ihm danken sollen, statt ihn so anzufahren – aber sie wartete immer noch auf eine Umarmung.

»Das war wirklich einfach«, sagte er und stellte sich hinter sie.

Sie drehte sich um und sah ihn an. »Sie haben dich nicht vor Mittag erwartet, daher haben sie sich nicht die Mühe gemacht, eine Wache aufzustellen.«

Seine Augen verengten sich plötzlich. »Hat einer von den beiden dich berührt, Cassie? Sag mir die Wahrheit!«

»Damit du einen Grund hast, sie doch noch zu töten?«

»Ja.«

Eines jedenfalls konnte man ihm nicht nachsagen, nämlich daß er nicht ehrlich wäre, ihr Angel. »Nein, sie fanden mich nicht reizvoll genug.«

»Dann müssen sie blind sein.«

Ein angenehmes Glühen überzog ihre Wangen. »Findest *du* mich denn reizvoll, Angel?«

»Was, zum Teufel, glaubst du wohl?« sagte er, bevor er sie in seine Arme riß.

40

Auf dem Heimweg bekam Cassie ein paar Stunden Schlaf, weil sie vor Angel im Sattel saß und seine Brust als Kissen benutzte. Er ritt ganz langsam, damit sie ein wenig schlummern konnte, aber nicht, bevor er ihr mit leiser Stimme ein Geständnis gemacht hatte: »Ich habe eigentlich gar keine Lust, dich nach Hause zu bringen.« Sie erinnerten sich beide an den Kuß und die Umarmung, mit der er sie in der elenden Hütte beinahe zermalmt hätte. »Wenn deine Mutter nicht auf dich warten würde …«

Er sprach nicht zu Ende, und Cassie antwortete auch nicht. Aber sie lächelte, als sie einschlief – und war fester denn je entschlossen, ihren Angel zu behalten.

Als sie auf die Lazy S zuritten, war die Sonne gerade aufgegangen. Catherine stand auf der Veranda, um sie zu begrüßen. Sie hatte in der vergangenen Nacht kein Auge zugetan.

Nach einer heftigen Umarmung kam Cassie allen Fragen ihrer Mutter zuvor, indem sie hastig erklärte: »Wir reden später miteinander, Mama. Zuerst muß ich etwas mit Angel besprechen.« Damit wandte sie sich an ihn, um hinzuzufügen: »Ich bin gleich wieder da, also geh nicht weg.«

Sowohl Angel als auch ihre Mutter starrten hinter ihr her, als sie ins Haus lief. Schließlich richtete Catherine ihren Blick auf Angel, der noch immer mitten auf der Treppe zur Veranda stand – um Abstand von ihr zu halten.

»Haben Sie sie getötet?« fragte sie.

»Nicht in Cassies Gegenwart.«

»Ich hätte es getan.«

Daran zweifelte er keinen Augenblick. »Cassie neigt dazu, sich aufzuregen, wenn ich irgendwelche Leute umbringe. Sie tut dann die verrücktesten Dinge, um das zu verhindern. Wollte Rafferty Slater sogar selbst herausfordern, damit ich es nicht tun konnte.«

Catherine verdaute diese Mitteilung langsam und mit einer gehörigen Portion Angst, obwohl sich ihr Gesichtsausdruck dabei nicht veränderte. Sie würde ihm auch nicht verraten, daß das für sie ganz so klang, als hätte ihre Tochter um jeden Preis vermeiden wollen, daß er bei einem Kampf verletzt wurde.

Dafür hob sie eine Augenbraue. »Was hat sie mit dem Slater gemacht, der noch lebt?«

»Zunächst einmal hat sie an mir herumgemeckert, statt mir dafür zu danken, daß ich sie da rausgeholt habe.«

»Dann erlauben Sie mir, daß ich Ihnen danke ...«

»Nicht notwendig.«

Das hatte sie erwartet. »Haben Sie eine Ahnung, was sie mit Ihnen besprechen will?«

»Nein.«

Catherine befürchtete, daß sie sehr wohl eine Ahnung davon hatte, wollte ihn jedoch nicht vorwarnen. Ein Revolverheld als Schwiegersohn? Nun, es konnte wohl noch Schlimmeres geben.

Mit einem resignierten Seufzer sagte sie: »Ich werde jemanden zum Sheriff schicken, damit der sich um diese Männer kümmert. Sagen Sie Cassie, Sie hätten ihr etwas zu erklären. Ich gehe jetzt ins Bett.«

Angel runzelte die Stirn, als die Tür sich hinter ihr geschlossen hatte. Sie ließ ihn allein mit ihrer Tochter? Dieselbe Frau, die alles darangesetzt hatte, ihn von Cassie möglichst fernzuhalten?«

Als Cassie wieder hinaus auf die Veranda kam, entdeckte sie zu ihrer maßlosen Überraschung Angel, der einen Arm um Marabelles Hals geschlungen hatte und sie mit der anderen Hand hinter den Ohren kraulte. »Wann ist denn *das* passiert?« fragte sie ungläubig.

»Was?«

»Daß du dich mit Marabelle verstehst.«

»Warum sollten wir nicht?« erwiderte er mit Unschuldsmiene. »Sie ist doch nur ein großes, nettes Pussykätzchen.«

Cassie schnaubte, um ihm klarzumachen, wieviel sie von dieser Erklärung hielt. Er grinste sie jedoch nur an – bis er bemerkte, daß sie jetzt ihre Waffe trug. Seine Miene verfinsterte sich augenblicklich.

»Was glaubst du, wo du damit jetzt hingehen wirst?« verlangte er zu wissen.

»Nirgendwohin.«

»Warum hast du sie dann angelegt?«

»Weil ich dich zum Kampf herausfordern werde, Angel.«

»Das meinst du doch nicht im Ernst.«

»Du willst doch diese Scheidung, oder?«

Seine Miene wurde noch finsterer. »Was, zum Teufel, hat das eine mit dem anderen zu tun?«

»Wenn du gewinnst, gehe ich direkt zum Rechtsanwalt und reiche die Scheidung ein.«

»Und wenn du gewinnst?«

»Dann wird es keine Scheidung geben.«

Angel wurde sehr still, während sich seine Augen fest auf die ihren hefteten. »Warum solltest du dieses Risiko eingehen?«

»Es scheint meine einzige Chance zu sein – dich zu behalten.«

»Du willst unsere Ehe *fortführen*?«

Sein Erstaunen brachte sie dazu, mit einer endgültigen Antwort hinter dem Berg zu halten. Statt dessen sagte sie: »Ich habe mich irgendwie daran gewöhnt.«

»Na schön, dann wollen wir also sehen, wer von uns beiden schneller ziehen kann«, sagte er und stieg langsam die restlichen Stufen zur Veranda empor. »Aber du hast nicht die geringste Chance, mich zu schlagen, Schätzchen.«

Sie schmunzelte über diese Feststellung. »Wer weiß? Vielleicht überrasche ich dich, Angel.«

Ein paar Sekunden später schien er tatsächlich überrascht. Sie war unglaublicherweise beinahe so schnell wie er. Sie jedoch war noch mehr überrascht, denn heute war er so langsam gewesen, daß selbst ein Kind hätte schneller ziehen können. Er hatte sie gewinnen lassen. Als sie begriff, warum, lief sie auf ihn zu und schlang ihre Arme um seinen Hals.

»Du hast verloren! « rief sie glücklich.

»Das denkst du«, erwiderte er, bevor sein Mund den ihren fand und ihr den Atem raubte.

Es verging eine ganze Weile, bis sie schließlich sagte: »Ich versteh das nicht. Wolltest du keine Scheidung?«

»Schätzchen, was glaubst du, warum ich die MacKauleys nicht davon abgehalten habe, uns zu verheiraten?«

»Aber du konntest sie doch gar nicht davon abhalten.«

»Wirklich nicht?«

Ihre Augen weiteten sich. Sie hatte beobachtet, wie er sich im Bruchteil einer Sekunde umdrehte und gleichzeitig zog. Er *hätte* an jenem Tag Richard durchaus davon abhalten können, ihm seine Waffe abzunehmen. Und auf dem Weg zum Haus war er so dicht hinter Frazer hergegangen, daß er ihn mühelos hätte entwaffnen und dem Ganzen ein Ende setzen können.

»Warum warst du denn dann so wütend auf mich?« wollte sie wissen.

»Weil du die MacKauleys so inständig darum gebeten hast, es nicht zu tun«, erwiderte er.

»Aber das habe ich doch nur getan, weil ich eine Todesangst hatte, daß du sie anschließend allesamt umbringen würdest.«

»War das dein einziger Grund?«

»Nun, genau genommen – ja«, sagte sie mit einem leichten Erröten. »Es hat mir eigentlich gar nicht soviel ausgemacht, dich zu heiraten. Natürlich hatte ich Angst, was meine Mutter dazu sagen würde.«

»Hast du immer noch Angst davor?«

»Nein, nicht mehr. Du wirst es nicht glauben, aber seit sie und mein Vater wieder miteinander reden, ist sie viel milder geworden.«

»Nein, das glaube ich wirklich nicht.«

Cassie lachte. »Habe ich dir erzählt, daß mein Vater uns besuchen kommt? Es würde mich gar nicht so sehr überraschen, wenn sie schon bald wieder zusammenfänden.«

»Haben wir denn wieder zusammengefunden, Cassie?«

»Ich rechne fest damit, daß du noch heute deine Sachen aus der Stadt holst und hier einziehst.«

»Ich weiß nicht, ob das eine gute Idee wäre.«

»Warum? Du kennst das Haus doch schon ganz genau. Es ist das exakte Ebenbild des Hauses meines Vaters.«

Sie tat absichtlich so, als hätte sie nicht verstanden, worum es ihm ging – um die von ihm vermutete Ablehnung durch ihre Mutter. Vorerst aber ließ er sie gewähren. »Hast du je herausgefunden, warum er das getan hat?«

»Nicht so ganz. Ich könnte mir vorstellen, daß er sich seine Erinnerungen bewahren wollte.«

»Das und weil er mich noch immer liebt«, sagte Catherine von der anderen Seite des Fensters, vor dem sie jetzt standen.

Cassie und Angel drehten sich zu ihr um, nur um zu sehen, wie sie ihren Lauscherposten verließ und wegging. Sie brachen in lautes Gelächter aus.

»Aber sie hat *gesagt*, sie wolle zu Bett gehen«, stellte Angel verwundert fest.

»Bevor sie herausgefunden hatte, was hier los war? Doch nicht meine Mutter.«

»Dann ist sie jetzt weggegangen, um ihren Revolver zu holen?«

Cassie betrachtete ihn schmunzelnd. »Deswegen brauchst du dir wohl keine Sorgen mehr zu machen. Wenn du es nicht bemerkt hast – sie hat uns gerade ihren Segen gegeben, indem sie nichts weiter gesagt hat.«

»Ich habe es nicht bemerkt.«

»Du wirst sie mit der Zeit schon kennenlernen, und du wirst sehr viel Zeit dazu haben.«

Er zog sie näher an sich. »Du kannst dir gar nicht vorstellen, wie schön das in meinen Ohren klingt.«

»Dann sag es mir doch.«

Damit hatte sie ihn in Verlegenheit gebracht. Worte wie die, die er ihr sagen wollte, kamen ihm nicht so leicht über die Lippen.

»Ich weiß nicht, wie es passiert ist, daß du mir soviel bedeutest, Cassie, aber so ist es nun mal. Verdammt, ich konnte keinen einzigen Tag hinter mich bringen, ohne an dich zu denken und zu wünschen, daß du mir gehörtest.«

»Angel, willst du mir etwa sagen, daß du mich liebst?«

»Ich glaube schon. Aber du wirst niemals einen Viehzüchter aus mir machen.«

Sie lachte und küßte ihn. »Das würde ich auch gar nicht versuchen.« Aber ihre liebe alte Gewohnheit, sich überall einzumischen, brachte sie dazu, hinzuzufügen: »Wer weiß, vielleicht wird der nächste Sheriff von Cheyenne ...«

41

»Ich glaube, das ist das erste Mal, daß ich Colt Thunder je in einem Anzug gesehen habe«, sagte Cassie zu Angel, während sie zusahen, wie das frischverheiratete Paar seine Gäste begrüßte. »Und weißt du, wie lange es her ist, seit er sich das letzte Mal die Haare geschnitten hat?«

»Ich weiß«, erwiderte Angel. »Ich hätte ihn in der Kirche beinahe nicht wiedererkannt. Ich an seiner Stelle hätte ja bis zum Frühling gewartet, aber ich bezweifle, daß der Gedanke an kalte Ohren auch nur das geringste mit seiner Entscheidung zu tun hatte. Ich würde sagen, er hat die Vergangenheit endlich hinter sich gelassen, dank der Herzogin.«

»Immer braucht es eine Frau …«

»Nicht immer.«

»Meistens, um die Dinge ins rechte Lot zu bringen.«

Er schnaubte. »Bei dieser Einstellung ist es kein Wunder, daß du dich überall einmischt.« Und dann verengten sich seine schwarzen Augen warnend. »Aber das werden wir dir ja abgewöhnen, nicht wahr?«

»Wir werden es *versuchen*«, war alles, was sie ihm zugestand, dabei vermied sie es, seinem Blick zu begegnen.

»Cassie …«

»Ich bin gleich wieder da.«

Er runzelte die Stirn über ihr plötzliches Verschwinden – und über die Art und Weise, wie sie *dieses* Thema beendet hatte. Aber einen Augenblick später schmunzelte er. Hatte er nicht bereits beschlossen, nachsichtig mit ihr zu sein? Cassie wäre schließlich nicht Cassie, wenn sie sich nicht *irgendwo* einmischen würde. Aber das brauchte sie jetzt noch nicht zu erfahren. Er wollte wenigstens ein paar Wochen Frieden haben, bevor er ihretwegen jemanden erschießen mußte.

Cassie ging direkt auf ihre Mutter zu, weil sie sicher war, daß Angel ihr dann nicht folgen würde, um ihr Gespräch fortzusetzen. Er hatte sich den ganzen Morgen über unsicher gefühlt, weil er in Catherines Speisezimmer gesessen hatte, als sie es betrat, ein deutliches Zeichen dafür, daß er auf der Ranch bereits eingezogen war und sie als sein neues Zuhause ansah. Aber sie hatte lediglich gesagt: »Sind noch Eier da?« Das hatte nicht, wie eigentlich beabsichtigt, dazu geführt, daß er sich ein wenig entspannte, aber mit der Zeit würde er das wohl lernen.

»Weißt du, ich glaube, ich werde auch so etwas in der Art veranstalten«, sagte Catherine, als Cassie neben sie trat. »Etwas in der Art?«

»Eine Hochzeit. Deine habe ich ja verpaßt, und da du diesen Revolverhelden offensichtlich nicht mehr los wirst, sollte ich wohl zusehen, daß ich dich, wie es sich gehört, mit ihm verheirate.«

Cassie lächelte strahlend. »Meinst du das wirklich ernst, Mama?«

Catherine seufzte. »Unglücklicherweise ja.« Aber eine Frage mußte sie einfach noch stellen: »Bist du dir auch ganz sicher, Baby?«

Cassie brauchte nicht lange dazu, diese Frage zu beantworten. »Ich liebe ihn, Mama. Sicherer könnte ich mir gar nicht sein.«

»Also gut«, sagte Catherine, fügte dann jedoch warnend hinzu: »Aber du wirst nie einen Viehzüchter aus ihm machen können.«

»Das hatte ich auch gar nicht vor.«

»Warum nicht?«

»Es wäre eine Verschwendung seiner friedensstiftenden Qualitäten.«

»Angel? Ein Friedensstifter?«

Cassie lachte. »Das hätte ich selbst auch nie gedacht, Mama, aber Angel hat diese Fähigkeit wirklich. Sieh nur, was er da unten in Texas zustande gebracht hat. Ich habe das Ganze nur angeschoben, aber Angel war derjenige, der es möglich gemacht hat, daß diese Fehde endlich ein Ende fand. Und dann die Tatsache, daß du und Papa wieder miteinander sprecht – das und vielleicht noch mehr. Auch das haben wir Angel zu verdanken.«

Catherine korrigierte das »vielleicht noch mehr« nicht, sondern sagte statt dessen: »Es ist ein absoluter Widerspruch, einen Mann, der ein so gewalttätiges Leben führt, mit dem Wort Frieden in Verbindung zu bringen.«

Cassie zuckte lediglich mit den Schultern. »Sein Vorgehen ist eben etwas anders als das von Lewis Pickens.«

»Etwas?«

»Na schön, dann eben ganz anders. Und Mr. Pickens muß wahrscheinlich dafür arbeiten, während es Angel mehr oder weniger in den Schoß fällt. Dennoch tun sie eigentlich dasselbe. Denk nur an Angels Beruf. Er löst die Probleme anderer Leute. Wenn er geht, herrscht Frieden, wo vorher Zank und Streit waren. Er *ist* also ein Friedensstifter. Er weiß es nur nicht.«

»Dann gebe ich dir den guten Rat, es auch nicht herumzuerzählen. Vielleicht hat er etwas dagegen, wenn man seinen Ruf auf diese Weise beschönigt.«

Cassie schmunzelte. »Ich werde ein paar Jahre warten, bevor ich ihn darauf hinweise.«

»Kluges Mädchen.«

»Hübscher Anzug.«

Colt hätte Angel am liebsten mit einem wütenden Blick bedacht. Diesen Satz hatte er heute einfach schon zu oft gehört. Trotzdem hielt ihn das nicht davon ab, seine Neugier befriedigen zu wollen.

»Ich weiß, daß du heute mit ihr am Arm hier aufgetaucht bist, aber willst du deine Ehe mit Cassie Stuart wirklich aufrechterhalten, oder braucht sie nur aus irgendeinem Grund für eine Weile noch deinen Schutz?«

»Ich bin mir lange nicht mehr so sicher, daß sie nicht auf sich selbst aufpassen kann«, sagte Angel. »Hast du gewußt, daß sie beinahe so schnell zieht wie ich?«

»Was glaubst du, wer ihr das beigebracht hat?« gab Colt zurück.

»Du?« fragte Angel überrascht.

»Von mir hat sie die Grundlagen. Sie war damals noch ein Kind. Ich nehme an, sie hat seitdem geübt.«

»Anscheinend.«

»Aber ihre Mutter hat sie in all den Jahren lediglich die Bücher führen lassen. Es ist also kein Wunder, daß sie sich in das Leben so vieler Leute einmischt. Sie hat einfach zuviel freie Zeit.«

»Das wird sich bestimmt ändern«, versprach Angel.

»Ihr werdet euch also nicht scheiden lassen?«

»Den möchte ich sehen, der versucht, uns zu trennen.«

Er sagte das mit soviel Nachdruck, daß Colt lachte. »Nun, mich brauchst du gar nicht so anzusehen. Ich hatte nicht die Absicht!«

Angel lächelte verhalten. »Die Gefühle, die sie in mir weckt – ich habe mich noch nicht so recht daran gewöhnt.«

»Sie haben dich allerdings schon verändert.«

»Wie meinst du das?«

»Ich hätte nie gedacht, daß ich den Tag erleben würde, an dem *du* um einen Gefallen bitten würdest«, sagte Colt.

»Das hätte ich auch nicht, aber mach dir keine Gedanken deswegen. Du hast es nicht geschafft, also sind wir immer noch quitt.«

»Wovon sprichst du?« wollte Colt wissen. »Ich habe doch ein Auge auf sie gehabt.«

»Aber nicht genug, um zu verhindern, daß sie gestern beinahe getötet worden wäre.«

»Weil sie sich wieder einmal eingemischt hat?«

»Indirekt. Es war noch die Folge einer Sache, die in Texas anfing.«

Colt schüttelte den Kopf. »Teufel auch, dieser Job ist dir ja wie auf den Leib geschneidert – mit einer solchen Frau verheiratet zu sein ...«

Angel grinste. »Ich weiß. Aber was ist denn mit dir passiert? Ich dachte, du und die Herzogin, ihr kämet nicht miteinander zurecht?«

Colts Augen suchten den Blick seiner Frau am anderen Ende des Raumes, und er lächelte. »Das war nur am Anfang so. Mit der Zeit sind meine Gefühle für sie gewachsen.«

»Muß irgendwie ansteckend sein«, sagte Angel, der nun seinerseits Cassies Blick suchte. »Ich hatte genau dasselbe Problem.«

»Hat sich Mr. Kirby letzten Endes doch noch als nützlich erwiesen?« erkundigte sich Cassie gleich darauf bei ihm.

Sie hatte sich endlich dazu durchgerungen, Angel danach zu fragen, ob er herausgefunden hatte, wer seine Eltern waren, hatte jedoch nicht erwartet, eine positive Antwort darauf zu bekommen, jedenfalls nicht so bald.

»Ich nehme an, du wirst dir das als Verdienst anrechnen?« fragte er.

»Aber natürlich.« Sie wartete, aber als er dann nichts mehr sagte, stieß sie ihn mit dem Finger in die Brust. »Nun? Wie heißt du?«

»Angel.«

Sie lachte. »Du meinst, es war doch nicht nur ein Kosename?«

Er schüttelte den Kopf. »O'Rourke ist mein Familienname.«

»Irisch? Das ist allerdings eine Überraschung. Aber mir gefällt der Klang dieses Namens. Cassandra O'Rourke. Hört sich viel netter an als Cassandra Angel. Und hast du herausgefunden, wo sie jetzt leben?«

»Mein Vater ist gestorben, bevor meine Mutter und ich nach St. Louis kamen. Sie lebt jedoch noch immer dort.«

»Wegen deines Vaters tut es mir leid, aber ich hoffe, du weißt, daß ich keine Ruhe geben werde, bevor du dich einverstanden erklärt hast, deine Mutter zu besuchen.«

Er legte seinen Arm um ihre Taille, um sie fester an sich zu ziehen. »Dieses eine Mal kannst du dich leider nicht mehr einmischen, Schätzchen. Ich habe es bereits getan.«

»Ich wußte, daß du es tun würdest«, entgegnete Cassie selbstbewußt. »Also, wie ist sie?«

»Sie ist wunderbar. Ihre ganze Familie ist wunderbar – mit nur einer einzigen Ausnahme, aber selbst mit ihm bin ich nicht ganz unzufrieden.«

»Was meinst du mit Familie?«

»Sie hat noch einmal geheiratet. Ich habe zwei Halbbrüder und eine Schwester und sogar zwei Stiefbrüder. Meine Schwester Katey ist die reinste Freude. Du wirst sie gern haben, Cassie. Sie möchte später einmal Cowgirl werden. Während der ganzen Zeit, die ich dort zugebracht habe, war sie hinter mir her, weil ich ihr das Schießen beibringen sollte.«

»Hast du es getan?«

»Nein. Sie hätte da unten keine Verwendung dafür.«

»Die wird sie aber haben, wenn du sie hierher einlädst.«

Er grinste sie an. »Damit du es ihr beibringen kannst?«

»Glaub nur nicht, daß ich das nicht täte«, versicherte sie ihm. »Und was ist mit dieser ›Ausnahme‹, von der du gesprochen hast?«

»Der älteste meiner Stiefbrüder, Bartholomew.«

Sie runzelte nachdenklich die Stirn. »Dieser Name kommt mir aus irgendeinem Grund schrecklich bekannt vor.«

»Wahrscheinlich, weil du ihn in St. Louis getroffen hast.«

Ihre Augen weiteten sich. »Bartholomew Lawrence! *Er* ist dein Stiefbruder?«

»Wir waren beide gleichermaßen überrascht, als er sich irgendwann zu unserer Wiedervereinigung hinzugesellte. Schließlich hatte ich in deinem Hotel eine kleine Auseinandersetzung mit ihm, als ich hörte, daß er über dich sprach. Ich bin glücklich, sagen zu können, daß er dabei beinahe in Ohnmacht gefallen wäre.«

»Was hast du bloß gesagt, daß er so erschrocken ist?«

»Nicht viel«, erwiderte er mit Unschuldsmiene.

»Das kann ich mir vorstellen«, bemerkte sie spöttisch. »Nun, egal, was du tust, erwähne ihn bloß nicht meiner Mutter gegenüber. Sie hatte einen üblen Zusammenstoß mit ihm und war drauf und dran, ihn zu erschießen.«

»Deine Mutter gefällt mir immer besser.« Diese Bemerkung trug ihm einen verdrossenen Blick ein, daher fügte er hinzu: »Außerdem bin ich Bartholomew direkt dankbar.«

»Warum?«

»Es tut ausgesprochen gut zu wissen, daß ich nicht der einzige faule Apfel in der Familie bin.«

Cassie protestierte. »Du bist kein fauler Apfel. Zufällig weiß ich ganz genau, daß du so süß bist, wie man es sich nur wünschen kann.«

Er grinste sie an. »Erzähl das bloß nicht herum. Du würdest meinen ganzen Ruf ruinieren.«

»Ich sprach doch davon, wie du schmeckst, Liebster.«

Seine Augen begannen auf der Stelle zu brennen. »Warum gehen wir eigentlich nicht raus in Jessies und Chases Scheune? Wenn ich recht gesehen habe, gibt's dort einen wunderbaren Heuboden.«

»Aber es wird ziemlich kalt sein da draußen.«

»Keine Bange, du frierst bestimmt nicht«, versprach er.

Chase und Jessie hatten tatsächlich einen wunderbaren Heuboden. Cassie konnte sich nicht daran erinnern, je zuvor ein weiches Bett aus Heu genossen zu haben, aber jetzt tat sie es. Ihr Mann hielt sie fest umschlungen, und sie hatten beide keine Eile, zu der Hochzeitsfeier zurückzukehren.

»Weißt du, falls du dich nicht bereit erklärt hättest, meine Frau zu bleiben, Cassie, hatte ich mir vorgenommen, dich einmal jeden Monat zu besuchen. So lange, bis du schwanger geworden wärst.«

Sie setzte sich auf, um ihn anzusehen. »Aber du hast doch gesagt, du wolltest nicht, daß ich ein Kind von dir bekäme?«

»Das wollte ich auch nicht, damals jedenfalls. Jetzt aber könnte ich mir gar nichts Schöneres vorstellen, und außerdem war ich an dem Punkt angekommen, wo ich bereit war, alles zu tun, was in meiner Macht stand, um dich zu behalten.«

Sie nahm sein Gesicht in beide Hände, um ihn zu sich herabzuziehen. »Du hättest nur zu fragen brauchen, Angel. Das war alles, was du tun mußtest«, flüsterte sie ganz nahe an seinen Lippen. »Das ist wirklich alles, was du jemals hättest tun müssen.«

Johanna Lindsey
Meisterin des historischen Liebesromans

Heute ist Johanna Lindsey eine international anerkannte Bestsellerautorin. Zahlreiche Preise, darunter der »Romantic Times Award«, sind Zeichen ihres schriftstellerischen Talents. Dieses wurde, wie sie selbst sagt, »zufällig« entdeckt: »Verheiratet und Mutter von zwei Kindern, hatte ich plötzlich das dringende Bedürfnis zu schreiben.« Innerhalb kurzer Zeit eroberte sie mit ihrem ersten Roman *Die gefangene Braut* die Bestsellerlisten Amerikas. Von ihrem für sie selbst überraschenden Erfolg beflügelt und unterstützt von einer täglich wachsenden Leserschar, schrieb sie weiter. »Ich weiß nicht, warum und wie mir alle diese Geschichten einfallen, aber es gibt für mich noch so viel zu erzählen, daß ich mich selbst nur noch schreiben sehe.«

Das Geheimnis ihres Erfolges ist Johanna Lindseys unnachahmliche Begabung, ihre Leser zu fesseln. Von ihrem Erzählstil bezaubert, läßt der Leser sich in die historische Welt ihrer Romane entführen.

»Es gibt für mich nichts Schöneres, als zu wissen, daß das, womit ich täglich meine Zeit verbringe – ich schreibe 10 bis 16 Stunden pro Tag – so vielen Menschen Freude macht.« Davon angespornt schreibt die nunmehr finanziell unabhängige Johanna Lindsey für ihre Leserschaft, der sie »die wunderschönsten Jahre« ihres Lebens verdankt.

Verzeichnis lieferbarer Titel

(Stand September '98)

Fesseln der Leidenschaft (01/8347)
Die gefangene Braut (01/6831)
Gefangene der Leidenschaft (01/8851)
Geheime Leidenschaft (01/7928)
Geheimnis des Verlangens (01/8660)
Das Geheimnis ihrer Liebe (01/6976)
Halte mein Herz (01/9737)
Herzen in Flammen (01/7746)
Juwelen der Liebe (01/10521)
Lodernde Leidenschaft (01/8081)
Lodernde Träume (01/9145)
Die Rache der Liebe (01/10317)
Rebellion des Herzens (01/9589)
Sklavin des Herzens (01/8289)
Die Sprache des Herzens (01/10114)
Stürmisches Herz (01/7843)
Sturmwind der Zärtlichkeit (01/8465)
Ungestüm des Herzens (01/9452)
Wenn die Liebe erwacht (01/7672)
Wer die Sehnsucht nicht kennt (01/10019)
Wild wie Deine Zärtlichkeit (01/8790)
Wild wie der Wind (01/6750 oder 10/21)
Wildes Herz (01/8165)
Wogen der Leidenschaft (01/9862)
Zärtlicher Sturm (01/6883)
Zorn und Zärtlichkeit (01/6641)

2 bzw. 3 Romane in einem Band:

Fesseln der Leidenschaft/Sturmwind der Zärtlichkeit (23/115)
Die gefangene Braut/Das Geheimnis ihrer Liebe/Zärtlicher Sturm (23/78)
Geheimnis des Verlangens/Wild wie deine Zärtlichkeit (23/130)
Herzen in Flammen/Geheime Leidenschaft (23/103)
Liebe unter heißer Sonne/Die Sprache des Herzens/Sündige Liebe (23/43)
Paradies der Leidenschaft/Wildes Liebesglück (23/34)
Sklavin des Herzens/Zorn und Zärtlichkeit (23/144)

In Großdruck liegt vor:

Wild wie der Wind (21/10)

Die Bandnummern der Heyne-Taschenbücher sind jeweils in Klammern angegeben